品花寶鑑 (下)

陳　森　著
徐德明　校注

三民書局

國家圖書館出版品預行編目資料

品花寶鑑／陳森著;徐德明校注.——二版三刷.——
臺北市：三民，2020
面；　公分.——(中國古典名著)

ISBN 978-957-14-2817-8（平裝）

857.44

中國古典名著

品花寶鑑（下）

作　　者｜陳　森
校 注 者｜徐德明

發 行 人｜劉振強
出 版 者｜三民書局股份有限公司
地　　址｜臺北市復興北路 386 號（復北門市）
　　　　　臺北市重慶南路一段 61 號（重南門市）
電　　話｜(02)25006600
網　　址｜三民網路書店 https://www.sanmin.com.tw

出版日期｜初版一刷 1998 年 4 月
　　　　　二版一刷 2010 年 1 月
　　　　　二版三刷 2020 年 1 月
書籍編號｜S854110
I S B N｜978-957-14-2817-8

回目

下冊

第三十二回　眾名士蕭齋等報捷　老司官冷署判呈詞

話說秋雨紛紛，濘泥滿道，一連下了七八日，到了初八日方見晴明。場中定於初十日出榜，初九日一早即報起來。凡下場的個個意馬心猿，到了這幾天，寢食俱廢。就是高品、春航亦未能免俗。春航初八日晚上，太睡早了，睡不著重又起來，至高品房中，見高品尚未安睡，二人談起心事來。春航嘆了一口氣，道：「我的名心原淡，中不中倒也無妨，就是對不住蘇媚香，半年期望之心白白辜負了。科名雖不足貴，但古今名士才人，斷無不從利名而起。」高品道：「可恨今年這一班主考房官，把人迴避得乾乾淨淨，我們再若不中，未免太冷淡了。若到明日此刻不見動靜，就不必想了。」春航道：「不要到此刻，點燈時不來，便已絕望。若據前日那兩個六壬課❶，似乎你我皆可有望。」高品道：「下場年問卜是最不靈的。我頭一次在江寧考試，有個起梅花數❷的，為我起數，得泰卦❸五爻。他說不用說了，一

❶ 六壬課：古代用陰陽五行占卜吉凶的方法之一。六十甲子中有六個壬，叫六壬。其法分六十四課，用刻有干支的天盤、地盤相疊，轉動天盤後得出所值的干支及時辰的部位，以此判別吉凶。

❷ 梅花數：古占法。相傳乃宋邵雍所作，其法任取一字畫數，以八減之，餘數得卦；再取一字，以六減之，餘數得爻，然後依易理，附會人事，以斷吉凶。

❸ 泰卦：易卦名。

定中元的。爻辭是『帝乙歸妹，以祉元吉❹』，你還講甚麼？且象辭還是『中以行願也』。」春航道：「可不是！」高品道：「不但此，那年是乙未年。你想『帝乙』的『乙』字，與『歸妹』的『妹』字，去了『女』字傍，不算『乙未』兩字麼？我已十拿九穩，誰知道鬼神專會哄人的，你道可笑不可笑？」春航道：「人心最靈。心之所欲，象即呈焉，此是人心上起的象，非卦中之象也。」二人煮茗閒談，將近五更始寢，一到天明即已起來。

卻說蘇蕙芳惦記春航，亦復一夜不能安睡，比到起身時，已是巳正時候，連忙梳洗，即著人到外面打聽，可曾報動，那人去了。隨後有個京官，著人來叫蕙芳去陪著登高，蕙芳那有心緒，回他進城去了。停了好一回，鐘上已交午初，打聽人轉來道：「外間已報過四十名了，田老爺還沒有在內，倒是那個姓歸的中在三十四名。」蕙芳道：「那個姓歸的？」家人道：「胡同外邊住的，就是那葉先生的姑爺，開窰子的。」蕙芳聽了，頗為不平道：「奇了！忘八都中了，還了得！這麼看來，是不必說了。」心上要到春航那裡去，猶恐見面有些難以為情；意欲報了再去，心上十分焦急，比春航倒還勝幾分。一回見寶珠著人來問信，素蘭、玉林著人來問信，鬧的蕙芳坐立不安。欲到戲園中，恐怕被人鉤搭住了，悶悶的歪在炕上，拿本閒書消遣，看了兩頁又放下。

將近申初時候，尚不得信，悶絕無聊，忽見跟班的手裡托著一個盒子，上面放著一盤棗糕，進來說道：「胡裁縫送來的，有話要面求。」蕙芳道：「他有什麼話講？既然他親自送來，收了他的就是了。」

❹帝乙歸妹二句：出易泰卦。疏曰：「正由中，順行其志願，故得福而元吉也。」帝乙，商代君主，太丁子，紂王的父親。

胡裁縫也走進來，作了一個揖。蕙芳讓他坐了。胡裁縫道：「今日倒閒空在家，不出門走走？外面登高，遊玩的頗熱鬧。又是報舉人的日子，潘三爺的女婿中了，好不熱鬧，擠滿一鋪子人，報喜錢賞了一百吊。這胡同外的一家也中了，我常與他作衣裳的。寓在宏濟寺的高老爺也中了八十一名，如今城外已報一百多名了。」蕙芳聽了，忙問道：「宏濟寺的高老爺中了，還有位田老爺也寓在寺內，可曾中麼？」胡裁縫道：「我沒聽見說，想必也中了。」便向蕙芳說：「我的蘇爺，我有一件事要求你：我那第三個兒子叫三喜，在鋪子裡閒著，教他作手藝，學了三四個月，剪刀都拿不起，一天倒要四五十錢買糖、買果子吃，我那裡養得起他？他相貌也還乾淨，雖不能比你那班裡相公，也差不多。他心也靈，針線學不會，戲倒學得會。如今聽熟的亂彈，倒也會唱許多。我想作戲比我們作裁縫好萬倍。我求你老人家行個好事，提拔提拔我，選個日子送三喜來拜你作師父，你老人家斷不可推辭。我若送他到別班裡，我也心疼他年紀又小，打打罵罵的，孩子也受不得的。你老人家心又慈，疼惜孩子，將來就不指望與你老人家一樣，能夠光光鮮鮮不少吃，不少穿，認得幾個財東，也就心滿意足了。作裁縫的有什麼好處？自己又沒有本錢，鋪子裡賒了料來，來路就貴，還要替人墊錢；開出賬去，人又嫌貴了，七折八扣，拖拖欠欠。這一間鋪子好容易開著，五七個伙計作活，老米飯，酸菜湯，一天費用也得兩吊錢，能有多少沾光在內。你若肯收了作徒弟，歇兩年我就不作裁縫，就像作老太爺一般了。」蕙芳聽了，好不厭煩，便道：「我將要改行不唱戲了，那裡還要收徒弟？況且我也不會教人。你兒子要學戲，還是到那亂彈班裡好，學兩個月就可出臺。我們唱崑腔的學了一輩子，還不得人家說聲好。一個月花了多少錢，方買得幾齣戲，學他作什麼？」胡裁縫尚是囉囉嗦嗦，好一回才去。

已是上燈時候，蕙芳長嘆一聲，忍不住叫套車到春航處去，先與高品道喜。及到了宏濟寺中，卻是冷清清的。進內先見了高品的家人，問他，那人答應道：「方才報是報來，我們老爺說恐怕不是，不曉得什麼緣故？」蕙芳走到裡面，只見高品與春航對坐下棋，照應他坐了，春航便觸起心事來，便把棋子一擄，說：「輸了，不必下了。」高品也便歇了。蕙芳問道：「卓然已高中了，怎麼如此模樣？」高品笑道：「中了便應該怎樣，等湘帆報來再熱鬧罷。」蕙芳道：「總是一樣，全要中的。」高品道：「方才報是報來，但有些不對帳，是個江南監生❺。」蕙芳道：「據我看來不錯的，你這名字未必有同的。」高品道：「也難說，總要看了榜方作準。」春航默默不語，蕙芳只好說些寬慰的話。

少頃，史南湘、顏仲清闖將進來，南湘道：「賀喜的來了，快預備喜酒。媚香，你也在這裡？」春航道：「此刻也差不多報完了，將弔之不暇，何賀之有？」仲清道：「才報了一百八十多名了，卓然中在八十一名，你嫌低了，因此有些委屈麼？」高品道：「恐怕不是，你不見條子上寫的是江南監生？」南湘、仲清齊道：「這是筆誤，常有的事。」春航道：「不必疑心，卓然是已經中定了。」南湘對高品道：「你且備起晚飯來，咱們一面吃一面等，如不來報，三更後同去看榜，何如？全中了，你們兩人好好的請我們吃十天。」二人尚未回言，蕙芳道：「有理，有理！就這麼著，我也有些餓了。」高品、春航知道今日必有人來，已經安排定了，即收拾桌子，擺上飯來。南湘不准先吃飯，要陪著他飲酒。高品口內雖說疑心，心上早已歡喜，頗覺對酒開懷。春航素來洒脫，此番倒放不開心，蕙芳也與他一般。南湘道：「放心，湘帆總在五魁之內，如不是第四、第五名，我也不敢論文了。當年我在湖北僥幸的一年，

---

❺ 監生：明清入國子監就讀者，統稱監生。乾隆以後監生，多指由捐納而得，並不入監就讀。

約了幾個朋友，大排著筵宴候報，候到三更不來，也氣極了。那些人看不像，也去了。到四更將要睡時，才報了來，倒是個解元。難道你們下過兩三場，還不曉得五魁是後填嗎？」仲清說道：「上科我就不是上了報錄的當？我是副榜❻第一，他就報我是第二名南元❼，倒賞了好些錢，明早他竟不來。及看榜時才曉得是副榜，倒叫我泰山泰水空喜歡了半夜。」諸人借酒閒談，到了二更以後，尚不見報來，就是史、顏二人心上，也知春航有些不穩了。

將要吃飯，忽聽門外一片聲嚷將進來，倒把眾人吃了一驚。聽得嚷道：「田老爺大喜，中的是南元。」春航一聽，喜不可言，把筯子捽過一邊，連忙走出位來。蕙芳也樂不可支。諸人是皆歡喜，忙看條子是「中式第二名，田春航，年二十三歲，江南上元縣附貢生」，方才放心。報喜的討賞錢，蕙芳帶了些票子來，遞給春航。春航先賞了十吊錢，道：「明早同高老爺報喜的一同來領賞就是了。」眾人道：「明日二位老爺不是十吊二十吊的賞，重重的要賞幾百吊錢呢。」高品道：「是了，你明日來。」春航樂極了，因高品不放心，也有些疑心起來，恐怕報喜來誆他，只管發怔。蕙芳笑道：「報已報完了二百幾十名，人都要疑心，難道人人全是假的麼？」仲清道：「不必疑心，此刻已三更天，城門也都開了，叫你管家騎匹快馬先看了榜來。我們也不回去，你叫人索性添些酒來。」春航、高品道：「甚好。」一面打發人去看榜，一面再添酒菜。

---

❻ 副榜：科舉時代會試取士分正榜、副榜。在正榜之外，另取若干名，名列副榜。清代只有鄉試有副榜。

❼ 第二名南元：明清科舉時代，南省人應試北闈（鄉試）考中第二名的，叫南元。因為第一名例歸直隸本籍人，所以第二名也叫元。

此時各人暢飲，到底喜多愁少了，猜拳行令，鬧到五更以後，看榜的始回，說道：「田老爺是不錯，榜上果然第二名。」這一句話把高品唬呆了，急問道：「我怎樣？」那人道：「八十一名是叫高品三，年四十歲，江南淮安府山陽縣❽監生。」高品氣得發昏，說聲：「呸！」那人便拿出題名錄❾來，眾人細細看了，果無高品在內。蕙芳笑道：「中的人我也不認得，我就曉得這兩個：一個是葉茂林的女婿叫作『窰子歸』，這三十四名歸自榮就是；一個是潘三的女婿叫作『杠花』，他老子叫花三胡子，在杠房抬杠出身，如今大發財，開了幾處杠房，這六十三名花中桂就是。」

高品再把第一張題名錄看了一遍，略生喜色，不覺嘆口氣道：「也罷，『名利』二字是有一定的。現在你們不比外人，我對你們直講罷：一千六百兩銀子賣掉了一個舉人，這個『杠花』就是我中的，是張仲雨的過手，明日就要討帳去了。」春航、南湘、仲清、蕙芳都埋怨他幾句。高品道：「我豈不知此事原作不得，我也有個想頭在內：或者今科不當中，或者我竟能名利雙收也未可知。況且我要回南一走，家內有幾件大事急於要辦，妙手空空的，亦殊難堪。如今倒罷了，雖不能巴結與湘帆作個同年，但不叫抬杠的做年伯，稱婊子為年嫂，也是不幸中之幸也。我看湘帆不但得此年伯、年嫂，還得了一個好年丈呢。」春航笑道：「憑你怎樣刻薄罷了。但是那一科沒有些混帳人在內，焉知你下科又不與這些人作同年？倒是年丈之稱，又是誰呢？」蕙芳聽了好笑。仲清道：「你方才沒有聽見抬杠的兒子花中桂，是潘銀匠的女婿嗎。敘起年誼來，不是你的年丈？」春航笑道：「我也不與他會同年，我仍認卓然是同年便

---

❽ 淮安府山陽縣：江蘇淮安。

❾ 題名錄：科舉時，刻同榜者姓名年齡籍貫，匯集成冊，稱題名錄。

了。」高品笑道：「這麼說，我明日就叫潘三為丈人如何？」說得眾人大笑。

少頃，天色大明，紅日已上，春航要出去見房師⑩，並謁座師⑪，各人也都散了。已後會同年，請吃酒，一連忙了半個月。春航出於第四房孫亮功門下，相見之後，亮功久已聞名。就是劉尚書、王閣學，雖未見過春航，於他兒子們書房內，見他些筆墨東西，也久已傾倒，惟恐不得其人為憾。今中了南元，十分歡喜。從此春航與文澤、王恂又成了世誼，更加親愛。惟有孫氏昆仲頗難浹洽，然亦不得不往來，惟淡交而已。

高品代槍⑫之銀已收清，共得了一千六百金。張仲雨過手，在花處講定二千四百金，從中扣出去八百金，又索花姓謝儀二百金，也得了千金，自己享用。便從正指揮上加足了雙單月⑬，即在坊裡當起差來。高品已於十月初二日回蘇州去了。

春航在廟裡寂寞，文澤邀至家中，王恂又欲相留，春航兩處時常寄榻；又兼蕙芳照舊相陪，便安心樂意，與文澤、仲清等交相琢磨，閒時作些詩賦，習學殿試⑭工夫。南湘也寫了幾天殿試卷子，已後又

⑩ 房師：明清科舉制度，錄取的生員尊稱分房閱卷的同考官為房師。
⑪ 座師：明清科舉的舉人、進士稱主考官或總裁官為座師。
⑫ 代槍：科舉考試代筆的人，後叫槍手。
⑬ 正指揮上加足了雙單月：由候選捐成實職。今按：此句他本作「從藩曆上加捐了正指揮」，均誤。二十五回，仲雨已捐了正指揮。
⑭ 殿試：科舉時代，帝王於宮殿內考試貢舉之士稱殿試。明清兩代，省試之後集中京師會試，會試中式後再行殿試，以定甲第。

不寫了，且按下不題。

如今要講起一件閒事來。那八月十四日晚，烏大傻教刑部裡傳了一堂私造假契抵押錢財事。因歸自榮急欲借錢，商於大傻，要借彼房契抵押，許其分用。大傻早將房契押出，只得另造偽契與歸自榮，押了六百吊錢，大傻分用了二百吊。誰知這個財東與前次那個財東相好，一日敘談帳目等項，講起烏大傻的房子來，那個財東問起住址、方向，知道就是押於他那一所，便對那人道：「這張契紙是假的。前年大傻已將房子抵押于我，押了八百吊，有興盛香蠟鋪作保。現今利錢欠了四個月，我正要找他說話，怎麼又押與你了？」那人便著起急來，即找了中保來尋大傻理論。誰知大傻子終日昏昏沉沉的在戲園間闖，家中用一個笨漢，也甚不明白。那人找了十餘天，並未見著一面，大傻回來又不知道。那人情急，告了一狀，送到刑部裡。烏大傻子是個天文生⑮，其祖也作過官，其叔祖並且是個顯宦，如今式微⑯了，只剩下數頃荒田、幾間破屋。幸虧契是白契，並非私造印信；大傻的堂母舅，現任刑部司官，也有些照應。大傻想供出歸自榮來，無奈契是他的，又係他出名，倒與歸自榮毫無干涉，竟上了一個大當，革去天文生，限期賠償。這也是他的晦氣。

卻說拿烏大傻那一天，有個皂隸叫作陸升，與歸自榮住處相近認得，那日見他報了舉人，忽然想起八月十四日，明明看見歸自榮在烏大傻子寓裡吃酒。因想十四日秀才們正在場裡，怎麼他不進去，又會中呢？想來想去，再不明白。一日遇見一個貼寫⑰，叫作葛逢時，排行第六，是個紹興⑱朋友，極會生

⑮ 天文生：觀察天象、推算時日的官吏。
⑯ 式微：天將暮的意思。後來泛稱事物由盛而衰曰式微。

事的。那天是十月初三日，陸皂隸走到衙門前一個小茶館內，見葛貼寫在裡面吃茶，一邊放著黃布小包。身穿貴州綢綿袍，套著玄青大褂，低著頭在那裡吃火燒⑲。皂隸走近來彎彎腰，叫聲：「葛先生，獨自一人閒坐嗎？」葛逢時見了，也照應了。陸皂隸就對面坐下，走堂即添了一碗茶。葛逢時道：「你今日清閒，想不是值堂日子麼？」陸皂隸道：「這幾天不該班。葛先生，你是忙得很，近來想也發財。你是走得起的人，即日就要補經承⑳了，將來可肯照應我們？」葛逢時嘆口氣道：「老陸，你是衙門中老手了，難道你不知道我們的苦？若要想得經承，至快還得七八年，你想難不難？不比別的衙門還有些活動，這道衙門作了經承便又怎樣？」陸皂隸道：「作了經承到底好。你看黃經承與張經承怎樣局面，簇嶄新，風吹不動、火燒不著的一所好房子，好熱車，乾草黃銀鬃大騾子，你瞧氣色怎樣光鮮，衣服怎樣體面，也就罷了，將來還有個小功名。人生在世，衣食無憂，就也難得。」葛逢時點點頭，已將幾個火燒吃完。然後問道：「你可要吃點心？」陸皂隸道：「我已吃了油炸糕、甜漿粥了。我有一件事不明白，今日難得遇見你，正好討個教。」葛貼寫道：「有甚麼事難明白？」陸皂隸道：「我們街坊有個姓歸的，是個南邊人，招贅在烏大傻子家裡，常見他出進的。我家與烏家隔不到一箭遠，在一條胡同裡，這且慢說。我問你年年下場的日子可是一定的日期，或是可以先後移改的？」

⑰ 貼寫：即貼書。舊時書吏的助手叫貼書。
⑱ 紹興：今屬浙江省。
⑲ 火燒：即燒餅。
⑳ 經承：清代各部院役吏的總稱。

葛貼寫道：「鄉試麼，通天下是八月初八日頭場，初十日出來；十一日再進去，十三日出來；十四日再進去，十六日完場。這是各省一樣的。會試㉑是三月初八日起，也是一樣。」陸皂隸道：「你說二場是八月十四日進去，是什麼時候點名，什麼時候封門呢？」葛貼寫道：「點名總在一早，到了午未時也就要封門了。」陸皂隸道：「到十四日二更天，還有不進場的人嗎？」葛貼寫道：「怎麼能夠到二更天？今年點名極快，二三場午正時候已經封門了。十四日二更天還在場外，那是頭二場犯了貼例㉒貼出的了，所以不用進去，你當他還未進場呢。」陸皂隸點頭道：「原來有這些原故，什麼叫作犯了貼例貼出來的？」葛貼寫道：「這些事你要問他作甚麼？貼例的或是燒了卷子，或是墨水污了，或是不完卷子交了白卷。這些有毛病的卷子，就不發謄錄所㉓，就貼了出來，不要他再進去了。」陸皂隸道：「據你說，貼出來的可會一樣中麼？」葛貼寫道：「你好明白！既貼了出來，沒有完場，怎麼會中？就是大主考的兒子，也不能中的。」陸皂隸道：「我原聽得人說，不完場是不能中的。我方才講的那街坊姓歸，名字叫自榮，現在高高中了三十四名。我於八月十四日二更天去傳烏大傻子，明明看見歸自榮在那裡。他並且上前來問甚麼事，講了多少話，急得什麼似的。那時我卻不理會。後來見他報了舉人，我又不曾認錯人，細細想來，他沒有進場，怎麼也會中呢？請教你評出個理來。」葛貼寫道：「這卻奇了，或者你認錯了人，

㉑ 會試：明清科舉制度，每三年，各省舉行考試曰鄉試，中式者為舉人。次年，以舉人試之京師為會試。

㉒ 犯了貼例：違反考場規則。

㉓ 謄錄所：宋仁宗時，為防止筆跡有弊，規定試卷交謄錄所用硃筆謄寫，以謄本送交考官評閱。明清鄉、會試皆沿宋制。

或是記錯了日子，不要是十三晚上。」陸皂隸道：「這人雖燒了灰，也認得出來，斷不會錯的。至於日子，有票字為憑，而且明日就是中秋節，一發不會記錯。你想是什麼緣故？」葛貼寫道：「這真奇了。」細細想了一回，問道：「你可知道他的底子怎樣？」陸皂隸道：「這卻不知道，他外面是極好看的，說是烏家的女婿。至於他是那一省人，我也不知道。」葛貼寫道：「你細細訪一訪，如果真沒有進場，這就了不得，必定有個頂名代替的了。你若訪實了，歇天我同你去找他，看怎樣。我們見景生情，大家可以發些財。」陸皂隸道：「我也是這麼想。」二人商酌定了，葛貼寫還了茶錢，各自去了。

歇了幾日，陸皂隸訪得明明白白，是歸自榮撺出一個奶媽子，因偷了一張錢票、兩樣銀首飾，被主人搜著了，撺了出來。歸自榮那幾日因城外人眼多，故躲在城裡頭看戲，請的客都是心腹至交，所以不瞞他們。內中有個馬回子替他經手，請了一個浙江人，丁憂的廩生㉔，許了他一千兩銀子，先付潤筆㉕一百兩。歸自榮沒有錢，只付了四十金，至今分文未付。那經手的馬回子又從中賺了十兩，那廩生僅得他三十兩銀子，倒替他中了一個舉人。如今天天向馬回子吵鬧，把馬回子的大門也打破了。歸自榮躲在家裡再不出來，並且鬧得外頭有些風聲了。陸皂隸從奶媽子口中，訪得清清楚楚，便告訴了。葛貼寫便叫陸皂隸去向歸自榮借一千銀子，被歸自榮啐了一臉吐沫，便一五一十嚷將出來。歸自榮無法，掩不住

㉔ 丁憂的廩生：遭父母之喪的廩生，不能參加當年的考試。廩生，明洪武二年令府、州、縣皆置學，府員四十人，州、縣以次減少十人，人月給廩米六斗，稱廩生。清沿明制，名額及待遇視州、縣大小而異，月給廩餼銀四兩。

㉕ 潤筆：泛指酬謝別人寫作文字書畫的財物。這裡指捉刀的酬金。

口，也只得和他鬧了一場。陸皂隸訛詐不動，逢人便說要告他。葛貼寫與他作了一張呈子，就遞在部裡。馬回子知道了，通知了那個廩生，兩人星夜逃往他方去了。部中審了兩次，歸自榮不能狡賴，只得據實供明，革去舉人，監押起來，俟拿到代槍之人，再行定案。

此案一出，鬧動了多少不第生監，鳴鼓而攻[26]，並把歸自榮在城外那些事情，一總通出，部中看成了一個大笑話。有個老司官遊戲三昧[27]的，作了一個勘語[28]，是一篇四六文，滿城傳遍。從此歸自榮成了一個衣冠禽獸了。一日，文澤的家人，從外面抄了一張來送與文澤看，恰好南湘、仲清都在那裡。大家看時，只見寫道：

勘得歸自榮，家本書香，父曾攀桂[29]；心耽銅臭，性愛遊花。浪跡都門，騙人弱息[30]；縮頭陋巷，擁彼淫娼。恣挑達于風月場中，攫錢財於鴛鴦被底。臀有膚而盡堪鑿空，面無皮而豈解包羞。貪酒食之歡娛，暢煙花之撩亂。交遊假托，後庭裡玉樹常埋；廉恥全無，前溪邊秋砧又擣。既在泥塗以含垢，豈堪月窟[31]以探香。借曰兔本前生，竟忘鱉為同氣；一味狐能工媚，亦由蟲自可憐。

---

[26] 鳴鼓而攻：謂公開聲討。

[27] 三昧：此處指訣竅、奧妙。

[28] 勘語：這裡指議定、審核的文章。

[29] 攀桂：此指科舉登第，猶言折桂。

[30] 弱息：幼小的子女。後多指女兒。

[31] 月窟：月中。

烏大傻破屋無存，尚須還債；馬二回大門亦壞，遑問謝儀。效張冠而李戴，回天力於人工。夫槍替雖已鱗潛㉜，而索賄尚多雀噪㉝。皂隸豈知顛倒，亂吵街坊；諸生盡訐陰私，紛呈詞牘。是宜先除巾服，消斷袖㉞之餘妍；重撻鞭撾，起引錐㉟之隱痛。照例充軍煙瘴，俟全案之齊拘；大書以示衣冠，泄眾人之公忿。此讞㊱！

眾人看了笑個不已，仲清道：「這是天理昭彰，報應不爽。若沒有那皂隸一鬧，又有誰人知道？此等污穢東西算個孝廉，真辱抹殺多少人。」春航道：「如今世上竟不成事了。你看此中漏網者固多，冤枉者亦復不少。前日瑤卿說：我們同年與他最好，教他畫畫的那個南京人金粟，本是個名士，性情磊落，大雅不群。因初到京時寄居在某顯宦家，也是自不檢束，他的跟班與彼內眷有私，竟將相如、文君㊲之事，疑到此君身上，因此辭出。不意這位顯宦明於責人，昧於責己，懷恨在胸，借此發揮，將此君亦另案鍛煉，又帶累了幾個名士一並斥革，你說冤枉不冤枉？」文澤道：「此等事亦不足為奇。即如唐六如、吳漢槎㊳諸公，至今其名自在，雖經斥革，與他何損？要知如歸自榮這種行為，只怕也沒有了。」春航道：

㉜ 鱗潛：逃跑。
㉝ 雀噪：吵鬧。
㉞ 斷袖：截斷衣袖。後稱男寵為斷袖。
㉟ 引錐：即引錐刺股，喻勤學。
㊱ 讞：議罪。
㊲ 相如文君：即漢司馬相如與卓文君。

「難說。你看那買賣人的兒子，家人的內親，其不通且不必論，難道也算身家清白嗎？不過有幸有不幸就是了。」

正說話間，只見史南湘的家人進來說：「請少爺回去，老爺放了道了。」南湘聽了，即便辭了眾人先回。不知後事如何，且聽下回分解。

㊳ 吳漢槎：即清吳兆騫。字漢槎，吳江人。順治十四年舉人，以科場事謫戍寧古塔，二十年後始釋歸。工駢體文，詩氣壯才麗，詞亦工。

第三十三回　寄家書梅學使訓子　饋贐儀華公子辭賓

話說史給事放了大名道❶，南湘隨任同行，且到明年會試再來。諸名士、名旦送行，又敘了幾日。光陰甚快，不覺又到臘月中旬。

且說子玉因南湘、高品出京，又少了兩個知己。前月王閣學來對顏夫人說，不是冬底，就是春初，要與子玉畢姻。顏夫人回說不好專主，須寄信到江西，俟其回信轉來，再為定奪，子玉因此連王宅也不大去了。徐子雲近日補了缺，衙門中添了些公事，不能天天在園。

是日，天氣晴和，雪消風靜，子玉欲訪聘才，打探琴言消息。早飯後稟過萱堂，乘輿進城，行不到半里，心裡忽又躊躇起來，料聘才也未必在家，越想越不高興，便說：「不去了，出城回去罷！」雲兒勒轉馬頭，趕車的倒轉車來，出了城，忽然有幾輛車塞滿了路，還有一群駱駝擠在裡頭。眾趕車的喧喧嚷嚷，開讓不來。子玉的車下了帘子，與一個車相並，子玉從玻璃窗內一望，卻好那人也轉過臉來望他，原來是寶珠。子玉見了，不覺一笑，寶珠問道：「你從那裡來？還到那裡去？」子玉道：「我從城裡回來，不到那裡去了。」寶珠道：「何不到我寓裡談談，我們也有兩月不見了。」子玉一想回去尚早，也可借此散散，便道：「甚好！」一邊車已走開，子玉在前，寶珠在後，同到了門口下了車，寶珠讓進了裡面。

❶ 大名道：治所在今河北大名。

子玉尚是初次進來，到了內院，見正面上房三間，西間便是書齋，上懸一額是「小琅玕室」。子玉進內，覺得芳香撲鼻，不染點塵，有兩盆水仙花已開足。桌上擺一個古銅瓶，插一枝天竹❷，兩枝臘梅；那邊還有兩盆唐花。壁上所掛字畫，皆是前人名跡，絕非世俗紗帽之作。又見一個小地罩內，左邊掛一個橫幅，是寶珠自己的倚竹圖小照，右邊掛著四幅小屏，是教他畫畫的那個金粟畫的花卉。子玉看了，不禁一嘆，說道：「天下事真是有幸有不幸，你看此等名士，竟遭此劫，天之妒才果如是耶！」因向寶珠道：「我聽見人說，你之待此公，與此公之待你，亦不亞於蕙芳之待湘帆。且你於此公失意後，更覺親密，一切旅費悉賴你周全。此等居心，尤為難得，真令世俗衣冠中人愧煞。此公亦甚知感激。」子玉一面說話，但見寶珠默默無言，眼眶一紅，長嘆一聲，道：「同是天涯淪落人，相逢何必曾相識❸。」不禁落下淚來。子玉因無意中數語，竟觸動寶珠心事，自覺出言唐突，忙指著窗外之竹，笑道：「當歲寒時節，將此君與唐花較量，方見其瀟洒自然，節同松柏。」寶珠聞之，又破涕成笑，子玉方覺放心，因又道：「不覺日子這麼快，轉眼又是年底了，真是流年如水。」寶珠道：「可不是麼，本來離年近了。前日我聽得劍潭講，一過年你就要恭喜了，可請我們吃喜酒麼？」子玉道：「還沒有定，等老人家家信回來再看。」寶珠道：「今日我倒得了兩樣菜，不曉得你肯賞臉在這裡吃飯麼？若肯在這裡吃飯，我便約了香畹來，大家敘敘。」子玉躊躇道：「若吃飯回去就遲了。前日這麼大雪，你想必積了些雪水，我們何不煮雪烹茶，請了香畹來作個清談雅會，不好嗎？」寶珠笑道：「很好，到底你總與別人不同。」

---

❷ 天竹：植物名。南天竹的別名。
❸ 同是天涯淪落人二句：出唐白居易琵琶行。

一面著人去邀素蘭，一面吩咐把火盆擡到外間去，將茶爐搬過去，並搬出全副茶具。子玉見地上先放了一個大銅盤，後將一個古銅茶爐座在盤內。那爐約有一尺多高，身圓如斗，下有鼎足，爐身兩孔，爐口圓小，從火盆內夾了些焰炭，又加上些生炭，便見一爐活火直燃起來。又一人捧過一個蔚藍大磁甌，又把個宜興窯提梁刻字大壺❹，盛了雪水。子玉見了，頗覺欣羨，便說道：「尚未煮茶，見了這一副茶具，已令人清心解渴了。」

說話間，素蘭已到，大家見了。素蘭對寶珠笑道：「今日你如此之雅，一定是為雅人來了，但添了我這個俗人，不要把雅事鬧俗了麼？」寶珠道：「你也就雅極的了。」素蘭問子玉道：「近來何以足不出戶，可曾會過玉儂麼？」子玉道：「沒有。玉儂此刻如何能出來？倒不料他安身立命竟在那一處了。」寶珠笑道：「恐怕那處還不是玉儂安身立命處，玉儂之志，豈肯長受委屈的？」子玉道：「我聽得待他甚好，有甚委屈處？」寶珠道：「好原好，但華公子那人究竟不能十分體貼人的。度香這麼樣待玉儂，尚不能得玉儂歡心，那邊能如度香這麼樣麼？局面就是兩樣，那處是步步不離規矩的，閒散慣的人也是不便的。八月十四那一天，我看玉儂出來伺候，就是勉強，叫作沒有法就是了。」素蘭道：「如今見了我們也是生生的，覺得心上總是憂鬱不開的光景。」子玉聽了，不禁嘆了一聲。

寶珠見水開了，自己於博古廚內，取出一個玉茶缸，配了四種名茶，自己親手泡好了，把蓋子蓋上。又取出三個粉定茶杯，分作三杯，又將開水添滿茶缸，仍舊蓋了。子玉道：「要你親手自制，倒累了。」寶珠道：「你們嘗嘗這茶味可好麼？」子玉與素蘭喝了兩口，覺得清香滿口，沁入心脾，都說道：「這

❹ 宜興窯提梁刻字大壺：江蘇宜興出產的陶製茶壺。相傳始於明萬曆年間，以製作精美著名。

茶好極，而且不像一種茶味。」寶珠道：「我將各樣好茶，併成一碗的。」子玉道：「怪不得香美如此。」寶珠又捧上一個果盒來，聊以侑茶❺。子玉道：「倒比酒好。」

三人閒談了一會。素蘭問子玉道：「近日你可見你那世交魏聘才麼？」子玉道：「也有兩月不見了。我今日倒特特要去看他。已經進了城，我想他是常在外邊的，忽然不高興起來，所以轉回，恰才遇見瑤卿。」寶珠橫波一笑，道：「你錯了，該去的。就使聘才不在家，你那心裡人是不出門的，他知道你去，必出來見的。」子玉不語。素蘭道：「你不曉得魏聘才近日的事嗎？」子玉道：「什麼事？」素蘭笑道：「這魏聘才從前指使人去鬧玉儂，我心上極恨他，及至玉儂進去了，倒也不見怎樣。我看其人也不算個大惡，不過是個小人意見。殊不知他從前會糟蹋人，如今也受人糟蹋起來，而且以後還沒臉見人。」子玉聽了，十分詫異，忙問道：「有何難見人的事？」寶珠尚未知道，也問何事。素蘭道：「魏聘才原不好，但如今交朋友也真難，人面獸心的多。你們真不知魏聘才宿娼，被坊官拿住送交刑部麼？」子玉吃了一驚道：「有這等事！怎麼就送刑部呢？」素蘭道：「我是聽得張仲雨講的。如今仲雨是正指揮，所以知道這事，已有四五天了。那一日魏聘才請富三爺在蓉官寓裡喝酒，富三爺想起一件事來，先進城去了。聘才便不進城，叫蓉官去叫了一個媳婦，名叫玉天仙，就借蓉官寓裡過夜。將近二更，尚在那裡喝酒唱曲。有個吏目❻郁泰孫來查夜，走了進來，與聘才認識的，且同過席聽過戲的。聘才見是郁吏目便放了心，讓他入座，吏目不肯，聘才便與他頑笑起來。那吏目即變轉臉來，道：『老魏，今日講不得頑

❺ 侑茶：飲茶時助興的果品等。

❻ 吏目：古官名。清代於太醫院、五城兵馬司及各州置吏目，除太醫院以外，其餘皆掌管緝捕、守獄及文書等。

笑，你可知道公事公辦麼？』聘才還當他是頑笑，便也說道：『什麼公事私事，你別把坊官擺在臉上，就是都老爺挾妓飲酒也是常有的。快坐下罷。』一面又扯他，那吏目『哼』了一聲，說道：『不要說是你，今日我來查夜，就是我們總憲坐在這裡，我也拿得他。』話才說完，有幾個兵役就拿鏈子出來，套上聘才，往外就拉。又有兩個，一個鎖了蓉官，一個鎖了玉天仙。可憐魏聘才嶄新的一身衣服，被他們拴在車尾子上，跟著跑。到了吏目寓處，鐵面無私的訊起來。幸虧魏聘才的下人找了一個書辦，講了一千六百吊，寫了字據，找了鋪保，方開開鎖。作了一套假供：魏聘才為李三才，今日蓉官留住吃飯，適逢蓉官出嫁之姊回家看弟，並無同桌吃酒，以致男女混雜。訊明是實，相應開釋等情。」子玉道：「這已算明白了，怎麼又送部呢？」素蘭道：「聞說有位巡城都老爺，訪得吏目詐贓，改供私放，把這案提上去，送了刑部。」寶珠道：「如今魏聘才是在監裡了，應該，應該。但華公子怎麼不替他料理呢？」素蘭道：「據仲雨講，是瞞著華公子。況且又是個假名假姓。大約臉總丟了，也不至有什麼大罪。又聽說魏聘才新捐了一個從九品，審實了，這功名只怕也革的了。」

子玉聽了，甚替聘才著急，連說道：「這怎麼好？就是我們那位李世兄，也在外邊胡鬧，夏間去嫖，連衣服都被人剝了。親友們都知道，鬧得很不好看。不料魏聘才又鬧出這件事來。」素蘭道：「也叫他吃些虧才好，如今報應得甚快。誰叫他會使趕車的糟蹋人，如今是加倍奉還了。」子玉又笑起來。

當下三人講了好一回。子玉見天色不早，辭了二人回家。到上房見了顏夫人，顏夫人似有不悅之色，子玉也不敢問，呆呆的站在一邊。顏夫人道：「你父親有家書回來了，你作的事，他都知道，並且說我不能教訓，你自去看罷。」便將家書遞與子玉，子玉接了未看時，已唬得目定口呆。走到窗前，恭恭敬敬捧了看了一遍，兩頰通紅，一言不發，只看著顏夫人。顏夫人見了這樣光景，心上著實可憐，只得故作冷笑道：「知道害怕，莫若從前不作這些事不好麼！以後學好也由你，不學好也由你，橫豎我不能跟著你出外。你若再不學好，你父親回來恐未必依你。」子玉只得連連答應幾個「是」，也不敢坐下，也不敢退出。顏夫人也不便安慰他，只好問他今日可見魏聘才。子玉聽了，似有躊躇，欲說不說的光景。顏夫人又問了一聲，子玉說道：「沒有見著，而且得個信，說魏聘才不曉得鬧了什麼事，被人告了，前日已收在刑部監裡。」顏夫人聽了吃驚不小，急問道：「這話是誰說的？為著什麼事，你從何處打聽來？」子玉隨口說道：「是一個認識的人，就是魏世兄的親戚張仲雨說的。他也講得不甚明白，倒像是狎妓飲酒被坊官拿去的。」顏夫人聽了，罵了一聲：「下作東西！作這些不愛臉的事。如今便怎樣呢？難道華府裡也不管他嗎？」子玉道：「聽得魏世兄在城外的日子多，這件事改著個假名假姓，說姓李，大約還瞞著華府裡。又有人說，他新捐了個從九品。他雖說是李三才，人原知道他是魏聘才。」顏夫人臉都氣紅，停了一會道：「莫非都是這些不成材的。就是李世兄也是天天不在家，不知在外面作什麼事，想來也未必幹正經，我又不好說他，聘才的事，諒他總知道細底。」子玉道：「據李世兄講，有兩三月不見聘才了。他們近來倒很疏遠。」顏夫人道：「但則聘才的事怎麼好？其人雖不足惜，但究竟是老爺世交之子，打聽個實信才好。」便叫個僕婦去傳梅進進來，梅進即便走到階下站住。顏夫人將聘才的事說了，叫他到王親家老爺處，托他關照關照，到部裡說個情也好。梅進應道：「奴才就去，但魏少爺的事情雖小，已經收在監裡，連他的家人都不容進去送飯，不知怎麼要如此嚴緊。只怕親家老爺未必肯講這個情。或者他那華府裡有人張羅他。」顏夫人道：「你想是知道他的情節，到底是怎樣的？」梅進道：「昨日聽得人說的。」便細細的將聘才的事，說了一遍。顏夫人道：「雖然如此，我們是盡我們的心，你且到王老爺處走一走，能與不能再說罷。」梅進出去了，顏夫人冷笑道：「這是喜歡到相公家裡去的榜樣。」子玉臊得滿臉通紅，只得在下邊凳子上坐下，即陪侍顏夫人吃了飯，然後回他書房。從此子玉心上懼怕，竟好幾天不敢再作妄想。

梅進來到王宅，文輝傳進，問了來意。梅進稟明，文輝冷笑了一聲，道：「那魏聘才我一見他，就知道不是個東西。你們老爺定要留他，幸而如今出去了。這件事怎樣去說，且刑部裡絕無相好。你回去與太太請安，說我只好轉托人，碰他的運氣罷。」梅進回去照直說了，顏夫人也無法，只得聽其自然。

且說聘才在監裡許了蓉官與玉天仙許多銀子，叫他們跟著他的口供，說係那日吏目請他在蓉官寓處吃酒，叫了媳婦玉天仙。飲酒中間，要問聘才借銀一千兩，聘才不允，因此口角。郁吏目預先帶有兵役，即將他們鎖了，帶回寓所。改作查夜拿獲，詐贓賣放，勒寫欠票等情。玉天仙又供郁吏目常到他家吹煙飲酒，半月前發帖請分子，分金未到，因此挾嫌，設計鎖拿。那日鎖拿之後，又逼索錢五百吊改供賣放。蓉官所供一樣。部裡審了兩堂，彼此口供相對。華公子已知道了，欲待不管，心裡又有些不安，只得著人到刑部裡與他托情關照，因此輕辦了好些。將吏目革職，聘才杖了二十，玉天仙逐出境外，蓉官釋放回家，結了案。

聘才尚欣欣的得意進城，道是官司贏了，一徑回華府來。門上人見了，都來寬慰了好些話。聘才揚揚的說道：「倒也沒有受一點委屈，這些司官老爺們，都與我相好，司獄又是我的至交，一切全仗了他們。這幾日倒也張羅得很好，不知公子可知道此事麼？」眾人只好回說不知道。

聘才進了自己屋子，尚有一起一起的人來問他，唯不見華公子打發人來，聘才真道他不知此事，便放了心。到了第三日，見林珊枝進來，兩手捧了一大封，像是銀子，放在桌上，說道：「這是公子送你的。」說完，轉身就走，聘才「道謝」兩字尚說不及，已去遠了。聘才見此光景，與平日不同，有些疑異，遂看銀包上面寫著：「贐儀❼二百兩。」心中跳了一跳，沉思了一回，已經明白，但一時不得主意，欲候珊枝出來說個明白。誰知候了兩日，不見一個人來，就是平時常見的顧月卿、張笑梅也不過來。再思量了半夜，才定了主意，次早寫了一封謝札，先說些感激的話，後說梅宅有事，現要請其回去照料家務，情面難卻，只得暫去，俟開春再來。寫完，自己到門房裡告訴了門上，將書信給他傳進。約有半個時辰，見門上進來道：「方才的字，公子已看了，說回梅宅去的很是，公子有事，不及親送了。」聘才心上尚冀轉過臉來，聽了這話，不覺心如死灰，只得說道：「多多道謝公子，並各位大爺們，多承照應了大半年。我今日就要搬出去，也不能當面叩辭了。」管門的答應著去了。聘才無奈，只得收拾行李物件，一面問管事的要了一個大車裝好。自己有一車一馬、一個小使、一個廚子、一個車夫，一齊的出了城，暫在一個店裡歇了，消停了再找寓處。

聘才在華府裡僅有十個月，在外面招搖撞騙，所得銀錢卻也不少；華公子於修金之外，尚多遺贈。聘才捐了個從九，花去四百餘金，作衣服及浪花浪費共有二千金。此時除前日二百金之外，尚存三百金，還有些玩好等物。且幸所捐名次在前，約半年可選。因此膽壯心豪，與從前大不相同了。在店裡住了兩日，嫌他嘈雜，即租了宏濟寺春航住的房子，高車大馬，大闊起來。也不到梅宅去看望。蓉官、玉天仙時常往

❼ 贐儀：以財物贈行者。贐，音ㄐㄧㄣˋ。

來，聘才以百金分送二人，又給了些零星玩好，日日征歌鬥酒，自然有那一班氣味相投的與他親密。

卻說富三爺聞得聘才鬧了事，便在部裡打聽了幾日，自己無路可通。後聞華公子替他托了情，才放了心。後又聽見聘才辭館出來，便又惦記著放心不下，意欲邀他回家。一日起早出城來找聘才，只見寺門口一班人在那裡囉唕。富三爺下車時，見一個披著件青布老羊皮大襖，戴一頂舊秋帽，有三十多歲，口中在那裡撒村混罵。富三爺聽他說道：「原來這麼不是朋友，一天到晚買長買短，茶茶水水，生爐子燒炕，那一樣不伺候到，許給一百吊，才這麼著。如今不認了，給三十吊錢就算了。你想公門中行好是沒有的，過了河就拆橋，保佑你別進來；第二回再來，你瞧著罷。」富三聽了知是刑部的禁卒，便皺著眉走進去。聘才的人見了，即忙通報。富三已走進院子，聽得咭咭咯咯打鼓板。小使開了風門，見聘才與蓉官迎出來，蓉官便搶上一步，哈了一哈腰，就來拉手。富三把他擰了一把，蓉官便將富三的手扭轉來。富三罵道：「小兔子鬧什麼？」擺脫了手，忙與聘才見了，問了好，便道：「恭喜！恭喜！那幾天我實在放心不下，司裡頭又沒有認識的人，也不能進來瞧你。到你進了城，正要來看你，你又辭了館了。老弟，你叫作哥哥的怎麼不惦記你？你是個異鄉人，無親少故的，如今打算怎樣？還是要找館地呢，還是在城外住？不然，到舍下去過年，也有個照應，省得廟裡冷清清的。」聘才道：「多謝三哥美意。但小弟在城外住便當些，還有幾件事情，若到城裡去，就不便了。或者明年，再來叨擾罷。」富三道：「旅費敷衍得下去嗎？」聘才道：「暫住幾月，尚可敷衍。」富三道：「也要省儉些才好。你在華府中也受用慣了，若如今要照那樣兒就費事。」聘才道：「自然要減省些。此刻就算這兩個牲口是多餘的，然而也省不來。雇來的車，一天也要一吊六百錢。核算起來，也就費得有限了。」富三要拉聘才出去吃飯，聘才說道：「在這裡吃罷。」就吩咐多添幾樣菜。富三道：「咱們上館子去罷，省得你自己費心。」聘才尚未回答，蓉官道：「你好糊塗，今日已是臘月二十五了，還有館子？家家都收了，要討賬呢。」富三笑道：「不錯，這兩天心緒不佳，連日子都忘了。」聘才道：「你有什麼心事，還怕過不去年麼？」富三道：「倒不是為過年，過年原不要緊。你忘了我這個直隸州，如今已是頂選。前日出了兩個缺：一個湖北，一個貴州；湖北好，貴州極苦。本應湖北輪到我，偏偏來了一個壓班的來投供，只怕是他的了。貴州我聽得一年不滿三竿，如何是好？我想到選司找先生們商量商量，不知可好斡旋麼？」聘才道：「這裡的和尚是僧籙司❽，他的兄弟就是吏部文選司❾的經承。或者就托這和尚去商量商量，可以挽回也未可知。」富三道：「很好，我倒不便面講，你就去與他說，若辦成了，我重重的謝他。」聘才點頭道：「這和尚倒好說話的。那裡算什麼出家人，吃喝嫖賭樣樣精明，吹唱也好，還會專醫楊梅瘡，倒也真快活有趣。人人稱他為唐老爺，他又要人叫他唐大哥。」

聘才話未說完，只聽得風門一響，探進一個頭來，戴個鑲邊醬色氊帽，兩撇濃鬍子。又縮了出去。聘才道：「唐大哥進來坐。」那人道：「停一回再來。」聘才道：「就請進來，這位客就是我說的富三老爺，他正要會會你。」唐和尚便撬開風門，走將進來。聘才與富三站起，唐和尚滿面堆下笑來，說道：「原來這是富三老爺，今日僧人有幸，瞻仰了大貴人。」富三也說：「久仰得很。」與他拉了手，和尚一屁股就坐在椅子上，把富三上下瞧了兩眼。

❽ 僧籙司：僧官名。專掌佛教事。

❾ 吏部文選司：官署名。專掌文職官吏的選授、銓敘、勛階、改調、推升等事。

富三看這和尚也就生得異樣，五短身材，穿一件青縐細羊皮僧袍，拴一條黃絲縧，腳下是灰色絨毛兒鞋，滿面陰隲紋，一雙色眼，手中拿個白玉煙壺，遞給富三，富三也把個瑪瑙壺送給他。和尚聞了煙，便問道：「三老爺在城裡住？三老爺是不認得我。當年我的師父與太爺很相好的，太爺巡南城時，常到小寺來，愛下大棋，常與我師父下棋。你方才沒有瞧見老爺神座旁邊那幅對子麼，還是太爺親筆寫的，刻好了送來。這話有二十九年了。三老爺，你能此刻恭喜在那個衙門？」富三道：「我在戶部主事上當了幾年差使，今年遵例加捐了直隸州，目下也要出京了。」和尚道：「如今還在那一省？」富三道：「尚未定，現有湖北、貴州兩個缺，只好碰我的運氣了。」和尚道：「三爺一定是湖北。我祖籍是湖北，今日可巧見著我，一定是湖北，不用說了。」說罷哈哈大笑。聘才道：「你也在這裡吃飯，還有一件事要和你商量。」和尚應允。聘才拉他到房裡說了一會話，富三聽得明白，和尚連聲的道：「容易，交給我包管作臉兒，放心，放心。」同走了出來，和尚又對富三說道：「三老爺的喜事，方才魏太爺已講了，我就著人叫我兄弟來商量。包管妥當，不用三老爺費一點心，都在我身上。」富三便道了謝。

忽見風門外走進一個小和尚來，約有十六七歲，生得十分標致。頭上戴個青綢灰鼠暖兜，身穿藕色花縐綢狐狢皮僧袍，腰拴絲縧，腳穿大紅鑲鞋，拿了一枝水煙袋來，替他師父裝煙。和尚也不讓客，就吸起來。富三見了，著實愛慕，灣流流兩眼，只管看他。蓉官站在聘才背後，對著富三作手作腳的，引得富三笑道：「唐大哥，這位是你徒弟麼？我倒像見過他。」和尚得意揚揚的道：「小和尚叫得月，今年十五歲了，念經唱曲都也將就，就是愛頑皮，我總不許他出門，三老爺不知從何處見他？」富三爺笑得兩眼眯齊，說道：「待我想來。」想了一回，忽然的大笑道：「呸！我記錯了，我認是大悲庵的姑子，實在像得很。」說得聘才大笑，小和尚漲紅了臉。唐和尚笑道：「三老爺取笑。」聘才道：「叫他裝個姑子，卻也看不出來。我們這唐大哥是第一個快樂人，吃的、穿的、用的、頑的，件件都好。」唐和尚道：「阿彌陀佛，出家人有什麼好。我師兄在日把我拘束住了，如今比從前卻舒服些。原先這屋子裡有位田老爺，住了一年，也是天天有相公來的。我偶來走走，師兄便嘮嘮叨叨的說我不該過去。可笑我那師兄，不吃、不喝、不花，緊緊的守住了那租子，都被他侄兒騙得乾乾淨淨。臨終時一雙空手，身後事都是我辦的。人生在世，樂得吃，樂得頑。三老爺也不是外人，如今出家人都是酒肉和尚，守什麼清規？我生平不肯瞞人，實在吃喝嫖賭也略沾滋味的。」說得富三大笑道：「真是個爽快人。」

三人談了好一回。富三見那小和尚生得實在可愛，不覺垂涎起來。又見他與蓉官坐在一凳，彼此交頭接耳的說話。鐘上已交正午，才見聘才的人來擺桌子，放杯箸。富三道：「你可不要費事。」聘才道：「沒有什麼可吃的。」於是分賓主坐了，富三叫得月也坐了。唐和尚命得月同著蓉官斟酒。富三見果碟小吃已置滿了一桌，便道：「作什麼，都拿開，留四碟就夠了。」便叫留下山雞絲、火腿、倭瓜子、杏仁。蓉官道：「慢些，慢些！」便搶了一碟橘子，又抓了一把金橘道：「你不愛吃，還有人愛吃呢。」一連上了九樣菜，倒也很好滋味。蓉官夾了一個肉圓，塞到唐和尚嘴裡，和尚囫圇吃了；蓉官又夾了一個，和尚又吃了。蓉官道：「兩個卵子十八斤，吃葷的不用，吃素的便請。」富三、聘才大笑起來，唐和尚也笑道：「我吃不要緊，你若吃時，可受不住了。不要說是十八斤，就是四兩重一條的，你可吃得下？」說罷伸手過來，把蓉官捏了兩把。蓉官瞪著眼睛將他氈帽除了，在他光頭上摸了一摸，道：「你們看，像是什麼？」唐和尚道：「很像雞巴，你愛不愛？」蓉官又將他的氈帽折攏，道：「你瞧這個又像什麼？」富三道：「蓉官總是這麼淘氣，別叫唐老爺打你。」唐和尚連忙陪笑道：「不妨，不妨！頑笑罷了，什麼要緊。」便歪轉臉來，湊著蓉官耳邊說道：「就像你那後庭花。我這腦袋，又在你的前面，又在你的後面，給點便宜與你，好不好？」蓉官把氈帽與他帶上，說道：「好個賊禿！」那得月喝了幾杯酒，臉上即紅起來，越顯得嬌媚。富三道：「蓉官，你瞧得月，何等斯文。」蓉官道：「他好，你敢是想他作徒弟麼？」

大家混鬧一陣，唐和尚煙癮來了，就在聘才處開了燈，吹一會煙，直到申末才散。富三進城又重托了唐和尚，蓉官也自回去。不知後事如何，且聽下回分解。

第三十四回　還宿債李元茂借錢　鬧元宵魏聘才被竊

話說聘才送了富三出門，唐和尚即叫人去請他兄弟。聘才剛進屋子，只見李元茂闖將進來，道：「今日才尋著你，店鋪裡那一家不訪到，原來搬在這裡。」聘才道：「我也搬出來不多幾日，因為有些事情，所以還沒有來看你，並看庾香。」即問：「庾香近來可好？」元茂道：「好是好的，前月王家寫信與太老師，明年二三月間要替庾香完姻了。就是我那頭親事，孫家常來催，本來年紀都不小了。我寫稟帖與老人家，尚無回信。半年來也不寄一個錢來，今日已是二十五了，看光景，年內有信也未必到，這便怎樣？如今有四十多吊的館子賬，零星費用也須二三十吊。衣服是當完了，也要贖出兩件好拜年，你替我想個法兒才好。」聘才道：「不瞞你說，難道你還不知道，我近來被人訛詐那件事，也費了好一堆錢。如今我又閒住在此，若說起錢，真一個也沒有。算起來，今年的錢也花得不少，誰想到今日呢。我又沒什麼衣服，除了外邊挪借，連當都沒有當的。」元茂道：「你裝什麼窮？我借了難道不還你麼？此番老人家有信來與我辦喜事，至少也有五百兩銀子。如今你借四十兩銀子與我，或是一百吊錢，就好過去。不然，我竟死了。好人，好人！你不要作難。」說罷，作了兩個揖。聘才冷笑道：「這真奇了，你也不去想想，我又不曾做官，我又不曾發財，你怎麼當我是有錢的？告訴你，你不過幾十吊錢的賬，我是有幾百吊呢，你不信，我給你瞧瞧。」便從靴掖子裡，取出幾篇賬帖來。李元茂接了細瞧，是裁縫賬最多，有二百幾十吊；館子莊子的賬也有二百來吊；還有些零星賬幾十吊，算來有五百餘吊。元茂道：「怎麼一下就有這許多？這還了得！」聘才道：「還有些沒有送單子來呢。此時連賬，連寓中的澆裹，並新年的花消，總得要八百吊錢方下得去。此時兩手空空，就有幾件皮衣，又要穿的，也當不得。我實在自顧不暇，怎麼能從井救人。你或者倒替我張羅，你那兩個舅舅可以商量麼？」元茂嘆口氣道：「你還題這兩個寶貝，天天白吃白喝，沒有見他作過一回東。就是孫老大，也欠了好些賬，這兩天躲著不出來呢，只怕他要問我商量。」李元茂無頭無尾話講了好些，聘才只得留他吃了飯。元茂到聘才房內搜著個煙具，便要吃煙，開起燈來，咕咕咚咚的，鬧得聘才心裡發煩。已到二更，聘才催他回去，元茂只是不動。聘才道：「你回去遲了，那裡關了門怎麼好。快些回去罷，此時也不早了。」元茂道：「我今天歇在這裡罷。」聘才道：「我只有一副鋪蓋，怎麼睡得兩人？」元茂道：「不妨，你蓋一床大的，那一床小的給我。兩人再蓋些衣服，就不冷了。我們這一年沒有同榻，今日正好談談。」聘才無奈，只得由他。元茂不知好歹，吹了煙又要吃果子，停一回又要點心，把聘才那個四兒呼來喚去，忙個不了。聘才歪躺在一邊，也不去理他。

到了三更，四兒來請聘才，說唐和尚請說話。聘才來到和尚房中，見炕上開了燈，屋中點了兩支蠟，照得雪亮，銅爐內火焰熏人；旁邊小方桌上有幾碟殘肴、一把燒酒壺，卻不見和尚。聘才坐下等他，等了一回才來，說道：「偏偏要解手，忽然水泄起來。」叫人打了盆水，淨了手，坐了說道：「日間所說的事，方才兄弟來我對他講了，他說可以，兩個缺是一天到的，卻是湖北在前，如今作個弊，將貴州放在前面，也無妨礙。雖然一倒轉來，也是個作弊。我兄弟說與富三爺沒什麼交情，不犯把這大情白送給他；貴州一任抵不得湖北一年，這是人人知道的。此事還要你去對他說。」聘才道：「這個自然。但不知令弟可拿得穩？」和尚道：「千穩萬穩，並不是撞木鐘❶。事成了才要，你能擔這擔子麼？」聘才道：「這有什麼不能，富三爺是有錢的人，且做事極爽快的。但不知令弟要多少謝儀，有個數目，我好去說。」和尚道：「這事若別人去講，就了不得，三千五千兩也不算多。我說是我的至好，這個情算在我做哥哥的身上，因此他只要三千吊錢。若說這個缺，一到任就有兩萬銀子的。現成規矩，這三千吊錢算什麼？核銀子才一千二百兩。你叫他開張銀票來，橫豎這個數兒。成功了，我也不想他什麼，多吃他幾天就是了。」聘才心內算計一番，便又問道：「適或那邊嫌多，還可以減些不可以呢？」和尚道：「這個就減而又減，除了我兄弟之外，別人也不能作主。你明早就去說，這事很快，二十九日就可引見。如今的事，要老練，恐怕事後更改。你明日就要將他這筆錢存一個鋪子裡，說明日子去取方好。若事成了，長長短短起來，就不光鮮了。」聘才道：「這個我知道，明早我就去。」

又坐了一坐，即自回房，見元茂和衣睡著，已經鼻息如雷，聘才叫醒了他，又另將一副鋪蓋給他睡了，自己也便安息。把富三的事想了一會，又將自己的帳算了一會，已到五更。略睡片時，即見天明，便叫起家人，吩咐套車進城。淨了臉，吃了點心，穿好衣裳，李元茂尚未睡醒。聘才推醒了他，說道：「起來罷，我要進城去了，沒有人在家照應你。」元茂模模糊糊的應了一聲，翻一個身將被蒙了頭，又睡著了。聘才好不煩躁，看這光景是不肯起來，只得叫四兒在家看守屋子，另帶小使，騎了馬出門找富三去了。

卻說元茂睡到巳正方才起來，擦擦眼睛，見四兒在房裡掃地抹桌子。元茂便問道：「你主人那裡去

❶ 撞木鐘：吳語，胡亂碰運氣。

了？」四兒道：「到富三爺那裡去了。」元茂下炕穿了衣裳，走到外間，四兒送了臉水，泡了茶，又送上點心。元茂又吸了幾袋水煙，吐了一地的痰，四兒掃乾淨了。元茂問道：「你可知道幾時回來？」四兒道：「拿不定。」元茂道：「昨晚有幾句要緊話沒有講，就睡著了。我若去了再來，又恐遇不著他，不如在此老等罷，我也沒什麼事。」又問四兒道：「你們吃飯沒有？」四兒道：「我們是吃過了，李少爺你要吃飯，我去對廚子說。」四兒出去了。約有一刻工夫，四兒捧了一個木盤，裡頭放著幾樣菜，便問元茂道：「喝酒不喝酒？」元茂道：「二兩燒酒就夠了。」四兒先把菜擺好，又拿了木盤出去。元茂看菜：一碟是熏雞，一碟是雞蛋，一碟是肉絲，一碟像是麵筋，看不清楚，拈了一塊嘗嘗，果然是麵筋。四兒拿了一小壺酒，一個酒杯子，替他斟了一杯，又出去了。

元茂一面喝酒，一面看那鋪設，頗為精致。兩間套房，昨晚心中有事未曾留心，日間是在外面小三間內。聘才臥房是在那院子西邊，一重門進去，另是兩間。此時元茂坐在外間炕上，喝酒喝了三四鍾，已覺微醺，飯尚未來，遂留心觀看。見炕上面掛了小小四幅工筆歲朝圖；炕几上擺一個自鳴鐘。東邊三張楠木方椅、兩張茶几，茶几上邊一盆水仙，一邊是一瓶臘梅。東邊牆上並掛著一副對子，下面靠窗一張小桌，桌上放了七八個漱盂，亮得耀眼，是銅的。中間掛著個門帘，嵌著一塊玻璃。兩邊窗子也嵌著兩方玻璃。炕上椅上都是寶藍緞墊子。牆上掛些三弦、四弦、簫笛之類。元茂無心喝酒，看到裡間房裡，是一帶紗窗，中間掛個三藍縐綢綿帘子。揭開了走了進去，這間卻寬了好些。上面一張木床，鑲著個冰紋落地罩，掛個月白綢夾幔子。床上一頭疊著四五床錦被，一頭放兩個衣包，中間一張花梨炕桌，鋪了大紅錦緞墊枕，裡面橫掛一幅睡美圖。房內西邊擺著四個大皮箱，上有兩個小木箱，下座兩張木櫃。中間一個大銅火盆，罩一個銅絲罩子。靠著窗一張書案，擺著兩套小書。元茂看書套簽子上寫著金瓶梅。也有一個都盛盤，放著副筆硯。窗心鑲著大玻璃，東邊上手是一個小書架，放些零星物件；下手是兩張方凳，用青緞套子套著。元茂看完，想道：這個光景豈是沒有錢的？這四個大皮箱衣裳也就不少；那兩個木箱與這兩個大櫃，定是放銀子錢的。他還裝窮哄我，今日斷不能放過他。便走了出來。四兒又拿進兩樣菜、一錫罐飯來，一樣是羊肉，一樣是炒肝；後來廚子又送了一個小火鍋，一齊擺上。元茂吃了五碗飯，吃了些湯，把一碗羊肉吃了一大半，漱了口，吃了一袋煙，問四兒要了塊檳榔，嚼了半天，坐著不走。

再說聘才到了富三宅裡，將事必成的話說了，富三甚是歡喜。問起要多少錢，聘才道：「錢卻要的不少，他說此缺到任的規矩，就有三萬，十分中給他一分不為過多，定要三千兩銀子才辦。我與和尚再三說了，只打了個八折，再要減時，他斷不肯。」富三沉吟了一回道：「二千四百銀卻也不多，幾時要呢？」聘才道：「說二十九引見下來就要的。但今日就要票子，出三十日的票子就是了。」富三道：「票子存在誰人手裡呢？」聘才道：「我與和尚做中保，我兩人收著。」富三道：「如果不得呢？」聘才道：「包得，包得。如果不得，原票退還。你於二十九日先到鋪子裡注銷了就是了。」富三道：「就這麼樣。但這兩天是年底了，銀錢正緊的時候，不知銀號裡辦得齊辦不齊，我們吃了飯即同去商量。」於是就同聘才吃了飯，聘才不肯耽擱，催他就走。富三道：「就在這裡很近，我就搭你的車，到那裡去辦得齊全，你就帶了票子出去。如一家辦不齊，再找別家。」於是二人上車，不到半里路，到了一個銀號，掌櫃的招呼到裡面。送過了茶，富三道：「我有一件事特來商量：替我出一張二千四百兩的銀票，到三十日早上來取。」掌櫃的道：「若早兩天也不難，但今天已是二十六了，這兩天也忙得很，恐怕湊不上來。」富三道：「你家湊不上來，還有誰家湊得上來？」掌櫃的道：「三爺，你難道不知道近來銀號的銀子家家都窄，而且也真少，外面的帳又歸還不進來。看這兩天能收下來，如能足數固好，不然有多少兌多少罷。」富三道：「票上寫多少呢？」掌櫃的道：「依我也不用票子，三十日三爺來兌交就是了。」富三道：「不行，不行，這我是還賬的，定要二千四百兩。你如實在湊不起，你出二千的票子也可，一千五六百也可，我再別處打算。如果用不著，我於二十九日即來注銷。」掌櫃的只得應了，出了一千四百兩。聘才對富三說：「叫他分開了寫：兩張五百，一張四百。適或人家今年使不了這許多，留兩張明年來取呢。」富三道：「有理。」就照數開了三張。富三收了票子，別了掌櫃的，上了車，再找兩個銀號，都說不能。富三沒法，別家都是生的，沒有往來，只得回家與三奶奶商量，拿了四十兩金葉子、一對金鐲子，還有些零星金器，共有六十兩，到一個生鋪子裡換了一千兩銀子，出了票子。聘才也叫分開，一張五百，一張三百，一張二百。富三將票子交與聘才，聘才心上有事，不肯耽擱，即便辭了富三，獨自上車出城去了。

回到寓中，先見了唐和尚，將說妥的事告訴了，然後取出三張票子，點過一千二百兩的數目，叫他收藏了。「若二十九日不得，即將原票退還。」唐和尚笑嘻嘻的道：「斷無不得之理。這二百兩是我們兩人應得的，只要給他一千就夠了。」聘才道：「我要進去換衣裳了。」一直走到自己房裡，見元茂尚在那裡，又開了燈吹煙，聘才見了心中甚氣，便借此發作道：「你怎麼還在這裡？這樣東西豈可青天白日擺出來的，況且是個廟裡，什麼人皆可進來觀望。適或被人訛住了，不要累死我麼？怎麼這般糊塗！」

元茂道：「怕什麼，這裡有誰來？我坐了大半天，沒有見一個人進來。況且有四兒在外面照應著。」聘才氣他不過，也不理他，把一套火狐腿的皮襖脫了，換了一件隨常穿的狐皮大襖，換了便帽，擦了臉，喝了茶。元茂便囉囉嗦嗦的要借錢，後來見聘才總不應允，便道：「你既沒有錢，你那四個大皮箱內難道衣服也沒有？況且我只借百十吊錢，似乎也不至拖累你。」聘才被他纏死了，只得拜匣內取出個扭絲金鐲子，約有三兩幾錢，與元茂道：「我所餘就這點東西，你拿去當了罷。三兩六錢重可當得一百多吊錢，家信一到就要還的。」元茂接了，方才歡喜跳起身來，作別而去。

到二十九日，富三果然得了湖北，彼此大喜，即到寺中謝了聘才與和尚。到明日，即將銀票交與他兄弟，從一千之內又扣出二百為拉縴提纜之費，獨自得了。將所零之二百兩，分一百兩與聘才，聘才倒實得了一千三百兩。自己進城取了一半現銀回來，又在城外換了些錢，得意揚揚，十分高興，所有賬目盡行清還，過年熱鬧是不必說。晚上竟把玉天仙接到寺中，請唐和尚過來守歲，絕早關了山門。一夜的泥筒花炮，放不絕聲。唐和尚恐元旦日有人來行香，適或見了玉天仙，到底在他寺裡有些不便，將近天明，即催聘才將車送他回去。

聘才初一日拜年，初二日聽戲。初三日寓裡大排筵席，請一班浮浪子弟如馮子佩、楊梅窗、烏大傻等，帶了一群下作相公，天天的歡呼暢飲，清曲❷鑼鼓，鬧得竹嘈絲雜，酒池肉林，一連五日，方才少息，也去了三百吊錢。到初九日，忽然有人高興要開賭，勸聘才做頭家。聘才自思近來財運頗好，或者可以贏些錢，即於初九日晚上開起賭來。或是搖灘，或是擲骰，又把玉天仙接了來，坐在內室與他放頭。

❷ 清曲：散曲用於清唱，故名。又稱清歌。

第一日來的人還少，第二日漸漸多了，第三日便擠滿了屋子。一人傳兩，兩人傳三，引了兩個大賭客來：一個是奚十一，一個是潘三，各帶重資。是日聘才贏了二百餘金，放了一百八十兩的頭，與玉天仙收了。明日潘三要開賭，帶了兩筐籮的松江錠❸，足足一千兩，搖了五十灘，已輸了大半；及到清賬時輸完了，還添出一百餘兩。是日聘才也輸了三百兩，唐和尚贏了一百兩；馮子佩贏了四百兩；奚十一大贏，贏了八百五十餘兩，將五十餘兩分賞眾小旦與聘才小使，自己收了八百兩。奚十一看上了小和尚，賞了他十個中錠。玉天仙又得了二百四十兩頭錢。

內中有個唐經承，就是和尚的兄弟，對著和尚道：「明日我勸你們別賭了。我先前進來時，門外有兩個交頭接耳的，像是坊裡人，恐怕鬧出事來，都不穩便。」聘才已是驚弓之鳥，聽了便有些膽怯，說道：「我也乏了，歇兩天再頑罷。」唐和尚道：「若說不高興倒可以，至於怕外頭有什麼緣故，你們只管放心。」即對著聘才說道：「你的住房旁邊是個菜園，有兩三畝大，內有五六間草房，種菜的帶著家小在裡面，另有門出入。你院子裡不是有重門通的？我嫌不謹慎，故封鎖了。如外頭有什麼緣故，便開了那重門，從菜園裡出去，是個極曠野的地方，難道他起了兵馬來圍住不成？」聘才道：「雖然如此，我倒不為輸了錢，又不為怕出什麼事，實因是富三爺要起身了，我要請請他，與他餞行。後日是十四，約他出來住一宿。」並對奚十一、潘三道：「奉屈二位來敘一敘，可肯賞臉麼？」奚、潘二人應了。馮子佩道：「你倒不請我。」聘才道：「你天天在這裡，難道還要下請帖麼。」子佩道：「我將梅窗也拉

❸ 兩筐籮的松江錠：筐籮，一種盛穀物的器具，用竹篾或柳條編成。松江，屬今上海市。錠，鑄成貝狀、顆狀或塊狀的金銀，其重五兩或十兩。

來。」聘才道：「很好。」眾賭客算了賬，到五更時各散了，又送了玉天仙回去。

馮子佩即與聘才同榻，聘才道：「我看近來好虛名而不講實際的多。即如華公子、徐度香一班人，揮金如土，是大老官的脾氣，但於那些相公，未免過於看得尊貴，當他與自己一樣。又有田春航等這一班書呆架弄，因此越抬越高，連笑話也說不得一句。可笑那些相公裝那樣假斯文，油不油，醋不醋的，不是與這個同心，又是與那個知己。我真不信，難道他們對了那些粗魯的人也能這樣？我看他們就是會哄這班書呆子老斗的，身分也叫這些書呆子作壞了。他們見了，連個安也不請，說話連個奴才也不稱，也要講究字畫琴棋，真真的可惡！」馮子佩道：「可不是！若常這麼樣，還有誰叫他？難道這許多相公竟靠著徐度香諸公麼？一輩子連個有勢有利的人都不認得，真是些個糊塗蟲！」聘才道：「後日我要叫幾個相公，也做個勝會。至於那幾個假斯文的，我一概不要。你想想叫誰好？」子佩道：「相公們總不過如此。近來有兩個人倒很好，叫他也便宜，而且你還可以常使喚他，相貌也與袁寶珠、蘇蕙芳相並。」聘才道：「叫什麼名字？」子佩道：「一個叫卓天香，一個叫張翠官。」聘才道：「現在那班裡？」子佩道：「在整容班。」聘才道：「整容班這班名很生，我竟沒有領教過。」子佩道：「是軟篷子裡小剃頭的。」聘才笑道：「呸！你怎麼說這些人？」子佩道：「你別輕看他，他比相公還紅呢！你瞧那得月的腦袋怎樣？」聘才道：「好是好的，然而我不愛他，光光的頭有甚趣味。」子佩道：「可不是！若說天香、翠官，比得月的相貌還要好些。你不信，明日先叫他來，你瞧瞧好就叫他。」聘才道：「也使得。」

到了明日，聘才發帖請客，請的是富三爺、貴大爺、奚十一、潘三、張仲雨、楊梅窗。是日辭了兩個：貴大爺病了，張仲雨有事不能來。即補了馮子佩、唐和尚，賓主共七位。聘才叫了蓉官來陪富三，著人到篷子裡叫了天香、翠官前來。不多一刻，兩個剃頭的也坐了大騾車，有一個人跟著走進寺來。馮子佩是認識的，小剃頭的先與子佩請了安，然後向聘才請安。聘才仔細看他，果然生得俊俏，眉目清澄，肌膚潔白，打扮的式樣也與相公一般。天香的面色雖白，細看皮膚略粗；翠官伶俐可愛，就是面上有幾點雀斑，眉梢一個黑痣，手也生得粗黑。都是稱身時樣的衣服，靴帽，手上都有金鐲子、金戒指，腰間掛著表與零碎玉器。聘才看了一回，已有幾分喜歡。馮子佩與他們說了，要他們明日來陪酒。二人便極意殷勤，裝煙倒茶，甚至捶背捏腿的百般趨奉，聘才十分大樂，便越看越覺好了，留他吃了晚飯。天香、翠官都會唱亂彈、梆子腔，胡琴、月琴咿咿啞啞鬧起來，直鬧到三更，聘才每人開發了八吊錢，道謝而去。

明日一早即來伺候，聘才、子佩方才起來。兩個剃頭的便問聘才找出梳篦，替他梳髮，梳完了又捶了一會。那一個也與子佩梳了，然後吃過早飯，開了煙燈，大家吃煙。富三爺先來，唐和尚見富三爺來了，就帶了得月進來。天香、翠官與富三、和尚都請了安。富三卻不認識，問他是誰，在那一班的？聘才就說是全福班的。隨後奚十一、潘三同來。奚十一帶了巴英官，潘三帶了個學徒弟的小伙計，拿他竟當做跟班的。大家一齊相見了。潘三見了天香、翠官，笑道：「你們怎麼也跑了來？」奚十一道：「看來，魏大爺要開篷子做掌櫃的了。」富三方曉得是剃頭的，便哈哈大笑道：「原來是他們，不是班子裡的，倒也好。」大家同坐著，頑笑了一陣。

忽聽得院中有人說：「來晚了！來晚了！」只見一人穿著皮袍褂，戴著一頂齊眉毛的大毛皮帽，進門向各人作了個揖，說：「今日有個內城朋友請我去看陽宅，鬧了一天；並邀我去給他們看地，也不過是想外放。」聘才因叫翠官、天香過來見了，說：「這就是很會看風水的楊八老爺，你們何不求他去看看你們的棚子，多會兒發財呢？」富三因接向楊八道：「你要留神呀，不要像烏家的事，看完了找到你門上去。」說罷大家大笑。馮子佩忽然皺了眉，說聲「不好」，便到院子裡吐起來。慌得大家同來看他。吐了一會，就臉紅頭暈，滿身發熱。聘才忙叫他到炕上躺了，躺了一會，越發不好，便要回去。聘才便吩咐套車，自有他跟班的送他回去了。

將近點燈時候，聘才即吩咐點燈。聘才新制了一架玻璃燈屏，擺在炕上，畫著二十四幅春畫。屋內掛了八盞玻璃燈，中間掛一個彩燈，地下又點了四枝地照，兩邊生了兩個火盆，中間擺了一個圓桌。安了席，奚十一看那燈屏上的春畫，對潘三笑道：「老三，你看那挨嘴巴的很像是你。」潘三道：「那個摟著人的也像你，就只少個桶兒。」富三看到末後一幅，不覺大笑道：「豈有此理！魏老大不該不該，真是對景掛畫。你們大家來瞧，這不是兩個和尚雞奸麼？」眾人看了，一齊大笑。奚十一對著得月道：「你師父天天這麼著嗎？」得月「呸」了一聲，漲紅了臉，扭轉頭不看。唐和尚合著掌道：「阿彌陀佛！罪過，罪過！」

此時坐的是富三首席，聘才叫翠官陪了他；第二是奚十一，唐和尚知他是個闊手，且知道他愛得月，便叫得月陪了他；楊八坐了第三，聘才叫天香挨著他；潘三坐了第四，自己與唐和尚坐了主位。只不見蓉官來。飲酒之間撒村笑罵，嘈雜到個不成樣子。還是富三穩重些，不過與翠官說些頑笑話，尚不至十分村俗。奚十一手拿了杯子灌那得月，一手伸在得月屁股後頭，鬧得得月一個腰扭來扭去，兩個肩膀閃得一高一低，水汪汪的兩隻眼睛看著奚十一，一手推住了酒杯。奚十一道：「你若不喝這杯，我便灌你皮杯。」得月只得喝了。那楊八更為肉麻，抱了天香坐在膝上，掂著腿，把個天香簸得渾身亂顫。楊八與他一口一口的喝皮杯。又問道：「我聽見人說，你的妹子相貌很好，認識的人也很多。」卓天香臉一紅，回道：「你不要信他們一面之辭。」楊八道：「我去年看見人給他寫扇子，難道他們寫的字也是一面之辭嗎？」說著，將他臉上又聞一聞。只有潘三與聘才無人可鬧。聘才笑道：「我們今日只好輪著來鬧這個老和尚了。」便互相與唐和尚豁了幾拳。鬧了一個多時辰，奚十一癮來了，便叫巴英官拿出煙具來。燈是開現成的，奚十一躺下，叫得月陪他吹煙，兩個剃頭的也有煙癮，都聚攏來。唐和尚見了，即連打了兩個呵欠，伸了個懶腰。看得奚十一癮大等不及，便到自己房中過癮去了。

富三歪轉身子，拉過翠官問道：「你在鋪子裡做這買賣究竟也無甚好處，不如跟我到湖北去罷，可願不願呢？」翠官聽了，道：「你肯帶我去嗎，你就是我的親爸爸了。」說罷，便靠在富三懷裡，把臉挨近富三嘴邊，又說道：「我是不比相公，要花錢出師。當年講明學徒弟不過三年，如今已滿了三年了，要去就去。親爸爸，你真帶我去嗎？」富三道：「你若願意跟我，我就帶你去。」楊八聽了，因向富三道：「老三，你又胡鬧了！你與其帶他去的錢，不如幫幫我捐個分發，前日那個告幫的知單上❹，求你再寫一筆。」富三因說道：「我再寫三十兩就是了，你不必在旁吃醋。」楊八不但不氣，並且連連道謝。翠官一笑，道：「三爺，你能好造化，我才叫你能一個乾爹爹，就又給你能招了一個來了。」楊八只作未聽見，坐在一旁吃水煙。聘才道：「你跟三爺去很好，還有什麼不願的嗎？雖然比不得相公出師，也要賞你師父幾吊錢。」富三道：「這個自然。」翠官道：「當真的了？」富三道：「當真的了。」翠官便索性扒上富三身上，將頭在富三肩上碰了幾碰，說道：「我就磕頭謝了！好三老爺，好親爸爸！」富

❹ 告幫的知單上：請求幫助的清單。

三樂得受不得。

潘三見得月躺在奚十一懷裡，天香躺在對面，楊八也想吹一口，便坐在炕沿上，歪轉身子，壓在天香身上。得月上好了一口，楊八接了過來，撥開毛茸茸的鬍子，抽了一抽，口涎直流下來，點點滴滴，煙槍上也沾了好些。他就把皮袖子擦擦嘴再抽。槍又堵住了，天香欲替他通通，身子被他壓住難動。楊八便撿了根簽子亂戳，一抬手把個皮袖子在燈上燒了一塊，惹得大家笑起來。楊八道：「這個我也是初學。」便勉強吸了一口，燒得很焦枯臭，放下槍。天香道：「你別壓住了我，我替你燒。」那邊得月枕在奚十一手上，奚十一又摸他的屁股。得月要起來，奚十一將一條腿壓住了他，得月無法，只好任其撫摩。奚十一一盒子煙已完了，便叫巴英官拿煙來，英官遠遠的站在一邊，正在那裡發氣。奚十一叫了兩三聲，方才答道：「沒有了。」奚十一道：「怎麼沒有？我還有個大盒子在袋裡。」英官又歇了半天，方說道：「洒了。」奚十一道：「洒了？你將盒子給我瞧。」巴英官氣忿忿的走近來，把個大金盒子一扔，倒轉了滾到燈邊。得月忙取時，不提防將燈碰翻，「噹」的一聲把個玻璃罩子砸破了，還濺了奚十一一臉的油。得月頗不好意思，奚十一道：「不妨。」忙將手巾抹了。坐了過來，要盆水淨了臉。一件猞猁裘上也洒了幾點，也抹乾淨了。聘才的人忙換了一盞燈，擦了盤子。得月將盒子揭開看時，果然是空的。奚十一道：「這便怎麼好？去問唐大爺要些來罷。」聘才道：「有，有，有！前日我得了幾兩老土煙。」便叫四兒到房裡去取煙。

聘才的房就在這院子西邊，一重門進去，一個小院子，一並兩間。聘才只將院門鎖了，因要伺候客，不能叫人看守屋子。此夜月明如晝，四兒走到門邊，開了鎖，將手推門，忽然的推不開。因想此門素來鬆的，忽然今日緊了，略用些力也推不開。放下燈罩，雙手用力一推，方推開了些，見門裡有塊石頭頂住，心中著實疑異，想道：裡頭沒有人，這塊石頭誰來頂的？便蹲下身子撥過了石頭，拿了燈罩，走進外間一照，不少東西，四兒略放了心。再走到裡間細細一看，又照了一照，便嚇了一大跳，只見大皮箱少了一個，炕上兩個拜匣、一個衣包也不見了。即忙嚷將出來道：「老爺！不好了，被了竊了。」聘才心中甚慌，連忙趕去，到屋裡看時，不知後事如何，且聽下回分解。

第三十五回　集葩經飛花生並蒂　裁艷曲紅豆擲相思

話說聘才走進房中一看，不見箱子、拜匣，心中著急。忙到院子內菜園門口看時，門卻鎖好，牆邊扔下零星物件，便嚷道：「快請和尚來看。」和尚已知道了，同了眾人一齊進來。聘才急道：「這怎麼好！賊是菜園裡扒牆過來的，沒有別的說，你去叫拿種菜的來問問。天天打更的，怎麼今日有三更多了，還不曾聽得起更？」眾人道：「且不用忙，我們開了這門出去看看。」和尚即忙叫拿了鑰匙，開了門，幸喜得月明如畫，倒也不消火把。和尚先喊醒了種菜的起來。種菜的聽得此事，嚇得膽戰心驚，連忙叫他伙計出來，叫了數聲不見答應，種菜的更覺心慌，各處找尋，杳無影響，園門仍是關好。走到園子西北角，見有一隻箱子放在那裡。種菜的道：「好了，箱子在這裡。」大家去看時是個空箱子，剩了幾件棉衣、小衣、零碎等物在內。地下又見一個洋表，踏得粉碎。和尚道：「這賊是牆外進來、牆上出去的，我們且開了園門從外看看。」聘才道：「去也去遠了，還看他做甚麼。」富三道：「你且進去查點東西，開了單子來，明早好報。」和尚見種菜的形色慌張，便疑心起來，把話嚇他，說他通同引賊，明日就送他到坊裡去，不怕他不認。便叫大家先到他屋裡搜一搜，搜了一回毫無所有。只見一個老婆子在土炕上發抖。和尚道：「你那伙計呢，怎麼不見？」種菜的也在那裡發抖不停，一回道：「不知那裡去了，他還比我先睡，說睡了一覺出來打更，如今門也未開，就不見了。」聘才道：「這無疑了。」和尚道：「這還講什麼，不是你通同偷的還有誰呢？」於是叫火工、老道等把這種菜的拴了起來，那老婆子便叫冤叫屈，大哭起來。和尚一併把他拴了，恐他們尋死，交與看街士兵看守。

聘才同眾人鬧紛紛的進來，聘才請和尚陪了客在外邊，自己去查點了一回。箱內是七件細毛衣服，有十五兩金子、二百兩銀子；拜匣內有三十幾兩散碎銀、二兩鴉片煙，還有幾樣零件玉器；衣包內是幾件大毛衣服。幸虧賺富三的銀子並有些錢票都放在別處，沒有拿去。算起來已過一千餘金。聘才即草草的開了一個單子，拿出來給眾人瞧。眾人見聘才有事，不便再留，況已交卯初，大家都要作別。此時已經開城，富三與楊八也要回去。外面正在套車，只見蓉官坐了車來。富三的家人道：「客要散了，你才來。」蓉官甩著袖子，急急走進來，見了眾人請了安。見要散的樣子，富三道：「好紅相公！十四日叫了，要十五日才來。」蓉官見了天香、翠官便冷笑道：「既然大家要散了，我也要回去。我還要叫剃頭的剃頭呢。」說罷，把腰一彎，竟自去了。兩個剃頭的甚是倜促，眾人也沒有話說，各人上車而散。兩個剃頭的重新進來安慰，聘才每人賞了四兩銀子，歡喜而去。

明日，聘才報了失單，坊裡將種菜的審問，實係不知情。有個伙計姓蔡，去年年底新來，向來認識本在個二葷鋪打雜，因散了伙，情願來幫同灌園打更。那晚睡後即不見了，委係無同謀窩竊情節。坊裡問了幾回，總是一樣，只得送部，知會九城，嚴緝賊匪蔡某，且按下不題。

再說王恂、顏仲清、文澤、春航，從十三日至十五日都在怡園賞燈飲酒。子玉也去了一天，因想去年此日初見琴言，今年似成隔世，不覺傷感了一回。新年上，諸名旦彼此紛紛請客，熱鬧了十餘日。到了十七日，王恂、顏仲清飛了札來與子玉。子玉看時，才知道明日是寶珠的生日，請名士、名旦在他寓裡一敘。子雲便要在他園裡辰刻畢集。子玉作了回札應允。

到了明日，只說怡園請酒，稟明了顏夫人，即到王恂處，一同來到怡園。次賢那日要在紅茶仙館裡面，一切都是他預備，不要子雲費心。卻說那紅茶仙館是去年新闢的，地方在梅崰之前，梨院海棠春圃之後，本是空地，只有一個亭子。亭外有兩塊英州❶靈石：一塊有一丈二尺高，一塊四尺餘高。有一株大玉蘭花，樹身已有一抱有餘，就倚著那塊大石。那小石邊也有一棵紅茶花，是千層起樓的，名為寶珠山茶，已有六尺多高，開出千朵紅花，嬌艷無比。就在那裡起了二十四間房子，把這兩棵花圍在中間。又添了些玉蘭、山茶、迎春等花，芬芳滿院。裡面即刻了十二個花神，係嵌在牆上。次賢因寶珠命名之意與此相同，故要在此處。且厭平時酒菜不能翻新，三日前即把酒菜器皿通身親手檢點，意欲與平日不同。是日絕早，即將子雲行廚挪到仙館廂房裡來。次賢每一樣菜開一個做法，怎樣烹調，怎樣膾炙，油鹽醬醋各有分量。費了一日心，配成三十二樣菜。

是日，名旦中有幾個不得來，都有堂會戲，不能分身。寶珠之外，來的是蕙芳、素蘭、玉林、漱芳四人。這邊名士怡園二位之外，是劉文澤、顏仲清、王恂、田春航、梅子玉五人，共十二人。眾客到齊，寶珠先叩謝了。

此日天氣陽和，轉了東南風，大家換了中毛衣服。園中花香透人，前面梅崰中數百枝梅花齊放，看去儼是個瑤臺雪圃。眾人都到園中散步了一回，子玉看見梅崰廊上新嵌了一個石刻，鐫有二行半字，下面年月尚未刻完。即來看時，是一首五言絕句，道：「春已隨年轉，花如人返魂。料他惜花客，坐月到黃昏。」

---

❶ 英州：廣東英德。

子玉看了，心中想道：此詩是誰做的？卻才刻起，像個望花而不見的意思，故羨慕起來。子雲和眾人也來看這詩，子雲道：「庾香，此詩如何？可好麼？」子玉道：「詩意甚好，但何以單刻這一首，想是新詠。」子雲道：「這是玉儂近日懷梅崢的詩，瑤卿抄了他的出來，也是個望梅止渴的意思。我故把他刻了，真是花是人非。吾兄尚憶去年否？」幾句話提起子玉的心事，不覺一陣悲酸，忍住了也不言語，走開了。仲清道：「玉儂近日也學做詩了。」寶珠道：「我搜他的，已有二十餘首，就不肯給人瞧，這首是無意中看見的。」大家嗟嘆了一聲，即重到裡面來。次賢道：「今日十二人，一桌又擠，兩桌又離開了。」子雲道：「依我，把兩張大方桌併攏來，就可坐了。」擺好了坐位，是東西對面八坐，南北對面四坐。文澤、仲清、王恂、春航、子玉、次賢、子雲坐了東西，上下是蕙芳、素蘭、玉林、漱芳、寶珠。寶珠坐了末位。

今日酒肴器皿，件件新奇。桌上四隅放四把銀壺，也不用人斟，酒壺自會斟出酒來，只要個杯子接著壺嘴。壺中有心，心裡有個銀桔槔，一條銀索子一頭在蓋子裡面搭住，斟滿了酒，把蓋子左旋，裡面桔槔戽動，酒便從壺嘴裡出來，斟滿了把蓋子右旋，就住了。當下眾人把壺試了，個個稱讚。子雲道：「靜宜實在有這想頭，不知怎樣想出來，真是胸有造化。」次賢笑道：「這沒有什麼奇。少停有兩個杯子，卻會走路，要到誰就到誰。」大家忙問道：「何不就拿出來試試？」次賢道：「少時行令時便用他，就只有兩個。這兩個叫銀匠改了四五次，費了一個月工夫才成。」蕙芳道：「快拿出來瞧瞧，一樣可以喝得的，何必定要行令呢？」次賢便叫人到房中拿了一個花梨匣子出來，卻有兩個不大不小鍍金杯子，外面極細攢花，底下一個座子，如鐘裡輪盤一樣，下有四個小車輪。次賢拿了出來，放在桌上卻不見動。文澤道：「怎樣不走？」把他推了一推，略動一動，便又住了。眾人不解其故。次賢笑道：「你應了喝一杯，他便會走了。」

文澤道：「只要他會走，我就喝一杯。」次賢便拿了杯子放在自斟壺前斟滿了一杯，便道：「請寶貝轉身敬劉老爺一杯。」那只杯子便四輪飛動，對著文澤走來。文澤喜歡的了不得，便輕輕的拿起來一飲而盡。便也斟了一杯，也說道：「回敬蕭老爺一杯。」那杯子忽然走錯了，走到王恂面前住了。文澤道：「怎麼我叫他就不靈？」重新拿了過來放在面前，又說了一遍，那杯子又往下首走去，到了寶珠面前住了。文澤道：「作怪。」子玉道：「此中必有原故，你摸不著。」眾人皆猜不出機巧。只見次賢又把杯子取了過來，又說：「敬劉老爺一杯。」那杯子又往文澤面前來了。文澤奇得了不得，說道：「你能個個走到我才佩服。不然也是碰著的。」次賢道：「合席都要走到的。」於是敬仲清、王恂、春航、子玉以及五旦，走來走去，又穩，酒又一滴都不洒出來。喜得個個眉飛色舞，別人叫又不靈，個個稱奇。

蕙芳便把杯子四面看了，卻一點記號都沒有。及看座子裡那輪盤中，有一個絕小的小針，好像指南針一樣，卻是呆的，心上想道：或者這一個針的緣故。便斟了一杯酒，暗記著針頭所向，把他對著次賢，說聲：「敬蕭老爺酒。」那杯子果然望次賢走來。蕙芳大笑，眾人亦皆歡喜道：「被他識破機關了。」次賢笑道：「好個聰明賊，果然利害。」文澤即問蕙芳所以然的緣故，蕙芳笑道：「等我再試一遍方可相信。」於是又把杯子看了看，記好了，斟了酒，說聲：「敬徐老爺酒。」那杯便送到子雲面前。子雲笑道：「十二個人怎樣單是他看得出，我偏不信。」於是也把座子下看了一遍，斟了酒，說道：「敬媚香一杯。」那杯錯走到子玉面前，引得眾人大笑。子雲笑道：「真有些古怪，我也叫不應他。」子玉把酒飲了，細看輪盤裡已懂了八分，便笑道：「我也來試試，不知靈不靈。」斟了酒，說道：「這杯酒敬瑤卿。」那杯子便對著寶珠走來，走到面前，碰著筯子住了。蕙芳拍手笑道：「又一個人知道了。」子玉也甚歡喜。寶珠飲了酒，便道：「我是不服，偏要想想。」子玉又將杯子拿起來細看，被寶珠一手搶來，四面揣摹。仲清便問子玉道：「你怎麼看出來的？」子玉道：「待我再試一試。」便斟上了酒，把杯子的記號對著子雲，將要放時，忽然想道：離得甚近，恐怕走過了。便站起把杯子放遠了些，說道：「敬徐老爺一杯。」那杯子果然直走到子雲面前，子雲稱異，喝了。子玉笑道：「是了，不錯的了。」蕙芳對子玉道：「你恐怕走的遠，故放遠些。我看靜宜於近處則斟得淺，於遠處便斟得滿。此杯想是要重了才得遠呢。」子玉點頭道：「果然。」次賢道：「可悪之極，輕重遠近都被他知道了。」王恂問子玉道：「到底你從何處看出？」子玉道：「你們何嘗不看，但總看輪盤外面，沒有看輪盤裡面。你不見輪盤裡有個絕小的小針，對著誰就到誰。」眾人看了，大家試過，一些不差。群服子玉、蕙芳聰慧。

次賢道：「今日雅集，不可無令。前舟你是首坐，出個令，大家頑頑罷。」文澤道：「甚好。但我的令沒甚新鮮的，待我想想看。」想了一回，道：「我們今天是十二個人，還是念句唐詩飛觴罷，用數目字飛。第一個飛『一』字，『二』字到誰誰喝酒。接飛『三』字，到那人，那人也照樣喝酒。又飛『三』字，一輪到十二為止。錯者罰酒，可好麼？」眾人都說：「好。」陸素蘭與金漱芳等道：「這個苦了我們，搜索枯腸，那裡就有這些湊巧數目飛出來。」文澤道：「你們也能，只怕唐詩還比我們熟些。如果那數目飛不出來，便照數目多少罰酒。」寶珠道：「譬如要飛十二，飛不出就要罰十二杯麼？」文澤道：「自然。」子雲道：「這也過多，且到臨時再斟酌罷。前舟你且起令，看飛到誰。」文澤道：「我們坐在東邊的，轉過去自下而上，你們在西邊的，須自上而下，方順手。」次賢道：「不差，請先喝令杯。」便斟了一杯，走到文澤面前。文澤喝了，便說道：「梅花柳絮一時新。」「一」字在第五，數到是漱芳。文澤斟了酒，向著漱芳走來。漱芳喝了，道：「頭一句，我就不知道是誰的。」寶珠道：「我記得是趙彥昭❷苑中人日遇雪應制。」漱芳道：「我就要飛『二』字了。」想了一想，念道：「柳暖花春二月天。」數「二」字，又在第五，輪到次賢，杯子就到次賢面前。次賢喝了，念道：「願陪鸞鶴回三山。」數到仲清，喝了酒，把酒斟了，走到春航面前道：「羅帳四垂紅燭背。」春航喝了，道：「好個『羅帳四垂紅燭背』，香艷無比。」把酒喝了，即斟了酒，念道：「刺繡五紋添弱線。」數到寶珠，寶珠喝了酒，說道：「『六』字本來少，偏偏輪到我，只怕要罰酒了。」子玉道：「『六』字亦有。」寶珠想了一會，道：「此句是誰喝酒，我沒有算過。」念道：「床上翠屏開六扇。」數到玉林，玉林道：「這句不要是你編的。」素蘭道：「你還說天天念詩，連花蕊夫人宮詞❸都不記得了。」玉林笑道：「正是。我恐怕他有心要我喝酒。」便喝了，道：「要說『七』字了。」想了有半刻工夫，飛到王恂道：「門前才下七香車。」王恂喝了，飛出「八」字，是薛逢❹夜宴贈妓的「愁傍翠蛾深八字」。數到了子雲，子雲喝了酒，道：「這『九』字只怕少些，就有也沒有好句了。」因想了一會，念道：「寶扇迎歸九華帳。」一數數到素蘭，素蘭喝了酒，飛出「十」字道：「閨裡佳人年十餘。」數到了漱芳，漱芳道：「我輪到兩回了。」只得喝了酒，道：「幸虧還記得一句『十一月中長至夜』。」便對寶珠道：「你喝一杯罷！」寶珠道：「你自己也要喝一杯，『十』字還在你身上呢。」漱芳也只得喝了一杯。寶珠喝了，想了一會，飛出一句道：「南陌青樓十二重。」飛到子玉，子玉喝了酒，

❷ 趙彥昭：唐趙武孟子。字奐然。景龍中拜相。後貶江州別駕卒。

❸ 花蕊夫人宮詞：花蕊夫人，後蜀主孟昶妃。姓徐，青城人。效唐王建作宮詞百首。蜀亡，入宋。宋太祖曾召之賦詩。

❹ 薛逢：唐河東人。字陶臣。會昌進士。歷侍御史、尚書郎。持論鯁切。累遷秘書監，卒。

道：「已經十二了，還要飛嗎？」次賢道：「座中媚香還沒有輪到，輪到了他，我們再換令罷。如今只可飛『十三』了。」子玉飛出一句是：「娉娉裊裊十三餘。」飛到了仲清，仲清喝了酒，想了一想，道：「這一飛，輪到數目皆要喝酒，等媚香飛一句收令罷。要十幾的數目相連，也就少了。」即念道：「『花面丫頭十三四』，瑤卿、媚香各飲一杯。媚香飛一句算結罷。」蕙芳道：「其實輪不到我，應該是度香。」子雲道：「你飛了罷。」蕙芳想了一想，道：「幸虧還記得這一句，靜宜與庾香都喝一杯。」即道：「年初十五最風流。」次賢道：「很好。」即與子玉喝了酒，收了令，吃了幾樣菜，幾樣點心。

談了一回，次賢道：「我有一個令，就費心些，但是今日坐中卻好都是喜歡行令的，想必不嫌煩碎，我們就照這個令行一行。」蕙芳道：「你不要又拿水滸傳來玩笑人了。」次賢笑道：「你還記得雪天戲叔麼？那日也就夠你受了。」即叫書僮到書架上把第三筒牙籌取來。少頃，書僮捧了出來，眾人見是象牙筒，內有滿滿的一筒小籌、一根大籌。次賢先抽出大籌給眾人看時，是個百美名的酒令。大籌上刻著「百美捧觴」四個隸字，下有數行規例，刻著是：「此籌用百美名，共百枝，以天文、地理、時令、花木等門分類。每人掣一枝，看籌上何名，係屬何門。先集唐詩二句，上一句嵌名上一個字，下一句嵌名下一個字。平仄不調、氣韻不合者，罰三杯，另飛；佳妙者，各賀一杯。唐詩飛過後，飛花名一個，集毛詩二句，首句第一字與次句第一字，湊成一花為並頭花，自飲雙杯，並坐者賀二杯；首句末字與次句末字，湊成一花為並蒂花，自飲雙杯，對坐者賀兩杯；首句末字，次句首字，湊成一花，為連理花，自飲雙杯，左右並坐者皆賀一杯；每句花名字樣，皆在每句中間，字數相對者為含蕊花，自飲半杯，席中最年少者賀半杯；若兩句花名字數不對，或上一句在第一字，下一句在第二、第三者，為參差花，自飲一杯，左右隔一位坐者賀一杯。如飛出花名雖成，氣不接、類不聯者，罰三杯。如美人應用何花，籌上各自注明，不得錯用。」

大家看了一看，說道：「此令太難，一時如何集得起來？」寶珠、蕙芳道：「此令我們是不能的，只好你們七個人去行。」仲清道：「倒是集毛詩，湊花名不易。若說唐詩要飛兩句，也不過與方才的數目差不多。」子玉道：「毛詩中湊花名，卻也有幾個。不過要並頭、並蒂的難些。」王恂道：「也好，橫豎大家費點心，也可以消消食，不然這些東西在肚子裡何以消化。就恐他們要湊毛詩，未免苦人所難了。」子雲道：「不然，單是我們七人行這個苦令，他們五人另行一個甜令，何如？我們搜索枯腸想不出時，聽了他們行得好的，也可觸動靈機，或者倒湊出來呢。」坐中一齊說：「好！但不知叫他們行個什麼令呢？」子雲道：「我也有個令。」於是叫書僮拿兩顆骰子並一個小碟子來。子雲道：「這骰子名色，么為月，二為星，三為雁，四為人，五為梅，六為天。如擲出么二色樣，即是一月一星，須集兩句曲文，一句說月，一句說星，也要氣韻聯屬。如本來兩句連綴更佳，各人賀一個雙杯。如在一套曲裡者，各人賀一杯。說得不好者，罰一杯。說顛倒者，譬如月在前星在後，倒先說星，後說月，那就要罰的。如么三為月為雁，即二四有星有人，其餘照此。如兩個骰子相同，或是兩個人、兩個天之類，兩句中也須還他兩個『人』字，兩個『天』字，如『人人』、『天天』等字更佳，各人賀雙杯，說不出罰三杯。餘皆照此。」蕙芳、寶珠聽明了，又說了一遍道：「也不容易，幸虧我們的曲子，還有幾支在肚裡。」子雲調次賢道：「索性叫香畹、佩仙坐到這裡來，好在一處擲骰，我們與他二人換個坐兒。」次賢、子雲與玉林、素蘭換了坐位。

次賢把籌和了一和，遞給文澤，先掣了一枝，把籌筒擱過一邊。王恂道：「何不一同抽出，按著次序說不好嗎？」次賢笑道：「那就太便宜了，後頭可以細想改換，再罰不成酒了。」文澤看那籌時，服飾門，美人名玉環。注：「飛七言唐詩二句，集毛詩說並頭花。」文澤想一想，出坐走了幾步，道：「這倒不是行令，倒是考文了。」次賢笑道：「總以早交卷為妙。」有一盞茶時，文澤欣然入坐，念道：「上句我是元微之的，下句用杜少陵❺的，合起來是：玉鉤帘下影沉沉，環佩空歸月下魂。」大家都贊道：「妙極！」次賢道：「並且『玉環』二字也在句首，到與並頭花相合。請說毛詩並頭花罷，我們先賀一杯。」文澤道：「想得好好的又忘了，再想不起什麼花。」偶見酒杯是個雞缸，倒便觸著了兩句，念道：「雞既鳴矣，冠緌雙止。雞冠是個並頭花。」並坐是劍潭，該賀兩杯。仲清道：「你且飲了再賀。」文澤欣然，自己飲了兩杯。

仲清便掣籌，文澤道：「你的賀酒還沒有喝呢！」仲清道：「你想這兩句連不連，還要人賀酒。」子玉道：「雞冠卻是並頭，就是句子欠貫串些。」文澤道：「你們除此句之外，再找一個『冠』字在上的，我就服你們。」忽又說道：「我想起先的一個來了：吁嗟乎騶虞❻，西方美人。」仲清道：「更要罰了，這個雖好，不是並頭花。」文澤一想道：「呸！果然錯了。」次賢道：「我替你們講和，劍潭賀一杯罷。」仲清只得飲了一杯，抽出籌來是天文門，美人名朝雲❼，下注：「飛七言唐詩二句，集毛詩

❺ 杜少陵：即唐杜甫。字子美。居杜陵，自稱杜陵布衣，又稱少陵野老。
❻ 騶虞：古時獸官名，指獵手（用魯詩、韓詩之說）。
❼ 朝雲：女神名。戰國楚懷王嘗遊高唐，夢一婦人曰：「妾在巫山之陽，高丘之阻，旦為朝雲，暮為行雨。」

並蒂花。」仲清想了一會，說道：「我上句用韋莊❽的詩，下句用杜詩，合著是：朝朝暮暮陽臺下，雲雨荒臺豈夢思。」又說道：「我其夙夜，妻子好合。夜合花，是並蒂花。」大家贊了幾聲，次賢道：「並且這花名與唐詩多聯合的，我們共賀一杯，對坐的是媚香，應賀兩杯。」

那蘇蕙芳擲了一個二五，正在那裡凝思，這邊要他賀酒，他只得喝了兩杯，倒湊著兩句，念道：「全沒有半星兒惜玉憐香，只合守蓬窗茆屋梅花帳。」這邊子玉拍手稱妙道：「好個溫柔旖旎！倒轉來，偏這樣湊拍，到比原文還好。」文澤道：「這是訪素❾的曲文，是一支上的，我們也賀一杯。」

這邊王恂掣了一枝是鳥門的，美人名飛燕，花名也是並蒂花。王恂素來文思略遲，只得思索起來。看著素蘭擲了個么四，也在那裡凝思。忽見素蘭想著了兩句，念道：「月明雲淡露花濃，人在蓬萊第幾宮。」春航贊道：「更妙！」子玉道：「我們說的句子，倒沒有他們的香艷。」素蘭道：「你們是詩，我們是曲，占了這點便宜。且你們又要人名，又要並頭、並蒂就難了。」漱芳道：「我才把他們行過的要想兩句，再想不出來。幸虧不行這個令，不然要罰死了。」王恂尚未想出，次賢道：「這是琴挑一支上的，我們各賀一杯。」眾人喝了。

只見玉林擲了一個二四，念了聞鈴❿兩句道：「長空孤雁添悲哽，峨嵋山下少人行。」眾人也說：

後好事者因為立廟，號曰朝雲。

❽ 韋莊：晚唐京兆杜陵人，字端己。工詩，尤善長短句，人稱「秦婦吟」秀才。依王建於蜀，官至吏部侍郎平章事。

❾ 訪素：紅梨記中一折。

❿ 聞鈴：長生殿中一折。

「好。」子雲道：「就是情景淒涼些。」也各賀了一杯。這邊王恂想著了，說道：「我用裴虔餘⑪一句，溫飛卿一句，合著是：玉搔頭裊鳳雙飛，蕪釵落處無聲膩。」子雲、文澤大贊道：「妙，妙！此二句如一句，實在接得妙。」王恂又說道：「奉時辰牡，顏如渥丹。是並蒂牡丹花。」眾人尚未開口，仲清道：「菜還沒有上得一半，燒豬倒先拿了出來。」眾人不解，留心四顧，王恂道：「那裡有什麼燒豬？」仲清笑道：「就是你想吃燒豬，你說得『奉時辰牡，顏如渥丹』，不像個燒豬麼。」眾人聽了，大笑起來，王恂自己也笑了。次賢道：「庸庵，你那第二句像說錯了一字，或是刻本之訛也論不定。我記得是『玉釵落處無聲膩』，不是『蕪』字，且是李長吉⑫的美人梳頭歌，你又記錯是溫飛卿，該罰一杯。」王恂道：「名字我說錯了，似乎『蕪』字沒有記錯。」春航道：「或者別的刻本作『蕪』字亦論不得的。總之這兩句好。」於是大家也賀了一杯。

只見寶珠擲了兩個二，便念道：「今夜淒涼有四星。」眾人大贊道：「這句實在巧妙，全不費力。」各賀一杯。春航掣了顏色門的，美人名紅拂，花名是個連理花。亦想了一回，說道：「我上句用韋莊，下句用杜，合著是：千枝萬枝紅艷春，釣竿欲拂珊瑚樹。」花名是：既溥既長，春日載陽。長春是連理花。」眾人贊了幾句，也賀了一杯。

漱芳擲了一個么四，即念道：「月移花影，疑是玉人來。」眾人道：「這句自然，好得很，該賀兩杯。」皆喝了。子玉掣了個地理門，美人名洛神，花是並頭花。想了兩句不見甚佳，才要呆想，只見蕙

⑪ 裴虔餘：唐咸通末，佐北門李公淮南幕。僖宗乾符二年，為太常少卿。廣明元年，為宣歙觀察使。

⑫ 李長吉：即唐李賀，字長吉。宗室。避父諱，不肯舉進士。年二十七卒。

芳擲了一個么三，想了一想，念著偷詩上兩句道：「恨無眠殘月窗西，更難聽孤雁嘹唳。」子玉贊道：「實在繡口錦心，愧煞我輩。」子雲道：「這個令，叫我們行，也沒有這些好句。」大家滿賀了一杯。子玉得了，即道：「我用冷朝陽送紅線詩⓭一句，孟浩然⓮登襄城樓一句，合著是：還似洛妃乘霧去，更疑神女弄珠游。」子玉方才念完，次賢、仲清、春航等大贊道：「方才飛的以此為第一，好在對得工穩。旖旎風光，卻是庾香本色。」子玉又說並頭花道：「月出皎兮，季女思飢。月季是並頭花。」眾人道：「這個花名也好極，我們應賀三杯，方可賞此佳句。」子玉謙了幾句。

又見素蘭擲了一個么六，也想了一想，湊起酒樓⓯上兩句念道：「驀現出嫦娥月殿，絕勝仇池小有天。」眾人也說好，又都賀了。次賢掣了時令門，美人名夜來⓰，花是並蒂花。子雲道：「等你多想一想，我們用點菜再說。」大家又吃了一回菜，又上了五六樣，俟點了燈，各人權且散坐。次賢道：「我有了白香山一句、李太白一句，合著是：八月九月正長夜，情人道來竟不來。」眾人賞嘆道：「老氣橫秋，又是『願陪鸞鶴回三山』一例的，真是你的口氣。」次賢道：「慢說好，恐怕這花名要罰酒呢。我卻用個別名，卻也不是隱僻，是人人常說的。」念道：「既見君子，吉日庚午。子午花是並蒂花。今天

⓭冷朝陽送紅線詩：唐薛嵩悉集賓客，歌送紅線，冷朝陽為詞曰：「採菱歌怨木蘭舟，送別魂銷百尺樓。還似洛妃乘霧去，碧天無際水長流。」

⓮孟浩然：唐襄陽人。世稱孟襄陽。以名為字。少好節義，隱鹿門山。年四十遊京師。病疽背卒。

⓯酒樓：長生殿中一折。

⓰夜來：即三國魏薛靈芸。文帝宮人。本名靈芝，文帝改名曰夜來。入宮後最寵愛。夜來妙針工，宮中號為針神。

卻是庚午日，算我說著了。」同人稱贊不已，各賀三杯。

玉林擲了一個四五，想了一回，念出絮閣上兩句道：「為著個意中人，把心病挑。俏東君，春心偏向小梅梢。」蕙芳笑道：「這齣絮閣比聞鈴好得多了。」於是各賀了兩杯。子雲道：「我就獻醜了。」掣了一根是花木門的，美人名蓮香⑰，花是連理花。子雲心上要想兩句好的出來，不肯輕說。一面看著他們擲骰，見寶珠擲了一個二四，想了一想，念出春睡⑩上的曲文道：「星眼倦摩呵，一片美人香和。」子雲道：「好！也該賀。」大家各賀了一杯。漱芳又擲了個么二，也想了一想，念道：「月上東牆，最可人星明月朗。」子雲道：「好！該賀一杯。」眾人喝過。文澤道：「你自己令也應交卷了，只管看著人交卷，難道你這腹稿還沒有打完麼？」子雲笑道：「快了。」於是又看蕙芳擲了一個么四，想了半刻工夫，念著偷曲⑲上的兩句道：「山入寒空月影橫，闌干畔，有玉人閒憑。」子雲道：「更好，該賀個雙杯。我也交卷了，我就用溫飛卿採蓮歌上的兩句，湊起來是：綠萍金粟蓮莖短，露重花多香不消。」大家說好，次賢道：「這兩句很佳，可惜『不』字與『莖』字不對。」寶珠將眼睛看了子雲一看，心中若有所思。次賢道：「不是這兩字，也與庚香一樣可以賀三杯；子雲等諸位喝兩杯也罷了。」再說花名道：「南有喬木，堇荼如飴。木堇是連理花。」眾人道：「這兩句卻自然，該賀兩杯。」

這一天大家思索也都乏了，都要吃飯。子雲道：「尚早，再看他們擲幾回。他們到底比我們少用些心。」

⑰ 蓮香：唐名妓之名。開元天寶遺事：都中名姬楚蓮香，國色無雙。

⑱ 春睡：長生殿中一折。

⑲ 偷曲：長生殿中一折。

素蘭擲了一個重四，即想出一句窺浴⑳上的曲文道：「兩人合一付腸和胃。」仲清拍案叫絕道：「這個是天籟㉑，我們快賀三杯。」於是合席又賀了三杯。玉林擲了個重三，也念小宴一句道：「列長空數行新雁。」次賢道：「他們越說越好了，真是他們的比我們的好。」王恂道：「詞出佳人口，信然。」春航道：「他們也實在敏捷，我們只好甘拜下風了。」文澤道：「難為他們句句貼切，也從沒有人罰過一杯，倒叫人賀了好幾十杯。」子玉道：「我早說我們不及他們。他們若行我們的令，只怕比我們總要好些。然而也是時候了，可以收令，吃飯罷。」子雲道：「等他們輪完了，歇罷。他們也煞費苦心，爭這一杯賀酒。」

於是輪到寶珠，擲了一個重二，即念密誓上一句道：「問雙星，朝朝暮暮，爭似我和卿。」眾人說「妙」，又賀了一杯。大家看著寶珠一笑，寶珠不覺臉上一紅，於是大家更笑起來。寶珠亦只得垂頭微哂。不覺又到漱芳，已是每人輪了三次，也要收令了，擲了一個重四，也就念窺浴的曲子道：「意中人，人中意。」眾皆大贊道：「這一結，方把今日這些人都結在裡面，都是個『意中人，人中意』了。我們應照字數各賀了六杯吃飯。」大家也高興飲了，吃完飯，漱口，更衣已畢。鐘上已是亥末，大家也要散了，遂揖別主人，主人和五旦直送到園門。五旦重復進來，又講了一回，各自散去。次賢對子雲道：「我明日要將這兩個令刻起來，傳到外間，也教人費點心，免得總是猜拳打擂的混鬧。」子雲道：「也好，況今日也沒有什麼不好的在裡面。」又談了一回，子雲也自進去。不知後事如何，且聽下回分解。

⑳ 窺浴：長生殿中一折。
㉑ 天籟：自然界的音響。後亦指文章流暢而具有自然情趣的為天籟。

第三十六回　小談心眾口罵珊枝　中奸計奮身碎玉鐲

前回書講的寶珠生日，在怡園樂了一天，正是人生悲樂不同。卻說琴言在華府，因元宵之日，華公子命其與八齡演戲，是日琴言身子不快，且兼感傷往日，是以神情寂寞，興致不佳。那日在臺上，演到中情所感，不覺真哭起來。華公子以為無故生悲，十分不悅，叫下來痛斥了一番，有幾日不叫上去。琴言獨居一室，來往無人，且與那些跟班小使氣味不投，鑿枘相處。在那洗紅軒廂房後，有個小三間住著，有一個小使伺候。院子內有幾塊太湖石，兩棵綠萼梅，一棵紅梅，尚還盛開。

此日是正月二十七日，琴言對了這梅花，不覺思念怡園的梅崦來。想那度香相待的光景，較之今日，真有天淵之別。即有伺候不到處，度香非但沒有形之於色，並且不藏之於心，反百般的安慰體貼。此日的華公子，喜歡時便也與度香彷彿，及不合他的意時，不是發煩，就是挑斥，元宵那一日竟至詬斥起來，與諸奴相等。那一班逢迎巴結的見了，便欣欣得意，似乎也有今日，從此便可墮入輪迴，永無超升之理。主兒多叫一回，同伙多恨一回；主兒多賞一回，同伙多罵一回。那帶誚帶罵、冷言冷語的，叫人難受。總恨奚十一那個忘八蛋，無緣無故的鬧上門來，因此墮落在此。又想魏聘才雖不是個好人，然尚有一言半語，道著我的心事，如今他又出去了。那個林珊枝倒像是半個主兒一般，先要小心謹慎的奉承他才喜歡，不然他就要撮弄人。如今索性把我撵出去了，倒也自在，自然也可以不到師父處去了。若得皇天保佑，使我做個清白人，我就飢寒一世也自願意。不然，人說前做過戲子，後做過奴才，好聽不好聽，人還看得起麼？琴言越想越氣，自然的落下淚來，孤孤悽悽坐在梅花樹下，傷心了一回。

聽得林珊枝的口聲，叫了兩聲玉儂，即走將進來。琴言站起，珊枝見他滿面愁容，便問道：「你已知道了麼？」琴言不解所問，怔了一怔，便道：「知道什麼？」珊枝道：「你的師傅死了，方才著人來報信與你，並回明了公子，叫你回去送殮。」琴言聽了，也覺傷心，淚流不已，問道：「幾時死的？」珊枝道：「來人說是沒有病，昨夜睡了，今早看他已是死了。」琴言又感傷了一回，問道：「我怎樣回去呢？」珊枝道：「門外有人等你。公子吩咐也不要很耽擱，辦完了喪事就回來。」琴言想了一想，即便答應。珊枝出去了，琴言叫小使包了一包衣服，捆了鋪蓋，並帶了一包銀子，鎖了門出來。可憐琴言尚認不得路徑，小使指點了，走過了門房，卻喜那些人都知道了，也不來問。一直出了頭門，望見照牆邊歇著一輛車，即是他向來坐的車。又見他師娘的表弟伍麻子同來，琴言上前見了，兩人坐上車，一路的講出城來。

將到了門口，已見一班人在那裡搭篷。琴言進了門，一直進內，只見天壽跑出來，見了琴言，重又跑進。聽得他師娘在裡頭，嗚嗚咽咽哭起來。琴言到了床前，見他師傅已穿好了衣，帕子蒙了面，自然一陣悲酸，跪在床前，痛哭不止。倒是他師娘拉他起來，勸他住了哭。琴言問道：「師傅得了什麼病，好好的就死了？」他師娘道：「並沒有病，昨夜還是好好的。吹煙吹到三更後，睡了還講了好些話。我睡醒來摸他就冷了。若說受了煤毒，怎麼我又好好的呢。」琴言又問身後之事，他師娘道：「你師傅掙了一輩子的錢，也不知用到那裡去了？去年過年就覺得不甚寬裕。」說到此，便嘆口氣道：「比你在家時就差遠了。你那兩個師弟十天倒有八天閒著，已後我也想不出個法子來。你師傅犯了這個急病，臨終時又沒有一言半語，平日在外頭的事也絕不告訴我。如今是我們欠人家的，人家欠我們的，都一概不知道。胡同外有那兩所房子，也收不得多少租錢。這衣衾、棺木、搭篷，倒將就辦了，到買地辦葬事，只怕就有些拮据起來。」琴言嘆息了幾聲，走到從前住房內，叫小使鋪設好了，將帶來的銀包打開看時，大大小小共十五錠，自己也不知多少，約有五六十兩，便拿進送與師娘，道：「這包銀子我也不知多少，公子、奶奶新年的賞賜。如今也可添湊作零用。」他師娘接了掂了一掂，又解開點了數，便道：「你在華府裡，聽得很好，是上等的差使，可曾多積些錢？我知道你是不在行的，不要被人騙了去。自己費點心，積攢些才好。我是無兒無女，將來就要靠你呢。」琴言道：「公子賞的東西，都是些零星玩物。賞銀錢倒少，就是留著，我也沒用處。將來如果得了，再來孝敬師娘罷。」他師娘點點頭道：「這才好，算個有良心的孩子。」一面將銀子放在抽屜內，琴言也就出來。

只見眾人紛紛的忙亂，伍麻子捧了一包孝衣進來。又見袁寶珠、蘇蕙芳、陸素蘭來了，琴言即忙招接三人，一同坐下。問了他師傅的事，然後問起他新年光景。琴言略將近事說了幾句。寶珠道：「你既回來，告了幾天假？」琴言道：「早上是林珊枝來告訴的，我也沒有見著公子，說辦完喪事就回去，也沒有限定幾天。」素蘭道：「總得告一個月的假，等出了殯才可進去，不然也對不住你師娘。」琴言道：「可不是。」蕙芳道：「索性告假告個長假，不去也罷了。究竟你也不是賣與他們的。」寶珠道：「在那裡好倒算好，就是拘束些。且同事中沒有一個知心的人，未免孤另些。」蕙芳道：「當日林珊枝也算不得什麼，此刻見了我們，那一種大模大樣。他就忘了從前到班子唱戲，他還唱亂彈時候，多油腔滑調，哄那些不會聽戲的人，發了些邪財。一進了華府，就像做了官，有些看不起同輩的人。偶然與我們說兩句話，又像個老前輩的光景。其實他與我同歲，也沒有大些什麼。」琴言道：「他也是這裡的徒弟，今日說得好笑，對我說道：『你的師傅死了。』難道你出了師，就算不得師傅麼？」寶珠道：「他如今要我們叫他為三爺，若叫他三哥，他就愛理不理的。他也只好在那八齡面前裝聲勢，充老手。你不記得從前王靜芳在燕衎❶堂要打他麼？如今見了靜芳，還不倸不倸的，記著前恨呢。」琴言道：「華公子的情性，雖算不得十分古怪，然有時卻也捉摸不定。偏是他上去，怎麼說，怎麼好，沒有碰過釘子，這也是各人緣分了。真是隨機應變，總沒有一句答不上來，也算難為他。」素蘭道：「我聽得說，他們府裡，沒有一個不巴結他，就是三代老家人，也要在他面前周旋周旋。那魏聘才是叫他三兄弟、老三、三太爺這些稱呼。」琴言道：「魏聘才攆了出去了，不知可在庾香處？」蕙芳道：「魏聘才麼，如今倒更闊了。就在宏濟寺住，同了奚十一、潘三、楊八一班混賬人天天的鬧，是什麼剃頭的，又是什麼大和尚、小和尚，開賭宿娼，鬧得不像。張仲雨也不與他往來了。」

琴言問起子玉來，寶珠道：「前日我們在怡園敘了一日。」便將前日怎樣喝酒，怎樣行令，次賢新制的酒壺、杯子都說了。琴言著實羨慕。又說那首詩，度香也刻了，庾香見了怎樣思念感傷的神色，一一說給琴言。琴言聽了，也就感傷起來。蕙芳道：「你既回來，少不得我們要快聚幾天，不知明日可以不可以？」寶珠道：「明日他也無事。」琴言道：「師傅新死，於理有礙，須消停數日才可。」素蘭道：「若消停數日，你就要進城了。況大家敘敘，清談消遣，也沒有什麼妨礙。你又不是孝子，怕什麼？」寶珠道：「我去問度香，明日、後日皆可。」三人坐了好些時候，要走了，琴言拉住了不肯放，眾人不

❶ 燕衎：比喻宴飲作樂。語出詩小雅南有嘉魚：「君子有酒，嘉賓式燕以衎。」

忍相離，只得坐下。後又來了王桂保、李玉林、金漱芳，大家直等了送殮，拜了，然後才散。琴言穿了孝袍，似乎明日不好出門，只得約定三日後再敘。又叫伍麻子到華府求珊枝轉為告假一月，俟出殯後方得進城。華公子准了，又拿了一個衣箱回來，琴言方才放心。

到了接三那日，有些人來，便請了金三、葉茂林來張羅，同班的腳色之外，還有各班的並左右街鄰，各館子掌櫃的，擠滿了一屋，看燒了紙才散。琴言也乏極了，回房就睡了。

到了明早，寶珠著人送了信來道：「本定今日，因度香有事，遂改明日辰刻在怡園敘集。」琴言應了，梳洗畢，獨坐凝思：今日空閒無事，不如去看看庾香罷。因想去年梅夫人待的光景，去諒也無妨。主意定了，換了一身素服，吩咐套了車，一面告訴師娘去謝謝同班的人。到了外間，忽然又轉念道：如今已隔了半年了；況從前是聘才領我去的，不要進門房裡回話；如今我獨自去，就算太太待我好，叫我進去，那門房裡我總要去求他，適或碰起釘子來，他倒不許我進去呢？況且他家的人除了雲兒之外，一個都不認識。思前想後，不得主意，呆呆的站住。那小使進來說：「車已套了，到什麼地方去？」琴言不語，又想了一回道：不如去找聘才，仍同了他去，省費許多說話。他出來了，我去看看他，他也感情的。遂對小使道：「我先到宏濟寺看魏師爺。」即出門上了車，小使跨了車沿，幾個轉彎，不上一里路，已到了。琴言見寺門口歇一輛大鞍子四六擋車，有個車夫睡在車上。琴言當是聘才的車，想道：幸而來早一步，不然他就要出門去了。小使進去問了，說道：「在家，請你進去。」

琴言下來，走進了東邊的門，小使指點他一直過了兩層殿，從東廊後另有一個院子進去。琴言低著頭，並不留心別處，一直到了聘才院子裡，見聘才的四兒出來，與他點點頭，把風門一開。琴言方抬頭望去，吃了一驚，見坐著一屋子的人，心中亂跳，臉已紅了，欲待退出，聘才已迎將出來。只得定了定神，上前見了。聘才道：「今日緣何光降？令我夢想不到。」琴言紅著臉，答不上來。聘才對著眾人道：「這是我天天說的第一個有名的杜大相公，如今是叫杜琴爺。」又對琴言道：「這幾位都是我的至好，那位是奚大老爺，那位是潘三爺，這位是我的房東唐佛爺，這位是他的小佛子，那兩個也是班裡頭的，你想必不認識，都見見罷。」琴言無奈，只得對眾人哈了一哈腰。和尚知道是華府來的，便合著掌把腰彎了幾彎，笑迷迷的說道：「多禮，多禮！請坐，琴爺。」潘三倒白對琴言作了一個揖，琴言照應和尚時沒有留心。潘三已動了色心，借此走上前來，一把拉住了手，琴言欲縮不能。只見潘三咨牙撩齒的，凝著兩個紅眼珠，笑迷迷的說道：「你是琴大爺，我的琴大太爺，我想見你一面都不能。今日真是有緣千里來相會了。」琴言含羞含怒的急忙洒脫了手。聘才知他害羞，急了是要哭的，忙支開了潘三，扯他坐下，要問他時，見奚十一說道：「你如今在華府裡可好？」琴言只得答應了「好」。奚十一道：「你可認得我？」琴言舉眼看他是一個黑大漢子，頗覺威風凜凜，有些怕他，便說道：「不相認識。」奚十一哈哈大笑，走近琴言身邊，琴言要站起來，奚十一雙手按住了他的肩頭，琴言低了頭，心中亂跳。奚十一又道：「你該謝謝我，去年夏天我來找你，你分明在家，不出來見我。後來與你師傅鬧起來，你從後門跑了，從此你就進了華府。這不是我作成你的麼？今日見了應該謝謝我。」琴言方知他是奚十一，心中更慌，偏著身子站了起來，連忙退縮。奚十一大笑道：「你這孩子年紀也不甚小了，怎麼這般面嫩，倒像姑娘一般？」聘才恐怕奚十一動粗，便解釋道：「他在華府裡規矩甚嚴，一年沒有見過生人，自然拘束了。」這邊潘三抓耳揉腮，垂涎已甚，卻不敢怎樣，唐和尚只好心中妄想而已。聘才便問琴言道：「你今日怎麼能出來？」琴言將他師傅死了，

「告了一月假，今日來看你，還要你同我……」說到此又不好意思說出來。聘才已經明白，便道：「要我同你到那裡去？」琴言只得說道：「要你同我去見見梅太太與庾香。」聘才笑了一笑，點點頭道：「使得，使得，停一停我們就去。」琴言見有人在此，不好催他。

奚十一雖是個粗鹵人，盡講實事的，但面目之好歹也分得出來。此時見了琴言，卻是生平未見過的寶貝，心中著實大動。又想他已改了行，又在華府做親隨，便不好動手動腳調戲他，料想叫他陪酒也斷不肯的，怎樣想個法兒弄他一回。一面看，一面聽他們說話，要聘才同他到梅宅去，便想出一個計策來。自己思算了一會，立起身來道：「我要走了。」便腆起肚子，幾步就走了出去。聘才與和尚連忙相送。潘三尚坐著不動，黃瞪瞪眼睛，只管看著琴言，看得琴言一腔怒氣，不能發作。奚十一拉了聘才，走到和尚房中，對聘才作了一個揖，道：「今日我要求你行件好事，方才這個人，我實在愛他。我若叫他陪酒，是一定不肯的。」聘才不等說完，忙搖頭道：「不肯，不肯！是肯定的。」奚十一道：「況且他已改了行，也難強他。如今我有一個妙計：我們去了，你留他吃飯，說吃了飯，才同他到梅宅去。到正吃時，我再闖進來同他坐坐，雖不能怎樣，也就完了這件心事，諒來也不算輕褻他。再送他些東西，看他待我怎樣。老棣臺，我們相好一場，你為我出點力，我一輩子感激你。」聘才沉吟了一會，明知琴言的脾氣不能勉強，但又卻不得奚十一的情，只得說道：「依你這計也好，但是你不可撒村動粗的。他比不得別人，一句話說錯了，他就要哭的。這釘子我已碰過多了。」奚十一道：「你放心，我斷不動粗的。我只要與他坐一坐，怎敢還想別的好處。我還有幾樣菜著人送來，你快把潘三也叫他出來，天香、翠官也攆開，就擺飯，我去去就來。」說罷，慌慌張張上車去了。

聘才進來對潘三道：「和尚請你說話。」潘三不得已，遲延的出去，尚回顧了幾次。聘才把天香、翠官也打發走了，便故意的對琴言道：「好了，清淨了，我也被他們鬧昏了，鬧得一屋子俗臭不堪。我們如今清清淨淨談談，吃了早飯再去，自然有一會耽擱。」琴言一想，在聘才處吃飯也不妨。況且這些人都去了，自然沒有人來，便問聘才道：「今年見過庾香幾次了？」聘才隨口說道：「三次了。」琴言又問道：「我聽得奚十一是個壞人，為什麼與他相好？」聘才道：「也沒有什麼很相好，看他也是個爽快人。」琴言道：「那個姓潘的，我也知道他。」聘才道：「那是個買賣老實人，就這和尚也極通世務的。」琴言心裡暗笑，也不便駁他。

卻說奚十一跨上車，叫車夫狠狠的幾鞭，那騾子一口氣就跑了回去。奚十一到寓處，即進他的書房，吩咐家人問姨奶奶要了昨日晚上送來的四樣菜、兩樣點心出來，送到魏老爺那裡去，又教了他一番說話。也不進房，就在書房內炕上開了燈，叫巴英官打泡，急急的吹了三十口大口煙，已有三錢，可以挨得半天了。心裡想道：送他些什麼東西才好呢？看著自己腰裡一個大八件，鋼鏨表值二百吊錢，將這錶給他罷。又想道：單是個錶也不算什麼貴重，只有那姨奶奶那對翡翠鐲子，京裡一時買不出來，把這個送他也體面極了。即到菊花房裡，聽得「唧喇喇」的一聲。舉眼看時，原來菊花在淨桶上解手，見了奚十一，便笑了一笑。奚十一道：「怪不得香氣熏人，我當著外頭開溝呢。」菊花「啐」了一口，道：「嚼你的舌頭！」奚十一開了箱，四角裡掏了一掏，掏著了一個匣子，開了蓋，看是了便揣在懷裡，也不蓋箱子蓋，轉身便走。菊花嚷道：「你拿我的鐲子做什麼？」奚十一道：「我與人比一比顏色就拿回來的。」到了書房，叫了巴英官，忙忙的踩開大步，一直到聘才處來。心裡喜道：我若能弄上了他，這京裡的大老官，就要算我奚老土了。

再說潘三到和尚房裡，和尚把奚十一的計與他說了，潘三樂極，連稱妙計，便在和尚房中等候。心裡想道：這個活寶，就與他坐一坐，喝一杯就夠了，還想頑他麼？就叫他頑我，我也願意；他若肯頑我，自然也肯給我頑了。一面胡思亂想，口中淌出饞涎來，便咬著牙把手在脖子後捶了兩捶，鼻子裡「哼」了兩聲。唐和尚看了好笑，便道：「潘三爺做什麼，脖子漲的疼麼？」潘三也笑了。奚十一的人送了菜來，要面見聘才，四兒同了進去。來人道：「家爺說，有位琴爺在這裡，家爺從前不知道，冒犯了，深自懊悔。本來要請琴爺過去坐坐，恐怕不肯賞臉，叫我送了幾樣菜來，請大爺代家爺轉敬琴爺消消氣，家爺有事不能過來奉陪了。」聘才笑道：「怎麼要你老爺費事？又幾時得罪過琴爺？說得這樣周到，我就收下代做主人便了。你回去多多道謝。」即賞了來人五百錢，又對琴言說道：「這是奚老爺的盛情，送你的，我倒叨光了。你也應該謝一聲。」琴言不解其故，只得也謝了一句。聘才叫四兒吩咐廚房快弄起來，就要吃飯。

四兒去了不多一刻，就擺了酒菜上來，在個方桌子上。聘才道：「雖然便飯，也喝一杯酒。」琴言道：「不消了，就吃飯罷。」聘才不聽，斟了一杯送過來，琴言只得接了，也回敬了聘才一杯。聘才喜出望外，也是平生第一次得意，難得兩人對坐了。聘才隨口的說些話來哄琴言，要他喜歡，說庾香近來也不出門赴席聽戲，常托我對你說，在那裡放寬了心，不要惦記著他，他慢慢的去結交華公子，自然可以常見面了。聘才無非要他安心久坐，等奚十一來。無奈琴言急於要走，酒也不喝，菜也不吃，呆呆的坐著，如芒刺在背的光景。

正要催飯，只聽得院子裡一陣腳步響，已揭了風門進來。琴言見奚十一，心裡就慌，站了起來。聘才笑盈盈的說道：「來得正好，主人來陪客了。」奚十一笑道：「我知道此刻尚未吃完，竭誠來敬琴言一杯。」便叫巴英官拖過凳子，就朝南坐了。一手執壺，一手擎杯，斟好了，直送到琴言嘴邊。琴言接又不好，不接又不好，急得滿臉通紅。聘才道：「這是主人敬客之意，你不能乾，喝一口罷。」琴言只得接了，喝了一口，把杯子放下，對聘才道：「我真喝不得了，已飽得難受，你陪著喝一鍾罷。」便想走開，奚十一一把拉住，道：「好話，我來了你就坐也不坐，是分明瞧不起我。你回去問問，你家公子，是我嫡嫡親親的世叔，我也不算外人。你既是他心愛的人，就算我的小兄弟一樣，豈有我來了你要走之理？」便拉住了，毫不用力，輕輕的把他一按，已坐下了。奚十一一面說，雙眉軒動，好不怕人。況舊年琴言已領略過了，嚇得戰戰兢兢，面容失色，只得坐下。奚十一好不快活，便要了一個茶杯，喝了一杯，夾了一條海參送與琴言。琴言按住了氣，站起來道：「請自用罷，我已吃不得了。」奚十一笑道：「別樣或吃不得，這東西吃了下去，滑滑溜溜的，在腸子裡也不甚漲的。」琴言聽了，也懂得是戲弄他，不覺眉梢微豎起來。聘才把腳踢一踢奚十一，道：「他想必吃不得了。」奚十一又道：「你既吃不得，我吃了罷。」把琴言吃剩的酒也喝了，還搭一搭嘴，道：「好酒！」琴言此時氣忿交加，又不便發作，捺住了一腔怒氣，心中想道：這狗才不懷好意，我如今不唱戲了，他敢拿我怎樣？他如果無禮，我就與他鬧一場。又見奚十一喝乾了酒，又斟了半杯，放在琴言面前，要他喝。琴言一手按住了杯子，對聘才道：「你知道我是從不喝酒的。」

奚十一還要強他，只聽得切切促促腳步聲，見潘三同了和尚進來。潘三嚷道：「巧極了，被我闖到了好筵席了。」和尚也說道：「原來魏老爺請客，也不虛邀我一聲。」潘三彎著腰，聳著肩，急急的幾步搶上來，道：「待我來敬一杯。」便拿過琴言的杯子來，道：「這酒涼了，我替喝了罷。」便一口乾了，把杯子在嘴唇上擦了一轉，斟了半杯，雙手遞來，直送到琴言嘴邊。琴言扭轉身來想走，無奈一邊是潘三，一邊是和尚，擋住不得出位，便接了酒杯，潘三尚不放手，要送進口來。琴言怒道：「我真不會喝酒，你放了，我慢慢的喝。」聘才讓潘三坐下，說道：「他真不能，你等他慢慢的喝罷。」潘三只得放手坐了，聘才與唐和尚拿兩張凳子坐在下面。琴言見潘三將杯子在嘴上擦了一轉，十分惱怒，已知他們一黨，有心欺侮他，若翻轉臉來，猶恐吃虧。只得苦苦的忍住，拿起杯子來，裝作失手，「噹」的一聲，砸得粉碎，衣服上也濺了幾點酒，把絹子拭了，對聘才道：「我冒失了。」聘才也知道他的心思，便道：「這有何妨！」又叫換個杯子來。琴言道：「不必，不必，就拿來我也不喝。」奚十一道：「那不能，也不多勸你，一人勸你三杯。」潘三滿擬這杯酒他若喝了，琴言便親了他的屄嘴一樣，偏又砸了，甚是掃興，還想重來敬他，被聘才擋住。

唐和尚不知好歹，斟了半杯，道：「阿彌陀佛，華公府是小寺的大施主，老太太裝過三世佛的金身，少奶奶塑過送子觀音像，捨了三年的燈油。如今他府裡爺們光降，我出家人無以為敬，借花獻佛，小琴爺請喝這鍾。」捧了杯子，打了個稽首，口中念道：「南無大慈大悲救苦救難觀世音菩薩！」惹得他們大笑。琴言見了，又好氣，又好笑，面色倒平和了一分，便道：「我真不能喝，你不用強我。」唐和尚陪著笑道：「我的琴爺爺，我方才念過佛，這杯酒就有佛在裡頭。你喝了前門增百福，後戶納千祥，願你大發財，日進一條金。」眾人聽了大笑，琴言只是不肯喝。和尚又把自己的臉抹了一抹，除下了氈帽，道：「小琴爺，你瞧瞧我和尚，難道不是個人臉，真是個雞巴腦袋嗎？」琴言見這怪樣，實在發笑，也忍不住笑了一笑。和尚道：「好了，好了，天開眼了。到底我這個雞巴，比人的腦袋還強呢。」琴言聽了又變了顏色。和尚道：「我的祖爺爺，你不喝這一鍾，我和尚就沒有臉，明日只好還俗了。」便將酒杯頂在光頭上，雙膝跪下，兩手靠在琴言膝上，口中不住的念佛，不肯起來，笑得眾人捧腹。琴言被他纏得無法，只得說道：「請起，請起，我喝一口，下不為例。」便在光頭上拿了杯子，喝了一口。想一想，恐人喝他的剩酒，索性乾了。立起身來想走，奚十一推住了，和尚抱了他的腿，跪著在他膝蓋上碰頭。琴言只得坐下，真急了，便厲聲正色的說道：「今日請教各位，待要怎樣？」聘才連忙說道：「不喝酒了，倒是大家談談罷。」拉了和尚起來。琴言道：「我有事不能再坐了。」又要走，奚十一攔住不放，說道：「不喝酒就是了，坐一會，忙什麼？」聘才只得說道：「快拿飯來，吃了我們還有事呢。」琴言又只得坐下，萬分氣惱，勉強忍住。

奚十一暗忖道：這孩子真古怪，鬥不上筍來。若不是他，我早已一頓臭罵，還要硬頑他一回。不過我憐惜他，他倒這般倔強，實屬可恨。又轉念道：向來說他驕傲，果真不錯。我若施威，又礙著華府裡；況他已不唱戲了，原不該叫他陪酒。且把東西賞他，或者他受了賞，回心轉意也未可定。潘三想道：這孩子比蘇蕙芳更強，可惜我沒有帶些票子來賞他，或他得了錢就巴結我也未可知。奚十一道：「我有樣東西送你，你可不要嫌輕。」便從懷裡掏出個錦匣子，揭開了蓋，是一對透水全綠的翡翠鐲子，光華射目。潘三伸一伸舌頭，道：「這個寶貝只有你有，別人從何處得來？這對鐲子城裡一千吊錢也找不出來。」不住「嘖嘖嘖」的幾聲。聘才、和尚也睜睜的望著。聘才暗想道：好出手，頭一回就拿這樣好東西賞他，看他要不要？琴言也不來看，只低了頭。奚十一道：「你試試，大小包管合式。」便叫琴言帶上，琴言站起來，正色的說道：「這個我斷不敢受，況且我從不帶鐲子的。」琴言無心，伸出一手給他們看，是帶鐲子不帶鐲子的意思。奚十一誤猜是要替他帶上的意思，便順手把住了他的膀子，一拽過來，用力太重，琴言嬌怯站立不穩，已跌倒奚十一懷裡。奚十一索性抱了他，也忍不住了，臉上先聞了一聞，然後管住他的手，與他帶上一個鐲子。奚十一再取第二個，手一鬆，琴言掙了起來，已是淚流滿面，哭將起來，也顧不得吉凶禍福，哭著喊道：「我又不認識你。我如今改了行，你還當我相公看待，糟蹋我，我回去告訴我主人，再來和你說話！」遂急急的跑了出去，到了院子忙除下鐲子，用力一砸，一聲響，已是三段，沒命的跑出去了。奚十一大怒，罵了一聲「不受抬舉的小雜種」，便要趕出去揪他。聘才死命的勸住，奚十一那裡肯依，暴跳如雷，大罵大嚷，更兼身高力大，聘才如何拉得住他，只得將頭頂住了他，連說道：「總是我不好，你要打打我，要肏肏我。」潘三與唐和尚還在旁邊火上添油，助紂為虐。奚十一被聘才頂住，不能上前，又想琴言已跑出寺門，諒已上車走遠，不好追趕，只得罷了。氣得兩眼直豎，肚皮挺起，坐下發喘。他的巴英官在旁抿著嘴笑，走到院子裡，撿了那碎鐲子，共是三段，放在掌中拼好，說道：「待我花三錢銀子鑲他三截，也發個標，帶個三鑲翡翠鐲子，不知道人肯賞我不肯賞呢？」拿來放在奚十一面前，又道：「一千吊的鐲子，如今倒直三千吊了。」奚十一見了，越發氣狠狠的罵了一會。潘三與唐和尚連說「可惜」。大約奚十一回去，只剩一個鐲子，菊花必有一場大鬧，正是癩蛤蟆想吃天鵝肉，也不料自己的福分。

且說琴言上了車，下了帘子，一路掩面悲泣。到家即脫了外褂，上床臥下，越想越恨，只怨自己發昏，去找聘才，惹出這場禍來。把被蒙了頭，整整哭了半日，幾乎要想自盡。不知後事如何，且聽下回分解。

第三十七回　行小令一字化為三　對戲名二言增至四

且說琴言回寓，氣倒了，哭了半日，即和衣蒙被而臥。千悔萬悔，不應該去看聘才。知他通同一路，有心欺他，受了這場戲侮，恨不得要尋死，淒淒慘慘，恨了半夜。

睡到早辰，尚未曾醒，他小使進來推醒了他，說道：「怡園徐老爺來叫你，說叫你快去，梅少爺已先到了。」琴言起來，小使折好了被，琴言淨了臉，喝了碗茶。因昨日氣了一天，哭了半夜，前兩天又勞乏了，此時覺得頭暈眼花，口中乾燥，好不難受。勉強扎掙住了，換了衣裳，把鏡子照了一照，覺得面貌清減了些。又復坐了一會，神思懶怠。已到午初，勉力上車，往怡園來。

此日是二月初一，園中梅花尚未開遍，茶花、玉蘭正開。今日之約，劉文澤、顏仲清、田春航不來，因為是春航會同年團拜，文澤、王恂是座師的世兄，故大家請了他；春航並請仲清，仲清新受感冒，兩處都辭了。王恂也辭了那邊，清早就約同子玉到怡園。次賢、子雲接進梅崦坐下。這梅崦是個梅花樣式，五間一處，共有五處。長廊曲檻鉤連，綠萼紅香圍繞。外邊望著也認不清屋宇，唯覺一片香雪而已。子玉每到園中必須賞玩幾處。子雲道：「今日之局，人頗不齊，這月裡戲酒甚多。我想玉儂回來，尚有二十餘日之久，這梅花還可開得十天。我要作個十日之敘，不拘人多人少，誰空閒即誰來，即或我有事不在園裡❶，靜宜總在家，盡可作得主人。庸庵、庾香以為何如？」王恂道：「就是這樣。如果有空，我是必來的。」子玉道：「依我，也不必天天盡要主人費心，誰人有興就移樽就教也可。或格外尋個消遣的法兒。」次賢道：「若說消遣之法盡多，就是我們這一班人，心無專好，就比人清淡得多了。譬如幾人聚著打牌擲骰，甚至搖寶搖攤，否則打鑼鼓，看戲法，聽盲詞，在人皆可消遣。再不然叫班子唱戲，槍刀如林，觔斗滿地，自己再包上頭，開了臉，上臺唱一齣，得意揚揚的下來，也是消遣法；還有那青樓曲巷，擁著粉面油頭，打情駡俏，鬧成一團。非但我不能，諸公諒亦不好。」子雲等都說：「極是，教你這一說，我們究還算不得愛熱鬧，但天下事莫樂於飲酒看花了。」王恂對子雲道：「我有一句話要你評評。」子雲道：「你且說來。」王恂道：「人中花，與花中花，孰美？」子雲笑道：「各有美處。」王恂道：「二者不可得兼，還是取人，還是取花？」子雲笑道：「你真是糊塗話，自然人貴花賤，這還問什麼呢。」次賢道：「他這話必有個意思在內，不是泛說的。」子雲微笑。王恂笑道：「我見你滿園子都是花，我們談了這半日，不見一個人中花來，不是你愛花不愛人麼？」子雲笑道：「你不過是這麼說呀，前日約得好好兒的，怎麼此刻還不見來呢？」

少頃，寶珠、桂保來了，見過了。子雲道：「怎麼這時候還只得你們兩個人來？」寶珠道：「今日恐有幾個不能來。玉儂還沒有來嗎？」桂保道：「今日聯錦是五包堂會，聯珠是四包堂會。大約盡唱崑戲，腳色分派不開，我們都唱過一堂的了。」王恂道：「何以今日這麼多呢？」桂保道：「再忙半個月，也就閒了。」寶珠道：「我見湘帆、前舟在那裡，劍潭何以不來？」王恂道：「身子不爽快。」桂保謂子玉道：「今年我們還是頭一回見面。」子玉道：「正是，我卻出來過幾次，總沒有見你。」寶珠道：

❶ 園裡：道光本作「家中」。

「今日香畹與靜芳苦了，處處有他們的戲，是再不能來的了。」子雲道：「我算有六七人可來，誰曉得都不能來。」

將到午正，桂保往外一望，道：「玉儂來了！」大家一齊望著他進來。子玉見他比去年高了好些，穿一套素淡衣裳，走入梅花林內，覺得人花一色，耀眼鮮明。大家含笑相迎，琴言上前先見了次賢、子雲、王恂，後與子玉見了，問了幾句寒溫。子雲笑道：「如今人也高了，學問也長了。你看他竟與庾香敘起寒溫來，若去年就未必能這樣。」琴言聽了，不好意思道：「他是半年沒有見面了。」子雲道：「我們又何曾常見面？」琴言笑道：「新年上你同靜宜來拜年，不是見過的？」次賢笑道：「是了，大約見過一次，就可以不說什麼了。」說得琴言笑起來。王恂道：「只有我與玉儂見面時最少。」琴言也點一點頭，然後與寶珠、桂保同坐一邊。寶珠推他上坐，他就坐了。

子雲吩咐擺起席面來，也不送酒。子雲對王恂道：「論年齒，吾弟長於庾香，但今日之酌特為玉儂而設，要玉儂坐個首席，庾香作陪。」琴言道：「這個如何使得？我是不坐的。」子玉道：「應是庸庵。」子雲笑道：「往日原是這樣，今日卻要倒轉來。」便拉定琴言坐了首席，子玉並之；桂保坐了二席，王恂並之，不准再遜，遜者罰酒十杯。子雲又叫寶珠坐在上面，寶珠要推時，見蕙芳來了。子雲道：「好，好，你來坐了，次賢相並。」蕙芳不肯坐在次賢之上。次賢道：「今日所定之席，皆是你們為上，我們為次，你不見已定了兩位麼？」蕙芳只得依了。下面寶珠也只得坐在子雲之上。坐定了，王恂笑道：「外邊館子上，若便依這坐法，便可倒貼開發了。」眾皆微笑，互相讓了幾杯酒，隨意吃了幾樣菜。

寶珠看琴言的眼睛似像哭腫的，想是為師傅了。子雲也看出來，太息了一聲，道：「玉儂真是個多情人，長慶待他也不算好，他還哭得這樣，這也難得。」眾人盡皆太息，琴言聽了觸起昨日的氣來，便臉有怒容；又見子玉在旁，總是為他而起，他一陣酸楚，流下淚來。眾人齊相勸慰，殊不知琴言別有悲傷，並不是為著長慶。眾人既不知道，又不便告訴人，悶在心裡，越想越氣，要忍也忍不住，把帕子掩了面。想道：魏聘才這東西專會揑造謠言，將來必說我在他那裡陪酒，奚十一賞鐲子等語，不如我說了，也可叫人明白。況且諒無笑我的人。又停了一會，問子玉道：「你幾時見聘才的？」子玉道：「尚是去年十月內見過一次，如今住在城外宏濟寺，也絕不到我家來。」琴言道：「我昨日見他，他說今年見你三次了。」子玉道：「何曾見過？最可笑的是大年初一天明的時候，在門外打門。門上人才穿衣起來，他說了一聲，留下個片子，到如今還沒有見著他。你是那裡見他的？」琴言罵了一聲，道：「這魏聘才始終不是個東西！」蕙芳道：「早就不是個東西，何須你說。」

子玉又問琴言，琴言含淚說道：「原是我不好，我到他寓裡，要他同我去看你。」子玉聽到此，一陣心酸，眼皮上已紅了一點。眾人盡聽他說，王恂道：「你看他，他怎樣待你？」琴言道：「聘才起先還好，如今有一班壞人在那裡引誘。」子雲問道：「是誰呢？」琴言道：「一個奚十一，一個潘其觀，還有一個和尚，就是聘才的房東。」蕙芳聽了，皺了皺眉，問道：「你怎樣呢？」琴言也恨極了，索性細細的將奚十一故意先走，後聘才攛了潘三，奚十一忽又送菜來；後奚十一、潘三、和尚先後的闖進；並將席間諸般戲侮，與砸了他的鐲子，都說了出來。子玉聽了，甚是生氣，說道：「這是聘才的壞，定是他設的計，故意叫他們糟蹋你的。」琴言道：「可不是他通同的麼？幸虧我如今不唱戲了，他們還不敢十分怎樣。不然還了得，只怕你們今日也不能見我了。」子雲道：「這三個惡煞，怎麼你一齊都遇見了，這也實在難為你。」次賢、王恂皆笑。桂保道：「那個奚十一，我倒沒碰見他，就是佩仙、玉艷吃了他的大虧。」琴言道：「我是兩次了。」王恂謂桂保道：「你若遇見了奚十一，便怎樣呢？」桂保道：「我若遇見了他，也叫他看看桶子，叫個趕車的頑頑他。」說得眾人大笑。蕙芳道：「我們如何想個法兒收拾他？」次賢笑道：「你若要收拾他，須得用個苦肉計，恐怕你不肯。」蕙芳「啐」了一聲，次賢復笑起來。子雲問道：「你想著什麼好笑？」次賢道：「我想奚十一就是那個東西作怪，何不拿他來割掉了，也就安分了。」王恂笑道：「這倒不容易，除非媚香肯行苦肉計方可。」蕙芳道：「你何不行一回？」王恂道：「我與他無怨無仇，割他作甚。你倒別割奚十一，且先割了潘三，也免了你多少驚恐。」蕙芳連「啐」了幾聲，忽斟一杯酒來對次賢道：「總是你不好，誰叫你講這些人。」次賢也不推辭，一笑喝了。

忽見子玉與琴言四目相注，各人飲了半杯酒。子雲不覺微笑，問子玉道：「你與玉儂同過幾回席了？」子玉道：「這是第二回，已一年之久。」子雲道：「只得兩回，可憐，可憐！真是會少離多了。」琴言笑道：「也第三回了。」次賢道：「庾香有些貪心不足，以多報少。去年你們瞞著人私逛運河，不算一回麼？」子玉道：「我偶然忘了。」子雲道：「我請吾弟與玉儂作十日之歡，閣下不知嫌煩否？」子玉道：「名園勝友，若得常常歡聚，不勝之幸，何敢嫌煩。只怕弟無此香福，猶恐福薄災生。」子雲大笑，次賢道：「十日之敘，已無此福，若華星北之福，真是福如東海了。」說得眾人大笑。琴言與子玉此時，已覺十分暢滿。

王桂保對著子雲笑道：「我有個一字化為三字的令，我說給你聽，說不出者罰一杯。」子雲道：「你且說來。」桂保道：「一個『大』字加一點是『太』字，移上去是『犬』字，照這麼樣也說一個。」子雲笑道：「這是犬令，誰耐煩行他。」桂保笑嘻嘻的對著蕙芳道：「你說一個。」蕙芳想了一想，道：「一個『王』字加一點是『玉』字，移上去是『主』字，不比你那『犬』字好些嗎？」桂保點點頭道：「真好。」忽又笑道：「你可不該，方才度香罵我，你又罵了度香了。」蕙芳道：「我幾時罵他？」眾人也不解，桂保道：「他是主人，你說的是『主』字，連上『犬』字，不是罵他嗎？」蕙芳也笑。子雲罵桂保道：「你這小狐精，近來很作怪，偏有這些油嘴油舌。」寶珠道：「我有個『木』字，加一劃是『本』字，移上去是『未』字。」子雲笑道：「我有個脫胎法：『未』字減一筆是『木』字，移下來是『本』字。」眾皆大笑。琴言道：「我有個『水』字，加一點是『氷』字，移上去是『永』字。」次賢道：「這個『永』字些須欠一點兒，也只好算個薄水氷。然眼前的卻也沒有多少。」王恂道：「只怕就是這幾個，被他們想完了。」桂保道：「我還有一個『十』字，加一劃是『士』字，移上去是『干』字。」大家說道：「好。」蕙芳道：「我有個『杳』字，加一筆是『查』字，移上去是『香』字。」眾人贊道：「更好！」寶珠道：「我有個『丁』字，加一筆是『于』字，移上去是『亍』字。」子雲道：「這字卻冷些。」子玉道：「也可用。」寶珠道：「『于』『亍』二字也不算冷。」琴言道：「我有個『卜』字，加一筆是『上』字，移上去是『下』字。」次賢道：「這個好得很。」桂保道：「我有個『白』字，加一筆是『自』字，移上去是『百』字。」蕙芳道：「略短些。」王恂道：「我有個『日』字，加一筆是『田』字，移上去……」說到此頓住了，桂保道：「移上去是什麼字？」王恂大笑，子玉道：「只要說透上去，便成個『由』字。」子雲道：「我叫他拖下來成個『甲』字。」次賢笑道：「你們一個要上，一個要下，要爭競起來。我叫他一頭往上，一頭往下，作個『申』字何如？」眾人大笑。

吃了些點心，又喝了幾杯酒。王恂問蕙芳道：「你見湘帆、前舟沒有？」蕙芳道：「原是為他們在那裡，所以耽擱了好一回，將我的戲挪上了才來的。我今天見了一個老名士，說是前舟的業師，相貌清古，有六旬之外了。」子雲道：「姓什麼？」蕙芳道：「姓得有些古怪，我想想著，好像姓瞿，穿著六品服飾，覺得議論風生，無人不敬愛他。」子雲想了一想，道：「要是姓屈，不是姓瞿。」蕙芳道：「是姓屈，我記錯了。」次賢道：「不要是屈道生麼？」子雲道：「一定是他，我聽說他到了。」子玉道：「他名字可叫本立？」子雲道：「正是，你認識他麼？」子玉道：「我卻不認識，我見他幾封書札與家嚴的，有論些史事疑難處，卻獨出卓見，真是隻眼千古❷。家嚴將他裱成一個冊頁，我倒常看的。」次賢道：「這道生先生，今年六十歲了，與先兄同舉孝廉方正❸。他在江西作知縣，為何來京？」子雲道：「去年題升了通判，想是引見來的。遲日我請他來，大家敘敘。雖是個方正人，然是看花吃酒也極高興的。」子玉道：「他是我的父執，恐不好相陪。」子雲道：「何妨。」次賢道：「道生雖是個古執人，筆墨卻極遊戲。其著作之外，還有些零碎筆墨：一種名忘死集，一種名醒睡集，都是遊戲之筆。」琴言道：「這兩種書名就奇。」王恂道：「內中是說些什麼呢？」次賢道：「我當年在人家案頭略翻一翻，也沒有看他。記得醒睡集內有些集詞為詞、集曲為曲等類；還有些集經書詩詞的對子，卻甚有趣；好像

---

❷ 隻眼千古：喻見識超群。

❸ 孝廉方正：清科舉名。自雍正時起，新帝嗣位，由督撫舉荐孝廉方正，授以六品頂戴。乾隆以後，由地方官保舉，經送吏部考察得任用為州縣與教職等官。

末後還有個對戲目的對子，是兩個字的多，可惜沒有細看。」子雲道：「你看道生的詩文，與侯石翁如何？」次賢道：「據我看，是道翁高於石翁。石翁的才雖大，格卻不高，且係駁雜不純。道翁才也不小，其格純正，卻是可傳之作。就是石翁也很佩服他的。」王恂道：「我們江寧的侯石翁麼，他卻自負天下第一才子。據我看來，也不見得。」子雲道：「才是大的，博也博的，到他那地位卻也不易。」又說道：「我想戲目頗可作對，譬如觀畫❹就可對偷詩，偷詩又可以對拾畫❺等類，倒也有趣。我們八個人分著四對，我給你對一個，你也給我對一個。有一字不工穩者，罰一杯；兩字不工者罰兩杯；半字不工欠對者，罰半杯；有巧對絕對者，賀一杯。」次賢道：「很好，就請庾香、玉儂先對起來。」子玉道：「還是你與媚香先對，次度香、瑤卿，次庸庵、蕊香，末後輪到我們罷。」子雲道：「也罷，你作個先鋒，他作個後勁，把我們放在中間，容易討好些。」

次賢道：「頭難，頭難，我一時想不出好的。我前日見瘦香的題曲唱得甚好，就出題曲罷。」蕙芳道：「題曲就可以對偷詩。」寶珠道：「將現成人家方才對過的，你又撿了來，這麼對就牽扯不清了。你先罰一杯。」蕙芳道：「不算就是了，又要罰什麼。」子雲道：「要罰的，不然盡對上不喝酒了。」即罰了蕙芳一杯。蕙芳想了一想，道：「教歌❻可以對麼？」次賢道：「好。」於是都說一聲「好」。蕙芳道：「既說好，就應賀一杯。」子雲道：「應該。」即勸合席賀了一杯。蕙芳即出了埋玉❼，次賢對

❹ 觀畫：八義記中一折。
❺ 拾畫：牡丹亭中一折。
❻ 教歌：繡襦記中一折。

了拾金。王恂道：「這工穩極了，也賀一杯。」又各賀一杯。應子雲出對了，子雲出了踏月❽的上對，寶珠想了一想，對了掃花。桂保道：「好極了。」子雲道：「論對卻好，但兩個字似乎平仄都要相配，『掃』字也是仄聲。此中稍欠工穩。」次賢道：「你卻論得是。據我想來，戲目雖多，內中可對者卻也甚少，下一字須講平仄，上一字尚可恕，不比泛對故實，可以隨我們去搜索，此是有數的。與其平仄調而字面不工，莫若字面工而平仄稍為參差，也可算得。至於第二字，是不可錯的。」子雲一想也真沒有多少，也就依了。寶珠出了山門，子雲想了一回，對了石洞❾，也算工穩，賀了一杯。到了王恂、桂保了，王恂出了彈詞❿，桂保對了制譜。次賢道：「我想這上對，總要新鮮的才好，太平正了覺得不見新奇。」桂保謂王恂道：「我就出個新奇的與你對，是偷雞⓫。」王恂道：「我對伏虎⓬。」大家贊道：「卻也工穩。」要賀一杯。次賢道：「要賀也可賀，但『偷雞』二字纖小，『伏虎』二字正大，你們以為何如？」王恂道：「你這評論，真是毫髮不爽，我改了訪鼠⓭罷。」次賢道：「這該賀了。」各人都賀一杯。到了子玉，出的是看襪⓮，琴言對的是借靴⓯。大家說道：「這個對得好，要賀兩杯。」蕙芳道：

---

❼ 埋玉：長生殿中一折。
❽ 踏月：紅梨記中一折。
❾ 石洞：醉菩提中一折。
❿ 彈詞：長生殿中一折。
⓫ 偷雞：梆子腔折子戲。
⓬ 伏虎：醉菩提中一折。
⓭ 訪鼠：十五貫中一折。

「一杯也夠了，這對子也對得快。若兩杯兩杯的賀起來，將人喝醉了，倒對不好了。」次賢道：「說得是，以後頂好的方賀一杯，好的賀半杯，平平的不賀。」於是各賀了一杯。琴言出了醉妃⑯，子玉聽得王恂的伏虎，就觸著了，對了醒妓⑰。眾人道：「這個對得有趣，滿賀一杯。」琴言道：「巧在一醉一醒，這倒難得的。」

輪到次賢，次賢道：「我出撇斗⑱。」蕙芳道：「好個撇斗！」想了一想道：「我對搜杯⑲。」次賢道：「也好個搜杯，這裡面工穩！賀一滿杯。」大家喝了。停了一會，次賢催他出對，蕙芳道：「我有一個對，恐怕沒有對的，因此遲疑。」次賢道：「若真沒有對的，也只好喝一杯過去。你且說來，教我想想也好。」蕙芳道：「女盜又名牝賊⑳，這兩字卻新奇，你對出來，我情願喝三杯。」次賢道：「真的。」眾人也暗暗想了一回，對不出來。子雲道：「這對難對。」次賢忽然笑起來，謂蕙芳道：「你且喝三杯，我對給你。」蕙芳道：「你對了，我再喝。」次賢道：「要喝的。那勢利又叫勢僧㉑，這不是

---

⑭ 看襪：長生殿中一折。
⑮ 借靴：高腔折子戲。
⑯ 醉妃：長生殿中一折。
⑰ 醒妓：醉菩提中一折。
⑱ 撇斗：千金記中一折。
⑲ 搜杯：一捧雪中一折。
⑳ 女盜牝賊：牡丹亭中一折。
㉑ 勢利勢僧：兒孫福中一折。

絕對麼？」蕙芳道：「『勢』字怎麼對得『牝』字？」子玉一想，不覺撫掌大笑道：「妙極，妙極！就是『勢』字才可對得『牝』字，真是絕對。」琴言與寶珠尚未明白，子雲、王恂也想出來了，也笑起來，贊道：「真好心思，把這兩字當這兩件東西，真是異想天開了。」四旦尚未想出，蕙芳猶呆呆的想，王恂道：「你們尚未想著，你們不知男子陽為勢嗎？」蕙芳等恍然大悟，便都笑起來，都也說好。蕙芳真喝了三杯，餘皆賀一杯。

子雲出了打店㉒，寶珠對了逃關㉓。寶珠出了搶嬌㉔，子雲對了殺惜㉕。都為工穩，賀了一杯。王恂出了草橋㉖，桂保對了麻地㉗。忽又說道：「這『地』字還差半個字，我改作絮閣罷。」王恂道：「這絮閣借對得好，可賀半杯。」桂保出了花婆㉘，王恂想了一會，對了火判㉙。大家已經贊好要賀，王恂道：「慢著，我還要改。」又改了草相㉚，眾人道：「更好，新奇之極。」各賀了。子玉出了個封房㉛，

㉒打店：梆子腔折子戲。
㉓逃關：梆子腔折子戲。
㉔搶嬌：梆子腔折子戲。
㉕殺惜：水滸記中一折。
㉖草橋：同窗記中一折。
㉗麻地：白兔記中一折。
㉘花婆：紅梨記中一折。
㉙火判：九蓮燈中一折。
㉚草相：鮫綃記中一折。

琴言對了辭閣㉜。也算工穩，賀了半杯。琴言出了卸甲㉝，子玉也思索了一回，沒有新鮮的，偶想起桃花扇㉞上有齣哄丁，便把哄丁借對了，眾人極口贊妙。各賀了滿杯。次賢出了飯店㉟，蕙芳對了茶房㊱。蕙芳出了拔眉㊲，子雲道：「這更難對了。」次賢對了開眼㊳。蕙芳道：「這真工巧極了。」次賢道：「還有刺目㊴覺得更好些，就只『刺』字也是個仄聲。」子玉道：「這兩個都好，倒像是天造地設，再沒有比他好的了。」又到子雲，子雲出了跌雪㊵，寶珠道：「這個寬了，便宜了我。」既又說道：「這個『跌』字也不容易。」遂想了一想，對了墮冰㊶。一齊贊「好」，道：「好個跌雪、墮冰！真是一副好

㉛ 封房：翡翠園中一折。
㉜ 辭閣：鳴鳳記中一折。
㉝ 卸甲：滿床笏中一折。
㉞ 桃花扇：傳奇名。清孔尚任撰。凡四十四齣。以明代南都為背景，以侯方域與秦淮名妓李香君的愛情故事為線索，抒寫亡國之痛。劇中李香君堅拒田仰奪婚，倒地撞頭，血濺扇面，楊文驄就血畫成桃花一枝，故劇名桃花扇。
㉟ 飯店：尋親記中一折。
㊱ 茶房：尋親記中作茶坊。
㊲ 拔眉：鸞釵記中一折。
㊳ 開眼：荊釵記中一折。
㊴ 刺目：繡襦記中作剔目。
㊵ 跌雪：萬里圓中一折。
㊶ 墮冰：衣珠記中一折。

對，是一意化作兩層法。」蕙芳謂寶珠道：「你想個難的給他對。」寶珠點點頭。子雲道：「你何故要他難我，無非想我罰杯酒。」蕙芳笑道：「正是。」子雲向寶珠道：「你盡管出難的來。」寶珠想了一會，出了扶頭42。子雲笑道：「這個真不容易。」忽然把桌子一拍道：「有個好對，我對切腳43，你們說好不好？」子玉道：「妙，妙！這個與拔眉、刺目，可稱雙絕。」次賢道：「比拔眉、刺目還好，這『頭』『腳』兩字都是虛的，裡面是一樣，平仄又調，真是好對。倒是媚香激出來的，我們要賀雙杯。」於是大家賀了，吃了一回菜。

到了王恂，王恂出了花鼓44。桂保想來想去，沒有對，急得臉都紅了。王恂催他，桂保道：「不料這個倒沒有對的，只有聞鈴上那個雨鈴好對，卻不是戲目。草橋這『橋』字也不甚對，其餘我想不出來，我喝一杯罷。」桂保喝了半杯酒，出了個跪池45，王恂對了投井46，大家說「好」，也賀了半杯。到了子玉，子玉出了折柳。子雲笑道：「庾香惠顧著玉儂，出這樣稀鬆的對子出來。」子玉道：「我一時想不出生的，我看倒是對對易，出對難。」琴言對了掃松47。子玉道：「這一對連我的上對都好了。」眾人也賀半杯。琴言道：「我就出個『掃』字的上對，是掃秦48。」眾人道：「這個難了。」子玉道：「這

42 扶頭：繡襦記中一折。
43 切腳：翡翠園中一折。
44 花鼓：梆子腔折子戲。
45 跪池：獅吼記中一折。
46 投井：金印記中一折。
47 掃松：琵琶記中一折。

個真難。秦是姓，又是國名，很不容易。」忽然的想起了一個，也很得意，說道：「竟有這麼一個現成的，我對擋漢㊾。」眾人道：「妙絕了，天然，『秦』、『漢』二字，『掃』、『擋』兩字，也對得好，我們賀雙杯。」

於是大家已輪到三轉，也好半天，已點了燈，略為歇息，又說些閒話。次賢道：「又輪到我了，我也學庾香蕙顧人，出個容易的。」出了酒樓，蕙芳對了書館㊿，便說道：「我也學玉儂的連環出法，我就用『書』字出個改書51。」次賢道：「你就難我，我偏要對個好的。」因想了一會，對了追信52。王恂道：「『書』、『信』兩字甚好。」次賢又道：「我又想了一個放易53，『易』字好似『信』字。」大家齊聲贊道：「這個更好，該賀雙杯。」各賀了。子雲道：「見鬼54。」大家沒有留心。停了一會，寶珠催其出對。子雲笑道：「你倒不對，還來催我。」寶珠道：「你還沒有出對，叫我對什麼呢？」子雲道：「我方才說的見鬼，就是這對。」寶珠一想，果然有這個戲目，便對了離魂55。子雲點點頭道：「對也

㊽ 掃秦：精忠記中一折。
㊾ 擋漢：戲目名。
㊿ 書館：琵琶記中一折。
51 改書：荊釵記中一折。
52 追信：千金記中一折。
53 放易：鳴鳳記中一折。
54 見鬼：雙冠誥中一折。
55 離魂：牡丹亭中一折。又見長生殿。

對得好。」賀了半杯。寶珠出了吃糠56，子雲對了潑粥57。到了王恂，出了個冥判58。次賢道：「這不容易。這個『判』字半虛半實，蕊香只怕要罰酒。」桂保想了一回，道：「有一個好對，就新些，卻不是老戲。空谷香59上有齣佛醫，我對佛醫。」次賢道：「果然好，非但不罰，還要賀呢。」桂保道：「我想出一個難的來了，我出驚醜60。」王恂想了一會道：「我有個好對，這四個字比起來，還是一樣的顏色，你們要賀雙杯。我對嚇痴61。」眾人大笑道：「真是黑沉沉的一樣顏色，我們賀雙杯。」各人賀畢。

子玉道：「這對可以結了，天也不早了。況我一早出來，過遲了恐家慈見問。請以此對收令罷。」王恂道：「也是時候了，對了吃飯罷。」子雲道：「且看其實天還早呢。」子玉道：「既要敘幾天，也宜留些精神在明日，今日早散為妙。」子玉見琴言有些倦意，故要收令。子雲只得依了。子玉道：「我出個三字對罷。」遂出了飛熊夢62。眾人道：「三個字就難些，好對的也少得很。」琴言想了一會，對了伏虎韜63。眾人大為稱贊，賀了一杯。琴言笑道：「就這一對完結了，我出四個字對罷。」眾人道：「四個字的更難。」

56 吃糠：琵琶記中一折。
57 潑粥：彩樓記中一折。
58 冥判：牡丹亭中一折。又見一種情。
59 空谷香：清蔣士銓撰。全劇三十齣。述其知友顧瓚妾姚夢蘭生前薄命事蹟。
60 驚醜：風箏誤中一折。
61 嚇痴：八義記中一折。
62 飛熊夢：戲目名。
63 伏虎韜：清沈起鳳撰，二卷。

琴言道：「罰酒也只得一杯了。若是大家都要對四字的，自然就難了。這一兩個只怕還有。」便出了個賣子投淵64。子玉也想了一會，對了個思親罷宴65。眾人拍案稱妙。子雲道：「情見乎詞，庾香方才說回去過遲，恐怕伯母見問，真是『思親罷宴』了。這個本地風光，我們各賀三杯吃飯。」

這一回每人對了四轉，共有三十二副對子，是六十四個戲目。也費了好些心，喝了幾十杯酒，各有醉意，便也不能再飲。三杯之後，用過了飯，略坐了一坐，子玉、王恂告辭。子雲又約了明日。到明日又添了文澤、春航，名旦中也添了幾個，又在怡園敘了一日。陸素蘭單請子玉、琴言，二人又敘了一日。這一日清談小敘，更為有趣。一連敘了三日，子玉也心滿意足，人也乏了。徐子雲要請屈道生，卻好史南湘已到京，作一個詩酒大會。子玉不能推辭，只得赴約。且聽下回分解。

64 賣子投淵：雙珠記中一折。
65 思親罷宴：吟風閣中一折。

第三十八回 論真贋注釋神禹碑 數災祥駁翻太乙數

且說徐子雲請了屈公來，並請南湘、仲清、文澤、春航、王恂、子玉作陪，仍在梅崦中。王恂是日為孫亮功請去有事，因李元茂吉期已定，要招贅過來；亮功因兩位賢郎是不懂事的，一切皆托王恂料理，王恂所以不能前來。子雲因屈道生是個高雅好靜的人，名旦中止叫了四個：寶珠、漱芳、蕙芳、素蘭。漱芳有恙不能前來，格外又知會了琴言。是日屈公先到，與子雲、次賢敘了好些舊話。

且將屈公的出身述其大概。屈公是湖北武昌府❶人，為三閭大夫❷之後。學貫天人，神通六藝❸，但一生運蹇時乖，家道清寒，除了書籍之外，一無所有。其父由宏詞科授了翰林院檢討，未滿三十歲，即行去世。那時道生才得四歲，尚有祖父母在堂，其太夫人苦節多年，教養兼任。道生到了十六歲上入了學，即丁祖父憂，三年服滿❹；將要應舉，又丁了祖母憂，又是三年。那年服闋❺後，太夫人又相繼去世。道生一連丁了九年憂，已到二十五歲了。娶妻閔氏，賢慧無雙。道生奔走衣食，筆耕糊口，歷走

❶ 武昌府：武漢市。
❷ 三閭大夫：春秋楚官名。屈原曾任三閭大夫。這裡即指屈原。
❸ 六藝：漢以後指儒家的六經。
❹ 三年服滿：古代服喪中臣為君、子為父、妻為夫等要服喪三年，為封建社會的基本喪制。
❺ 服闋：故喪服滿期曰服闋。

萁、趙、吳、越，並滇南、黔省，為諸侯幕客。縱橫萬餘里，遨遊二十年，名重一時。愛其才品者咸比為杜少陵、孟東野。但其賦性高曠，不善治家，常為貧乏所累。後復遊京師應舉，兩試不第，館於劉尚書家，教過文澤兩年；繼為華公子請去教書，又逗留了三年，仍歸鄉里。守令欽其賢，舉了孝廉方正，銓選了江西一個苦缺知縣。任滿題升了南昌府通判。去年夫人又病故了，剩了子然一身，並無親丁骨肉。有幾個下人，也是外面荐來的。只有一個長隨叫劉喜，跟了有五六年，頗有良心，其餘是些不關痛癢的。屈公雖則一肩行李，生平所藏金石玩器，名書古畫，倒有好幾箱。到京來，劉尚書念舊，見其宦囊蕭索，贈了他二百金；華公子知道他來，出城拜了他，送了三百金。屈公得了五百金，又到那些古玩鋪，買了好些書籍、名帖等類。從前相好中有寒士者，也分送了好些，目下所餘無幾了。

從前徐中堂在京時，也與他相好，並有些事情請教他，又請他代代筆，作些詩文，所以子雲以長者相待。史南湘是同鄉後輩，不消說是認識的了。田春航前日已經會過，唯仲清、子玉初次識荊，見了那仙風道骨的相貌，況且又是父執，自然十分恭敬。道生見仲清骨秀神清，知是不凡。又看子玉溫然玉立，皎若珠光，秀外慧中，神怡氣肅，又不是那徒有外貌的一派，心中十分大喜，想道：梅鐵庵可為有子矣。便與子玉說些江西事情，說道：「令尊大人嚴拒情面，杜絕苞苴❻，一省人都比他為司馬光、文彥博❼。士子們感戴是不用說了。」又問些子玉去年鄉試的事，子玉一一答了。道生看他言詞清藹，氣象虛沖，

❻ 苞苴：以財物行賄或指行賄的財物。

❼ 文彥博：宋汾州介休人。字寬夫。仁宗天聖五年進士。慶曆末，升為宰相。歷仁、英、神、哲四朝，元祐五年致仕，封潞國公。

自然已是個飽學，心裡要想試試他，且到飲酒時，慢慢的考他。

只見四旦約齊同來，蕙芳已經認識，四人都上前請安。道生拱了手，命他們坐了，細細看了一番，又問了三個名號，謂子雲道：「如今京裡的相公，一發比從前好了。」子雲道：「今日本不應叫他們來伺候，因他們尚不十分惡劣，還可以捧研拂箋呢。他們前日聽得先生來了，要瞻仰瞻仰老名士。若得齒頰餘芬，褒揚一字，則勝於拳金之賞，想先生決不責子雲之荒謬也。」道生笑道：「你為我是孝廉方正出身，故有此說。對花飲酒何損於品行。不是我恭惟你，我看這四位倒不像個梨園子弟。你們自然是極熟的，我卻頭一回見面，我試將他們的大概說出來，看對與不對。」眾人聽了，倒要細細的聽他怎麼講。次賢道：「我知道尊兄是精於風鑒的，但以後的話不要講他，倒要講講從前的是什麼。千金事業、兩子收成的話，我也會說的。你能將各人的性情脾氣講出來，我才服你。」諸旦聽了皆笑。子雲道：「這個未必相得出。」道生道：「不難，待我說給你們聽。」

說到此，已擺了席。子雲敬酒，分了東西兩席。東首是道生不消說了。西首定要南湘，南湘道：「這是我鄉前輩，如何敢抗禮。」才定了仲清。東席第二是南湘，西席第二是春航；東席三是子玉，西席三是文澤。子雲東席作主，次賢西席作陪。寶珠、琴言在東，蕙芳、素蘭在西，一一坐了。主人讓酒，客皆飲了幾杯。道生道：「我從前日先見的蘇媚香談起。」西席的人個個細聽。道生道：「我這看相不論氣色，部位是要論的，然尚在其次。我看全身的神骨、舉止行動、坐相立相並口音言語，分人清濁，觀人心地，以定休咎。但頭一句就恐有些不對，我看媚香是個好出身，不是平常人家子弟，你們自必知道，對不對呢？」眾人心上有些詫異，猶疑他知道他的出身，所以頭一個就拿他來開場，要顯他的本事。次賢道：「你不要訪了他的根底來。」道生道：「這也何必要訪。我知道他聰慧異常，肝膽出眾，是個敢作敢為的。但雖是個好出身，未免幼年受盡了苦，所謂死裡逃生。據我看，他一二年內必有一番作為，就要改行的。後來收成怎樣，此事還遠，我也不必說；若說，靜宜又要駁我了。」再看素蘭、寶珠，大致相仿，與蕙芳也不差什麼，就沒有講他們出身。又道：「出污泥而不滓，就是他們三人的大概了。」

看到了琴言，道生道：「這位有些不像，如今還在班裡麼？」次賢道：「現在班裡，而且是個『五月榴花照眼明』，雅俗共賞，是個頂紅的。」琴言笑了一笑。道生道：「雅或有之，俗恐未必。我看他身有傲骨，斷不能與時俯仰，而且一腔心事，百不合宜。此人若念了書，倒與我一樣，斷不能發科發甲的。」眾人聽他說得很切，也就笑了。又要琴言的手看了一看，道：「可惜了，有文在手，趁早改行，雖非富貴中人，恰是清高一路。你這片心與人兩樣，不是你願意的，恰一點委屈受不得；是你願意，恰又死而無怨。如遇著忠孝節義的事，倒能夠行人所不能行的出來。但有一句話，心從寬厚上用，可以造命立運，惟怕壽元不足。然而修身以俟，也可挽回造化。」眾人聽他說得真切，便知道真能看相，不是瞎話。琴言因這幾句話，說到心坎上，便也十分快活。又看那屈道生有飄飄欲仙之概，便也待他親厚起來。

道生與南湘並坐，便問道：「令尊到任可有些施為？請把善政講講。」南湘道：「家嚴初任外官，況且才三個月，尚未辦什麼事，就訪得了一個土豪、兩個蠹役，地方上很稱快。制臺寫信來，也說了幾句好話，其餘也沒有什麼。」道生道：「我知道你令尊是耿直人，定有作為的。說起土豪、蠹役，何處沒有。即如江西，我到任的時候，那土豪、蠹役最甚，民遭其殃者，不計其數。一連七任知縣都裝聾作啞，不敢辦他，因此越發膽大了。有個口號：『東鄉有一虎，西鄉有一狼，虎食人之肉，狼食人之腸。

狼虎食完剩殘血，猶飽饞蛇與餓蝎。公門蕩蕩開，蛇蝎齊進來。縣官坐堂如土偶，蝎爬其背蛇盤首。』那狼虎是土豪，蛇蝎是蠹役。東鄉的捐了個衛千總❽。西鄉的是親兄弟，一個武舉❾，一個武生❿，他手下的都是賊盜，他作個窩藏盜首，結交了東鄉虎，包攬詞訟，把持衙門，又有蛇蝎二役勾連。我到任時，查三年之內已換了七任知縣，盜案、命案共有二百餘件。我費了半年心力，辦了這五個人，已後就太平無事，也沒有個命盜案出來。」子雲道：「這功勞卻也不小，感恩受惠的人也不止一縣。」道生道：「我也不敢居功，地方上應辦的我總要辦，盡力作去，也不管身家性命，且到什麼地位再說。」又與諸名士談講了好些事情。

子雲見上菜的家人一件新衣上爬著個虱子，候他上好了菜，叫他拈掉了。道生即問子玉道：「世兄博覽經史，不知方才這個虱子見於何書為古，詩詞雜說是不用講的。」子玉劈頭被他一問，呆了一呆，想道：這個字卻也稀少，他說見於何書為古，這些捫虱、貫虱就不必講了。婉言答道：「小侄寡聞淺見，讀書未多。見於書史者也只有數條，大約要以阮籍大人先生論『君子之處域內，何異虱之處褌中』為先了。」南湘道：「還有史記⓫『搏牛之虻，不可以破蟣虱。』」道生道：「此二條尚在商子⓬之後，古有

❽ 衛千總：武官名。大抵五千六百人稱衛。
❾ 武舉：即武舉人。
❿ 武生：武監生。
⓫ 史記：漢司馬遷撰。
⓬ 商子：即商君書。舊題商鞅撰。原有二十九篇，現存二十四篇。多附會後事，當為後人依托之作。其基本思想是主張法治，實行農戰，加強集權，富強秦國。戰國末期已廣泛流傳。

虱官，見於商子。漢書藝文志⑬傳商君書二十九篇，後來亡其三篇，只傳二十六篇。內有仁義禮樂之官為虱官。杜牧之書其語於處州⑭孔子廟碑陰曰：『彼商鞅者，能耕能戰，能行其法，基秦為強，曰：彼仁義虱官也。』蓋仁義自人心生，猶虱由人垢生。譯『虱』字之義似易生且密之意，不知是否？」南湘、子玉拜服。次賢道：「今日道翁要開書箱了，幸這些陪客都還可以領教。若單是我一個，我就不准你講。」

道生笑道：「你們都是些才人詞客，無書不覽，我這老朽豈敢班門弄斧。況且少年時也是些耳食之學，隨聽隨忘，如今都不記得了。」子雲道：「前日次賢見過大著內有一種醒睡集，此書可在身邊麼？」道生道：「此板早已劈化了，這是少年時無賴作這些東西，毫無道理。」子雲道：「又聞得有些對戲目的對子。」道生道：「有數十條，也記不得了。」次賢道：「我們前日幾個人，也湊了好些。」又指琴言、蕙芳、寶珠三人道：「這三個還有一個王桂保，他們也對了許多，比我們還好些。」便叫人到他書房拿出一個單子，並上次所行之令也寫在上面，注了各人姓名。道生看了連聲贊好，道：「不料這四位竟能如此，竟是我輩，老夫今日真有幸也。他們貴行中我卻也見過許多，不過寫幾筆蘭竹，塗幾首七言絕句，也是半通不通的。要似這樣，真生平未見。怪不得諸公相愛如此。可惜老夫早生四十年，不然也可附裙屐之列⑮。」諸人見他欣賞，個個喜歡。

那邊仲清問道：「先生所藏金石甚富，且精於考辨。不知篆隸碑板，究以何本為最？」道生道：「古

⑬ 漢書藝文志：漢書十志之一。班固根據劉歆七略編成。

⑭ 處州：治所在今浙江麗水縣。

⑮ 裙屐之列：指修飾華美而無實學的少年。這裡是屈道生的謙詞。

篆近人不甚講究，如衡岳碑⑯，相傳七十七字，在衡岳密雲峰⑰。至宋嘉定中何致子⑱一游南岳，拓其文刻於岳麓，楊用修⑲又刻於滇南，楊時喬⑳又刻於棲霞㉑，輾轉相刻，姑為弗論。余嘗譯其文曰：

承帝曰嗟，翼輔佐卿。洲渚與登，鳥獸之門。參身洪流，而明發爯興。久旅忘家，宿岳麓庭。智營形折，心罔弗辰。往求平定，華岳泰衡。宗疏事裒，勞余神禋。郁塞昏徙，南瀆衍亨。永制食備。萬國其寧，竄舞永奔。

左林右泉，後岡前道。萬世之寧，茲焉是寶。

凡七十七字。王元美㉒曰：『銘詞未諧聖經，類周篆㉓穆天子㉔語。』此為知言。其次如周武王銅盤銘㉕云：

---

⑯ 衡岳碑：也稱禹碑、岣嶁碑。後人附會為夏禹治水時所刻。出後人偽造。碑原在衡岳密雲峰，早佚。

⑰ 衡岳密雲峰：衡岳即衡山，在湖南衡山西。俯瞰湘江，山勢雄偉。有七十二峰，密雲峰即其中之一。

⑱ 何致子：南宋嘉定時人。曾到衡岳碑所，手摹碑文刊之。

⑲ 楊用修：即明楊慎。四川新都人。字用修，號升庵。正德六年試進士第一。嘉靖時謫戍雲南。於書無所不覽，記誦之博，著作之博，為明代第一。

⑳ 楊時喬：明上饒人。字宜遷，號止庵。嘉靖進士，萬曆中累官吏部左侍郎。絕請謁，謝交遊，止宿公署。有周易古今文全書、馬政記、楊端潔集。

㉑ 棲霞：山名。即江蘇南京東北之攝山。南唐隱士棲霞修道於此，寺以人名，山以寺名，古蹟甚多。

㉒ 王元美：即明王世貞。字元美，自號鳳洲，又號弇州山人。嘉靖進士。官刑部主事。好為詩古文。其持論文必西漢，詩必盛唐，而藻飾太甚。晚年始漸造平淡。

㉓ 周篆：即大篆。相傳周宣王時史籀所作，也叫籀文或籀書。

亦豈三代語耶？其為贗作無疑。石鼓文㉖，鄭樵謂秦惠文後及歐陽㉗三疑，皆不足據。韋應物謂文王㉘之鼓，宣王㉙刻詩；馬子卿謂宇文周時作㉚，更為妄論。唯董、程二氏㉛以左傳「成王有岐陽之蒐」證之，鑿鑿可據。以後則秦嶧山銘㉜，為宋淳化中鄭文寶㉝刻，尚不失為古篆。漢隸之最佳者，以孔廟禮器碑㉞

㉔ 穆天子：即穆天子傳。書名。六卷。晉武帝太康二年，汲人不准盜發魏襄王墓，始得此書。古文，八千五百一十四字。

㉕ 周武王銅盤銘：即比干銅盤銘。石高四尺九寸，廣二尺四寸，四行，行四字。下刻周思宸跋。

㉖ 石鼓文：戰國時期秦國石刻。年代分歧較大。以其石形狀似鼓而得名。為我國現存最早的石刻文字。石鼓高約九十公分，直徑約六十公分，花崗石質，凡十件，各刻四言詩一篇。現藏北京故宮博物院。

㉗ 鄭樵秦惠文歐陽：鄭樵，宋莆田人。字漁仲。博學多識，好為考證之學。官至樞密院編修。著有通志二百卷。秦惠文，即秦惠文王。歐陽，即歐陽修。

㉘ 文王：即周文王。

㉙ 宣王：即周宣王。

㉚ 馬子卿謂宇文周時作：馬子卿，即宋馬定國，字子卿，茌平人。紹興初，遊歷下，偽齊劉豫官之，至翰林學士。嘗考石鼓文字，為北周（宇文氏）時所造，人以為定論。惜其屈節亂賊，為文士所羞。

㉛ 董程二氏：疑即董仲舒、程頤、程顥。

㉜ 嶧山銘：俗稱嶧山碑。秦始皇東巡刻石之一。篆書，傳為李斯所書。西元二一九年立。在山東嶧縣。前為始皇詔，一百四十四字，自「皇帝曰」以下則為二世詔，七十九字，字略小。原石久佚。今所見者，以宋淳化四年鄭文寶根據其師徐鉉的摹本重刻於長安者最精，現存西安碑林。

㉝ 鄭文寶：南唐人，字仲賢。入宋，登太平興國進士，官至兵部員外郎。工詩及篆書。有江表志、南唐近事等。

為第一，次則漢曹景完碑㉟，一則神奇渾璞，一則豐贍高華。至魏之勸進碑㊱、受禪碑㊲、祀孔子碑㊳，後魏魯郡太守張君頌㊴、李仲璇修孔子廟碑㊵，等等，優劣互見。漢隸已失，況其後乎！」仲清稱善。

春航道：「蘭亭聚訟紛紛，即定武本亦有二刻㊶。真偽已分，究何以辨？」道生道：「蘭亭刻於唐太宗貞觀年，先太宗為秦王時，得於僧辨才處。貞觀十年，始命湯普、馮承素、諸葛貞、趙模各臨搨，以賜近臣。當時褚遂良㊷、歐陽詢㊸各有臨本，人並崇尚。所謂定武本者，歐臨是也；唐絹本者，褚臨是也。

㉞ 孔廟禮器碑：全稱漢魯相韓勑造孔廟禮器碑。東漢桓帝永壽二年刻，隸書。藏山東曲阜孔廟。是一件書法藝術很高的作品，歷來被推為隸書極則。

㉟ 曹景完碑：即曹全碑。東漢靈帝中平二年立。隸書。藏西安碑林。碑主曹全，字景完。

㊱ 勸進碑：全稱公卿將軍上尊號奏。三國魏著名碑刻。隸書。現存河南臨潁繁城鎮漢獻帝廟中。

㊲ 受禪碑：亦稱受禪表。三國魏黃初元年刻。隸書。石在河南臨潁繁城鎮。與勸進碑齊名。

㊳ 祀孔子碑：疑為史晨饗孔廟後碑。

㊴ 後魏魯郡太守張君頌：後魏即東魏。餘不詳。

㊵ 李仲璇修孔子廟碑：碑名全稱李仲璇修孔子廟碑，又稱魯孔子廟碑、李仲璇碑。東魏興和三年刻。李仲璇為兗州刺史，以孔子廟牆宇頹毀，遂加修建。碑文作者不詳。楷書。現存山東曲阜孔廟。

㊶ 蘭亭聚訟紛紛二句：晉王羲之於穆帝永和三年三日同謝安等四十一人會於會稽山陰之蘭亭，修祓禊之禮。羲之作蘭亭序。唐太宗酷愛二王書法，從羲之七世孫僧智永的弟子辨才處得其真跡，分拓數本，以賜皇子近臣。虞世南、褚遂良等始盛推之。太宗死時，以真跡殉葬於昭陵。現存的重要複製品有兩種，一是北宋定武（今河北定縣）出現的刻拓本，一是唐代的墨蹟本。定武本，傳為歐陽詢臨摹，故歷代對其十分推崇。自各種版本的蘭亭序影印以來，墨蹟系統的神龍半印本被公認為第一，而定武本退居其次。

彼時歐臨石刻在禁中，後石晉之亂，契丹輦石投於殺虎口㊹，既為定武太守李景文㊺所得，入於庫中。熙寧間，薛師正㊻出牧，刊一別本，以應求者。此定武有真贋二刻。其子薛道祖㊼又摹之他石，潛易古刻，又剔損古刻『湍、流、帶、左、右』五字為識。大觀中，詔向其子嗣昌㊽取龕宣和殿，後靖康之亂失去。及明弘治間，得於天師庵中，置於太學，而歐本復顯。褚摹絹本，當時廣賜各郡學宮，如潁上㊾石、長治縣㊿石皆得之，後明代潁上井中夜放光如虹，縣令荀公異之，掘地得蘭亭，並六銅罍、舍利數顆，即為荀令攜至家。至今不知流落何處矣。至於各家臨本，不可勝數，諸公自有法眼，無俟鄙人陳說也。」

春航又道：「人說漢之碑、宋之帖，可以隻立千古，淳化、大觀、絳帖、潭帖(51)，此四帖可好？」

道生道：「以鄙見論，以淳化為第一，次大觀，次絳帖，又次潭帖。然宋人常謂潭帖在閣帖之上，又謂

㊷褚遂良：唐河南陽翟人。字登善。太宗時，累官至中書令。博涉文史，工隸楷。少學虞世南，後祖述王羲之。太宗博購羲之故帖，皆由遂良鑑定真偽。

㊸歐陽詢：唐潭州臨湘人。入唐官至弘文館學士。善書，初仿王羲之，而險勁過之，結構嚴整，筆鋒勁遒。八體皆能。因曾為太子率更令，故世稱其書為率更體。

㊹殺虎口：長城關口名。一稱西口。在山西右玉北。古為戍守要地。

㊺定武太守李景文：北宋時，歐臨蘭亭序原石流落於定武，太守李景文藏之於庫。

㊻薛師正：即宋薛向，字師正。元豐時累官至同知樞密院事。

㊼薛道祖：即薛紹彭，字道祖，號翠微居士，向子。累官秘閣修撰知梓潼路漕。

㊽嗣昌：向子，字亢宗。徽宗時，擢禮、刑二部尚書。

㊾潁上：縣名。屬安徽省。

㊿長治縣：山西長治。

淳化創始，兼以王著52摹手不高，未及大觀之精美。然淳化氣運樸厚，大觀光彩浮動，比之詩，則盛而漸晚矣。」眾人盡皆拜服。

子玉問道：「先生方才說唐詩中晚之分，小侄以唐詩自然推李、杜、韓三家，而王荊公53定詩則稱杜、李，又選杜、韓、歐、李四家詩，則以李太白居四。元微之亦謂杜在李上，其優劣之意見於工部墓志。以太白天才，竟有不滿人意處。韓昌黎54則云：『李杜文章在，光焰萬丈長。不知群兒愚，何用故謗傷。蚍蜉撼大樹，可笑不自量。』乃自真心傾倒之意，究何所折衷？」道生道：「詩以性情所近，近李則好李，近杜則好杜，李、杜兼近則兼好矣。元微之粗率之文，頹唐之句，於李豈能相近？自然尊杜而貶李。王荊公謂李只是一個家法，杜則能包羅眾體，殊不知李亦何嘗不包羅眾體，特以不屑為瑣語，人即疑其不能。大抵論太白之詩，皆喜其天才橫逸，有石破天驚之妙。蜀道、天姥諸篇，摹擬甚多，而我獨愛其烏棲曲、烏夜啼等篇，如烏棲曲云：

---

51 淳化大觀絳帖潭帖：淳化，法帖名。全稱淳化秘閣法帖，簡稱閣帖，因藏於淳化閣而得名。十卷。宋太宗淳化三年出秘閣所藏歷代法書，命翰林侍書王著臨摹刻板，其本多得自南唐，真偽雜居，且王著標題多誤。大觀中、清乾隆中均訂正刻石。後來以淳化帖為祖本重拓的，有大觀帖、絳帖、潭帖等。

52 王著：宋成都人。字知微。孟昶時以明經及第。入宋授隆平主簿。善攻書，筆跡甚媚。太宗改著衛寺丞、史館祗候，委以詳定篇韻。累官至殿中侍御史。

53 王荊公：即北宋大臣王安石。封荊國公，世稱王荊公。

54 韓昌黎：即唐韓愈，字昌黎。

姑蘇臺55上烏棲時，吳王宮裡醉西施。吳歌楚舞歡未畢，西山欲銜半邊日。銀箭金壺漏水多，起看秋月墜江波，東方漸高奈樂何！

其烏夜啼云：

黃雲城邊烏欲棲，歸飛啞啞枝上啼。機中織錦秦川女，碧紗如煙隔窗語。停梭悵然憶遠人，獨宿空房淚如雨。

其高才逸氣，與陳拾遺56同聲合調。且其論詩云：梁陳以來，艷薄斯極，沈休文57又尚以聲律。將復古道，非我而誰？故律詩殊少。常言：寄興深微，五言不如四言，七言又其靡也。以鄙見論之，李詩可以紹古，而杜詩可以開今，其中少有分辨，故非拘於聲調俳優者之所可擬議也。昌黎古詩，直追雅、頌，有西京之遺風，其五七古尤好異鬥奇，怪誕百出，能傳李、杜所未傳。讀南山58等篇，而三都59、兩京60不能專美於前。人既無其博奧，又無其才力，盡見滿紙黝黑，嶄嶄崿崿61，所以目為文體，至有韻之文不可讀之說。

---

55 姑蘇臺：在江蘇吳縣西南姑蘇山上。相傳為吳王闔閭或夫差所築。又稱胥臺。

56 陳拾遺：即唐陳子昂。字伯玉。武后朝遷右拾遺。唐興，文章承徐、庾餘風，子昂始歸雅正。有陳拾遺集。

57 沈休文：即梁沈約，字休文。

58 南山：即唐韓愈撰南山詩。

59 三都：即西漢左思撰三都賦。

60 兩京：即東漢張衡撰兩京賦。

此何異聽鈞天之樂62，而謂其音節未諧。特其五七言絕句及近體詩非其所好，只備詩中一格，原不欲後人學詩，僅學其五七言絕句小詩也。」此一番議論，議論得個個首肯。寶珠、蕙芳等亦頗能領會。

子玉道：「詩之妙論，既聞命矣。韻有通轉之分，且自魏晉而始，如李登63之詩韻，呂靜64之韻集，齊周顒65作四聲切韻，梁沈約66撰四聲一卷，而韻譜成。隋陸法言、劉臻67等，本沈約之旨又為廣韻68，唐郭知玄又為切韻69，孫愐又為唐韻70，丁度、宋祁為集韻71。景德72已後，又有禮部韻73，王宗道74之切韻，吳棫75之韻補，宋陰時夫之韻府群玉76，其合韻、分韻，究以何韻為是？」道生道：「韻學之

---

61 嶄嶄崿崿：形容山崖險峻。這裡指用詞險澀。

62 鈞天之樂：指天上的音樂。

63 李登：三國魏人，撰有聲類。

64 呂靜：呂靜，晉人，撰有韻集。今按：「韻集」，原作「集韻」，各本均誤。

65 周顒：字彥倫。終國子博士。工隸書。兼善老、易，長於佛理。著三宗論、四聲切韻。

66 沈約：梁武康人。字休文。歷仕宋、齊、梁三代。官至尚書令。撰晉書、宋書、四聲譜等。

67 陸法言劉臻：陸法言，仁壽初撰切韻五卷，其書已佚。宋陳彭年等重修廣韻，猶題曰法言撰，蓋仍陸氏之舊也。劉臻，字宣摯。隋文帝即位，進開府儀同三司。耽悅經史，尤精兩漢書。陸法言認為呂靜等六家韻書，意見不同，各有錯誤，因與劉臻、顏之推等撰切韻五卷。此書是研究中古漢語語音的重要資料。

68 廣韻：宋陳彭年、邱雍等人根據切韻系統的韻書增訂而成，全名大宋重修廣韻。成書於大中祥符四年。增訂以增字加注為主，反切系統基本未變。是形究漢語史的重要資料。

69 唐郭知玄又為切韻：疑有誤。

70 孫愐又為唐韻：孫愐，唐天寶中官陳州司法。重新訂正陸法言切韻，增加字數為唐韻，今書已佚。

辨，諸家通轉各有依據。沈約以越音而定八方之音，豈能盡合？而同一字也，而舌與齒為一音，齒與舌又為一音。即如五方土音，甚難吻合，所以支、元之韻最雜，正不知何方人才能念出一韻來。昔分韻為二百六部，自淳祐中，平水劉淵⑰始併為一百七部。廣韻計二萬六千一百九十四字，集韻計五萬三千五百二十五字，禮部韻止收九千五百九十字，毛晃⑱增韻，較禮部韻增二千六百五十五字，劉平水之禮部韻略又增出四百六十三字，而古書盡變。說者謂韻之失不在二百六部之分，而在一百七部之合，陰時夫又較禮部韻、毛晃、劉平水韻，刊落三千一百餘字，有去古雅而入訛俗者。又黃公紹之韻會⑲分並依毛、

---

⑪ 丁度宋祁為集韻：丁度，宋丁逢吉子。字公雅。大中祥符中登服勤詞學科。官至尚書左丞。性淳質，不為威儀。居一室十餘年，左右無侍姬。有編年總錄、集韻等。宋祁，字子京。官至翰林學士承旨。有宋景文集等。丁度等撰集韻十卷，書成於治平四年。共五萬三千五百二十五字，時收字最備，而注釋頗略。

⑫ 景德：宋真宗年號。今按：「德」原作「雲」，各本均誤。

⑬ 禮部韻：宋景德四年丘戚綸所定，今已不存。景祐四年丁度重修，改名禮部韻略，五卷。此為科舉程式之書，故附有貢舉條式一卷。共收九千五百九十字。後紹興三十二年毛晃撰增修互注禮部韻略五卷，現存。

⑭ 王宗道：宋奉化人。字興文。第嘉定進士。著述甚豐。

⑮ 吳棫：宋建安人。字才老。重和進士。著有楚辭釋音、韻補等。

⑯ 宋陰時夫之韻府群玉：陰時夫，奉新人。名幼遇，一名時遇。時夫，其字也。登寶祐九經科，入元不仕。撰韻府群玉，省併各部為一百六部，元以來皆仍之。

⑰ 平水劉淵：平水，在今山西新絳境，金置。劉淵增修禮部韻略，始併同用之韻為一百零七部，即後世通行之「平水韻」。清佩文詩韻因之。

⑱ 毛晃：宋江山人。紹興進士。閉門著書，有禹貢指南、增修互注禮部韻略等。

劉韻而箋注頗博，增添一萬二千六百五十二字，不為無補。第其次序泥於七音三十六母[80]，又為後人所議。今之韻即沈約之韻，但古韻之通，似較今韻為是。章黼之韻學集成[81]校定四聲，而古韻之通轉亦可類推。請以雅、頌、離騷古歌詩核之，古今通轉之異可想見矣。」子玉避席而謝。

南湘道：「古人講易，言理不言數；今人講易，言數不言理。數竟可以該得理麼？且數自康節先生[82]之後無真傳。今之所為太乙數[83]者，可以驗運祚災祥、刀兵水火，並知人之貴賤；其考陽九百六[84]之數，歷歷靈驗，其說可以得聞否？」道生道：「宋南渡後，有王湜[85]著太乙附後備檢三卷，為陰陽二遁，繪圖一百四十有四。以太乙考治人君之善惡，其專考陽九百六之數者，以四百五十六年為一陽九，以二百八十八年為一百六。陽九奇數也，陽數之窮；百六偶數也，陰數之窮。王湜之說云：后羿、寒浞之亂[86]，得陽九之數七；赧王[87]衰微，得陽九之數八；桓、靈卑弱[88]，得陽九之數九；煬帝[89]滅亡，得陽九之數

---

[79] 黃公紹之韻會：黃公紹，宋昭武人。字直翁。咸淳進士，入元不仕。所著古今韻會已佚。

[80] 七音三十六母：七音，等韻之學，分唇、舌、牙、齒、喉、半舌、半齒音等七種發音。三十六字母，相傳是宋僧守溫所擬訂，即宋代漢語語音三十六個聲母的代表字。最初是三十個字母，後經過陸續訂正，始定為三十六字母。學術界對此評價很高。原書不存。

[81] 章黼之韻學集成：章黼之，明嘉定人。字道常。隱居教授，以六經多訛誤，遵洪武正韻等書，考定異同，集正韻三萬字，名韻學集成。

[82] 康節先生：即宋邵雍。

[83] 太乙數：古代占卜方法之一。參三十二回梅花數。

[84] 陽九百六：術數家以四千六百一十七歲為一元，初入元一百零六歲，內有旱災九年，謂之「陽九」，指天厄。

[85] 王湜：宋同州人。潛心邵雍之學，著有易學等。

十。此以年代考之，歷歷不爽。又云：周宣王父厲而子幽[90]，得百六之數十二；敬王[91]時，吳、越相殘，海內多事，得百六之數十三；秦滅六國，得百六之數十四；東晉播遷，十六國分裂，得百六之數極，而反於一；五代亂離，得百六之數三。此百六之數，確有可驗。但又有不驗者：舜、禹至治，萬世所師，得百六之數七；成、康[92]刑措四十餘年，得百六之數十一；小甲、雍己[93]之際，得陽九之數五，而百六之數九；庚丁、武乙[94]之際得陽九之數六；不降享國五十九年，得百六之數八；盤庚、小辛[95]之際，得百六之數十；漢明帝、章帝繼光武而臻泰定，得百六之數十五；至唐貞觀二十三年，得百六之數二。此皆不應何也？甚至夏桀放於南巢[96]，商紂亡於牧野[97]，王莽篡漢，祿山叛唐，陽九百六之數，皆不逢之，

[86] 后羿寒浞之亂：后羿，有窮氏之君。善射。逐夏后太康而篡其位，信用寒浞，為寒浞所殺。寒浞，后羿之相，殺羿而代夏立為帝。後被有鬲氏滅。

[87] 赧王：即周赧王。名延。在位五十九年而國亡。

[88] 桓靈卑弱：東漢桓帝、靈帝懦弱。

[89] 煬帝：即隋煬帝。

[90] 周宣王父厲而子幽：周宣王父為厲王，而子為幽王。

[91] 敬王：周敬王。

[92] 成康：成，即周成王。武王子，名誦。時周公攝政，平武庚之亂，作周官，興禮樂，立制度，營東都，頌聲作。康，即周康王。成王子，名釗。時海內晏然，刑措不用者四十餘年。號成康之治。

[93] 小甲雍己：據史記殷本紀，小甲，太庚子，為帝。雍己，小甲弟，小甲崩，雍己立。殷道衰，諸侯或不至。

[94] 庚丁武乙：帝廩辛崩，庚丁立。帝庚丁崩，子武乙立，後被暴雷震死。

[95] 盤庚小辛：帝陽甲崩，弟盤庚立。盤庚崩，弟小辛立。殷道復衰。

又是何故？所以我說數不敵理，理生於自然，數若有預定。故聖人言理不言數，數止理中之一端耳。」

南湘道：「是真快論，可破古今之疑。」

次賢道：「休論世上升沉事，且鬥樽前現在身。我有一個極瑣屑鄙俚之理要請教請教。我見越絕書[98]有慧種生聖、痴種生狂、桂實生桂、桐實生桐之說，我往往見愚夫蠢婦，倒生出絕慧絕美的兒女來。看其父母，先天後天，皆無此種宿因，何竟得此妙果？」道生笑道：「這個理倒有些難講。然齊民要術[99]內說種梨法，一梨十子，唯二子生梨，餘皆為杜。段氏[100]曰：鵲生三子，一為鴟。禽經[101]曰：鶴生三子，一為鶴。造化權輿，夏雀生鶉，楚鳩生鴞。南海記[102]曰：鱷生子百數，為鱷者才十二，餘為鱉，為黿，隨氣而化。且推之：聖不生聖，賢不生賢。先儒謂揚雄宜有後，張湯宜無後，以人之私智，豈能定天之理？且理有常，亦有變，豈無為氣所感，可以變化氣質。抑或愚夫愚婦，外貌雖蠢，其七情六欲之間亦有一樣不蠢，從此解了這點靈氣，就借此結成也未可知。」說得眾人大笑。

子雲道：「古今美人多矣，其形之妙麗，唯在人之筆墨描寫。見於文詞詩賦者，亦指難勝屈，究以

---

[96] 夏桀放於南巢：夏桀，夏王，名癸。湯伐桀，戰於鳴條，桀走死南巢。南巢，在安徽巢縣東北五里。

[97] 牧野：在河南淇縣南。

[98] 越絕書：不著撰人姓名。原書二十五篇，今佚五篇，十五卷。其文與吳越春秋相類，記春秋越國事。

[99] 齊民要術：書名。北魏賈思勰撰。十卷。為我國最古而有系統的農業科學專著。

[100] 段氏：疑為段玉裁。

[101] 禽經：全稱師曠禽經。一卷，周師曠撰，晉張華注。

[102] 南海記：即南海古蹟記，又名南海山水人物古蹟記。一卷，元吳萊撰。

何處形容得最妙，先生肯指示一二處否？」道生道：「古人筆墨皆妙，何能枚舉？但形容的美人得體，又要人人合眼稱妙者，莫如衛莊姜[103]。碩人之詩，先曰：『碩人其頎，衣錦褧衣。』這兩句，就寫得光華射目。『領如蝤蠐』至『美目盼兮』，便字字形容絕妙，不著一襯帖語，不用一假借語，正所謂詠月詠月滿，寫花寫花開，掃去烘雲托月之法，是為最難。若寫服飾之盛、體態之妍，究未見眉目鼻口之位置何如也。宋玉神女賦[104]未嘗不想形容，但云：『其始來也，耀乎若白日初出照屋梁；其少進也，皎若明月舒其光。』極言其光亮而已。明月猶可，而白日屋梁，則比之不倫。而曹子建洛神賦[105]復用其意，有『遠而望之，皎若太陽升朝霞』。神女賦又云：『忽兮改容，婉若游龍乘雲翔。』而洛神賦復用其句云：『翩若驚鴻，婉若游龍。』是真不善體會，以游龍比美人，吾不知其何所見而然。再如宋玉好色賦[106]云：『增之一分則太長，減之一分則太短。』只概而言之，不求其實可也。若必細核其人之長短，亦有語病。既云『增之一分則太長』，則此人真長，減一分必不為短；既云『減之一分則太短』，則此人真短，增一分必不為長。此又文章之過情話也。小說中有刻劃盡致，言人所不忍言，而令讀者目眩意移，其神情活現紙上，則莫如雜事秘辛之描寫女瑩[107]身體，令人絕倒。你們細想：『女姁[108]以詔書如瑩椹處，屏斥接

---

[103] 衛莊姜：春秋衛莊公夫人。或云碩人詩所云即衛莊姜。

[104] 宋玉神女賦：宋玉，戰國楚鄢人。屈原弟子。為大夫。原既放逐，玉作九辨，述其志以悲之。又有神女、高唐二賦，皆寓言托興之作。

[105] 洛神賦：三國魏曹植作。賦名緣由有二說。

[106] 好色賦：戰國楚宋玉作登徒子好色賦。言登徒子好色，其妻醜陋，而登徒子悅之。

[107] 雜事秘辛之描寫女瑩：雜事秘辛，無作者名。三卷。敘後漢梁皇后被選冊立之事。女瑩，即梁皇后。

侍，閉中閤子。時日晷薄辰，穿照蜃窗，光送著瑩面上，如朝霞和雪，艷射不能正視，目波澄鮮，眉嫵連卷，朱口皓齒，修耳懸鼻，輔靨頤頷，位置均適。姁尋脫瑩步搖，伸髻度髮，如黝髹可鑒，圍手八盤，墜地加半握。已，乞緩私小結束，瑩面發赬抵攔。姁告瑩曰：官家重禮，借見朽落，緩此結束，當加鞠翟耳。瑩泣數行下，閉目轉面內向，姁為手緩捧著日光，芳氣噴襲，肌理膩潔，拊不留手，規前方後，築脂刻玉，胸乳菽發，臍容半寸許珠。私處墳起，為展兩股，陰溝渥丹，火齊欲吐。此守禮謹嚴處女也。約略瑩體，血足榮膚，膚足飾肉，肉足長骨。長短合度，自顛至底，長七尺一寸，肩廣一尺六寸，臀視肩廣減三寸，自肩至指長各二尺七寸，指去掌四寸，肖十竹萌削也。髀至足長二尺二寸，足長八寸，脛跗豐妍，底平指斂，約縑迫襪，收束微如禁中，久之不得音響。姁令催謝皇帝萬年，瑩乃徐拜稱皇帝萬年。若微風振簫，幽鳴可聽。』雖文章穢褻，然刻劃之精，無過於此。」眾人說道：「極是，從古以來，未有量及身體者。」

子玉道：「纏足之始，謂始於陳後主之潘貴妃，今秘辛之『約縑迫襪，收束微如禁中』，非纏足之始麼？」道生道：「此不過略為纏束，不使放散，讀『脛跗豐妍，底平指斂』，似又非今日之緊緊纏小，必使尖如蓮瓣也。」蕙芳道：「這個尺寸是怎樣？『身長七尺一寸，肩廣一尺六寸』，怎樣算法？若依今日之尺寸，只怕沒有這般長的人。」道生道：「這是漢尺，比起今日工部營造尺來，只得七寸五分。而營造尺比起民間裁尺，只得九寸三分。依營造尺折算，則七七四尺九，五七三寸五，再加七分五，為五尺三寸二分半長。若核如今的裁尺折算，則五九四尺五，三九二寸七，再加上二分二，共長四尺八寸許。

108 女姁：宮中女官。

這身也就長了，似乎與你差不多，還要略高些。『肩廣一尺六寸』，核營造尺則一尺一寸五分，核裁尺一尺一寸有零。『臀視肩廣減三寸』，下體核今裁尺只廣八寸有零，是個纖瘦身材。手自肩至指長二尺七寸，核營造尺長二尺零二分半，依裁尺只得一尺八寸有零。『髀至足長三尺二寸』，依營造尺長二尺四寸，依裁尺長二尺一寸六分，上下長短倒相稱的。『足長八寸』，依營造尺實長六寸，依裁尺得五寸四分，究與纏足相異，也不為過小。通身算起來，身材覺長了些。要不然，古之美人總是身長玉立的。」次賢道：「你也實在算得細。當日女姁量的時候，或者量錯了，多說了一寸也未可知。」說得眾人皆笑。

道翁又道：「都中現有一個極博雅的人，年紀雖輕，與我是舊交，也是個南京巨族。論起世家來，與子雲、星北不相上下，想諸公自必相熟的。」子雲道：「是那一位？」道翁道：「此君姓金名粟，號吉甫，可相好麼？」眾人同道：「久聞其名，恨未一見。」道翁道：「若論考據、學問、品行，當今可以數一數二了。他也有一部說部，是說平倭寇的事，我將他這書的名字忘了。曾經看過一遍，筆下極為雄健。將那兩個逆首定江王、靜海丞相[109]罵得真真痛快，實在是才人之筆。」次賢道：「此輩叛賊荼毒生靈，害人多矣，也是人人言之髮指的。既有此罵，也是快事，將來倒要找一部讀讀。」道翁道：「但其人時運太壞，未能大用其才，真真可惜。」寶珠忙接道：「何幸此君，今日竟遇知己。」道翁道：「瑤卿與此君相好麼？」素蘭在旁道：「他的畫畫彈琴，皆是此君教的。前天他們還逛了兩天翠微山[110]呢。他之待此君，也不亞於蕙芳之待湘帆了。」寶珠一笑道：「何至於此？」子玉道：「前在瑤卿處，見其

[109] 定江王靜海丞相：均為敵寇。
[110] 翠微山：在京兆宛平西三十里。本名平陂山。明宣德中有翠微公主葬此，改今名。煙雲樹石，皆稱奇勝。

筆墨高雅之至，大有唐六如的光景。」道翁道：「不特筆墨似六如，命宮磨蝎[111]也似六如，卻是怪事。何以古今若合，此又不可以言理不言數了。我明日尚要拜他去。」子雲忙道：「何不為我先容，得此良友，也是快事。」道翁道：「妙極！妙極！」寶珠道：「此君疏懶太甚，不好交遊的。」道翁道：「想與此數君自必水乳。」

這一日，屈道翁足足講了一日，人也乏了，吃完了飯，散坐了一會，也就二更光景。劉文澤係舊學生，不敢問難。寶珠問子雲要柄扇子，求道翁題詩，子雲索性叫取四柄扇子出來，給四旦每人一柄。於是寶珠拂几，蕙芳移研，素蘭磨墨，琴言潤毫，共求道翁留題。道翁也十分高興，遂將各人的大概，每人寫了七律一首，半行半草的一筆虞世南[112]，並落了雙款[113]。四旦謝了，談了一會各散。不知後事如何，且聽下回分解。

---

[111] 命宮磨蝎：迷信星象者，因謂生平遇事多折磨不利者為遭逢磨蝎。命宮，謂立命之宮。

[112] 虞世南：唐越州餘姚人。字伯施。官至秘書監。善書，偏工行草，而晚年正楷，與歐陽詢齊名，並稱「歐虞」。

[113] 雙款：兩個題名。

第三十九回　鬧新房靈機生雅謔　裝假髮白首變紅顏

話說王恂前日不能赴怡園之約，因為孫亮功請去商辦喜事，也替他張羅了幾天。定於二月初十日招贅，也不多幾天了。新年李性全寄了幾百兩銀子來與元茂，並寫個稟帖與王文輝，要替他兒子辦喜事。王文輝不耐煩作媒，俱令王恂代勞。李元茂求著了魏聘才，求其代制一切。魏聘才鬧了一個多月，花的，輸的，丟了好些銀錢，竊案又未能破，心上也有些煩悶起來，不得主意。今見李元茂來求他，當日原是他與王文輝為媒，意欲借此到文輝處走動，作個幌子，便答應了。又道：「你去年借我的鐲子，如今也該取還我了，遲一日多一日利錢。」元茂道：「老爹只寄了三百兩銀子來，要辦這件事，只怕還不夠。我又無處借，你再要這帳，就坑死我了。」聘才道：「這話奇了，怎麼說坑你？你去年怎樣講的，說家信一到就還，如今倒問你也不好問了。」元茂道：「你放心，待我過門之後，我就贖還你。」聘才道：「到過門之後，一發沒錢了。」元茂道：「我雖沒錢，他應該有錢。」聘才道：「他是誰？」元茂笑道：「就是內人。非但這一筆，還有好些錢，想出在他身上呢。」聘才笑道：「你內人身上倒會出錢？」元茂道：「豈有此理！」聘才道：「你自講的，要出在他身上。」元茂道：「我不過想他有些陪嫁，嫁了我也就任憑我了，稀罕你那一個鐲子取不出來？」聘才道：「要使老婆身上的錢，也不是個漢子。」元茂道：「那又何妨？又不是當忘八來的錢。」兩人說笑了一回，元茂去了。

聘才明日去拜王文輝，文輝進衙門去了，王恂接待。又同去見了亮功，說了些客套，無非是現在客途、無人照料、一切尚求包涵等語。亮功道：「原是愛親結親，這些煩文一概刪去。我也不要破費他一錢，一切在我就是了。」即留聘才吃飯。到了前三日過禮，聘才只得去找元茂，免不得上去見了顏夫人，因有好幾個月不去了；又為去年鬧了事，甚是侷促不安。顏夫人也不問其往事，淡淡問了幾句話。聘才去見了子玉，子玉想起琴言前日的話，心上總有些怪他，也不似從前待他親厚了。元茂的事是梅進代辦，替他辦了釵環簪鐲，彩緞衣衫，並借了顏夫人的珠冠玉帶、補服朝珠、蟒衣繡裙，共鋪了十六盒，扎了亭子，也還像個局面。兩個媒人擁了去。孫家收了回盒，不過相稱，也無甚珍異之物。

到了吉期，自有梅宅家人料理，備了兩桌酒，一席送顏夫人；一席待媒人，並請子玉、顏仲清作陪。仲清道：「元兄今夕真個到了群玉山頭了。」王恂道：「一路榮華到白頭。」子玉道：「『猶道燈前相對影，愈揉雙眼愈模糊』。此是近視眼洞房詩，今日可為元兄詠矣。」元茂道：「我說倒是近視眼好，就新人醜些，也看不清楚。」仲清道：「若美的呢，可不孤負了。」元茂笑道：「我這新人想來未必能美。我也有些風聞，只要不像那兩位弟兄的相貌就好了。」

到了吉時，都送元茂到了孫宅，孫宅鼓樂迎接。此位姑娘係亮功前室所生，如今這位夫人也不甚鍾愛他，故此一切從簡。女客只有陸氏夫人的嫂子，就是陸宗沅的夫人，帶了小女兒前來。男家早上道過喜了。倒是姬亮軒在那裡假熱鬧，心上想鬧鬧新房，自有兩位廢物招接。元茂與新娘拜了花燭，送入新房，坐床撒帳，飲了交杯，復又請新郎上席，坐了華筵。那嗣徽、嗣元陪了一回，王恂、仲清即要移席到新房中暢飲。大家進了新房，仲清道：「今日可以看新人的。」便要走到床前，床前本有兩個伴送的老婦人，還有兩個小丫鬟侍立。嗣元恐怕仲清看了他的姐姐，便跑到床前把帳門把住，口內連說了幾個「看」字，然後掙出「不得」兩字，惹得眾人都笑了。王恂扯了仲清過來坐下，嗣元尚不放心，還死緊把住了帳門，眾人不住的暗笑。嗣徽道：「夫婦居室，人之大倫也，外人何得與聞？幸虧兄弟鬩❶於床，外禦其侮。不然，白雪之白，竟為十目所視矣。」子玉聽了大笑。王恂對仲清道：「真所謂『無感我帨❷兮，無使尨❸也吠。』」仲清也覺微笑。李元茂得意洋洋的喝酒。姬亮軒與王恂、仲清是見過幾回的了，子玉卻是初見，心中想道：這個梅少爺好相貌，比起那孫老徽來，倒似那戲上岑彭、馬武❹了。聘才問姬亮軒道：「好幾天不見你東家出來，在家裡作什麼？」亮軒道：「這兩天敝東有點貴恙，不便行動。」聘才道：「什麼貴恙？」亮軒道：「聽得腿上生了癤子，所以不出來。」

這一席卻分了三路：子玉、仲清、王恂是一路；孫嗣徽兄弟是一路；聘才、亮軒又是一路，故此不能熱鬧。王恂作人素來和藹，見同席都不能接洽，勉強要和合起來。此刻在新房裡坐位亂坐的，無有推讓。聘才與亮軒坐了一面，仲清與子玉坐了一面，元茂在上首獨坐了一面，王恂與嗣徽坐在下首。叫嗣元過來，嗣元不肯，拿張凳子在床面前坐著。

❶ 鬩：爭吵。

❷ 帨：佩巾。古代女子出嫁時，母親親為繫帨，以示告誡。這種儀式叫結帨。音ㄕㄨㄟˋ。

❸ 尨：多毛狗。音ㄇㄤˊ。

❹ 岑彭馬武：岑彭，後漢棘陽人。字君然。光武即位，拜廷尉，行大將軍事。奉命擊公孫述，被刺殺。諡「壯」。永平中圖形雲臺。馬武，後漢湖陽人。字子張。光武即位，封揚虛侯。永平初，拜無虜將軍，破西羌。為人嗜酒，闊達敢言。

姬亮軒向子玉笑嘻嘻道：「梅大先生是不常出來，小弟今日還是頭一回識荊。如高興，歇天何不到敝東處來走走，敝東是極好相與的。」子玉不知他的東家是誰，含糊答應。即私問王恂，王恂答以奚十一，子玉便是一腔忿恨，也不理他。亮軒又向元茂道：「舍表妹賢德無雙，李大哥真有福氣，結了這頭好親。我們大親翁不久外放，不是四川夔州府❺，就是湖南辰州府❻。李大哥是嬌客，將來同到任上，不要說是帳房，只怕內外一切都要仰仗呢。」仲清聽了好笑，忍不住道：「足下與孫府上怎麼樣的親？」亮軒道：「孫大哥的嫡親舅嫂，是我兩姨中表嫡親表嫂之嫡親表妹，這是新親。敘起老親來，從前已故夫人的外祖，是我丈人的丈人。」仲清笑起來。聘才道：「這個青，也只好算個蛋青了。」亮軒道：「雖然是淡親，卻也勝於舉目無親。我聽得有副對子道：『豈有文章驚海內，更無親友在朝中。』」又道：「亂說，亂說。諸位是滿朝朱紫貴皆親友，我們這兩位舍親是不用說了。李新舍親是明府❼之子，梅大先生是堂堂學院的少爺，王大先生是侍郎大人之公子，顏大先生是侍郎大人之嬌客。就是魏大先生也作過華公府上的上賓，就是少府❽。都是一班貴客。只有區區小子，是個幕賓，將來總要拜求栽培栽培，攜帶攜帶。」說得個惡心。仲清忍不住問道：「姬先生這樣敘起來，我們都可以算得親戚，只要多轉兩個彎。」亮軒連稱「正是」。子玉微笑。元茂道：「我非但算不得清，而且也聽不清，真是葫蘆牽到扁豆藤❾。」

---

❺ 夔州府：故治在今四川奉節。

❻ 辰州府：故治在今湖南沅陵。

❼ 明府：縣令的別稱。

❽ 少府：縣尉的別稱。

聘才笑道：「忙中遇著腿纏筋。」嗣徽道：「親，親也，凡有血氣者莫不尊親。親，親人也，仁者人也。」嗣元聽了乃兄開口，就要駁起來，道：「這話、話，不、不通，你、你說凡有血、血、血氣者，莫不、不、不尊親，都、都、都是你、你的親，我、我、我想就、就、就只有螃、螃、螃蟹沒有、有、血，甲、甲、甲魚還、還有、有血，王、王、王八也是你、你、你親戚、戚了。我就沒有這、這、這許多親。」說罷呵呵的笑起來，笑得滿屋人皆笑。嗣徽道：「妄人也，何足與言。」嗣元道：「我、我、我倒不是妄、妄人，你、你、你倒是個亡人，亡人、亡人無以為、為、為寶，仁、仁、仁、仁親以為寶。」眾人聽得更大笑。

仲清道：「我有個笑話也是現成的。海龍王有一天放那些怪物轉生，已放過了好些。末後巡海夜叉在泥裡掏出兩個怪物，求龍王放他，龍王看時：一個是王八，一個是蛤蟆。龍王道：『這兩個放他去，我有些不放心，教他找個保人來。』王八聽了，即指著旁邊龜丞相道：『他是我本家。』又指著蛇將軍道：『他是我的親戚。』龍王道：『丞相是你本家也就夠了，怎麼又添出個將軍親戚來？』那王八答道：『非但親戚，還算是本家呢。我們王八是不會生兒子的，要請蛇來替生兒子，雖是龜宗，還是蛇種，所以親戚也算得，本家也算得。』海龍王笑道：『你既有這好本家闊親戚，就放你去罷。』又叫蛤蟆上來問道：『你有本家親戚沒有呢？』那蛤蟆道：『人人是我本家，個個算我親戚。』龍王怒道：『那裡就有這許多？』蛤蟆道：『我們這一種，是人溺裡帶的餘精生出來的，所以我也像個人樣，不是人人算我本家，個個算我的親戚麼？』龍王大驚道：『快些放他去罷，不然他要與我攀親了，不要攀出蛤蟆親戚

⑨ 葫蘆牽到扁豆藤：比喻東拉西扯。

來。」說得聘才、王恂、子玉幾乎笑倒。嗣徽與亮軒知道是罵他們，因回答不出來，只好忍氣。嗣元見罵了他們，倒反笑起來道：「好、好個王八親戚，好、好個蛤蟆親、親、親戚。」

王恂道：「我也有個笑話。一個妓女是個瞎子，有人去嫖他，他雖看不見，卻分得人的等次來。那一天接了三個客，老鴇問他道：『姑娘，你猜今日三個客是何等樣人？』瞎妓道：『頭一個是秀才，第二個是刑名師爺❿，第三個是個近視眼的阿呆。』老鴇道：『你何以分得出來呢？』瞎妓道：『頭一個上來，斯斯文文，把我兩邊的股分開去，又合攏來，既作我的正面，又作我的反面。又聽他說道：此處放輕，此處著重。一深一淺，是個作八股的法子。所以我知道他是秀才。第二個上來，弄了一回，把我細細的看。聽他說道：左太陽有一疤，右乳有指爪傷痕，斜長一寸二分。停一回又聽他說道：兩足併直，兩手放開。這不是辦命案的刑名麼？第三個來得奇，一上來就把我那話兒看，他那眉毛似刷子一樣，擦得我癢。看看又聞，聞聞又看。我知道他是個近視眼的阿呆。』」眾人大笑，連那老婆子、丫頭也笑了。嗣元道：「那、那、那個近視覺得帳子裡一絲半息的微有笑聲，是新娘子也在那裡笑，把個嘴掩緊了。」嗣元道：「那、那、那個近視眼倒像李大哥，那個刑名就是姬大哥。」亮軒笑道：「不是，不是。我看斷非刑名，定是仵作⓫。」李元茂道：「我不信眉毛會擦得癢。」子玉笑道：「尊眉也就不輕了。」嗣徽道：「三人中吾學那個作八股的。」

聘才道：「我也有個笑話。親兄弟兩個，都是近視眼，然不肯自認近視眼。哥哥常說兄弟的眼光不

❿ 刑名師爺：清代各州、縣官署中主理刑事判牘的幕友稱刑名師爺。

⓫ 仵作：以檢驗死傷、代人殮葬為業的人。

好，兄弟也笑哥哥目力不佳。他家隔壁有個土地堂，新掛了一塊匾，兩人要試試眼光，去看匾，到底誰看得清楚。這兩人偏又生得矮小，哥哥先叫兄弟蹲下，他踏在他肩上，叫他站起，湊到匾前，細細一看，下來對兄弟道：『我送你上去看。』兄弟也照樣上去看了，即問他哥哥道：『你看的是什麼字？』他哥哥道：『我看是塊當鋪的招牌，想必裡面開了當。你看分明寫著「土也當」，是土也可以當得的意思。我們回去挑兩擔土來當當。』兄弟笑道：『哥哥，看錯了，我看是「上他當」三個字。我們去挑了土來，他又不當，不是上他當麼？』哥哥聽兄弟說得有理，也就一同回去了。一日兩個又要賭賽眼光，兄弟道：『哥哥，你不要跟我賭，譬如你說我的面貌生的怎樣，我說你的面貌生的怎樣，我們自己不認得自己，說也不信。若嫂子面貌是我記得清楚的，弟婦的面貌，自然哥哥也看得逼真的。如今我們各把老婆的相貌說來怎樣，就見得我們的眼光好與不好。』哥哥聽兄弟說話又在理，便點點頭，心中想他老婆的相貌，覺得模模糊糊說不出來。他兄弟想了半天，也想不出那模樣來，便各跑了進去。他哥走到家中不見他老婆，一找找到磨房內。見他老婆正在那裡簸麵，飛了一頭一臉雪白。他哥哥湊近他臉上，仔仔細細看了一看，即走出來坐了，等兄弟來說給他聽。他兄弟也跑到房中，見關了門，把門一推。他老婆正脫了褲子要下盆子洗澡，見丈夫來，不好意思，要拿個東西遮遮下身。只有個蠅拂子在手邊，便拿來遮了那件東西。他兄弟見了那絲絲縷縷的，著實詫異，便俯著身，細細看了，也即出來。見他哥哥坐在那裡笑，即問他哥哥道：『什麼好笑？』他哥哥道：『兄弟，笑我眼睛真不如你。我娶親五年，今日才看清。那曉得你嫂子是個天老兒，一頭白髮。』他兄弟也嘆了一口氣道：『哥哥，嫂子的白髮，何足為奇。我方才看清你弟婦的陰毛都是白的。』」眾人放聲大笑。

忽聽得帳子裡新娘罵起來，罵道：「那個混賬忘八，在這裡撒村！你媽才是天老呢，你祖奶奶才是天老呢！」話言未了，打出一個東西來，砸破了兩個菜碗，嚇得眾人面面相覷。嗣元見姐姐罵了，即跳起身來，也幫著亂罵。大家無趣，急忙起身走了出來，急急的各散。元茂、嗣徽也難張羅，只得送出，看上車而回。

原來聘才這個笑話，雖係有心打趣李元茂的近視眼，卻不知關礙了新娘。從前就說過是個天老兒，生的一頭白髮，連眉毛寒毛都是白的，北邊叫作天老，南邊謂之白羊子。更兼情性潑悍，今年已經三十歲了，四遠馳名，無人聘他，故將就送與元茂。元茂如何知道，高高興興的進來，心中想道：方才聘才的笑話，不過笑我近視眼，他就罵起他來，還把個痰盒打出來。夫妻還沒有作親，他就這樣幫著我，那裡有這種好老婆？連忙把僕婦丫頭打發開了，脫了外面的衣裳，掩了門，將蠟花剪的亮亮的。揭開帳子，挑了紅巾，將燈一照，喜得元茂骨軟筋酥。雪白桃花似的一個銀盆臉，烏雲似的一頭黑髮，彎流流、翠生生的兩道黑眉，猩猩紅的一張櫻桃小口。粉香油膩，蘭麝襲人。元茂喜得了不得，與他寬衣解帶，那新娘便先鑽入被內去了。元茂也忙忙脫了衣服，挨進了被窩，自有一番舉動。那新娘半推半就的成了一度。見新娘遞塊帕子與他，元茂想起有什麼元紅的說法，把帕子擦了，塞在枕邊，明日試驗。心中想這滋味真覺有趣，要想句話說說，又找不出來。睡了一睡，又來了一度。一床被褥都是新綿的，況且是二月初十，天氣已暖，元茂動得一身汗，似蒸籠是的，頭上的汗流個不住。下來歇了，忽摸著那塊帕子，他也忘記是方才用過的，便拿來滿臉滿頭一擦。掀開半床被，透了透熱氣，然後睡著。

絕早新娘已先起來，另在一間房梳頭。元茂起來，擦了臉，穿了衣，悄悄的將那塊帕子揣在懷裡，要想去看新人梳頭，已被伴婆拉了出去見泰山，並有些長親等類，耽擱了好一回。新人梳妝已畢，華服艷妝的在房裡低頭坐著。元茂挨近身邊，也掙出幾句話來，新娘唯有含笑不答，也偷看元茂，團頭大臉，除了眉毛眼睛之外，也還生得平正，比自己兩位令弟好看多了，心內也倒歡喜。再看他臉上有些黑氣，隱隱的一條一塊，深的淺的，花花落落，倒像個煤黑子擦臉不乾淨的樣子。心上想道：必是洗臉不用胰子，明日叫他多擦些胰子就好了。元茂看了一回，得意已極，想道：從今好了，不用外邊閒闖了。又想到那塊帕子，便走到外間無人處，從懷中掏出來，兩手將那帕子扯直，一看不覺呆了。想了一想：必是拿錯了。翻身到內，到床上四角一翻，不見；再到被底、枕底一翻，也沒有。旁邊一個僕婦問道：「姑爺要找什麼東西？等我來找。」元茂見了有好些丫頭、老婆子在房中，又不好說。只得出來，再到無人處，將那帕子細看，見一條條的漆不像漆、油不像油、墨不像墨，真猜不出是什麼東西。聞一聞有點油香，又有些汗氣，「撲嗤」的笑了一聲。想道：怪不得他的乃弟滿口通文，誰知他姐屄裡頭，也有這許多墨水。既又想道：決無此理。又翻轉帕子來細細一看，看到一處在那黑油之外，浸出一點紅色來，似淡胭脂水一般，聞聞沒有氣息。再細細的想了一回，恍然大悟道：「是了，是了！這一點紅影影的，就是元紅無疑。這些黑的必是昨日人家和我頑，捉弄我，把些黑油塗在我頭上或是帽子裡。出了汗，我誤將此帕擦了。」便又塞入袖中進來。吃過了卯筵⑫，燕爾新婚，自是如兄如弟。

過了幾日，元茂謝媒拜客，聽得王恂、仲清問他的新人怎樣得意，不說別樣，總說的是頭髮。有的說是白絲細髮，有的說是銀絲鶴髮，總不懂什麼意思。人家見他得意，也是詫異。元茂忽想起聘才挨罵

⑫ 卯筵：清晨所設的宴會。

那一回，也是說了白髮、白陰毛，因此新人動氣，便有些疑心。又想：自己臉上，天天沾染些黑油，那塊帕子又是這樣；況且他起得絕早，另在一間房內梳妝，而且要關了門，這是何故？疑心不決，又不敢問。來到房中，見他歡天喜地，戴滿了珠翠，分明一頭好髮，比漆的還亮。要去聞聞他的頭，又被他推開。忽又轉念道：或者頭髮原是黑的，陰毛倒是白的，故此人家講這些話。又想道：就算他有幾根白陰毛，外人那能知道呢？若果如此，那就不好了。又想道：這個念頭起不得，等我今晚拔他一根，明日看看，便知分曉。好容易盼到黃昏，二人睡了，忽然竟得了一根，心中喜極，兩指捏緊了，探出一隻手來，在褥子底下摸了一張紙，包好了。想來想去，沒有放處，恐他搜著，便塞在辮頂裡。那孫氏也猜不出他作什麼。元茂費了半夜心，早上又睡著了。孫氏梳好了頭，元茂才起來淨臉時，就牢記著髮頂裡有個紙包，急忙帶上帽子，跑到外間，打開一看，卻是漆黑的一根。元茂歡喜道：白疑心了幾天，那班刻薄鬼，原來是瞎說的。才放了心。可笑元茂呆到二十分，費了半夜心，得了一毛，誰知還是他自己身上擦下來的，他當他老婆的，就疑心盡釋了。

約過了半月，那一天事當敗露。孫氏梳頭時，覺得身上有些涼，叫丫鬟出去拿件半臂來穿。不料元茂已起來，見丫鬟拿了衣服進那間屋裡去，他就跟了進去，不及關門。只見坐著一個人，身穿件大紅緊身，披著一頭銀絲似的細髮，有三尺餘長，兩道淡金色眉毛。李元茂心中唬了一大跳，當是遇見了鬼，欲要轉身。心中想道：穿的衣服分明是他，難道真是個白人？急走近時，孫氏也嚇了一跳，遮掩不及，臉都漲得飛紅。李元茂仔細一看，一口氣直沖上來，說道：「原來如此，我該倒運，娶了一個妖精。這是西遊記上的不老婆婆，也要嫁人，笑死了，笑死了！」孫氏一聽，又羞又氣，一面哭起來，一面罵道：

「我們待你這麼樣，我是千金小姐，留贅你一個白身人，你還不知足，倒嫌我？我就頭髮白了些，那一樣不如你，難道還配不上一個屄瞅眼兒？你嫌我，你就休了我！」使起性子，乒乒乓乓，把零碎砸了一地。李元茂在那間咕咕嚕嚕的，也罵不完，兩人鬧了一早晨。

原來孫氏那幾天把香油調了燈煤，再和了柿漆⓭。先梳好了，然後將油漆細細的刷上，比人的還光還亮。就是天天要洗一回，不然就難梳，而且也刷不上去。洗時用皂莢水一桶，用蓬砂⓮、明礬洗乾淨，晾得半乾，然後梳挽，也要一個時辰。今日略遲了些，因此敗露。元茂氣哄哄的跑了出去，在魏聘才處住了兩天。聘才問其所以然，他只得直說了。聘才恍然大悟，遂明白前日的笑話，竟說到板眼裡去了。

孫氏見丈夫兩三天不回，心上急了，稟明了父母。亮功大怒，陸夫人也有了氣，便著人到梅宅上一問，沒有去。又各處找尋，找到了聘才處，找著了。元茂尚不肯回去，聘才力勸，方同了來人回家，猶不肯進房，在書房中，同嗣徽說閒話。晚間亮功回來，即說了元茂幾句，陸夫人也責備了元茂一番，然究竟心上有些對不住元茂，半說半勸的叫他進房。元茂也沒奈何，只得進去，心上猶記著那天的模樣，總不能高興。

孫姑娘見他進來，要他先來陪話，坐著不動。燈光之下，元茂依然看了，黑白分明，是個美人，心上便活動了些，只得先說了一句話，孫氏也慢慢的答了一句。元茂垂著頭，閉著眼，想了一回，想得了一個絕妙的主意，跳將起來，對著孫氏嘻嘻的笑。孫氏見他回心轉意，反倒拿腔作勢要收服他，冷冷的

⓭ 柿漆：變種油柿可提取柿漆。

⓮ 蓬砂：藥名，即硼砂。又名月石。

不言語，自己對鏡顧影，做作一番。元茂忍不住道：「你何妨對我直講，要瞞我作什麼？我們既成了夫婦，自然拆不開的了。我看你天天梳頭要上漆，就費力得緊，而且也不便，天天擦得我一臉黑油，惹人笑話。我如今想了一個好法，又省事，又好看，又油不到我臉上來，不知你要不要？」孫氏聽了，不知他有什麼法子，便問道：「依你便怎樣？」元茂道：「如小旦上裝，用個網巾一扎，豈不省事？你那一頭銀絲罩在裡面，有誰看得出來？再不然，索性拿他剃掉了，倒也乾淨。」孫氏道：「剃是剃不得，依你戴個網巾罷，倒也便當。我也怕上這些油，明早我就著人去買。」元茂道：「你臉上也要天天拿剃刀刮刮，不然也有些黃寒毛出來。你若刮了寒毛，戴上網巾，倒可以算得絕色美人了。」孫氏被他說得喜歡，便也笑顏悅色起來，道：「此刻尚早，何不著人去買了，明日就可用了。」元茂道：「買了來，今晚就用，省得又染我一臉。」

孫氏叫丫頭出去告訴了管事的，叫他買一個網巾、一個髻子、一個燕尾，速速的辦來。果然不多一刻，即買齊了。孫氏喜歡不盡，即刻熬了一罐皂莢水，把油煤洗刷乾淨，洗了很黸的兩大盆，似染坊中靛青⑮一般。也等不得乾，元茂拿一塊布與他抹了扐，扐了又抹。元茂又叫他索性把鬢腳及四圍修去些，便不露出來。孫氏也叫老婆子用剃刀刮去一轉，把眉毛也索性刮掉了，臉上也刮得光光的。把網巾戴上，真髮盤了一圈，加上那假髻子，將簪子別好，扎上燕尾，額上戴上個翠翹，畫了眉，真加了幾分標致。晚上看了，竟是個醉楊妃一樣。孫氏叫點了兩枝大蠟，一前一後用兩面鏡子照了，覺得美不可言。元茂看了，也心花大開，走攏來，把他頭上聞了一聞，將臉上擦了兩擦，微有一點油，不像前頭落色了。喜

⑮ 靛青：青藍色染料。

孜孜的支開了丫頭，攜手上床，同入鴛衾，開了一枝夜合花。元茂忽又想起前夜拔毛之事，便問孫氏道：「我聞得天老兒是渾身寒毛都是白的，為什麼你下身的毛倒是黑的？」孫氏道：「也不甚黑。」元茂道：「好人，給我看看。」孫氏不肯，元茂道：「我還嫌你？如今我都替你這麼樣了，還隱藏作什麼？」孫氏不語。元茂赤身下床，攜了燭照，把被揭開，孫氏尚要遮掩。元茂見他身上真是雪霜似的，甚為可愛。看到那妙處，好似騎了一匹銀鬃馬，倒應了聘才的笑話，真像一個蠅拂子遮著。元茂忍不住笑了一聲，把他擰了一把。孫氏罵道：「作什麼？你原也是個近視眼，何不也聞聞？」元茂看動了心，放了燈，上床去了。穢事休題，且看下回分解。

第四十回　奚老土淫毒成天閹　潘其觀惡報作風臀

話說前回書中，奚十一受了琴言之氣，恨恨而回，心中很想收拾他，又想不出什麼計策，惟有逢人便說琴言在外陪酒，怎樣的待他好，還要來跟他。造了好些謠言，稍出了幾分惡氣。那一個鐲子，菊花盤問起來，奚十一只說自不小心，失手砸了，菊花也無可奈何。偏有那巴英官告訴了，菊花便大鬧了一場，奚十一軟話央求，將來遇有好的再配，方才開交。那奚十一的為人，真是可笑，一味的棄舊憐新。從前買了春蘭，也待得甚好，不到半年就冷淡了；去年得了巴英官，如獲至寶；如今又弄上了得月、卓天香，將英官也疏遠起來。那巴英官心中氣忿，便與春蘭閒談，說道：「從前老土待我們怎樣，如今是有一個忘一個，你心上倒放得開麼？」春蘭道：「我從前主意錯了，與我出了師，我當他是個有情有義的，那曉得是個沒有良心的。看他所做的事，全不管傷天害理。從前那個桶子，也不知騙了多少人。聽得說還有些好人家的孩子，被他哄了，回去竟有上吊投水的，將來不知怎樣報應呢。」英官道：「我也聽得說，從前有個桶子，是怎樣的，就能哄人？」春蘭道：「這桶子是西洋造法，口小底大，裡頭像鐘似的叮叮噹噹的響。他將一樣東西扔下去，叫那人用手取出來。中間一層板，有兩個洞：一個洞內，只容得一隻手。若兩手都伸了進去，他便將桶內的機巧撥動，兩手鎖住再退不出來。聳著屁股，那就隨他一五一十的頑罷。我頭一次就上他這個當。後來被人告發了，將桶子才劈破了。」英官道：「索性待人有恒心也罷了。從前還常常的賞東西，如今是賞也稀少了，倒像該應拿屁股孝敬他的。這個人偏不生瘡爛掉了，倒大家乾淨。」春蘭道：「你還有舊主人在此，他如過於冷淡你，你還可以告假，仍跟姬師爺，我看還比跟他好些。」英官道：「他老師爺更不好，如果好，我也不跳槽了。那個人肉麻得很，又小氣，一天鬧人幾回，才給幾十個錢，還搭幾個小錢在裡頭，所以我更不願跟他。我在家做手藝時何等舒暢，打條辮子也有好幾百錢。到晚飯後，便有幾個知心著意的朋友，同了出去，或是到茶館，上酒店，嘻嘻哈哈，好不快活。餛飩、包子、三鮮大麵，隨你要吃那樣。同到賭場裡去，只要有人贏了，要一吊八百都肯，真是又紅又闊。從跟了那個姓姬的，便倒了運。」春蘭道：「那姬師爺的相貌，實在也不討人喜歡，見人說話咨著兩個黃牙，好不難看。」英官道：「他身上還狐騷臭呢。」閒話休題。

且說奚十一那天一人獨自到宏濟寺來，和尚與聘才都出門去了，小和尚在自己一間房內，歪在炕上，朝裡睡著。奚十一見他單穿個月白綢緊身，鑲了花邊，綠綢綢的套褲，剃得逼清的光頭。奚十一看了動火，脫了外面長衣，倒身躺下，輕輕的解了他的帶子，把褲子扯了一半下來，貼身服侍。得月驚醒，扭轉頭一看，見了奚十一便說道：「來不得。」奚十一不聽，得月又說道：「當真來不得。」奚十一還當是他做作，故意進了一步，只聽得得月腹內咕嚕咕嚕的一響。得月連說「不好」，身子一動，一股熱氣直冒出來。奚十一覺得底下如熱水一泡的光景，急忙退出，「咨」的一聲，摽出許多清糞，撒得奚十一一小肚子。奚十一道：「這怎麼好？」忙翻身下炕，得月跟著下來，往下就蹲，嘩喇喇的一響，已是一大灘，臭不可當。奚十一掩著鼻子瞧那地下，還有些似膿似血的東西。奚十一找了些紙，抹了一會，褲襠上連帶子上也沾了好些，一一抹了。得月皺著眉挪了挪，方才撒完了起來，不好叫人收拾，自己到煤爐裡撮些灰掩了，掃淨了。奚十一道：「我怎樣好？快拿盆水來洗洗。」得月道：「我原說來不得，你不聽。」便找了小沙盆，舀了些水，將塊腳布與他。奚十一將就抹了一把。得月重又躺下，奚十一好不掃興。得月道：「我身子不快，且走肚子，懶得說話，你去罷。」

奚十一只得出來，卻好碰著卓天香進來，撞個滿懷。奚十一道：「和尚與魏大爺都不在家，得月病了，懶應酬，不要進去了。」天香道：「我們還到魏老爺那邊去坐坐罷，他雖不在家，也可坐得的。」奚十一無可無不可，就同了天香進去，叫聘才的家人沏了兩碗茶，與天香閒談。天香道：「今日我找魏老爺，要問他借幾吊錢，偏又不在家，不知幾時才回來呢？」奚十一道：「你方才從何處來？沾得一身土。」天香道：「去找那賣牛肉的哈回子討錢，又沒遇著。」奚十一道：「你要多少錢使？」天香道：「還短十五吊錢，一時竟湊不起來。」奚十一道：「什麼事這樣緊要？」天香道：「昨日翠官被人訛了八十吊錢，寫了欠票與他，今日來取，約明日還他的。」奚十一道：「翠官被什麼人訛的？」天香道：「除了草字頭，還有誰？昨日叫他們去伺候一天，倒把他捆了起來，說他偷了煙壺，要送北衙門。跟去的人再三央求，他們的人做好做歹，賠他八十吊錢，寫了借票，才放出來的。今日將我們的衣服全當了，才得六十吊，又借了五吊錢，哈回回尚欠我們幾吊錢，偏又遇他不著。如今求大老爺賞十五吊錢，了此事罷。」奚十一道：「這有什麼要緊，橫豎明日才還他。我們坐一坐，到潘三爺鋪子裡開張票子就是了。」天香道了謝，便與奚十一在一處坐著閒談。

原來天香去找哈回回，哈回回有個侄兒與天香有些瓜葛，見他叔叔不在家，便留在鋪子裡吃了兩小碗牛肉、五六個饅頭，做了一回沒要緊的事，也給了他兩吊錢。那曉得那個小回子才生了楊梅毒，尚未發出來，這一回倒過與天香了。天香此時後門口覺得焦辣辣的難受，要想奚十一與他殺殺火。奚十一見天香情動，便也高興，兩人不言而喻鬧了一回，聘才尚未回來。

奚十一本要同他到潘三處取錢，忽然眼中冒火，兩太陽疼脹，身子不快起來，便寫了一個飛字叫天香自取。奚十一即回家，頭暈眼花，扎掙不住，脫衣睡了一夜，如火燒的一般，且下身疼得難受，把手一摸，濕淋淋的流了一腿，那東西熱得燙手，已腫得有酒杯大了，口中呻吟不已。菊花一夜不能安睡，明日見了那東西，嚇了一跳，忙問其緣故，奚十一不肯直說，只推不知為什麼忽然腫起來。菊花道：「請個醫生來看看罷。」奚十一道：「唐和尚就很好，專醫這些病症。」菊花便打發人去請。

原來唐和尚這幾天，見得月氣色不正，指甲發青，知他受了毒氣，便用了一劑攻毒瀉火的瀉藥，昨日已瀉了好幾遍，適奚十一來承受了，由腎經直入心經❶。奚十一身子是空虛的，再與天香鬧了一次，而天香又新染了哈小回子的瘡毒，也叫奚十一收來。兩毒齊發，甚為沉重。少頃，和尚來問其得病之由，奚十一只將天香的事說了。診了脈，也用一劑瀉藥。誰知毒氣甚深，打不下來，一連三日，更加沉重。腫潰處，頭已破了，奚十一苦不可言，只得又另請醫生，要二百金方肯包醫。一面吃藥，一面敷洗。誰知那個醫生更不及和尚，又沒有什麼好藥，越爛越大，一個小和尚的腦袋，已爛得蜂窠一樣，臭不可言。奚十一又睡不慣，只得不穿褲子，單穿套褲，坐在凳子上，兩腳扠開，用兩張小凳擱起，中間掛下那個爛茄子一樣的東西，心上又苦又急。菊花見了好不傷心，又不敢埋怨他，只得求神許願，盡心調治。換了兩三個醫生，到成了蠟燭卸。還是唐和尚知道了，用了上好的至寶丹❷敷了，才把那個子孫樁留了一

❶ 腎經直入心經：中醫認為腎經（足少陰經與足陽經）可直通心經（心臟）。

寸有餘。後來收了功，沒頭沒腦，肉小皮寬，不知像個什麼東西，要行房時，料想也不能了。此是奚十一的淫報。

無事不成巧，說起來真也可笑。卻說潘三店內有個小伙計，叫許老三，只得十六歲，生得頗為標致。潘三久想弄他，哄騙過他幾次，竟騙不上手。那孩子有一樣毛病，愛喝一鍾，多喝了就要睡。正月十五日，眾伙計都回家過節，潘三單留住了老三，在小賬房同他喝酒。許老三已醉了，在炕上睡著。潘三早安排了毒計，到剃頭鋪裡找了些剃二回的短髮，與刮下來的頭皮，藏在身邊，乘他醉了，便強奸了一回，將頭髮塞進，已後叫他癢起來，好來就他。那許老三醒來，已被他奸了，要叫喊時，又顧著臉，只得委委屈屈受了。誰知從此得了毛病，明知上了潘三的當，放了東西，心中甚恨，忍住了仍不理他。潘三自以為得計，必當移舟就岸，那知許老三懷恨在心。他有個姐夫周小三，即與潘三趕車，為人頗有血性，倒是個路見不平拔刀相助的朋友。許老三上當之後，即告訴了姐夫，姐夫即要與潘三吵鬧，倒是老三止住了，商量個妙計報他。

明日老三回家，他無父母，有兩個哥哥：一個開的小酒店，賣些熏肉香腸；一個是游手無賴，在雜耍班裡，做個鬥笑的買賣，叫把式許二。他那姐姐也在家。就將他上當的事講起來，恨如切齒，誓要報仇。他二哥聽了，即脫下衣裳，便要跑去打架。大哥拉住了，道：「不是打架的事，且商量去邀了李三叔來，是他荐去的，我們講理去，看他怎樣?」三姐說道：「打架固不好，講理也不好。這又沒有傷痕，難道好到刑部裡去相驗麼?依我想個法子，也叫他受用一回，叫他吃個悶虧，講不出來。」那老大、老

❷ 至寶丹：醫方名。種類甚多。見太平惠民和濟局方、證治準繩方等書。

二道：「妹子倒說得好，他是個四五十歲人，怎樣叫他吃這悶虧？」三姐笑道：「待我慢慢的想著。」

原來那三姐才十九歲，生得十分標致，而且千伶百俐，會說會笑。若做了男子，倒是個有作為的，偏又叫他做了女身。想了一會，笑道：「我倒有個妙計，就是沒有這個人。」那老二道：「要與兄弟報仇，就到水裡去，火裡去，我肯的。」三姐道：「這件事用你不著，而且與你講不得，與你講了，你要說出來的。」老二發氣道：「這是什麼話？既要賺人，難道還對人講？」三姐道：「只消如此如此，這般這般，就是沒有這個人。」老大想道：「你嫂子不中用，引不動人，且回娘家去了。或者請了王八奶奶來，不然請葛家姑娘。」三姐道：「不好。這些門戶中人，非親非戚，他們也未必肯來。況且潘三認得這些人。」老二笑道：「妹子，我們都是親哥兒姊妹，既與兄弟報仇，也應出點死力。那天何妨就將你做個幌子，難道真與他有什麼緣故？只要我們留點神，快快走進來就得了，橫豎妹夫也要請來的。若訛著了錢，還是自己家裡人分用，不比謝外人好些？」三姐「啐」了一口，罵道：「放狗屁！你何不等二嫂子來做幌子？」老二笑道：「還沒有娶回來，誰耐煩等這一年半載。若已經娶在家裡，怕不是就用他，還來求你？」老大聽了，可以報得仇，還可以訛得錢，便也勸道：「老二這句話倒也講得在理，除妹子，卻無第二人可做。但是做了之後，老三是不用說了，就是妹夫，這個鍋也砸定了。」三姐道：「那倒不妨，三吊錢一月，別處也弄得出來。這件事既商議定了，倒要趁早，你們去將你妹夫叫來。大家說明，也要他肯。」去叫了周小三來家，三姐將方才商量的話說了，周小三無有不依，定於後日晚間行事。

過了一夜，明日老二到潘三處搬老三的鋪蓋，潘三知事發了，心中有些懼怕，只得將言留他。經周小三力勸，留下鋪蓋，把老二勸回。潘三感激小三不盡，謝了小三，小三道：「三爺如果真心要提拔我的舅子，明日我去勸他來。這孩子糊塗，我開導他幾句，他就明白了。明日倒有件湊巧事，不曉三爺肯賞臉不肯？」潘三道：「什麼話？你雖與我趕車，也是伙計一樣。你既這麼懂交情，難道我還有什麼不依的？」小三道：「三爺若肯賞臉，就好說了。」又道：「明日是我妻子的生日，家內也沒有一個親戚，老大、老二明日有事不能來，老三是來的。明日晚上，我請三爺到我家裡去坐坐，趁老三在那裡，當面說開，我叫他跟了回來就是了。」潘三喜極，說道：「很好，你如完全了這件事，我重用你。我每月加一吊錢。」小三道：「這更多謝三爺。」

到了明晚，小三跟了潘三步行回家，潘三就堂屋坐了，小三進去送出一鍾茶來。潘三道：「今日既是你奶奶的生日，我應該祝壽的，請你奶奶出來見個禮。」小三道：「祝壽是不敢當，我受了三爺這樣恩典，我叫他出來磕頭。」便「三姐、三姐」的叫了兩聲。聽得裡頭答應了，這又嬌又嫩的聲音，就覺入耳。潘三聽得咕咕咯咯的鞋底響，到了門後，手望門上一扶，露出兩個銀指甲道：「要什麼？」小三道：「三爺初次來，你也該出來見個禮。況且三爺是有年紀的人，父母一樣，不要害臊。」三姐笑了一聲，道：「我廚房有事，還沒有淨手。老三嘴饞得很，不能幫我也罷，我裝一碟，他倒要吃半碟。」又笑了一笑，便進去了。潘三聽了，已有些軟洋洋的起來，心中想道：好個聲音，不知相貌怎樣，若像他兄弟就好了。小三拖開桌子，擺了三面。老三先拿酒壺、兩個酒杯、兩雙筷子來，隨後又送出四個碟子。潘三見是一碟腌肉、一碟熏魚、一碟香腸、一碟麵筋。小三斟了酒，兩人坐了。潘三道：「老三也可叫他出來坐坐。」小三即叫老三出來，老三道：「我不喝酒。」潘三道：「老三，來，來，來！喝一鍾。」老三不理，又進去了。小三道：「他幫著他姐姐弄菜，少停肯來的。」老三又拿出兩碟兩碗：一碟是炒豬肝，一碟是炒羊肉，一碗燴銀絲，一碗炸紫蓋。

兩人已吃了一會酒，只聽得打門之聲，又聽得連叫兩聲「小三！」小三即忙去開門。潘三聽得一聲「了不得了」，倒吃了一驚；又聽得說了好些話。小三道：「我就來。」那人道：「同走罷，不要耽擱了。」小三進來向潘三道：「三爺請坐坐，我叫老三來陪你，我要出去勸解一件事，就回來的。」潘三道：「我也走罷。」小三道：「忙什麼，我即刻回來的。」潘三心上為著老三，正好等小三去了，招陪他。口雖說走，身卻不動。小三叫老三出來，老三終是不肯。小三罵了一聲：「糊塗小子！」只得叫聲：「三姐出來。」三姐到門後道：「又做什麼？」小三道：「你二哥又鬧了事，要我去勸解。三爺在此，老三又不肯出來。我想三爺五十來歲的人，你做他女兒還小，你大方些出來陪陪，我去就來。」三姐道：「我不會陪，我是婦人家，適或簡慢了三爺怎好，三爺還是要怪你的。」潘三聽了這幾句話，已覺得魂消，巴不得他出來，便接口道：「奶奶好說，本來要與奶奶祝壽，請出來。」潘三已站起了。

三姐笑將出來，潘三見了神魂消蕩。見他是瓜子臉兒，一雙鳳眼，梳了個大元寶頭，插了一枝花；身上穿件茄花色布衫子，卻是綠布洗了泛成的顏色；底下隱約是條月白綢綿褲；絕小的一對金蓮，不過三寸；身材不長不短，不肥不瘦。香噴噴一臉笑容，對了潘三福了一福。潘三見了，色心已動，連忙還禮，請坐下，他卻不坐，對小三道：「你快些回來，省得三爺等得不耐煩。」小三應了，到了外邊說道：「頂快也要二更天才得回來，去有五六里路呢。」說著，忙忙的去了。三姐出去關門，進來坐下。潘三便笑迷迷的道：「奶奶今年貴庚了？」三姐道：「十九歲。」即叫聲：「三爺，我們那小三是粗鹵人，有伺候不到處，多蒙三爺的恩典，常常照應他。窮人家沒有孝敬的東西，就這一點心。酒是喝不醉，菜是吃不飽的。」便裊裊婷婷的執了酒壺來，斟了一杯放下。潘三樂得受不得，便道：「奶奶何不請坐過來，要你這麼勞動，心上不安。」三姐笑了一笑，即叫聲：「老三，三兄弟，你出來。」老三道：「我不來，你陪他罷。」三姐笑道：「你不來陪你的人，倒要我替你陪，那裡有這樣倔強孩子，怪不得人要暗算你。」潘三聽了這話有因，即道：「小三在我家，也是親人一樣，奶奶就坐坐，諒也無妨。」三姐道：「我坐在這裡，也是一樣。」潘三道：「奶奶坐著雖是一樣，但到底離遠些，不好說話，請過來坐罷。」三姐起一起身，微微的笑著，又坐下了。潘三便起身斟了一杯酒，送到三姐身邊，道：「我敬奶奶一杯。」三姐道：「不敢，不敢！三爺請自飲。」口雖說，已接過來，道：「怎麼倒要三爺敬酒？」便一飲乾了，就走近桌邊，把杯子用手擦了一擦，也斟上一杯，道：「三爺請喝這杯。」潘三已經心醉，喘吁吁的道：「敢不領奶奶的盛情。」接過杯子，順手將他手腕上一捏，三姐低了頭。潘三喝了，捺不住，便搭著三姐的香肩，說道：「奶奶請坐，不要站疼了小腳。」三姐微笑，也就坐了過來。潘三道：「小三天天不在家，奶奶家裡還有誰，可不孤零麼？」三姐道：「向來有個老婆子，這兩天又走了，還沒有雇著人。」潘三道：「今日要奶奶親手自造，我卻造化多了。」便又斟了一杯送過來。

酒已完了，三姐道：「沒有酒了，兄弟，你去打半斤好燒酒來。方才這酒淡，你上大街去買，你不要嫌路遠，又在小鋪裡買來。」老三答應，亦不點燈，趁著月色去了。三姐道：「我關了門，他到大街上去，有一會呢。」潘三見他去關門，心中想道：可以下手了，這婆娘很有勾我的意，我不可辜負他。三姐進來坐了，潘三此際欲火中燒，臉皮發赤，走過來道：「奶奶再飲這一杯。」便挨近了，在凳邊坐下。三姐故意要走開，潘三即扯住了袖子，三姐低著頭只顧笑。潘三心迷意亂，大著膽放下杯子，雙手抱住。三姐道：「三爺，你抱我做什麼？」把眼一睃，潘三忙道：「我的媽，你兒子也不曉得要做什麼。」便將三姐抱在膝上，想要親嘴。三姐將手隔過，道：「使不得，三爺，你好不正經，調戲良家婦女，我若喊起來，你就沒臉了。」潘三道：「我的娘，你施點恩罷！」三姐道：「你真看上我，好便宜，那裡有這麼容易的事情，你把我太看輕了。」潘三道：「奶奶，你要肯施恩，你怎麼說怎麼好。」三姐一手推他的臉，一手把住他的手，摸他的金鐲子。潘三明白，心上想道：他想這個。也顧不得了，即除下來道：「奶奶，你肯行好事可憐我，我就將鐲子送你，已後還要大大的謝你，也加小三的工食錢。」三姐接了鐲子，套在自己手上，笑道：「多謝你，我如今依了你，你卻不要告訴人。」潘三連聲答應，想扯他的褲子，三姐即忙跳下道：「房裡來！」說罷先走，潘三隨後跟了進去。到了炕邊，三姐道：「你把長衣脫了，就在炕沿上頑一頑罷。」

三姐先坐在一邊，潘三把長衣解開，扯了褲子，正想挨攏來。忽聽得背後腳步響，回頭一看，嚇了一跳，連忙掖了褲子。只見周小三已到面前，大喝了一聲，一把揪住，罵道：「好大膽的忘八蛋，原來你竟不是人！」潘三嚇得目瞪口呆。三姐忙說道：「潘三爺方才要小解找溺壺，你當是什麼？」小三忙道：「沒廉恥的婊子，一見爺們就搭上了，還要在我面前遮飾！溺壺在你身上呢？」三姐嚷道：「你別撒賴訛人。」小三道：「他肏了你，倒說我撒賴。講是講不清的，我們到街坊上去評評理。我好意請你喝酒，你倒要肏起人家的堂客來。」一面拖著潘三要走，潘三急了，道：「小三，不要這麼著，有話好好的說，原是我不是了，不應進你內室。但我們多年相好，你也容點情，沒有不好說的話。」小三道：「還有什麼話說，我這媳婦也不要了。我將你們兩個人送到官，憑官斷，斷與你也好，斷與我也好，我們在這裡不必講。」三姐在旁裝作啼哭，潘三無法，只得軟求。三姐罵道：「你窮昏了，我做了什麼事？你想斷離了我麼，你送到官，我也有得說的。」一面飛了個眼與潘三，潘三道：「小三放手，我們有話好商量，我是沒有不好講的。」小三道：「講什麼，我這個人不要了，你拿一千兩銀子來，饒了你罷。」潘三道：「要銀子也好說的，放了手。」小三道：「放手好便宜！」翻將潘三按將下來。潘三道：「奶奶，你勸勸。」小三道：「你想罷，你願出一千銀子，你就乖乖的答應送來。你不願，我就捆你起來，送你到官。」潘三道：「我願，我願！但如何要得一千銀子？我身邊有三百吊錢的票子，給你罷。」小三道：「三百吊錢算什麼！」三姐道：「你也摸摸良心，三爺待你這樣好，今日就算他錯了，你也須看他往日情分。你若知恩報恩，難道三爺真個不懂得好歹麼？」潘三道：「奶奶說得是，我是最懂交情的。小三，我們留個相與，我那一天不可照應你，何必定要今日。」小三道：「既如此，我們倒說明了：橫豎人也被你頑了，一回也是頑，一百回也是頑，我這綠帽子是扔不下了。你先拿三百吊來，以後每月再給六十吊錢，你依不依？」潘三道：「我依！我依！」小三把手一鬆，潘三爬起，將錢票送出，穿好了衣裳。三姐對小三道：「你點燈送三爺回府罷，他受驚了。」小三笑道：「三爺不要害怕，我們是頑笑的。」潘三方放了心，心中尚突突的跳，說道：「好頑笑，這個只好一回。」小三道：「以後憑你老人家怎樣，再不頑笑了。」潘三方定神，小三去點燈。三姐道：「你明日早飯後來，我有好處給你。」潘三沒有做成，聽了這話，又喜歡起來，連連點頭。小三領了潘三出去，三姐在後扯扯潘三的衣服，又低低說了「明日」二字。潘三樂極回家，明早即打發小三下鄉有事。

吃了早飯，到小三家，見門不閂，推了進去。見三姐坐在屋裡，引著小狗兒頑。潘三咳嗽一聲，三姐滿面堆下笑來。潘三道：「昨日幾乎唬死人。」三姐道：「他不過想錢罷了，他真心要拿你？」潘三道：「屋裡沒有人？」三姐道：「有什麼人？」潘三道：「我去閂了門。」三姐道：「今日天氣暖，脫了衣服爽快些。」又道：「溺急了。」跑到後院子去小便，回頭對潘三道：「你先脫光了罷，進被窩去。」潘三不敢不遵，剛脫下身來，見三姐笑盈盈的兩手提著褲子進來，潘三放心，脫光了上炕，扯了被窩蓋了身子。三姐也走到炕邊。潘三道：「快些來罷！」要來扯他，三姐笑道：「關了房門。」

剛轉身，只聽得外面嚷道：「做的好事！」一陣腳步響，潘三一聽，魂不附體。只見周小三領著他兩個舅子，拿了雪亮的刀，又有一條粗麻繩，上前將潘三按住，拉下炕來。許老二一連三四拳，罵道：「你這狗雞巴肏的，肏了我的兄弟，還想肏我的妹子。」潘三只得在地下叩頭。小三道：「我昨日饒了你的狗命，你今日又來送死。」便把潘三捆了。潘三光著身子，只是哀求。許老二道：「你會肏人的屁股，老爺子也要肏肏你的屁股。」潘三著急，苦苦求饒。那三姐在旁笑得打顫。只見他二哥伸出個中指頭，像個小黃蘿卜一樣，到油罐裡蘸了些油，在潘三屁眼裡一摳，潘三「哎喲」連聲。許老二解開一個紙包，拿那藥與頭髮，塞了兩三回。潘三口內呻吟，雙腳亂掙。幸虧他的肛門老蒼，沒有摳出血來。許老二塞完，放了潘三。潘三只是發抖。許老大道：「潘三，你知罪麼？我好好一個兄弟，被你強奸了，就天理難容；你還放了些東西，叫他一世成了病，做不得好人。所以我們今日也還個禮，叫你也做個髒頭風，你說該不該？」潘三俯首無詞，穿了褲子鞋襪，然後向小三說道：「你既然是為人報仇，就不應要我的錢。」小三道：「要你什麼錢？」潘三道：「非但錢，還有八兩重的金鐲子。」小三道：「你回去與我打官司就是了。」三姐道：「潘三，你要打官司早些說，我好習學口供，省得上堂時說得不好。」

潘三一人，如何鬧得過他們，只得忍氣吞聲，後門口又火焦火辣的難過，遂欲穿衣。周小三上前奪下道：「你還想穿衣出去麼？」三姐道：「給他罷，遮遮他那個狗臉。」潘三穿了衣裳，往外便走。聽得三姐笑道：「潘三轉來，你明日有空再來走走，我找個東西與你殺殺癢兒。」那三個拍著手哈哈大笑，潘三又羞又氣，抱頭鼠竄而去。

那兄妹夫妻四人猶大笑了一會，三姐道：「這潘三也被我們收拾苦了，虧二哥能下這毒手。」老二道：「我還沒有使勁，恐怕挖了他的腸子出來。」三姐道：「那三百吊錢，我有個主意，不知兩位哥哥肯依不肯依？」老大、老二道：「這件事是妹子的功勞，憑妹子怎樣，我們無有不依。」三姐道：「將一百吊錢給你妹夫，叫他做本錢，也不必趕車了。二哥你使三十吊，大哥你也使三十吊。這一百四十吊，留與三兄弟將來做本錢，你們找個鋪子，與他生息。這錢是因他來的，自然他應多些。」那兄弟兩個都說「很是。」小三今早將這票子，已同潘三對了外票，是預先商量停妥的，便拿出來交與三姐。三姐分派定了，又說道：「倒是三兄弟的毛病要緊，與他治好了方好。」許老大道：「這個有什麼方法？」三姐道：「我聞得吃蕎麥麵，便可除肚裡吃下的豬毛羊毛。你把這蕎麵做了湯圓，包些糖，不要煮熟，帶生的與他吃，吃兩天試試。或者可以撒得出來。」那二人道：「這個最容易，我們回去就做些與他吃。」又坐了一坐，弟兄二人拿了錢也自回去。不知後事如何，且看下回分解。

第四十一回　惜芳春蝴蝶皆成夢　按艷拍鴛鴦不羨仙

話說華公子自琴言告假之後，假期已滿，不見回來，心上有些思念他。一日，在園中歸鴻小渚，倚欄垂釣，珊枝與金、玉二齡，還有一個小丫鬟香兒，在旁伺候。金齡找了一個大瓷甌，走下池邊貯了水。華公子釣了一回，得了三寸長的一個小魚，已覺滿心歡喜。見那池水清泠，每於瀠流迴互處，把些銅皮嵌在石腳，那流水過來，便有琤琮之聲，如琴筑❶一般。又見水面上飛了無數的花瓣，一個紅鯉魚游來游去，吃那飛花，見了釣絲上的餌，便來吞了。華公子急把釣竿一拽，絲綸已斷，那魚卻連鉤吞下半截，斷絲尚浮在水面。公子看了，一時高興，便叫金齡、玉齡去將小船撐過來。那二齡聽不得一聲，走下臺基，便飛跑的去了。過了橋，到了潭水房山對岸。金齡走忙了，不防腳下碰著個老樹根，栽了一跤，跌得膝蓋甚疼，蹲在地下站不起來。玉齡將他扶起，揉了幾揉，同下了船，解了纜。這小船也三丈餘長，油漆光亮，兩邊欄杆，船頭有個亭子，中艙擺個小花梨圓桌。船篷上是綠油布頂，垂下白綾飛沿。金齡、玉齡在兩頭蕩槳，蕩了過來。華公子見此春光明媚，桃李齊芳，即叫小丫鬟去請夫人出來逛園。

約有兩刻工夫，聽得環珮琤琤，華夫人帶了明珠、花珠、荷珠、贈珠四個女婢過來，華公子笑面相迎。華夫人道：「這兩日天氣甚好，我本來也想逛逛。方才香兒說你在這裡釣魚，我從西書房夾道中走

❶筑：古弦樂器名。

來，倒也不遠。我又叫老婆子收拾些食品過來。」華公子道：「我本有此意，你倒預先辦妥了。」二人憑欄觀玩了一會，華公子道：「我們何不下船逛逛池子。」四珠即扶了夫人慢慢的走下臺階，明珠、贈珠先上了船頭，挽住了華夫人上了船。公子也上來，同夫人坐在中艙，明珠、贈珠即走到後稍，花珠、荷珠在頭，花珠把槳一撬，明珠把槳一推，兩頭不能應手，把個小船滴溜溜的在水中旋起來。花珠手又一脫，把水划得直濺，濺得自己一臉。荷珠笑個不住。華公子道：「怎麼樣？你們也蕩過槳的，今日又不會蕩起來。」花珠笑道：「明珠不會蕩，我望前，他倒望後。」明珠道：「不說你不會，倒說我不會。荷珠，你蕩罷，再用著他，這個船就要翻了。」荷珠替了花珠，果然好了。

清風徐來，漣漪深碧，慢慢的穿過小橋。公子與夫人看那橋邊及山石上纏的古藤，蒙蒙茸茸，垂到水面，底下的水，一派清泠戛玉之聲，覺得心曠神怡。過了小橋，蘇堤上便是些楊柳桃花，紅綠相間，春風和煦，眾鳥齊鳴。過了幾處亭臺，又繞過了潭水房山，到了留仙院，見修竹裡一個院落，開了無數碧桃。華公子道：「此處最佳，就到留仙院去罷。」荷珠將船繫好，搭了跳板，華公子上了岸，四珠扶了夫人從桃花林下，攲攲斜斜的一條路進去，也有幾堆靈石。過了個小石梁，接著一個石門。進了石門，是個亭子，名為惜芳亭，過去就是留仙院的迴廊。到了留仙院，共有三進，迴廊曲榭，疊閣崇臺，甚為華麗，紅白碧桃已開了好些。公子對夫人道：「賞花不可無酒，方才說老婆子預備，不知可曾停妥？」華夫人命花珠去看來，花珠拉明珠，同他弄船過去。明珠道：「你又來混纏，不過愛頑罷了，那裡真不認得路徑？你從這後頭走過古藤書屋，再過了猗香亭，就通方才來的路，要坐什麼船？」花珠原是愛頑，並非不認得路徑，只得獨自出去。將到藤花書屋前，只見林珊枝正走來，口中嚷道：「花姑娘來了，想必在留仙院了。」花珠待要問時，只見藤花架邊走出一群人來，是六珠並兩個老婆子，還有幾個小丫鬟。愛珠對花珠道：「在什麼地方，你也不給個信，叫我們滿園的瞎找。」花珠道：「我們是坐船過去的，還到不多時，有人在岸上也應瞧得見。此刻原是來找你們的。」那兩個老婆子抬了食箱，六珠婢也拿了零碎物件，還有二齡及珊枝幫忙。送到留仙院後，一一布置了。群珠上前送了茶，一邊桌上擺了果盒，一邊擺了食盒。茶鐺❷、酒器都已預備，群珠分作兩行侍立。只見那些蝴蝶一群一群的飛來飛去，又有些睡在花裡不動，被十珠婢捉了好些，在小丫頭頭上拔了一根頭髮，拴了兩個大蝴蝶，雙雙的飛舞。

華公子看得高興，對夫人道：「如此春光，不可不賞。這些蝴蝶兒倒比我們還頑得熱鬧。這園中最多的要算桃花，我們也該祭他一祭，何不取那百花露釀的竹葉春酒來，澆灌他一番。」華夫人道：「我知道你愛這酒，已叫他們帶了些來，但是沒有什麼很好的果品。既是祭花，這些食物都用不著，你想將什麼祭好呢？」公子笑道：「這倒被你問住了，年年祭花，也不過是些蔬果之類。這番是我們虔誠特祭，須得與花相稱才好。」想了一想，叫愛珠去問珊枝，找管屋子的書僮要了鑰匙來。不一會，愛珠取了進來，公子叫他開了兩個博古廚，攜著夫人細細看那廚中，盡是古銅、舊玉等物；又將抽屜一開，見有一個紫檀木匣，開了蓋子看，是個手卷，簽上寫著「花蕊夫人小像，管夫人❸畫」。華夫人笑道：「這個就很好。」公子扯開看時，是個絹本工筆，畫得秀艷絕倫；後有趙集賢❹書的小楷，就寫的花蕊夫人宮詞，真是雙絕。公

❷ 鐺：釜屬，溫器。

❸ 管夫人：元趙孟頫妻管道昇，工書法，擅畫竹、梅、蘭，人稱管夫人。

❹ 趙集賢：疑即元趙孟頫。

子道：「可惜就這一樣，再找些什麼配上呢？」華夫人道：「馬四娘❺的蘭花，可以不可以？」公子搖頭道：「配不上，還是李香君❻那個桃花扇的冊頁罷，再將你繡的玉臺新詠序❼來配上更好。」華夫人笑道：「怎麼配上這個？如何稱得過那兩樣？」公子道：「這是各人的好處，況且你那刺繡工夫，也算絕頂了。」華夫人就命寶珠、愛珠取這兩樣來。二珠去了，也有好一會才來，又找了個漢玉觴，貯了一觴酒，將桌子抬到廊前，擺了這三樣寶貝，再將博山爐焚了百合香。華夫人道：「怎樣，要拜不要拜呢？」華公子道：「不用拜罷。我們去揀頂好的花，將這酒去澆在他根上罷。」二人就走到林下，公子揀了一棵紅碧桃，夫人揀了一棵白碧桃；公子先澆了半杯，夫人也澆了。二人笑盈盈的在花下賞玩。

華夫人叫老婆子再去取一大瓶酒來，不要耽擱。公子道：「要這許多酒做什麼？」夫人笑道：「我看這些丫頭們見我們澆了花，覺得好饞似的，所以我要些酒來，也叫他們玩玩。」公子笑道：「這叫做與人同樂。但是他們祭花是要拜的，不好同我們一樣。」十珠都微微笑起來。掌珠對荷珠低低說道：「要拜我們十個一同拜，不要分先後，省得先拜的叫後拜的笑。」愛珠道：「我們一對一對的拜不好嗎？」花珠湊著愛珠的耳，說道：「又不是夫妻拜堂，怎麼你要一對對的拜呢。」愛珠打他一下。已見老婆子顫巍巍的拎了一大瓶酒來，放在廊下。十珠等各拿了小酒杯斟了酒，分頭去覓那開得鮮艷的，你一杯我一杯的亂澆，走來穿去也像一群穿花蝴蝶一樣，果然齊齊的拜了四拜。公子夫人看了，好不快樂。華公

❺ 馬四娘：即馬湘蘭，善畫蘭。
❻ 李香君：桃花扇中女主角。
❼ 玉臺新詠序：南朝陳徐陵自撰。

子叫取兩個錦褥來，就鋪在花下，與夫人對面坐了。擺了攢盒，把那百花春，對飲了幾杯。

華夫人道：「何不叫他們吹唱一回，以盡雅興？」公子道：「很好，你就分派他們唱起來。」夫人將十珠分了五對，吩咐道：「你們各揀一支，總要有句桃花在裡頭的。我派定了對，不是此唱彼吹，就是彼吹此唱。若唱錯了，吹錯了，要跪在花下，罰酒一大杯。」愛珠笑道：「奶奶這個令，未免太苦了；況且我們會唱的也有限，譬如這人會唱這一支，那人又不會吹那一支；那人會吹那一支，這人又不會唱這一支，如何合得來？今奶奶預先派定了這個吹，那個唱，我們十個人竟齊齊的跪在花下，喝了這一大瓶的冷酒就結了。」說得公子、夫人都笑。夫人道：「既如此，方才題目原難些，曲文中有桃花句子也少。你們十人接著唱那桃花扇上的訪翠、眠香兩齣罷。」公子聽了，笑道：「這個最好，這曲文我也記得，兩套共十一支，有短的併作一支，便是一人唱一支了。」叫拿些墊子，鋪在惜芳亭前，與他們坐了好唱。

十珠也甚高興，即拿了弦笛、鼓板，我推你，你推我，推了一會，推定了是寶珠先唱。寶珠唱道：

金粉未消亡，聞得六朝香，滿天涯煙草斷人腸。怕催花信緊，風風雨雨，誤了春光。（緱山月）

望平康，鳳城東、千門綠楊。一路紫絲韁，引游郎，誰家乳燕雙雙。隔春波，碧煙染窗；倚晴天，紅杏窺牆。一帶板橋長，閑指點茶寮酒舫。聽聲聲、賣花忙，穿過了條條深巷。插一枝帶露柳嬌黃。（錦纏道）

公子道：「這曲文實在好，可以追步玉茗堂四夢[8]，真才子之筆。」夫人道：「以後唯紅雪樓九種[9]可以匹敵，餘皆不及。」

只聽明珠接著唱道：

結羅帕，煙花雁行；逢令節，齊鬥新妝。有海錯、江瑤、玉液漿。相當，竟飛來捧觴，密約在芙蓉錦帳。（朱奴剔銀燈）

公子道：「該打。少唱了『撥琴阮，笙簫嘹亮』一句。」掌珠接唱道：

端詳，窗明院敞，早來到溫柔睡鄉。鸞笙鳳管雲中響，弦悠揚，玉玎璫，一聲聲亂我柔腸。翱翔雙鳳凰。海南異品風飄蕩，要打著美人心上癢。（雁過聲）

掌珠一面唱，一面將帕子打了一個結，望荷珠臉上打來。荷珠「嗤」的一笑，公子喝了一聲采，夫人也嫣然微笑。二人各飲了一杯。聽荷珠唱道：

誤走到巫峰上，添了些行雲想。匆匆忘卻仙模樣。春宵花月休成謊，良緣到手難推讓，準備著身赴高唐❿。（小桃紅）

❽玉茗堂四夢：即玉茗堂四種傳奇，明湯顯祖撰。有明張弘毅著壇刊本、清乾隆六年金閶映雪草堂刊本。

❾紅雪樓九種：即紅雪樓九種曲，清蔣士銓撰。有清乾隆中紅雪樓刊本。

❿高唐：即高唐觀。文選戰國楚宋玉高唐賦序：「昔者楚襄王與宋玉遊於雲夢之臺，望高唐之觀，其上獨有雲氣。」

訪翠唱完了，愛珠接唱眠香，唱道：

短短春衫雙卷袖，調箏花裡迷樓。今朝全把繡帘鉤，不教金線柳，遮斷木蘭舟。（臨江仙）

公子笑道：「這等妙曲，當要白香山的樊素⓫唱來，方稱得這妙句。」夫人笑道：「樊素如何能得？就是他們也還將就，比外頭那些班中生旦就強多了。」公子點頭道：「是。」

見贈珠唱道：

園桃紅似繡，艷覆文君酒⓬；屏開金孔雀，圍春晝。滌了金甌，點著噴香獸。這當壚紅袖⓭，太溫柔，應與相如消受。（一枝花）

花珠一面打鼓板，一面接唱道：

齊梁詞賦，陳隋花柳，日日芳情迤逗。青衫偎倚，今番小杜⓮揚州。尋思描黛，指點吹簫，從此春入手。秀才渴病急須救，偏是斜陽遲下樓，剛飲得一杯酒。（梁州序）

⓫ 樊素：唐白居易之女伎，善歌。

⓬ 文君酒：以卓文君命名的酒名。

⓭ 當壚紅袖：原指卓文君。後泛指美女。

⓮ 小杜：即唐杜牧。

公子對夫人道：「如此麗句，不可不浮一大白。」將大杯斟了，叫寶珠敬夫人一杯。寶珠擎杯雙膝跪下，夫人道：「我量淺不能飲這大杯，還請自飲罷。」遂把這大杯內酒倒出一小杯來，叫寶珠送與公子。寶珠又跪到公子面前，公子一口乾了。明珠折了兩枝紅白桃花，拿個汝窯⑮瓶插了，放在公子、夫人面前。又見珍珠唱道：

樓臺花顫，帘櫳風抖，倚著雄姿英秀。春情無限，金釵重與梳頭。閒花添艷，野草生香，消得夫人做。今宵燈影紗紅透，見慣司空也應羞，破題兒真難就。（前腔）

公子道：「這『見慣司空也應羞』之句，豈常人道得出來。」夫人道：「與『今番小杜揚州』句，真是同一妙筆。」見蕊珠唱起，寶珠合著唱道：

金樽佐酒籌，勸不休，沉沉玉倒黃昏後。私攜手，眉黛愁，香肌瘦。春宵一刻天長久，人前怎解芙蓉扣。盼到燈昏玳筵收，宮壺滴盡蓮花漏。（節節高）

畫珠接唱，明珠合著唱道：

笙簫下畫樓，度清謳，迷離燈火如春晝。天台岫，逢阮劉⑯，真佳偶。重重錦帳香熏透，

⑮ 汝窯：宋代著名瓷窯之一。窯址在今河南臨汝，古屬汝州，故名。

⑯ 阮劉：即阮肇、劉晨。相傳東漢永平年間，浙江剡縣人劉晨、阮肇到天台山採藥迷路，遇到兩個仙女，被邀至家中。半年後回家，子孫已過七代。後重入天台山訪女，蹤跡渺然。

旁人妒得眉頭皺，酒態扶人太風流，貪花福分生來有。（前腔）秦淮煙月無新舊，脂香粉膩滿東流，

夜夜春情散不收。（尾聲）

唱完，公子與夫人甚是歡喜，十珠齊齊站起。公子道：「今日倒難為他們，須要賞他們些東西。」華夫人道：「此中要定個等第，才見賞罰分明。」即叫拿筆硯過來。愛珠搶先取了筆硯、花箋，送到公子面前。公子讓夫人品定，夫人又推公子。公子道：「這音律中實在我不如你，恐定得不公，還是你定罷。」夫人微笑，把筆先寫了十個字，就是「珠」字上面那個字，對公子道：「據我評來：以寶珠為第一，唱得風神跌宕，文秀溫存，十人中是他壓卷了；次則愛珠，情韻皆到，為第二；次贈珠，次掌珠，次蕊珠，次珍珠，次花珠，次荷珠，次畫珠，次明珠。不知定得不委屈麼？」公子道：「定得極是。」夫人又問十珠婢道：「如有委屈，不妨自說。」花珠陪著笑道：「奴才唱的，似乎在蕊珠、珍珠之上。」華夫人道：「就是你不服，你那裡知道自己唱的毛病。你想要顯己之長，壓人之短，添出些腔調來，此所謂戲曲，非清曲。清曲要唱得雅，洗盡鉛華，方見得清真本色。你唱慣了搭白的戲曲，所以一時洗不乾淨。若不會聽的，怕不定你第一。」花珠方才服了，因又問道：「奶奶聽珊枝的怎樣？」華夫人道：「珊枝也是戲曲，倒是琴言雖然生些，還得『清』字意。」公子聽說琴言，便對夫人道：「琴言這個孩子，實在有些古怪。我們待他也算好了，看他心上總像有些委屈，如今告假一個多月，也不見他進來。其實看他也不像那種下作的，不知為什麼心上總不喜歡，我實想不出來。」華夫人道：「我看這孩子，大抵是個高傲性子，像是不肯居人下的光景。但不知自己落到這個地位，也就無法。所謂『做此官，行此禮』，

若妄自高傲，也真是糊塗人了。」華公子笑而不語。夫人賞那十珠的，記了一等是釵環，二等是香粉。

那跟來的兩個老婆子遠遠的把那瓶冷酒偷吃了一半。一個老婆子已醺醺的歪靠著山石，坐在地下，將要睡著；那一個側著耳朵聽話，卻又聽不真。見愛珠走來，問道：「姑娘，奶奶與你們講些什麼？又見他寫單子。」愛珠笑道：「要賞給我們東西。」那老婆子道：「你們姑娘們實在福分大，常常得賞賜。我們一天勞到黑，也沒有格外得過一點好東西。姑娘，如今賞下來你不要的給我，不要給那些小丫頭糟蹋了。」愛珠一笑走開。那個小丫頭叫香兒的笑道：「他們還沒有到手，你倒想他轉賞了你。我明日買個沙吊子，送你好裝燒酒，省得你那個沒有把子，要倒拿著嘴使。你要想別的東西，你也配？」那老婆子被香兒取笑了，又不敢罵他，只得鼓起了眼睛，瞅了他一眼。那一個老婆子低低嘆口氣，道：「咳，從來說『人老珠黃不值錢』，你還同他們一般見識呢？」

這邊華公子忽然念那牡丹亭上的兩句道：「良辰美景奈何天，賞心樂事誰家院。」華夫人笑道：「牡丹亭的遊園驚夢，可稱旖旎風光，香溫玉軟。但我讀曲時，想那柳夢梅的光景似乎配不上麗娘。」公子道：「我也這麼想，覺柳夢梅有些粗氣，自然不及麗娘。至於那元人百種曲⑰只可唱戲，斷不可讀。若論文采詞華，這些曲本只配一火而焚之。偏有那些人贊不絕口，不過聽聽音節罷了，這個曲文何能贊得一句好的出來。」華夫人道：「我想從前未唱時，或者倒好些。都是唱的人要他合這工尺⑱，所以處處

⑰ 元人百種曲：即明臧懋循輯元曲選。

⑱ 工尺：我國音樂記譜表示音階的符號總稱。

點金成鐵。不是我說，那些曲本，不過算個工尺的字譜，文理之順逆，氣韻之雅俗，也全不講究了。有曲文好些的，偏又沒人會唱。從那九宮譜⑲一定之後，人人只會改字換音，不會移宮就譜，也是世間一件缺陷。」公子道：「真是妙論！我想對此名花，又聽妙曲，意欲填首小詞，也叫他們唱唱。雖然比不上桃花扇的妙文，也是各人遣興，你道何如？」華夫人道：「很好，何不就填那梁州序，用他的工尺，唱我們的新詞，不省事麼。」公子道：「妙，妙！你就先填。」夫人笑道：「我如何能，還是你先來，我算和韻罷。」

公子應了，喝了幾杯酒，想了一會，寫出一首梁州序來，遞與夫人，夫人念道：

明霞成綺，冰綃如翦，萬種柔情輕倩。良辰美景，烏紗紅袖相憐。羞他仙子，閑引游人，私把凡心遣。春光一刻千金賤，珠箔銀屏即洞天，休負了，金樽淺。

夫人念完，贊不絕口。自己也飲了一小杯，笑道：「這是我遵你的教，『休負了，金樽淺』。但這原唱如此好，教我怎和得出來。就在桃花扇上，也是上上的好文字，細膩風光，識高意穩。我不做罷。」公子笑道：「你不要謙讓，你必定另有妙想，我想不到的，快寫出來，好叫他們唱。」夫人又念了一遍，贊了幾聲，也就寫了一闋，遞與公子，念道：

帘櫳半漾，樓臺全見，絳雪飛瓊爭艷。清歌小拍，明眸皓齒生妍。華年如水，綠葉成蔭，肯把春

⑲ 九宮譜：即九宮大成南北詞宮譜。所收南北曲曲牌有一千五百十三個（包括集曲）。

光賤？石家金谷花開遍，只羨鴛鴦不羨仙，休負了，金樽淺。

公子念了又念，朗吟了幾遍，拍案叫絕。又說道：「這兩首比起來，我的就減色了。這五十七字如香雲繚繞，花雨繽紛，就是桃花扇中也無此麗句。」夫人笑道：「這承你謬贊，我看是不及你的。你如此贊賞，倒教我不安。」公子道：「『只羨鴛鴦不羨仙』雖是成句，但用來，比原作還好。也不能教崔鴛鴦、鄭鷓鴣⑳得名了。」即叫寶珠、愛珠過來念熟了好唱。

二珠念了幾遍熟了，唱了兩句，錯起板來。夫人道：「還不熟，你將工尺注在旁邊，倒是看著唱罷。」寶珠、愛珠將工尺寫了出來，果然一字字唱去，卻很對腔，聽得夫人、公子快樂非常。公子笑道：「這兩支曲子，倒定了我們的生旦了。你何不唱唱，這裡唱，外人斷乎聽不見的。」夫人笑道：「你見我幾時會唱？」公子道：「你真不會唱，何以其中的深微奧妙都知道？且人偶然唱錯了一板，你總聽得出來的。」夫人笑道：「三天兩天的聽，難道還聽不熟麼？」公子道：「其實我也很熟，往往的不留心，錯了竟聽不出來，大約總是粗心之過。」夫人道：「你何不唱唱？」公子道：「我一人唱也無趣。」夫人道：「叫寶珠和你唱；況『休負了，金樽淺』這句是要合唱的。」公子道：「不唱罷，明日我們多填幾闋，成了一套祭花。叫他們扮作你我串他一齣，叫做祭花何如？」夫人道：「這倒沒趣味，串出來也像那賞荷一樣。不過那十珠丫頭，倒好扮些淨丑出來取笑，然而也覺俗了。」公子笑道：「若要扮丑腳㉑

⑳ 鄭鷓鴣：即唐鄭谷。袁州人，字守愚。光啟三年進士，官至都官郎中。其鷓鴣詩聞名當時，時稱「鄭鷓鴣」。

㉑ 丑腳：傳統戲曲腳色行當。宋元南戲已有這一行腳色。由於化裝在鼻梁上抹一小塊白粉而俗稱「小花臉」。扮演的人物種類繁多。

的，只有花珠可以扮得。」花珠聽了，紅起臉來，扭轉頭對著愛珠道：「還有愛珠也可扮得。」愛珠尚未開言，公子道：「愛珠是貼旦㉒，晝珠是老旦㉓，寶珠是正旦㉔，蕊珠是小旦。其餘扮生、淨、外㉕、末，比八齡又強了。」夫人道：「這倒可以，只怕他們害羞做不出來。」

夫人一面說，一面看那桃花映著夕陽，紅的更如霞如錦，白的成了粉色，又有些如金色一般，分外好看。看看天色，也將晚了，便對公子道：「今日也可算盡興，我有些乏了，進去罷。」便站起來，公子也起身。華夫人帶了十珠等，將花蕊夫人的像與桃花扇，並他繡的玉臺新詠序，都帶進去。公子也同了夫人緩緩而行。到古藤書屋，又進去略坐了一坐。到了猗香亭，山石路徑，險仄難行，群珠扶好了夫人，一步一步的走過。前面是一條青石荔支街，平正得很的，又過三四處樓臺，便進內室。園裡這兩個老婆子收拾東西，雖有兩個小丫頭幫著他，一次也還拿不完。來時有六珠幫他拿些，如今只得央求珊枝、金齡、玉齡幫他拿了幾樣。兩個老婆子跌跌撞撞的走了好一刻工夫，才到裡面。

這邊華公子直送夫人到房內坐了，又將方才填的詞看了一會，同吃了晚飯。忽又高興，到了洗紅軒，因想起琴言如何還不進來，像已過了假期了，即叫小丫頭去喚珊枝進來。小丫頭去了一會，同了珊枝上前。公子問道：「琴言是那天告假的？」珊枝道：「正月二十四日。」公子道：「正月二十四日，今日

㉒ 貼旦：戲劇腳色名。通稱貼。即副旦，對正旦而言。

㉓ 老旦：傳統戲曲腳色行當。扮演老年婦女。

㉔ 正旦：傳統戲曲腳色名。簡稱「旦」。在劇中扮演女主角。

㉕ 外：傳統戲劇腳色名。元劇中或扮男或扮女。後專指扮演老年男子為外。

已是三月初二了，他告一個月假，怎麼過了七八天還不回來？」珊枝不言語，停了一停，又說道：「想必有事，自然要完了事才進來。」公子道：「我想他也沒有什麼事，明日叫人出城找他，問他幾時進來？」珊枝答應了。公子又問了些別的話，也就進去。不知後事如何，且聽下回分解。

第四十二回　索養贍師娘勒價　打茶園幕友破財

話說琴言在怡園與子玉敘了幾日，頗覺十分暢滿。到長慶葬事過了，忙了兩三天，琴言辛苦了，身子有些不快起來，意欲安頓幾天，再進華府。

一日早飯後，臥在房中，見他師娘進來，琴言連忙站起。師娘叫他坐了，說道：「從前你進華府，不知華公子怎樣的對你師父講的，師父也沒有對我說過。他在時我諸事不管，如今是要我支持門戶了。我想我們一年總要三千吊錢才夠花消。你看那天福、天壽掙得出來嗎？你沒有進華府時，一月內極少也掙得二三百吊錢。如今你又不進班子，這錢自然要出在華府裡，想他們也不肯白使喚人。你與我講定了，一月給我多少錢，其餘你自己存下，將來也可成家立業，過一輩子的日子。今雖少了你師父一個，其餘還是一樣，就算省儉些，大約二百吊錢一月總要的。你師父蘇州也沒有家，我又回不去，我不守住這個舊業做什麼呢？三十幾歲的人了，還有什麼路走？開門七件事，好不難。還有那些人情使費，是免不了的。我知道你是有良心的人，你替我想想，叫我怎樣，不靠你靠誰？」琴言聽了，呆了一會，心中想道：這倒是件難事，當初我也不知怎樣，也不曉師父得過多少錢。就聽得他們說，師父每月進府來領一次，也不知多少。如今師父死了，他們只怕未必照舊了。若除了華府，又問誰去要錢？難道還可以問度香商量麼？不比在外常可見面。此刻師娘要我一月定給多少錢，這倒是件難事；況且公子近來待我又不如從前，這話怎好去問他？想來想去，不得主意，答不出來。他師娘心上疑著，華公子待琴言不知怎樣好，自然要一千就是一千，要二千就是二千。這幾天在琴言身上盤算，把個心想昏了。又恐琴言存著壞心，道是師父死了，便可撒開。所以長慶媳婦的心，想錢倒與長慶一樣，可稱良偶。便要緊擠住了琴言，做個靠山吃山、靠水吃水的主意。見琴言不語，更生疑慮。又道：「你怎麼不說話？多少總要有個定數。」琴言道：「當日師父將我送進華府，原是避難，我實不知是怎樣講的，華府有錢給他、沒有錢給他，我也不知。且我進去之後，從沒有見著師父的面。只聽說師父每月到府一回，也只在門房裡，不知領多少錢。此時我又不出去應酬，一月給師娘多少錢，原是應該的，但我拿不定主意自己有錢無錢，我怎敢隨口答應。設或答應了又不見錢呢，怎麼對得住師娘？」他師娘口中「哼」了一聲道：「我不信，我也不知細底。你師父是不知自己要死，若知道自己要死，也早對我說了。我聽得去年你沒有進去時，華公子就打發人出來，說要買你，他可是不肯花錢的主兒？一個人憑良心過日子，怎麼師父一死，你就變起心來？」琴言聽了這些話，已氣得要哭，只得忍住了，說道：「這話只好等我進去了再商量，我自己是沒有留一個錢。去年及新年得的賞賜，就是前天那一包銀子。師娘要三百吊錢一月，只怕不能有這許多，總要問明白公子才好定得。但是這句話，師娘代我想想，怎好自己去對公子講？」他師娘冷笑道：「人在他家半年多了，還不好講？交情越重，錢應該越多了；若是不給錢的交情，要他做什麼？你不要裝糊塗，他又沒花過三千五千兩的替你出師。若出了師，我自然不能對你講這些話了。還有那一種有良心的，念著師父、師娘，就出了師還常常孝敬，也是有的。不然你就對他說，叫他拿三千兩銀子來出師，我可以置些產業，倒比零碎的好。這兩條路憑你走那一條。你總要講明了，才可以進城。不然，進去了，我又不能進來找你，便費了許多周折。」說罷，起身出去了。

琴言聽了這些話，又不能駁他，心中好不氣苦。以為師父死了，這個身子由得自己，那知師娘更加利害。氣忿忿的重新躺下，思前想後，毫無主意。傷心了一會，又想道：我每逢想不透的，經香畹一說就明白了，此事非與他商量不可。主意定了，帶了跟他的小孩子，隨身便服走出門來。

到了素蘭寓處，卻值素蘭未回，意欲回家，又屬煩悶。想寶珠離此不遠，不如找他談談也好。才出得素蘭門口，見兩人站在街心。偶抬頭一看，一個是圓臉，生得混混沌沌，腳下倒是一雙皂靴；一個生得獐頭鼠目，便帽上拖著一綹長紅線緯。琴言低著頭，只顧走，覺那兩人就跟著他。聽得一人低低的說道：「好一朵鮮花。」又聽得一個說道：「咦，是那一家的，我竟不認識。我們且踊踊他。」又聽那個說道：「這才算個好腦袋呢。」琴言聽了，好不有氣，然也無奈何，只好由他們講。只聽得背後蹭蹭促促，腳步接著腳步，衣裳碰著衣裳，順風吹來鼻中，覺有狐騷氣。急行幾步，到了寶珠門口。叫小孩子進去問時，也不在家。琴言見那兩人又在後頭站著，心中氣極，便急急的回去，那兩人也就急急的跟來。琴言到了自己門口，一直低了頭進去了。此刻正是散戲的時候，這些相公如何在家？琴言白白走了一回，路上又遇著這兩個厭物，更加納悶。進了房，長嘆了一聲，不覺淚下。

偏有那師娘的表弟伍麻子，不看風色，走進來，坐在炕沿，捏著潮煙袋，找了個紙條子，抽了二三十口，紙煤煙灰，吹得一地。又盤三問四的尋這樣，看那樣。琴言好不厭煩，也不理他。伍麻子吃了一會潮煙，問琴言道：「我聽說華府裡那些大爺們是不用說了，各人家裡都是大屋子，有十個八個小老婆陪著睡覺。就是那些三爺、四爺、五爺，連那些趕車的、養馬的、鍘草的，新年上也穿著狐狸皮襖。」

說到此，將手比著個樣子道：「這麼大的皮荷包，拴在腰裡，到賭場上解開來，盡是銀錁子，抓一把就押個孤丁。還有去年來找你鬧的那個姓金的三小子金三，在酒館子裡喝酒，也叫個打十不鬧的陪陪。雖然是訛他爹的錢，然而也還有這些出息，是真的嗎？怎麼這些人也這麼發財？」琴言心中只管納悶，更加煩惱，那裡有心聽他的話，只是不答應。伍麻子又道：「我聽說這還不算什麼奇事。他家的銀子櫃子裡裝不下，就散堆在牆腳邊，到了兩三年不用他，受了潮氣要霉爛的，便發出來晒晾。晒晾了一天，就有人將五兩的換他十兩的，將二兩的換他五兩的，他也不點數。偶然看出來，說：『我的銀子如何變小了？』那些人說：『晒了一天，晒乾了，自然收小了。』這句話我有些不信，難道這位公子真當著銀子都晒得乾嗎？」琴言聽到此，不覺失笑道：「你這話是那裡聽來的？」伍麻子道：「我們有一班朋友，閒著沒有事，聚在一處就講這些話。城裡一個華公子，城外一個大園子裡的徐老爺，這兩家富貴，講一年也講不完。說那徐老爺的園子裡山子石底下，埋著十缸銀、十缸金。那看金子的財神爺是一頭的黃毛，看銀子的財神爺是一頭的白毛。到半夜裡，他兩個便坐在園牆上嚇人，還要拿金錠、銀錠子打人。有時運的被他打著了，就撿了金銀回去，回去就發財。沒有時運的，被他打著了，撿起來是塊黃土，回去還要生病。我看財神爺也勢利，只奉承有時運的人。」琴言聽了倒也好笑。

伍麻子正說得高興，忽外面有人叫他，就出去了。原來有兩個客來打茶圍，伍麻子招呼到客廳坐下。打量這二人：見一個衣裳很舊，穿著舊皂靴，頭上的小帽子油晃晃的，沾了些灰土。心上想：他不是個監生老爺，就是個沒選期的老爺。那一個衣裳略新些，帽上拖著一綹紅線緯，雖不像個有錢的，或者倒是個老白相❶。問了他們的姓，讓他們坐了。

你道這兩人是誰？一個是烏大傻，一個是姬亮軒，他二人新在戲園裡認識。這日都在街上閒走，適相遇了，跟了琴言到了門口。亮軒恍惚記得這個門，想了一會想著了，就猜方才見的是琴言。後又想起奚十一的話，說前月在聘才處叫他陪過酒，無疑是他，便與大傻講了。大傻見亮軒高興，欲贊成他進去，好吃個鑲邊酒，便道：「管他是與不是，既是相公寓裡，總可以進得的，我們且進去坐坐，喝杯茶也好。」亮軒道：「你高興就進去，我是奉陪的。」商量了一會，才同了進去。

這邊伍麻子正在張羅，卻好天福、天壽散戲回來。見亮軒像是見過的，又記不清，請了安。那個大傻子，他們卻見過他，在園子裡聽襯戲的，便也請了安。大傻子迷迷瞪瞪的說道：「今日蘭保的盜令、殺舟，桂保的相約、相罵❷，實是個名人家數，他人做不來的。」亮軒道：「你們還認得我麼？」天福道：「有些面善，想不起來，好像那裡見過的。」天壽眼瞪瞪的看了一會，問道：「你能不是去年同一位吃煙的老爺來？那位吃煙的同我師父打起來，還是你能拉開的。」亮軒道：「你的記性好，天福就不記得了。」天福聽了，也想起來，道：「哎喲！那一天好怕人。那位吃煙的好不利害，把桌子都打翻了，還直打到裡頭去。幸虧我躲得快，不然給他一腳，也踢個半死。」亮軒道：「可不是，虧我救了你們，你們感激我不感激呢？」天壽道：「那一位如今那裡去了？」亮軒道：「現在病著。」天福道：「天報！天報！叫他多病幾天。」大傻子道：「方才見個相公進來，叫什麼名字？」天福道：「沒有呵，我們就是師兄弟兩個。」亮軒道：「有一個進來的，比你們高些，有十六七歲了。」天壽道：「沒有，沒有。」

❶ 老白相：吳語，遊手好閒者。

❷ 相罵：釵釧記中一折。

我們只有一個琴師兄，從華公府回來，如今他也不算相公，不唱戲了。或者你們看見的就是他。」亮軒道：「不錯，不錯，就是他。可以叫他出來見見麼？」天福搖頭道：「他不見人的，多少人知他回來了，要見他，他總不肯出來。就只到怡園徐老爺處，除了他家，是不到第二家的。」大傻子道：「他既不肯出來，你領我們到他屋裡坐坐是可以的。」天壽搖頭道：「他要罵我們。」

伍麻子站在廊前道：「我們這個琴官，如今是華公府的二爺，不見人了。二位老爺如高興，叫天福、天壽伺候罷。」大傻子望著亮軒道：「你們既然是舊交，自然也應敘敘，斷無空坐之理。」亮軒支吾道：「我還有些事。」天壽道：「你能沒有事，你能是不肯賞臉。」亮軒道：「真有事。」伍麻子道：「坐坐罷，就有事也不必忙。如今他的師父不在了，他師娘就靠著這兩個孩子呢。」大傻道：「你也難得出來，我也走乏了，略坐一坐罷。」又問天福道：「你師父幾時不在的？」天福道：「前月二十五。」大傻道：「咳，我竟不曉得他死了。你們雖不認得我，你師父倒與我極相好的。」天壽道：「我也常見你在戲園裡，你怎麼坐不住，總走的時候多？」大傻子道：「我的朋友多，照應了這個，不照應那個，就招人怪了。」天福道：「我見你進來又出去，出去又進來，好像忙得很。」大傻道：「既到這個園子裡照應了，自然也要到那個園子去照應，不然也要招怪的。」伍麻子已走開。

少頃，亮軒要走，天福拖住了他，大傻卻不動身。只見打雜的進來，在桌子上擺了幾個碟子，天福道：「姬老爺請坐罷。」亮軒著急，對著大傻擠眉弄眼，要叫他走的意思。大傻裝作不見，一手摸著那幾根既稀且短的鼠鬚，拈了幾拈。亮軒見他不動，只得獨自想跑，說道：「我要小便。」天壽指著院子裡道：「那東牆角就可以。」亮軒走出屋子，到院子中間撒開腳步就走，不料天壽在後扯著他的髮辮，一鬆，將亮軒的帽子落了下來，髮根拉得很疼。天壽嬉嬉的笑，亮軒急回轉頭來，漲紅了臉道：「這是什麼頑法？」天壽揀了帽子，拍淨了灰，與他戴上，拉了他進來。亮軒道：「我真有事，何苦纏我。」大傻子見了酒，喉嚨已經發癢，勸亮軒道：「他們這般至誠留你，你就賞他們點臉罷。既擺了出來，不賞他們的臉，也叫他們下不去。」亮軒無法，又見大傻不肯走，反留住他，想是大傻要做這個東。如果大傻作東，也就放心了，只得勉強坐下。天福、天壽各斟了酒。亮軒飲了兩杯，見大傻子放心樂意的喝酒，手裡抓了一把杏仁，不住的往嘴裡丟；又見他吃了三個山裡紅、一個柹餅。

亮軒心上又想要去看看琴言，此時已經點了燈，便對天福道：「你同我到你師兄屋子裡去坐坐罷。」天福道：「你定要見他，待我先去講一聲。」天福進去，見琴言在那裡看書，便說道：「外面有個姬老爺要見見你，見不見呢？」琴言道：「我見他作什麼呢？你見我見過人嗎？」天福沒趣，將要出來，琴言想要關門，不料亮軒、大傻已走到房門口，就都匾著身子擠了進來。琴言滿臉怒容，未開言，大傻子深深一揖，亮軒也曲著腰作了半個揖，滿面堆下笑來。琴言倒也無法，只得還了一揖，不好就走。他們也不待招呼就坐了。亮軒眯齊了鼠眼，掀唇露齒的要說話。大傻先說道：「怪道多天不見令師，原來歸天了，我竟全然不知。非但沒有具個薄分，連拜也沒有來拜一拜。多年相好，從前承他一番相待，倒也不是尋常的交情。」又搖著頭道：「荒唐，荒唐，不知那些聯幛的公分❸，有我的名字沒有？」亮軒笑容可掬的道：「我去年奉拜過的，偏值尊駕進了華府，以至朝思暮想，直到今日。前日又聽得尊駕與敝東同席，我就沒福奉陪。敝東是個直爽人，不會溫存體貼，一切尚祈包涵，不要見怪。」

❸ 聯幛的公分：舊時作為慶弔禮物之布帛的份子錢。

琴言見這二人，就是路上跟著他走的，心中甚惱。及見他們恭恭敬敬的作揖，一個說與師父相好，一個說與他敝東同席，正猜不出這兩個是什麼東西，也不來細問，含糊的答應了一聲，叫小子給了兩鍾茶。大傻一面吃茶，見掛著一副對子，念將出來，錯了兩字。大傻腹內既屬欠通，眼光又係近視，倒最喜念對子看畫，充那假斯文。琴言看了暗笑，略略看他們的相貌，已經生厭。又見亮軒嘻著嘴說道：「我那敝東，其實很好交的。你是不知道他的脾氣，若混熟了，只怕還離不開呢。」大傻道：「不見那春蘭麼？」亮軒道：「春蘭固然。本來錢也花多了，自應心悅誠服的了。我那英官呢，借去用兩天，就用到如今不肯送還。這個小東西也戀著他，將我往日多少恩情付之流水。這也不能怪他，從來說白鴿子望旺處飛，也是人之常情。況且我這敝東，在京裡也算個闊老斗，就與那華公子、徐少爺也不相上下，而且他們都是世交。前日那位徐少爺來，適值敝東不在家，他就到我書房來坐了好半日，送他出去時，他再三的約我去逛園。」大傻道：「你去沒有呢？」亮軒道：「我始而倒打算去，況且他往來那一班公子名士，都也與我相好。後來我想他還沒有做過外任，未必知道我們這一席是極尊貴的。若論坐位，是到處第一，我恐他另有些尊長年誼，不肯僭我，我所以沒有去。」大傻道：「可惜，可惜！我吃過他家酒席，只怕京裡要算第一家了。」琴言聽得坐不住，幸天福、天壽都在這裡，便對天福道：「你請二位到外面坐罷，我有事情。」便即走了出來。二人沒趣，只得同天福、天壽也出來了。

亮軒就想從此脫身，一徑的走，又被福、壽二人拉住。桌上又添了四小碟小菜、兩碗稀飯，亮軒心上想道：這是什麼吃局，一樣可吃的菜也沒有，難道八碟乾果、四碟小菜、兩碗白粥，就算請客不成？要不然，是傻子與他講明，是要省錢的緣故。這個東，大約是傻子作定了，索性吃他娘的。亮軒也舉箸吃了一會。大傻子已喝了兩壺酒，將四碟小菜，也吃乾淨了，喝了兩碗粥，抹一抹嘴。見亮軒不甚高興，便對天壽道：「姬老爺是要喝熱鬧酒的，你叫人去添些菜來，酒燙得熱熱兒的，與姬老爺豁幾拳。今日是我拉他來的，你們巴結得不好，以後他就不肯來了。」亮軒打量是請他，便放了心，忙說道：「怎麼是這樣的，也算不得吃飯。」天壽道：「這原算不得吃飯，我當你們吃過飯了，隨便吃鍾酒兒坐坐的。既然姬老爺還沒有用飯，另預備飯就是了。」大傻道：「是阿，我也沒有吃飯。姬老爺也吹兩口的，你何不請他去躺躺。」天福道：「那一天真也見你吃了兩口，不過吹不多。」亮軒見大傻這般張羅，像個做東的樣子，便有些喜歡。天福同他們到了裡面，一面吩咐廚房添菜供飯，亮軒原不會吹煙，不過藉此消遣。天福、天壽倒有幾口煙瘾，便你爭我奪的上煙。大傻乘他們不留心，即走了出來。他也飽了，便蹋著破皂靴匆匆而去。

亮軒與福、壽二人說了一會話，問了些琴言光景。伍麻子來請吃飯，亮軒才找起大傻來，杳無影響，心中著忙，便變了神色，只管要找烏大傻。天壽說道：「他去了。這個人是坐不住的，我見他在戲園裡，一天總要走個十幾回，想必他就來的。我們先坐，不用等他了。」亮軒只得坐了。看菜是四碟兩碗，兩盤餑餑，就吃了些。終是無精打彩，心上要想個脫身之計。那伍麻子在旁，見大傻子先走了，看這位又是心神不定，像有心事，倒也猜不著他要跑。那長慶的媳婦，自從丈夫死後，家裡還是第一回開張留客，叫伍麻子好好照料，不要待慢了老斗，故常在窗前站立。那兩個孩子本來不會說話，夾七夾八的。亮軒更坐不住，橫豎遲早要走，吃完了，嗽了口，對天福道：「今日擾了你們，我只好明日補情的了，今日卻沒有帶錢。」天福聽了，呆了一呆，不敢答應。還是天壽略靈些，說道：「老爺既沒帶錢，府上在那裡住，叫人送老爺回府，就可以帶了來。」亮軒道：「這也不必，我明日送來罷。」伍麻子聽了想道：有些不妙，不料這兩位是這樣的。便進來在窗戶邊站著，看著亮軒。亮軒想硬走出來，天壽拉住道：「不用忙，再坐坐。」亮軒不理，只要走，天福也來拉住。亮軒一想，不如拿出去年奚十一的手段來嚇嚇他，便喝道：「做什麼！那裡有天天帶著開發來的，我們叫相公，是積了幾回一總開發。你們這些不開眼的東西，還不放手，不要叫我生起氣來，也照去年的樣，給你們一頓打。」兩個孩子怕他，不敢說話，伍麻子是個不懂規矩的人，道是長慶死了，他表姊全要仰仗他。若頭一回買賣就是這樣，臉上覺得不好看，況且又是他幫著留的。聽了亮軒這些話，便動了氣，說道：「姬老爺，你這話講得不在理。你老爺又沒有來過兩回，伺候了半天，酒飯煙茶都是錢買來的，一個大錢不見面，倒要罵人不開眼。就說送你回府也沒有說錯，難道你沒有個住處？就是住店也有個店，住廟也有個廟。身邊不帶著，自然就到府上去領，這句話就算得罪了人麼？你既沒有帶錢，難道不准你走，留你的東西做抵押不成？自然跟你回去。知道了一個地方，就歇一天給我們，也使得。」亮軒無言可答，再想說兩句大話，又說不出來。那樣雞肋身材，木瓜腦袋，就裝些威風，也嚇不動人，只得說道：「我是省你們跟我走，你當是什麼。你既不嫌路遠，就跟我去領賞。」

伍麻子想那些跟兔不中用，便自己提了燈籠照了。亮軒輕輕的腳步，左繞右繞，還想遁去。無奈伍麻子緊緊的照著，亮軒只得回寓，叫他在門口等了，好不懊悔，上了大傻的惡當，心裡罵幾聲，開了拜匣，撿出幾張錢票，看來看去，猶如割他的肉一般，忍著心疼，撿了一張兩吊的，又於靴頁子內撿了一張一吊的，要找人送出，跟他的人又不在家。只得拈了一個紙條子，蘸上油點了出來，交與伍麻子，轉身就走。

伍麻子雖不認得字，但長慶生前將票子叫他取錢，也不知取了若干。一字到十字這幾個，憑你怎樣寫，他都認得。燈下一看見是兩吊，便叫道：「姬老爺轉來！」亮軒欲待不理他，已跟進了門，只得應道：「還有什麼？」伍麻子道：「這兩吊錢怎樣，是賞我的麼？那相公開發，酒席錢呢？」亮軒道：「我不曉得，一總在內。」伍麻子道：「姬爺不要頑笑，既然這麼說，請收了。便將票子遞過來。」亮軒無奈，只得又添上那一吊，說道：「盡在乎此，你要不要也隨你罷。」伍麻子如何肯收，便發話道：「既然心疼著錢，也應打算打算，就不該進來。就是擺個酒，至少也得二十吊；何況添菜吃飯。三吊錢，我們賞廚房、打雜的還不夠呢。」亮軒不理，一直進去了。

伍麻子欲要跟進來，門房裡有人聽見，出來問是什麼事情。伍麻子將細底說了，那管門的笑道：「我們這師爺也太想便宜了，既要樂又捨不得錢。你也算了，折了這一回本錢罷，不要在此囉唕，適或教我們老爺聽見了，倒不好。」伍麻子見亮軒已進去了，又不好跟進去，再經那門公勸他，知道是奚十一的寓處，恐怕鬧出事來，只好轉回，卻也講了好些淡話，匆匆回家交帳。

長慶媳婦一見，只有三吊錢，便說道：「那裡有這樣開發？你也在這裡多年了，你見收過三吊錢麼？怎麼不摔還他，也臊臊他的臉，腥不腥，臭不臭，兩個相公留了兩個客，煙茶酒飯鬧得烏煙瘴氣的，還替人做跟班，提了燈籠送回去，接了三吊錢就夾著屁股回來。一個漢子連個數目字都不認得，難道你錢票子見得少麼？」把個伍麻子罵得火星直冒，嚷道：「我豈不知道，我見千見萬，也沒見這兩個不愛臉的：一個喝了兩碗粥先逃走了；這個也是時刻想跑，好容易逼住了他，送他回去。我想十吊八吊，最少不去了。誰料他先還只給兩吊錢，這一吊還是後來加上的。那個忘八蛋肯接他的？他塞在你手裡，就跑進去了。我想跟他進去，有個管門的出來解勸，說是奚十一的寓處。那奚十一是好惹的？去年憑空的來找琴官，將姐夫一摔一個大觔斗，半天爬不起來，桌椅板凳打得粉碎。倘今日又遇見了他，可不要白挨一頓打，連這三吊錢也沒有，我所以只好接了回來。我豈不想他三十吊麼？」長慶媳婦道：「都是你們這些瞎眼睛的，也不分個人鬼。分明來打茶圍的，苦苦拉住他，將個臭蟲當作洋蟲。以後如遇這等不要臉的下作東西進來，務必攆他出去。太太這裡不是捨粥廠，又不是我的兒子，吃了抹抹嘴就走。當家的死後，今日還是頭一回開市，就遇著兩個混賬東西，與前年那個開姜店姓楊的楊八一樣，不是玉天仙還叫他姐夫呢。歸根兒是他媽的白吃白喝。這些個不要臉的狗雞巴肏的，真他媽的可惡。」長慶媳婦叨叨了一回。到明日伍麻子去照票子，誰知後來添的一吊還是張假的。又到奚十一寓處來找亮軒，倒被奚十一的家人罵了一頓，伍麻子受屈而回，只得自己賠上一吊錢，交清了賬，唯有咒罵亮軒而已。

琴言今日找著了寶珠、素蘭，商量師娘要錢之事。不知寶、素二人有何良策，且聽下回分解。

第四十三回　蘇蕙芳慧心瞞寡婦　徐子雲重價贖琴言

話說琴言是晚聽姬亮軒、烏大傻說了多少瞎話，更加煩悶。幸他們就出去了，候到二更，不見寶珠、素蘭過來，只得睡了。一夜無眠，到了次早，即叫小使去請他二人來。

是日，素蘭清早已為王文輝叫去。少頃，寶珠過來。寶珠道：「昨日失候，我到三更後才回的，他們也忘了，沒有對我講。方才你們五兒說起來，方知道兩三天總不見你。為什麼不出來散散悶？今日度香約賞杏花，咱們可同去了。」琴言道：「可以。我這兩日偶然感冒，覺得疲倦，今日也想出去散散。且假期已滿，也要打算進城了。」寶珠道：「再歇兩天進去也不要緊，進去了，咱們又會少離多了。」琴言道：「近來倒有件難事，我竟沒有主意，故請你與香畹來商量，怎麼代我想個法兒才好。」寶珠道：「什麼難事，你且說來。但你想不到的，只怕我也想不到。」琴言道：「昨日我那師娘問我進華府時，華公子對你師父是怎樣講的，可曾得過他家的錢；又說家中一年的澆裹，須得兩千四百吊錢，要我給他二百吊錢一月，說定了方叫我進城。我想去年原為奚十一的事送我進去，我進去了也沒有見著師父，不知其中是怎樣的。今師娘忽然問我要二百吊錢一月，叫我怎麼打算得出來？又要我去對華公子講；又說師父死了，我就變了心；又說華府也沒有花過三千五千兩。如今要我去對公子講，要他出三千銀子與我出師，出了師，才不要我的養膳。不然，這一輩子就要定在我身上過活。我想如今又不出去應酬，靠著府裡節下賞一點東西，如何一月積得上二百吊錢。你是明白人，這話可以對公子講得麼，不是件難事？師娘又不曉得其中的難處，一味的問我要錢。你替我想一想，有什麼法子，我是一無主意。」寶珠聽了，亦以為難，躊躇了一回，說道：「一年要二千四百吊，三年也就三千兩了。這『養膳』二字，是沒有盡期的。華公子性情不常，未必靠得定。若要他出師，或者看他高興倒能，但也須有個人去與他說。還有一層，他既與你出了師，你這人就算他的人了，以後就由不得你，只怕就要在他府裡終局。這是要你立定主意的。」琴言道：「這些事我也想過，但此時雖沒有與我出師，我也不能自主。」寶珠道：「若有人與你出了師，你以後怎樣，還是在外呢，還是願進華府去呢？」琴言道：「此時我也不能定，且出了師，再打算出府。」寶珠笑道：「人家只有一出，你今有兩出，不要將來犯了七出❶。」琴言也笑了。只見素蘭走來，琴言、寶珠讓坐了。琴言道：「你早上那裡去？」素蘭道：「今早王大人叫我去，我當是什麼緊要事，原來很不要緊的一句話。我與劍潭、庸庵談了一會，方才到家。知道你請我，不知有何差委？」寶珠將方才的話與素蘭講了，素蘭拍手笑道：「果然，果然不出我們所料。我真佩服他，據我說是出師的妙，你且應承他出師。」琴言道：「好容易的話，你倒輕輕的一口斷定了。這三千頭打那裡來，我豈能去對華公子講的？」素蘭道：「定要三千？二千呢，可以不可以？」寶珠道：「這事有點邊兒了。請你來商量，你第一句答應出師，第二句就劈斷銀價，這是胸有成竹的話，豈不是可成麼？」琴言道：「也要個旁人去說，三千、二千，我也不能對他講的。」寶珠問素蘭道：「就算只要二千，你有何高見？倒要請教請教。」素蘭道：「這件事，我與一個人十天前已想到，而且商量了一回，但是未

❶ 七出：古代社會丈夫遺棄妻子的七種藉口。

必然之事，所以沒有對人講起。」寶珠道：「你說佩服的是誰？」素蘭道：「那一天我與媚香閒談，偶然講起玉儂來，媚香說他師娘——」素蘭說到此，便從窗外望了一望，說道：「此處說話，那邊聽不真麼？」琴言道：「聽不見的。」素蘭道：「媚香說他師娘與他師父一樣利害，只怕這一輩子要靠在玉儂身上。玉儂雖不唱戲，究竟沒有出師。若論玉儂的錢，也就不少，看來此時未必有存餘。若四五千吊錢可以出得師，我們代他張羅張羅，或是幾個相好中湊湊，也可湊得一半。就說的是你、王氏弟兄、瘦香、佩仙等，想沒有不肯的。若能湊出一半，那一半就容易了。」寶珠道：「出師之後怎樣呢？」素蘭道：「那倒沒有商量到這一層。只要出了師，這身子就是自己的了，那自然由得你。」寶珠道：「若在華府中，也與不出師一樣，由不得他。」素蘭道：「華公子也沒有買他，他師父當日又沒有寫『賣』字給華府，怎麼由不得他，難道在那裡一世麼？」寶珠道：「此處說話，到底不方便，我們何不同去找媚香商議，一同到度香處，看看杏花，連碧桃也開了許多。不知今年節氣這麼早，我記得碧桃往年是三月中開的，度香今日也不請客，我們幾個人去談談未嘗不可。」琴言也甚樂從，換了一身衣服，一面叫套了車。素蘭、寶珠都是走來的，二人便吩咐跟班回去套車，並吩咐所帶的衣服，都到蘇家佩香堂來。二人即同坐了琴言的車，到蕙芳寓處。

卻值蕙芳在寓，三人進內，只見蕙芳在書桌上看著幾本冊頁，見他們進來，笑面相迎，說道：「今日可謂不速之客三人來。」三人笑了一笑，且不坐下，就看那冊頁。寶珠先搶了那本畫的，那兩個也湊著同看，有山水，也有花卉，卻畫得甚好，原來蕙芳新求屈道翁畫的。看到末後一頁是一個美人倚欄惆悵的光景，欄外落花滿地，雙燕飛來。像是「落花人獨立，微雨燕雙飛」的詩意。琴言觸動了當年那個燈謎，忽忽如有所感，看題著一首絕句，琴言默念是：

春色關心燕燕飛，杏花細雨不沾衣。倚欄獨自增惆悵，芳草天涯人未歸。

又將那一本字也看了。蕙芳讓三人坐下，問道：「你們還是不約而同，還是約了同來的？」寶珠道：「約齊來的，我們同到度香處看杏花罷。」蕙芳道：「今日又有局嗎？」寶珠道：「局是沒有，也算個不速之客何妨？」蕙芳點首笑應。素蘭、寶珠的衣服與車都來了，二人即換了衣服。蕙芳進內也換了，又問道：「你們同來竟一無所事，單為看花麼？」素蘭道：「事有一件，到怡園再講罷。」蕙芳道：「何不先講講，此刻還早，到度香處尚可略遲。」素蘭就將琴言的師娘要他出師的話略說了幾句。蕙芳道：「何如？我前日對你講，你還說這也未必然之事，誰知竟叫我說著了。但要辦這事，其實也不很難，就怕娘兒們的說話不作準，一會兒又不願了。或是說定了數目，又要增添起來。且誰去與他講呢？」素蘭道：「那倒不要緊，就是我們也可以去講的。」蕙芳道：「既如此，且到怡園再商量罷。」於是一同上車，徑往怡園來。

進了園，看不盡絳桃碧柳，綠水青山。過了一座紅橋，繞了十重綺戶，才到東風昨夜樓邊。只聽得樓上清歌檀板，有人在那裡唱曲。四人便住了腳步，聽像度香的聲音，唱著一支懶畫眉❷，四人細聽是：

漫說瑤臺月下幸相逢，又住了群玉山頭第一峰。耐宵宵參橫月落冷惺忪，又朝朝銅瓶紙帳春寒重，且

❷懶畫眉：曲牌名。屬南曲南呂宮。字數定格據九宮大成譜。曲調幽雅，小令套曲都使用。

請試消息生香一線中。

眾人聽不出什麼曲本上的，覺得笛韻淒清，甚為動聽。聽得子雲笑道：「到底不好，還是你來，我來吹笛。」又像次賢唱道：

則這勾欄星月夜朦朧，聽盡了曲唱江城一笛風。相和那帘鉤敲戛玉丁冬，引入離愁離恨的梅花夢，作到月落參橫蕭寺鐘。

四人正在好聽，忽然止了，聽得次賢說道：「其實唱起來，音節倒好。」又聽得子雲說道：「何不將工尺全譜了，教他們唱起來。」四人知道不唱了，齊走進去。書童匆忙上樓通報，寶珠等走上扶梯，進得樓來，次賢、子雲笑面相迎，見了琴言、蕙芳等更加歡喜。說道：「今日倒料不著你們來。」寶珠道：「都是我請來的。」又對次賢道：「瘦香身子不快，不來了。」

琴言於此樓還是初次上來，見這樓彎彎曲曲，層層迭迭，有好幾十間，圍滿了杏花。有三層的，有兩層的，五花八門，暗通曲達，真成了迷樓款式。又望見前面的桃花塢，隔了一座小山，一條清溪，那桃花已是盛開，碧桃還只半含半吐，連著那邊杏花就如雲蒸霞蔚一般。看樓中懸著一額是：「東風昨夜樓。」有一副長聯，看是：

一夜雨廉纖，正燕子飛來，帘卷東風，北宋南唐評樂府；

三分春旖旎，問杏花開未，窗間青瑣，紅牙白紵選詞場。

次賢、子雲看他四人今日打扮分外好看，艷的艷，雅的雅，倒像有心比賽的一般。此刻都還穿著小毛外褂，琴言是玄狐耳絨，寶珠是玄狐抓仁，蕙芳是雲狐抓仁，素蘭是骨牌兜雲狐乾尖。四人相對，就是珊瑚玉樹交枝，瑤草琪花弄色，覺得樓外千枝紅杏，比不上樓中四個玉人。次賢、子雲雖時常相對，此刻亦還顧盼頻頻。子雲道：「今日無肴，只是小飲，你們餓了，就吃起來罷。」蕙芳道：「我真有些餓了。」子雲吩咐先拿幾樣點心來，隨後就擺了幾樣肴饌，大家小酌。寶珠道：「方才聽你們唱的是什麼曲本？音節倒像很熟，而曲文卻沒有見過。」次賢道：「這是我當年一個好友，制了一部梅花夢的曲本，有二十齣戲。前日從書箱內找出來，將九宮譜照著他的牌子填了工尺，倒也唱得合拍。卻只填了這一齣入夢，其餘不知唱得唱不得。明日與你們班裡的教師商量，可以譜他出來。」蕙芳道：「那倒可惜了。我聽這曲文甚好，還是你自己按譜罷。若與我們教師，他便亂塗亂改，要順他的口，去的去，添的添，改到不通而後止。若能移宮換羽，兩下酌改就好了，除非要請教那位屈先生。」次賢道：「他偏這音律上不甚講究。彈琴之外，一無所好。你與他講，他又說三代之後樂已亡，故將樂記併入禮記。」四旦皆笑。子雲道：「我今日得了些江瑤柱❸，但是乾的，作起湯來，雖不及新鮮的，比那尋常海味還好些。」琴言道：「我聞新鮮荔支與江瑤柱別有滋味，不同凡品。若那乾荔支，也就沒甚可愛，還比不上桂圓。那乾江瑤不知是怎樣的？」

蕙芳忽然大有感慨，呆呆不語，俯首若思。子雲頗覺詫異，見他是倜儻詼諧慣的，何以忽然如此。次賢問道：「媚香有什麼心事麼？」蕙芳道：「沒有。」子雲道：「方才很高興的，此刻為何不樂呢？」

---

❸ 江瑤柱：江瑤，即江珧。貝類。殼大而薄，前尖後廣，呈楔形。其肉柱味鮮美，為海味珍品。

寶珠等也看出蕙芳有些不快。蕙芳不語，停一會說道：「花能開幾日？」次賢接道：「七十年。」蕙芳道：「何以能七十年？」次賢道：「人生在世，以七十年算，活一年開一年。」蕙芳道：「今年的花，不是去年的花。」子雲道：「有去年花，就有今年花。」蕙芳又道：「今年的花，留得到明年麼？」子雲道：「看留的人怎樣？」素蘭道：「你們忽然學起參禪❹來。」琴言道：「據我看，是開花不如不開好。」寶珠道：「何故？我說花謝不如不謝好。」蕙芳道：「不謝也是不謝的花。你聽玉儂說，荔支鮮的時候何等佳妙，及乾了，便覺酸得可厭。何以形貌變而氣味也會變呢。大約人過了幾年，也就是清而變濁，細而變粗，甘而變酸了。」寶珠接道：「就是酸些，也是妙品，總比俗味強多了。」說得三旦齊聲嘆息。次賢、子雲頗覺得意。

蕙芳又道：「我們要看靜宜到七十歲時，還是這樣不是？」次賢笑道：「春華秋實，各有其時。就是荔支鮮的時候，配得上楊玉妃；如今乾了，也還配得上屈道翁。總還是在棗栗之上。」說得大家笑了。子雲道：「這一比雖切，然究竟委屈了道翁。他卻不酸，還比為乾江瑤罷。」次賢道：「那更委屈了。你是浙人，自然誇贊江瑤。若說那乾江瑤，真像那從良老妓，回憶當年，姿態全無，餘腥尚在。」寶珠問次賢道：「食品之內，究以何物為第一？」次賢道：「我口不同於人口，不敢定。以我所好，以魚為第一。」琴言、蕙芳皆道：「說得是。」次賢道：「食品中也分作幾樣。如人品不同，有仙品，有神品，有逸品，有妙品，有宜烹龍煮鳳，有宜吸月餐露，使其相反，兩不為佳。故往往我說這樣好，他說這樣

❹ 參禪：佛教名詞。佛教禪宗的修行方法。即習禪者為求開悟，向各處禪師參學之意。但一般依教坐禪或參話頭的，也叫做參禪。

不好。孟子曰：口之於味也，有同嗜焉。大概是論易牙❺所調的味，皆合人之口味。若今日的廚子，也就單合他自己的口味了。」子雲道：「正是。譬如去年那個熊掌，真真糟蹋了。怪不得晉靈公要殺宰夫❻，想是他也剩這一個，若還有幾對留著，也不至恨到如此。」說得合席皆笑。

寶珠對琴言道：「上一回對戲目的對，你出四個字的，以後我也想著一副。」琴言道：「是什麼？」寶珠道：「遊湖借傘❼，搜山打車❽。」琴言道：「真好，工穩之極。」蕙芳道：「就是別母亂箭❾，可以對訓子單刀❿。」素蘭道：「這麼對，還有鬧朝撲犬⓫也可對得打店偷雞⓬。」子雲笑道：「到底他們記得熟，可以不假思索。」次賢道：「自然，我們雖也記得幾個，究竟是半生半熟的。」

子雲道：「我有一個擺骰子的頑意兒，試試你們的心思。」叫取三顆骰子來，蕙芳道：「又是那個飛曲文的麼？」子雲道：「不是，這容易多著呢。將三顆骰子擺成一句詩色樣，隨你算。譬如四可以算

---

❺ 易牙：人名。春秋時齊桓公幸臣。長調味，善逢迎，傳說曾烹其子以進桓公。

❻ 晉靈公要殺宰夫：晉靈公，春秋晉襄公子，名夷皐。宰夫胹熊掌不熟，公怒殺之，使婦人持其屍出。在位十四年，謚靈。

❼ 遊湖借傘：白蛇傳中折子戲。

❽ 搜山打車：千忠戳中折子戲。

❾ 別母亂箭：鐵冠圖中折子戲。

❿ 訓子單刀：單刀會中折子戲。

⓫ 鬧朝撲犬：八義記中折子戲。

⓬ 打店偷雞：梆子腔中折子戲。

人，也可以算花，也可以算水，也可以算風。像什麼就算他什麼，這不很容易麼？我與靜宜喝酒，你們擺來。」寶珠便接了過去，道：「待我擺擺看，不知擺得出來擺不出來。」便擺了一個么、一個四、一個五，口中念道：「日邊紅杏倚雲栽。」次賢、子雲都贊道：「擺得好。這五算雲，更覺典雅，我們賀一杯。」素蘭將骰子抓過去，道：「我也擺一個。」擺了三個紅，念道：「紅杏枝頭春意鬧。」子雲也贊了好，這三個紅都得個「鬧」字意，即對次賢道：「我們也賀一杯。」蕙芳道：「『枝頭』兩字，似欠著落。」即擺了一個四、兩個五，念道：「一色杏花紅十里。」子雲道：「這個更擺得好。狀元歸去馬如飛，此是湘帆的預兆，我們公賀，就是媚香也應賀一杯。」蕙芳聽子雲說得好，也覺喜笑顏開的飲了一杯。琴言取過骰子，擺了一個四、兩個三，說道：「你們都說杏花，我卻說句桃花。」念道：「桃花流水杳然去。」子雲道：「很好，原沒有限定杏花，各樣皆可說得的。」與次賢各飲了一杯。寶珠擺了兩個三、一個么，念道：「雙宿雙飛過一生。」子雲與次賢贊了，飲畢。蕙芳搶過來，接著擺了兩個六，斜擺了一個四。素蘭笑道：「你們看他這麼忙，搶了我的去，又擺出這個色樣，定有個好句出來。」蕙芳便念道：「珍珠帘外向人斜。」大家一齊贊道：「好個『珍珠帘外向人斜』！擺得真像，合席各飲一杯。」素蘭擺了兩個六、一個四，念道：「十二樓中花正繁。」次賢、子雲也飲一杯。琴言擺了兩個么、一個三，念道：「一一歸巢卻羨鴉。」次賢把琴言瞅了一眼，心中暗忖道：今日玉儂出語甚是頹唐，為何他偏說這些句子。後來大家亂擺了一陣，有說得像的，也有說得不像的。大約今日擺的，要推蕙芳第一了。

吃過了飯，又下樓逛了一會，過了小山，過了石梁，便是留春塢。就在留春塢內，煮茗清談。寶珠對子雲將琴言的師娘要他出師，及蕙芳、素蘭的主意說了一遍。子雲道：「若果如此，倒也很好。」便問蕙芳道：「你們有這力量作此義舉麼？」蕙芳道：「若說力量原也勉強，但集腋成裘，也還容易。我與瑤卿、香畹二人可以湊得六百金，王氏弟兄、佩仙、瘦香可以湊得四百金。」次賢道：「我來一分，出二百金；前舟可出三百金，庸庵、竹君二人可出三百金；庾香、湘帆、劍潭不必派他，湊起來已得一千八百了。若要三千，還少一千二百兩，不消說是度香包圓了。」子雲道：「難道華星北倒乾乾淨淨，一文不花，這麼便宜？」蕙芳道：「據我說，不必要他出錢。如今與他講，就是一總要他拿出來，他也肯。但是，玉儂只好在他家一輩子了。」子雲點頭道：「說得是。我想你們都不甚寬餘，一時仗義擠了出來，恐後來自己受困。如今通不用費心，在我一人身上，只要你們去講。講妥了，銀子現成，叫他們來領就是了。但以速成為妙，一來玉儂假期已滿，也不宜常在外邊，適或進去了，再找他出來也費事。明日你們就去，盡其所欲，自無不妥的。」四旦皆應了幾個「是」！琴言見子雲如此仗義，感激不盡，不覺流下淚來，便跪下拜謝。子雲連忙攙起，見琴言如此光景，頗覺惻然，說道：「玉儂何必傷感，我看你終非風塵中人。不過一舉手之勞，何足稱謝。」三旦見琴言的淒惻是生於感激，子雲之慷慨是生於憐愛，都也悵觸起來，淚珠欲墮。子雲問道：「這話誰去講呢？須得個老成會說話的。若你們去，恐不中用。」蕙芳道：「此事少不得葉茂林，玉儂是他同來的，又是他教的戲，他也老成，會說話。」琴言連連點頭道：「必得他去才妥。」子雲道：「既如此，你們早些回去罷。今晚就請葉茂林去，講妥了，我明日聽信，碰玉儂的運氣何如。我宅裡還有點事，不能陪你們，要過那邊去。」子雲帶了家人先出園去了，回到住宅。

這邊四旦個個喜歡，辭了次賢，也同去找了葉茂林，告知此事。茂林一口應承，又對蕙芳道：「停一會兒，你與我同去，我年紀老了，笨嘴笨舌的，恐說不圓轉，你在旁幫個腔兒。那長慶奶奶嘴裡，好像畫眉叫的一般，我有幾分怯他。」蕙芳道：「人說他倒是個直性人，順了他的毛，倒也易得很的。」琴言、寶珠、素蘭先回去了。

蕙芳與葉茂林練了一番話，約定晚飯後同去，蕙芳也便回來。卻值田春航來看蕙芳，蕙芳即與他吃了飯，談了一會，春航去了。茂林已在外面候了多時。定更後了，茂林提了燈籠，照著蕙芳，到了長慶家。也不找琴言，找了伍麻子，請了長慶媳婦出來。蕙芳見他扎了白包頭，穿了孝衫，下面倒是條水綠綢褲子，白布弓鞋，黃瘦臉兒，長挑身材，三十來歲年紀，像個嘴尖舌利的人。見了蕙芳卻不認識，問茂林道：「這位是誰？」茂林道：「這是班裡的蘇大相公。」蕙芳上前見了禮，叫了「嬸娘」。長慶媳婦還了禮，請他坐下，問葉茂林道：「你們二位，什麼風吹進這冷門子來？」茂林笑嘻嘻的說道：「竭誠來與嫂子請安的。為我曹大爺沒了，嫂子究竟是個不出閨門的婦道家。適或外面有什麼使喚我處，可以叫伍老麻來說聲，我是閒著，盡可效勞。」長慶媳婦道：「阿喲喲！言重，言重！多謝你看顧我們的好心。我想我們當家的在日，那間屋子裡，一天至少也有十幾個人，圍著那盞燈，一個起來，一個躺下，倒像吏部裡還缺一樣，挨著次序來。到他死了，不要說是人，連狗也沒有一個上門。那兩個孩子也不好，麻子又憨頭憨腦的不在行。我想這個門戶也支不起，心上想另作別計。我娘家在揚州，娘今年才五十歲。大兄弟開了個估衣鋪，聞得很好。我想回去，手內又沒有錢。你兄弟在日，是東手來、西手去，不要說別的，單這一盞燈，一年就一千多吊，還有別樣花消，一家的澆裏呢。這兩個傻孩子賠飯賠衣裳，一月掙得幾個錢？昨日有兩個生人來打茶圍，他們就留他喝酒吃飯，吃了就走。痳子跟了他去，才開發了三吊錢，你想這買賣還作得作不得？想起來直臊死了人。」

葉茂林道：「如今事情也難，不比從前了，都是打算盤的。你看那家寓裡到晚沒有人來？就是空坐的多，吃酒的少。你方才說回南方的主意倒好，究竟是個婦道家，住在京裡，無親少故的，要支持這個門戶原也不容易。不如帶幾千兩銀子，與令弟開個大鋪子，倒是個上策。」長慶媳婦笑道：「阿喲喲！你倒說得好，若有幾千銀子，我也不著急了。原是為的兩手空空，所以為難。我前日不是和琴言商量麼，我說我要靠你的了，你去對華公子說，可一月給我二百吊錢。他又說不能，也不敢去對他說。我說你既不能拿錢回來，難道將我吊在西風裡麼？況且華公子在他面上也沒花過什麼錢。我說你何不請個人去對他講，拿個三五千兩銀子來出了師，以後就由你怎樣。我有了這一總銀子，也可過得一世，自然不向你要養老送終了。他又支支吾吾的，沒有爽爽快快的一聲。」

蕙芳道：「嬸娘，果然要他出師麼？如今倒有個湊趣的人。今日原為著這件事來與嬸娘商量。」長慶媳婦道：「是那一處人？現作什麼官？」蕙芳隨口說道：「是個知縣，是江南人，這個人甚好，就是不大有錢。前日見了琴言，很贊他，想他作兒子，所以肯替他出師。昨日與我們商量，若要花三五千兩，是花不起的，三千吊錢還可以打算。」長慶媳婦口裡「阿喲」了幾聲，道：「三千吊錢就要出師，你想那琴言去年唱戲時，半年就得了整萬吊錢。如今與他出師，這個人就是他的，他倒幾個月就撈回本來。嘖，嘖，嘖！有這便宜的事情，我也去幹了。」茂林道：「嫂子不是這麼說。譬如還唱戲呢，原可以掙得出來。若賣去作兒子，是要攻書、上學、娶親，只有賠錢，那裡能掙錢？況且這個人是善人，成全了他也好。」長慶媳婦道：「我也不管什麼，只要他花得起錢，能依我的數，就教他來出師。」蕙芳道：「孀娘，你到底要多少錢，說個定數兒，我好去講，或是添得上來。添不上來，再說。」長慶媳婦道：「老老實實，是三千兩上好紋銀，我也肯了，他能不能？他若不能，我還候著華公子。他是個有名花錢的主兒，或者一萬八千都可以呢。不然，還有徐老爺，他是愛他的，更好說話。我忙什麼。」

蕙芳冷笑道：「孀娘但聽華公子的聲名，三千五千兩原不算什麼，但是華公子近來不甚喜歡他。非但不肯替他出師，只怕還要打發他出來。孀娘在外頭如何知道，我們是常到他府裡去的，如今是一間房給他住著，也不常使喚他。新年我們去叩歲，公子每人賞一個元寶，何以他倒沒有賞呢？那一日我見他箱裡，一總只得六十幾兩銀子，還是去年中秋節積到如今，才積得這點東西。那徐老爺近來不比從前，也有些煩了；況他與徐老爺終是冷冷的，徐老爺肯替他出師，也早出了，不等到今日。除了這兩人，你想要二百吊錢一月，否則三千銀子出師，能不能？孀娘是明白人，難道近來在家一個多月了，還看不破他心事來？遇著這個機會，我們去說，叫他再添些；孀娘也看破些，與自己親兒子一樣，讓些下來，兩邊一湊也就成了。三千吊錢原少，二千銀子我可保得定的。」長慶媳婦道：「你來說，更要為顧著我，也不可丟了你們紅相公的身分。如今這麼樣罷：殺人一刀，騎馬一跑，要爽快；我雖是個梳頭裹腳的婦人，卻不喜疙疙瘩瘩。我讓二百兩，二千八百是不可少的。」

茂林見他口風有些鬆了，對蕙芳道：「如今這麼樣：你去對那位老爺說，只算他照應了孤兒寡婦，行好事，也是陰德，叫他出二千四百銀。我們中間人不要他一個錢謝儀，都貼在正數內。慶嫂子，你也不必板住了，事體以速為妙。一二日成功了，也叫慶嫂子爽快，他是直性人，作不得轉彎事。」長慶媳婦心內細想：萬一華府打發出來，這孩子又強，不肯唱戲，也是不好。就是徐老爺，他心上人也多，不如應許了吧，二千四百兩，已有六千吊錢，也不算少了。主意已定，口中還說要添，經不得葉茂林這個老頭子，倒是一條軟麻繩，嫂子長，嫂子短，口甜心苦，把個長慶媳婦像個躁頭騾子似的，倒捆住了，只得應允。蕙芳道：「你倒擔承了，不知那邊花得起、花不起。若真湊不起來，倒叫嬸娘見怪，空費了半天唇舌。」茂林笑道：「你倒膽小，就是他湊不上來，短了一千八百，你這個紅人兒替他張羅張羅，值什麼事？橫豎他也不至負你。」蕙芳道：「只好如此，且看緣法。」於是約定了明日早飯後就有回信，如成了，就送銀子來，並要這邊寫張字據給他。一番話也講到三更天了。蕙芳便請長慶媳婦進內，他們還要到琴言處談談。長慶媳婦謝了一聲，先進去了，心裡想道：姓蘇的這小雜種好不利害，二千四百兩，從三千吊錢添起，我若軟一點兒，就被他欺定了。內裡他倒想賺一注大錢，這般可惡！自言自語的也就睡了。蕙芳與茂林到琴言房內，把事講定了的話與琴言說了，琴言甚是喜歡，只候明日就可跳出樊籠了。蕙芳與茂林也就回去。

明日一早，蕙芳就到怡園，子雲尚未過來，在次賢處等候，一連兩起的人，將子雲請了過來，說明此事。子雲也甚喜歡，就傳總管的，叫他去開了二千四百兩的一張銀票，格外又一張五十兩的，賞與茂林。蕙芳也不耽擱，急忙回去。吃了飯，找了茂林，先將五十兩送了他，茂林感激不盡。即同到長慶媳婦家來，蕙芳說費了多少力，他才湊了一千九百兩，我代他借了五百兩，一總開了一張票子在此，請收了。茂林就代寫了一張字據，與琴言收執。長慶媳婦見事成了，才備了幾個碟子，請茂林、蕙芳，叫琴言陪了小酌。蕙芳道：「我吃過飯了，不消費心，葉先生請獨用罷。」即對琴言道：「你去收拾收拾，辭辭師父的靈，謝謝師娘的恩，就同我到那邊去，我再同你進城去謝華公子，也不宜遲了。」琴言依了他，帶回的東西也不多，叫人幫了那小使收拾捆扎停當。蕙芳叫人一擔挑了回家，又拿出十吊錢的票子，代琴言分賞眾人。琴言穿了衣帽，拜了師父的靈，倒也傷心哭了一會。又向師娘拜辭，長慶媳婦也著實傷心，掉了好些眼淚，又囑咐了幾句話。茂林見此光景，也無心飲酒，隨著出來。長慶媳婦直送到門口，琴言洒淚而別，回到蕙芳寓處。

明日，長慶媳婦謝了茂林一百吊錢，茂林倒也不想，已心滿意足的了。誰知琴言命中磨蝎頗多，雖出了師，忽又生出氣惱來。未知後事如何，且聽下回分解。

第四十四回 聽謠言三家人起釁 見惡札兩公子絕交

話說琴言出師之日，就是華公子賞花之日。明日，華公子吩咐珊枝著人去叫琴言回來，珊枝派了一個外跟班姚賢，一早出城。到了長慶寓處，見了伍麻子，說假期已過，叫他進城。伍麻子道：「琴言麼，昨日有人替他出師，已經搬了出去，恐怕未必進城來了。」姚賢聽了一驚，道：「這話怎麼說？我家的人怎樣私自放走了，如今他搬在那裡？」伍麻子道：「我不知道，聽得說替他出師的，是個江南人，想必就在他家了。」姚賢道：「豈有此理！你們就要出師，也回明公子，沒有這樣的。我們公子知道了，如何肯依，那就了不得了。」伍麻子道：「不干我事，這是他師娘作主，誰能攔阻他的。」姚賢道：「琴言到底在什麼地方？我好去找他問個明白。」伍麻子道：「住處實在不知，只聽得說，他還進城呢；況且他還有多少東西在城裡，豈肯扔掉了，自然還要進城來的。」伍麻子說得不明不白，急得姚賢什麼似的，又問道：「你們的奶奶呢？待我當面問他。」麻子道：「他不在家，一早上墳去了。」

姚賢無奈，只得出來，走到戲園門口，正待閒望，忽聽後面車聲轔轔，直沖過來。躲開一看，卻像兩個相公，坐在車裡頭的好像琴言。待要趕上看時，車已去遠了。姚賢想道：原來他倒在外邊這樣快樂，一定又到那裡去陪酒了。姚賢一面想，一面走，忽前面來了兩個熟人：一個二十九歲叫孟七，是徐子雲的家人；一個三十九歲叫胡八，是奚十一的家人。都是本京人。那胡八與姚賢是兩姨中表，這三個人都是相好的。這日胡八因主人患病，無事出來，找了孟七聽戲，想到館子裡去吃飯，遇見了姚賢，又是城裡出來的，便一把拉住，各人問了好，便邀進了館子，要了幾樣菜，兩壺酒，細酌閒談。孟七問起姚賢倒有空出城閒逛，姚賢道：「那裡能閒逛？我們的差使是有專司的，就沒有事，也不能遠離一步。今日公子叫我來找琴言，假期已滿，叫他回去。誰知又找不著他。」孟七聽了，怔了一怔，道：「還要叫他進府嗎？」姚賢道：「正是，我方才到他師父家，遇見一個厤子，說得不明不白。說昨日一個江南人，替他出了師，同了去了。我想他現在我們府裡，外人如何敢替他出師，又帶他去？這也實在是個奇聞。況我們公子待琴言怎樣的恩典，一月給他師父二百銀，格外還有賞賜。他的分兒，在府裡除了林珊枝，還有誰比得上他？他竟絕不感恩，辭也不辭，竟同人走了。我想天下竟有這樣忘恩負義的人，我回去稟明了公子，定然要拿轉來，這就看他的造化罷。」孟七聽了，笑道：「那裡的話，這是誰哄你的？琴言好好的在這裡，何曾同什麼江南人出京。這是訛言，聽不得的。」姚賢道：「這倒不是訛言，是他家裡人講的。」孟七道：「你別信這話，你且喝一鍾，我告訴你。這琴言從他師父死了，告假出來，卻天天總在我們園裡。我們老爺為他請了半月多客。至於出師的事，不曉得是琴言求我們老爺的，還是我們老爺願意與他出師的。昨日我們管總的，叫我去到日新銀號開了一張二千四百兩的銀票，又一張五十兩的。交與蘇蕙芳，替琴言出師的。方才我們在路上，還見他同蕙芳坐在一車，又到我們園裡去了。看這光景，想是我們老爺要使喚他，我們當是不在你們府裡了，所以來伺候我們老爺。若知道還在你們府裡，我們老爺與你們公子這般相好，我見他們彼此常送古董玩器，很重的東西都肯送。若要這個人，只消寫個帖兒與你們公子，難道公子不肯送他，何必花此二千四百銀，真冤不冤。」姚賢道：「原來如此，就是你們老爺要他，也應告訴我們公子一聲，現在還沒有出府。不是我說，你們老爺也有點冒失。」那胡八道：「這琴言我沒見過，不知怎樣生得好呢。就是我們老爺，前月在宏濟寺魏大爺處，叫他陪了一天酒，將我們姨奶奶的一對翡翠鐲子賞了他。這鐲子在廣東買，還值一千四百塊錢，在京裡更貴了。如今我們老爺病倒了，也沒見他來看過一回，這人大概是沒有良心的。既跟了你們公子，又想跟他們老爺，可見是個無恒心的了，以後還不知要跟誰呢？」他二人不知底裡，隨口講了一遍似是而非的話。

姚賢吃了飯，便道了謝，就進城來見了珊枝，將琴言近日的事，先照伍麻子，後照孟七、胡八的話，沒有少說一句，說得順口，還添了好些。又說路上見他與一個相公同車，想是陪酒去了。珊枝聽了，呆了一會，說道：「這是什麼話？是真的，還是假的？我要照你的話回，若有假的在裡頭，就了不得了。」姚賢道：「我怎敢撒謊？這是徐老爺家的孟七爺並奚家的胡八爺，講得有憑有據，我敢添一句，對出謊來，是好耍的麼？」珊枝心裡細想道：琴言何敢如此負恩，非特公子白疼了他，我也白白的照應他一番了。又轉念道：看他的心總是勉強在此，心上又有什麼梅少爺，自然在外面快樂。但到徐老爺處也還罷了，怎麼連魏聘才、奚十一都陪起酒來了，就不顧自己身分，也應留公子臉面。翡翠鐲子也不算什麼寶貝，就這麼下作。偏在府裡時裝腔作勢，十三太保的樣兒，冷氣逼人。原來也報應在我眼裡，此時就要替你遮瞞也不能了，不如照直說罷。這是有骨氣的人作的事，也可臊臊人的臉，說他身分好，不像個唱戲的，全沒有半點下作脾氣。如今好罷，倒是那有些下作脾氣的，不敢告假，鬧出笑話來。

主意定了，便走到內書房，在粉牆外低低的喊叫那小香兒。聽得香兒在裡頭咯吱吱的笑，喊了幾聲才出來。香兒問是什麼事，珊枝道：「要回話。」香兒道：「公子到園裡去了。」珊枝道：「公子一人去的，還是同奶奶去的？」香兒道：「公子在這裡帶了寶姐姐、珍姐姐、蕊姐姐到園裡，還是看桃花去了。奶奶沒有去。」珊枝又聽得裡面一人說話：「你聽是誰？」那人道：「是林珊枝兒，還有誰。」珊枝知是花珠、荷珠，就急忙走出來，只見姹紫嫣紅，和風駘蕩，一徑往留仙院走去。

到了園後，聽得笑聲盈耳，又像念詩的，卻是女兒聲口。珊枝便輕了腳步，繞到西邊，隱身在太湖石後，從石穴中遠遠望去，只見蕊珠穿了桃紅綢襖，綠綢背心，跪在桃花林下，背的是長恨歌，背到了：

攬衣推枕起徘徊，珠箔銀屏迤邐開。雲髻半偏新睡覺，衣冠不整下堂來。風吹仙袂飄飄舉，猶似霓裳羽衣舞。玉容寂寞淚闌干，梨花一枝春帶雨。

到了「梨花一枝春帶雨」，便重了兩句，背不下去。公子哈哈大笑道：「跪了之後，還背不出來，只好打了。」見蕊珠漲紅了臉，越想越想不出來。旁邊愛珠在那裡笑他，寶珠在公子身後抓著臉羞他，羞得蕊珠要哭出來。這兩日公子與夫人把這十珠作個消遣法子，教他們念唐詩，念熟了背，背錯了要罰；如錯得多的，跪了還要打幾下手板。今日寶珠背了李義山無題六首❶，錯了一字，沒有記過；愛珠背了琵琶行❷，竟一字不錯；蕊珠背長恨歌，已經錯了許多，故跪在地下，又背不出來，那三珠又一言半語的笑他，他已氣得難受，又不敢站起來跑了出去。

華公子在那裡笑得有趣，忽見太湖石洞穴像有人偷望，便問一聲：「誰在太湖石背後？」倒把珊枝

❶ 李義山無題六首：清蘅塘退士選唐詩三百首，收李商隱七律十首，無題卻佔了六首。

❷ 琵琶行：唐白居易撰。

嚇了一跳，忙走上前，垂手站立。公子道：「你來為什麼又不上來，要躲在石後？」珊枝道：「奴才方才走來，聽得公子正說著話，故在太湖石後瞧一瞧，再上來。」公子道：「有什麼話說？」珊枝道：「今早打發姚賢去叫琴言，姚賢回來了。」公子道：「琴言呢？」珊枝道：「琴言沒有回來。」公子道：「琴言怎麼還不回來？難道還有事呢？」珊枝道：「這琴言恐怕不能來的了。」公子聽了，倒吃了一驚，道：「怎麼說，琴言有病麼？」珊枝道：「沒有。」公子道：「既沒有病，為什麼不能來呢？」珊枝故作吞吞吐吐的，公子十分疑心，忙道：「姚賢回來是怎樣說的，你快說，不要支吾。」珊枝道：「說了，恐公子生氣。」公子聽了，一發疑心，就追緊了，珊枝將姚賢回來所說的話細細說了。四珠婢聽了，也覺詫異。那蕊珠尚跪在地下呆呆的看著珊枝講話，自己忘其所以，花片落了一頭，還拿一片花瓣，在嘴裡嚼了一會，吐在愛珠手上，愛珠瞅了他一眼。

華公子聽了這些話，不覺大怒，把臉都氣得白了，連說：「有這等事！可恨！可恨！琴言喪盡天良，人間少有；而度香笑裡藏刀，欺人太甚，難道我就罷了不成！你明日還叫姚賢去，務必把他叫來，我問問他，是何緣故。我也不管什麼徐度香，我自然不能依他，與他評個理，天下有這麼欺人的事情麼？若不相好的人也罷了，既係相好，就不該有心欺人。從前何以不早與他出師，要到我這裡來了，才賣弄他的家私，替他出起師來？這琴言實在可恨，那一樣待差了他，一心向著那邊。」珊枝婉言勸道：「公子請息怒，琴言本來進京未久，他師父又是個不會教訓的，由他的性兒慣了。在這裡半年，不要說沒有委屈處，就走遍天下，也找不出這地方。不曉得他為什麼，背地裡總是顰眉淚眼的。他另有心事，講不出來。這種沒良心的人，公子還放他心上作什麼。據奴才想，倒不生氣，看他在徐老爺處也不長的，徐老爺園裡天天有十個八個人，若待他與眾人一樣，他必不相安。斷沒有將野雞養成家雞的，壞了良心還有什麼好處，只怕天也不容。況且那個奚十一，奴才雖不認識他，聽說是極混賬的人，也陪他喝酒，豈不辱抹殺人。奴才想這一件下作事，就不到徐老爺處，也可以不要他了。」

公子聽了珊枝的話，氣略平了些。珊枝又對寶珠丟個眼色，寶珠也勸道：「珊枝的話說得是。琴言若果真心向著公子，就有人替他出師，他也不肯瞞著公子，必來稟明一聲，如果他來稟明公子，難道公子不肯與他出師？這個人又糊塗，又沒有良心，還要他作什麼呢？況去年原是他自己要來的，今年又是他自己要去的，公子待他的恩典，那一個不知道？這是他自己沒福，消受不起。若公子必要叫他進來，諒他也不敢不來，但倒像少不得這個人，他自己一發看得自己尊貴了。奴才想以後隨他來也好，不來也好，橫豎府裡不少這個人。至於徐老爺自然更不該，但勸公子也不必與他較量，為著一個不要緊的人，傷了兩代世交情分。且人自然也說徐老爺不好，搶人家的人，豈有不贊公子大量麼？」公子被這兩人勸了一番，氣雖平了些，究不能盡釋，坐著不語。

蕊珠跪了這半天，雖有個墊子墊著，膝蓋也跪得很疼，又遇著要小便起來，滿臉飛紅，那要笑要哭的光景，令人可憐。公子生了這一回氣，又聽珊枝、寶珠說話，就忘了他還跪著。蕊珠急了，只得說道：「跪到明日，也想不出的了，要打倒是打罷。」公子聽了，倒笑了一笑，道：「起來罷，我也忘了你還跪著。」蕊珠站起來，曲著腰，將膝蓋揉了揉，徜徜徉徉的走開，道：「冤不冤，跪了這半天。」找個僻靜地方小解去了。華公子起身回夫人房內，寶珠、愛珠隨了進去，珍珠等蕊珠同行。珊枝慢慢的送公子出了園，正要走時，忽然一把花瓣撒了他一頭，急回頭看時，見蕊珠、珍珠罵道：「人家跪著，你倒在石洞裡偷看人，瞎掉你的眼睛。」珊枝道：「明日還要挨打呢。」說著，也就走開了。

公子回房，見了夫人，欲不題起，心上又忍不住，就將子雲與琴言出師的事說了。華夫人道：「什麼叫作出師？」華公子道：「當年他師父也是花錢買來的，所以掙的錢都歸他的師父。有人替他出了師，那就不算師父的人，由他自己作主了。昨日度香花二千四百兩與琴言出師的。」華夫人道：「這麼說，琴言就是度香的人了。」公子道：「可不是麼！我心上實在有氣，度香眼底無人，也不告訴我一聲，公然如此。我明日倒要親去問問他，我還要將琴言攆出京去，不許他在京裡。」華夫人笑道：「為這點事，也值得生氣？人家愛替他出師，干我們甚事？究竟琴言也算不得我們家裡人，他不願意在這裡，隨他罷了。度香的老爺與我們老爺是至好，何必為著琴言，傷了世交的情分。我勸你可以不必，琴言到底算個優伶，若鬧起來，這『狎優』二字就難免了。」華公子是素來敬愛夫人的，聽他心平氣和的講，心中的氣亦消了一大半，口內答應了一句：「說得是。」但又捨不得琴言。忽又轉念過來，欲行不可，欲罷不能，惟是無情無緒的光景。華夫人又寬解了一回，華公子只得暫為放開。過了一夜，明早忽又惱起來，叫珊枝將琴言的衣箱什物裝了一車，寫了個帖兒，著珊枝親到怡園，面交度香，看他怎樣。珊枝只得遵命而行。

這是琴言出師第二日，琴言原要今日進去。適子雲於初六日要請客，一來與南湘、春航送場，並請屈道生，約子玉、仲清等相陪。今日已是初四，索性到初七進去；並說寫個字帖與華公子，說他過了假期，一因身子不快，二因留他逛幾天。所以琴言倒也心安，樂得多頑幾日。

那日蕙芳出門去了，琴言便到怡園來。此時梨花已開，子雲、次賢與寶珠在梨院閒談，琴言進來相見了。次賢笑道：「玉儂，如今由你自己作主了，不如辭了華府，到這裡來罷。」琴言笑道：「我倒很願，但怎樣去辭那邊呢？」子雲笑道：「那還了得？華星北必說我奪其所好，這官司還打得清麼？不要弄到叩閽❸起來。到初七日也可回去了，你是幾時出來的？」琴言道：「正月二十七。」子雲道：「已四十天了，怎麼這樣快？」琴言道：「我在府裡，又覺日子慢，在外面又覺得快了。」子雲對次賢道：「這兩天竹君、湘帆都在那裡抱佛腳呢。湘帆無怪乎其然，他要在媚香跟前爭個臉。竹君也坐得定能寫字作文，可見功名心切，是人人不免的。」次賢道：「今年有兩條道路：不中進士，還可以考試博學宏詞❹；中了宏詞科，比那進士不好些麼？」子雲道：「比中進士難多著呢，我是不能想這個好出身。想中個進士還不算妄想，偏又補了缺，叫人掃興得很，今年只好看人熱鬧了。你們看，今年竹君、湘帆二人誰拿得穩？」次賢道：「他二人本事不相上下，湘帆是當行出色之文，竹君是才氣縱橫，恐怕遇著那冬烘考官，就要委屈了。殿試工夫，竹君不及湘帆；若試宏詞，竹君倒要擅長了。我看今年庾香是必得的，劍潭、卓然也有九分。」子雲道：「你自己呢，一發拿得穩了。」次賢道：「也不去考，我自知無福。」子雲道：「這叫什麼話？你不應舉也罷了，還可以說得無心進取。這宏詞原是品定海內人才，就是那些老前輩退居林下的還來應考，豈有全才如你，倒不去的？那時我托人硬把你荐了，由不得你不去。」次賢笑而不答。寶珠道：「若考中了，作什麼官呢？」子雲道：「翰林院編修。」琴言道：「庾香是個秀才，也可考麼？」子雲道：「可以。」琴言道：「你自然也去的。」子雲道：「現任官不准考，我已

---

❸ 叩閽：有冤向朝廷申訴。同「叫閽」。

❹ 博學宏詞：封建王朝臨時設制的考試科目，為制科的一種。錄取者授翰林官。

補了缺。就是前舟，只怕也不能的了，五月前後總可得缺。」

正說話間，忽然管門的進來稟道：「華公子打發人來，要面見老爺，還有幾個箱子送來。」子雲詫異，道：「什麼箱子？叫來人進來。」話言未了，只見珊枝已走到梨院。琴言望見珊枝，早躲進屋後，潛身聽他所為何事。珊枝見子雲、次賢，請過了安，說道：「公子與二位老爺請安，有一封信在此。」便雙手呈上。子雲接來，看見封面上有「皮箱四個，面交徐二老爺查收」。才即問了華公子好，將書拆開，次賢在旁同看，只見寫道：

正月二十七日，小价琴言因其師長慶病故，告假一月，經理喪葬。今已逾假數日。弟於昨日著家人姚賢出城喚彼回來，始知吾兄已為琴言出師，並已收用。今將其箱籠什物一並送上，祈即查收轉交，想琴言斷無顏面前來自取也。但聞此子下流已甚，曾於各處陪酒，不擇所從，惟利是愛。弟聞之髮指。本欲拘回重處，猶恐有負尊意。但以後務宜嚴加管束，勿使仍蹈前愆。兄雖大度優容，不與較量，而弟必留心查察，如有聞見，必為詳達，代兄攆逐，勿使名園玷辱也。匆匆此布，並候通履。

子雲看了，正不知從何說起，不白之冤，有口難辯，氣得兩手冰冷，與次賢面面相覷，冷笑了幾聲。次賢問珊枝道：「你公子對你說什麼？」珊枝道：「沒有講什麼，就叫小的將琴言的箱子交徐老爺，問有回信沒有回信。」子雲氣得說不出來，次賢道：「奇了，這話從何說起？此時也不及寫回字，明日我同徐老爺見你公子當面講罷。」珊枝答應了「是」，退了出去，將箱子送來交與門上，自行回去不題。

這邊琴言尚不知緣故，似乎聽得將箱子送來。知珊枝去了，忙走出來，見子雲面貌失色，靠在椅上。寶珠與次賢還看那信，琴言過來要看，次賢意欲藏過，子雲道：「給他看看，這是那裡說起？華星北真不是人，聽了誰的話，這般糟蹋人，可惱！可惱！」琴言不看此信還可，看了不由得傷心起來，一字字看去，忽然一腔怒氣直湧上來，眼前一陣烏黑，喉中如物噎住，透不得氣，兩眼一翻，望後便倒。把子雲、次賢、寶珠皆嚇呆了，連忙扶住了他。子雲掐定人中，次賢一手扶住了背，一手摩著他心，聽得喉咽裡痰響，次賢抱起了，將他坐在身上。有一盞茶時候，才見琴言將頭一點，又俯著身，吐了一口痰，又嘔了許多。寶珠道：「好了，好了。」便拍著他。琴言漸漸的蘇來，兩眼一睜，淚如泉湧。子雲等看了，好不傷心；寶珠的眼淚，索落落掉個不住。大家扶了他到醉翁床上，將個枕頭與他靠了。子雲道：「不要傷心，明日我同你去一對，就明白了。」琴言忽然放聲大哭，這一哭真有三年不雨之冤❺，六月飛霜之慘❻。子雲等攪得柔腸寸斷，這三個人也無從勸得一句，直哭到一個時辰，尚是有淚無聲，黯然而泣。

子雲見琴言如此，甚是傷心，因想道：華星北過於欺人，不問真假。我本要與他講個明白，但我去剖辯，倒長了他的志氣，道是去招陪他了。索性罷了，斷了這個交情，也不要緊。說道：「玉儂，不必哭了，你的好處都是共見的，這些話有誰信他？一定是林珊枝從中挑唆，以至如此，連我也怪到這樣。

❺ 三年不雨之冤：元關漢卿竇娥冤中竇娥臨刑時指天為誓：死後必血濺白練、六月降雪、大旱三年，以白己冤。

❻ 六月飛霜之慘：相傳戰國時，鄒衍事燕惠王，被人陷害下獄。鄒衍在獄中大哭，時正炎夏，天忽然降霜。後來用作冤獄的典故。元關漢卿竇娥冤中也有類似的情節。

我想你那一處不可安身，豈必定要仗著他？既將你的箱子送了來，你也索性不必去見他了。再去見他，必遭羞辱，且在這裡住幾天，再作商量。」琴言猶是嗚嗚咽咽的，道了謝，說道：「你這樣恩義待我，叫我沒齒不忘。又為我受這些氣惱，總是我這苦命人害了多少人。我實不要活了，死了倒乾乾淨淨，氣惱也沒了。在一日恨一日，已經多活了兩年，如今極該死的時候。」說了又哭。

次賢說道：「你當初去進府時，我早對度香說過，必無好處。如今既已出來，倒也是件好事。以後你就一無掛礙，由你怎樣。舊業自然不理的了，你就在這園中與我作個忘年小友，我將那琴棋書畫、詞賦詩文教你件件精通，將來成個名流，不強如在華府當書僮麼？應該自己歡喜才是，何必傷心呢？且他也是氣忿時候寫的，自然就沒有好話了。」子雲道：「靜宜說得是，我將來索性將你們那一班一齊請了過來，在園中住下，都不要唱戲，幾年後倒栽培一班人物出來，總比那些不通舉人與那三等秀才強了百倍。」即對次賢道：「失言，失言！你是優貢，已不在秀才之列了。」次賢道：「我固是個秀才，但你也是個舉人。」子雲道：「我原不通的。」寶珠要解琴言的愁悶，便笑向次賢道：「優貢，優貢，我們這優班，還在貢班之上。我們念起書來，就真是那學而優，適或作了官，又成了仕而優了。」次賢笑道：「這還了得？非但罵我，連度香也罵在裡頭了。」寶珠深深陪罪道：「恕我無心之言。」子雲也笑了，琴言方止了哭。

只見蕙芳來了，見了琴言光景，著實詫異，問了緣故，便拍手稱快道：「天下有這麼好事，真求也求不到，還哭什麼呢？」次賢又將子雲不要他們唱戲，要他們在園裡的話說了，蕙芳道：「這是極好的，只怕我們生了這個下賤的命，未必能有此清福。我這兩年內就想要改行，但又無行可改。這跟官一道，與唱戲也在伯仲之間。若做買賣，又不在行；且在這京裡，就改了行，人家也認識，總要出了京，才能改圖。你道我唱戲我真願麼？叫作落在其中，跳不出來。就一年有一萬銀子，成了個大富翁，又算得什麼？總也離不了『小旦』二字。我是決意要改行的。」寶珠道：「我的心也與你一樣，但不知天從人願否？」

是夜，三旦在園中談談說說，琴言亦解了許多愁悶。子雲對蕙芳道：「玉儂在你那裡也是不便，你不能在家陪著他，不如叫他到我這裡住幾天罷，以後再作個道理，總要與他想個萬全的法子。」蕙芳道：「起初原不過想留他一兩天就進城的，如果常在我那裡，真也不甚便。他又比不得從前了，不如搬到這裡來，也有個散悶地方，不知玉儂意下如何？」此時琴言有甚主意，便說道：「這裡卻方便些。」於是寶珠、蕙芳是夕也陪了琴言，同在園中梨花院內住了一夜。子雲回宅後，次賢也自回房。他們三人同榻，足足講到五更才睡。

且說珊枝回去，華公子便問到怡園見了度香怎樣光景，珊枝道：「今日見他們在梨花園內，奴才進去見琴言、寶珠，琴言見了奴才，即躲開了。徐老爺問了公子好，將帖兒拆開看了一會，一句話也沒有講，就只冷笑一聲。蕭老爺說不及寫回字了，回去與公子請安，我們明日見了公子當面講罷。奴才將箱子交給他們門上，也就收了。」華公子打發珊枝去後，心上想子雲必定認個不是，自將琴言送來，可以消釋此恨，誰知不發一言，公然笑納，連回字也不給一個，這般可惡！還是蕭次賢周旋了一句。這一氣就如周公瑾遇了諸葛武侯一般，不覺雙眉倒豎，臉泛濃霜，倒也講不出什麼話來。未知後事如何，且聽下回分解。

第四十五回　佳公子踏月訪情人　美玉郎扶乩認義父

話說琴言在怡園住下，賴有子雲、次賢曰為開導，又有那些名旦不約而來。或有煮茗清談，或有詠花鬥酒。園中的勝景甚多，今日在牡丹臺，明日在芍藥圃，倒也把愁悶消去了一半。昨日子雲又請了屈道生、梅子玉、史南湘、顏仲清、田春航、劉文澤、王恂等，並有諸名旦全來，會了一日。因南湘、春航次早要入場，所以散得甚早。

且說子玉又與琴言聚了一日，知他出了華府，十分歡喜。但因昨日人多，彼此未能暢談衷曲。今日晚飯後，想趁著那一鉤新月，去到怡園，也可暢敘一會，遂稟明了顏夫人，帶了雲兒，乘輿而來。進了怡園，卻值子雲未回，到了次賢處。子玉尚未進門，聽得有人在那裡高談闊論。次賢見子玉來了，即忙出來，要請到裡面。子玉問道：「何客？」次賢笑道：「不要緊，是個湖州❶王客人，販些古董、書畫、筆墨等貨，來托銷的。」子玉進去，那人便鞠躬如也的直迎上來，深深作了一個揖，子玉也還了禮。見那人有五十餘歲，相貌雖俗，倒生得一部好鬚，直垂至腹。王鬍子見子玉清華瀟洒，知是個貴公子，頭一句便問家世，第二句就問科第。子玉倒有些不好意思，次賢代他答了。王鬍子道：「在下作個斯文買賣，二十年來，走了十四省，就是關東、甘肅、廣西沒有到過，其餘各省都已走過幾回。去年八月在江

❶ 湖州：浙江湖州。

西吉安府❷，遇見尊大人，正在開考。候考完了，也進去叩謁過兩回，銷了一個宣爐❸、十匣筆。尊大人還到小寓來回拜的。不瞞梅少爺講，在下到一處都有些相好。少爺要用什麼書籍以及筆硯玩器之類，我留一個折子在蕭老先生處，有合用的，開個單子，打發管家來取便了，我寓在古香齋書畫鋪。」那王鬍子好不話多，子玉有些發煩。無奈王鬍子要候子雲回來，銷些東西。還有一部圖書集成❹，這部書是個難銷的，心上要想求子雲買這部書，情願減價，只要三千銀子。今日看來也要在園中下榻的了。

次賢覺得子玉有些嫌他，便對子玉道：「何不到玉儂處談談，今日又挪到海棠春圃，相去不遠。」子玉正中心懷，次賢便叫書僮引路，送子玉到了海棠春圃。望見琴言穿著隨身的月白夾襖，腳上是雙大紅盤花珠履，倚著海棠花樹，對著塊太湖石，在那裡凝思。書僮咳嗽一聲，琴言回頭見了子玉，便笑盈盈的迎上來，說道：「來得正好。你看夕陽欲下，映著這些花分外好看，快來看罷。」子玉笑著走過來，二人倚著欄杆同玩。琴言道：「人說海棠有色無香，你不聞見香麼？我覺得比別的花還香些。」子玉笑道：「已經占了國色，何必還要占那國香。這香只怕是那邊丁香的香。若說海棠的香，無此濃厚，他也有一種香氣，是藏在花肌膚裡，顏色中不肯輕易吐出，要人將花凝眸諦視，良久良久，他那一種清香自然隨人的心上到鼻孔中來，也不是人人聞得出來的。你不信，你就將那一枝垂下來的細細的聞聞，管保

❷ 吉安府：江西吉安。

❸ 宣爐：明宣德間所造的銅香爐，簡稱宣爐。

❹ 圖書集成：類書名。原名古今圖書匯編。清康熙時陳夢雷等原輯未刊行。雍正時，命蔣廷錫等重新編校，改名古今圖書集成。全書一萬卷。雍正四年以銅活字排印，共印六十四部。

不是方才吹來的那種香氣。」琴言果然走上臺階，手扳一枝海棠，看了一會，又聞了一回，點頭微笑道：「果然，果然！你真是細心人，這香就像與花的顏色一樣，說他不香卻真有香，說他香又不像別的花香，真正恰是海棠的香。」子玉笑道：「此所謂心香，如何可以比得別的花香呢？豈有嬌如海棠而云其一無香氣，此真為唐突名花了。」

二人在花下談了一會，才進屋子坐下。子玉道：「你如今出了華府，無拘無束，所有那些愁悶都可消了。況在這個園子裡，一年四季都可游玩，又有那一班長見的時來時往，比在師傅處更好了。」琴言道：「那自然。若說在師傅處，卻是第一的不好。那日點了我的戲，心裡就像上法場，要殺的一樣。及到上場，我心裡就另作一想，把我這個身子不當作我，就當那戲上的那個人，任人看，任人笑，倒像一毫不與我相干。至下了臺，露了本相，又覺抱愧了。再陪著個生人在酒席上，就覺如芒刺在背。看著他人自然得很，有說有笑，我也想學他，但那時心口都不聽我使喚，也不懂得是什麼緣故。後來要到華府時，心裡想不知怎麼受罪。及進去了，倒也不見得怎樣。惟有這片心，人總瞧不出來。就算格外待得好，究竟把我當個優伶看待，供人的喜笑。至於度香待我，還有什麼說的？但我此時身雖安了，心實未安。從前在火炕裡，受這些魔障，只求早死，也想不到如今還能出來。既出來了，我的心倒比從前更亂了：戲是決意不唱，奴才也不再作，但又作什麼呢？人既待得這麼好，我只是愁愁悶悶，也叫人疑惑，說我不知足了。所以我此刻另有一種活路上煩悶，不是死路上的算計。這話我也沒有對人講過，只有你知我的心，所以今日告訴你。既未到十分危急，也不便視死如歸。但生在世間，沒有一個歸著，你教我這心怎能放得開呢？」子玉連連點頭道：「你慮得極是，我倒有個主意，就只怕遇不著這個人。此時你在京裡，人人知道你的出身，若到了別省地方，人家如何知道？豈不與平人一樣。但是那裡有這個好人，同你出京去呢？」琴言道：「你怎麼倒願意我出京嗎？」子玉道：「我豈願你出京？我的心裡是願與你終身相聚，同苦同樂。只恨我一無能為，與廢人一樣，還時時慮著老人家回來；或再放了外任，要帶我出去。幸而此時還未到這田地，但替你想，也不好盡為著我耽誤了你一世。」琴言道：「這話也是白說的，除非候你作了官，才可提拔我。靜宜說今年要考博學宏詞，若考中了就好了。」子玉道：「這如何拿得定？我倒不想中博學宏詞作翰林，我只想得一個外任的小官，同了你出去，我就心滿意足了。」

二人這一回已談到定更時候，只見新月半窗，花枝弄影，忽聽得外面子雲、次賢進來。子雲叫道：「庾香在這裡麼？」子玉連忙答應，琴言接二人進來，一同歸坐。子雲道：「今日二位，真可謂暢談衷曲了。」次賢道：「今日園中苦樂不均，我被那王鬍子纏得發昏，要銷這樣，要銷那樣，據他的想頭，差不多把他帶來的東西都銷在這裡才好。」子雲道：「老王的鬍子越發長了。其實這個人倒也不討人嫌，就是利心過於重些。古今圖書集成我雖有一部，這個也只好我們留下罷。這部書也不過如聾子的耳朵，擺設而已。留他住兩天，倒要看看他扶乩❺的本事，是哄人的不是。」子玉道：「他會扶乩麼？」次賢道：「他說去年在岳陽樓，遇著個道士傳授他。據他說，靈驗得很，並不是哄人。」子玉道：「幾時請他來扶乩，我好看看。」子雲道：「我留他住下就是為此。要不然，就是明日，我們把幾位相好的都請來。那金吉甫我也往還過了，人極風雅，明日一併請來，結個仙緣罷。」子玉笑道：「我是必來的。」

❺ 扶乩：即扶鸞。舊時迷信，假借神鬼名義，兩人合作以箕插筆，在沙盤上畫字，以卜吉凶，或與人唱和，藉之詐錢。因傳說神仙來時均駕風乘鸞，故名。

子雲道：「既如此，就是明日辰刻畢集，此時就叫人去知會。」一面吩咐家人到各處去了。子雲道：「今日月光不足，辜負名花，叫把那像生花燈點上幾盞來，掛在樹上。」家僮忙到廂房內，開了櫃子，取出十二盞海棠燈，是用通草❻作成。花朵中點了小白蠟，掛起來十分好看。子雲道：「對此好花，也須小飲幾杯，況庾香也來久了。」子玉道：「可不必了，時候不早，要回去了。」子雲道：「略飲數杯，領領玉儂的情。」吩咐隨便拿幾樣果菜來，當下四人小酌了一回，已經二更，子玉告辭，子雲又囑明日務必早到，子玉答應而別。

次日清晨，告稟顏夫人，要去看扶乩，並要問問自己前程。顏夫人是從沒有阻過他的。子玉到了辰刻，因是仙壇，衣冠而去。是日一早，屈道生同金吉甫先到，隨後顏仲清、劉文澤、王恂一齊都來了，子玉到了，各人與吉甫相見，敘了些彼此仰慕的話。只有史南湘、田春航在場中未來。相公們到的是寶珠、蕙芳、素蘭、玉林、漱芳、蘭保、桂保、春喜、琪官，連琴言剛是十人。

王鬍子過來，也與諸人敘禮，他卻都是認識的，與屈道生更是多年相好。王鬍子道：「今日人多，仙壇要設個寬綽地方才好。」子雲道：「我估量著人多，已經叫人在含萬樓上鋪設了。」又笑問王鬍子道：「你是主壇的法師，請教你，今日是吃齋呢，還是吃葷？」王鬍子笑道：「神仙也是吃肉的，只不用蔥蒜五葷❼罷。」子雲道：「這很好，我們菜裡本不用蔥蒜的。」於是吩咐擺早飯，吃了好上壇。計算人數共是十九位，就在次賢處擺了三桌。吃畢，才到午初。子雲先上樓去，看看鋪設，遂命人請眾位上樓。

❻ 通草：即通脫木。小喬木。莖含大量白色髓，採髓作薄片，可製通草花和其他飾品。
❼ 五葷：五種有刺激味的蔬菜。即五辛。煉形家、道家、佛家各持一說。

王鬍子看那樓中好不精致，是五大間，卻分作五處，兩面開窗，中設了仙壇。看不盡玉壺寶鼎、古畫奇書，王鬍子自忖一生販買古董，從未見過這些好的。凭欄眺望，猶如身在蓬萊。想揚州鹽商家那些花園，也算精工的了，如何比得上這裡？再如平山堂❽、虹園❾也不能彷彿；至於侯石翁的起鳳園，更不必提了。這邊子雲取出商彝、周斝❿、漢鼎、秦盤，斟上百花釀，焚了百和香，中鋪上一盤淨沙，擺了一個仙乩。大家下樓冠帶，盥漱已畢，重新上樓。

王鬍子上前虔誠默禱，一連叩了九個頭。先焚了一通風符，次雲符，又鶴符。候了約有半刻時候，要請兩位仙童扶乩，便點了玉林、漱芳，二人扶上。又有半刻工夫，不見運動，王鬍子又磕了頭，再焚個催符。玉林、漱芳呆呆的扶著，見那乩像有些動，玉林把手一撥，便旋轉起來，滿盤走了一回，畫了無數的圈子。玉林疑是漱芳，漱芳疑是玉林，兩人對著微笑。那乩畫了一回，略停一停，忽又運動，上下往來，成了兩個字。王鬍子將筆寫了，子雲等就在兩邊看時，分明是「珍珠」兩字。後又一連寫了五個，是：「為輦玉為輪」；再看又寫了七個，王鬍子一一記了，已得了兩句七言詩。眾人點頭，暗暗稱奇。又見運動得更快了，斜斜的兩行，寫得甚草。王鬍子卻認得，寫了出來是：

❽平山堂：歐陽修出守揚州時，曾建平山堂。因修的朝中措、蘇軾的水調歌頭諸名作，都曾歌詠此堂，於是為世人重視。

❾虹園：平山堂中一園。

❿周斝：周代的酒器。

珍珠為輦玉為輪，去請瑤臺絳闕真。朱鳥窗⓫前問阿母，碧桃花樹幾千春。

原來是首降壇詩，眾人知是女仙，越加敬謹。復又寫出數語道：「吾仙杜蘭香奉金母命，至東海蓬萊仙闕，邀請碧霞仙府神君⓬，便道來游，王髯有何疑問？」王髯子連忙下了拜，來問道：「那位要問，就請禱告，好待上仙判斷。」眾人心上都沒有事，不過來看熱鬧的。及王髯子問時，你推我，我推你，沒有一個肯上前。子雲忍不住笑道：「既諸位沒有問的事，我要問一個人。」就叫：「玉儂！你來跪下，默禱默禱，請上仙判判你的終身，後來如何？」

琴言原想自己問問，不好搶先上來，今見子雲叫他，即便上前跪下，叩頭默禱了一回。只見乩上運動，已寫了兩三行。琴言起來，站在王髯子背後，看他寫出，也是首七絕道：

薄命紅顏最可憐，杜鵑⓭啼血自年年。再生不記前生事，父子相逢各惘然。

眾人看了，不解其意，有的還在細細推求。但第四句總解不出來，琴言只是發怔。王髯子道：「你再禱告禱告，求個注解。」琴言又禱告了，乩上又判了，四句是：「前世之因，今生之果。杜郎且退，屈翁上前。」

⓫ 朱鳥窗：即朝南窗戶。

⓬ 碧霞仙府神君：即碧霞元君，東嶽大帝的女兒。

⓭ 杜鵑：鳥名。又作子規、催規、杜宇等。

屈道生聽了，恭恭敬敬上前叩拜，站立在旁。乩上又判了一首詩，王鬍子錄出，眾人看是：「可憐一死因嬌女，三絕曾傳鄭廣文。後日莫愁湖⑭上去，蓮花香繞女郎墳。」又判道：「汝前生為江寧府推官⑮，杜郎為汝嬌女，十五夭亡，汝傷悼成疾而歿。七十七年前事也。前因具在，後果將成。」子雲看了，不禁笑道：「據上仙所判，玉儂前世，竟是道翁的女公子了。」琴言不覺紅暈了兩頰，道生也覺奇異，欲要再問時，見乩又動起來，寫道：「吾去也，坡仙⑯來。」寫罷，寂然不動。

道生與琴言拜送了杜蘭仙，重新焚香換酒，眾名士一齊下拜，換了琪官、春喜上來扶乩。道生道：「今日坡仙必有佳作，我們當盥漱恭讀。」只見乩上寫道：「翩翩裙屐佳公子，舞席歌場日終始。興似春山再展雲，情如秋浦長流水。」眾人看了，都欣欣然說道：「坡仙要作長古了。」子雲叫人取了一幅白絹箋，研好了墨，請道生另寫。只見乩上又寫道：「梅花一枝開春先，瑤琴三尺彈鵾弦。紅愁綠怨淚沾袖，明月一年幾度圓。」道生寫了。仲清對金粟道：「這四句像是說庾香與玉儂的。」金粟點頭。子玉看了，分明一個「梅」字，一個「琴」字，也知道是說他們二人的，心裡又想道：難道坡仙今日要將這十九個人全寫入詩內麼？子雲與諸人也都看了，蕙芳呆呆的看著乩盤，只見道生又照著乩上寫了四句是：「春江水漲輕航出，蕙質蘭心人第一。大賈空存惜玉心，分香浪費金條脫。」蕙芳看了兩句，喜動

⑭ 莫愁湖：在江蘇南京水西門外，明時為中山王徐達的家園。相傳為莫愁舊居，故名。

⑮ 推官：官名。唐代節度使、觀察使、團練使、防禦使之屬官。清代的布政司理問、都事、按察司知事等，即唐推官之職。

⑯ 坡仙：即宋蘇軾，號東坡。

顏色，及看到「分香浪費金條脫」，不覺臉上又微泛紅潮，怕人題起潘三的故事。止有道生不懂，吟哦了幾遍。眾人心裡想道：怎麼這些事神仙都會知道？這也奇極了，各各駭異。又見寫道：「名園公子人中英，於彼於此俱有情。珠輝寶氣聯星斗，金光燦爛雲霞明。」道生寫了，對著子雲、吉甫道：「這像是說你們二位呢。」子雲、吉甫俱說「慚愧！慚愧！」寶珠看了，也知道帶著他，且與吉甫相聯，心甚喜歡。只見又寫道：「石崇王愷[17]人爭羨，世德勛門荷天眷。只惜豪華怒爨琴，明珠減價珊瑚賤。」仲清道：「這不消說是華公子。」子雲道：「竟連前日的事，都說出來了。你知道明珠、珊瑚的故事麼？」仲清道：「我不知這句的故事。」文澤道：「明珠是他有十婢，皆以『珠』字為名，這珊瑚就是林珊枝了。」又看寫的是：「沖寒一鶴雲中來，知爾磊落非凡材。依劉暫作王粲[18]計，劍氣閃爍凌風雷。」子雲道：「此是劍潭無疑了。」又見寫道：「更有清才蕭穎士[19]，漱芳六藝精文史。閑雲不肯出山來，賦價曾高洛陽紙[20]。」道生道：「這位是靜宜了。」漱芳看見第二句，心中暗喜神仙贊靜宜，也帶著他的名字，可謂附尾了。一面看寫的道：「酒狂詞客何紛紛，眼底直欲空人群。舉杯渴酌洞庭水，掉頭笑看

[17] 王愷：晉東海郯人，字君夫。愷既為世族，日用無度，無所忌憚。死謚醜。

[18] 王粲：三國魏山陽高平人，字仲宣。獻帝初避地往荊州劉表十五年，後歸曹操，任丞相掾，累官至侍中。為建安七子之一。

[19] 蕭穎士：唐蘭陵人，字茂挺。開元進士。宰相李林甫惡其不附己，數罷去。通百家譜系，文章與李華齊名。客死汝南逆旅，門人謚為文元先生。

[20] 賦價曾高洛陽紙：晉左思作三都賦，構思十年，賦成，不為時人所重。及皇甫謐為作序，張載、劉逵為作注，張華嘆為：「班、張之流也。」於是豪富之家爭相傳寫，洛陽為之紙貴。

吳山㉑雲。」文澤道：「這必是竹君、卓然二公了。」眾人說道：「正是的，怎麼把他二人寫得如此活跳，真非仙筆不能。」又見寫道：「劉晨子晉㉒求仙去，十丈紅塵阻前路。均是龍華會㉓上人，名場同日欣知遇。」次賢道：「這是前舟、庸庵了。」眾人說「是」。王恂道：「我們這些人都說完了，看以後還說誰。」只見又寫道：「清芬竟體是蘭香，玉樹琪花列兩行。十樹瓊花十樣錦，春風喜氣滿華堂。」眾人道：「首句是香畹，次句是佩仙、玉艷，三句總說，末句是小梅。」子雲掐指一算，名花已有了八人，只少靜芳、蕊香兩人了。又見寫道：「春蘭秋桂非凡種，香色由來人所重。盡待神仙閑品題，群花齊向天門擁。」子雲道：「他們都說完了，就只有道翁先生與髯兄了。」王髯子拈著長鬚，候著乩上說他。道生道：「我這老朽，恐怕未必能附諸名士名花之後，且如何能邀坡仙齒芬一粲。」只見乩上又寫道：「曲終又見湘江靈，蛟龍出沒江濤腥。汨羅㉔沉冤感天帝，千百餘世裡明馨。知君一生秉正直，風骨棱棱謝雕飾。嬌女含愁化玉郎，石頭城㉕下傷春色。」道生寫到此處，不禁傷感起來，眾人亦皆嘆息。子玉道：「據兩仙所云：玉儂前身的真是道翁先生前世之女，今日相見，可謂有緣。」道生聽了子玉之言，不覺淚下。原來道生六十無兒，並且喪偶，孤苦一身，是以觸動心事，淒然流涕，便呆呆的看著琴

㉑ 吳山：在浙江杭州西湖東南，春秋時為吳南界，故名。

㉒ 子晉：即王子晉。周靈王太子，得道成仙。列仙傳曰，王子喬者，太子晉也。

㉓ 龍華會：廟會之一種。荊楚以四月八日諸寺各設會香湯浴佛，共作龍華會，為彌勒下生之徵。

㉔ 汨羅：即汨羅江。在湖南東北部。戰國楚屈原，憂憤國事，懷石自沉於此。

㉕ 石頭城：古城名。又名石首城。故址在今江蘇南京清涼山。

言，琴言也呆呆的看著道生，各有感傷之態。眾人也呆呆的看他二人。忽然乩上又寫道：「難得名花名士兼，長歌一紙示王髯。丙寅三月初八日，請得眉山蘇子瞻㉖。」道生寫完，眾人正要觀看。忽見乩上又寫道：「奉敕赴淩雲殿撰文，不能久留，去矣！」書完寂然不動。眾人一齊拜送，焚符釃酒，俱欣欣然有喜色。家僮收拾了仙壇，大家就在樓中坐下，又將仙詩同讀了兩遍。

子雲吩咐家人在承蔭堂擺了四桌盛席，便對眾人道：「今日我有一言，上承仙命，下合人心，成了前因後果。兩仙乩上俱判玉儂為道翁前生嬌女。現在道翁無子，玉儂無父，我欲成此仙緣，要請道翁收玉儂為義子。玉儂雖失足于前，未嘗不可立身於後，想先生決不以世俗之見論人，未識玉儂之意如何？而諸公以弟之言為然否？」道生尚未回言，子玉喜動顏色，即道：「玉儂若得道翁先生栽培，真是精金入冶，美玉成器，只求道翁不以寒微為鄙，玉儂豈有不願之理？」次賢與吉甫等都贊成道：「這是極好的事，大約今日合當父子相逢，不然杜蘭仙何以特判出來，又單叫道翁上前，說明前因後果，不是也要撮合這件事麼？可見數已前定。」子雲接口道：「可勿三思，請到承蔭堂一拜就算了。」

道生想道：我看著琴言雖係優伶，卻無半點習氣，度香早說過他多少好處，況我也見過他好幾次，竟是毫無譏議的。若以為義子，倒是個千里駒；況他天姿穎悟，略一指點，便可有成。而且兩次仙乩，都說前生是我的女兒，自然他也會天性相親。主意已定，便道：「恐福薄老人，未必能有此佳兒。」眾人皆笑說：「先生太謙了。」琴言想道：兩次神仙特為我判出前因後果，我看這位屈老先生，真是天下第一等人品，得他教訓，也不枉了一世。況前世又是父女。但我斷沒有自己開口求人為父的理。既而聽

㉖ 蘇子瞻：即蘇軾，字子瞻。

見子雲之言，又測度子玉之意，眾人竭力贊成，道生一口應允，便也滿心歡喜。但終是面嫩，答應不來，紅泛桃花，低頭不語。子雲道：「玉儂，你怎麼樣？道翁是極願意的了。況你們前生原係父女，今世自然天性未離，這是光明正大的事情，何妨答應，有什麼害羞處說不出來的？」琴言目視子雲，將頭點了一點。子雲哈哈大笑道：「願意了，願意了，這也不是輕易遇得著的。」就讓眾人到承蔭堂，鋪了紅毯，次賢、子雲扶道生坐了，文澤、仲清拉過琴言來拜了八拜，道生受了。

眾人稱賀已畢，道生又謝了子雲，便說道：「弟是孤苦一身，並無家小，既承諸公雅愛作成，認為父子。但我比不得那有子嗣的人，單只掛個名兒。我既認了他，自就與親生的一樣，要教訓他，並且要隨著我去，不知他心上何如？」子雲聽了，略一躊躇，即問琴言道：「這事要你自己作主意，旁人難以應答的。」琴言道：「這個自然，我又沒有父母，豈有不追隨的道理？」子雲贊了一聲「好」。子玉聽到此，未免有些傷悲，然也無可奈何，況從此琴言入了正路，故也喜多悲少。在琴言徹底一想，非但不悲，而且極樂。道生便叫過琴言來，說道：「從今以後，須要改去本來面目，也不應常到外邊，在我寓裡讀書習字。出京日期也近了，你的名姓是都要改的，如今就依我的姓，改名為勤先，留你一個『琴』字在內，號就是琴仙。」眾人都說：「改得甚好。」琴言俯首聽訓。子雲與子玉見了這個光景，頗覺淒然，以後就要另樣相待，正是「從此蕭郎是路人㉗」了。

子雲便請入席：第一席是道生、子玉、吉甫、王鬍子、琴言；二席是仲清、文澤、王恂、子雲、次賢；九個名旦分為兩桌，各自敘齒坐了三、四兩席。琴言坐在下手，拘拘謹謹，也不舉箸，甚覺可憐。

㉗ 從此蕭郎是路人：全唐詩崔郊贈去婢：「侯門一入深如海，從此蕭郎是路人。」

倒是道生體恤他，道：「凡遇熱鬧場中，當言的即言，也不必過於拘謹，但存著個後輩的分寸就是了。」道生喝了幾杯酒，便與子玉、吉甫、王翳子談些閑話。王翳子道：「屈老先生，晚生這個請仙的本事如何？你說我是賺人麼？」道生笑道：「今日之事卻真稀奇，若不是我親眼見的，親手寫的，凴誰告訴我，我也不信。」又道：「翳兄，你往常請仙，也有這麼靈異麼？」翳子道：「今年過揚州時，在一個鹽商家扶乩，請的什麼楊少師，寫了一長篇，把他家閨門裡的事都寫出來了，嚇得那主人家磕頭如搗蒜的哀求，方才沒有寫完。第二次就要算今日了。往常請時，卻沒有這麼靈異。」子雲笑道：「今日說我們的詩中，也有兩句說著隱情，不過謔而未虐。」蕙芳咳嗽一聲，惹得各席都笑了。道生也笑道：「我也略猜著些，但不知是怎樣個始末，何妨與我說明。」子雲道：「我要說，又怕有人不依，我不說罷。」

玉林對漱芳說道：「起初乩動的時候，我總當著你的手動，我想把我的手不動，教你寫不成。到後來，不由得我的手也跟著動起來了。」漱芳道：「可不是，我先也打量是你作詭，及至寫了一句詩，我還疑惑是作出來的。後來才知不是了。」春喜道：「我們扶的時候手要不動，那乩自己就會跳起來，比你們頭一回還動得快。」琪官道：「這神仙也不知怎麼來的，就這樣快，就像在這園子裡一樣，真是心動神知了。」蘭保道：「那杜蘭仙與玉儂同姓，所以關切得很，把他的前事都說出來了，總成了這件好事。」寶珠道：「我們前生，就不知道是什麼人轉生的。吉甫說他也會請，我要看看，總未遇巧。」素蘭笑道：「你的前生不是說是個尼姑嗎？」寶珠不覺得臉一紅，笑道：「你怎麼知道？」素蘭道：「我聽見你自己說的。」寶珠笑道：「我竟忘記了。」因遠遠的看著吉甫一笑，大家也不覺笑了。

道生來了一天，便要早回，對琴言道：「明日我著人來接你罷。」子雲道：「先生何不搬來，那寓裡有甚好處？」道生道：「這個最妙。我心上不好講，又要攪擾。我還要細細把你的園子逛一逛呢！」諸名士道：「若得道翁先生住在園裡，更有趣了。」次賢道：「前年園亭成後，一切布置倒也罷了。只有一樣，各處的聯匾，都是草創時定的。後來改造起來，往往有些不合適了。且書字撰句，就是我們二人，並無第三人斟酌，至今日看去，似覺草草。昨日我與度香商量，尚須添的添，換的換，非道翁及諸兄手筆不可。」仲清道：「我們究竟還沒有逛到，須盡一日之興，遊到了，方可擬題。」子雲道：「含萬樓下，我想刻一篇怡園序，要借重道翁。明日搬來，第一就要請教這篇序。」次賢笑道：「他還沒有搬進來，你倒先索房租了。」說得眾人大笑。

道生約定明日即移過來，與琴言同住。以後琴言就改了姓屈，稱他為屈勤先，人叫他號是琴仙，不叫琴言了。看官須自記明。不知後事如何，且看下回分解。

第四十六回　眾英才分題聯集錦　老名士制序筆生花

話說屈道翁搬過怡園來，與琴仙就在海棠春圃住下。次賢向在梨花院，與海棠圃相近。道翁即有一番教導，琴仙從前念過的書，一面溫理，一面與他講究些詩詞文藝，習學楷書。可喜琴仙天姿穎悟，過目成誦，而且銳志攻書，把從前的憂悶倒也撇開。一連幾日，道翁見其聰明可學，也甚歡喜。子雲更為得意，吩咐園內家人都稱為屈大爺。約有半月以來，琴仙的文理已通了好些，字也寫好了，對對做詩也通順了。父子之間，十分親愛，竟是親生的一樣。那些相公們到園來，倒不好與他盤桓，到門口略一探望。琴仙也不肯曠功，足不出戶，道翁倒有時體貼他，叫他也到各處逛逛，可以開放心胸。琴仙雖答應了，也不出去，不是寫字，就是看書，把個瀟洒慣的屈道翁，反被他拘住，要時常的釋疑問難起來。

一日，想起子雲托做怡園序，便作了半日，又修飾了一會，自己送與子雲、次賢看了，請他斟酌。次賢道：「妙極了，就使徐、庾❶復生，也不能塗改一字。」子雲道：「是石刻好呢，還是木刻好呢？」道翁道：「論長久，自然是石刻。前日見金吉甫相熟的那個季十矮子，刻工尚好，不過價值大些，然此是市井的常理。你莫若找吉甫將他荐來一刻，是極妙的。不是說要刻在含萬樓屏風上，卻也好看。」次

❶ 徐庾：指徐陵、庾信。徐，徐陵，南朝陳東海郯人，字孝穆。入陳官至尚書。陵文章綺豔，與庾信齊名。時稱徐庾體。

賢稱善，子雲即叫書僮，找出了八張大宣紙，照著屏風大小裁好了，送到海棠春圃，請道翁親筆自書。此時春航、南湘場事已畢，子雲定了二十八日，請諸名士游園，以辰初畢集。是日不設筵宴，恐誤了遊興，止於幾處備了小酌茶點。凡近水者坐船，離水遠者步行，須以一日之內游盡。王騷子住了兩日回寓，將圖書集成裝了五大車，送進怡園，子雲只得收了，就放在含萬樓上，也就擺滿了五間大樓。

諸名士於二十八日早上陸續皆到。是日，子玉、春航、南湘、仲清、文澤、王恂，共是六位，惟吉甫因感冒未到。園內屈氏父子與次賢主人四位，都在含萬樓下坐了。道翁道：「這個含萬樓是本易經『含萬物而化光』句摘下，因為園中的主樓，故取此名。但就本意是言乾道之大，此名似乎不甚相宜，度香以為何如？我見樓上現供著賜書，何不就改為『賜書樓』，未知可否？」子雲道：「改得甚妙，就是賜書樓。還要求作一副長聯。」道翁道：「老夫改了樓名，那聯句請諸名士題罷。」子雲道：「諸兄自有分題，這第一聯還求道翁先生賜題，就是諸弟兄也不肯相僭的。」道翁又讓了一會，叫琴仙捧過筆硯來，題了一副長聯。諸人見他寫出，看是：

文苑賜英華，數玉笈金編，正學十三經，旁通廿二子；

詞場開鼓吹，看筆歌墨舞，縱橫一萬里，上下五千年。

題罷，哈哈大笑道：「老夫拙句不文，諸兄休得見笑。」眾名士看了，個個首肯心服。

子雲讓大眾進了承蔭堂，崇輪巍煥，局面堂皇。院子內有座戲臺，槐陰布綠，棟宇生輝。道翁與諸名士看了那些匾對，說道：「這堂名很好，不用換，東西楹要添副長聯，就請靜宜大筆罷。」次賢道：

「這些聯額，原是弟當日胡亂寫成的。這承蔭堂與賜書樓，皆是正屋，還求吾兄老手一題才稱，恐我們終是柔筋脆骨，撐不住這個大局面。況所添的地方尚多，大約有二十餘處，再等我與諸位分擬罷。」道翁道：「不是這麼說。我雖與諸位兄臺相敘了幾次，尚未瞻仰珠玉❷，今日正可窺豹❸。若盡要老夫題詠，倒將諸位的錦繡埋沒了。」眾名士謙道：「此處實不敢妄擬，其餘各擬幾句呈改。」琴仙又捧了筆硯過來，道翁道：「你學了幾天字了，我念你寫，不要寫別字才好，諸兄看看可長進些麼？」遂口占一聯，琴仙寫了，個個的端楷。諸名士看是：

佳氣近蓬萊，欣玉燭時和，金甌業盛；
晴光開閬苑❹，詠珠帘雨卷，畫棟雲飛。

又集六朝文語，成了一副八言的，也念與琴仙，寫出是：

風草月松，綠庭綺合；
日華雲實，旁沼星羅。

諸名士惟有痛贊。再看琴仙的字，已是美女簪花，秀潤如水，更為欣喜。

❷ 瞻仰珠玉：觀看各人書法。
❸ 窺豹：即窺一斑而見全豹。
❹ 閬苑：閬風之苑，仙人所居之境。

道翁道：「對面戲臺，雖有聯匾，那塊『太音之和』可以不換，檐前那塊是要換的。柱上的七字聯，應改八字的，請庾香世兄一題，老夫借觀珠玉。」子玉尚要推遜，眾人擠定了，卻也不慌不忙，想了半刻工夫，提起筆來寫了，說道：「小侄荒疏，未敢妄作，也集個成語，尚求老先生斧正。」道翁與諸名士看時，匾是「畫堂秋拍」四字，聯句也是集六朝文上的，是：

輕扇初開，長眉始畫。

鳴瑟向趙，吹簫入秦。

道翁贊道：「我說庾香世兄定是不凡的，果然，果然！」子雲及眾名士也贊了「好」。

子雲就讓進內，出了承蔭堂，後是牡丹香國，四圍短短花牆，圍了有兩三畝大的一塊地。內中花石亭臺，位置無一不佳，倒像獨成一個園林景象。徑用小白石砌成，曲曲折折有數十條，護以短欄。滿園盡是牡丹花，有在石臺上的，有在平地上的，高高下下，足有千萬朵，開得正盛，五色繽紛，令人目眩意亂。諸名士也賞玩不盡，然到此亦不能不稍為遊憩，各尋石徑花臺，小亭曲檻處，小憩了一會。來到正屋，是七間，裡面又間著些洞房綺戶。再到後一進，長廊繚曲，屈成橫波，卻種滿芍藥花，此時未開。道翁道：「這牡丹香國，繁華已極，可改名為『寶香堂』，後一進題為『護香廊』。這寶香堂須添一副對子，請湘帆兄罷。」春航要遜，諸人不依，只得遵了。想了一聯，寫出是：

五雲書鑿金銀字；

百寶欄開富貴花。

道翁看了，贊道：「真好富麗，卻稱這寶香堂。」眾人也附和了幾聲。

次賢道：「我們還是從東去呢，還是從西去呢？」子雲道：「從西到東路長，還是從東轉西，可以坐船，路卻順些。」便領眾人出了護香廊後的圍牆，只見一帶石坡，層層的叢蘭翠篠，芳馨襲人。從石磴上行到了山北，也是一樣的蘭竹。那帶山向西北去的，卻是土岡，由高而低；望東南去的，卻是層巒蒼翠，山下一帶清溪，溪外盡是竹樹。依山臨水間，有一所院宇，石壁上刻了「蘭徑」兩個大字。道翁與眾人進了屋子，見是一間、兩間、三間、五間的不一，有好幾處。滿目盡是碧杜、紅蘭、翠苔、綠蘚，甚為幽雅。道翁道：「此處甚佳，一洗寶香堂繁華之氣，不可不題。」因題為「風露清吟館」，對仲清道：「劍潭兄，試題一聯。」仲清不能推辭，此處也合他的雅趣，即題道：

二分水蘸三分竹；

一面山栽兩面花。

道翁贊道：「好極了，到移不到別處去。」仲清笑道：「有先生的珠玉在前，我等實難附尾，不過聊以塞責而已。」文澤道：「此處我竟沒有來遊玩過。」王恂道：「我也沒有，到護香廊就住了。」南湘道：「我去年看菊花，是從這裡走過，倒遊了一遊。」

子雲引道，過了一座木橋，從竹林走出，是片空地，有幾間敞廳，立著鵠棚，旁邊還有一條馬路，望東北上編些竹籬，高高矮矮，護著幾處屋宇。同到了裡頭，內中擺設俱極雅淡。署名曰「菊畦」。後面是個大蕩，蕩邊樹木茂密，再後頭就是圍牆了。道翁道：「此處可改做『黃香東圃』，添副小對子罷。」遂念道：

春秋多佳日；

風雨近重陽。

子雲引了，從菊畦東手走出，一帶桑林前面，是溪河擋住，便叫家僮去撐了兩個船來。家僮沿著河堤，轉過山嘴，不多一刻，見兩個小艇撐了過來。眾人下了船，一並的慢慢撐去。繞過了一個石磯，見一邊是山，一邊是樹。到了一處，繫好了船，上岸。只見蒼松夾道，古柏成盤。從松林裡進了一所莊院，也有二十餘間，最後一進已在山頂，見有一株古松，如虬龍盤雲一般，中間設一張禪床，前面一個丹鼎，署名為「松龕」。外有一個鶴欄，見有兩隻白鶴，雪羽皚皚的，甚是可愛。道翁道：「松龕可改名為『松鶴丹房』，竹君可題一聯。」南湘也集了六朝文，念道：

逸翮獨翔，孤風絕侶；

真花暫落，畫樹長春。

道翁贊了「好」。

翻山過去，從一條石徑走下，望南一百餘步，便是梅嶺了。密葉繁陰，子多於豆。同進了屋內，眾人已走了許多路，也要歇歇了。子雲即吩咐擺飯上來，略喝了幾杯酒，便吃了飯。喝了茶。道翁問道：「這個園共有幾里？我們今日也走了好半天，還不到三分之一。」子雲道：「周圍原有五里，山占了一分，水占了兩分，樹木占了一分，空隙處又占了一分。於房屋原只得二十幾處，除了門房、馬棚、廚房等類，算起來共有四百零八間。其實也不算很大，若要擴充出去，也還可以。」道翁道：「夠了。太大了，太覺空曠。你這個園好在不散，處處精神團聚，一處有一處的結構，真是好手筆，大約你與靜宜也費盡了心。」次賢道：「可不是，那時你又不在京裡。你若在此，便好商量，必定還要添出許多好處來。」道翁道：「已經好極了，設使我起出稿來，還未必能如此。」子雲道：「有幾處，靜宜也改了好幾回才成的。」子玉道：「這『梅嶺』兩字，只好刻在山上。在房屋裡，這『嶺』字似乎要改才好。」道翁道：「就請教換個名字。」子玉道：「還請道翁先生改罷。」仲清道：「你若想著了好的，就說也不妨。」道翁道：「正是，就我換得不妥，也要請教大家商量的。」子玉道：「改做『古香林屋』罷。」道翁道：「妙，妙！這個古香林屋實在改得妙，就請題一聯以成全璧。」子玉要取筆寫時，琴仙道：「我代寫，你念來。」子玉一面念，琴仙一面寫，眾人看是：

看他竹外枝斜，恰稱翠袖生寒，縞衣純素；

伴我夜闌人靜，正值瑤琴一曲，玉笛三終。

道翁大贊道：「仙骨珊珊，非吃煙火食所能道，拜服，拜服！」子雲與眾人也都大贊。又贊琴仙的字，比先寫的更加精美。子玉看了，真是喜不自勝。琴仙見子玉題了這副好對，也覺得玉顏春暖，笑啟朱唇。

仲清、南湘等也替子玉喜歡。

大家走出了梅嶺，過了梅林，轉過一處，又是一個庭院。前面兩塊英州靈石，平屋三進。後有一樓，樓上有一神龕，供設花神牌位。中間一進，署名為「紅茶仙館」，兩邊都有廂房。道翁道：「此處既供設花神，索性做個花神廟，改名為『蕊珠仙府』，湘帆兄可再詠一聯。」春航應了，想了一想，寫了出來。眾人看是：

花雨散繽紛，嬌舞霓裳雲貼地；

風情吹旖旎，輕搖月佩步凌虛。

道翁笑道：「湘帆兄的是妙才，寫得如此風流香艷，真把那花情花魂都寫出來了。」春航自謙了幾句，眾人也幫著贊「好」。

於是出了蕊珠仙府，順著兩行修竹徑、一條荔支街，又過了幾處神仙洞，望東走，到了蕭次賢的梨院來。道翁道：「可不必進去了，梨院可改為『臥雲香院』，庸庵兄請題一聯。」王恂一面想，隨著走到了海棠春圃來。子雲道：「且請坐坐，喝杯茶，那邊又要用船了。」都進了海棠春圃坐下，道翁道：「海棠為花中艷品，還有那些紫白丁香襯貼他，更覺香色兼備，須好好起他個名字才好。」即笑對琴仙道：「我看你於那些詩詞上也還明白，我今日當著人考你一考，你能起這個名字麼？」琴仙聽了，紅起臉來，答應不出。子雲道：「很能，很能。你快想來，如不甚好，也沒有人笑你的。」琴仙道：「有倒有一個，只怕不好用。」道翁道：「你且說來。」琴仙道：「『春風沉醉軒』，不知用得用不得？」子雲拍手贊「好」，子玉等同聲說道：「果然真好，這『沉醉』二字，用得入神入妙。」道翁也點點頭，道：「也難為他。」又道：「你還能作一副對子麼？」琴仙正要回言，王恂已寫了臥雲香院的對子出來，看是：

夢到香雲生屋角；

笑看新月上牆腰。

道翁與眾人也著實贊賞了。琴仙道：「這個春風沉醉軒是昨日偶然想著的。對子只有上聯，沒有想得出下聯。」道翁道：「你且將上聯寫出來看看，不好就不用他。如可以用得，請一位替你對成了才好。」琴仙就將上聯寫了出來，眾人看是：

一曲惜餘芳，嬌比玉顏時醒醉；

眾人大贊，倒將琴仙贊得不好意思起來。仲清道：「可惜沒有下聯。」子玉將這句不住的吟哦，次賢道：「這下聯非庾香續成不可。」道翁道：「果然，就煩庾香點鐵成金罷。」子玉欣然提起筆來，寫道：

千金買良夜，好酬春色正溫柔。

道翁大贊道：「此與湘帆兄一樣手筆，今日看諸兄題的聯句，正是一人一樣性靈，原不能強合的，就是前舟還沒有題過。」

大家喝了一會茶，子雲命家僮去駕船。那邊池水寬闊，撐了一個畫船來。眾人繞過了河堤，下了船，蕩出了小港，即是個大寬闊處，令人豁目爽心。不多一刻，到了吟秋榭，子雲請眾客進了榭。道翁尚未游過，把這三層水榭游了一轉，老年人也乏了，就在中間一層坐了。子雲道：「少酌幾杯，此處已預備了。」於是眾家人上來，在各人面前擺了個攢盒，斟了杯酒。道翁飲了數杯，倚欄眺遠，見旁有條條小港，疊疊崇山；前有綠柳低垂，紅橋斜跨；山上有泉，翻銀滾雪；屋邊皆樹，雲護煙籠，贊道：「我看園中以此處為第一，這榭名也好，就每層一副對子。前舟題第一層，竹君題第二層，劍潭題第三層。必皆有驚人好句，老夫洗耳恭聽。」三人不能推讓，先看文澤的第一層是：

楚江煙水吳江雨；

卍字欄杆丁字帘。

道翁及眾人痛贊了。道翁道：「這第二層最難，上有第三層，下有第一層，這要看竹君的巧思了。」南湘已想了一會，頗難著筆；仲清也在那裡凝思，各要爭勝。南湘已得了，寫了出來道：「題得不好，將就算他第二層罷。」眾人看是：

秋色捕帘櫳，置身已覺超平等；

月光穿竹樹，放眼請登最上層。

道翁贊道：「果然是第二層的聯句，移易不動，這是煞費苦心才得出來。劍潭的第三層如何？想另有妙意。」仲清道：「我的不及竹君的切題。」即寫了出來，看是：

君如趁月來游，雲移一鶴；
我欲乘風歸去，橋臥長虹。

南湘看了，先痛贊起來道：「劍潭此聯，頗有仙氣，這斷不像第二層，也不像第一層，實在是第三層最高處，我真服了你這種渾脫句子。」道翁與諸人也齊聲痛贊。

吃了些點心，又下了船，慢慢的搖。眾名士領略那水光山色，佳興增添。穿過了六曲紅橋，沿著那竹樹蒙茸，到了一處，那是「停雲斂雨軒」。高下兩層，一在半山，一在山腳，甚為幽雅，大致與吟秋榭彷彿。道翁道：「這個名字要改，此處是第二個勝景，著不得陳腐語，改為『練秋閣』罷。」眾人道：「改得很好。」道翁道：「此處須靜宜添一副好對子。」次賢道：「恐題得不佳。」也即寫了兩句，看是：

清樽滿賞山香子；
畫舫遙聽水調歌。

道翁與眾名士贊賞不已。

子雲讓眾人下船，對次賢道：「先到了桂嶺，轉來再到縹渺亭罷。」次賢道：「自然先到桂嶺為是。」一就從練秋閣旁，轉入一條小港，隨著山腳，蕩有三箭多遠。上坡見是一個藥圃，四面圍著白石短欄，一個亭子。從亭子進去，有幾間屋宇，內中清潔，有些藥鑪、杵臼等物。一邊是豆花籬，此時卻還空著；一邊是鹿柵，有隻梅花鹿在裡面，見人來便呦呦的叫起來。眾人也賞玩了一回。出了藥圃，是一座土嶺，見無數的桂樹；過嶺來桂樹更加多了。內中有好幾處院落，自成一景，亭臺樓閣，備極其勝。子雲領眾都走到了，進了正屋坐下。子雲又讓客用了些茶點心，諸人一面遊賞。道翁道：「此處是個大坐落，『桂嶺』二字不足以盡之，改為『叢桂山房』罷。」子雲道：「改得妙。」道翁又道：「你自置一聯。」子雲笑道：「道翁先生既要考我，也應早些命題。到臨時才說，教我如何想得出來。」構思了一刻，也集了副成語，寫將出來。眾人看是：

大雅扶輪，小山承蓋；
落花入領，微風動裾。

道翁道：「集得甚好。」

即起身出了桂嶺，望北而來。只見怪石嵯峨，若飛若走，頗為駭目。古藤如臂，香草成茵。上了山徑，直盤旋到了山頂，有十丈多高，把園中的景致望得瞭然。看了好一會，才一步步的拾級而下，到一個山凹裡亭子邊，便是縹渺亭，靠山踞石，兩翼外張如飛的樣子，好不幽險。亭中可容三席，下面束手就是方才的練秋閣了。道翁道：「怎麼又走回來了？」看亭子裡有副對子，是他的學生華光宿的，也還用得，便對子雲道：「你於此處，何不再集一副成語？」子雲道：「我料著道翁還要考我，我已想就了。」即寫道：

幽岫含雲，深溪蓄翠；
橫藤礙路，弱柳低人。

道翁說：「好。」

又步下山來，沿著右邊一帶山徑，足足走了半里多路，過了好些石磴、雲屏、小亭、曲榭，到了一帶梧桐樹邊。前面遠遠望見賜書樓。才從西邊一條曲徑走去，又穿過了幾處神仙洞，便是一道清溪，圍著一個院落，門外也有幾堆小山，盡是碧桃花樹，已盛開了。遂同過了小石梁，來到桃花塢。這裡有五六處坐落，游賞已畢，道翁道：「此處改為『尋源仙墅』，也須添副對子，再借重庾香一題罷。」子玉想了一會，寫出看是：

此處即仙源，自有問字青鬟，添香紅袖；
名園為福地，不數踏歌潭水，打槳春潮。

道翁大贊，眾名士也隨聲附和。

出了尋源仙墅，又過一座半石半土的小山，接著就是幾百株杏林，圍著三四層重樓，湘帘晃漾，綺戶文窗，令人應接不暇。道翁道：「這個樓名題得才妙，無須更換。『東風昨夜樓』是那一位題的？」次賢道：「是度香題的，對子是我做的。」道翁道：「好對子。」朗吟了一遍，也叫琴仙寫了出來，琴仙記得是：

一夜雨廉纖，正燕子飛來，帘卷東風，北宋南唐評樂府；
三分春旖旎，問杏花開未，窗間青瑣，紅牙白縴選詞場。

於是從東風昨夜樓後面走去，說不盡園中的景致。又到了一處，盡是些榴花艾葉，萱草紫薇等類，有幾架老藤花開滿四處；還有些罌粟、虞美人❺，有五六處坐落。道翁各處看了，知是小赤城，因榴花而設。又看了些對聯，自己題了一副，命琴仙寫了出來。眾人看是：

翠黛忘憂，琥珀杯斟金谷酒❻；

紅巾侍宴，珊瑚枕臥赤城霞。

眾人大贊。

又走了出來，望北而行，右手竹梅外，望見寶香堂的東牆角；又見風露清吟館的那一帶峭壁，迤向西北。沿池走去，又到一處，見碧梧、翠竹、芭蕉、棕櫚、枇杷、柿子，清蔭滿目，爽逼衣襟。有五六塊大盤陀石，頂上盤著凌霄花❼，正開得茂盛。此處妙不可言。道翁與眾名士在石磴上坐了，道翁道：「這裡別開生面，宜夏宜秋。」坐了一會，進了屋宇，見有回廊，有抱廈，有平臺，有敞廳，遊歷不厭。正中廳內，見題著「積翠軒」，有幾副對聯。道翁道：「積翠軒可改為『清涼詩境』。」眾名士道：「這『詩境』二字大妙。」道翁道：「庾香再題一聯何如？既題了溫柔鄉，也不可不題清涼境。」子玉聽了，

❺ 虞美人：草名。別稱麗春花、錦被花等。花有紅紫白等色，形態美麗，供觀賞。

❻ 金谷酒：洛陽西北有金谷水，取水釀酒，謂之金谷酒。

❼ 凌霄花：落葉木質藤本，莖上有攀援的氣生根。夏秋開花，花冠鐘狀，大而鮮豔，橙紅色。原產美國，我國廣泛栽培。

頗有愧色，只得唯唯聽命，也就集了成語。眾人看是：

零雨❽送秋，輕寒迎節；

狂花滿屋，落葉半床。

道翁與眾人贊畢。

過了清涼詩境，便是個水蕩，青蒲細柳，綠蘋波光。湖邊有兩三處茅舍竹籬，是個稻庄，其餘隙地盡作平疇，頗有雞犬桑麻之勝。東邊河面窄處有個石梁，眾人走了過去，就是先來的射圃，那邊就是菊畦了。到了稻庄，閑步了一會。又到稻庄後面，尚有無數的小房子在那裡，都是園丁、花叟住的地方。還有藏花窖，藏冰窖，茶寮酒肆，但也有趣。那些園丁見主人同了客來，一齊躲到屋裡去了。眾人又繞到西邊，尚有些鴨欄、雞塒、蟹簖、漁庄，麰麥一疇，菱芡滿蕩。道翁不勝留戀，想起歸田之樂來，謂子雲道：「將來尊大人回來，這個平泉庄勝於古人多矣。」便數今天添的對子，已有了二十二副，內中最多者是子玉與他自己，其餘也有兩副的，惟文澤、王恂只有一副，未免不公，於是煩王恂、文澤各撰一副，又改稻庄為「紅雪西庄」。先是文澤念了出來，是：

梅雨平添瓜蔓水，

豆花新帶稻香風。

❽ 零雨：徐雨；斷續不止之雨。

王恂也念了兩句，是：

宰相歸來游綠野，

將軍老去隱青門❾。

道翁道：「這兩聯都好，不分伯仲。今日這些對聯，各有所長，老夫只可拜倒轅門了。」眾名士謙讓了好些話。

今日這怡園也算游盡，只剩了些小景致，不關緊要的地方。子雲請眾位還到寶香堂，已是夕陽西下，朱霞半天，映著那些牡丹花，更為絢爛。已撤了護花的幃子。子雲備了兩席，一席是道翁、南湘、子玉、琴仙、次賢，一席是仲清、春航、文澤、王恂、子雲。

正飲酒間，王蘭保、金漱芳、秦琪官、林春喜同來見了，即分開坐了，談了些閑話。子雲道：「今日這二十四副對子，清芬濃艷，各盡所長。但我看來，始終要推道翁先生的賜書樓、承蔭堂冠冕堂皇了。」眾名士道：「自然，我們到底覺得力薄，那裡能這樣大方，這是勉強不來的。」道翁道：「這也不然，一來相體裁衣，二來是各人的性靈。今日高超的是劍潭，沉著的是竹君，細膩風光的是庾香，風華綺麗的是湘帆，秀潤工穩的是庸庵、前舟，瀟洒跌宕的是靜宜，就是度香那兩副集句，也覺得落落大方。正是各人自立一幟，無從評定甲乙。你們看這二十四副對子，好在虛字少，盡是實字多，便見得力量。若教外邊那些名宿做起來，不知要添多少虛字在裡頭，才湊得成、捏得攏呢。」眾名士一齊佩服。子雲道：

---

❾ 將軍老去隱青門：這裡指徐子雲之父退休以後隱居京師。青門，泛指京城城門。

「先生何不將那篇序文拿出來，大家看看？」道翁道：「我本要請教。」即叫書僮到春風沉醉軒取了出來，大家爭先要看。子雲道：「不用，我與靜宜是看過的了。」便叫書僮找了兩個針，將序文插在壁上，擱燈照了。眾名士看時，那四旦也同過去看，見道：

昔者署書之體，肇於白虎⑩蒼龍；刻石之詩，昉自平泉翠篠。故蘭亭一序，春帖爭傳；柏梁⑪數篇，華詞擅藻。況乃地嚴紫禁，雲護皇都，名著金臺，星連帝座。銅街復道，珠市通衢。龍樓映鳳閣以生輝，玉輦隨金鑾而同警。貂蟬貴第，大開竹木之園；駟馬高門，廣建芙蓉之府。

爾乃東海巨公，南天協相，秉百蠻之節鉞，領兩浙之湖山。島嶼風清，海洋令肅。鯨氛淨而飛艎萬里，蜃氣息而晴霞滿天。預謀韓忠獻畫錦之堂⑫，先廓晏大夫近市之宅⑬。賜來水衡之錢⑭百萬，拓出金谷之地十弓。則有翩翩公子，弱冠為郎；岳岳清才，英年攀桂。簪裾雲集，皆四姓之

---

⑩ 白虎：即白虎觀，漢宮觀名。東漢章帝建初四年，於此會群儒，講議五經同異，用皇帝名義制成定論，名白虎議奏等。又命班固撰集成書，名白虎通義。

⑪ 柏梁：七言古詩的一體。相傳漢武帝於元封三年在柏梁臺上與群臣賦七言詩，人各一句，每句用韻。後世模仿其體，稱柏梁體。

⑫ 韓忠獻畫錦之堂：韓忠，即宋韓琦。相州安陽人，字稚圭。仁宗嘉祐中拜相。卒謚忠獻。致仕還鄉，建畫錦堂。畫錦，富貴還鄉。

⑬ 晏大夫近市之宅：戰國齊晏子家靠近鬧市，景公欲更換之，晏子辭以近市得所求，諷公省刑。

⑭ 水衡之錢：謂皇室儲藏的錢，由水衡之官所管，故稱。

門庭；裙屐風流，洵一時之俊彥。共商圖畫，成此園居。鳩工庀材，三十六月；風廊水榭，四百八間。人杰自應地靈，雲蒸亦復霞蔚。

其園也崢嶸窈窕，突兀嶔崎，山列如屏，水瀠成帶。靈楓人柳，老化紅羊；怪石危峰，暗蹲碧獸。三分竹而二分水，五步閣而十步樓。構塘曲檻，盡草木之扶疏；青瑣綠墀，極房櫳之繁盛。聽鸝有館，鬥鴨成陂。馳馬毬場，設鵠射圃。春風一來，則繁花如繡；夕陽欲下，則好鳥咸啼。流泉數金石之聲，岩岫染黛眉之色。則有雲間詞客⑮，鄴下才人⑯，落唾生珠，清詞霏玉。迴紫瀾於大海，騎彩鳳於神山。琉璃研匣，置鴝眼之端溪⑰；翡翠筆床，臥鼠鬚之湘管。朱盤展而華月倒行，寶鼎噴而祥煙成蓋。夜吟不已，宵露珠圓；曉寐未遑，朝陽金燦。竹樓花浦，時來不速之賓；殘雪斷霞，絕少離群之感。論古則源探星海，辨才則河下龍門。風雲壯而五緯⑱經天，月露新而七星⑲貫手。洵乎豪矣，不亦壯哉！

於是南都石黛，妙選歌臺；北地胭脂，齊來舞榭。驚鴻飛燕，飄冶袖之雙雙；鹿錦鳳綾，結霓裳之隊隊。聯步於廣寒之闕，玉宇無塵；回眸於洛浦之濱，秋波屢轉。唾花飛而香留三日，歌珠串

---

⑮ 雲間詞客：指晉陸機。機為雲間（即今上海松江）人。講求排偶，開六朝文風之先。
⑯ 鄴下才人：指魏曹植（居鄴都）等建安七子。這裡指文人雅士。
⑰ 置鴝眼之端溪：有鴝鵒眼的端硯。鴝眼，即鴝鵒眼，謂硯之貯水處有白、赤、黃色點者。端溪，這裡指端硯。
⑱ 五緯：金、木、水、火、土五大行星的總名。
⑲ 七星：北斗七星。

而鶯囀一林。何論蛾眉螓首⑳，穠誇桃李之顏；翠羽金梁，盛侈釵鈿之飾也。而議者謂玩物喪志，節欲保身，腥醲之味腐腸，窈窕之姝伐性。是以寇公㉑居處，地乏樓臺；羊子㉒清貧，衣惟布帛。上卿猶豚難掩豆㉓，丞相亦門不容車㉔，即為清德之是徵，高風之足尚。豈知屏列歌姬，不失汾陽㉕之業；庭羅絲竹，愈形謝傅㉖之賢。陶士行㉗有僮僕千人，于襄陽㉘稱饋遺十萬。金花銀燭，羊公㉙愛客之心；醇酒婦人㉚，信陵㉛自豪之致。況本門高王、謝，佩

---

⑳ 蛾眉螓首：比喻女子長而美的眉毛，方而廣的額頭。

㉑ 寇公：即宋寇準，字平仲，華州人。景德元年，契丹入侵，準任同平章事，力排眾議，促真宗親征，與契丹訂澶淵之盟。後貶死雷州。曾長期居平房，魏野獻詩曰：「有官居鼎鼐，無地起樓臺。」

㉒ 羊子：即後漢羊續，字興祖，平陽人。累官廬江、南陽二郡太守。敝衣羸馬，清介自持。靈帝欲以為太尉，時拜三公者皆輸東園禮錢千萬，令中使督之。續舉縕袍示之曰：「臣之所資，惟此而已。」遂不登公位。徵為太常，病卒。

㉓ 上卿猶豚難掩豆：戰國齊晏子之魯，朝食，進饋餽膳有豚，令去其兩肩。後人以「豆不掩肩」贊之。

㉔ 丞相亦門不容車：宋李沆，字太初，肥鄉人。太平興國進士。咸平初累遷平章政事。治第封丘門內，廳事前僅容旋馬。

㉕ 汾陽：即唐郭子儀。

㉖ 謝傅：即晉謝安。大破苻堅於肥水，以總統功，拜太保。卒贈太傅。

㉗ 陶士行：即晉陶侃，字士行，潯陽人。

㉘ 于襄陽：即唐于頔，字允元，河南人。貞元中拜山南東道節度使，取吳少誠，請升襄州為大都督府。為政有績，然暴橫少恩。

愛羅囊；姓擬金、張，衛森畫戟。自有甘臨之象，何須苦節之占。宜乎視金銀為土芥，輕珠玉如泥沙。且超脫者為才子之情，豪縱者尤少年之氣。陽春煙景，大塊文章；馳電難追，逝川誰挽㉜。苟不及時以行樂，殊為拘執而鮮通。更逢櫻桃為鄭國之尤㉝，芍藥以揚州為盛。故琵琶箏笛，游楚㉞常以隨身；月觀琴臺，徐湛㉟因之宴客。龍華會上，聚青真玉女之仙；亢跡山前，志赤烏美人之地。千燈張而銀河落於樹杪，重帘卷而珠彩生於棟間。華鬘忉利之天㊱，原許神仙游戲；流水夭桃之際，豈無花草迷人。多見者識廣，博覽者心宏。若云尹文子㊲之身宜布衣，公孫弘㊳之

㉙ 羊公：即梁羊侃。梁書羊史傳：「大同中，魏使陽斐與侃在北嘗同學，有詔延斐同宴。賓客三百餘人，器皆金玉雜寶，奏三部女樂。至夕，侍婢百餘人俱執金花燭。」

㉚ 醇酒婦人：信陵君功高名盛為魏王所忌，遂沉湎於醇酒婦人，病酒卒。

㉛ 信陵：戰國魏安釐王異母弟。封信陵君，有食客三千。為四大公子之一。

㉜ 逝川誰挽：誰能挽留時光的腳步。

㉝ 櫻桃為鄭國之尤：櫻桃，果木名。落葉喬木，春季先葉開花，淡紅色或白色。以新鄭地區（今洛陽附近）為最有名。

㉞ 游楚：春秋鄭大夫，字子南。

㉟ 徐湛：即南朝宋徐湛之，字孝源。為尚書僕射。以廢立事被殺，謚忠烈。

㊱ 忉利之天：即三十三天，佛教用語。六欲天之一。謂在須彌山頂中央為帝釋天，四方各有八天，共三十三天。

㊲ 尹文子：即戰國齊處士尹文。所著尹文子，本名家者流，其言出入於黃老申韓之間云。

㊳ 公孫弘：漢菑人，字季。元朔中為丞相，封平津侯。每食止脫粟，帝賢之。然為人意忌，殺主父偃，徙董仲舒於膠西，皆其所為。

餐應脫粟；清風明月，買不因錢；掃雪烹茶，貧而能樂。是猶捨江湖之大而濯蹄涔㊴，忘泰華之高而驚培塿㊵也。

僕衰年作吏，憔悴風塵，壯歲束裝，羈棲賓客。然而覽洞庭、彭蠡㊶之勝，瞻南衡、東岱之崇。登吹臺而揖高、岑㊷，入戎幕而抗范、陸㊸。擁裘雪塞，走馬蘭臺㊹。庾子山㊺蕭瑟生平，江關已暮；杜少陵飄搖風雨，草舍無存。今也駑駘猶繫鹽車㊻，歸田何日；社燕暫尋朱戶，勝地重逢。會珠敦玉罍之場，作聯袂題襟之集。嗚呼！蓬心將死㊼，經零雨而重蘇；桐尾已焦，遇賞音而猶響。結交以道，文字為緣。他年事業勛猷，相門出相；此日池臺花鳥，仙境求仙。若謂歌梓澤之

㊴ 蹄涔：路上的積水。

㊵ 培塿：小土丘。

㊶ 彭蠡：即鄱陽湖。

㊷ 高岑：唐高適、岑參。高適，渤海人，字達夫。玄宗時中有道科。累官至諫議大夫。其邊塞詩昂揚奮發。岑參，江陵人。天寶三年進士。長於七言歌行，對邊塞風光、軍旅生活以及少數民族的文化風俗有親切的感受，故其邊塞詩尤多佳作。與高適齊名，並稱高、岑。

㊸ 范陸：宋范成大、陸游。范成大，吳興人，字致能，號石湖居士。紹興進士。累官參知政事。有文名，尤工詩，與陸游、楊萬里齊名。

㊹ 蘭臺：戰國楚臺名。傳說故址在今湖北鐘祥東。

㊺ 庾子山：即庾信，字子山，小字蘭成。

㊻ 鹽車：運鹽的車。比喻賢才屈居賤役。

㊼ 蓬心將死：人到暮年，心灰意冷。蓬，草名。蓬蒿。

芳園㊽，言興珠翠；序玉臺㊾之新詠，書鑿金銀。則僕才盡江淹㊿，賦輸王粲；願投梭而看織錦，請捧研以俟生花。

當下眾名士看了，正是游、夏51不能贊一詞，惟有拜倒而已。道翁自謙一番，又道：「可惜今日吉甫未來，又少了許多名作。明日想他也就大好了，請他來看了，斟酌斟酌再刻。」諸名士皆以為然，直飲到三更方才盡歡而散。不知後事如何，且聽下回分解。

㊽ 梓澤之芳園：即石崇之金谷園。
㊾ 玉臺：即玉臺新詠。
㊿ 江淹：南朝梁濟陽考城人。字文通。梁時官至金紫光祿大夫，封醴陵侯。晚年文思衰退，時人謂之江郎才盡。
51 游夏：即子游、子夏。均為孔子學生。

第四十七回　奚十一奇方修臀　潘其觀忍辱醫臀

話說諸名士那日在怡園分題了些對子，經道翁一番賞識，俱極欣喜，後又看了那篇序文，真是五體投地，不能不服。就是南湘、春航，是最不輕易服人的，此時也是真心拜倒。明日子雲又請金吉甫到園，將那些聯額看了，吉甫亦甚佩服。請道翁用真行❶字，寫了十六扇屏風，吉甫薦的季十矮子在園中刻起來。

到了四月十一日，春航、南湘報中進士，南湘中了二十一名，春航中了三十四名，兩人不消說都歡喜，把個蕙芳、蘭保，也樂得說不出來。南湘此番在京，借住在文澤處，因去年乃翁赴任時，將住宅賣去。蕙芳因春航在文澤處，雖彼此相安，但他出進雖沒人說話，也常要到門房走走，因此覺得不甚便當；又見南湘也中了，想他們二人的才學，是必入館選的，即與春航、南湘商量，何不合租一所房子。他二人也甚願意，就托蕙芳留心，蕙芳又托人問了幾處，皆不合意。

一日，來到子雲處說及此事，子雲道：「何不到我園中來，也熱鬧些？且道翁已選了南昌府通判，不日就要赴任，玉儂是要同去的了，你們搬進來，不好麼？」蕙芳道：「我是不搬進來。」子雲道：「你也搬進來。」蕙芳道：「我要搬進來，還要等一兩個月，此時還不能呢。」子雲道：「桂嶺那邊叢桂山房就有三十幾間屋子，竹君、湘帆二人很夠住了。你去對他們講，說我說的，不必另覓，將來如有家眷

❶ 真行：書法的一種。以楷書為體而具有行書筆意的一種書體。

來了，再找不遲。我明日揀個日子去請他就是了。」蕙芳應了，又到次賢、琴仙處談了一會。琴仙知道不日就要出京，回念舊時朋友相好一場，出京之後，不知何年再敘，甚覺繾綣，留蕙芳坐了半天，談了好些話。蕙芳道：「你要出京，我們自然要送行的。但你令尊在家，拘拘束束，不甚暢快，須到外邊去才好。」琴仙也應了。蕙芳談了許久，方才辭出，見了春航、南湘、文澤，均將此話說明，度香要請他們二人過去，春航道：「竹君可以去，我這幾日就想接家母與內人來，房子終要找的，省得挪來挪去。」南湘道：「我也看，去不去也在兩可。」春航明日面辭了子雲，說要接家眷來京，子雲也不好相強。蕙芳也找著一所房子，甚是合式，就在鳴珂坊，與子玉相近；又替春航備了車馬，新收了幾個管家。那趕車的就是周小三，進來後，又荐他小舅子許老三，改名許貴，做了跟班。局面一變，暫且按下。

且說那奚十一病好之後，已養了一月有餘，此時性子減了好些，身體瘦了好些，煙癮又大了好些。但奚十一這個孽障，雖經了這番痛苦，就應該痛改前非，保身節欲。誰知他身體一健，仍舊不安本分；況且內有菊花，外有巴英官，這兩重前後門是封鎖不來的，未免也要應酬應酬。無奈那厥物甚不妥當，不動作時倒也不覺怎樣，此時原只剩了半截，沒頭沒腦，頗不壯觀。到動興時，內中有一條筋脹得生疼，要勉強應酬幾下，也是不能的，把個菊花心內急得無法，唯有暗中流淚。奚十一也覺抱愧，自己一想，今年才得三十歲，怎好就是這樣？若在家鄉倒還能想個修治法子，這裡只怕未必有這個能手，把他移梁換柱起來。

一日，要到宏濟寺去謝唐和尚，封了五十兩銀子，叫英官拿了。到了寺門口，見間壁開了個飯庄子，掛著招牌寫著「安吉堂」。奚十一也不理會，到寺中見了得月，有些恨上心來，把他肩上狠狠的擰了一把。

得月嚷道：「做什麼使勁的擰我？」奚十一笑道：「你害得我好苦，病了一個多月不算，把那子孫椿也鋸掉了半截，教我做了個廢人，我好不恨你。」得月把眼狠狠的瞅了他一下，冷笑了一聲，道：「你不知那裡沾了來，倒來怨我，我好好兒的有什麼，你只要看我的師父——」說到此，住了口。奚十一坐了，拉他在身邊，問道：「你師父那裡去了？」得月道：「在間壁庄子上。方才有個楊八爺請他去說話，就回來的。」奚十一又與得月頑笑一會，再問聘才，也不在家。

只見唐和尚醉醺醺的回來，見了奚十一，滿面春風的道：「恭喜，恭喜，如今是大好了。」奚十一笑道：「多謝，多謝，還虧了你，雖然如今做了歪脖子的老短，到底還留得一半。若用了那人的藥，定然弄到斬草除根，淨了身了。我也沒有什麼謝你，這一點東西算還你的藥本罷。」說罷，作了一個揖，從英官手裡接過來，雙手送上。唐和尚連忙的推辭，道：「這如何使得？咱們弟兄怎樣的交情，你竟把我當作外人看待，送起謝儀來，快請收回。」奚十一道：「你莫非嫌少麼？」唐和尚連忙陪笑道：「豈有此理。」雙手只管推來，奚十一道：「唐大哥，你不用這樣，咱們交情原不在這上頭。但你那八寶丹是個貴重丹藥，也花了錢才配成，不是幾個錢買來的。如今你不收，倒使我為難了。」唐和尚還要推辭，奚十一決要他收，只得收了。

二人講了一會話，唐和尚道：「你如今想已不忌口了，我這個庄子有幾樣菜頗好，今日嘗嘗新。」奚十一道：「這個庄子是誰開的？開有幾天了？」唐和尚道：「這所房子是我寺裡的，前年師兄租與一家住了，吊死了兩個人，那家就搬了出去。以後常常的鬧鬼，所以閑空了一年。前月春陽館的黃掌櫃的來，看這屋子好開庄子，與我搭伙計，我出了四千吊錢，才開了三天。有個廚子會做幾樣菜：一樣燒鴨子，已是壓倒通京城的了；還有一樣生炒翅子，是人家做不來的。靠你能的福，這幾天倒也擁擠不開，城裡頭有幾位相好也趕出來。卻還有一樣比別處好，後頭一重門開通，就是魏大爺的住房前一層，有相好的如果酒後要吹兩口，可以到我這裡來。就那邊也另有兩個密室，要相公、媳婦，都可以叫得。從我這邊進去，是沒有人知道的。比運河旁邊那個右僧廟，一切更覺方便，又覺嚴緊，你說好不好？」

若奚十一從前聽了，不知怎樣高興，無奈如今大非昔比，眼前不見，耳中不聞，倒還好些。若聽了那些話，見了那些人，心中一動，底下那腦袋就像要伸出來，這條筋偏又拳縮伸不直，好不難受，因此不敢動心。他也不怕人笑他，就將這個苦楚說給唐和尚聽，聽得唐和尚大笑不止，說道：「你拚得再病一個月，我替你治好他。」奚十一道：「怎樣治？」和尚笑道：「我將些爛藥把那條筋爛掉了，省得他要痛，豈不好麼？」奚十一道：「不好，適或一齊爛完了，怎樣呢，難道還長得出來？我們廣東倒有個接樹法子，用海狗腎接他，不知京裡有會的沒有？」唐和尚拍手笑道：「巧極，巧極！怎麼沒有？方才一個楊八爺，叫梅窗，一個張師爺，叫笑梅，是魏大爺的相好，常到這裡來，我也與他相好。他們二人在間壁吃飯，我送煙過去，與他們講了半天。那張笑梅有個親戚是蘇州人，專門行這一道：替人配眼珠子，配鼻子，配牙，這卻都是假的。惟有接那樣東西，說先上了麻藥，將他一劈四瓣，把狗腎嵌進，用藥敷好，再將藥線纏好，一月之後平復如初。這狗腎是要狗連的時候，一刀砍死兩個，從母狗陰裡取出來的，才有用呢，不是什麼海狗腎。而且聽得說人是不疼不癢的。這人叫陽善修，現寓在城外，想必你那個也可以接得。但據你說短了，不曉得能接長不能。」奚十一聽了滿心歡喜，就立逼著唐和尚去請他來商量。唐和尚已經訪明了住處，就叫人去請那陽善修。

那陽善修住得不遠，不多一刻來了。唐和尚出來，照應他先在外間坐下。奚十一從裡面看他，面貌頗不適觀，衣裳藍縷，有幾分瞧不起他，也不出來，叫唐和尚與他說話。和尚將奚十一的毛病講了。陽善修道：「講接法也不同，先看各人的本源，再看各人的行貨。譬如那老年人筋力衰的，是不能接的，就接了也是白接。若是本源好的，就爛掉了半截，只要有個根子，也可接得起來。但先要看看那位的本源，再斟酌接法。」唐和尚同了他進去，奚十一勉強把腰鬆了一鬆，就坐下了。陽善修見奚十一才三十來歲，身材長大，像個本源未虧的人。但看他那威風凜凜的樣子，不敢來問他，局局促促的站著。奚十一把手一招，叫他坐了。方才講的話，奚十一早已聽見，便道：「我這個病就有一樣作怪，內中像有條筋扳住，脹起來，他就有些疼。必要先治好了這條筋，才可治別的。」陽善修道：「且先請教請教，看是怎樣。」奚十一也覺有些不好意思，唐和尚走了出去，奚十一方站起來，解開褲子。那人湊著一看，把個象牙片兒撥了兩撥，叫奚十一把褲穿了，說道：「果然，先治直了這條筋，方好再接。」便出來對和尚坐了，先講盤子❷，包修包好要二百銀子，如有什麼不妥當處，一錢不要。唐和尚與奚十一講了，奚十一道：「二百銀也不多，但是要有用才好，不要被他賺了。」唐和尚道：「他說，好了才受謝，不好不要錢的。」奚十一應了。唐和尚做中，三面言明，立了字據，明日先付藥銀五十兩。陽善修即拿出一包藥，一條綾帶來，交與奚十一道：「你回去，將這藥用丁香油調好敷上，把這綾帶捆了，起先鬆鬆的，到起性時，便扎得緊緊的，越硬越扎緊，只要三刻工夫，這條筋就直了，永遠不縮的。明日我到府上來再治。」說罷去了。

❷ 盤子：此處指酬金。

奚十一滿心歡喜，便等不及唐和尚請他吃飯，即辭了回去，與菊花說知。菊花更加歡喜，便找了丁香油出來，絕早就吃飯，過了癮，催奚十一睡了，將藥調得濃濃的，敷滿了他，將帶子捆上。奚十一覺得那物先涼後熱，一會兒火燒起來，脹得甚疼，便叫菊花把帶子收緊，收緊了覺好些，一連收了三次，方才止痛。奚十一睡著了，菊花醒來，將手摸摸他，覺比以前長了好些，心中甚喜。到了明日起來時，菊花要解他的看看，奚十一正想撒溺，菊花替他解了，奚十一撒了一泡黃溺，重新捆了。

吃了早飯，唐和尚同了那人前來，奚十一到書房裡陪他們坐了，陽善修問了昨夜的光景。菊花走將出來，從板壁縫裡望那個醫生，生得頗不順眼：一個黃腫臉兒，約三十來歲年紀，有幾根微鬚，身材短小，穿一件油晃晃的舊綢襖子，兩隻袖子破爛不堪。又見唐和尚的頭，剃得紫光油滑，穿件青綢夾襖，拿著把扇子搧著。聽得那人說道：「叫你們管家生個炭爐來。要一大罐子開水，再要個小藥吊子，還要舊綢子一塊。」奚十一吩咐都取了來，炭爐開水是現成的，就擱在一邊。那人取出一包藥，聽得他說道：「這是參，這是牛黃，這是珍珠。」又抓些別樣的藥在裡頭，煎了一會，倒了一杯，涼了半刻時候，叫奚十一先服了。奚十一道：「我等不及了，我要過那癮。」那人道：「索性上了藥，你再和唐師父吃煙。等這藥性發一發，就好動手了。」此時春蘭、英官也站在書房門口觀望。菊花見那人先調了半盞子藥，將奚十一的帶子解開，將水洗淨，把綢子擦乾了。菊花嫌那板縫小，還有些灰土嵌在裡面，取下金耳挖來，把板縫裡的灰，剔得乾乾淨淨，眼光才望得到轉彎處。見那人將藥與他敷上，又拿一個細套子套上，點了五寸長一枝香。奚十一與和尚躺下吹煙，菊花又見那人到窗前桌子上解一個包，取出個竹筒，並一個油紙包來。把那油紙包打開，有幾條藥線還像是濕的，將四條理直了，放在一邊。聽得他問道：「你那尊軀似乎過短，你如今要加長些不要？」奚十一道：「能夠加長更好。」那人道：「也不能很長。此時尊駕發起性來有多少長？」奚十一道：「前日不過兩寸半，昨日筋直了有三寸了。」那人道：「我替你修好了，就可以有四寸，也就夠了。」奚十一一口煙含在嘴裡，答不出話來，菊花在外聽了，當是奚十一只要四寸，便著了急，失口說了一聲道：「極短也要五寸。」唐和尚忍不住笑了一聲。奚十一聽得出口聲，便咳嗽了一聲，菊花自知失言，便跑了進去。

陽善修聽得有人說要五寸，抬頭一看，見門口有兩個孩子站著，便當是他們講的，也笑了一笑。春蘭臉倒紅了一紅，英官鼻子裡「哼」了一聲。那麻藥已上了好一會，菊花忍不住又走了出來瞧時，見那人說道：「香已點完了，藥性也走到了。」身邊又扯了一塊青綢紗來，笑對奚十一道：「疼是一點不疼的，但你自己看了，我就下不得手，你須閉了眼。」奚十一聽了，把綢紗在臉上捆了兩道。叫他坐在炕沿上，把腿分開，擱在兩張凳上。那人拿了藥線放在一邊，即蹲下身子，從竹筒裡揀出兩把小鋼刀。菊花見了害怕，心裡已突突的亂跳。見那人解下套子，那敷上的藥已半乾了。又將雞毛蘸著藥水，刷了一轉，才把刀割了一刀，血冒出來，把一條藥線嵌進。一連四刀，嵌了四條。菊花看了在那裡發抖，抖得牙齒對碰，撲在板壁上，那板壁也刷刺刺的響。春蘭、英官吐出了舌頭，縮不進去。唐和尚不忍看，躺著吹煙。那人又掏出一個錫盒子，取出一片鮮紅帶血的肉來，中間還剜了一個眼。又見他把那把小刀在龜頭上戳了幾刀，又冒出血來，將那片肉貼上，再用藥敷好。通身又上了藥，扎了兩三根藥線，把個象牙片子在頭上按了幾按，砑❸得光光的，才把綢套子套了。解開了蒙眼的綢紗，見奚十一揉揉眼睛，像

❸ 砑：在物體上碾磨使堅實發亮。

似不知疼痛，菊花才放心。唐和尚問道：「怎樣？」奚十一道：「倒也不覺怎樣，就是下身麻木，此時兩腿一動也難動。」陽善修把他腿撥了下來，扶他睡下，說道：「每日吃煎藥一服，我留下方子，你們自去抓罷。敷藥我每天午正時來替你上，七日內包好。好之後切不可就使喚他，總要兩三月之後，方可辦事。不然，是要受傷的，切記，切記。公雞、鯉魚、羊肉，百天之內吃不得的。大好之後，你若能吃狗肉，倒有益處。」奚十一道：「狗肉，我們廣東人叫做地羊，是常吃的。我也不知吃過多少了。」陽善修對唐和尚道：「昨日講的藥本先給我，我好去配藥。」奚十一即叫春蘭去對姨奶奶講，要一封銀子出來。菊花聽了先進去開了箱，取出一封銀子，交與春蘭送出。陽善修接了，收拾了藥包物件，叫春蘭、巴英官扶了奚十一進內去躺躺罷，同了唐和尚出去了。

奚十一果然每天服藥一次，陽善修每到午正時候便來上藥，一連十餘日，竟已長好。後來菊花也不回避了，到陽善修來上藥時，在旁偷看。見奚十一那物壯了好些，但是刀痕雖合，一條一條的形跡尚在頭上，更不好看，一塊青，一塊紅，像人臉上帶著記印一般。惟撒溺時尚有些疼痛，且按下不題。

再說潘三自那日受了周小三這番荼毒回去，唬了一場大病，二十幾天才起得來。這口氣悶在心裡，無從發洩，還算小事。那許老二摳了他一摳，又放了些東西在內，潘三回來趁早想法還好，偏偏又病了整個月，如今又隔了多時，裡頭倒像生了蟲，癢得難忍。老婆面前也講不出來，每到癢時只好隔著褲子摳摳擦擦，無奈全不中用。要想找個人替他醫醫這癢病，自已已是這些年紀，又這般相貌，斷難啟齒。那一日實在難忍了，只得要老年失節。想家內人都告訴不得，只有一個打更的焦傻子，是個懵懵懂懂的人，才二十幾歲。告訴了他，要他當這個美差，叫他不許對人講，想他倒不講的。主意定了，便叫了焦傻子到了一個小帳房裡，先賞他喝了一碗酒，三個黑麵餑餑，然後把這毛病對他說了，又叫他別告訴人。焦傻子只管點頭答應，心內一些不懂。嚼完了餑餑，轉身就走。潘三一把拉住他，他問：「要做什麼？」潘三再要講一遍，也講不出口來，若放了手，又恐他走了。便拉他到炕前，才放了手，自己伏在炕沿上，拉脫了後面衣服，高聳尊臀，口裡說道：「你來！你來！」焦傻子見了，四下張一張，見桌上有張包茶葉的紙，抓了過來，遞與潘三，嘴裡說道：「三爺，你自己擦罷，我只會打更，不會擦屁股的。」一徑走出去了。潘三又好氣，又好笑，只得罷了。

過了幾日，更加難忍，便恍然大悟道：要找人，是要找個行家，這糊塗的找他何用？便想起與他頑過那些相公。若去找那年輕貌美的，又定不妥，只有一個叫桂枝，如今三十多歲了，光景甚苦，在班裡分包錢，他與我有些情分。即到戲園中找著了桂枝，也帶他上了館子，又許他幾件衣裳。桂枝心裡喜歡，當是潘三念舊，還要與他敘敘，便極力巴結。潘三見他光景甚好，癢病便發作了。便把他的病根告訴了他，問他可有醫方。桂枝聽了，笑了一會，說道：「這沒有醫方，就有醫方，想你能也斷乎不肯的。」潘三道：「我倒肯，只怕人家倒不肯。你若肯醫我這個病，我願重重謝你。」桂枝笑了一笑，瞅著潘三。潘三見他肯了，便坐到他懷裡，一手將桂枝那物捏了幾捏，也有些意思。桂枝心裡想他幫襯，只得勉強。彼此鬆了褲子，桂枝也當他與自己一樣的東西，不料到門口一撞，一團茅草，路徑不分，針針刺刺的，心上一驚，那物就如春蠶將死的光景臥倒了，再也扶不起來。再見潘三的臉回轉來，問道：「怎樣？」桂枝更覺肉麻，身上一冷，渾身起了雞皮皺，忙說道：「今日不能，明日再醫罷。」潘三見此光景，只得拉倒，心上還想他明日來，與他約定了，給了他四吊錢。那桂枝又訴了多少的苦，格外要借十吊錢，潘三又只得給了。到了次日，桂枝果然來了。進了小帳房內，也照昨日的樣，只是不濟，就用三牲❹也祭不起他，把個潘三急得無可奈何，兩人白白的坐了半天而散。

潘三正在納悶，忽見一個伙計進來說道：「周家那找零的銀子二十九兩七錢，打發人來取。」潘三道：「我早已秤好在此。」將天秤架下抽屜一開，只見幾個法碼在內，不見銀包；又從各處找了，也不見有。潘三明知桂枝偷去，只得叫伙計重兌了。再看屋內牆上掛的一個表，也不見了。潘三恨聲不已，因是找他來醫病的，不便多說，忍氣吞聲，惟有暗恨周小三與三姐害他。

又挨了幾日，那天多喝了一鍾，更癢得利害，偶然想起卓天香也十七八歲了，又是他的老主顧，叫他來商量商量倒可以。即叫人去叫了天香來。天香來了，見了潘三請了安。潘三甚是歡喜，又同他到小帳房裡，擺出一盤盒子菜、一碟熏魚、一碟瓜子、一壺陳木瓜酒，與他談心。天香見潘三喜眉笑臉，七斜著眼睛，扭頭扭腦，不像往日的樣子，心裡想：他今日高興，必有一番纏擾。吃了一會，天香過去與潘三一凳坐了。潘三摟著，一手摸他那物，比落花生大得有限，心裡吃驚，問道：「你今年十八歲了，怎麼還沒有發身，像七八歲的孩子？」天香笑道：「不曉得為什麼緣故，他只不肯長，他也不懂人事，總沒有動過色。」潘三道：「我不信。」把他那顆落花生雙手拈了幾拈，果然不動，又捋兩下，也不見怎樣。潘三氣極，將他推下身來。天香嘻嘻的笑，又撲在潘三懷裡，拈著他的鬍子，道：「三爺，怎麼惱我？我原用不著這個，怎麼你今天找錯了門路？」潘三撅著嘴不理他。天香伸手去摸潘三的下體，也像煙癮來了的一樣，垂頭喪氣，不比往日的淘氣。天香弄了一會有些起來。無奈潘三一動心，後面更發

❹ 三牲：牛、羊、豕。

癢得利害，要把天香攆開。天香當是他故意裝做，便一把攙得緊緊的。潘三咬緊了牙，夾緊了屁股，把天香肩上咬了一口。此時是穿的夾衣服，一口把天香咬得「哎喲喲」的叫起來，把一手護著肩。見潘三靠了椅背，把身子往下矬了幾矬。天香見此光景，甚是不解，眼睜睜的看著潘三，見他面紅耳赤，又不講什麼。天香道：「三爺，你今日為什麼不喜歡我？想我伺候錯了，因此惱我？」潘三道：「我也不惱你，但我今日不高興與你做這件事。」天香只得走開坐了，又道：「三爺，要梳髮不要？」潘三道：「也好，倒梳梳髮罷。」

天香與潘三梳起髮來，潘三問道：「你伺候人頑的時候，內裡怎樣快活？」天香笑道：「有什麼快活？這是伺候人的差使，快活是在人快活呢。」潘三道：「不是這麼說。我聽說有一種人，小時上了人的當，成了紅毛風，說裡頭長了毛便癢得難受，常要找人頑他，及到老了還是一樣，這真有的麼？」天香道：「可不是，我們東光縣❺就有兩個：一個劉掌櫃是開米鋪的，一個狐仙李，都有四十幾歲了，常到戲場裡去找人。他先摸人的東西，那人被他摸了不言語，他就拉了他去，請他吃飯，給他錢，千央萬懇的，人才頑他一回。適或碰著了個古怪人，非但不理他，還要給他幾個嘴巴。這個毛病至死方休的。」潘三聽了，心裡更急，又問道：「這毛病除了人頑，還有什麼方法可以治得呢？」天香道：「那裡有什麼方法？」一想了一想，忽又說道：「有，有，有，有一個人與我們同行，聽他說醫好一個人，說是用手挖出來的。」潘三笑道：「這個如何放得進手？」天香道：「手是放不進，指頭是伸得進的。」潘三道：「適或長了毛，指頭也挖不出來。」天香道：「他有方法。他說長毛也要經過人精才長，沒有經過是不

---

❺ 東光縣：河北東光。

長的，不過那東西不得出來。」潘三道：「既這麼說，有三個月的，大約還可以治得。」天香道：「這要問他。」潘三見有人能治這個毛病，便將實話與天香說了。天香聽了也甚詫異，怪不得方才這個樣兒，想要與我做個燒餅會，便笑道：「你也頑得人多了，與人頑頑也沒有什麼要緊，治好他做什麼？」潘三把他擰了一下。梳完了髮，潘三千叮萬囑的叫他找了那人來。天香去了。

到明日去找那人，告知緣故。那人笑道：「潘三叫你來請我麼？這事我早知道。他正月裡拿這個法子收拾了許老三，許三姐才設計哄他，許老二就用他的法子收拾他，許老二早告訴了我。許老三吃了多少蕎麥麵，還吃了瀉藥，瀉不出來。還是我傳他的法子。聽說三姐將銀耳挖替他挖乾淨的，才不至成了毛病。潘三這個人真不是個東西，極該得這個報應，由他罷了。」天香再三的替潘三央求，那人道：「既然要我去治好他的病，你去對他說，要送我三百吊錢。他這個毛病還花三百吊買來的，何況要治好，他應該加一倍才是。」天香即將這話去對潘三講了。潘三道：「不知取得出來取不出來？如果真能取出來，我就給他三百吊。但叮囑他別告訴人。」天香去了。

歇了兩日，才同了那人來到潘三小帳房內。潘三頗不好意思，那人道：「三爺的事我全知道，但日子久了取他出來也不容易。」潘三自己講不出來，叫天香與他講定了：如好了送他三百吊錢，明日先交一百吊，十日後不發癢，再送那二百吊。那人也依了，便對潘三道：「三爺，你那洞府深，我的指頭短，摸不著底。你今日將二兩金子，打一支七寸長、筆管粗的一根耳挖，明日早飯後我來，包管你取得乾乾淨淨，不要你受第二回苦。」潘三道：「必定要金的，銀的使不得？」那人道：「定要金的，銀的萬使不得。」說罷去了。潘三疑他賺這二兩金子，便用二兩低銀打了，鍍了金，等他來。明日那人果然來了，將耳挖放進，替他掏得個乾淨。潘三也算略嘗滋味，先給了一百吊錢，那人把這耳挖果然要了，潘三以為得計。過了十餘日，居然好了，竟不發癢，又將那二百吊也給了他。天香借此向潘三借錢，潘三要買他的嘴，也給了幾十吊錢。

那人是個剃髮的，得了三百吊錢，便一朝發跡；又有二兩金子，便樂不可言。一日，想將那金耳挖，到銀匠鋪裡打兩個戒指。銀匠說是鍍金的，他還不信，及到試金石上刮了出來，果然是銀的。便恨潘三賺他，起了狠心，找了天香，要他去對潘三講，不應欺他，他如今把這耳挖做了憑據，逢人便說是潘三爺要他挖屁股的，叫他一輩子怎樣做人？天香果然說了，潘三無奈，只得托天香去說，叫他不要聲揚，再給他些錢。後來講來講去，那人只是不依，又給了二百吊。以後那人與天香串通，每逢緩急，便找潘三，潘三不肯應酬，便惡言惡語的把那件事題起來，潘三像寫了賣身文契與他一樣，零零星星真應酬了好幾年，直到那人死了方罷。此是閑話，非書中正文。下文即敘琴仙出京，且俟細細分解。

第四十八回　木蘭艇吟出斷腸詞　皇華亭痛洒離情淚

話說屈道翁選了南昌府通判，領凭之後，就要起身，這幾天就有些人與他餞行，常不在園。那些名士、名旦也輪流與琴仙作餞。

田春航、史南湘殿試過了，正是萬言滿策，鐵畫銀鉤。春航竟占了鰲頭❶，大魁天下，授了修撰❷之職。南湘在二甲第四，點了庶常❸。雁塔題名❹，杏林❺賜宴，好不有興，比起去年春間的春航來，就天壤之別了。這春航偏是姓蘇的與他有緣。去年虧了蘇蕙芳遂了他的心願，本以風月因緣，倒成了道義肝膽，使春航一腔感激，不得不向正路上走，因此成就了功名學問。今年會試房官雖荐了他的卷子，

❶ 占了鰲頭：這裡稱狀元及第。

❷ 修撰：官名。元時張起巖以進士第一名特授集賢院修撰，明清沿襲此制，進士一甲第一名（狀元）即授翰林院修撰。

❸ 庶常：即庶吉士。明初置，永樂以後專屬翰林院。清代沿之，翰林院設庶常館，選新進士之優於文學書法者，入館學習，稱為翰林院庶吉士。

❹ 雁塔題名：唐代故事。新進士在曲江宴會以後，常題名於雁塔。後代沿之，但地址變遷。

❺ 杏林：即杏園。故址在今陝西西安市郊大雁塔南。唐時與慈恩寺南北相直，在曲江池西南，為新進士賜宴之地。後代沿之，但地址變遷。

大總裁已經駁落。內中有一位總裁，姓蘇，名臣泰，現任兵部大堂，翰林出身，後又承襲了侯爵，就是華公子的泰山。看了春航的文字，大加贊賞道：「此人才調不凡，雖掞藻摛華，過於靡麗，倒是個詞臣格調，可以黼黻太平。」大總裁猶以為未可。及看他五經通明，策對平允，遂中了他三十四名。蘇侯到填榜時，拆對墨卷❻，見他這一筆楷字，心中大喜，知他殿試必在前列，果然被他中了狀元。春航謁見座師，蘇侯倒沒有講起，房師與他講了，所以春航感激這個恩師與別位不同。

這蘇侯少年時，也是個風流學士。年近五旬，夫人之外，尚有四位如君，貴承七葉，位列通侯，但艱於嗣子。正夫人止生了兩位千金：長的是華夫人，第二位小姐也十九歲了，要選個才貌雙全的女婿，所以還沒有字人。蘇侯初見了春航這般人物，心上十分中意，意欲附為婚姻，問他已有了妻室，暗暗嘆息。

且說春航搬進了新宅，凡車馬服飾，一切器用，盡是蕙芳一人之力。蕙芳數年所積，也就運用一空。此時蕙芳已辭了班子，常常過來與春航照應。春航要留他在宅裡住，他又不肯。但春航大大小小的事，皆係他一人調度，春航萬分感激，意欲分任其勞，實在又不及他精明周到。蕙芳又是個好勝脾氣，就是沒有辦過的，他先就訪問了，想得澈底澄清，一無翳障，不要春航費一點心。就是那個許貴也十分靈慧，惟有那老田安，只可看門而已。

一日春航正與蕙芳商議，要接家眷，無人可托的話，蕙芳願身任其勞。忽然到了家信，是其太夫人的諭帖。春航連忙拆讀，一看之後，不覺淚下。蕙芳心驚，便在春航背後同看。原來春航的夫人，於二

---

❻ 墨卷：明清鄉試、會試時，應試者用墨筆書寫試卷，稱墨卷。墨卷由謄錄生用硃筆謄錄，再送試官評閱，稱朱卷。

月內暴病而亡。太夫人傷心萬狀，家中止有一老僕並一僕婦，諸事草草，甚望春航會試回來。適值春航之母舅張桐孫，前任直隸天津府知府，因與上臺不合，告病回家，家居數年，情況不支；且上司已換，只得起程來京，定於三月十五日挈眷起身，偕了田太夫人來都，數日間就要到了。春航看完，一悲一喜，喜的是慈母將來，晨昏得事，悲的是朱弦已斷，中饋❼無人。且春航又是個鍾情人，想起在家時，釵荊裙布，唱隨之樂，不覺大慟起來。蕙芳十分勸慰，勸道：「老太太不日就到，你極該打起精神才好，如今倒自己苦壞了，教老太太見了不更傷感麼？」春航只得暫止悲痛，明日就為太夫人收拾上房，鋪陳一切，吩咐下人，從今以後稱呼蕙芳為蘇大爺。蕙芳也感激春航相待之意。

過了十餘日，田太夫人已到，春航接到良鄉❽，母子相見，悲歡各半。太夫人在路，已知春航中了狀元，因此更念起亡媳來。春航又拜見了舅父、舅母，無人不為春航喜歡。進了城，他母舅在春航處暫住了幾日，賃了住房，方才搬去。春航在太夫人面前說起蕙芳的好處，也是落難才唱戲的，如今已出了班子，他父親在雲南做過州同，是個書香之後，在京甚為相得，一切都賴藉他。因此田太夫人待蕙芳甚好，蕙芳更加相安了。

卻說史南湘館選後，便搬進怡園，在清涼詩境住了。他的脾氣又與春航兩樣，把那些同年同館朋友不放在眼裡，也不出去應酬，天天與屈道翁、蕭次賢、徐子雲一班人，詩酒陶情。閑時又有寶珠、素蘭、蘭保、漱芳等一班名旦，不是垂帘度曲，就是對酒當歌。南湘素有才名，如今加上個翰林名號，更有那

❼ 中饋：古時指婦女在家主持飲食之事。後引申為妻子，沒有妻子的稱中饋猶虛。

❽ 良鄉：即北京西南郊房山。

求文求詩的接踵而來。他又怕煩，常請金粟、子玉等代筆。至於不要緊的，連琴仙、蕙芳、素蘭、寶珠的佳章都有在裡面，好在人人說好，沒有一個看得出來。南湘本要接夫人來京，一因任上兩大人無人侍奉，二因他夫人利害，常要阻他的清興，勸他戒酒。南湘有些懼內，本來只好狂飲狂游，鰥居倒也不妨。

今日已是五月初四，道翁定於初七日起身，眾名士餞行已過。今日道翁一早進城，為華公子請去了。南湘來找次賢、子雲，都不在園裡，即到春風沉醉軒來，只見琴仙手托香腮，在那裡顰眉淚眼，見南湘進來，連忙起身。南湘笑道：「我道你此番自然長了學問，誰知還是那樣見識。人生離合悲歡，是一定之理，各人免不來的，何必作那兒女囁嚅、楚囚相對❾的光景？快不要這樣。你看半陰半晴，時涼時燠，這般好天氣，何不同我到吟秋榭去看看龍舟，如今算你們祖上的遺風餘韻了。」琴仙因與子玉就要離別，雖然敘了幾日，心上還是丟不開，鬱鬱的想念，被南湘道破了，只得強起精神；也因悶坐無聊，便隨著他到吟秋榭去。南湘忽又說：「我們何不去請了庾香、吉甫兩人來，作個清談雅集，倒也有趣。」琴仙聽了，正合他意，便道：「很好，請打發人去請來。」南湘道：「你找張紙來，我寫個字帖兒去。」琴仙找了一張詩箋，南湘寫了兩行狂草，著家人騎了快馬，即刻請了金少爺、梅少爺來。

家人奉命先到梅宅投了字帖，卻好金粟正在子玉處，吃了早飯，正想同子玉到怡園來。二人看了字，吩咐來人先去了。子玉、金粟都是隨身便服，各帶了書僮，坐車到怡園。自有南湘的家人引進，知道主人在吟秋榭，便從山邊小徑，抄入練秋閣前，下了船。這個船是天天有人伺候的，不須找人蕩槳，雙槳

---

❾ 楚囚相對：形容處境窘迫，無計可施。語出世說新語言語：「王丞相（導）愀然變色曰：『當共戮力王室，克復神州，何至作楚囚相對！』」楚囚，本指春秋時被俘虜到晉國的楚人鍾儀，後借喻處境窘迫、無計可施之人。

分開，啞啞軋軋的，從蓮萍菱芡中蕩去，見白鷺橫飛，綠楊倒掛，已覺妙不可言。穿過了紅橋，望見吟秋榭邊，靠著一個龍舟，今日卻未裝滿，恐天要下雨，只裝了幾層油綢蠟絹。到了水榭閣邊，已見琴仙靠在第二層欄杆，望見他們來，在上面微笑點頭。下面欄前有幾個書僮站著。

金粟、子玉上了岸，進了第二層，聽得樓上叮叮噹噹的響，又聽得南湘朗吟東坡的水調歌頭道：「我欲乘風歸去，只恐瓊樓玉宇，高處不勝寒。」噹的一聲，像把個玻璃缽擊碎了，遂狂笑起來。金粟笑道：「何物狂奴，悲歌擊節？」南湘見金粟等進來，益發大笑。金粟道：「此是端午，又非中秋，忽然念那水調歌頭做什麼？」南湘道：「我因看這副對子，不覺擊節起來。」琴仙道：「若依著時令，只可改作：『我欲乘龍歸去，只恐珠宮貝闕，深處不勝寒。』」南湘贊道：「改得好。教我們館中朋友改這一句，定想不到『深』字，必改個『低』字。」子玉、金粟大笑。子玉道：「你也把他們太薄了。」金粟道：「他們的文章詩賦，倒合古時候的格調，也是有本而來。」南湘道：「什麼格調？」金粟笑道：「清平調，不是太白先生遺下來的？」子玉道：「這『清平調』三字甚合。」南湘道：「只怕還有些清而不平、平而不清的。」金粟道：「文章之妙，在各人領略，究竟也無甚凭據。我看庾子山為文，用字不檢，一篇之內，前後疊出。今人雖無其妙處，也無此毛病。宋之問[10]以土囊謀人佳句，試看佳句何如？王勃[11]滕王閣序最傳誦者，為落霞秋水一聯，然亦不過寫景而已。」南湘道：「我們今日作何消遣？你看天也晴了。去年是初一日[12]，我記得是仲清泰山的生日，那日所以仲清沒有能來。今年竟都不在坐。」又道：

[10] 宋之問：唐代詩人。字延清，一名少連。以詩與沈佺期齊名。睿宗時賜死。

[11] 王勃：初唐四傑之一。字子安。撰滕王閣序聞名於世。

「玉儂兩三天就要走了，今日庾香應當怎樣，也應大家敘個痛快。這一別不知幾年再見呢。」子玉、琴仙聽了，都覺淒然，幾乎墮淚。

琴仙道：「我們何不下船去坐坐？一面走，一面看，比這閣子倒還好些。」子玉道：「果然船裡好。」南湘道：「我們就下船去，我備了幾樣酒果，船裡去談，一發有趣。」說著，都下船來，南湘叫書僮帶了筆研，又把酒肴也擺下船來，蕩動雙槳。南湘道：「庾香、玉儂何以不開口談談，再隔兩天就談不成了。」子玉道：「談也是這樣，亦只兩天半了。就算再敘兩次，還只好算一天。」琴仙眼皮一紅，斜靠著船窗，看那池中的燕子飛來飛去，掠那水面的浮萍，即說道：「這個燕子今年去了，明年還會回來麼？」子玉道：「怎麼不會來？管保這兩個燕子明年又在這裡了。」金粟笑道：「何以拿得這樣穩呢？」子玉道：「『似曾相識燕歸來』，不是就是去年的麼？」琴仙道：「『無可奈何花落去』呢，難道落花還會吹上枝麼？」子玉道：「花落重開也是一樣，不過暫時落劫罷了。」琴仙道：「落花劫也太多，有落在水裡的，有落在溷裡的。若落在水裡的還好，到底乾淨些。既然落了下來，倒也是他歸結之所了。」

子玉也與琴仙並坐，靠在一個窗裡，慢慢的蕩到橋邊，只見一群鴨子從橋洞裡過來，琴仙道：「你看這鴨子是一群同著走，倒沒有一個離群的。」子玉道：「人生在世，倒沒有這些物類快活，毫無拘束。」南湘對著金粟微笑，金粟點點頭，聽著他們講話。子玉道：「人生離合也沒有什麼一定，你看天上的雲，總是望一邊去的。你不見今日是兩來的雲，東邊的會遇著西邊的麼？」琴仙仰首看天，道：「只怕有橫風來吹散他。」子玉道：「那邊有橫風來吹得散，難道這邊沒有橫風來吹合他？」琴仙笑道：「那就要

⑫ 初一日：「一」，底本作「四」，他本作「六」，均誤。見二十回。

四面風才能。」南湘道：「只怕還有八面風呢。」子玉也笑了，琴仙道：「你看那個鯉魚好不有趣，他一個獨自擺尾而去。」子玉道：「你試看他轉來不轉來？」琴仙道：「未必能轉來了。」子玉心裡默禱道：「鯉魚，你若能游轉來，玉儂也就能轉來，你須順我的心。」那魚真又轉來，一直挨著船身過去了。子玉喜道：「何如？我要他轉來，他就轉來了。」琴仙道：「你怎樣的叫他轉來？」子玉道：「我心上想他，他也就順了我的心。這是天從人願。」琴仙對著子玉笑了一笑。

南湘叫擺過酒來，家僮擺好了。金粟道：「庾香、玉儂過來喝一杯罷。」一面把船蕩到練秋閣前，南湘道：「去年靜宜有個水滸傳的酒令，媚香掣著了潘金蓮雪天戲叔，媚香那個神色，再沒有這麼好笑，不料湘帆今日竟能如此了。」金粟道：「湘帆真不負媚香。」說著嘆了一口氣。南湘道：「也幸遇著了媚香，若遇了別人，未必有這管教他的本領。若天天朝歌夜弦，只怕湘帆真要做鄭元和了。可惜，可惜！媚香若是個女身，此刻就是狀元夫人了，偏又要多生出個雀兒來，教湘帆有欲難遂，伉儷不諧。」子玉恐琴仙不願聽這些話，便把些別樣話來打斷他。南湘、金粟也因琴仙在座，便不說了。

船又蕩到了桂嶺，子玉道：「我們蕩轉去，到蘭徑、菊畦、稻庄去罷。」南湘道：「也只可到蘭徑罷，我看那邊水淺，這船如何去得？」琴仙道：「要到稻庄去，就要走圍牆邊那帶河，過了水閘，全是大河。從菊畦背後，就到了稻庄，還可以到桃花源，就到不得蘭徑。」金粟道：「這裡路我沒有走過，就這樣去。」於是一路的蕩去，又覺別開生面。金粟道：「庾香，你也該臨別贈言，做首詩贈玉儂。」子玉道：「我們聯句罷。」金粟道：「這個恐不能，各人是各人的情意，未必聯得上來。」琴仙道：「前日靜宜畫了一柄扇子，是個怡園餞別圖，度香於那一面填了一首金縷曲，還空了一半。」說罷，便從袖子裡拿了出來，給與金粟等看了，見畫的是古香林屋，內中畫幾個人在那裡餞行的光景，度香的詞也做得甚好。子玉道：「我們就和他的韻罷。」南湘道：「你先來。」子玉一面閑談，一面想著，即成了一闋，寫了出來。南湘、金粟看著，琴仙念道：

何事雲輕散。問今番、果然真到，海枯石爛？

南湘道：「一開口就沉痛如此，倒要看看底下怎樣接得來。」琴仙念了一句，已經哽塞住了，到「海枯石爛」四字，便接連流下幾點淚來。再讀時，聲音就低了好些，停了一停，又念道：

離別尋常隨處有，偏我魂消無算。已過了、幾回腸斷。只道今生長廝守，盼銀塘、不隔秋河漢。誰又想，境更換。

琴仙到此忍不住哭了，金粟道：「這是庾香不好，誰叫他做得如此傷心，倒不怪玉儂要哭。」子玉也落下淚來，只得忍住，要勸琴仙。琴仙又要哭，又要看，拿著那詞稿，被眼淚滴濕了一半。南湘道：「我念給你聽，你也念不來了。」琴仙猶帶著泣，聽南湘念道：

明朝送別長亭畔。忍牽衣、道聲珍重，此心更亂。

南湘念到此，也幾乎念不出來。金粟聽了，也覺慘然難忍。琴仙已放聲大哭，南湘勉強又念道：

門外天涯……

將詞稿放下道：「我不念了。」斟了一杯酒喝了，便跂腳而臥，口中吟道：「『一聲何滿子，雙淚落君前⑬。』哀猿夜吟，令人腸斷。」琴仙痛哭了一會，子玉勉強勸住了，把絹子替他拭了眼淚，琴仙還望著那詞稿，想人念完了。金粟只得念道：

門外天涯何處是，但見江湖浩漫，也難浣、愁腸一半。若處夢魂飛不到，試宵宵、彼此將名喚。

墨和淚，請君玩。

琴仙哭了一個發昏，把個子玉哭得柔腸寸斷。金粟嘆道：「這首詞也不枉玉儂這些眼淚，真是一字一珠，一珠一淚，一淚一血，旁人尚不忍讀，何況玉儂？」便叫子玉索性在扇上寫好了。子玉道：「你們和的呢？」金粟道：「這是絕唱，還和什麼？可不必了。」子玉寫好。這一會淒楚，連南湘、金粟也沒有興致，即上了岸。正逢子雲、次賢回來，大家在尋源仙墅坐了一會，道翁也回來了。子雲還要留金粟、子玉小飲，子玉坐在此倒覺心酸，便同金粟各自回去。

明日，道翁還有事進城。琪官因與琴仙一同來京，且同一師傅學戲，如今見他跳出樊籠，得以出京，心裡甚為感慨，便單請琴仙過來話別；因想請琴仙，必須請子玉，又托琴仙轉約子玉於初六日同去。琴仙應了，果然把子玉請了出來。子玉那日先到文輝處拜壽，耽擱了一早晨，吃了麵，即便辭回。王恂留

⑬ 一聲何滿子二句：出唐張祜宮詞。

住不放，陸夫人也留他。子玉是一腔心事，如何留得住，只得將實話悄悄的告訴了仲清。仲清與王恂說了，方才放他出來。子玉喜歡，一徑就到琪官寓處，進去見琴仙已等了好一會，還有一個老年人在那裡說話。見了子玉，那人就站起身來，作別而去，琴仙還謝了一聲。琪官送客轉來，請子玉到他書房裡坐下。子玉問起方才這人，琴仙道：「他叫葉茂林，是我們教戲的師傅，聞我要出京，今日送了幾樣東西來。」子玉見琴仙面似梨花，朱唇淺淡，眼睛哭得微腫，說不出那一種可憐可愛的模樣，只呆呆的看著他。琴仙這兩日，千慮萬愁，也不知從何處說起，倒一句話也沒有，就只一汪眼淚，在眼皮裡含著，只要題起心事，便一滴就下。

琪官見他們兩人四目相泣，一樣的神色，知道九分。但自己想著從前的事，不免也有些悲楚。三人坐了許久，都不言語。琪官與琴仙坐在一凳，拉著琴仙的手說道：「琴哥，你如今是好了，上了岸，看我們落在水裡。想我們同來的十個人，到京後死的死，散的散，就剩下你我兩個。你如今又要去了，就只有我一人。想到咱們在船上的時候，那幾個又是不投機的。哥哥，你說咱們兩個生在一處，死在一處。有一天你受了人家的氣，晚上想要跳河，我拉住了你，你還恨我。我說要跳河咱們同跳，你才住了，哭了半夜，自己將塊帕子撕得粉碎。到明日看時，才曉得撕了我的帕子。你還拿新的還我。到了天津那一天，船碰壞了，我們睡在艙裡避風，你睡著怕冷，叫我將背擁了你的背，你才睡著。及到了京，又分開在兩處。我想起好不傷心。」琴仙聽了，眼淚直流下來，琪官也哭起來了。子玉本來傷心，今見他二人都哭，再將琴仙前前後後一想，怎麼還忍得住，便也淚流滿面。琪官又道：「你從前給我那個水晶貓兒，我還當著寶貝一樣。現在天天學字，拿他做鎮紙。去年林小梅要我的，我不肯給他。我說是哥哥路上給我的，我要留著他。」琴仙道：「你給我那琥珀扇墜兒，我也留著。」便也執著琪官的手，道：「我此去，也不知怎樣，我這般苦命，料是沒有什麼好處的。還是你們在京裡好，大家相幫著，還有個照應。我如今出了京，只好聽我的運氣，好好歹歹，隨遇而安。適或蒼天見憐，過了一二年，我寄父或者又進京，我隨了來，與你們還可見得一面也未可知。或不然，你們出了京，到外省來，做個萍水相逢，也論不定的。若論我們的緣分，就是今日這一敘了，那也是天數，無可挽回，只好來生再見；或者情緣不斷，再成個相識；或做了親弟兄更好了。」說罷又哭。子玉勸道：「離合之數，原是對待的局面，有離自然就有合。難道不准你再進京來；適或玉艷將來也到江西去，也是難料的。如今且把心事丟開，你一路保養身子要緊。先有那十八站早路，就極辛苦的。你再將身子傷感壞了，在路上更是不好，我們這片心也放不下。事已如此，只得聽天由命罷。」琴仙將子玉看了一眼，嘆口氣道：「我們何嘗不這麼想。前幾天要他一天長似一天，把一月併做一天才好。到這兩日，反要他一天短似一天，一會兒就上了路，望不見這京城裡，倒也死了心。譬如人斷了氣，這魂靈隨風飄去。偏又望來望去，還隔著一天。今日已是這樣，明日又怎生挨得過去。」說著，重新又哭。

琪官道：「琴哥，不要哭了，我想你那義父是個好人，絕不至像那易老西兒，將人買去幾個月，又不要了，那是何等俗物。況你這義父又無親生兒子，待你好是不用說的了。你人又聰明，不比我生得笨。他教你讀起書來，飛黃騰達，也是意中之事。將來自然必念著患難弟兄，那時我們還要仗著你呢。況此去一路好山好水，游玩不盡，也不至煩悶。我明年滿了師，也由我怎樣，我找個便人，同著他來找你。我隨便都願意作，我實不願唱戲。」琴仙道：「你來找我，要我活著才好。適我已經死了，你就怎樣？

不如你先寄封書來問問，得了我的信再來。」琪官道：「何必說死說活呢。哥哥總喜歡詛怨自己。」子玉道：「是極了，玉儂總要咒自己。譬如去年你進華府的時候，你也口口聲聲咒自己要死，如今偏好好兒的出來了。那時怎想到今日？那時既思不到今日，自然今日也想不到後日。焉知不應了玉艷的說話，我勸你放開些罷。若說玉艷要找個便人同到江西，這也不難。我們老爺現在江西，只要我太太肯教我去，我就同了玉艷來訪你。」琴仙瞅了子玉道：「你真能到江西來嗎？」子玉道：「這也沒有什麼不能，我要到江西省親，自然太太也肯教我去的。」琴仙道：「若說太太的心，是慈悲的，就恐捨不得你，不教你去。」子玉道：「太太不教我去，我也要去。」琴仙道：「好容易？幾千里路，你就想去，就太太准你去，我也不願你去；況且你去了，又要回來，做什麼吃這一路的辛苦。這個念頭斷不必起他，倒是我三年兩年之內，進京來看你們為妙。你們一個都不准來。」於是談談講講，琴仙略減了些酸楚。琪官備了酒席，請他們二人坐了。今日就是八珍羅列，也難舉箸，酒落愁腸，一滴已醉。

三人勉強飲了一巡，琴仙已經醉了，離了席，到書桌邊，看見那個水晶貓兒，真在都盛盤裡，不覺淒然有感。見一個絕小的方錦匣子，揭開看時，是六顆骰子。琴仙放在手中，重新入席，拿了個空碟兒，對著子玉、琪官說道：「三心和同，有始有終。擲個全紅。」「璫瑯」一聲擲下，卻也奇怪，倒像有神明佑護著他，卻好碰著六個全紅。子玉大喜，琴仙也覺開懷。琪官笑了一笑，取骰子在手，也對著琴仙、子玉說道：「三心和同，後日相逢，二十四紅。」又說道：「你們看我擲。」琴仙、子玉看時，也是個六紅。子玉更加喜歡道：「這不用說了，兩個全紅，豈是容易碰著的？謝天地神明，先給個信兒。」琴仙還要再擲，琪官把骰子收起道：「不用擲了，兩擲皆應了口，再擲就不能靈驗了。」子玉恐再擲未必有全紅，也勸琴仙不要擲了。若論這副骰子再擲一擲，保管也是個全紅，何以琪官即行收起，不教琴仙再擲呢？原來這骰子六面皆是紅的，並無二色，那是琪官做的頑意。今日琴仙被他賺了，解了好些愁悶。

這一回也談了許久，琴仙恐他義父回來，只得要早散，琪官也不好久留他。子玉想後日送他的人多，不好說話，便從身上解下一個小玉琴，送與琴仙道：「此是我常佩的東西，給你算個記念罷。」琴仙接了，一陣心酸，也從身邊解下個五色玉梅花，遞與子玉道：「這也是我常佩的。」子玉也收了，各人佩上。子玉道：「明日一天怎樣？」琴仙道：「你也不用來了。後日起身得早，你斷不要送我。今日就叩辭了。」跪將下去，子玉也忙跪下，兩人對叩了頭，站起來，兩人眼淚像四串珠子一樣，滴個不住。琴仙又與琪官也辭了行，也叫不必來送。琪官道：「這是什麼話？就半夜起身，也是要送的。」琴仙、子玉皆謝了琪官，各人上車洒淚而散。

明日端午，道翁在園，琴仙也要收拾些零碎。那名旦九人，是要到子雲處來賀節的，見了一見。子雲也無心緒，沒有請客，就止與南湘、次賢、屈氏父子，在練秋閣小飲了幾杯，看了一看龍舟，應了景兒。

到了初七日，道翁一早命家人押了行李先走，自己與琴仙到了辰初方才上車。其時送行的不計其數。道翁一班老友，有到園中來的，有在城外等候的。華公子本要出城親送，道翁再三阻了，沒有來，止打發家人代叩送行，預先送了程儀六百金。子雲也送了六百，文澤送了二百，道翁的盤費很富足了。子雲、次賢各備車馬跟著，一直送出城外，直到十里之外皇華亭⑭。只見南湘、仲清、文澤、金粟、王恂、子玉、春航，領著那蕙芳、寶珠、素蘭、漱芳、玉林、蘭保、桂保、琪官、春喜九個名旦，在皇華亭等候。

⑭ 皇華亭：典出詩小雅皇皇者華，謂為君遣使臣之作。後遂用作使人或出使餞別之處。

道翁等連忙下車，極口辭謝。各人皆要把盞。那九個名旦，見了琴仙，一齊上來，握手的握手，牽衣的牽衣。琴仙見了這九人，已覺悲酸萬狀；又見子玉躲在人後，在那裡拭淚，不覺一陣心痛，頭暈眼花，跌倒在地。慌得眾人連忙扶起，拍的拍，喚的喚。把個子玉急得如痰迷心竅一般，直瞪瞪兩眼，一句話說不出，淚落如雨。子雲、次賢急急救醒了琴仙，便說道：「快扶他上車罷。」道翁交代家人劉喜好好服侍。子雲謂道翁道：「令郎與他們幾年在一處，一刻要分手，自然是難忍的。道翁先生我們倒不敢久留了，一路福星，請升輿罷。」道翁見琴仙如此，心內甚慌，與諸人作了一個揖，又握著子雲、次賢的手，道：「從此別後，只好魂夢相隨。感激之私，令人口不能說。惟祝諸公雲程萬里，富貴雙全而已。」也不覺老淚涔涔，諸名士與名旦亦各洒淚。道翁上車，領著琴仙而去。正是：雙輪碾動如飛去，回首雲山已渺茫。眾人勸回子玉，子玉直著眼睛望不見琴仙的車，才放聲一哭而回。不知後事如何，且聽下回分解。

第四十九回　愛中慕田狀元求婚　意外情許三姐認弟

話說子玉送了琴仙回來，這一急一痛，便出了神，舊病復發，足足病了一月始癒。後來顏夫人已知琴仙出了京，道翁養為義子，倒也替他歡喜。

且說春航斷弦之後，田夫人又上了年紀，沒有媳婦總是不慣，不得已命春航從權選擇清門。春航猶豫未決，意欲先覓個小星，又以北人生硬，總乏嬌柔，只得先於老婆子家人媳婦裡頭，找個細致的來伏侍。太夫人那知道京裡這些老婆子，是一萬個裡頭揀不出一個好的來。一日雇了兩個來，都是京東❶婦人，四十來歲：一個麻臉似蜂窩一樣，髮髻上罩著個馬尾冠子，扎著褲腿，鬆鬆的似兩個布袋，倒插得一頭紙花，走起路來腰掀屁蹶，好不難看。且專門內外搬弄是非，四下裡調唆，不是說這個作賊，就是說那個偷漢，也不過是想掩他自己的醜處。每每人家骨肉不和，多因此輩所使。內有一個更覺奇怪，沙盆大的臉，水缸大的肚子，伺候了老太太一頓飯，便一樣事都不肯做。每一使喚他，他就裝聾做啞的腆著大肚子，擺開八字腳，穿著薄底鞋，抽著關東煙，去找那些火夫打雜的，大哥長，大爺短，嘻嘻哈哈，坐在廚房土炕上，擠在人堆裡，要他說笑個盡興。隔一天還要出外半日，去找那些趕車、碓米、挑煤的孤身漢子解個悶兒。就見了春航，也要偷瞧一眼。春航如何看得慣這些東西，不到半月都攆掉了。又買

❶ 京東：宋代路名。管轄八州一軍三十七縣。治所在今商丘市。這裡泛指京師東部。

了兩個丫頭，十二三歲，也是三等貨。

一日，趕車的周小三與蕙芳說起他的三姐，情願進來伺候老太太，又誇獎他三姐粗粗細細，件件皆能，還會縫衣寫算，針線活計，是不用說了。蕙芳也聞得三姐之名，收拾過潘三，想是個伶俐人，也想見見他，問他怎樣收拾的，便與春航說了，舉荐他進來。春航不好推辭，一口應允。這三姐因收拾潘三之後，心上也有些懼怕潘三要來報仇，故此小三在家，閒了兩三個月，才得進了這個門子。後又見春航點了狀元，老太太來了，也沒有個中意的人伺候，所以想把他三姐帶進，也便當些，省得一個少婦孤零零的住在外面，沒有照應。

這日三姐收拾進來，打扮得不村不俏，薄施香粉，淡掃蛾眉，鬢邊簪一朵榴花，穿了一件月布衫，加個夾背心，水綠綢子褲，翹然三寸弓鞋，細腰如杵。進見春航，叩了頭。春航一見大為失驚，以為周小三的媳婦，自然是粗笨的，再不料如花枝一般，便和顏相待，命他去叩見老太太。田老夫人一見三姐，甚是歡喜，更兼三姐千伶百俐，無一樣伺候不到。不但田老夫人，連春航與蕙芳身上，也很用心，做出菜來，比京城裡的廚子高了十幾倍。老太太常給蕙芳東西，叫三姐送出來。三姐未見春航時，小三也沒有對他講過，當他不過尋常相貌，及見了那樣的風流瀟洒，如金如玉，那憐才愛貌之心，人人一樣，自然格外盡心。再見了蕙芳的人才，覺得自己比起來，竟差得多遠，心裡反覺自愧，偶然與他說句話，分外高興，所以待蕙芳殷勤之處，更是不同。見了幾回，也熟識了。

一日，春航不在家，蕙芳獨坐在書房裡。老太太知道蕙芳來了，便叫三姐送點心出來。三姐托了碟子到書房門口，先咳嗽了一聲，然後進來，笑容滿面的，叫了一聲「蘇大爺！」蕙芳也帶著笑，回叫了一聲「三姐！」三姐道：「這是老太太給你的。」說著，將碟子送到蕙芳手邊。蕙芳見他十指尖尖，套了銀甲，就接了放下，道：「請三姐叫我的名字，謝老太太的賞。」三姐答應了，把蕙芳打量一番，蕙芳便觸起潘三的事，想要問他，卻又不敢。三姐慧眼一觀，已瞧出蕙芳像要問他什麼，便呆呆的看著蕙芳，等他問來。蕙芳被他不轉眼的看著，倒有些不好意思，心中想道：我看他這個光景，就問了他，他也未必怪我。便笑盈盈的走近一步，叫了一聲：「三姐！我有一句話要問你，又怕你要惱，不知好問不好問？」三姐微微笑道：「什麼話好問不好問？」蕙芳又陪著笑道：「我知道三姐是個女中豪傑，把那潘三收拾得爽快，是真有的事麼？」三姐聽了，臉上一紅，低低的「啐」了一聲，帶著笑轉身便走，又道：「我道你問什麼，誰又認得潘三？是那裡聽來的話？」走到帘子邊，那枝銀挖耳插得本長，抓著帘子，落下地來，回轉臉來，又是一笑，拾起插在頭上，急急的走去了。蕙芳雖然碰了個釘子，見他還沒有什麼惱，尚是笑了兩笑，也還放心，然終悔自己失言，這事原不該問他。蕙芳回去了以後，來了兩次，沒有見著三姐。

一日，蕙芳又來，春航未回，在書房閑坐，聽得三姐腳步聲，在他門前過，急出來望時，見三姐到二門口叫小三說話。說了話進來，蕙芳意欲招陪他幾句，見他低了頭，當不看見。及走過了書房門口，又回轉臉來，卻正與蕙芳四目相對，三姐低鬟一笑而去。蕙芳自此以後，也看出沒有惱他的意思了。

卻說春航要續弦，選擇清門之語，傳入蘇侯耳內，正合他意。便在武選司郎中❷楊方猷面前，略露了些口風，似要他去對春航說，托人來求的意思。楊方猷是春航的房師，心中甚喜，即來與春航講了，

❷ 武選司郎中：吏部主管武官升遷、罷黜等事項的官名。

叫他請人去求親。春航倒有些躊躇，因蘇家是世祿之家，門庭烜赫，自己雖成了名，依然寒素，因此有些不願；且未知那位小姐怎樣，也要留心一訪。但係座師願與他聯姻，且是房師來講，怎好推辭？口內只得允了。又說稟過家慈，再來覆命。楊公去後，春航知道子雲與蘇侯最好，且慢稟高堂，先找子雲訪問。到了怡園門口，見有一輛綠圍車，八匹馬擠在一邊，知道有客，跟班問明了，是華公子在園。春航便先到清涼詩境找南湘去了。

卻說華公子為琴言之事，與子雲有了嫌隙，如何又到怡園來呢？這華公子是一時氣性，寫了那封惡札。過了兩日，便有些自悔了。誰知子雲只當沒有事的一般，又不來招陪他，心內殊覺無趣。後與屈道翁送行，道翁倒把子雲的好處說了一番。又說起扶乩，琴言與他前世原是父女，並將那首詩通身念給他聽。華公子聽了，心中著實駭然。道翁又贊琴言多少好處，現在認為義子，帶他到任。華公子冰消雨霽，倒有幾分過意不去。再將琴言細細一想，真沒有甚麼不好，倒冤了他，便也贊了幾句。道翁去後，次賢又來，才將這事澈底澄清的講了一番，華公子始悔自己孟浪，又念與子雲兩代世交，為這點事絕交，是給人要議論的。又因他是個盟兄，只得盡個弟道，下口氣先去招陪他。先是道翁、次賢已將華公子懊悔之意與子雲講過。子雲是大度包容的，既是他先來，豈尚有芥蒂之意，便與從前一樣相待，絕不題起那事。華公子忍不住，只得說誤信浮言，認了不是。子雲也安慰了好些話，留他在春風沉醉軒小飲了一會而散。次賢、南湘皆未在坐。南湘昨夜於子雲去後大發酒興，邀了次賢下船，兩人喝了一壜，把個次賢喝得大醉。南湘掉了水裡，家人救了出來，已是喝了幾口水。今日腹脹腰疼，起不來。次賢也是昏昏沉沉的睡了。春航到他們房裡談了一會，打聽華公子去了，才到子雲處來。

此時子雲在寶香堂，見了春航進來，連忙迎接，彼此談了些話。春航問他與蘇侯是師生，可知他家的細底。子雲道：「你問他做甚？」春航將楊方猷的話對子雲講了，子雲連忙稱賀道：「恭喜，恭喜！這個喜，比你中狀元還要大些。」春航笑道：「不過顯宦罷了，知道成與不成，吾兄倒先賀起來。」子雲道：「顯宦什麼要緊，又不要借他聲勢。但這個蘇侯是我的中舉座師，又是家兄會試房師，又是家嚴的盟弟，兩重年誼，一重世誼，是極好的好人。這還別管他。我為什麼說比中狀元還要喜呢？我那兩位世妹，真是絕世無雙，有名的蘇氏二喬。大世妹就是華星北的夫人，今年二十一歲了，名叫浣香。方才說的二世妹，叫浣蘭，一母所生的。若結了這個親，就要叫你喜歡得說不出來，那時你才信我這句話。」春航聽他說得這樣好，似信不信的，便道：「怎樣的好處，你如此稱贊。你且把他的大概說說，你見過這人嗎？」子雲道：「怎麼沒有見過？他姐妹兩個跟著師母，常到我家來看我們家母，且與我內人是盟姊妹，就見我也不迴避的。從大世妹出嫁後，他一人就不高興來，或是等他姊姊歸寧時，也還同來走走。說也奇怪，這句話我此時對你講，你必不信，如成了，你一見面，就明白他姊妹二人相貌，與蘇媚香真是一模一樣。大世妹還只有七分相像，二世妹竟有九分，比媚香還要嬌柔些，艷麗些。媚香到底是個男身，自然不及女子嬌媚。」話未說完，春航就樂起來，道：「這話果然麼？我有些不信。怎麼同了姓，又會同了相貌呢？」不覺大笑起來，子雲聽了，也是好笑，說道：「信不信由你，就算我說謊的。」春航深深作揖，說道：「小弟孟浪，仁兄幸勿見罪。但仁兄與蘇老師如此交情，弟此時如請冰人③，定非吾兄不可了。」子雲道：「我就不會做媒，這事不敢效勞。既是楊四爺來講了，就請楊四爺為媒，何必

③ 冰人：媒人。

又要我去呢？」春航又作一揖，子雲佯作不見，並不還禮。春航笑道：「楊老師是他的屬員，見了拘謹得很，不便說話，要我另請人去說，吾兄素肯成人之美的；且他人去說，蘇老師也未必見信。言以人重，定非吾兄不可。」子雲停下一會，說道：「適或是我賺你的，將來不要怨我麼？」春航又連連作揖，子雲只得應了，春航告辭而去。

子雲過了兩日，回拜華公子，進城順路到了蘇府。正值蘇侯下衙門回來，請了進去。子雲請了安，又進去見了師母，說他夫人與師母請安，蘇夫人也問了好。蘇侯讓進內書房坐下，談了一會，子雲將春航春間斷弦，聞二世妹賢淑之名，奉母命求親的話說了。蘇侯故作沉吟道：「看田修撰文才品貌，是極好的，而且也是個舊家，但不知品行如何，我最怕的是輕薄少年。年兄既是至交，必深知道。」子雲道：「這田修撰的品行，是人人盡知，也不須門生多講，老師可以問得出來。真是廉隅砥礪，孝友兼全的。」蘇侯哈哈大笑道：「足見年兄取友必端，自然不用說了。」子雲道：「老師春風化雨之中，豈生莠草。」蘇侯大樂，留子雲小飲，問近日見華星北無有。子雲答以方才從那裡來。蘇侯又問：「園中想必收拾得更好了，我竟一二年沒有來逛園了。」子雲道：「比初成時又更好了些，花木比從前繁盛了，池子也開通了。」蘇侯道：「我這幾年也實在忙，竟沒有一日空閑，倒是你們師母心上想來逛逛，如今天氣又熱了。」子雲道：「門生回去，叫門生媳婦擇個日子，請師母與世妹逛園。」蘇侯道：「等天氣秋涼再看罷。」子雲又問春航之事，蘇侯道：「年兄為此而來，老夫怎好推卻，請致意田修撰就是了。」子雲深深打了一恭謝了。

蘇侯又問他椿萱❹在任安好，想常有府報回來；又問令兄在淮揚也好。子雲道：「家嚴是前月打發家人進京來的，托賴安善，僚屬軍民以及外洋客商，盡皆靜謐，物阜年豐，頗稱安逸。家兄新署運司，前月有稟帖與老師請安的。」蘇侯道：「不錯，不錯，我也才寫了回信，幾天就忘了。又帶了些東西來，我還沒有道謝。」子雲欠身說聲「不敢」，又道：「家兄今年又添了個舍侄。」蘇侯道：「一發恭喜。」又問道：「令泰山如今升到福建，比雲南自然好些。」子雲道：「前在雲南巡撫任上，事情還少。如今是浙閩兩省，且兼著外洋，卻繁得多了。」蘇侯道：「你們泰山是與我同年，又且同館。這件事，想他與你們講過。我們留館那一日，他晚間做夢，儀從紛紜的到一處地方，一個牌樓上面寫著『福地』兩字。他預先知道要到福建去的。他的令郎今年幾歲了？」子雲道：「今年才八歲。」蘇侯道：「他比我長四歲，今年五十五歲，已有八歲的兒子。我五十一歲，卻一個也沒有。」子雲道：「就五十外得子，也不算很遲。德門世胄，無須慮及此的。」蘇侯道：「我已不作此想了。尊大人今年是六十幾了？」子雲道：「家嚴六十三，家慈六十二。」蘇侯道：「尊翁是何等福分。那年在京時是五十九了，鬚髮光黑，那裡像花甲之人，正是龍馬精神❺，我們是比不上的。而且尊公的福氣那是世間全福，就是令泰山也比不上他。」子雲道：「總是天恩祖德，家父一路算平穩，沒有遇著風波。至於家岳也就遇著好些蹭蹬的事❻。」蘇侯道：「海樓先生過於耿直，我想做他的屬員是不容易的。」又問道：「今年有個點庶常的叫史南湘，是大名道史同年的兒子。這人倒有些才名，只不見他出來。」

---

❹ 椿萱：父母的代稱。椿，父。萱，母。

❺ 龍馬精神：喻人老而健者。

❻ 蹭蹬的事：比喻困頓失意之事。

子雲笑道：「史竹君是個清高疏放人，現寓在門生園裡，老師有教訓他的話？」蘇侯道：「也沒有什麼話。我就聽得有人說，他見那些前輩的禮數，不大合式。有人議論他狂，或是他才入翰林，不知這些禮數也未可知的。至於那前後輩的規矩，也太嚴，就是我從前在館中，也有人議論的。已後教他留點神就是了。」又道：「今年秋間有宏詞之試，這個科名已有五十年沒有考了。年兄廣交，於那些海內人才及世家子弟，有所見聞，有真才實學的麼？」子雲道：「老師垂問，門生不敢不對。海內人才甚廣，門生孤陋，也不能廣交。但在世家及各大員子弟，與四方鄉會試諸名宿，門生熟識往來卻也不少，但是人云亦云的多。就有一位老前輩，近來又赴任去了，叫屈本立。想現任官，在京也不能考的。」蘇侯道：「屈道生麼？他是孝廉方正，可惜了，屈在下位。不然倒好保他。還有那南京名宿金粟，也因限於成例不能保舉的，真真令人可惜。此外呢？」子雲道：「此外尚有幾個，都是英才未發的人。翰林院侍讀學士梅公之子名子玉，目下少年中有景星鳳凰之譽。」蘇侯點點頭。子雲又道：「已故翰林院編修顏茳之子名仲清，現任禮部尚書劉大人之子名文澤，內閣學士王大人之子名恂；此外，還有蘇州拔貢生高品，湖南優貢生蕭次賢。這幾位都是名下無虛，與田修撰、史庶常朝夕觀摩，是門生往來無間的。其餘不知其他，不敢濫舉。」蘇侯聽了，掀髯大笑道：「怎麼你舉的人，多半是我的年侄？你不要阿私所好，叫我聽了喜歡。」子雲笑道：「這個門生怎敢，至於老師的同年故舊，門生卻也不能盡知。」蘇侯笑道：「這是老夫戲言，年兄豈肯阿私所好？你方才說這幾位，就是那兩位明經❼，我不知道他家世。至於梅鐵庵、王質夫、劉定之，及已故的顏穆堂，還有你令泰山袁海樓，與史庶常的令尊史鑒湖，都是我們同年。現

❼ 明經：明清對貢生的敬稱。

在還有些做部屬司官的，有幾位做州縣的，這也是人生不齊之數。我們這一科也就算好了，已經有好幾位坐了一品。」又講了些別的話，子雲坐久了，見時候不早，告辭出城。在車內想了一會，道：「湘帆太便宜了，不如等他來求我，我再與他講。」便一徑自回宅子去了。

明日，春航果然來找子雲，子雲只推宅裡有事，叫春航在南湘、次賢處等了一日。明日又來，子雲又不見他。春航明知子雲故意作難，然心上又恐怕此事不諧，只得忍耐了性氣，第三日又來，才見了子雲。子雲笑道：「這幾日，吾弟有甚麼要緊事，連日來找我？」春航笑道：「已經三顧❽了。我知道前日失言，仁兄因此怪我。」子雲笑道：「豈有此理，我輩肝膽之交，就說錯句話也斷無怪理。」卻說閑話，不提起蘇侯的事來。春航性急，只得問道：「前日吾兄進城會見蘇老師麼？」子雲道：「談了半日，到趕城出來的。」春航見他神色不像，心中疑慮，只得問道：「所托之事怎樣？」子雲道：「有幾分可望。」春航聽了大疑，心中想道：據楊老師說，是他願意，怎麼如今只有幾分可望，此話怎說？難道楊老師是一廂情願的話麼？便問子雲道：「據吾兄看，他的意思是怎樣，與敝房師之言對不對？」子雲道：「蘇老師卻是贊吾弟人才學問，真不愧狀元，聯姻原可。就不曉得那裡聽了一句閑話，我卻替你分辨了許多話，他方才半疑半信再商量。」春航聽了，倒猜不著什麼意思，便問道：「他聽了什麼閑話？」子雲說：「我說又恐怕你要惱，我不說罷。」春航道：「我惱什麼，吾兄只管實說。」子雲笑道：「那句話問得我也好笑，他說：『我聽說現有個狀元夫人在家，也姓蘇，還是有恩於他，怎麼還要續弦呢？』」春航臊得滿臉通紅，說道：「豈有此理，吾兄怎麼講起這些誣話來？弟固不足惜，兄應為媚香留一地步。」

❽ 三顧：漢末劉備三次往隆中訪聘諸葛亮，世稱「三顧草廬」。

子雲笑道：「這是他的話，關我甚事？」春航笑道：「吾兄也頑得我夠了，到底怎樣，如今倒不是他求我，是我求他了。」子雲道：「你肯去求他嗎？若專心去求，跟緊了他，一個月兩個月後，自然他發起善心來，應許你了。」春航聽他句句機鋒，心上有些氣，面上有些羞，因是子雲，不好頂撞他，只得陪笑說道：「並不是我要緊，是我家慈之命，以早成為妙。今日家慈又諄諄的命弟拜求仁兄，務以早成，將來命弟一總叩謝。」子雲大笑，看著春航道：「你真是個好漢子，跌得下，爬得起。既說是老伯母慈命，愚兄敢不竭力為弟一謀，或者竟可有成，也未可定。」春航大喜，連連謝了。

只見次賢、南湘進來，大家坐了。子雲即將蘇侯問南湘的話，與南湘說了。南湘聽了，不覺雙眉一揚，說道：「沒有什麼錯處，我也照著人一樣。況且那一天同著人去的，並不是我一人，怎麼就是我錯，又單是我狂呢？這就難了，這就難了。」春航笑道：「禮數是不會錯的，或者你那神色之間，有些錯處也未可知。」南湘瞅著春航道：「我倒請教你，什麼叫神色之間有些錯呢？」大家也就不言語了。次賢問子雲道：「湘帆的事如何？」子雲道：「可成。」又將蘇侯問他訪些真才實學的人，就將對蘇侯所舉那幾個一一講來。又對南湘道：「原來你們都是年誼。」南湘道：「原是年伯，但從前卻不大往來。」子雲道：「聞考宏詞定於八月初一日，如今只有兩月多了，怎麼高卓然還不見來？」春航道：「他連信也沒有一封，不知在家做什麼，真荒唐極了。」次賢道：「我想卓然必是羈留在什麼地方，大約下月總會到來。他在家裡是要本省督撫保荐的。」四人談了一會，春航辭回，將子雲去說親的話，一一告稟，太夫人甚為歡喜。即又請子雲前去說定了，擇日先過帖子，俟定日之後，再行納采。

後來定於七月初七日。春航將此事與蕙芳說明，蕙芳歡喜。春航又述子雲之言，說這位蘇小姐像你竟到九分。蕙芳笑道：「這不是糟蹋人麼，一個千金小姐像了我，還說好，我們算什麼人呢？」春航道：「只怕未必如你，若果然像你，我就心滿意足了，當他菩薩供奉，天天拜他。」蕙芳笑道：「你嘴裡常說，我就沒見你拜過誰。」春航笑道：「你要我拜麼，我就拜。」果然先對蕙芳作了一揖，蕙芳一笑，連忙走開道：「不要折殺了我，留著拜你那位狀元夫人罷。」春航笑道：「方才倒有一人講。」蕙芳道：「講什麼？」春航想了一想道：「沒有講什麼。」蕙芳道：「你說方才有人講，怎麼轉口又說沒有呢？」春航道：「講就講那狀元夫人的一句，原是姓蘇。」蕙芳臉一紅，瞅了春航一眼。春航不敢再說，蕙芳也不問了。

春航道：「你也應該成個家才好，就是配得上你的人少。」蕙芳道：「這話倒也不錯，我也這麼想。我們對親，好人家是不肯的，那小戶人家的女兒，我又不要。況且我們這些人，被那些無恥的東西鬧得不像個樣子，誰肯信我們是清清白白的呢。我想與其娶小家之女，倒不如娶大家之婢，那禮貌性德倒是見慣的，也沒有那小模小樣。就是一件，只怕主人已先受用，這倒十有八九。」春航笑道：「這是必有之事。我想度香家的丫鬟就不少。」蕙芳道：「度香自然是有好的，他家的閨範也好，從沒有遇見丫鬟們到園裡來，況且隔著一條街，也不便來。只聞得華公子的丫鬟最多，而且都好。我們有一回在他家唱戲，看見帘子內有一大群，有男裝的，有女裝的，粉白黛綠，也望不清楚。」春航道：「將來蘇侯贈嫁過來，我想必有幾個丫鬟，如果有好的在內，我送一個與你。」蕙芳笑道：「多謝，多謝，那時我只好在這裡伺候一輩子。算田、蘇兩姓家奴了。」春航道：「言重，言重，我自有個道理，決不教你受一分委屈，而且也是頑話，知道有好的沒有好的？我想世間錯配的真有，咱們家裡的周小三，倒有這麼個好女人，豈不冤枉了他。」蕙芳道：「你愛他麼？」春航笑道：「豈有此理！我不過說說罷了。」蕙芳道：「這『愛』字也沒有什麼要緊，愛好之心，自然各人難免的。這三姐不但人生得好，而且還靈慧異常，倒是個貞節婦人呢。」春航笑道：「靈慧有之，貞節未確。」蕙芳笑道：「你沒聽見他收拾過潘三麼？」春航笑道：「也有所聞，那是潘三這般嘴臉，自然應收拾的。你方才說愛好之心，人人有之。設使你做了潘三，他就不忍收拾你了。」蕙芳道：「你何不試試他，他在你這裡，就想收拾你，也不敢的。」春航笑道：「一發胡說了。」忽然跟班的來請道：「房師楊老爺有要緊話商量，就請老爺過去。」春航即吩咐套車，換了衣服去了。

蕙芳此時閑著，一人在寓裡也悶，唯有到各相好處走走。春航去了，蕙芳正走出來，忽聽得咕咕咯咯之聲，一回頭看是三姐，蕙芳笑面相迎，三姐也笑盈盈的說道：「好些天不見你來。」蕙芳道：「我倒天天來的，就不見你出來。」三姐道：「老爺出門去了。」三姐把蕙芳腰間的表套子看了一看，道：「這個我也會做，我還會做戳紗的荷包。」蕙芳笑道：「何不賞我一個？」三姐笑道：「我的東西不給人。」蕙芳道：「將針線給人，也不要緊。」三姐瞅了他一眼，問道：「你今年貴庚了？」蕙芳道：「十九歲了。」三姐道：「倒與我是同庚，只怕月分總比我小，你是幾月？」蕙芳道：「三月。」三姐道：「我比你長，我是正月。」蕙芳道：「你是我的姐姐，我以後就叫你為姐姐。」三姐笑道：「我不配。」蕙芳道：「我又冒失了，我原不配做你的兄弟。」三姐道：「我說我不配，你有什麼不配呢？你肯叫我姐姐，我就叫你兄弟。」便接口叫了一聲：「兄弟！」蕙芳也叫了一聲：「姐姐！」三姐又道：「我前日真怪你有點冒失，怎麼你問起潘三那事來？這事干我什麼事，那是你姐夫做的事情，與三兄弟報仇，我瞧還沒有瞧見潘三是什麼樣兒呢！這句話你若問了別人，只怕就不好。幸虧是我，我因為是你問我，我所以不肯惱你，若第二人我依他麼？兄弟，我明日送你對荷包，你只別告訴人說我給你的。你若說了，惹得這個又來要，那個又來討了。」蕙芳謝了。又立談了一會，各自散去。不知後事如何，且聽下回分解。

第五十回　改戲文林春喜正譜　娶妓女魏聘才收場

話說春航已聘了蘇侯的小姐，只等七月七日完畢婚姻。五月過了，正是日長炎夏，火傘如焚。

且說劉文澤補了吏部主事，與徐子雲同在勛司❶，未免也要常常上衙門。這些公子官兒，那裡認真當差，不過講究些車馬衣服，藉著上衙門的日子，可以出來散散。戲館歌樓，三朋四友，甚是有興。

一日，文澤回來，路過林春喜門口，著人問了春喜在家，文澤下了車進去。遠遠望見春喜穿著白縛絲衫子，面前放著一個玻璃冰碗，自己在那裡削藕，見了文澤，連忙笑盈盈的出來。文澤道：「你也總不到我那裡去，你前日要我那白磁冰桶，我倒替你找了一個，而且很好，不大不小的，我明日送來給你。」春喜道：「多謝費心，我說白磁的比玻璃的雅致些。」文澤看了書室中陳設，便道：「你又更換了好些？」春喜道：「你看我那幅畫是黃鶴山樵❷的，真不真？」文澤道：「據我看不像真的。」春喜道：「靜宜給我的，他說是真的。」文澤笑道：「若是真的，他也不肯給你，知你不是個賞鑒家。」春喜笑道：「好就是了，何必論真假。」

❶ 勛司：即吏部稽勛司。執掌文武官員的授勛。

❷ 黃鶴山樵：即明王蒙。湖州人，字叔明。趙孟頫之外甥。敏於文，工畫山水人物。明末遇亂，隱於仁和之黃鶴山，號黃鶴山樵。畫學王維，與倪瓚詩畫齊名。

文澤見春喜兩間書室倒很幽雅。前面一個見方院子，種些花草，擺些盆景，支了一個小卷篷。後面一帶北窗牆子內，種四五棵芭蕉，葉上兩面皆寫滿了字，有真有行，大小不一，問春喜道：「這是你寫的麼？懸空著倒也難寫。」春喜道：「我想『書成蕉葉文猶綠』之句，自然這蕉葉可以寫字。我若折了下來，那有這許多蕉葉呢？我寫了這一面，又寫那一面。寫滿了，又擦去了再寫。橫豎他也閑著，長這些大葉子，不是給我學字的麼？我若寫在紙上，教人看了笑話。這個蕉葉便又好些。我還畫些草蟲在上面，我給你瞧瞧，不知像不像。」便拉了文澤走到後面，把一張小蕉葉攀下來，給文澤看，是畫些蜻蜓、螳螂、促織、蜘蛛各樣的草蟲。文澤笑道：「這倒虧你，很有點意思，只怕你學出來，比瑤卿還要好些。」春喜道：「瑤卿近來我有些恨他。他的畫自然比我好，但他學了兩三年，我是今年才學的。春間請教請教他，不是笑我，就是薄我，問他的法子，他又不肯說。近來我也不給他看了，他倒常來要我的看。我總要畫好了才給他看呢。我問靜宜要了許多稿子，靜宜說我照著他畫，倒不要看那芥子園的畫譜❸。」又笑嘻嘻的對著文澤道：「我與你畫把扇子。」文澤道：「此時我不要，等你學好了再畫。」春喜道：「你們勢利，怎見得我此時就畫得不好？你若有好團扇，我就加意畫了。」說罷，就跑了進去，拿了一柄團扇出來，畫著一枝楊柳，有一個螳螂捕蟬。那一翅張開，一翅在螳螂身下壓住，很像嘶出那急聲來。那螳螂兩臂扎住了蟬項，口去咬他，兩眼鼓起，頭上兩鬚一橫一豎，像動的一樣。文澤看了，大贊道：「這是你畫的麼？」春喜點點頭。文澤道：「我不信。」春喜道：「你不信，我當面畫給你看。」文澤道：「你將這把扇子給我罷。」春喜道：「這扇子我自要留的。」文澤道：「我不管你留不留，我只要

❸ 芥子園的畫譜：清王概、王蓍兄弟編繪，通稱芥子園畫譜。以刻於李漁別墅芥子園，故名。

這把，你落了款罷。」春喜只得落了款，送與文澤。文澤道：「看你這畫，已經比瑤卿好了，字也寫得好。」春喜道：「瑤卿原只會畫蘭竹與幾筆花卉，山水尚是亂畫的，草蟲他更不會。此時說我比他好，我也不安，將來或者趕得上他。」

正說話間，只見仲清、王恂同著琪官、桂保進來。文澤見了大喜，問道：「怎麼今日不約而同，都到這裡來？」仲清道：「庸庵要到蕊香那裡去，卻遇見玉艷，想同到新開的庄子裡去坐坐。見你的車在門口，所以進來。」文澤道：「莫非就是那唐和尚開的安吉堂麼？聞得那地方倒好，他又將寺裡幾間房子也通了過去，我們就去。」春喜道：「怪熱的天，在這裡不好嗎？」桂保道：「那裡也好，內中有幾間屋子，擺滿了花卉，大天篷涼爽得很。倒是那裡好。」即催了春喜，換了衣裳，都上車，到了安吉堂對門車廠裡，卸了車。

文澤等走進，掌櫃的忙出櫃迎接，即引到後面一個密室，卻是三間，隔去一間，並預備了床帳枕席。外面擺了兩個座兒，一圓一方，都是金漆的桌凳。上面是鋪炕，掛了四幅屏畫，是畫些螃蟹，倒還畫得像樣。上頭掛一塊桃紅綢子的賀額，寫著「九重春色」四字，上款是「歸雲禪師長兄、瑞林親臺長兄開張之喜」，下款也是兩個人名字。一幅朱箋對聯，寫的金字是：

磨墨再煩高力士④，

當壚重訪卓文君。

④ 高力士：唐玄宗寵幸的宦官。

眾人看了大笑，仲清道：「怪不得這裡熱，被這些聯額字畫，看得出汗。」再看兩邊牆上兩個大橫披：一個姓馬的寫的字，其惡俗已到不堪。那一幅畫甚離奇，是畫的張生遊寺❺。文澤等又笑了一陣。掌櫃的進來張羅了一會，親手倒了幾杯茶出去，遂換走堂的進來點菜。王恂道：「這裡的生炒翅子、燒鴨子是出名的。就要這兩樣。」各人又分要了好些，皆是涼菜多，熱菜少。走堂的先擺上酒杯、小菜，果碟倒也精致。送上陳紹、木瓜、百花、惠泉四壺酒來，放下一搭紙片。那邊桌上點了一盤小盤香，中間一個冰桶，拿了些西瓜、鮮核桃、杏仁、大桃兒、葡萄、雪藕之類，浸在冰裡。首坐仲清，次文澤，次王恂，琪官、春喜、桂保相間而坐。來了幾樣菜，各人隨意小酌閑談。

文澤問起子玉，還是前月初七日送行時見他。仲清道：「庾香已後大約未必肯出門的了，我們去看過他幾次，他又病了幾天，儼然去年夏天的模樣。他這個元神，此時正跟著玉儂在長江裡守風，只怕要送他到了南昌，才能回來呢。」琪官聽了，眉顰起來，神情之間，頗有感慨，說道：「初六那一日，我請他們敘了半日，雖然彼此啼哭，卻也還勸得住。不料至皇華亭，彼此變成這形象，我此時想起，還替他們傷心。」王恂道：「那天幸是沒有生人在那裡，若有生人見了他們這個光景，豈不好笑。玉儂倒還遮飾得過，有他們一班人送他，自然離別之間，倒應如此的。就是庾香遮飾不來，直著眼睛，拉他上車，還掙著不動，又有那一哭，到底為著什麼事來？幸虧度香催道翁走了，不然，他見了也要猜疑。」文澤道：「可不是！庾香與湘帆比起來，正是苦樂不同。湘帆非但與媚香朝夕相親，如今又對了闊親，偏偏又是個姓蘇的，而且才貌雙全。你道湘帆的運氣好不好？我看咱們這一班朋友，就是他一個得意。」仲

❺ 張生遊寺：見西廂記。

清道：「自然。」王恂道：「竹君近來倒沒有從前的意興，這是何故？」仲清道：「竹君麼，他因不得鼎甲❻，因此挫了銳氣。如今看他倒有避熱就涼之意，是以住在怡園，不與那些新同年往來。」文澤道：「今年你們若考中了宏詞科，也就好了。倒要勸勸庾香，保養身子要緊。」仲清、王恂點頭。

桂保對王恂道：「從前我在怡園，行那一個字化作三個字的令，你一個也沒有想得出來。我如今又想了一個拆字法，分作四柱，叫做舊管、新收、開除、實在四項。譬如這個『酒』字——」一面說，一面在桌子上寫道：「舊管一個『酉』字，新收一個三點水，便成了一個『酒』字。開除了『酉』字中間的『一』字，實在是個『洒』字。都是這樣。你們說來，說得不好，說不出的，罰酒一杯。」春喜道：「這個容易，也不至於罰的。我就從『天』字說起，舊管是個『天』字，新收一個『竹』字，便合成了『笑』字。開除了『人』字，實在是個『竺』字。」眾人贊道：「好。」琪官道：「我也有一個，舊管是個『金』字，新收一個『則』字。」說到此，便寫了一個『鍘』字。「開除了一個『貝』字，實在是個『釗』字。」桂保道：「『金』字加個『則』，是個什麼字？」琪官道：「有這個字，我卻一時說不出來。」春喜道：「這字好像是鍘草的『鍘』。」琪官道：「正是。」桂保道：「以後不興說這種冷字，若要說這種冷字，字典上翻一翻，就說不盡。且教人認不真，有甚趣味。」琪官被駁得在理，也不言語。

仲清道：「倒也有趣，我們也說幾個。我說舊管是個『射』字，新收一個『木』字，是『榭』字。開除了『身』字，實在是『村』字。」桂保道：「好，說得剪截。」文澤道：「舊管是個『圭』字，新收一個『木』字，是『桂』字。開除了『土』字，實在是『杜』字。」王恂道：「舊管是個『寺』字，

❻ 鼎甲：科舉制度中狀元、榜眼、探花之總稱。分別為殿試第一、二、三名。鼎有三足，一甲共三名，故稱。

新收一個「言」字，是「詩」字。開除了「土」字，實在是「討」字。」桂保道：「這個比從前的「田」字講得好了。我說舊管是個「二」字，新收一個「史」字，是「吏」字。開除了「口」字，實在是「丈」字。」琪官道：「我的舊管是「串」字，新收了「心」字，是「患」字。開除了「口」字，實在是「忠」字。」春喜道：「我舊管是「昌」字，新收「門」字，是個「閶」字。開除了「日」字，實在是「間」字。」仲清道：「我舊管是「賤」字，新收三點水，是「濺」字。開除了「貝」字，實在是「淺」字。」文澤道：「我舊管是「波」字，新收一個「女」字，是「婆」字。開除了「波」字，實在是「女」字。」春喜道：「怎麼說？鬧錯了。舊管是「波」字，怎麼開除也是「波」字。新收是「女」字，怎麼實在又是「女」字？內中少了運化。」桂保道：「這要罰的。」文澤笑道：「我說錯了，我是想得好好兒的。」便說道：「開除是「皮」字，不是「波」字。」琪官笑道：「這是什麼字，一個「婆」字少了「皮」字？」春喜道：「要把那三點水揪下來，把「女」字抬上去，不是個「汝」字？」文澤笑道：「正是「汝」字。」桂保道：「太不自然，要罰一杯。」文澤笑道：「不與你們來了。」飲了一杯。王恂道：「舊管是「眇」字，新收三點水，是「渺」字。開除了「目」字，實在是「沙」字。」桂保道：「舊管是「士」字，新收了「口」字，是「吉」字。開除了「一」字，實在是個「古」字。」文澤道：「這張口可惜生下了些，湊不攏，也要抬上些才好。」眾人皆笑。桂保道：「這個批評未免吹毛求疵。就算略差些，也用不著抬「女」字的那麼使勁。」眾皆大笑。琪官道：「舊管是「胡」字，新收三點水，是「湖」字。開除了「沽」字，實在是「月」字。」春喜道：「舊管是「邑」字，新收個「才」字，是「挹」字。開除了「口」字，實在是「把」字。」文澤道：「這個令沒有什麼意思，我不說了，還說別樣罷。」

飲了幾杯酒，只聽得隔壁唱起來，眾人聽是唱的南浦道：「無限別離情，兩月夫妻，一旦孤零。」桂保謂春喜道：「小梅，你近來很講究唱法，南曲逢入聲字，應斷，還是可以不斷呢？」春喜道：「若說入聲，是應斷的。」桂保道：「自應唱斷。你聽方才唱的，卻與我們唱的一樣，笛上工尺『妻』字，是五六工尺工；『一』字，笛上工尺是六五。你聽『兩月夫妻，一旦孤零』，這『一』字怎麼斷呢？」春喜道：「這是要把板眼改正了就斷了。如今唱的工尺『妻』字的五字自中眼起，六字的腰板，工字的頭眼，尺字的中眼，工字的末眼，『一』字上的工尺是六字的頭板、頭眼、中眼，五字的末眼。如此唱法，『一』字怎麼能斷？然『一』字不斷，究竟不合南曲唱入聲的規矩。你要這『一』字斷卻也不難，只要將『妻』字上的工尺五字拖長，六字改為中眼；工字改為『一』字的頭板，尺字改為『一』字的頭眼，六字改為中眼，五字改為末眼，音節截斷，便合南曲入聲唱法。」一手拍著桌子道：「你聽，『兩月夫妻，一旦孤零』。」桂保道：「你真講得不錯。」又道：「你知道唱南曲，有用一凡工尺的沒有？」春喜道：「南曲是沒有一凡的，是人人盡知。惟有一處我問過你令兄，他是個刺殺旦。我問他南曲笛子上有一凡沒有，他也說沒有。我說你做刺梁❼那一齣，是南北合套，梁冀所唱之曲皆係南曲，到看報時唱的『酒困潦倒』這『潦倒』上的工尺，就吹出一凡。因為鄔飛霞❽接唱北曲不能不出調，所以非一凡不可。我說南曲用一凡就只有此一處，並無第二處。」桂保點點頭道：「我也聽得我哥哥與人講，大約還是你對他說的。」

---

❼ 刺梁：漁家樂中一折。

❽ 鄔飛霞：漁家樂中女主角。

春喜道：「若說不講究唱也罷了，既要講究，唱錯的還不少呢。譬如那小宴一齣，南北合套音節最好。若以人之神情摹想當日光景，至驚變⑨處，唱到『恁道是失機的哥舒翰⑩』非用五六五出調高唱不可。既驚變矣，則倉皇失措之神自在言外。且下文還有『社稷摧殘』等語，慢騰騰低唱是何神理？」琪官道：「這也論得極是。我想那些口白，也都有不妥當處，一氣說完，後來唱出，全無頭緒，若斷章摘句起來，幾至不通。」春喜道：「可不是麼。又如陽告一齣，出場時一口說盡，所以後頭唱的曲文，與口白文氣不接。如今班中唱的個個是如此。要依我，就改他口白。」桂保道：「怎樣改呢？」春喜道：「你記第一段的口白是：『望大王爺早賜報應』，與滾繡毬一只『他因功名阻歸』，文氣不接。第二段口白『在神前焚香設誓』與叨叨令一只『那天知地知』，文氣又不對。第三段口白『勾去那廝魂靈與奴對證』，與脫布衫一只『他好生忘筌得魚⑪』，文氣又不接。依我要這第一段口白：『奴家敫桂英⑫，因王魁⑬負義再娶，要到海神廟把昔日焚香設誓情由哭訴一番，求個報應。來此已是，不免徑入。』把這一段說完進廟，再向大王爺案前哭訴，之後也只說『奴家敫桂英，與濟寧王魁結為夫妻，誰想他負義又娶。媽媽逼奴改嫁，奴家不從，致遭毆辱，忿恨難伸，故到殿前把已往從前之事訴告一番，求大王爺早賜報應。當時那王魁呵』，再唱那滾

⑨ 驚變：長生殿中一折。
⑩ 哥舒翰：唐將，以功封西平郡王。安祿山反，出戰不利，降賊被殺。
⑪ 忘筌得魚：忘卻了捕魚的器具。喻事成了後就忘了原來的憑藉。
⑫ 敫桂英：焚香記中女主角。
⑬ 王魁：焚香記中男主角。

繡毬一只，文氣便接。唱完之後，再說『定盟之時，神前設誓，誓同生死，若負此心，永墮地獄。呵喲，是這麼的噓』。這才是『神前設誓，天知地知呢』。這只唱完，說道：『不是奴家心腸忒狠，他到京中了狀元，另娶韓丞相之女為妻，一旦把奴休了，是令人氣憤不過噓。』把他頭一段口白分作三段，這就通身文氣都接了。」仲清、文澤、王恂道：「這都改得好，但如今講究唱昆腔的也不少，怎麼就不曉得這些毛病呢？」春喜道：「唱清曲的人，原不用口白，他來改正他做什麼？唱戲曲的課師，教曲時總是先教曲文，後將口白接寫一篇，擠在一處，沒有分開段落，所以沿襲下來，總是這樣。」

眾人正在談得高興，只聽那間房後面角門一響，房內腳步聲，有人走出來。眾人留心看時，帘子一掀，鑽出個光頭來，穿件黃縐絲短僧衣，藍綢褲子，散著褲腳，趿著青線網涼鞋，搖著鵝毛扇子，見了眾人，滿面堆下笑來，搶步上前，和著雙手半揖半叩的見文澤等三人，又與桂保等三人拉了拉手，原來是唐和尚。文澤讓他坐了，唐和尚鞠躬如也，坐在炕沿上。走堂的倒了一鍾茶給他，唐和尚道：「這茶不好，你另沏壺雨前⓮，放些珠蘭⓯在裡面。少爺們在此，好好的伺候。」走堂的笑嘻嘻的答應了。唐和尚道：「今日少爺們這麼高興，到小庄來。」王恂道：「我們來過多回了。」和尚笑道：「少爺說謊，今日尚是頭一次。少爺們若到來，我沒有不曉得的。如果酒多了，還可以裡面坐坐。」文澤道：「那倒不消，我們聞了那氣味就要醉的。」唐和尚道：「如今田老爺是貴人了，他搬出後，我也沒有見著他。好容易一年之內，中舉，中進士，中狀元，這是天上文曲星⓰，人間豈常有的？不是我說，也幸遇見了那位蘇相公，倒被他管好了。

⓮ 雨前：茶名。穀雨前所採者。

⓯ 珠蘭：茶名，亦稱金粟蘭、珍珠蘭。常綠灌木。初夏開花，黃綠色，極芳香，供觀賞和熏茶用。

未見那蘇相公以前，田老爺又不是如今的魏大爺一樣？天天鎖著房門，在戲園子裡過日子。那位高老爺更有趣，我是不敢見他的。遠遠的見著他，就躲起來，不然，就是賊禿長、賊禿短，嬉皮笑臉的，沒有頑笑不開口。有一回頑得我苦：我們寺裡做法事，他不曉得那裡去買了一個角先生，塞在我袖兜裡。後來有些客來，在房裡閑坐，我熱了脫衣，一翻袖子，落了下來，惹得那些人大笑，說我買去送尼姑的。他還將白粉在那先生腦袋上，寫了四個字是：『歸雲小像。』臊得我要死。停一停我見了他，他忍不住笑，我才知道是他算計我。我說：『高老爺，你這麼刻薄，我天天拜佛，保佑你多下一場。』去年果然應了我的口，沒有中。不然，他今年榜眼沒有，探花是一定有的。」仲清等大笑。

唐和尚道：「我聽得說，這位蘇相公如今也出了班子，田老太太認他為義子，宅裡都稱他為二老爺，是真的麼？」文澤道：「沒有的話。蘇相公也沒有住在那裡。他們下人稱呼他為蘇大爺是真的。」唐和尚道：「這蘇相公本來好，斯斯文文，和和氣氣，見了我們也是待得一樣，必恭必敬，不當我們是個和尚，少了頭髮看待。不像那個什麼琴相公，在華府裡的，見了人板著臉，一點笑容也沒有。」王恂道：「方才裡頭吹唱的是誰？」唐和尚道：「那就是魏大爺。」文澤道：「那個魏大爺？」仲清道：「魏聘才在這裡作寓。」唐和尚道：「魏大爺，想少爺們都認識的。」王恂道：「認識之至。」唐和尚道：「這個人真好，真是個滿場飛。近來他也要出京了。方才是楊八爺，張、顧二位師老爺在那裡，大家高興，唱了幾只曲子。」仲清道：「他出京怎麼？」和尚道：「他捐了個從九品，如今是分發湖北去了，這也是他運氣好。正月裡被賊一偷，偷去衣服銀錢等物，共有千金，也就把他的家私去了一半。後來他又包

⑯ 文曲星：即文昌星，簡稱文星。傳說為主持文運的星宿。

了那個玉天仙，每月一百五十吊錢，四五個月也支持不來，漸漸的當賣東西起來。我常常勸他道：『婊子無情，兔子無義，你的錢也乾了，他的情也斷了。』誰知這玉天仙竟不給人料著，他與魏大爺十分相得，竟拆散不開，倒拿出他的積蓄來，與他捐了分發，說定了嫁他，到出京時同走。這魏大爺以後非但不要花錢，倒還可以使他的錢。誰料婊子之中，也有這等有情有義的人，不是奇事嗎？最可笑是那潘三，他因欠玉天仙的嫖錢不能還，他就引他的表侄去逛，留他表侄住下，他就偷跑了。他表侄住了兩夜才明白，即至要走，那些撈毛的要錢，又不叫他走。他表侄沒法，只得同那婊子坐了車回家，當了兩票當，才打發了婊子。他表侄忙至潘老三家內告知，家中大鬧了一場。潘老三沒法，只得將手腕上的肉，自己咬下了兩塊。人都說他為嫖割股⑰，你們說這個自行傷可笑不可笑？」於是大家大笑道：「那潘三本不是個東西。」

文澤道：「我知道你與奚十一相好。」唐和尚道：「這奚大老爺鬧得很，今年生了毒瘡，幾乎性命不保，還是我醫好他的。如今他也要到班了，七月內有缺就是他的。我想人生聚散是一定的。去年有位富三老爺，是魏大爺相好，魏大爺托我照應，才選了湖北。有個貴大爺，是富三爺的相好，他們是朝夕不離的，也得了湖北的同知。如今魏大爺又要到湖北去了，他們這三位相好，仍舊聚在一處，豈不是緣分麼？譬如你們三位，也是天天相見的，在京做官是一樣，將來如果都放了外任，一個做撫臺，一個做藩臺，一個做臬臺，仍舊的聚在一個城內，豈不有趣？」說罷大笑，恭惟得文澤等甚是歡喜。那三個相公看著唐和尚脇肩諂笑，好不難看。仲清道：「連日未見瑤卿。」琪官道：「瑤卿近日從

⑰ 割股：封建時代，以割股療親為孝。這裡諷刺潘三自殘。

著吉甫學琴呢，竟是足不出戶。吉甫也真好靜，他當日教過梅卿彈琴，自梅卿死後，他的梅花三弄⑱是再不彈的了。你說這也算深於情了。」仲清道：「吉甫的人本沉靜高雅，於這些文玩上無不精通。」桂保道：「提起瑤卿，昨日吉甫說他有了化身了，與他同名。」王恂笑道：「不是去年看見的黑保珠嗎？」桂保道：「不是。這是蘇州人，姓沈，也叫寶珠。昨日在素蘭家見有人作一篇傳，今日恰好帶來，你們大家看看。」遂從靴頁內取出。只見上面寫道：

伶氏沈，寶珠其名也。吳人，業伶於京師，有聲。父疾久弗癒。伶刲臂肉和藥進，世俗之傳割肉療親也。事泄且弗效。伶裹創甫畢，有召伶奏技者，念弗往父必疑，乃負痛往。而是夕大風沙，至宴所，創發血溢，狼狽歸，醫之數旬始癒，其父疾亦竟瘳。或尤之曰：「人而伶矣則辱親，臂而刲矣則虧體，是尚謂之孝乎？」解之者曰：「君子之論孝也嚴，而嚴之所以責賢者；春秋不嘗藥、書弒之類是也。而寬之所以勵中人。前史及郡縣志所載割股廬墓之類是也。得此於眾人，猶將搜羅而表章之，況伶人乎？且伶鬻自髫齡，辱親非其罪也。當刲臂時，伶知愛其親而已，毀譽庸所計乎！予惟天性之良，不隔貴賤，觀於此，而孝悌之心油然生矣。為作孝伶傳。

看畢，文澤等嘆息道：「這也算得奇事，我們也該替他表揚表揚，竹君花選又該續刻了。」大家談論，日已西沉，文澤等也要散了，王恂叫走堂的報賬，文澤又搶作東，兩人爭執，謙讓一回。

---

⑱ 梅花三弄：又名梅花引、梅花曲、玉妃引。琴曲。最早見於神奇秘譜。據稱係據晉桓伊所作笛曲改編而成。內容寫傲雪的梅花。全曲主調出現三次，即取泛音三段，異徽同弦，稱為「三弄」。

唐和尚對著走堂的把嘴扭了一扭，走堂的出去交代了櫃上，進來說道：「這帳兩位少爺不用爭會，唐大爺已會過了。」文澤道：「這怎麼說？」王恂道：「斷無此理。」唐和尚笑道：「些須敬意，三位少爺肯賞臉，常來坐坐就沾光多了。況和尚沒有折本的買賣，明日就拿著緣簿⑲到宅裡來，少爺只要多寫一筆就是。」說了又大笑，拿著扇子在他們三人身上搧了幾扇。仲清等到不好再說，只得謝了一聲，說：「我們竟吃到十一方⑳了。」說著，大家又笑了一陣，帶了三旦出來，唐和尚與掌櫃的送出大門，看上了車，方才進去。

卻說魏聘才與玉天仙相好，倒得了他的嫖錢，捐了分發，掣著湖北，好不有興。已另租了幾間房子，從寺裡搬出來，與玉天仙同居。這兩日置備些出京物件，已買了一個丫頭，雇了一個老婆子，玉天仙做起奶奶來。這玉天仙本是揚州瘦馬，到京來頗有聲名。但年紀已二十七歲，比聘才大了兩年。相貌極為標致，看著還像二十來歲人，更兼彈唱皆精，與聘才甚為合意，故成了夫妻。聘才想起去年元茂所借之當還沒有歸還，便到孫宅去找他，誰知元茂同了他兩個舅子下通州赴考去了，只好認了晦氣。到出京那幾日，一起一起的餞行，潘其觀、奚十一、張仲雨、馮子佩、楊梅窗、張笑梅、顧月卿、唐和尚等輪流作餞，唐和尚的庄子好不熱鬧，聘才又辭了幾天行。

白菊花未從良時，與玉天仙同在一局，且甚相好，結為異姓姊妹，玉天仙長菊花兩歲。菊花與奚十一講了，要請玉天仙過來餞行，奚十一豈有不肯之理，即請了玉天仙到家，菊花出外迎接。到了裡面見

⑲ 緣簿：即化緣簿。

⑳ 十一方：戲言和尚。

了禮，坐下各談契闊。玉天仙道：「我見四妹從了良，又遇見這位多情的老爺，我便心上羡慕。不料我的運氣不好，去年吃了一場官司。我看這個魏大爺倒很有情，為我吃了這些苦，還是待我一樣，而且比前更好，我所以定了主意嫁了他。又見他手頭不寬，在京裡費用大，候選無期，遂把歷年積下的東西與他捐了分發，雖是磕頭蟲，到底也算個老爺，比咱們接客時總強了。」菊花道：「自然。姐夫雖然是個小官，姐姐到底是位太太。你妹夫雖是個大老爺，妹子終是個偏房。俉門雖比你家大些，這名分是不及你。而且他家裡還有好幾房人在家，將來知道怎樣？那裡及得姐姐一馬一鞍的安穩。況且姐夫又年輕，又俊俏，人又能幹，那裡還得出這種人呢。」玉天仙道：「你見過你姐夫麼？」菊花道：「姐夫也常來找我們老爺，所以我也看見過他幾次，人才是沒有說的。」玉天仙面有喜色，笑道：「只要裙裡香，管他十二房。妹妹這麼個人，妹夫豈有不一心一意的。你看那楊八妹夫也是個從九，再沒有選期，盡仗著看風水，能賺多少人？他家裡也利害，如今與六妹妹也遠了，那六妹妹也真教他賺苦了，那個人才沒良心呢。聽說他上了回江南，也不知是誰賺他，叫他給門戶中帶了一封信。他到江南就坐著轎子，穿著衣帽，拿著眷晚生的帖去拜。到了門，投了帖，還是轎夫說：『老爺，這是個忘八家。』他才沒有進去，你說怯不怯？」聽得菊花也歡喜了。二人又笑了一會，就叫了個女先兒㉑來，唱了半天；又叫個耍猴兒的，來頑了一回。

玉天仙吃了飯，謝了菊花要回，菊花送出來，到了二門，兩人還是依依的拉著手站住說話。姬亮軒在書房裡聽得清清楚楚，便剜破窗紙，閉著一眼，睜著一眼，從窗隙裡望將出去。先見一個老婆子拿了

㉑ 女先兒：女戲子。

衣包，又一個小丫頭拿了一根長煙袋、一把團扇。只見玉天仙一身華服，滿頭珠翠，很像個奶奶模樣。不大不小，一個容長臉兒，容光滑潔，體態風騷，裙下金蓮，約有四寸，甚是伶俏，比菊花身材略高了些。菊花穿件蛋青紗衫，內襯桃紅衫，下是月白紗褲，穿著厚底堆絨蝴蝶鞋。兩鬢堆鴉，高鬟滴翠，臉上微帶幾點俏麻，美目含情，春容滿面。把姬亮軒看得筋酥骨軟，口內流涎。誰料這個窗紙還是舊年糊的，風吹日晒，也脆極了。亮軒只顧偷看，把個額角靠在紙上，「拍」的一響，裂破了一塊。玉天仙回頭見窗內有人偷看他們，玉天仙也就走了出去。菊花送出二門，看上了車，轉身回來，抬頭望見亮軒的窗紙破處，他尚在裡面偷看。欲要笑時，已勉強忍住，低著頭進去了。

聘才出京之日，唐和尚直送到十里長亭，洒淚而別。聘才回家接了父母，同往湖北，後來書中就沒有他的事了。要敘李元茂、孫嗣徽在通州小考，鬧了一個小小的笑話，且俟下回分解。

第五十一回　鬧縫窮隔牆聽戲　舒積忿同室操戈

話說聘才出京之時，曾問元茂要帳，適值元茂赴通州去了。元茂與孫氏昆仲都冒了順天❶籍貫，府縣考過了，到通州院考，租了寓，進了場。元茂遇見了舊日窗稿，是先生改好的，便直筆而抄之。這孫嗣徽如何會做文章？遇見了一個同窗朋友，是個廩生，托其代請槍手。那人與他請了一個人，講定了八十兩銀子，寫了契約。在場內與孫嗣徽槍了兩文一詩。這個嗣元自己又不能作文，又沒有雇著槍手，不得已在卷子上一陣亂寫，不知寫了一篇什麼東西。發案之日，嗣徽、元茂竟進了。覆了試，元茂也還勉強得來，嗣徽仍是請人代做。到發落之日，忽然掛了一塊牌出來，上寫道：

查看宛平縣童生孫嗣元文卷，字體草率，一字兩格，方言俗語，雜字一篇，無兩字可連，無一句可講，是否係染狂疾，抑或是其本真，殊為可怪。仰通州知州協同宛平縣教諭❷，嚴為究問，以正功令，毋得混蒙徇縱。速，速！

元茂、嗣徽看了，也不知嗣元卷子上寫了什麼，嗣徽倒暗暗喜歡，與元茂進去叩見宗師❸。宗師見了元

❶ 順天：府名。治所在今北京市。
❷ 宛平縣教諭：宛平縣，明清均為京師順天府治所。現併入北京市。教諭，元明清縣學教官。

茂，倒也沒有講話。孫嗣徽穿了藍衫皂靴，把那個紅糟臉擦得光亮，大搖大擺，蹺上前去。宗師見了，覺得他與諸人不同，甚是可笑。見他名字與孫嗣元像是弟兄，便問道：「有個孫嗣元是你兄弟麼？」嗣徽道：「是門生舍弟。」文宗笑道：「你兄弟有什麼毛病麼？」嗣徽隨口答應道：「舍弟有個結巴的毛病，說的愈急愈說不出，此其一；左眼皮高吊起，時時要流眼淚，此其二；若到門生說話，他即要駁起來，此其三。」文宗聽了笑了一笑；諸生也要笑時，只得忍住。嗣徽得意洋洋的，把肩擺了一擺，自己看看腳上的皂靴。文宗正色問道：「你那兄弟的卷子，寫的並不是文章，是寫幾百個雜字，沒有半句可講，沒有兩字可連，是何緣故？這樣不通人，怎樣應過府縣考？或是近日得了疾病，所以如此呢，或是本來就是這樣？」嗣徽笑道：「若說舍弟有生之初，就有時而昏；有生之後，就無時而明。其府縣考之得以有名者，乃門生中也養不中，才也養不才，此舍弟之樂有賢父兄也。」諸生忍不住大笑。文宗把案一拍道：「胡說！你就是個瘋子，快下去罷！」嗣徽失驚，打了一恭，搖擺出來，諸生掩口胡盧❹，一齊告退了。

嗣徽上了馬，元茂坐了車，一同回寓，嗣元被州官叫了去了。卻又得了個喜信：亮功放了安徽鳳陽府❺。嗣徽心中大喜，就想回家，等著下科再花些銀子，找人槍一槍，就可以拔貢了，無奈為嗣元的文卷尚未問明，只得再待兩天。元茂得了一個秀才，也就心滿意足，如今又娶了親，心中一無牽掛。卻喜

---

❸ 宗師：清稱提督學政為宗師。

❹ 胡盧：笑。

❺ 鳳陽府：治所在今安徽鳳陽。

丈人與他父親同在一省，便可同了媳婦回去，在任樂幾年。也為嗣元之事未了，只好同著嗣徽守候。

那日飯後，元茂悶坐無聊，太陽也將落了，獨自逛出城來，到了運河邊，只見糧船如雲，還有些官船，大旗招展，好不熱鬧。那糧船艙裡，也有些婦女們，就望不清楚。把眼鏡擦了一擦戴上，沿著河堤慢慢的走去，只管東張西望。見那些賣西瓜的與賣桃兒的，還有賣牛肉的，賣小菜豆腐的，擠來擠去，地下還有些測字攤子。還有那些縫窮婆，面前放下個筐子，坐在小凳上與人縫補。元茂望著一個縫窮的，堆著一頭黑髮，一個大髻子歪在半邊，插一枝紙花。雖然紫赭色臉，望去像二十幾歲的人，倒也少艾。兩眼只顧瞅著，慢騰騰走出去，不防一條纜子一絆，栽了一跤，直跌到那個縫窮婆身上。那個縫窮婆正伸直兩條腿，交蹺著七寸長的花鞋，鞋口上捆了鮮紅的帶子。見元茂跌來，吃了一驚，恐他跌到身上，急起身躲時，腿未站起，元茂已倒了過來，剛剛壓著了他。船上岸上的人見了，齊拍手笑起來。這一笑，把個李元茂臊得滿臉紫漲，把腳一伸，可可的踹在爛泥裡，沒了力，左手撐著地，右手按著縫窮婆的腿，使勁一支，遂支了起來，沾了一襪子泥，偏偏衫子被篙子扎破了一塊。元茂滿面無光，怔了一回。

只見那縫窮婆抖著布衫，連說道：「這是怎麼說？走道兒會栽到人身上來。」元茂只得自認不是。那縫窮的尚要發作幾句，見元茂一身綢絹，像個旗丁❻模樣，又見他一襪子泥，衫子也扎破了，倒想攬這個買賣，便道：「你的衣裳破了，你脫下來我與你縫縫罷。」元茂見他好言好語，便看自己樣子也難回去，便把長衫脫將下來，蹲在一邊看他縫補。又看那縫窮的頗有幾分姿媚，容長臉，小嘴，長眼睛，直鼻子，手也不甚粗，約二十四五年紀。一件舊藍布衫，倒還乾淨，蹺起了一雙新布花鞋。元茂看得有

❻ 旗丁：指押船運糧的兵。清代以綠旗兵領運，旗丁多由綠旗兵中的富戶子弟充當。

些動心，那縫窮的手裡縫衣，飄轉眼來問元茂道：「你在那一幫？」元茂不懂，眯齊了眼瞅他。那縫窮的又瞟了他一眼，道：「我問你是那一幫糧船上的，不是杭州幫嗎？」元茂道：「我不是糧船上的。」縫窮的道：「你現在那裡住？」元茂道：「一進城門就是。我身邊沒有帶著錢怎麼好，你同到寓裡去取罷。」縫窮的點點頭。

縫完了，元茂穿上，縫窮的提了籃子，跟了元茂進城。元茂問他的住處，縫窮的道：「我也在城裡。」元茂又問他的丈夫，縫窮的道：「我們當家的撐小駁船，如今在楊柳青呢。」元茂說一句望一望，兩人並著走，見他胸前高高的兩個乳，元茂鼻子望空嗅嗅，覺有些汗香，心上有幾分愛他，卻又不敢問他。同進了寓，只見嗣徽的房門也鎖著，不見一個人，縫窮的便跟了進來，看他開了房門，便靠在房門上，望著房裡。元茂在炕上找了個青緞小搭連，坐在房門口凳上，一五一十的數了四十大錢，遞與縫窮的。縫窮的接了，笑道：「這錢太少，請高升些。」一手將錢望籃子裡放了，笑嘻嘻的一腳跨進了房門，一手來搶了元茂的搭連，元茂不放手，他是一腳在內，一腳在外，元茂將手一拽，那縫窮的隨著手，即撲倒在元茂懷裡，笑個不住。那元茂豈是個坐懷不亂的，便登時動了色，如今娶了親已是老在行，比不得從前了，便把兩腿夾住了他下身，將他抱起來。那縫窮的一面笑，一面還不放那個搭連，笑得頭髮都要散了。元茂道：「你要錢容易，我給你，你要多少？」縫窮的道：「單是縫補的錢麼？」元茂道：「那手工錢，我再加你二十大錢。我們講個交情，你要多少錢？」縫窮的道：「講交情，別人是二百六十六，我沒有這個價兒，我總要四百錢。」元茂道：「我就給你四百錢。」對著他把嘴望炕上一扭，縫窮的道：「待我提了籃子進來。」元茂恐怕人來，關了門閂了，二人就在炕上雲雨起來。

恰好嗣徽回來，望望元茂的房門沒有鎖，把手一推卻是閂著，知道元茂在內，便叫了一聲：「開門，青天白日關了門做什麼？」元茂聽了，吃了一驚，伏著不動。嗣徽又推了一推，元茂只得應道：「我肚子疼，要躺一會起來，不要來推門吵鬧人。」嗣徽倒也不疑心，一移步間，踢著一樣東西，一看是婦人戴的一朵紙花，拾起來聞一聞，有一點油氣，心上想道：那裡來這東西在他房門口？他又不肯開門，莫非他倒接個媳婦在裡面受用麼？此時天未全黑，屋裡尚有些亮。嗣徽到窗下一望，卻是冷布窗心，元茂忘下了卷窗。嗣徽望到炕上，見一個婦人仰臥著，元茂正在那裡高興，淫聲甚熾。聽得那婦人低低說道：「起來罷，四百錢要怎樣，已經值八百錢了。」元茂尚是老皮老臉的，被那媳婦一推，推出了筍。坐了起來，就在那元寶籃裡拿塊破布，抹了一抹，繫好了褲，元茂也穿了小衣，取出四百錢遞與那媳婦。那媳婦收了，塞在籃裡。又道：「那縫補的錢呢？」李元茂又找那小搭連摸錢，那媳婦一手搶去，連搭連往籃裡一摔，把附抄著籃子，開門出來。

嗣徽看清，想撞破他，恐元茂臉上下不來。且看縫窮的生得少艾，便想要半路截留，便先到門口等他。那縫窮婆出來，嗣徽攔住了門，問道：「你方才在裡頭做什麼？」那縫窮婆笑嘻嘻的，扭著頭看嗣徽，穿著芙蓉布汗衫，腳下是皂靴，知道是位老爺，說道：「方才有位爺們，叫我縫補小衣。」孫嗣徽道：「我在窗子外望得清清楚楚，他給了你四百錢。明日我也要縫小衣，你務必來。」那縫窮的聽了，梟頭梟腦的答應了，又道：「什麼時候來呢？」嗣徽道：「吃了早飯就來，我在這門口等你。如我不在門口，你就在門口等我。」縫窮的連連答應，將嗣徽打量了一番，把手摸一摸頭髻，提著籃子出去了。嗣徽進來也不說破，與元茂談了一會，各自睡了。

明日早飯後，嗣徽到門口望了幾次，尚不見來。心裡一想，有些下人在面前，不便行事，把幾個家人盡行打發出門，叫他去探聽嗣元消息，與到遠處去買物去了。知元茂是要睡中覺的，到他房門口望了一望，見元茂在炕上躺著，閉了眼，當他睡著了。急到門口來，見那縫窮婆已坐在門檻上。今日打扮得不同，梳得光光的元寶頭，絞光了鬢腳，插了一枝花，穿一件藍夏布衫子，手中帶上燒料鐲子、銅戒指，回頭見了嗣徽，便笑嘻嘻的提了籃子，走了進來。嗣徽見他比昨日嬌俏多了，心中大喜，進了二門，便一手搭在他肩上，一直推進了房，把房門閂上，下了卷窗。這房嗣徽弟兄兩人同住，此時嗣元未回，真是難得。嗣徽低低的說道：「天氣熱，脫了衣服罷。」縫窮的點點頭，便將衫子脫了。他臉上是被太陽曬黑的，身上倒還白淨，凸出兩個灰色奶頭，嗣徽摸了兩把。又叫他脫去小衣，縫窮的抿著嘴笑，不肯脫，嗣徽便解了他的帶子，替他脫了。請教到妙處，倒也光肥可玩，就是顏色不甚好看，像是個連鬢鬍子。嗣徽也脫光，縫窮婆一眼望去，其物甚偉，比起昨日那位，真是小巫見了大巫，二人就在躺椅上頑起來。

且說那元茂並未睡著，嗣徽與他對面房，有人進來，豈有聽不見的？況那縫窮婆今日穿了木底鞋，鞋內又襯了高底，七寸長的花鞋，今日變了五寸。雖輕輕的走，總有咕咯之聲。嗣徽當元茂睡著了，也不防他，把全副的精神施出來。元茂輕輕的走到嗣徽房門口，側著耳朵聽去，那響聲在躺椅上，咕咕嘎嘎之中，又夾雜些唧咂之聲，像狗舔米泔水一樣。元茂大疑，又到窗下望望，見捲窗放下，心裡想道：先前很像個女人腳步走進房去，這響聲宛與昨日相似。又因眼光不濟，窗縫裡也望不清楚，復到房門口，輕輕的將門推一推，知是閂著。便再聽，覺得輕重疾徐，聲聲中窾，而泥黏水滑之聲令人心蕩，分明是這件事了。又聽得低低的問道：「好不好？」那邊應道：「好。」又聽得道：「這一下是一百數了。」

又聽得一二三四的數起，一直聽數到八十八，忽然的「跁蹋」一聲，倒把元茂嚇了一驚。又聽得一聲「哎喲，要跌要跌」、兩個「嗤嗤」的笑聲，便停了數，像椅子壞了。便有兩個腳步響到炕邊。元茂再聽，是搧扇子的聲。搧了一會，又響起來，似覺稀微了些，又約有一百多數。忽聽得「哎喲喲」的幾聲，又聽得發喘聲，又聽得咂嘴咂舌之聲，又聽得兩下笑聲，又聽得兩下輕輕的打著頑，像打在屁股上的聲，又聽嗣徽低低道：「樂哉，樂哉。其樂只且，其樂只且。」念了兩聲。元茂聽得要笑，把手拚緊了口。聽得那人說道：「長久了，放我起來罷，我要去了。」停了一停，聽得擦紙聲，聽得擦汗聲。靜了一會，聽得數錢聲，聽得串錢聲。元茂已聽了多時，聽得一身發漲，底下已冒了些出來。聽得那人說道：「這是給我的麼？嘖！嘖！嘖！好出手，也叫是位老爺，我沒有這個價錢。」聽得嗣徽說道：「我是照你昨日的價錢，沒有少給你。他那裡不是四百錢。」元茂聽了，方知是昨日的縫窮婆，心裡詫異道：他怎麼在他房裡？定是來找我的，被這強盜打劫了去，可恨！可恨！又聽得縫窮婆道：「快快的高升，不要耽擱我。」嗣徽道：「這是什麼緣故，一樣的人，我就要加錢。」縫窮婆道：「一樣的人？他是平等人，你是個老爺；況且昨日連衣也沒有脫，今日有兩三倍工夫，好意思拿出四百錢，也失你老爺的身分。」兩人爭論，聲音高了好些，嗣徽又加了一百錢，縫窮的道：「不是這麼加的，告訴你，今天是要兩吊錢。」嗣徽道：「豈有此理，兩吊錢我要頑你五回。」那縫窮的道：『你這一回就抵人五回。我們陪著過夜，總要四吊錢。今天渾身脫得精光，給你頑了兩個時辰，兩吊錢還多嗎？不要耽擱人，快添來。」嗣徽又加了一百錢，縫窮的只是不依，要定了兩吊，說話越說越高起來。嗣徽恐人聽見，只得又加了些錢，共加了五回，才加成了一吊錢，縫窮的方收了。聽得嗣徽笑道：『我倒問你，你怎麼知道我是個老爺？難道昨日那人不是位老爺麼？」縫窮婆道：「他不是老爺。」嗣徽暗喜。又道：「我身上有幾樣主貴，你若說出來我才服你，若說不出來，不過想訛我一吊錢。」那縫窮婆道：「呸！你的雞巴主貴，那滿面的糟疙瘩，像糧船上帶來的糟枇杷一樣。我訛你的錢？把良心夾在胳肢窩裡！一上身就三四百抽，你把吃奶的氣力都使出來，鬧得人丟了好些。這一吊錢還不夠做體惜錢呢。你幾時見過泥腿上蹺著皂靴，還要賺人，說不是老爺，想省錢。你若穿了草鞋，我只要你二百錢。」嗣徽被他一頓惱辱，方知穿了皂靴之故，便又捧了他的臉，親了幾個嘴。縫窮婆將他臉上咬了一口。嗣徽又問道：「我見你昨日與那人頑，正響得熱鬧，為什麼要推了他起來？今日你又勾緊了我？」縫窮婆笑道：「那人好不在行，又短又笨，腿上一點勁都沒有，壓緊了人，氣也透不出來。你聽見響，那是小肚子碰著小肚子，你當是裡頭響嗎？滑出滑進的，倒教我癢的難受。」元茂聽了，心中好不有氣，想候他出來，罵他兩句，忽見孫嗣元從外邊進來。

孫嗣元因文卷之事，在州裡押了一日。今日州官問他，他倒期期艾艾的挺撞了州官，本要打他幾板，因他是孫亮功的兒子，留他體面，送到宛平教諭處戒斥。他又將教官得罪了，教官氣極，遂將他牽到通州學明倫堂⑦上，叫門斗⑧按在板凳上，結結實實打了二十竹板，打得嗣元殺豬似的叫起來；口又結巴，帶著南邊話「侖娘侖娘」的亂罵，門斗也恨他，狠狠的打了幾下，打得嗣元兩腿紫爛，一步一步的顛回

⑦ 明倫堂：孟子滕文公上：「學則三代共之，皆所以明人倫也。」人倫即指五常，為古時社會中所規定的人與人相處的關係。舊時各地孔廟的大殿稱明化堂，本此。

⑧ 門斗：官學中僕役，門子和斗子的合稱。

來；又恐氣血凝滯，不敢坐車，幸遇見了家人，扶了回來。見元茂在房門口側耳竊聽，他也不知就裡，吊起那一隻眼皮，講道：「晦、晦、晦他娘的氣，你、你、你、你們倒在家快、快樂呢。」元茂正要問他，他到房門口把門一推，見門著，雙手亂搡，那薄板門將要破了，元茂搖搖手，嗣元不懂，仍是亂搡。嗣徽聽嗣元回來，心內驚慌，定一定神，倒生了個急智，隨手拉一件衣裳，撕破了一塊，叫他拿出針線來縫，便開了門。嗣元進去，見一個縫窮的鬢髮蓬鬆，面有愧色，坐在凳上縫衣。嗣元一見生了氣，心裡早已明白，罵道：「那裡有這種不要臉的爛、爛、爛貨跑進房裡來，關了門，做、做、做什麼事情，還、還不滾出去！」把他的籃子踢翻，縫窮的雖不敢發作，也有了氣，便道：「有人請我來的，我又不是挨上門的。開口就罵人滾，好個不講理的蠻子⑨。」便理清了零星碎布，提了籃子，到外間來縫。見了元茂，有些不好意思，笑了一笑。元茂仔細看他，比昨日標致了好些，腳也小了，但心裡恨他沒有情義；還說他不像老爺；又嫌他笨不在行，盡巴結嗣徽，為他穿了雙皂靴；便不理他，瞅著他縫衣。

嗣元腿疼，便往躺椅上一躺，不料一邊的鐵搭已斷，一側滾了下來。嗣徽呵呵大笑道：「言悖而出者，亦悖而入。人倒沒有滾，自己倒滾了。」嗣元更有了氣，爬了起來，一腳踢翻了躺椅，罵道：「我肏你的娘！」往炕上就躺，口中牽藤蔓葛的混罵。嗣徽踱到外間，反攏著手，踱了幾步。縫窮婆看了，也不禁笑了一笑。元茂道：「我來聽，已聽得報了一百下，後又聽數到八十八，到炕上去，遠了些，還聽得似扯風箱的扯了好一會，不知多少數目？」縫窮婆嘻著嘴，把眼乜了他一乜。嗣徽道：「人若一之，我百之；人若十之，我千之。」元茂笑起來。嗣元聽得明白，又在裡頭「狗屄狗卵」的罵不清，忽然一

⑨ 蠻子：清北方人辱罵南方人的話。

伸手在席子上摸著一塊濕漉漉的，沾了一手，連忙望地下一摔，聽得「嗒」的一聲。嗣元恨極了，即將席子扯下地來，叫小使進來，把馬褥子鋪了，便「爛膿爛血」的大罵。嗣徽自知理短，不敢回言，只作不聞。那個縫窮的實在也聽不得了，便道：「太太今兒真喪氣，碰著了這些渾蟲，沒有開過屄眼。」將衣裳一扔，提了籃子，扭著屁股，嘮嘮叨叨的罵了出去。嗣徽不敢進房，在外間與元茂說那縫窮婆的好處，一個說皮膚很細膩，一個說汗都是香的；一個說他是個鐮刀式，愈弄愈緊，一個說像個爛瓤瓜，動一動就水響起來；一個說一吊錢很值，一個說我還只得四百錢。

少頃，嗣元要找汗衫更換，小使找了一會，找到外間，就是方才縫的那一件。嗣元一看火上添油，問嗣徽道：「我、我、我這件汗衫只穿了一回，好端端的怎、怎、怎麼會破了，要縫起來呢？又怎、怎、怎麼破的是小襟呢？這不、不、不是有心撕、撕、撕破的？」嗣徽道：「緇衣之好兮，敝乎又改造兮⑩。」嗣元道：「倒是屄，余又該禽兮。滿口『之乎者也』，倒像是個通、通朋友，不過花、花、花了八十兩，請人槍、槍、槍了來的，當是你、你的真本事中、中、中的了。臊也臊、臊、臊死人。」嗣徽道：「君子之所異於禽獸者，以其懷刑也。我總沒有叫州裡押起。」一面拍著手道：「二五，一十，十五，二十，父母之體，不敢毀傷，辱莫大焉。」嗣元大怒，忍著疼爬起來，拿了支窗子的棍子，走出房，照嗣徽劈頭打來。嗣徽躲不及，肩胛上著了一下，連聲哎喲道：「了不得，紾兄之臂⑪。」奪住了棍子要打嗣元，元茂連忙大力分開了，兩個還鬥嘴鬥舌的鬧了半天。到五更，大家起來，收拾了，天明上車而回。

---

⑩ 緇衣之好兮二句：黑色朝服多美好，破了我再縫一套。

⑪ 紾兄之臂：孟子告子下：「紾兄之臂而奪之食。」紾，拗折。

到了家，亮功見大兒子與女婿進了學，也甚歡喜。又恨嗣元不通，出了大醜，痛罵了一頓。嗣元回房，又被他媳婦巴氏羞辱了一頓，他的氣苦無門可訴，只好在外面逢人便說，他乃兄是代槍進學的，又在他炕上鬧了縫窮的，所以大不吉利，害他吃了苦。眾人聽了這些話，不過一笑而已。

且說李元茂僥幸了這個秀才，也十分得意。見了孫氏，便誇獎他的才學，說嗣徽是代槍的，嗣元不通，以致打了板子。孫氏也覺光彩，到底丈夫算個讀書人了。元茂看著孫氏雖然假眉、假髮，但五官生得頗好，又高又胖，是個有福之相，比起縫窮婆來，雖沒有他風騷，到底比他乾淨了好些。到了並頭夜合之際，已離了二十來天，未免彼此貪愛。況元茂學問也長了許多，孫氏又比不得那縫窮婆嘗過那沖煩疲難的滋味，自然當是人生之樂，止於如此。元茂將嗣徽與縫窮的光景，並聽的聲息，細細的描摹與孫氏聽。孫氏笑得不休，又說道：「自然，你也是這樣的。」元茂道：「我沒有，我豈肯要這種人。」孫氏半疑半信，又盤詰了一番，元茂只說沒有。那元茂真是糊塗人，所說的話一會兒又忘了。一手摸著孫氏那個東西，覺得飽滿可愛，而且蓬蓬鬆鬆，毛長且茂，閑著把他梳理梳理。孫氏也不阻攔他。元茂自覺得意忘言，忽然說道：「我當是你們這個，與我們一樣，誰想那個縫窮婆才二十四歲，竟是一大片毛，連小肚子上都是的，倒不好看。」孫氏聽了，已有了氣，故意問道：「或者他小肚子上有泥，你看不清楚，就當他是毛了。」元茂笑道：「你笑我是近視眼看不見，我的手難道也是近視？摸不出麼？」孫氏氣湧心頭，把元茂身上一把擰得死緊，元茂道：「哎喲喲！輕些，做什麼？」孫氏道：「你這個喪盡良心、爛心爛肺的惡人，你說我兄弟鬧縫窮婆，你是沒有，為什麼你又講出來？我倒在家天天想著你，你倒這麼肆無忌憚。我咬掉你這塊肉。」便一口咬緊了元茂的膀子。元茂方悔無心失言，只得再三的陪禮。

孫氏猶咬著牙，把他搡了兩搡。元茂又上去巴結了一回方好。

孫亮功到領憑之後，即到通州寫了四個太平船赴任，自然的一樣餞行熱鬧。惟有王恂的夫人，見父親哥嫂一齊出京，未免淒涼悲苦，在母家住了幾日。陸夫人也疼愛到十分，又不能帶他赴任，只好勸慰他一番。元茂與孫氏是同去的。元茂外間有些虧空，這兩天追逼起來，孫氏雖有些妝資，但不肯與元茂花消。元茂問他要錢時，便罵起來，說：「不是叫相公，就是嫖婊子。我也不給你錢，你也不許出去。」此時元茂被人追急了，無詞可對，只得苦苦哀求他媳婦說，係進學費用，此時都應歸還，並不是嫖錢等類。孫氏見他愁眉不展的幾天，心裡也疼他，即問道：「你要多少錢就清楚了。」元茂道：「要一百吊錢。」孫氏即給他四十兩銀子，說道：「你快去還了正經帳目，不要去混花消了。」元茂大喜，得了銀子，又起了邪念，想到：二喜待我這兩年頗為不薄，如今遠別，怎好不給他十吊錢。但這四十兩只夠還帳，不能有餘，怎麼好呢？想了半夜，想出一個方法：去年借聘才的金鐲子，若取了出來，照時價換了，可以多得五六十吊錢，可不是帳也還了，別敬也有了？

早上起來，找了當票，自己到當鋪裡一算不夠，又添了些碎銀，做了利錢，把金鐲子取了出來。到金店裡請他看看成色，換了十四換，元茂不肯；又到一家，倒又少了半換，只得十三換半。元茂心中納悶，把鐲子帶上手，一路的闖去。忽然見二喜坐著車劈面過來，見了元茂忙下來，一把拉住，說道：「今日叫我找著了。我聽得你要出京，又知道你中了秀才，也不知找你多少回，我們也多時沒有坐坐了。」便拉著元茂，上了車。元茂本來想他，便忘了要事，一徑同到了二喜寓處。進了客房，二喜道：「你此番去了，幾時才來？你倒忍心撇得下我麼？」說罷，便竄在元茂懷裡道：「我跟你去罷！你去了，我在京裡也沒有疼我的人，不如咱們苦苦樂樂的在一塊兒。」說到此，兩眼紅紅的，像要淌下淚來。元茂見了好不傷心，也擦了眼睛，道：「若說跟我去的話，此時不用說他，且我明年就來的。如今我在這裡寄了籍，明年要來科考，還要鄉試，那時就可與你快敘了。」二喜故作悲啼，把個元茂如蒼蠅掐了頭一樣，抓耳揉腮，垂頭喪氣。少頃，擺出酒來，元茂心中有事，不能暢飲，禁不得二喜百般奉承，元茂歡心一開，便又痛喝起來。二喜斟了一杯酒，喝了一口，走到元茂身邊，坐在膝上，雙手捧了元茂的臉，敬了一個皮杯。元茂兩眼眯齊，在二喜臉上嗅了幾嗅。二喜道：「你也還敬我一口。」元茂道：「待我來。」便含了一口酒，對著二喜的嘴送來，二喜尚未接著，元茂先放了出來，滴了一身。元茂想著從前的事，不覺好笑，笑得前合後仰。二喜也笑道：「什麼好笑？」元茂閉緊了嘴，用力忍住，停了一停，說道：「你不記得前年魏老聘的笑話，說姑嫂兩個磨鏡子淌出水來？」二喜笑道：「你倒好，你願把自己的嘴比那東西。」元茂道：「世間還有比那東西好麼？人家嫌那東西髒，我就不嫌。」二喜道：「不信沒有比他好的。」元茂道：「只怕沒有。」二喜道：「怎麼沒有？這句話你從前說過的。」元茂閉著眼想了一想，點點頭道：「有是有這句話的。」二喜瞅了他一眼，道：「好良心，吃了橘子就忘了洞庭山了⑫。」一頭說，雙手將元茂渾身亂捏，捏得元茂骨軟筋酥，打了一個呵欠，伸一伸腰。二喜道：「你的癮來了，躺躺罷。」元茂道：「很好。」速同了二喜進房，開了燈，二喜先在對面上了幾口後，躺在元茂懷裡，與他吐煙。一個臉直扭到元茂嘴邊，元茂伸出舌尖，在他臉上舔了幾舔，覺得香噴噴的，色心大動。二喜知覺，把手伸過來一攥，仰著臉，望了元茂哈哈的幾聲，把手一緊，元茂一酥，說道：「了不得了！」

⑫ 吃了橘子就忘了洞庭山了：比喻忘本。洞庭山，有洞庭東山和西山，均在太湖中，屬江蘇吳縣，盛產橘子。

便側轉身子來，把二喜緊緊的一摟，也算了春風一度，把褲襠擦了一擦。

二喜又與元茂上了幾口煙，一手把著元茂的手放在自己臉上，道：「從前有位張少爺，也與我相好，我也使過他的錢。他在京時，問他要什麼，他總肯。到他出京時，我問他要個鐲子，他就支支吾吾，說這樣，推那樣，不肯給我。其實我也不稀罕他那個小鐲子，不過留一點記念，教人心上常記著這個人。然而如今的人，見面時是好的，一過後就忘了。我就不然，那個人若是我相好的，我總想著他。你要去了，你給點什麼東西與我做記念呢？要常常帶在身上，又要經久不壞的東西。」元茂見他這般光景，心裡甚是過意不去。本要送他些錢，因鐲子又沒有換成，支支吾吾的道：「我有東西給你。」二喜道：「我說那張少爺的鐲子，與你這個一樣的，你若做了他，還要等我開口麼？」說著，要把元茂的鐲子除下來看，說道：「可是兩根絲攪成的？」即捋下來看看，帶在手上，說道：「這種鐲子我也得了不少，若是不要緊的人給我，我也不記得他。若是你給我，那管是銅的，我也當他金的一樣；況是個金的，自然一發當作寶貝了。」一面說著，看元茂。元茂近來身子淘虛了，一喝酒就醉，一吹煙就睡，模模糊糊的講了一聲，也聽不出講的什麼話。元茂朦朦朧朧，然猶聽得門外叫聲：「二喜出來！」覺二喜爬下炕去，出去了。

元茂睡了一覺，醒來見煙燈也收了，叫了一聲：「二喜！」不見答應，擦擦眼睛，走了出來。只見那邊房裡，歡呼暢飲。有些人，還有幾個相公，唱的唱，豁拳的豁拳。元茂見跟二喜的人站在門口，叫了他過來，問道：「二喜呢？」那人道：「在那裡陪酒。」說了又站到那裡去了。

元茂此時酒已醒了，一想心中有事，便一徑出來，到了家，方知鐲子被他狼去，心裡甚急，再去找他，又不在家了，一肚子苦說不出來，喪氣而回。孫氏問他為何出去了大半天才回，元茂只得支吾說還帳耽擱了。到晚上元茂更加著急，夢中還是長吁短嘆，孫氏也不解其故，一夜雲雨稀疏，應名而已。孫氏疑他精力乏了，也不來惹他。

明日元茂沒法，只得老了面皮去找王恂借了四十金，說是娶親時欠下的帳，到了安徽即行寄還，才把那一零星館子帳、相公開發及婊子嫖錢還個清楚。也到各處辭了行，遂同丈人出了京，到了鳳陽府，住了一月，同著孫氏到他父親任上去了。不知後事如何，且聽下回分解。

第五十二回　群公子花園賀喜　眾佳人繡閣陪新

話說光陰甚快，六月將過，又交七月，高品到了，住在怡園，與南湘同寓在清淙詩境。帶了本省撫臺的文書，一咨禮部，一咨府尹，保荐應考博學宏詞。四方名宿，紛紛漸到。已定於八月初十日開考。

且說春航吉期已到，這蘇侯是個闊家，大姑娘嫁與華公子，妝奩就值百萬。今知春航是個寒士，把京東的田庄批了二百頃，撥了兩名庄頭、六房家人男婦、十個丫鬟，至珠寶古玩、陳設鋪墊，以及衣服被褥、箱盒桌椅器皿之類。送奩那一日，用了二千名人夫，蘇夫人猶以為薄，不及大姑娘十分之七，於鋪箱時鋪了兩萬兩白銀、三千兩黃金。子雲是媒人，見春航房屋窄小，鋪張不下，把自己住宅東邊一所空房借與他，有個八九十間，還有個小花園在內。這回春航娶親，賀客紛紛，很為熱鬧，請酒演戲，內外鋪設，也成了個錦天花地。一個蕙芳如何料理得開？子雲去請了張仲雨來幫忙，管了帳房，並指點鋪設一切。仲雨這些事是最在行的，諸事調度得很有章程。新房內自有蘇府的人來鋪設。春航的母舅張桐孫已帶了家眷往直省候補去了，今奉差來京，也幫著春航張羅。初六那一日有兩處戲酒，一處在聚星堂，請的是鄉試座師禮部尚書劉守正、座師內閣學士王文輝、會試房師兵部郎中楊方猷；鴻臚寺卿周錫爵、光祿少卿陸宗沅，這兩位是同鄉前輩兼有年誼，張桐孫陪了這幾位在聚星堂觀戲，演的是聯珠班。春航陪著一班名士在花園挹爽齋觀演聯錦班。那一天大媒是徐子雲，客是蕭次賢、高品、南湘、顏仲清、劉文澤、王恂、梅子玉。近日子玉病已好了，勉強打起精神出來。這八個名旦不消說都在園中，那聚星堂上一個也不去，盡是一班中年的腳色與那些尋常的旦腳，在那裡應酬。蘇蕙芳一會兒走了來，又被張仲雨叫了去帳房幫忙，倒比別人還忙些。

早上就開了戲，諸人一面看戲，一面歡笑，好不高興。子玉見那些名旦之中，就只少了琴言，觸景傷情，頗有一人向隅之慘，眾人也都會意。忽不見了高品，子雲命書僮去找他，找到戲房後頭，找著了。見高品在那裡教王蘭保的戲，蘭保點頭而笑。高品出來，裝出正經樣子，連笑話也都不說一句。少頃，王蘭保來請點戲，送到子雲面前，子雲點了一齣喬醋，高品點了一齣當巾❶。喬醋唱了，當巾卻是蘭保扮了小生，倒作得人情逼肖。春航是個聰明人，已知高品奚落他，便說道：「這李亞仙❷真是個女中豪杰，前賺鄭元和❸是遵母命，後來是感於至情。若我作了鄭元和，寧當身子上衣衫，不當這巾。你們不聽得這兩條網巾繩子是李亞仙親手打的麼？」高品道：「只怕衣裳有了泥，當不得了。你不聽得來興❹唱道：『相公，你戴月來，滿身露濕，我這件衣服呵白苧新裁，未沾汗跡。』」子雲道：「他是沾的露，你又怎麼說他沾的泥呢？」眾人皆笑。作到來興進去，轎夫出來趕打，蘭保跌了一跤，便改了口白，說道：「罷了！罷了！被他一路趕來，跌了一身泥垢。且喜七叔贈我這件衣衫，我且去當了，也可聽得兩

❶ 當巾：繡襦記中一折。
❷ 李亞仙：繡襦記中女主角。
❸ 鄭元和：繡襦記中男主角。
❹ 來興：鄭元和的家人。

天。呵喲！兀的不想殺小生也。」眾人聽了，個個駭異道：「忽然講些什麼？」仔細一想，便大笑起來。高品只是微笑，眾人心裡早已明白。又聽得蘭保唱那玉抱肚的曲子道：

我只得門前窺伺，跟隨他繡幰香車。忍羞慚要乞青眸顧，應憐辱在泥塗，回腸如路，雙輪一碾一嗟吁，怎笑倚？

蘭保唱到此，也要笑了。子雲等連聲喝采，諸人亂叫起「好」來。春航滿面通紅，指著高品罵道：「我只道你別過許多日，自然也改惡從善，誰道還是這副歪心肝。」高品道：「這才罵得奇，我又講了什麼？這不是自己栽了觔斗埋怨地皮麼？」

春航尚要罵他，只見家人進來稟道：「蘇府妝奩已到。」一片吹打之聲。春航請了子雲、次賢一同迎接上去。送奩的是蘇府幾位本家親戚，內中有華公子，繡衣金帶，玉貌如仙。春航尚是初見，已久仰這位連襟的大名，接進了聚星堂，齊齊見禮。華公子見了劉尚書、王文輝是父執，便請了安，其餘都行平禮。春航與華公子係是新親，無甚話說，不過彼此道些仰慕之意。幸有王文輝、徐子雲幫著張羅，應酬了那幾位新親，頗不寂寞。妝奩到了，擠滿了街道，二千名抬夫，也就與出兵一樣。只見眾家人帶領抬夫頭兒，紛紛搬運；張仲雨跑過來，跑過去，指這樣，說那樣。門外人聲嘈雜，蘇蕙芳發賞封，上號簿，一個人那裡打發得開，又叫了蘭保、素蘭來相幫，足足鬧了兩三個時辰，尚未清楚。裡頭許三姐也幫著手忙腳亂，同著那些陪房的擺這樣，安那樣，鬧得一身的汗，一件綢衫子沾住了背心，腰也酸了，腳也疼了，喝了一碗涼茶，把扇子搧了一會，再來收拾。春航忙進城謝妝去了。

王文輝要推華公子首坐，華公子不肯。子雲意欲邀他進園，與諸名士會會，華公子也不願在外，便同了子雲進園，文澤等齊齊站起，華公子上前見禮。除文澤之外，都不認識，內中見一個最年輕的，覺得如月光珠彩，鳳舉霞軒，骨重神清，風華雅麗，心裡一驚，覺眼中從未見過這樣人。子玉見華公子的品貌，也暗暗稱贊：清華貴重，儀表天然，果是不凡。華公子一一見了，問明了子雲。華公子道：「敘起來都也有世誼，小弟疏於交接，今日幸會，滌我塵襟。」諸名士也各述一番景仰，遂推華公子首坐，華公子如何肯坐，說道：「我們既幸會了，就與夙好一樣。若以小弟當客相待，倒是見棄了。我們今日敘定，下次就不用再推。方才諸兄怎樣坐的，自然是敘齒，那位年紀比我小，我就僭他。」敘起來，就是子玉比他小了三歲。華公子就坐在子玉之上。眾人見他直爽，也不讓了。華公子見這班人都是瀟洒出塵的相貌，將春航比起子玉來，稍遜一籌，而神情洒脫過之，可算瑜、亮並生了。

坐了席，開了戲，那邊王文輝、張仲雨進來，在華公子面前張羅了一番。華公子要請仲雨坐席，仲雨道：「今日我竟沒有這個福分。」春航謝妝已回，也請仲雨入席，仲雨道：「外面一個媚香，如何照應得來？不可叫他怨我。」便拱拱手走開，指著子雲道：「總是你好作成。」笑出去了。王文輝蹺起了朝靴，手捋長髯，與華公子、徐子雲講了一番話，也就踱了出去。春航請客寬了公服，唱了一齣戲。華公子道：「天氣熱，倒不用唱戲了，也叫他們歇歇。」八旦上來，華公子不見蕙芳，便問春航道：「怎麼不見那位狀元夫人，還在帳房裡麼？」春航不好意思回答。子雲聽了笑道：「如今鬧出兩位狀元夫人，倒與《燕子箋》❺上的誥圓一樣了。」華公子一想，自覺失言，便不再問。見素蘭美麗風流，亭亭可愛，即

---

❺ 燕子箋：明阮大鋮撰。後世常演者寫像、拾箋、奸遁、誥圓諸齣。

叫他上前，說道：「你去年寫在那良宵風月圖上的詩，我已裱成了手卷，並請人題了好些，實在畫也畫得好，字也寫得好，人人稱贊。」即對子雲道：「此君風韻不減袁、蘇，貌類琴言，而聰明過之。」贊得素蘭好不喜歡。

華公子又問子玉道：「弟與尊兄雖初次識面，但心契已久。有個魏聘才，是府上搬出來，在弟處住了半年，常常提及閣下，並有一事倒要請教。」子玉不知問他何事，即答道：「魏世兄也時常提及尊府，但未識荊，不敢晉謁，不知有何賜教？」華公子道：「事本細微，但一時不能索解。聞得閣下與琴言訂交最密，矢志不渝。琴言在弟處，弟即有所聞。琴言如今又同了敝業師出京，閣下何以忍心割愛，而琴言又何以掉臂遊行？乞道其詳。」這一問，把個子玉問得頓口無言，面有愧色，而心中悲苦，又隨感而生。子雲見子玉甚是為難，便大笑道：「這話須問我，庾香仁弟是長於情而拙於言。你說『何以忍心割愛』，而琴言又肯『掉臂遊行』，其故最易說明。此是庾香用情深處，欲成全這個人，所以叫他同了令業師去的。況令業師認為義子，已如平地而履青雲。琴言也明白這個道理，成身以報知己，豈不勝於輕身以事知己。」華公子點頭嘆息，子玉方安了心。

華公子又與高品、南湘、仲清、王恂、文澤、次賢各講了些話，知高品才從蘇州來，問了些江蘇風景。偶然見素蘭的扇子一面畫的甚細，要了過來，看了一會。又見那一面寫著小楷，題目是斷腸詞。華公子道：「腸何可以輕斷？」子玉見了，又覺不安。華公子低低吟了一遍，又問素蘭道：「這是你自己的麼？」素蘭道：「字與畫都是胡亂塗寫的，這詞……」即指著子玉道：「就是梅少爺送玉儂的。」華公子摺了扇子，對著子玉道：「看時就有幾分猜著是吾兄手筆，非至情人不能道，果然，果然。」又笑道：「這夢魂到底喚得來喚不來呢？」子玉怎樣回答，眾人皆笑。

忽見林珊枝走來，華公子便叫取衣服過來，穿戴了，辭了春航，說道：「弟還要到舍親處有事，明早送轎來再會罷。」一拱而別。外面送奩來那幾位，早已去了。諸人送下了階，單是那春航送出。素蘭見拿了他的扇子，便跟了出來。到上車時，華公子始見素蘭送他，知他要那扇子，但又心愛此詞，不忍釋手，便對素蘭笑道：「你好不解事，今日這個好日子，你拿這斷腸詞扇出來，不教人忌諱的麼？」一面說，把自己扇袋裡的扇子取出來，與素蘭道：「給你這一柄罷。」素蘭請安謝了，華公子登輿而去。春航、素蘭進來，素蘭將華公子換扇之事，與眾人講了。把他的扇子展開來與諸名士看時，見一面畫著兩枝桃花，紅白相間；一面寫的小楷，卻是美女簪花，娟秀無比，是兩首梁州序的曲子，後注：「金錯園賞桃花和桃花扇曲。」春航道：「這楷書是閨閣筆跡。」眾人看這兩首詞，情文互至，秀韻天然，贊嘆不已。子玉道：「這第二首也像閨閣口氣。」子雲道：「不要是他夫人題的麼？這兩首像是唱和的。」仲清道：「未必，如果是他夫人寫的，怎肯給人？」次賢道：「這話說得是。」

諸名士在園內談心，卻說那聚星堂上，王文輝見諸名旦一個不來，頗覺岑寂，又不好意思去叫他們。想蕙芳在帳房裡，便叫了他出來。蕙芳也累苦了，樂得出來歇歇，便到文輝席上來，就在文輝旁邊坐了。此處是兩席：那席是劉守正、周錫爵、楊方猷；這席是王文輝、陸宗沅、張桐孫。文輝道：「這幾天我知道你也累極了，所以叫你出來歇歇，此刻也應沒有什麼事了。」蕙芳道：「也沒有什麼忙，借此倒可跟著張二爺學學。張二爺實在可以，大大小小，沒有一點遺漏。」陸宗沅道：「這是張老二的專門本事。大概遇著這些事情，這帳房非他不可。」文輝問蕙芳道：「你將來打算怎樣，也要立個主意。我若能放了外任，你同我出去罷，我就請你管帳。」蕙芳笑道：「管帳？我才幫了幾天帳房，已經鬧得昏了，還能與你管帳呢！我倒有個主意，而且還有幾個人也願來。我想開個古董書畫鋪，兼賣綢緞、紙張、花繡、香粉、花木等類，這些物件都到蘇、杭去置辦。房子也有現成的，度香有所空房子近著他住宅，也有個小花圃在內，看大家湊起來，如果湊得成，倒也有趣。我們也不想發財，不過借此安了身，幾個相好聚在一處，也省得日日離散。」文輝道：「很好，我也願來一分，我來與你掌櫃。」蕙芳笑道：「我請不起你，你是就要放督撫的。你如果有不要的古董搬幾件出來，借光擺擺罷。」王文輝道：「有、有、有！如果我放了督撫，我難帶的東西都與你留下。」蕙芳笑道：「難帶的東西想是粗笨的，你不要拿些木器傢伙，什麼鐵爐子、鐵火盆，寄放在我處，我是不領情的。」陸宗沅、張桐孫笑起來。王文輝也笑，把扇子打了蕙芳一下：「你薄我，這還了得。」蕙芳也笑。

文輝手弄長髯。蕙芳道：「你那鬍子怎麼倒黑起來了？想是遵姨太太命染黑的。」文輝笑道：「這更胡說了。」便自己看看鬍鬚道：「老了，你們這些少年人，雖然與我們講些頑笑話，心上是很嫌我們的。」陸宗沅笑道：「你不要帶著人說，我們的鬍子不是染的。」那邊席上劉尚書、周錫爵、楊方猷都笑起來，惟有張桐孫是個道學人，不會頑笑。周錫爵道：「質夫，你那烏鬚藥的方子，可是你孫親家傳你的？」文輝道：「他那幾根鬍子，要用什麼烏鬚藥？」既而一想，便大笑起來。陸宗沅也明白，也笑了。劉守正與楊方猷不解其故，連聲的問，文輝就將亮功女兒漆頭髮的一事講出來，聽得眾人皆笑，連張桐孫也笑起來。周錫爵道：「既是這麼著，質夫，你何不到班裡，借個假鬍子帶著，省得這烏黑的東西，沾染了你們如夫人的臉。」劉守正道：「這一染，就直染到胸前呢。」文輝道：「嚼你的舌頭。」

陸宗沅道：「怎麼你把這尺寸都量得清清楚楚的。」蕙芳道：「帶著假鬍子好。你索性把真鬍子剃掉了，出門時帶了假的出來，進房時就除下，不更好看麼？」大家又笑。文輝把扇子在蕙芳肩上打了兩下，笑著罵道：「你這尖酸刻薄鬼，怪不得田湘帆被你收管得服服帖帖，一強也不敢強。但你也只有今天一天了，明日就有個真狀元夫人來，看你又怎樣？」蕙芳臉一紅，道：「豈有此理，這是什麼頑笑。」周錫爵道：「媚香不要理他，你到這裡來，咱們談談。」蕙芳到那邊席上去打了一轉通關，又到這邊來打了一轉。張仲雨又把蕙芳叫了去了，諸人也坐了一天，到迎親時刻尚早，也各自暫散。

那蘇府繁華不能細述。明日辰刻，春航先行了親迎之禮，隨後子雲並一班迎親的押了花轎到蘇府來，一切交代排場已畢，花轎回來，一路笙歌鼎沸，儀從紛紜，滿街車填馬塞，好不熱鬧。進了門請出新人，拜了花燭，珠圍翠繞，玉暖花香，說不盡富貴風流，溫柔旖旎。外面那些賓客及諸名士，又足足鬧了一日。到晚間春航進房，見了新人，果然應了子雲的話，真像蕙芳，便萬種溫存，十分美滿，真是佳人才子，玉女仙郎，占盡人間香福矣。

明日，蘇夫人請了他大姑奶奶浣香，與徐子雲夫人袁綺香去陪新，吃扶頭卯酒❻。田太夫人請了王文輝的陸氏夫人，帶了他大姑奶奶蓉華並媳婦孫少奶奶佩秋；又請劉守正的夫人，沒有來，他媳婦吳少奶奶紫煙來了。周錫爵、楊方猷、陸宗沅的夫人都辭了。

卻說華夫人清早起來梳妝，群珠伺候。打扮停妥，華公子進來，在妝臺邊坐了一會，忽然笑道：「不知二妹心裡此時怎樣，還是苦，還是樂？」華夫人笑了一笑，道：「虧你作姐夫的講出這句話來。」群

❻ 吃扶頭卯酒：吃新娘婚後第一次宴酒。

珠也都微笑。華夫人見公子手內的扇子，不是前日寫的那一把，要過來看了一看，把這詞念了一遍，道：「好詞。這扇子那裡來的？」公子道：「是陸素蘭的，我愛這首詞，所以帶了他回來。」華夫人道：「這首詞甚好，但不像是送朋友的。若送朋友，怎麼有這『只道今生長廝守，盼銀塘、不隔秋河漢』呢；若說夫婦離別之詞，又不像；說是贈妓的，也不甚像。然而語至情真，卻有可取。」華公子笑道：「你真好眼力，這一評真評得不錯。這首詞是一個人送琴言的，可不是夫婦不像夫婦，朋友不像朋友，妓又不像妓麼？然而有這片情，真寫得消魂動魄。」華夫人道：「是度香作的麼？」華公子道：「不是，是梅庾香，就是琴言向日的知己。」華夫人問道：「前日我寫的扇子呢，你不要給人瞧。」華公子聽了這句話，方想起給了素蘭，就是這扇，心中甚悔一時沒有留心，只得說道：「我不與人瞧，我恐搧舊了，已收起了。」華夫人也不疑心他給了人。將要出門，帶了寶珠、愛珠、蕊珠、珍珠、明珠、掌珠六婢，又帶了小香兒與兩個僕婦。此時新秋，天氣尚熱，也不須多帶衣服，帶了一個小錦箱，一個錦匣，裝些花鈿脂粉。外面叫一個老年的管家騎了頂馬，金齡、玉齡、蘭齡、桂齡騎了跟班馬。華夫人出房到內花廳，就坐肩輿，到了垂花門，上了車，另有車道。繞過大堂，家人方上馬，隨後八輛大鞍車，坐了群婢。雕輪繡幰，流水一般的出城。

來到了田宅，眾夫人已到，田老夫人迎下階來，群珠扶擁著夫人進來。田老夫人一見，真是仙娥下降，玉女臨凡。走上臺階，田老夫人一把手挽住了；眾夫人出坐相迎，華夫人略略照應。管家婆鋪下紅毯，華夫人行拜見禮。田老夫人再三推辭，執定不肯。華夫人拜了，田老夫人也還了拜。然後與眾夫人相見，除了徐度香的夫人之外，都不認識，徐夫人一一告知，都相見了。然後請出新人來拜，見了婆婆，又與各位夫人也對拜了。六珠婢磕了田老夫人的頭，又與新人叩頭賀喜。蘇家賠房的一群丫鬟僕婦十七八個，還有許三姐，都到華夫人面前來叩頭，把三間花廳擠得滿滿的了。

鼓樂開戲，請新人正席居中，東西分了兩席，田老夫人定席：徐夫人坐首席。徐夫人道：「老伯母怎麼將侄女當作客了，這首席該定新親，是要華家妹妹坐的。」田老夫人只得讓華夫人坐，華夫人道：「這個侄女如何坐得？」即對徐夫人道：「姐姐，我姐妹不知敘過多少次了，怎麼今日忽然推起來？」徐夫人道：「往日我就僭你，今日妹妹是新親；況且你老遠的出來，我又近在此，我如何僭得你來？」華夫人道：「今日姐姐是家母請來陪舍妹的，叫妹妹跟著姐姐過來，怎麼今日倒要讓我坐呢？」徐夫人笑道：「我今日與你讓定的了，非但我不坐這首席，連那邊首席我也不坐。那邊自然要讓王老伯母的。」田老夫人道：「這個賢侄女太謙了，若序齒呢自然是王太太，但是老身請來作陪的，只好委屈些了。賢侄女不必過謙，從直些罷。」徐夫人那裡肯坐，便道：「老伯母吩咐，侄女就坐那邊，這邊是一定不坐的。」便走到西邊去了。田老夫人見徐夫人決不肯坐，只得又讓華夫人，華夫人又與徐夫人讓了好一會，讓不過徐夫人，經陸夫人也幫著田老夫人勸，他只得坐了。陸夫人坐東席第二，劉少奶奶坐西席第二，顏少奶奶坐第三。田老夫人在東邊作陪。陸夫人對田老夫人說：「太太，那邊不用走過去張羅了。」便叫蓉姑道：「你在那邊代作主人罷，省得田老太太走來走去的費事。」田老夫人滿面笑容，站起來說道：「若得姑奶奶張羅，就妙極的了。」說罷，便福了兩福，蓉華連忙還禮。陸夫人道：「太太實在多禮，小孩子也當得起你這麼著？他們姐妹聚會還高興不過，只怕你老人家過去，倒拘束了他們。」田老夫人見新婦這般天姿國色，不覺喜動顏開；再看華夫人，真是同胞姊妹，一樣嬌柔，分不出次第來。看他們二人，倒像在那裡見過的一般，想不出來，惟覺眼中很熟，想去想來，原來有些像蘇蕙芳，怪不得像見過的了。看徐子雲的夫人袁綺香，是冰肌玉骨，雍容大雅，真是林下風流，與子雲恰是一對佳偶。劉少奶奶娟秀可愛，顏少奶奶秀麗超群，甚是洒落，王少奶奶靜婉和妍，與劉少奶奶彷彿。再看那陸夫人，雖是四十以外中年人，骨格風華，穿衣打扮，尚極美麗。兩顴微露，臉上生了幾點雀斑，若遠遠望去，尚是一個絕代佳人，像個智慧聰明，才幹出眾的人。

陸夫人道：「想我太太真有天樣大的福氣，生這個狀元兒子，娶這個天仙媳婦。你老人家只怕是王母下凡，靈妃轉世，所以有這些仙子、仙女跟了你老人家下來。我們雖不算蟠桃會❼上人，今日卻也沾了多少光，托了多少福。」田老夫人笑道：「我看太太的福氣也就是全福了，自己是正二品的誥命❽，到一品也快了。膝下佳兒、佳婦朝夕承歡。還有兩位千金在家，東床又皆是人中英俊。大姑爺已是極好的了，前日我見二姑爺這個品貌，誰還趕得上他？學問是小兒佩服得很的，下科怕不是一門三鼎甲麼？」陸夫人欣欣笑起來道：「據太太在外面看我，我原像個有福氣的，殊不知一家就是我一個人操心，還要照應到外頭的事呢。我們老爺，他是不管家務的。至於兒子、女婿卻也不算不好，但此時都還未中。我想起來，我只怨我們老爺，去年偏又作了主考。我早料著有這件事，我勸他先告一個月的病假，躲過了這個差。他執意不肯，倒說收了幾個好門生，也與兒子、女婿中了一樣。你看如今是一樣嗎？依了我的

❼ 蟠桃會：神話中西王母以蟠桃宴請諸仙的盛會。相傳夏曆三月三日為西王母誕辰，西王母大開盛會，諸仙都來上壽。道教於每年此日舉行盛會以為紀念，俗稱蟠桃會。

❽ 誥命：帝王的封贈命令。明清五品以上授誥命。

話，三個人進場，難道一個也不中出來？所以被他誤盡了。八月內又聽得考博學宏詞，這也是百年難遇的，考中了也可作翰林，但知道考得中考不中呢？也或又派了他作起主考來，那就是坑死人了。太太你將我來比你，若論上半世呢，我也將就，論下半世，只怕就差得遠了。」華夫人與劉少奶奶聽他這一口清而且脆的話，聽得甚有趣；又見他卷起大袖子，手上金釧、金鐲碰得叮叮噹噹，那一種精明爽辣的樣兒，倒也可愛。那邊徐夫人笑道：「伯母倒也不必自謙，我看你們兩位：一位是東華聖母，一位是南岳夫人，正是敵體。」

新人坐了一坐，早已告退。這邊太太們講得好不投機，底下是許三姐張羅。徐家的紅雪、紅蓮、紅香、紅玉、紅梅、紅月、紅露、紅霙八個，並華家六珠，與那些家人媳婦丫鬟們，整整坐了八桌。這八桌裡頭，有會說會笑的，有會喝會吃的，有抿著嘴不開口的，有縮著手不動箸的，各人有各人的模樣。三姐八面張羅，滿場飛舞。正席上聽了幾齣戲，放過了賞，散了席。太太奶奶們都到新房中坐。華夫人與他妹子說了好一會話，然後告辭。徐夫人要留他逛園，華夫人說晚了，改日再來奉拜罷，遂帶了群珠登輿而去。徐夫人也即告辭，陸夫人同了女、媳回去，劉少奶奶也回。田老夫人一一相送。不知後事如何，且聽下回分解。

第五十三回　桃花扇題曲定芳情　燕子磯痴魂驚幻夢

話說前回書中，華公子將自己扇子與素蘭換了，後被華夫人問起來，方知將夫人寫畫的桃花扇子與了他，甚是懊悔。一日，即命家人去叫素蘭，說明叫他帶了前日的扇子來。

那日素蘭正在蕙芳處商議開那古董鋪的事情，蘇、陸之外，尚有袁寶珠、金漱芳、王蘭保、李玉林要來，大家商議那古董書畫等物公湊些起來，也就不少；況且怡園花木極多，盡可分些來應用。我們何不先開起來，再到南邊制辦，也未嘗不可。若要等買齊了，就有兩三月耽擱去了。蕙芳道：「如今我們幾個人湊起那古玩來，能有幾樣？而且也沒有很好的東西，奇書名畫更少，開張起來，空空的什麼樣子。若盡靠些花木，不成個花局子了麼？」寶珠道：「要湊東西其實也不難。若說書畫，前日我見度香園中晒晾，也數不清有多少。一種書有十幾部的，他要這許多作什麼？法帖重的很多，若畫那似假似真的也有幾十箱，橫豎將來總飽蠹魚❶的了，分些來他豈有不肯的？至於古玩，好的自然不好去要他。他那不愛的東西，要幾件來，也就擱不下了，就怕什麼？香料、針黹、顧繡❷的東西倒少，又要新鮮，賣不得舊的，後來再買也可以的。這房子也不用收拾，一切俱好，器皿什物皆有。我們一班人全進去，也住不

❶ 蠹魚：蟲名。常蛀蝕衣服書籍。體小，有銀白色細鱗，形似魚，故名。又名紙魚、衣魚。
❷ 顧繡：刺繡名。創始於明嘉靖時進士顧名世家，故稱。

滿他。只要作些廚櫃等物，一完備就可開張。中秋前後盡來得及了。」漱芳、蘭保同聲說：「好！」又說：「就這麼著，我們大家去找度香商量。」

正商議間，忽見素蘭的人進來說：「華公子打發人叫，立等進城。」素蘭道：「他叫幾個人？」那人道：「就叫你一個，說叫帶了扇子去。」素蘭道：「我知道他叫我作什麼，原來是為這把扇子。」蕙芳道：「那扇子一定是他夫人寫的了，所以來要回去。」素蘭就辭了眾人，到家換了衣服，帶了人上車，一徑到華府來。先到門房應酬了幾句話，再到珊枝處問了緣故。珊枝道：「我不知道，或者要你寫什麼。」素蘭在珊枝房裡略坐了一坐，珊枝道：「公子在園中，就去見見罷，省得他等。」於是珊枝領著素蘭徑入園來。只見秋色斑斕，燦然可愛。問了園童，方知在潭水房山。二人登高涉水，過竹穿林的走了好些地方。到了門口，珊枝先回明了。

素蘭進來見了公子，公子正在那裡畫扇子，旁邊站著個小丫鬟，還有兩個小書僮。素蘭請過安，站在一邊，華公子命他坐了。素蘭見公子所畫的扇子，也是兩枝紅白桃花，潤色鮮明，甚是可愛。華公子知他愛看，便遞給他道：「你看看有什麼毛病麼？」素蘭接了過去，看了道：「兼工帶寫，得意得神。錢舜舉❸、徐熙❹合為一手。」公子道：「前日那把扇子帶來沒有？那是人家的，那一天我沒有理會，帶在身邊。昨日那人來取時，我才想起給了你。這扇子卻要還他。」素蘭從扇袋裡取出來，雙手奉上。公子看了一看，擱過一邊，便道：「你的書法，我是請教過了。你的詩詞，我尚未見。何不將那梁州序

---

❸ 錢舜舉：即元錢選。吳興人，字舜舉，號玉潭，又號巽峰。為「吳興八俊」之一。入元不仕，流連詩畫以終。

❹ 徐熙：南唐江寧人。善畫花竹樹木草蟲之類，花果尤佳。後主絕愛之。宋太宗嘗曰：「花果之妙，吾獨知有熙。」

也作一首，賞賞這扇上桃花。」素蘭笑道：「字已是勉強的，詩詞上沒有工夫，不敢獻醜。」公子笑道：「太拘泥了，你這樣靈慧人，怕不是繡口錦心，作出來還要比人好。不要謙，今日在這裡逛半天。既要制曲，自然不可無酒。」叫香兒到小廚房要幾樣果品，並要那蓮心酒來。

公子道：「你們這班人，為什麼從前定要學戲？既學了戲，倒又不專於戲，學成了多少本事？我想從前戲旦中，也沒有你們這一派。就有幾個小聰明的，也拿不出手，況且他們的品行，我就不好說了。」素蘭道：「我們這樣本事算得什麼？因是我們這等人是不應會的，所以會寫幾個字，會畫幾筆畫，人就另眼相待，先把個好字放在心裡。若將我們的筆墨，換了人的名氏，直怕非但沒有說好，盡是笑不好的了。」公子笑道：「這話也有些理，但真好真歹，人也看得出來。若你們的筆墨，真是那小孩子寫的仿格，小丫頭描的花樣，難道也說好不成？況且我又奉承你作什麼，好歹自然要分得清，豈可沒人之善。但是，你們後來這個行業倒難，這碗飯也不是終於好吃的。」素蘭道：「如今我們幾個人，現在想出一條道路。」就將蕙芳、寶珠等要開書畫古董，並些針線、香料、花卉、綢緞等物合成一個大鋪子的話說了。公子點頭道：「這倒罷了，你們這幾個人也只好老於是鄉。這個鋪子幾時開呢？」素蘭道：「此時貨物都不全，所有東西皆要到蘇杭去置買。先想湊些書畫等件，布置起來，原不當買賣作，不過這幾個人沒有事，在那裡坐了，作個公局的意思。至於要等置齊物件，必要到十月才能完備。」華公子道：「要些什麼東西，定要到蘇杭去，京裡置不出來？」素蘭道：「那裡便宜。至於花繡刻絲❺等物，皆是蘇杭來的。」公子道：「定要那些東西麼？依我倒不要。若賣那些東西，倒俗了。」素蘭笑道：「不過，有

❺ 刻絲：手工藝絲織品。創於宋代，定州織工為之。承空視之，如雕鏤之像，故名刻絲。

這些東西搭配著熱鬧些，不然也與那些書畫鋪一樣。且既作買賣，那伙計的薪俸飯食也須出在裡頭。」公子道：「自然。既開鋪子，就要打算盤了。設或將來我來買把扇子，你也必得開個虛價兒。」說得素蘭笑了。公子道：「你要些刻絲顧繡的東西，只怕我倒有，若用得用不得，就不可必了。前日聽說庫房裡蛀壞了幾個箱子，糟蹋了多少東西，大約有七八十年沒有用著他，還是我老老太太遺下來的，只怕用不得，顏色黯淡，花樣古老了。如果用得，我每樣給你些，教你開成這個鋪子。至於古董書畫也有，要好的不能，不過中等的。」素蘭請安謝了，道：「府上中等的，就是外頭上等的了。」

正說間，香兒領著兩個書僮，拿了酒盒來。珊枝見素蘭喝酒，想沒有什麼差使，便走開了。華公子道：「喝一杯潤潤詩腸，好得佳句。」素蘭道：「今日真要出醜，恐石子裡榨不出油來。」公子道：「不用謙，況且是曲，一發熟極生巧。」素蘭接過酒壺，與公子斟了，自己也斟了一杯，心中好不思索。且看那潭水房山的景致，屋是一統五間，東邊臨水，像怡園練秋閣光景；西邊疊疊層層的危石，盤著藤蘿薜荔，陪著松柏桐杉；池內荷葉半凋，尚有幾朵殘荷，餘香猶膩，其餘草花滿地，五彩紛披。後面玻璃窗內，望見綠竹蕭疏，清涼爽目。素蘭飲了幾杯，公子道：「你看過後面那塊石頭沒有？」素蘭道：「沒有。」公子領他從屋西到後面竹林中。素蘭見有個石臺，上面豎著一石，如春雲出岫模樣，頂平根瘦，有八尺多高，渾身是穴。公子向石根邊一個小穴，指與素蘭道：「你看這個字。」素蘭看時是個「洞天一品石❻」五個字，又一行是：「五月十九日米芾❼記。」素蘭道：「這就是米元章的一品石麼？聞是

❻ 洞天一品石：相傳此石由米芾所藏。洞天，道教用以稱神仙所居的洞府，意謂洞中別有天地。

共有八十一穴。」公子道：「你數數看。」素蘭數了一會，那高處及頂上的，如何望得著，也就不數了。看了一會，問公子道：「我聞米元章拜石，成了佳話，後人便繪他的拜石圖。聽得這塊石在安徽無為州❽衙門裡，怎麼取來的？」公子道：「米元章拜的石，不是這塊。那是無為軍中一塊英石，也生得玲瓏。這是他寶晉齋❾的洞天一品。若要考清這塊石的來歷，一時也說不清。這是我祖太爺在南邊作官時，地下刨出來的。從運河運到張家灣，特作了四輪的大車，用十二套的牛才拉進來。」

素蘭又到各處逛了一逛，重復進來，要了紙筆，說道：「方才倒想了幾句，只是不好。」便寫了出來是：

春光早去，秋光又遍，一片閑情空戀。齊紈皎潔，寫他紅粉娟妍。恨隨流水，人想當時，何處重相見？韶華在眼輕消遣，過後思量總可憐。休負了，金樽淺。

華公子看了，不禁狂叫好道：「你這首真是黃絹幼婦❿，可稱絕妙。恰是題畫的桃花，何等淒清宛轉，動人情味。」連吟了四五遍，忽將素蘭看了一會，素蘭低了頭。公子淒然動容，嘆了一聲，又問素蘭道：

❼ 米芾：宋襄陽人。世稱米襄陽。字元章，號海岳外史。為文奇險，妙於翰墨，畫山水人物，自成一家。精於鑑裁，多蓄奇石。累官禮部員外郎，知淮陽軍卒。

❽ 無為州：治所在今安徽無為。

❾ 寶晉齋：宋徽宗初年，米芾得晉謝安八月五日帖、王羲之王略帖、王獻之十二月帖墨跡及顧愷之、戴逵畫兩件，因以寶晉作為書齋名。

❿ 黃絹幼婦：為「絕妙」二字的隱語。

「你這首詞是何寓意？要說得這樣。」素蘭道：「也沒有寓意，公子是畫的桃花，況今秋天，似乎不能與春日賞桃花一樣題法。」公子道：「這個自然，但你另有寓意，不然何以要說『恨隨流水，人想當時，何處重相見』呢？而且又說：『韶華在眼輕消遣，過後思量總可憐。』這明明是由後思前，翻悔從前輕看春光之意。但憑你怎樣惜春，而春不肯留，又將如何呢？」素蘭被他說破詞中之意，只得遮飾道：「其實我倒沒有什麼寓意，公子這一講，倒像有意題的了。」公子笑道：「你明明將琴言借題發揮感諷我，但究竟是他負我，非我負他。我如今一想，在我這裡也終非了局，如今他倒好了。」

素蘭見他說明，不能再辨，只得說道：「公子之待琴言，原是沒有說的。但琴言用情專一，不善變通。倘使琴言一進京來就遇公子，有這番恩典，他竟可以殺身相報，至死不怨的。」公子道：「他與梅庾香，到底是怎樣交情？」素蘭道：「他與梅庾香的交情，其實也不甚親密，就是兩心相照，悲多歡少，這是人人解不出來的；一見就哭，大約前世有點因果在裡頭。那日扶乩說琴言原是屈公前生之女，我想庾香前世，又是琴言什麼，也未可知。」華公子道：「這事渺茫，譬如你作了琴言，當怎樣待人呢？」這句話，素蘭倒有些難答，支支吾吾起來。華公子笑道：「你作了琴言，待庾香怎樣，在我這裡又當怎樣？事齊乎，事楚乎？必有一個主意。」素蘭面泛桃花，只是不語。公子道：「這有什麼不好說。況我們皆是光明正大，無一毫暗昧之心，難道一人只許有一個知己，不准有兩個麼？」素蘭道：「若論知己，自然越多越好。就以蕙芳之與田春航，瑤卿之與金吉甫而論：春航固是蕙芳的知己，吉甫固是瑤卿的知己。蕙芳之待春航，瑤卿之待吉甫，也是報知己之報了。事雖不同，情則一也。然而他們待外人也是這樣，心裡卻有權衡，外面若無軒輊，不露出厚薄來。所以人也不能說他們，也不能妒他們。若琴言之心，沒有一點曲折，這樣就是這樣，那樣就是那樣。所謂孤忠苦節，不避艱險，不顧利害，其實也是他的好處。」公子點頭道：「你說得是，我畢竟不是他的知己；但度香又怎樣的待他，算知己不算呢？」素蘭道：「若說度香待他，真也是個知己。度香第一能包容，第二能體貼。琴言之待度香，或冷一會，或熱一會，笑一會，哭一會，挺撞一會。度香非但全不芥蒂，倒反過意不去，百般的安慰他。所以他視度香也算一個知己。」華公子道：「這麼看起來，我還不如度香。這也是各人的性情，勉強不來的。」又問：「那漱芳呢？」素蘭道：「漱芳是個和而不同的，外面雖和順，內裡卻有把持。」

公子說：「你看我的珊枝如何？你要直說，不許恭惟他。」素蘭一想，這個倒定要恭惟幾句才好，若實說了，是要鬧出亂子來的。便道：「這個人還有什麼議論呢，又忠直，又正派，知恩報恩，還有什麼說話。公子恩能逾格，珊枝公而忘私，城外人都是這麼講。」公子大笑道：「這句話有些違心之論。我聞珊枝頗不利於人口。」素蘭見公子口雖如此說，心上覺得很樂，便答道：「沒有說他的人，他待人也好，說他怎麼呢？」公子道：「雖然這麼說，我看他是個有心胸的人，就取他見事明白，說話透徹，一句話從他口裡說出來，就與人兩樣。所以我倒喜歡他。就是肚子裡不甚通，不如你們。我也曾教他念念詩，學學字，總弄不上來。今年稍明白些，尋常通候的書信，也可以寫寫了。就這一樣，別無他能。」素蘭道：「他自小沒有人教過他，但他這等聰明，也沒有學不來的。」當下喝了些酒，又吃了些點心之類，又領了他逛了逛各處地方。

天色將晚，素蘭告辭，公子道：「你若沒有事，你今天住在這裡，不必出城了。」素蘭一怔，尚未答應，公子笑道：「這有何妨，難道是瓜田李下[11]麼？」素蘭不語。公子又笑道：「我教你住在這裡，也有個意思。先不是說那刻絲顧繡的東西，你若住在此，我晚上就教他們翻出來，明日你看看可用得，撿些去，省得又費第二回手。不過是這個意思。」素蘭起初當是戲言，及聽了這話，甚是感激，便道：「果然，天也晚了，也恐趕不出城，我也要與珊枝談談，就在他那裡住罷。」公子道：「很好，我就去看那些東西。」

說罷，帶了小丫鬟進去了，一徑到夫人房裡，將素蘭的和詞給他瞧。夫人看了贊好，道：「是今天題的麼？字不是你寫的，是珊枝寫的麼？比往日好多了。」華公子笑道：「正是。」又道：「前日庫房樓上，那幾箱的花繡片子，聽得說都壞了，還有好的在裡面麼？」夫人道：「那六個箱子，壞的算起來，也不過三分，有七分好的；而且倒是頂好的材料，如今新的還不及他。我已將好的挑了出來，分給十珠了。此刻還有三箱存著，要挑還可挑得出兩箱，問他怎麼？」公子道：「我想留著這些東西也無用，霉爛了也可惜，不如賞人。如今有幾個相公，要開個鋪子，正要到南邊買些東西，又沒有人去買。我想起來，何不把這些賞了他們，我們自己也用不著的。」夫人道：「明日再挑些看看，如有好的，就給他們。」當夜無話。

素蘭在珊枝房內歇了，珊枝聽得素蘭在公子面前贊他好，十分歡喜，就與素蘭談心，又要與他換帖。素蘭雖不滿珊枝，但見他這番相待，也樂得送情，應許了與他結盟。二人談了半夜，方各安睡。

明日，華公子吩咐將那三個箱子抬下樓來，再叫十珠婢挑選，選出兩箱可用，都是些繡蟒，以及刻絲顧繡的裙料、褂料，還有炕簟、桌圍、椅披，各色鋪墊料，並零件荷囊、扇袋的花片子，共裝了兩大

⑪ 瓜田李下：經過瓜田，不彎腰提鞋子；走過李樹下，不舉手整頓帽子。避免偷瓜、摘李的嫌疑。

箱，算起時價來，也值數千金，叫人抬出去，放在珊枝屋裡。公子又問寶珠要出那文房什物以及玩器書畫閑放著不用的那本賬來。寶珠找了出來，公子看了，把筆點出了幾十樣是：新坑大端硯四方、中端硯六方、歙石硯十方、假銅雀硯二方，徽墨二十匣，印色⓬一斤，田黃石⓭圖章兩匣、青田石⓮圖章兩匣、壽山石⓯圖章十匣、昌化石⓰圖章十匣，嘉興⓱刻花竹筆筒十個，大銅爐兩座、小銅爐四座，大磁瓶一個、大磁甌一個、宜興茶壺二十把，雲南玉碗一對、玉盤一個，圍棋子兩副、象牙象棋子兩副，寶晉齋帖⓲兩部、閣帖兩部、絳帖兩部，其餘雜帖數十種，南扇五十把、團扇四十把、繡花宮扇二十把，宣紙二百張、高麗箋紙二百張、藍絹紅絹箋共四十張、白礬絹四匹、冷金捶金箋對紙共六十張、虛白箋一大捆，湖筆大小二百枝，香珠三十掛，香料十斤，英德石⓳四座，玉煙壺四個、瑪瑙煙壺八個、水晶煙壺十二個，玉如意四匣，宋元名款贗筆字畫四十軸，手卷十二個，冊頁二十本。把十珠婢忙個半天，才找

⓬ 印色：即印泥。

⓭ 田黃石：壽山石之一種。

⓮ 青田石：產於浙江青田青田山。

⓯ 壽山石：產於福建福州市郊壽山。以葉蠟石為主要組成的一種石料。色彩豐富，質透明如凍的，名「壽山凍」。略呈透明，具羅卜紋條帶，呈桔黃，熟栗黃、枇杷黃及金黃色者，名「田黃」。

⓰ 昌化石：浙江昌化（今臨安）所產雕刻印章之石。石上有紅點若朱砂，石色有青紫如玳瑁。

⓱ 嘉興：浙江嘉興。

⓲ 寶晉齋帖：宋人匯刻的叢帖。有元趙孟頫舊藏本，現藏上海文物保管委員會。

⓳ 英德石：產於廣東英德。

全了，堆了幾張桌子。公子吃過飯，點清了，也一樣一樣的搬到外邊，叫素蘭點了，珊枝與他開了一篇帳單。

素蘭見了，喜不可言，這也再想不到的事情，竟有了半個古董鋪了。在珊枝處吃了飯，珊枝幫他一樣樣裝好，裝了幾木箱，用棉花碎紙塞了空處，免得車上碰壞，也收拾到下午時候。華公子出來，素蘭謝了，說了多少感恩的話。公子道：「我昨日與你講明的，沒有什麼好東西在裡頭，這個比不得自己留下的。若鋪子裡賣的東西也不過如此，若拿真古董出來，人也未必認得。」素蘭道：「這已好極了，一刻時候要找這些東西，那裡去找？」就謝了公子出城。珊枝已預備了一個大車，拉了這幾個箱子，與素蘭送出城去不題。

且說蕙芳等，昨日早上見華公子叫了素蘭進城，後來打聽得一夜未歸，今日又將一日，尚未見他回來，心裡猜疑，為什麼事耽擱兩日。再著人到素蘭處打聽，恰好素蘭已回。少頃，素蘭到蕙芳處來，講華公子要他題那桃花曲，並待他一番光景，賞他好些東西，這鋪子竟可開成了。蕙芳也甚喜歡，即同到素蘭處，點了兩枝蠟，開了箱子，一件一件的看了。對素蘭道：「這些東西若全買起來，也要好幾千銀子，而且未必有這好材料。再到度香處添幾樣，就可添可不添了。我明日就把櫥櫃制辦起來；叫花兒匠來收拾花草。八月中秋竟可以開了。」素蘭道：「題個什麼名字呢？」蕙芳道：「我想題為九香樓可好麼？」素蘭道：「這個九香樓，妙極，妙極！」又請了寶珠、漱芳、玉林、蘭保等來，大家看了，都極喜歡，同贊素蘭能幹，叫華公子這般傾倒起來；又贊他題的曲子。素蘭頗為得意。

明日，寶珠等到子雲處，將華公子賞給素蘭的東西，一一說了。並要子雲回去，也把帳單看了，點出：花玻璃燈二十對，大小玻璃雜器四十件，料珠燈八盞，各色洋呢十板，各色紗衣料一百匹、各色貢緞二十匹、各色湖縐一百匹、各色綢綾一百匹，座鐘四架、掛鐘四架，洋表二十個，真古銅器一件，贗古銅器七件，碧霞璽帶板兩副，寶石大小六件，零星玉器一包，贗筆書畫一箱，各色鄗絨衣料十匹，沉香半斤，檀香四斤，各種香料四十斤，各種丸散三十瓶，香牛皮十張，佳紋席十張，湘妃竹扇料一捆，桃椰木對聯兩副，描金紅花磁碗四桶。其餘玩意物件數十件。花木隨時搬取，不入數內。開了一個單子給與寶珠。寶珠大樂，謝了謝道：「這幾日不必搬出，到開市那幾天，搬到那邊去罷。」

春航知道他們要開鋪子；又聞得華公子、徐度香幫了許多物件，也要與蕙芳些東西。但係蘇小姐過門未久，雖然魚水情深，但將蕙芳之事驟然說起，恐他疑心，要吃醋起來，只得托辭要了二百兩赤金，送與蕙芳添買貨物。蕙芳本想不受，但恐春航心上過不去；又見寶珠、素蘭得了多少東西，自己又有好勝之心，只得收了，托子雲著人到蘇、杭添置一切。子雲封了金子，開了一個清單，寫了一封書，著人到他乃兄署中，叫管總的徐福親自制辦。

一日，子雲正與靜宜、南湘、高品閑話，只見書僮拿了一包書信進來。子雲一看封面，是屈道翁在南京途中寄來的，心中一喜。拆了總封，裡頭有十幾封信與各相好，卻都是琴言筆跡，說自己跌壞了膀子不能寫，無非是些道謝等語，內有懷怡園諸同人五古一篇，並沿途七律八首。又見琴言另有一封信，子雲拆開，內裡是三封：一封是諸名士同啟，一封是眾弟兄同啟，一封庾香才子手啟。子雲一一拆看，與他們及與諸名旦的寫得已經沉痛。及看與子玉的信，是和的金縷曲，只見寫著是：

豈料真如此。只朝朝、淚珠盈把，袖痕凝紫。煙水孤村何處也，回首迷離難視。又雨細、斜風不止。若果夢魂飛不到，望長天、早趁江雲駛。須一刻，走千里。報君近事心先喜。縱生離、只身還在，自應勝死。勉強加餐期日後，要使形骸尚似。居兩地、從今伊始。自古多情成積恨，恨東流、不接西流水。腸斷矣！寫此紙。

子雲等看了，大奇道：「不料玉儂竟能與庾香那首，工力悉敵，一樣沉痛。」高品道：「玉儂學問幾時長的？我去年沒有見他能如此。」次賢道：「這是新進長的，不料受乃翁陶鎔了幾天，就這些進境。若過兩年，不知要好到怎樣呢？」南湘道：「我只道庾香這首詞是絕唱，不能和的，誰又想和出這一首，教我看到，非玉儂不能。」又見另寫著一紙道：

本要依韻，因原唱爛字韻不能再用，勉強拾取，反失性情，故另換韻。六月初九日，阻風燕子磯[20]，見鐵索練孤舟，俗稱乃陳妙常[21]妝樓下，即秋江[22]送別處。回想從前置身優孟，曾演此事，不料今履其地矣。觸目傷心，愁多於水。猶幸南風打頭，吹我北向，夜夢偏左，言與心違；村雞一鳴，攬衣起坐。傷哉！傷哉！何可言也。勉力加餐，願期後會，請自寬解，以侍晨昏。夏秋多厲，千萬珍重，勤先百拜。

---

[20] 燕子磯：地名。在今江蘇南京東北郊。磯頭屹立長江邊，三面懸絕，形如飛燕，故名。

[21] 陳妙常：玉簪記中女主角。

[22] 秋江：玉簪記中一折。

子雲等看了，嘆息一會。子雲道：「怎樣呢？將庚香請來罷。」次賢道：「不可。這首詞他若見了，必有一番傷心痛哭，那時在這裡倒教他難為情。不如送去與他，索性使他哭個盡性罷。」子雲即著人將琴言並道生的信，送與子玉。

卻說子玉自前日春航處見了諸名旦，單少了琴言一人，又感傷了數日。一夜在睡夢中，忽見雲兒走來道：「少爺，琴言回來了。」子玉聽了大喜，即問道：「在那裡？」雲兒道：「就在門外。」子玉忙到大門外一望，只見煙水茫茫，杳無涯涘，便失驚道：「這是什麼地方？」迷迷離離，心無主意，沿著江堤走去，唯見白浪滔天，帆檣來往。走了一箭遠路，忽又見雲兒趕來道：「琴言在船上呢，聞說在燕子磯下守風。」子玉道：「此地到燕子磯有多遠？」雲兒道：「這是觀音門，燕子磯就在前面了。但須得個船渡去。」二人在江邊站了一會，見有一個小艇來，蘭槳咿啞，極其乾淨。到了岸邊，仔細一看，那蕩槳的可不就是琴言。子玉叫道：「玉儂從那裡來？」只見琴言拭一拭淚，將船攏了岸，子玉上了船，卻又不見了雲兒。子玉模模糊糊的問道：「雲兒呢？」琴言道：「他又到前面去了。」子玉聽琴言講道：「一月之別，令人想死，你看我的眼睛都哭腫了，你倒絕不想著我。你那首詞我將他燒了灰，吞在肚裡，變了一肚子眼淚，哭也哭不出來。」子玉道：「可不是，你那上車時，我眼前一陣烏黑，倒像坐在你的車沿上，同了你去。後來你把我推下來，我像跌醒似的，回去了病了十幾天，怎麼說我不想著你呢？」琴言道：「你怎麼能到此地來？隔了二千五六百里路呢。」子玉道：「方才雲兒同我來的，我覺也不甚遠，一出大門，便到這裡。」琴言一面蕩槳，一手搭在子玉膝上，說道：「我如今恨你，我作了東流水，你作了西流水，接不到一處來。」

子玉尚未回言，只見琴言嫋嫋婷婷的站起來，坐在子玉懷裡，一手勾了子玉的肩。子玉甚覺不安，要扶他起來，忽然不是琴言，變了一個十七八歲的女郎，高鬟滴翠，秋水無塵，面粉口脂，芬芳竟體。子玉大驚，要推他起來，卻兩手無力，一身癱軟，只好怔怔的看著他。聽得那女郎低低說道：「良宵風月，千里姻緣。妾家不遠，長板橋頭，青樓第二門便是。君如不棄，願訂綢繆。」子玉大駭，心跳了一會，說：「桑中陌上㉓，素所未經，此言何其輕出，一入人耳，力不能拔。知卿雖是戲言，但僕不願聞此。」急欲起身離坐，被那女郎挽住，「嗤嗤」的笑道：「世間有此呆郎，是何腐見，踽踽涼涼，一至於此。但君拳拳于杜玉儂，非為色耶？男女相悅，天經地義，君何以膠柱之性，作刻舟之想。且兩人鑿枘，情何以生。你若非好色之心，你且將愛玉儂的心說出來。君雖口具雌黃，想難文飾。若以貌論，你看杜玉儂及我麼？如今是淚眼將枯，面黃於蠟，憔悴欲死，勸你不必假惺惺，棄了他罷。」把子玉一把摟緊，子玉大窘，只得叫道：「雲兒快來！」那女郎又道：「呆郎，你叫什麼？難道天下有女子調戲人的麼？」子玉道：「你將何為？」那女郎道：「我也不過憐才愛貌的心，君固男子，豈無能為事耶？」

子玉越急，正在無法，只見一個船攏將過來，船窗相對。卻見琴言坐在艙裡，吟他的金縷曲，淒惋欲泣。子玉叫道：「玉儂救我！」那女郎發起怒來，將他一推，狠狠的罵了一句，道：「世間有此措大，令人氣忿欲死！」子玉見兩船相並，便從船艙裡跨了過去。一見琴言，喜不可言，但仔細看他，果然是淚眼將枯，面黃於蠟，見了子玉，惟有掩面悲叫，子玉便覺心如刀割。琴言說道：「誰叫你老遠的來，怎麼忘了我的話？我是叫你不要來的，你看這一派長江，太太心上不惦記你麼？適或受了些驚險，叫我

㉓ 桑中陌上：這裡借指男女之事。

如何當得起？」便嗚嗚的哭起來。子玉好不傷心，極意寬慰。琴言道：「我今和了你的詞。」即取出來給與子玉，子玉接了過來一看，不見有什麼詞，就是從前到華府去時寄他那塊帕子，唯覺血淚斑斑可數。子玉此時心中如萬箭攢心，停了一會，問道：「為何你一人在此，你那義父道翁先生呢，那裡去了？」琴言道：「你問我那義父麼？」嘆了一聲，又淚如雨下，停了半晌，說道：「我也為要見你一面，不然，這個地方就是我葬身之地了。」子玉不解所言，尚要問他，只聽得後船艙有人出來，不見猶可，一見嚇得魂不附體。原來不是別人，是他父親梅學士，滿面怒容，見了他大喝道：「無恥的東西，在家作得好事，如今又背了你母親跑出來，這還了得？」子玉這一嚇，口中不覺「哎呀」一聲，要想往那個船上躲時，一腳踏了空，「撲通」的一響，落在江裡。將身一掙，出了一身冷汗，原來是個夢境。只聽得蟲聲唧唧，月照紗窗，倚枕自思，唯有黯然神傷而已。

明日，子雲處送了琴言的和詞來，子玉看了，一慟欲絕。過了半天，將這信與這詞足足念了有百餘遍，又喜琴言學問大進，竟成了名作，便縫了個古錦囊，置了此詞，佩在身上。不知後事如何，且聽下回分解。

第五十四回　才子詞科登翰苑　佳人繡閣論唐詩

話說子玉得了琴言和詞之後，悲楚了好幾日。又想起那個夢，見琴言十分憔悴，不知是何吉凶，只是鬱悶不解，終日精神渙散，涕淚沾巾。

一日，梅學士的家書回來，與顏夫人說：在任上很好，也取了多少真才實學的士子。現今有個進士，保荐博學宏詞進京，托他帶了三千金回來。說子玉年已十九，可以完婚，若要等我任滿回來，要到明年冬天；適或又有調動，更覺遲了。況王質夫又係至親至好，一切可托仲清料理，不豐不儉，叫顏夫人辦了這件親事。又與子玉一個諭帖，說近日寄來詩文頗有些進境。今秋有宏詞之試，你要自己明白，如可以自信去得，即求人保荐；如果不能自信，也不必好此虛名。顏夫人問子玉道：「你父親問你信得過再去，信不過就不用去，你是怎樣？」子玉道：「自信呢，也拿不穩必定可取。但如我這樣的也多，就考不上，也沒有什麼不是處。」顏夫人請文輝來商量，將家信與他看了。文輝道：「方才親家與我的信，也是這些話。我去年就來問過的，我那裡是早已預備停妥，不論遲早，總在八九兩月之內罷。至於考是必要去的，這有什麼自信不自信，這事也在我，表妹不必費心。劍潭、恂哥也都要去的，一同求人保荐就是了。」顏夫人道：「至於子玉的姻事，妹子實在不在行，也沒有一個料理的人。總求表兄事事說明，應該怎樣，我們這裡就遵著辦，倒不要含糊才好。」文輝道：「這事也沒有一定的辦法，我們這樣局面，太省也省不來，外面的排場是必要的。劍潭倒還明白，表妹一切吩咐他就是了。」坐一坐，別了顏夫人回去，將子玉、仲清、王恂托了劉尚書保了。

考期三日前就忙亂起來，各士子投印結，買卷子，海內文人紛紛擁擠，自致仕先達以及布衣，共有七八百人。子雲托人保了次賢，次賢忽然的抱病起來，不能赴考，子雲甚為太息。

初九日派了幾位閱卷大臣，蘇侯又做了總裁，華公子派了搜檢官，徐子雲派了收卷官，劉文澤派了彌封官❶，張仲雨派了巡邏官。初十日一早入場，首試題目是擬漢詔、擬唐疏、五經條解、五代南北朝年號考、治河策、問酌六科則例、增損鹽法利弊、正本清源論八題。二試是大禮賦、大樂賦、大蒐賦。三試擬杜少陵北征詩、韓昌黎南山詩，皆依元韻。這三場子玉甚是得意。第一試共有八百人，就貼去了五百，第二場止三百名了，第三場出榜時，只取了六十名。王恂已被落，高品取在四十九，仲清取在二十七，子玉取在第二。另期殿試，子玉文星照命，也占鰲頭，共取了三十二名。仲清、高品才高運蹇，皆被落。此科最年輕者就是子玉一人，授了編修之職，顏夫人好不喜歡。正是身經三試，壓倒群英，比中狀元難得多了。子玉見仲清、高品、王恂等落第，心甚不安，並不以此自得，反謙謹了許多。拜了保荐老師劉尚書，是熟極的，及謁閱卷老師，蘇侯見了子玉，就想起子雲之言，真是吉星鸞鳳，喜不可言。王文輝與陸夫人心中半喜半悶，喜的是子玉考中，悶的是王恂、仲清不中，但接著要辦女兒的喜事，也就喜多悶少。

❶彌封官：科舉時代，為防止舞弊，考生試卷寫姓名處，由彌封官反轉折疊，用紙釘固，糊名彌封，上蓋關防。至試官閱文取中，填寫榜文時，始拆封檢視姓名。

一日，王恂的妻子孫佩秋與仲清的妻子蓉華，到瓊華房裡來賀喜，蓉華道：「妹夫恭喜，壓倒了天下英才。如今是玉堂金馬，才子神仙，比今科鼎甲還要體面了好些，這是妹妹的福氣，我如何比得上來？」佩秋講道：「二姑爺真是天下第一個才子，我聽這些赴考宏詞，從前中過鼎甲，點過翰林的也有在內，也考不過二姑爺。二姑爺不是名聞天下麼？狀元三年出一個，這宏詞科是十年考一回，不比中狀元強得多了？」你一句，我一言，把個瓊華說得臉紅，又不好回答。心上雖是喜歡，但未過門，如何可以公然領謝，只得手拈衣帶，低頭不語。姑嫂二人見他不好意思，就不說了。

蓉華見他妝臺上擺設得甚是精雅，見桌上有一本詩集，蓉華翻看時，是南海杜軍門❷浣白夫人的詩草，蓉華道：「這浣白夫人詩怎樣？」瓊華道：「詩也做得好，就是不脫閨門氣，無甚體裁。」蓉華道：「你看那些題詞呢，要算誰的好？」瓊華道：「那瑤因女史十首七絕，就做得好；還有那浣香、浣蘭這幾首七律，真是繡口錦心，香因慧果，這兩人不知是那裡人？」蓉華道：「這兩人我七月內都曾會過，有他們的詩麼？我前日倒沒有細看。」瓊華翻了出來，蓉華看了，道：「果然。這浣香、浣蘭是蘇年伯蘇侯的女兒，浣香嫁與華家，浣蘭就是田春航新娶的夫人。這兩姊妹真是才貌雙全，世間少有的。」瓊華道：「就是他們麼？怪不得母親回來這麼誇獎他們。」佩秋道：「他們姊妹倒像雙生似的，一模一樣，比二位姑娘生得還要像些。」蓉華道：「我們雖是親姊妹，其實不很像。你看二姑娘的秀艷風韻，倒像隱在肌膚眉目裡面，像個碧紗籠罩著牡丹花，那花情花韻隱隱的要透在外面，然卻不露出來。我近來已是老幹橫斜，絕無姿態。你不見我面上，顴骨也要顯出來了？」佩秋道：「這是你近來瘦了些，終是有

---

❷ 南海杜軍門：南海，即今廣州。軍門，清代為提督或總兵加提督銜者之尊稱。

個外甥，自然累得慌了。我看蘇氏姊妹，浣香華妍，像朵白牡丹；浣蘭清艷，像是粉芍藥；袁綺香像蓮花，香能及遠，覺有瀟洒出塵之致。」蓉華道：「劉大嫂呢？」佩秋道：「劉大嫂倒像碧桃花兒似的。」瓊華笑道：「劉大嫂小小巧巧，絕像櫻桃花；他又會笑，又像含笑花。這個人最有趣的。」又問蓉華道：「那浣白夫人詩你題沒有？我打算也要題一首。」蓉華道：「我實在心緒不佳，做出來也是不好，不如藏拙為妙。你是題的什麼？你的歌行最好，自然是長古了。」瓊華笑道：「我昨日胡亂做了一篇，要哥哥改改，他倒說好，就這麼樣，我細看實在不好，要重做了，還得姐姐潤色潤色。」蓉華笑道：「要我潤色，那就請著了鐵匠，點金成鐵了。」佩秋道：「我看學做詩也不容易。人說『熟讀唐詩三百首，不會做詩也會吟』。若說唐詩三百首，我就很熟的，就是不會做詩。」蓉華道：「你是不肯做，做了又不肯給人看。前日你的七夕詩，我就看得很好。為何有這樣詩才，要秘不示人呢？」佩秋笑道：「我何曾做什麼七夕詩？你從何處看來？」蓉華道：「我聽哥哥念的，還贊得了不得，這是誰做的呢？」佩秋笑道：「或者就是你哥哥做的，做得不好，就說是我做的了。」

瓊華笑道：「嫂嫂，你說三百首很熟，你得意是那幾首？」佩秋笑道：「我最愛念的是七絕杜牧之的幾首：『折戟沉沙鐵未銷』、『煙籠寒水月籠沙』、『青山隱隱水迢迢』、『落魄江湖載酒行』、『銀燭秋光冷畫屏』，李義山之『君問歸期未有期』，溫飛卿之『冰簟銀床夢不成』。七律是李義山的無題六首，與沈佺期❸的『盧家少婦鬱金堂』，元微之的『謝公最小偏憐女』。五律喜歡的甚多。七古我只愛長恨歌、琵琶行。五古我只愛李太白之『長安一片月』，與『妾髮初覆額』兩首。」蓉華道：「你喜歡，我也喜歡些。

❸ 沈佺期：唐內黃人。字雲卿。第進士。神龍中為修文館學士。為詩皆靡麗如錦繡，與宋之問齊名。

五古如孟郊之『慈母手中線，遊子身上衣』，杜工部之『侍婢賣珠回，牽夢補茅屋』，寫得這般沉痛。七古如李太白之長相思、行路難、金陵酒肆，岑參之走馬行，杜少陵之古柏行、公孫大娘舞劍器，韓昌黎之石鼓歌，李義山之韓碑。五律如『山中一夜雨，樹杪百重泉』；『星垂平野闊，月湧大江流』；『時有落花至，遠隨春水香』；『承恩不在貌，教妾若為容』。七律如崔顥❹之『岧蕘太華俯咸京』，崔曙❺之『漢文皇帝有高臺』，李白之『鳳凰臺上鳳凰遊』，你倒不得意麼？」佩秋道：「我也有得意的，譬如那大家的詩力量大，我就不能學他。若小巧些的，意遠情長，還容易領略些。」

瓊華道：「唐詩三百首，真是全唐詩中的精液，而溫、李七古止載義山韓碑一篇，便於初學津梁。若以我看去，一詩有一詩的好處，亦不可以優劣論。但我看，時人多好做七律，以其格局工整，可以寫景，又可以傳情，無如詩中最難學的就是他，我倒怕做，只好做七古。唐詩中的七古佳者亦難盡述，即如三百首中，如岑參之白雪歌內云：

北風卷地白草折，胡天八月即飛雪。忽如一夜春風來，千樹萬樹梨花開。散入珠帘濕羅幕，狐裘不暖錦衾薄。將軍角弓不得控，都護鐵衣冷猶著。

寫塞外胡天，偏用梨花、珠帘、羅幕、狐裘、錦衾、角弓、鐵衣等字相間成文，便成了清清冷冷的

---

❹ 崔顥：唐汴州人，開元十一年進士。以詩名。嘗登武昌黃鶴樓賦詩，為李白推重。

❺ 崔曙：唐定州人。開元進士。嘗試明堂火珠詩，有「夜來雙月合，曙後一星孤」句，以是得名。明年卒，惟一女名星星，人以為讖。

世界，妙在言語之外。高適之燕歌行云：『戰士窮邊半死生，美人帳下猶歌舞。』寫得軍中苦者自苦，樂者自樂。王維洛陽女兒行云：

畫閣珠樓盡相望，紅桃綠柳垂檐向。羅幃送上七香車，寶扇迎歸九華帳。春窗曙滅九微火，九微片片飛花瑣。戲罷曾無理曲時，妝成只是薰香坐。

寫女兒之嬌艷自然，不同年年全係代人作嫁的光景。若沉痛悲涼，則莫如老杜之兵車行、哀江頭、哀王孫等篇。人說李、杜詩格不同，我說杜詩也有似太白處，其寄韓諫議云：

今我不樂思岳陽❻，身欲奮飛病在床。美人娟娟隔秋水，濯足洞庭望八荒。鴻飛冥冥日月白，青楓葉赤天雨霜。玉京群帝集北斗，或騎麒麟翳鳳凰。芙蓉旌旗煙霧落，影動倒景搖瀟湘。星宮之君醉瓊漿，羽人稀少不在旁。似問昨日赤松子❼，恐是漢代韓張良❽。

不絕似太白麼？還有韓昌黎謁衡岳廟與八月十五夜贈張功曹詩，絕似少陵。不知二公當日有意摹仿，還是無心相像的？」蓉華道：「你真論詩真切，將這些議論倒可以做一本詩話出來。」佩秋道：「我也看

❻ 岳陽：故城在今湖南湘陰南二十里。
❼ 赤松子：傳說中的仙人。
❽ 張良：漢人，字子房。其先韓人也。秦滅韓，為韓報仇，良得力士狙擊始皇於博浪沙，中副車。助高祖，滅項羽，定天下。封留侯。

得出，卻論不出來，說不真，說不透，倒教人駁起來。」

瓊華道：「五律自然以真摯為貴，其餘寫景寫情總也容易，如杜少陵之：

國破山河在，城春草木深。感時花濺淚，恨別鳥驚心。烽火連三月，家書抵萬金。白頭搔更短，渾欲不勝簪。

四十字至情至語，為五律之冠。七律格律甚多，似以浩氣流轉為上。以我的見解，首舉一首為格，我想如祖詠❾望薊門云：

燕臺一去客心驚，笳鼓喧喧漢將營。萬里寒光生積雪，三邊曙色動危旌。沙場烽火侵胡月，海畔雲山擁薊城。少小雖非投筆吏❿，論功還欲請長纓⓫。

這個格律最妙，後來仿者甚多。如杜工部之『風急天高猿嘯哀』、『花近高樓傷客心』、『歲暮陰陽催短景』、『群山萬壑赴荊門⓬』，柳子厚⓭之『城上樓高接大荒』，劉禹錫之『王濬樓船下益州』⓮，李義山之『猿

---

❾ 祖詠：唐洛陽人。開元進士。工詩，用思尤苦。

❿ 投筆吏：後漢書班梁列傳：「(超) 家貧，常為官傭書以供養。久勞苦，嘗輟業投筆嘆曰：『大丈夫無它志略，猶當效傅介子、張騫立功異域，以取封侯，安能久事筆研閒乎？』」後因以喻棄文就武。

⓫ 請長纓：漢諫大夫終軍，自請出使南越，欲說服其王，使入朝。他曾以長纓羈致為喻。後遂以自請從軍擊敵曰請長纓。

⓬ 荊門：治所在今湖北當陽。

鳥猶疑畏簡書』，皆是此格。此數首為一律，亦像一手。七律中亦有最真切者，如白香山之望月有感云：

時難年荒世業空，弟兄羈旅各西東。田園寥落干戈後，骨肉流離道路中。吊影分為千里雁，辭根散作九秋蓬。共看明月應垂淚，一夜鄉心五處同。

這純是血性語，幾於天籟。香山詩當以此為第一。」蓉華道：「此是遭遇使然，所以人說窮而後工。」瓊華道：「窮而後工也是有的。然後人未嘗無此流離之苦，他卻不能如此寫，倒不寫真情，要寫虛景，將些淒風苦雨，和在裡面，雖也動人，究竟是虛話，何能如此篇字字真切。」佩秋笑道：「我就不喜歡這等詩，若學了他，不是成了白話麼？」瓊華道：「詩只要好，就是白話也一樣好看。若極意雕琢，不能穩當，也不好看，倒反不如那白話呢。你看岑參逢入京使那一首：

故園東望路漫漫，雙袖龍鍾淚不乾。馬上相逢無紙筆，憑君傳語報平安。

再如王維的：

獨在異鄉為異客，每逢佳節倍思親。遙知兄弟登高處，遍插茱萸⑮少一人。

---

⑬ 柳子厚：即唐柳宗元，字子厚。

⑭ 劉禹錫之王濬樓船下益州：劉禹錫，唐中山人，字夢得。工文章。登貞元進士、弘詞二科。恃才而廢，乃以文章自適，素善詩，晚尤精，白居易推為詩豪。王濬，晉湖人，字士治。羊祜荐為巴郡太守，遷益州刺史。伐吳之役，治戰艦發成都，燒斷橫江鐵鎖，平吳。官至撫軍大將軍。卒謚武。益州，今四川省。

何嘗不是白話，卻比雕琢的還要好。不然，就要造意深遠，措詞香艷，字字是露光花氣，方能醒眼，如王昌齡⑯春宮曲、閨怨是人人說好的。其餘如溫飛卿之：

冰簟銀床夢不成，碧天如水夜雲輕。雁聲遠過瀟湘去，十二樓中月自明。

顧況⑰的：

玉樓天半起笙歌，風送宮嬪笑語和。月殿影開聞夜漏，水晶簾卷近秋河。

字字如花瓣露珠一樣，你說可愛不可愛？」

蓉華道：「被你批了出來，真覺得醒眼些。你看那些詩，首首是好的，也有可議處沒有呢？」瓊華道：「那我不敢，我是什麼人，敢議唐賢，不要教人笑我罵我麼？」蓉華道：「這是我們的私見，有誰知道。」瓊華道：「若說可議處也有呢，我就要議那詩祖宗那一首，少陵夢太白詩云：

死別已吞聲，生別常惻惻。江南瘴癘地，逐客無消息。故人入我夢，明我長相憶。恐非平生魂，路遠不可測。

⑮ 茱萸：植物名。古代風俗，陰曆九月九日重陽節佩戴茱萸，以袪邪避災。

⑯ 王昌齡：唐江寧人，字少伯。第進士。工詩，緒密而思清，時謂之王江寧。

⑰ 顧況：唐蘇州人，字逋翁。至德進士。長於歌詩，工書畫。德宗時徵為著作郎。性詼諧，坐事貶饒州司戶。結廬茅山，自號華陽真逸。有畫評。

此寫得絕妙，並恐夢的不是真太白。以下接那『魂來楓林青，魂去關塞黑』這兩句，夢的是死太白，不像是活太白了。何不刪了這兩句，直接『君今在羅網，何以有羽翼。落月滿屋梁，猶疑照顏色。』如此逕住。那『水深波浪闊，無使蛟龍得』也不要，倒覺含意不盡。」蓉華、佩秋都笑道：「真的，刪了倒好。那個楓林青、關塞黑，真有些鬼氣。這是你的卓見。還有什麼可議的麼？」瓊華道：「還有僧皎然訪陸鴻漸⑱那一首，古不像古，律不像律，不知選家何意。其詩云：

移家雖帶郭，野徑入桑麻。近種籬邊菊，秋來未著花。扣門無犬吠，欲去問酒家。報道山中去，歸來每日斜。

毫無意味，若講律，現重了『來』、『去』兩字，真已失律之至。此種詩，似是而非，斷不可以學。至於五絕小詩，另有別意，可入樂府。然尤難及者，如金昌緒⑲之：

打起黃鶯兒，莫教枝上啼。啼時驚妾夢，不得到遼西⑳。

白香山之：

⑱ 僧皎然訪陸鴻漸：皎然，唐僧，靈運十世孫。居湖州杼山。文章雋麗，顏真卿、韋應物並重之。陸鴻漸，唐陸羽字。被奉為茶聖。

⑲ 金昌緒：唐餘杭（今屬浙江）人。全唐詩僅錄春怨一首詩，卻是好詩。

⑳ 遼西：即遼西郡。秦置，治所在河北陽樂（今河北撫寧西）。

綠蟻新醅酒，紅泥小火爐。晚來天欲雪，能飲一杯無？

此皆信手拈來，都成妙諦。」佩秋道：「姑娘論詩，深得三昧，若去考博學宏詞，怕不是狀元？又是當初的黃崇嘏㉑了。」瓊華笑道：「單靠幾句詩中用麼？」佩秋道：「二姑娘從前那些詩，我見你還要叫你哥哥改。不是我說，你哥哥倒未必做得出來。若做得出來，不至三場就被貼了。」蓉華笑道：「這句話給哥哥聽見，他是要不依你的。」佩秋笑道：「我是沒有學過做詩，但我前日聽他們說杜少陵的北征、韓昌黎的南山，我將他翻出來看時，用的都是險韻。二位姑娘，我倒考你一考罷，你們說北征多少韻？」蓉華笑道：「這倒被你考倒了，你是數了來難人的，我卻沒有數過，而且我也記不全。」瓊華道：「北征好像七十韻。」佩秋道：「你記得他有幾個重韻在裡頭？」瓊華道：「若說重韻，也只有一個『日』字，第三韻『朝野少暇日』，與二十七韻『嘔泄臥數日』，這是的的確確是重的。」佩秋笑道：「還有『往者散何卒』，與『幾日休練卒』，與後『佳氣上金闕』，下又是『洒掃數不闕』，雖是一字兩用，也要算重的。」瓊華道：「這不好算重，一個是『闕門』的『闕』，一個是『闕略』的『闕』，不過音同罷了，如何算得重韻？至於『卒』字韻更不是重。『至尊尚蒙塵，幾日休練卒』之『卒』，乃是兵卒。『潼關百萬師，往者散何卒』，此『卒』字，讀促音，乃散何卒然之速也。韻本兩收。」蓉華道：「妹妹實在好記性。我只記得幾句，最佳的是

㉑ 黃崇嘏：前蜀黃使君女。居恆為男子裝，遊歷兩川，因事下獄。獻詩蜀相周庠，庠荐攝司戶參軍。愛其才，欲以女妻之，嘏作詩以明，庠得詩大驚。後歸臨邛，不知所終。

『瘦妻面復光，痴女頭自櫛』，還有『不聞夏殷衰，中自誅褒妲㉒』，歸美明皇，其意正大，不高於劉禹錫之『官軍誅佞幸，天子捨妖姬』，白樂天之『六師不發無奈何，宛轉蛾眉馬前死』麼？至於南山詩，我雖看過，但一句也不記得，佶屈聱牙㉓的如何念得？且字又難認，嫂嫂你倒記得清麼？」佩秋道：「我原是查了來，故意考你們的。若要念熟他，如何念得熟呢？且有一百韻之多，而字又難認。」瓊華道：「你數錯了。南山詩一百零二韻，內中一個重韻也沒有，真與子虛、上林㉔一樣，非大力量不能。」佩秋道：「你說沒有重韻，我說也有一韻，『嘗昇崇丘望，戢戢見相湊。』又云：『或散若瓦解，或赴若輻湊。』不是兩個『湊』字？」瓊華笑道：「你又論錯了，『或赴若輻湊』的『湊』字，雖刻的是三點水，其意是『輻輳』之『輳』，是『車』字旁。我要請問嫂嫂，『鳥獸』的『獸』字去了『犬』旁，是讀什麼字？」佩秋笑道：「有這個字，想還是『獸』字。」瓊華笑道：「不是，是『畜』字，音『嗅』字。你不記得『因緣窺其湫，凝湛閟陰獸。』注：獸，畜產也。大約也是蛟龍所生的子，如蟲的子為蝦一樣的光景。」蓉華道：「可惜你不能去考，你若去考時，倒是必取的。這些詩都能這麼爛熟，真是虧你。」瓊華笑道：「我卻倒是因出了這兩個題目，新近才看熟的。」

蓉華道：「你拿那南山詩來給我瞧瞧。」瓊華找了出來，蓉華看了兩句，數了一數，問瓊華道：「第七韻是什麼字？」瓊華笑道：「那裡有這種問法，就算熟極的，也不能記得第幾韻是什麼字。等我數下

㉒ 褒妲：周幽王后褒姒和商紂王妃妲己。

㉓ 佶屈聱牙：形容文字艱澀，語句拗口。

㉔ 子虛上林：漢司馬相如撰子虛賦、上林賦。

去。」即一韻一韻的念出來，笑道：「是『瘦』字。」佩秋道：「這實在難為他了，背得這麼熟，想姑娘和韻是必定和得出來的。」瓊華道：「這一百二韻，字雖難些，倒容易用。那北征詩，方才姐姐說的：『不聞殷夏衰，中自誅褒妲。』這個『妲』字就難用得很，不知他們考上的是怎樣用。姐夫、哥哥的也是用『妲姬』的『妲』字，大概除了這個，也無二用了。」佩秋笑道：「只要問二姑爺，就知用法了。」瓊華臉上一紅，不言語。佩秋道：「將來二姑爺過門第一天，就教二姑爺要背清了詩韻進房，不然，關了房門，教他跪在門外，別要理他，好叫他知道咱們女人中也有個博學的呢。」蓉華笑起來。瓊華更覺含羞，停了一停，說道：「想是我哥哥跪過的。」佩秋笑道：「可惜我不配，若配時，你哥哥自然也要跪了。」蓉華道：「日子快了，我們姐妹也不能常在一處了。妹妹是個有福氣的，不比我們。」又說道：「看看你外甥再來。」便出去了，佩秋也同了出去。瓊華暗想道：姐姐一肚子的牢騷，這也難怪他。但姐夫這樣才學，終要高發的，不過遲早些罷了。又想：自己的郎君才得十九歲，已能如此，真是難得。但聽得從前有個什麼琴言，害他病過幾場，如今不知這琴言又怎樣了。

卻說王文輝定了九月十九日吉期，顏夫人寫了家信，說子玉已中宏詞，又即完姻，一切交與仲清辦理。仲清打起精神，幸他本來曠達，也不將這些得失放在心裡，便照常一樣。過了幾日，吉期已到，兩邊各請喜酒，還有那些名旦夾在裡頭，送戲送席的，鬧了好幾天。洞房花燭之夜，子玉一見，頗覺心花開放。說也奇怪，倒不是做書人說謊，也是前定姻緣，皇天可憐子玉這一片苦心，因琴言是個男子，雖與子玉有些情分，究竟不能配偶，故將此模樣，又生個瓊華小姐出來，與琴言上妝時一樣，豈不是個奇事？此事顏夫人久知，當日見了琴言即說像他媳婦。這麼看起來，就是兩家的像貌也是五百年前就定下的了。一見之後，又未免有些感觸起來，忽又暗暗的解釋，遂成就了良緣愛果，自然也不像那夢中措大的光景，若像那夢中光景，豈不要將個瓊華小姐氣死了麼。明日也請了袁綺香、蘇浣香、浣蘭、吳紫煙、王蓉華、孫佩秋來陪新人，群仙高會，又敘了一日。華夫人因是父親得意門生，又是年伯母來請他，所以欣然而來，至排場熱鬧，與田家一樣，不能細述。以後子玉閨房之樂，真是樂不可言。一個仕女班頭，一個才人魁首，或早起看花，或遲眠玩月，或分題拈韻，或論古辨疑，成了個閨房良友，自然想念琴言之心也減了幾分。

一日，子玉在房中與瓊華談心，值館中有事請他，即便穿衣出門。不意將個小錦囊落在地下，瓊華拾起解開時，見折著兩張字：一張認得是子玉筆跡，一首金縷曲，反覆吟哦，甚覺悲楚，知是送別詞；再看那一張，也是金縷曲，想是那人和的。又看了信箋寫著琴言的名字，不覺心中甚喜，想道：我幾次問他那琴言，他總不肯告訴我實話，倒取笑我，說我與他生得一樣，如今教我拿著了憑據，看他回來怎樣抵賴。原來他們有這樣深情，彼此魂夢相契，又說腸已斷了幾回，這個情倒是人間少有的。又想我在家時，常聽得哥哥與姐夫議論這個琴言，說他這段情來得很奇，令人想不出來的。今看了這兩首詞，果然非有情有恨人說不出來。便將那詞稿收起，將那錦囊掛在一邊。

少頃，子玉回來，一時倒想不起錦囊，忽見掛在那邊，便吃了一驚。瓊華故作不見，只見子玉欲取不取，如有所思，頗為可笑。子玉忍不住把錦囊取了下來，捏了一捏，空空的，心甚著忙，知道瓊華取了去了。別樣倒還可以辯，惟有那信上有琴言的名字，如何辯得來？欲要問時，又不好逕問，只時時偷望瓊華一眼。瓊華忍不住，笑了一笑，子玉藉此進言，便問：「為何好笑？」瓊華道：「我笑麼，我其實也不要笑，偏無故的笑起來。」子玉也笑道：「那裡有既不願笑，而偏要笑的，正是：人世難逢開口笑。」瓊華又笑道：「人生有幾斷腸時？」子玉聽了這句，已打到心坎裡來，便不敢再問，心上想走開了就算了，省得講這一番糊塗帳。瓊華已瞧出他要走，若走了，這話就說不成，便要將話兜住他，對子玉道：「我今日見了兩首好詞，我念給你聽。」便念將出來，子玉笑道：「你不必論什麼，單論這兩首詞好不好？」瓊華道：「好，若不好，我還念熟他？但我不甚懂得詞中之意，你講給我聽。」子玉笑道：「但凡詩詞的意也不能講的，一時要湊成那一句，隨便什麼都會拉上來。只可說以指喻指之非指，以馬喻馬之非馬。若要認真講起來，那離騷美人、香草之言，也去鑿鑿的指明他嗎？」瓊華笑道：「寓言是寓言，實話是實話，我也會講。」

子玉聽了想走，瓊華拉他坐了，便念那詞道：「『何事雲輕散。問今番、果然真到，海枯石爛』，第一句就講得這樣沉痛，若教我要接一句，就接不下了。好在一句推開說：『離別尋常隨處有，偏我魂消無算。』人說『黯然而魂消者，惟別而已矣』，你便說魂消還不算，也不曉得消了多少回了；『已過了、幾回腸斷』，這腸也斷了幾回。」說到此，想了一想，又道：「『只道今生長廝守，盼銀塘、不隔秋河漢。誰又想，境更換。』又是一開一合，這上半闋已轉了三層，這片情誰人道得出來。若算常常廝守，毫無間隔，成了一家眷屬不好嗎，偏偏的又要分離起來。」又念道：「『明朝送別長亭畔。忍牽衣、道聲珍重，此心更亂。』我讀到此，也覺心酸，況身親其際，不知要怎樣呢。以後就去得遠了，望又望他不見，也不知他到底在什麼地方，所以說：『門外天涯何處是，但見江湖浩漫。』然江湖雖只浩漫，要說我的愁腸，只怕一半還浣不盡呢，所以說『也難浣、愁腸一半』。底下真是奇想，難道身雖離了，再不許我們魂夢相會麼？但隔得老遠，魂夢也未必能來，或者心動神知，且呼他的名字，或者倒呼喚得來。於是非但我這邊呼他，他那裡也呼喚我，兩邊湊合，竟能湊著也未可知。所以又說：『若慮夢魂飛不到，試宵宵、彼此將名喚。墨和淚，請君玩。』這句也不消解，不過和墨和淚，請你看就是了。是這麼解的不是？」子玉笑道：「解得一點不錯。」瓊華道：「我且問你，這人與你常相廝守，你卻怎樣位置他？」子玉道：「不過侍書捧研。」瓊華道：「侍書捧研，何用魂夢相喚？」子玉著了一分急，說道：「我說你是我的知己了，自然是洞見肺腑。誰道你也不能知我，何況他人？」瓊華笑道：「我講得這麼透徹，怎說還不能知你呢？」子玉道：「別人講些糊塗話，也由他，你是不應該講的。現在相貌還有些……」便住了口，瓊華道：「噫，那你就應該……」住了口，不說下去。子玉看了瓊華，瓊華也看了子玉，子玉只得陪笑道：「這事也不用講他，橫豎久後自知，也不須分辯的。我今日見著度香，說他夫人要請你去賞菊花，還請庸庵與劍潭的夫人，並眾相好的夫人。你去不去呢？」瓊華道：「我不去罷。」子玉道：「為什麼不願去？」瓊華道：「一來我也才過來，還沒有滿月；二來也要等太太吩咐，如太太去，我就跟了去。」子玉道：「他們不請太太，單請你們一輩人。度香並說他夫人講的，日子還沒有定，要一家一家去問明了，都高興來，要全到，不准少一個，還要沒有大風的日子。若有一個不高興，再改期，所以預先要問定了。」瓊華道：「且看我們姐姐、嫂嫂怎樣，他們若都去，我也去，如有不去的，我也就不去了。」子玉恐他再問琴言的事，盡找些閑話與他談。瓊華明知子玉心事，也不忍再問，教他難為情了。正是：

魚水深情，鳳凰良匹；曾經滄海難為水，願作鴛鴦不羨仙。下卷要詳敘琴言在路景況，且俟細細分解。

第五十五回　鳳凰山下謁騷壇　翡翠巢邊尋舊家

話說琴仙出京之後，一路相思，涕零不已。十八站旱路到了王家營，渡了黃河，在清江浦❶南河賃店住了。寫了江船，做了旗子，制了銜牌，耽擱了三日。道翁於漕河兩院都是相好，一概不驚動了，沒有往拜。道翁有個長隨叫劉喜，為人老實忠厚，四十多歲，跟隨了五六年，跟過江寧侯石翁太史，善於烹調。如今叫他伺候琴仙。這劉喜正是個老婆子一樣，飢則問食，寒則問衣，琴仙甚得其力。開船之後，三天到了揚州。道翁怕那些商人纏擾，要來求詩求畫，請吃酒，請聽曲，便不上岸。但要等過關，只得在關口等候。

是日一早，想著平山堂，要帶琴仙去逛逛，便在船上吃了早飯，叫劉喜去雇了一個小船，從小南門沿河繞西門而去。此日幸喜涼爽，天陰陰的沒有太陽。琴仙看那一灣綠水，荇葉參差，兩岸習習清風，吹得羅衫滉漾，甚是有趣。行了數里，見一個花園，圍牆半倒，樓屋全欹，古木鴉啼，繁陰蟬噪，正是：朱樓青瑣聲歌地，蔓草荒榛瓦礫場。道翁道：「這是小虹園。我當日在此與諸名士虹橋修禊，眼見琳宮梵宇，瑤草琪花，此刻成了這個模樣，令人可感。前面還有個大虹園，也差不多，略還好些。」琴仙道：「若論這個園，當年只怕也與怡園彷彿。」道翁道：「那本來不及怡園，若能兩園相併，再連到平山堂，

❶ 清江浦：地名。在江蘇北部、大運河沿岸。

就比得上怡園了。」過了一會，又見滿地的靈石，尚有堆得好好的幾座，其餘坍的坍，倒的倒，滾滿一地。又見幾處樓閣，有倒了一角的，有只剩幾根柱子豎著的，看了好不淒涼。過了一座石橋，上面題著「虹橋」兩字。那邊岸上，又有個花園，雖然略好些，尚未倒敗。但那些洞房曲檻，當年塗澤的想必是些青綠朱丹，如今都成了一樣顏色，是個白慘慘的死灰色。園中高處，也望得見樓上的窗子，十二扇的只有七八扇，還有脫了半邊，斜掛在上面。惟有樹木茂盛，密層層的望不見天，那些鳴蟬嘶得聒耳可厭。倒過了好一會才過完。便又過了一座石橋，三面皆通，署名為「蓮花橋」，甚是完整。河面略寬了些，兩岸綠柳蔭中露出幾處紅牆梵刹來，儼然圖畫。又見有幾處酒帘飄漾，曲徑通幽。琴仙遊覽不盡。

忽見前面有兩個遊船來，琴仙舉眼望時，只見有兩個人光了脊梁，都是皤皤大腹。那一個船坐著兩個婦人，濃妝艷飾，粉黛霍霍。琴仙忽見他義父低著頭看水，把扇子遮了臉，不知何意。琴仙又見那兩個婦人，都眼瞪瞪望著他，一個還對他笑盈盈的。兩船緊挨他的船身過去，兩個婦人越看得認真，倒像要與他說話一般。琴仙不好意思，低了頭望著別處。船過去時，琴仙身上忽然打來一樣東西，吃了一驚，掉在船板上，看時是一方白絹，包著些果子。道翁一笑，拾起來解開，是些枇杷、楊梅、菱、藕、桃、梨之類。琴仙還不知從何處打來，問道翁這包從那裡掉下來的，道翁道：「是那船上拋過來與你的，這倒成了安仁擲果❷了。」琴仙方明白是兩個婦人送給他的，臉便紅起來。道翁道：「這也不必管他，他既送來，也是他的好意，擾了他便了。」自己倒先吃了一個枇杷，琴仙終不肯吃。道翁道：「方才這兩人是鹽商家的伙計，認得我，我怕他們見了回去講，又要來纏擾。幸他們沒有見著。」船到了一處，道

❷ 安仁擲果：晉潘岳，字安仁。美姿容，每出門，婦女以果擲之滿車。

翁同了琴仙上去逛了。琴仙見是個廟，進了山門有個小小的園，也有欄杆亭子，中間三間廳屋，寫著「平湖草堂」。逛了一逛，也沒有甚麼意思，便又下了船。

到了平山堂，景致就好了。山腳上就是青松夾道，清風謖謖，涼浸衣襟。一磴一磴的走到山門，進去瞻謁，寶殿巍峨，曲廊繚繞，一層高似一層。四處靈石層疊，花木繁重，瑤房珠戶，不計其數。不過也是舊舊的了，還不見得很荒涼。過了御書樓，才穿到平山堂上來，見了歐文忠公❸的親筆。見有個和尚出來，見了道翁，忙笑嘻嘻的上前施禮，問道：「屈老爺幾時到的？僧人眼也望穿了。」道翁一看見那和尚，有五十來歲，白白淨淨，高顴骨，頤下有三寸長的黑鬚，記得是個知客❹，忘了他的名氏，便也拱一拱手，道：「才到。現等過關，今日晚上就要開船的。」那和尚道：「那裡有這樣要緊？自然盤桓幾天。」便骨碌碌兩眼在琴仙面上轉了幾轉，看琴仙穿著件白羅衫子，腳下一雙小皂靴，便知道是他的少爺。便也兩手和南，琴仙也還了一揖。和尚連忙讓坐，問了道翁去向。即叫人拿出茶來，笑嘻嘻的對著琴仙道：「少爺是頭一回來，不曉得我們這裡有個第二泉，請嘗嘗這個第二泉。」又吩咐人，快將泉水泡那龍井茶來。「明日你們到鎮江❺，就嘗第一泉❻，也不能勝似這個。」道翁道：「那第一泉也實在費力，往往取了出來，也不見得甚好。」和尚道：「你要把索子量準了尺寸，潮長時二丈四尺五寸，

❸ 歐文忠公：即宋歐陽修，謚文忠。
❹ 知客：熟人。
❺ 鎮江：江蘇鎮江。
❻ 第一泉：即鎮江中泠泉，又名南零水。原是江中湧泉。

潮落時一丈六尺就夠了。放到了數，才把桶蓋扯起。若沒有到泉出的地方，扯開了蓋子，江水灌滿了，泉不得進去。所以往往取出來不見好，就是沒有量準尺寸。」道翁道：「是了，我只曉得金山❼腳下為第一泉，卻不曉得潮長潮落時的尺寸，故取出來仍是江水，倒辜負了這個第一泉了。」和尚道：「容易，明日我們攏過江去取來，吊桶是現成的。」道翁道：「也罷了，這第二泉嘗了也不輸似第一泉。」

那和尚道：「屈老爺，我們想殺你了。你去年說，三月內就轉來的。四月裡包七太爺、魚三老爺在這裡賞芍藥，看罌粟，說起你來。說三月十五，鹽臺大人的壽誕，鹽務裡錢禮之外，還要做架屏。一時揚州城裡，竟選不出一個作家來。其實，翰林、進士不少在這裡，他們說做得不好，只得到江寧去找侯石翁老爺，送了十二色禮，六百銀子；又請王大老爺王蒙山寫了，又是三百兩。他們說，那時你老人家若來了，只消一桌酒，又快又好，連寫帶做不消兩天工夫，豈不省事。等你不來，教他們東找人西請人，好不為難。」道翁笑道：「這些商家就多花幾個錢，也不要緊。」

和尚對琴仙道：「少爺，那邊還有個花園，請去逛逛罷。」琴仙也想逛園，不敢說，看著道翁，道翁道：「也好，索性逛一逛。」和尚叫人開了門，引進了園。可惜是夏天，雖然今日沒有太陽，也是熱烘烘的，有那樹木叢雜，翳障了不透風。各處逛了一逛，和尚又指那口井，說就是第二泉。平山堂是江南勝地，凡各處過客到此，無不游覽。那和尚眼中，男男女女也見過幾千萬了，卻沒有見過琴仙這樣美貌，倒也不是邪心，不過那一雙滑油油的眼睛，又生在個光頭之上，分外覺得不好些。只管參前錯後，挨來擠去，殷殷勤勤，借著指點景致，若遇見石徑難走地方，他便攙一把，扶一扶，琴仙的纖手倒被他

❼金山：在江蘇丹徒西北。舊在大江中，今則金山漲沙直接南岸。

握了好幾回。琴仙心上好不恨他，臉上已有了怒容，便對著道翁道：「回去罷，恐天要下雨。」和尚道：「不妨，就下雨難回，敝山房屋頗多，盡可下榻。」道翁也恐下雨，且聞隱隱的起雷，便也要回去了。那和尚尚要挽留，道翁決意要走。琴仙見那開園門的幾個人，問他劉喜要錢，劉喜給了一百大錢，尚還嫌少。和尚喝退了，直送出山門。

道翁與琴仙下了船，仍坐船而回。只見往來游船甚多，一去一來也有大半天。回來船已過關，等道翁、琴仙上了大船，即打了三回鑼，抽了跳，開起船，趁著微風，到了瓜州，又要過關。這瓜州地方沒有什麼逛處，道翁也無相好，明日又耽擱了半天，過了關，一日半到了江寧，在龍江關❽泊下。

道翁憶著侯石翁，要在此與他盤桓幾日。一早帶了琴仙並劉喜，雇了個涼篷子，由護城河搖到了旱西門，進城雇了肩輿，到鳳凰山來訪侯石翁。這個侯石翁，是個陸地神仙，今年已七十四歲。二十歲點了翰林，到如今已成了二十三科的老前輩，朝內已沒有他的同年。此人從三十餘歲就致仕而歸，遨游天下三十餘年。在鳳凰山造了個花園，極為精雅。生平無書不讀，喜作詩文，有千秋傳世之想，當時推為天下第一才子。但此翁年雖七十以外，而性尚風流，多情好色，粉白黛綠，姬妾滿堂。執經問字者，非但青年俊士，兼多紅粉佳人。石翁遊戲詼諧，無不備至。其平生著作，當以古文為最，而世人反重其詩名，凡得其一語褒獎，無不以為榮於華袞。蓋此翁論詩專主性靈，雖婦人孺子，偶有一二佳句，便極力揄揚，故時人皆稱之為詩佛，亦廣大法門之意。而好談格調者，亦以此輕之。

道翁與琴仙到了園，叫劉喜先將名帖送進。琴仙見這個園四面盡編槿竹為籬，種些雜樹。望著裡頭，

❽龍江關：在江寧（故治所在今江蘇江寧西南六十里）西門外。

疏疏落落，有幾處亭臺院子，甚是清曠，卻無圍牆。不一會，劉喜同了一人出來說，請就將肩輿抬進。琴仙在轎窗裡看時，高高下下，彎彎曲曲，有長松夾道，有修竹成林，有飛瀑如簾，有清泉作帶，有三兩處樓臺接連，有十幾抱樹木交格，鶴羽皚皚於欄中，鹿鳴呦呦於柵內。到了一處，下了轎，走上前去。只見松石邊，迎出一位老翁來，飄飄然有凌雲之氣，不衫不履的，上前一把拉了道翁的手，把琴仙看了一看，也一把拉了他的手，拉進了三間書屋。道翁與他敘禮，命琴仙拜見。石翁問道：「這位郎君，與你是何瓜葛？」道翁道：「此是小兒。」石翁呵呵大笑，道：「儉腹人要充飽學，寒乞兒要裝富翁，再醮婦還想學新嫁娘。你是個禿尾猢猻，怎麼忽然有個小兒？難道這位玉郎是你口裡吐出來的？」道翁笑道：「胡說，這原是我過繼的螟蛉❾。」石翁又笑道：「原來是螟蛉。」便拉住琴仙，兩目注定，說道：「請起，請起，好個玉郎，何物老嫗得此寧馨兒。難得，難得。」

兩人敘了敘契闊，就高談起來。琴仙在旁，聽那侯石翁聲如洪鐘，明炯炯兩隻三角眼睛，疏疏兩撇白髭鬚，縱橫舌辯，口似懸河。聽得他將些疑難的經典來問道翁，說經書上什麼什麼怎樣解，史書上什麼什麼怎樣解，子書上什麼什麼怎樣解，漢書上什麼什麼怎樣解。卻見道翁一一的回答出來，石翁不住點頭。後來見道翁也問了他幾種書，石翁也答得明明白白。兩人又對駁了一會，各自撫掌大笑。石翁即吩咐家人備出飯來，石翁是不飲酒的，拿出來陪道翁。琴仙不肯喝酒，道翁善飲，便一人自酌。石翁道：「我勸你也不必做官了，雖然得了別駕❿，究也難展驥足。你的相知也盡多，難道捨了這六品前程，竟

❾ 螟蛉：養子。

❿ 別駕：清時通判之別稱。

沒有飯吃麼？」道翁嘆道：「我並非老馬戀棧，但也有個難處。你曉得我數十年來非特依然故我，反成了個孑身，還是立錐無地。我若有你這樣仙才濃福，自然也會安享了。正是命宮磨蝎，無可如何。」石翁道：「仗文章也盡可自豪，何必手板在身，浮沉宦海，依我殊可不必。或身依蓮幕，或遨游名山，豈不自由自在。」道翁道：「你不見湯臨川⑪與梅國禎⑫的回書說：少與諸公比肩事主，老而為客，所不能也。僕少未立朝，老屈下位，豈能再作依人之想。況彩筆已還，枯腸難索，虛名有限，大敵恒多。養由基⑬如一失不中，毀者交集，我甚畏之。自今以後，將焚棄筆硯，善刀而藏，不作身後虛名之想，浮沉於半刺間，以終老是身足矣。」

石翁也太息了幾聲，又問道：「王質夫、劉敬之都好麼？」道翁道：「甚好！我見他們一班的後人，個個都是佳品。」石翁道：「都好麼？」道翁道：「第一是梅鐵庵的令郎名子玉，號庾香，竟是人中鸞鳳。今年若考宏詞，是必中的。」石翁笑道：「宏詞科也沒有什麼稀奇，熟讀事類賦三部就取得中宏詞。」道翁道：「這是你老先生沒有考上，所以題起你的牢騷來。」石翁道：「這也不然，我倒是公論。那梅鐵庵的令郎怎麼好呢？」道翁道：「第一相貌就好，溫然如玉，學問各樣全的。」石翁笑道：「相貌好了，自然心地靈慧，這是一定的。還有好的呢？」道翁把那幾個名士，一一說了，石翁道：「今年點狀元的那個田君，他的父親也算我的門生，中了進士，就不在了。他的母舅張桐孫也與我相好。這徐公子

⑪ 湯臨川：明湯顯祖，臨川人，字義仍，號若士。萬曆進士。研精詞曲，名重一時。

⑫ 梅國禎：明麻城人。字克生。萬曆進士。累遷兵部右侍郎，總督宣大山西軍務，卒。

⑬ 養由基：春秋楚大夫。善射，能百步穿楊。

自然不用講了，曉山相公可為善人裕後。」道翁將怡園諸人分題的對子念了，石翁也贊了幾聯，說道：「倒不料一班小孩子居然能這樣，真是英雄出少年，我輩老頭兒倒要退避三舍了。」道翁又將那篇序又念了，石翁贊了兩聲，道：「竟是一篇唐文，宋人四六無此謹嚴。但其中有兩句，還要斟酌斟酌。」道翁道：「就請教，那兩句呢？」石翁道：「『琉璃研匣，翡翠筆床』，是用玉臺序。但他一濃一淡，相間成文，便入古格。他是『琉璃研匣，終日隨身；翡翠筆床，無時離手。』此等句倒好。你換了『置鴝眼之端溪，臥鼠鬚之湘管』，此調便入時格。篇中雖有麗句，卻帶古艷。惟此二語稍時，不稱通篇也。只要點去『鴝眼鼠鬚』四字，就救轉來了。『琉璃研匣，常置端溪；翡翠筆床，時安湘管』，便是六朝句法，老弟以為何如？」道翁道：「真一字之師，敢不拜服。」道翁又飲了幾杯酒，道：「老兄近來詩力益肆，正如潯陽九派，泛濫橫溢，弟傾心已久。但閣下之詩，無論遊戲之言，也入全稿，似乎不可。何不分為內集、外集？」石翁道：「遊戲之言，頗得天趣，三百篇不廢桑中、溱洧，何以聖人當日刪詩，也不另編一集呢？」道翁道：「此是存本國土風，且寓懲創讀詩者之逸志。若以吾兄現身說法，似以逸志為正音，以遊戲為風雅，譬如群仙齊集於王母瑤池，而曲巷青樓之妖婢，連袂而來，且得與彩鸞雙成，並坐其間，無目者以為同一麗姝，而識者則既灌而往，已不欲觀。且有妨於名教之作，尤宜割愛。兄如趙飛燕、卓文君風流太過，固不肯為小節所拘。但身後之名，權在人口，吾兄豈不自知。特以才華倜儻，厭作繩墨中生計耳。」石翁道：「敬佩良箴，自後必為留心，以贖前咎。」

忽然看看琴仙，說道：「瓊枝太艷。」又笑道：「無踰我園，無折我樹檀。」琴仙聽了說他「瓊枝太艷」，便有些不悅。道翁望著園中道：「你這園真好清淨，正是合著『樹深時見鹿，溪午不聞鐘⑭』兩句。」石翁聽了，始不為異，忽然悟了，說道：「可惡！可惡！」道翁也笑。石翁道：「你送我副對子，要說得真切，不要那隔靴搔癢的話。」道翁念道：「天下詞人皆後輩。」石翁大笑道：「當不起，但馬齒加長也還說得去。」道翁笑道：「下聯倒難對呢。」又說道：「此地有個盧莫愁⑮，借他對一對罷，『盧家少婦是鄉親。』」石翁狂笑起來道：「這個不可，這一句倒可用作印章，作對子不好，再想副大方些的。」道翁道：「我又想了一副，但你又要疑心的。」石翁道：「你且說來，就罵我，也只要罵得切當。」道翁道：「腹不負我，我不負腹；文如其人，人如其文。」石翁想了一想道：「對子雖非是你的好心，但於我頗合。文章具在，也是共見共聞的，千秋位置，自有一定，就用這一副罷。」

石翁見琴仙玉筍尖尖的，拿了把扇子，便要他的扇子看，順便拉他的手看了一看，贊道：「此子有文在手，是有夙慧的。」便將他的手，翻來翻去，迷離老眼，看了兩回；又將自己扇子，遞與琴仙。琴仙見這扇上，畫得甚好，不忍釋手的看。石翁將琴仙的扇子看了一看，原來是道翁畫的梅妻鶴子圖，就拿手搧著。又談了一回，道翁要回船，石翁約他明日一早去遊玩諸名勝，道翁應了，同了琴仙，辭了石翁，仍舊坐了肩輿，由舊路出了旱西門，坐船而回。天已晚了，琴仙在路上始知換了扇子，心中甚悔，回船告知道翁，道翁道：「明日我還去，與你換了來就是了。」

過了一夜，明早石翁打發人來請道翁並琴仙，琴仙執意不去，道翁亦不強他。來人送上扇子，說昨

⑭ 樹深時見鹿二句：出李白訪戴天山道士不遇。

⑮ 盧莫愁：梁洛陽人，嫁為盧家婦。梁武帝歌有「河中之水向東流，洛陽女兒名莫愁。十五嫁為盧家婦，十六生兒字阿侯」之句。又唐有石城女子，亦名莫愁。此處屈道翁誤以洛陽莫愁為石城莫愁，且將石城誤為石頭城。

日拿錯了，道翁接了過來，也沒有看，將昨日琴仙帶回的扇子，與了他，即帶了一個家人，坐了來船，同了去了。琴仙出來，取過自己扇子一看，見上面題了一首詩是：

誰詠枝高出手寒，雲郎捧研想應難。羨他野外孤飛鶴，日傍瑤林偷眼看。

琴仙看了，有些疑心，恍記得有個雲郎捧研的故事。細細一想，心上惱起來，欲將這扇子撕了；忽又想：等義父回來看看，這種人何必與他相好。便氣忿忿的將扇子摺過一邊，自己倒在床上發悶。忽又想起京中事來，更加淒楚；除了怡園一班名士者外，每見一個生人，必遭戲侮，甚為可恨，越想越氣，不覺掉下淚來。

劉喜送早飯進來，琴仙也不肯吃。劉喜見他煩悶，便攛掇他去遊玩，說道：「大爺坐在船上也悶得慌，不如進城逛逛。最好逛的是莫愁湖、秦淮河、報恩寺、雨花臺、雞鳴埭、玄武湖、燕子磯。小的同大爺進城散散悶，老爺總要晚上才回。」琴仙道：「我不高興，怪熱的天氣，也不能走路。」劉喜道：「若別處還要走幾步，若到莫愁湖、秦淮河、燕子磯，一直水路，坐了船去不用走的。燕子磯我們前日走風，沒有靠船，可惜明日就過了，開船再逛罷。今日去逛逛秦淮河，兩邊珠圍翠繞，好不有趣呢。」琴仙道：「莫愁湖此去多遠？」劉喜道：「也不多路，就在水西門一帶。」琴仙心上想起怡園扶乩有「後日莫愁湖上去，蓮花香繞女郎墳」之句，說他前生墳墓在此，心上便感觸起來，十分傷感，便對劉喜道：「我有個親戚的墳墓在莫愁湖，若去逛湖，我想去祭奠一番。」劉喜道：「這也不難，但是沒有預備祭菜。」琴仙道：「不用菜，只要一杯酒，一炷香，就夠了。」劉喜道：「那更容易了。」便去叫了涼篷子，裝了一個果盒，帶了香酒，交代了伙計們小心看船，扶了琴仙，過了小船，雙槳如飛的去了。

琴仙見是昨日所過的那條河，也有十餘里，才到了莫愁湖。劉喜道：「我們且先逛逛，再去尋墳。」便引琴仙進了觀音庵。到了裡面，見兩進重門，四面皆通，鋪設精雅，滿壁圖書，盡是名人題詠，內中見有侯石翁的詩文，又見有江西學使梅士燮一副對子。琴仙見往來遊玩的，也有士人，也有商賈，也有鄉農，也有婦女們，擺著幾張茶桌子，欄外就是滿湖的荷花。和尚便泡了兩碗茶來，劉喜請琴仙坐了，他拿了茶碗又到一處去坐。琴仙見那些人走來走去，只管的看他；有幾個村裡的婦人，瓦盆大的臉，編魚寬的腳，凸著肚子，一件夏布衫子漿得鐵硬，兩肩上架得空空的，口裡嚼著大甜瓜，黃瞪瞪的眼珠也看琴仙，當是戲臺上的張生跑下來，把個琴仙看得好不耐煩，便叫劉喜還了茶錢，一徑走出。只見搖船的提了酒盒上前，劉喜問道：「這個墳地在什麼地方呢？」琴仙道：「我如何知道，要去找呢！」劉喜道：「是那一家的，問了姓名方可去找。」琴仙一想乩上並未判出姓名，便呆呆的想了一會，便說道：「我也不曉得姓什麼。」劉喜笑道：「怎麼親戚的姓都忘了？那只好罷了，從何處找起？」琴仙道：「實不瞞你說，我從前請仙，乩上判出來，說我前世的墳墓在這莫愁湖上，卻沒有判出姓氏來。」劉喜道：「這話渺茫得很，那知真與假呢。」琴仙道：「真得很，他各樣事都判出來。」劉喜不好駁他。

琴仙走到湖邊，只見一湖的荷花，紅的似楊玉環初酣御酒，白的似趙昭儀新浴蘭湯。中間有些採蓮船，也有幾個小女郎在船裡，還有些小孩子光著身在湖裡嬉水。琴仙暗暗的默禱道：上仙，上仙！承你指示了我的前身，又沒有判出姓來，叫我身親其地，無從尋覓，殊為恨事。怎樣顯個靈驗出來，指點迷途。

琴仙一面禱告閑望，四面空地雖多，並無墳墓。忽見蓮花叢中蕩出個小艇來，有一穿紅衣垂髻女郎，年可十四五，長眉秀頰，皓齒明眸，妙容都麗，蕩將過來。琴仙諦視，以為天仙遊戲，塵寰中安得有此麗姝？自覺形神俱俗，肅然而立。見那女郎船上放了幾朵荷花，船頭上集著一群翠雀，啾啾唧唧，展翅刷翎，毫無畏人之態。琴仙心中甚異。只見那女郎雙目瞪瞪的望著琴仙，琴仙也望著他，不一刻攏到岸來，那一群翠雀，便「刷」的一聲都飛向北去了。劉喜還拍一拍手趕他，劉喜問那女郎道：「湖那邊有什麼頑的地方沒有？」女郎道：「那邊是城牆，只有個杜仙女墓，看蘭苕花、翡翠雀最好頑的。方才那一群翠雀就是杜仙女墓上的，他懶得飛，搭我的船過來。」琴仙聽了有個杜仙女墓，觸動了心事，即問道：「這個杜仙女是幾時人？」那女郎道：「我卻不知，只聽說有七八十年，也是個官家的女兒，死了葬在這裡的。」琴仙問道：「何以要稱他仙女呢？」那女郎道：「你看這個地方也數得清的人家，如何有那樣華妍妙麗的女郎？見他常常的蕩個小船，在蓮花叢裡或隱或現的，人若去趕他，就不見了。後來見那邊有個小墳，墳周圍有許多斑竹，墳後一盤凌霄花。那蓋盤得有一間屋子大了。有無數的翠雀，在裡面作窠。又有許多蘭花，奇奇怪怪，一年開到頭。人若採了回去，就要生病。所以地方上人，見有些靈驗，便不敢作踐，倒時常去修葺修葺，也沒有牛羊去作踐他。到初一、月半，還有人過湖燒香呢。」琴仙道：「我也過湖看看，你肯渡我過去麼？」女郎道：「你就下船來。」琴仙即叫劉喜拿了酒盒並香，叫船家先回船去。

下了船，那女郎蕩動了槳，劉喜也拿了一枝槳幫著他蕩。女郎問琴仙道：「你是那裡人？」琴仙道：「我本蘇州人，如今從京裡來。」女郎又問道：「如今要到那裡去？」琴仙道：「到江西去。」女郎問一句，琴仙答一句，已到了湖岸。女郎道：「我領你去罷。」琴仙道：「很好。」女郎拿了一張荷葉、一朵荷花，領了琴仙，穿過樹林。那城牆是因山為城的，走入斑竹叢中，見兩樹馬纓花開滿，還有幾棵紫薇、木槿，果然有個小小墳墓，幽香撲鼻，開滿了無數的蕙蘭。山腳下，有一盤淩霄纏在石上，結了一個圓頂，綠蔭蔭如傘蓋一般。裡頭啾啾唧唧，翠鳥亂鳴，清風一吹，香入心骨。琴仙先倒傷心，及走到了這個地方，翻覺塵心滌盡，栩栩欲仙。若能結廬在此，便比什麼所在都好。捫苔剔蘚的將那墳壟看了許久，便叫劉喜從火鐮內取了火，點了香，澆了酒，將那帶來幾樣果子也擺在墳前。那女郎道：「我來幫你。」於是將荷花剝下一瓣，放在墳前，滿滿斟了一花瓣酒，將那些果子放在荷葉裡，叫劉喜將那盒子拿開。問琴仙道：「你為什麼不拜兩拜？」琴仙道：「我即是他，他即是我。」那女郎笑道：「這是什麼講？好呆話。既有了你，就沒有他，既還有他，就沒有你。」琴仙聽這話有些靈機，便看著女郎，女郎也看著琴仙。琴仙道：「你不知道我，只知道他。」女郎道：「我倒沒見著他，倒見著你，無緣無故的祭他作甚？」琴仙道：「有個緣故，對你講，你也不明白。」那女郎道：「既不明白，也不消講了。」琴仙就坐在地下，那女郎也坐在一旁。琴仙頗為留戀，不肯就走，倒是那女郎催他道：「可以回去了。」琴仙只得起身，將那些果子送與那女郎，女郎笑道：「我不吃這些東西，既然你送我，我不受你的又不好，與你種在此處，等你將來再來看罷。」在頭上拔下根簪子在墳前掘了幾個小坑，將那桃、李、蘋、梨四樣種了，其餘的還裝在他盒子裡，給劉喜帶回。琴仙看了，甚是詫異，女郎催促起身，遂下了船，渡過湖來。劉喜要給他的船錢。女郎笑道：「不要，不要，我不是撐渡船的。」琴仙見了，更是不解，只得作謝而別。那女郎嫣然一笑，仍蕩入蓮花叢裡去了。琴仙留心望他，只見花光湖水，一片迷離，望不清楚，不知那女郎去處，只得惆悵回船。

天色尚早，劉喜又要去逛秦淮河，把船蕩進了水西關。到了秦淮河，果見兩邊畫樓繡幕，香氣氤氳。只見那樓上有好些妓女：或一人憑欄的，或兩三人倚肩的，或輕搖歌扇、露出那纖纖玉手的，或噥噥唧唧的輕啟朱唇講話的。有妍有媸，不是一樣。那些妓女見了琴仙這個美貌，便喚姐姐，呼妹妹的，大家出來俯著首看他，又把琴仙看得好不害羞，只得埋怨劉喜不該來，急要倒轉船身回去。那兩頭又來些游船，有些妓女們，陪著些客，擠將攏來，個個擠眉擦眼的看他，琴仙真成了個看殺衛玠。好容易把船擠了過去，聽得前面窗子一響，又有一個老妓出來，見了琴仙，目不轉睛的看，又聽得他叫一聲：「張老保，你蕩到那裡住，何不回到我們這裡來？」張老保看著劉喜，把嘴往上扭扭。劉喜搖頭道：「回去罷，我們大爺不肯去的。」那老妓還在上面招呼，張老保搖搖手，一徑蕩了過去。出了水西關，好半天才到大船。天已黑了，上了船。

只見兩個家人慌慌張張的道：「大爺怎麼此刻才回？了不得了，老爺在山上跌了一跤，暈了過去，救轉來，現在還哼聲不止呢。」琴仙聽了，嚇得一身冷汗，連忙進艙來。不知屈道翁性命如何，且聽下回分解。

第五十六回　屈方正成神托夢　侯太史假義恤孤

話說琴仙上船，聞道翁跌壞，連忙進艙看視，道翁道：「此刻略清爽些，就是半個身子動不來，想也就好的。我已服了好些藥，你今日到何處去？」琴仙便說去逛莫愁湖，有個杜仙女墓，與仙乩上說的相對。道翁也覺詫異道：「果然有這個墳，有碑記沒有呢？」琴仙道：「沒有碑記。」也將紅衣女子的光景述了一遍。道翁猜是蓮花神指點，父子兩個說了一會話。琴仙又將石翁所贈的詩，與道翁看了。道翁不覺動氣，因說道：「此夫遊戲散漫，習與性成，老來還是這樣。我就素鄙其人，不過愛其才耳。將這扇子撕了罷。」琴仙即將扇子撕得粉碎，一夜無話。

明早將要過關，忽然起了大頂風，走了錨，白浪滔天，把船倒打上去，一直打到了燕子磯，方才收住，連忙抛錨打橛，加纜守風。道翁叫過琴仙來，吩咐道：「京中諸好友也應寫封信去道謝道謝，我膀子疼，你替我寫，我念給你，寫行書就是了，不必盡要楷書。」一面靠在靠枕上，一面念給琴仙，大同小異寫了十幾封；又寫了好些詩，足足寫了大半天。傍晚風小了些，道翁知他寫乏了，便叫劉喜同他上岸去散散。劉喜同了琴仙，到燕子磯上逛了一逛，又到宏濟寺看了懸崖撒手處，再到了鐵索纜孤舟，名勝不一而足，直到天黑而回。琴仙想和子玉的詞，便臥在床想了半夜才妥。明日依然大風，不能開船，即寫了這首詞，又寫了一封信。此外又寫了兩封：一與眾名士，一與眾弟兄，與道翁的信一處封了。道翁命家人進城，交城守營加封遞寄。

道翁一生於筆墨一事，耗費心血，又傷於酒，前日這一跌已中了心，有時清楚，有時昏憒，若痰湧上來，便迷了心，連話也說不出來。兼之老年人了，大小便也不甚便，這些下人如何肯來服事？就只劉喜一人又兼買辦，料理飲食，是以琴仙徹夜無眠，在中艙伺候。偏遇了日日頂風，江中船來來往往，壞了多少。道翁自想：此病未必能好，就好了，也是半身不遂之症。雖道路不多，但這個癱瘓人，到省去怎樣見得上司，不如在此醫好了，再去也不遲。主意定了，叫人進城去租公館，遂租了旱西門內一個護國寺養病，即搬運行李，開發船價。

道翁與琴仙乘輿進了城，到了寓所，倒也乾乾淨淨的一所客房，每月房租銀三兩。道翁與琴仙對面做房，中間空了兩間。琴仙見這四間屋子甚是乾淨，院子裡有兩株大槐樹，遮住了，不見天日。後面也是個大院子，卻是草深一尺，樓下有口棺木放著，卻是空的。一邊是四五間廂房，一間做了廚房，那幾間與下人住了。一邊是牆，牆上有重門通著外面。初搬進來，尚未布置妥當，箱籠堆滿一處。劉喜等先將道翁並琴仙的床帳鋪設好了，琴仙自將筆研玩意布置，也掛了些字畫。自此住在廟裡，請醫調治。

誰知道翁命逢陽九，歲數將終，非特不能好，倒添出別樣病來。因他一生心血用枯，素有李長吉嘔血之病❶，近來好了幾年，此時重又大發，一日嘔吐數次，神昏色喪，臥床不起。過了二十餘日，更加沉重。琴仙見此光景，心如油沸，日夜在神前焚香禱告，願以身代。道翁自知不免，見琴仙如此孝心，

---

❶ 李長吉嘔血之病：唐李賀，字長吉。每旦出，從小奴，背古錦囊，得句即投其中。暮歸，母探囊見所書多，即怒曰「是兒要嘔出心乃已耳」。年二十七，卒。

更增傷感。設或中道棄捐，教他如何歸著？依靠誰人？想到此淚流不已。

正在悲傷之際，琴仙捧了藥碗進來，見了道翁，不敢仰視，惟淚盈盈的站在一邊。道翁叫他上來，琴仙放下藥碗，在床沿坐了。道翁執了他的手，叫了聲「琴兒」，便覺喉間噎住，說不出來。琴仙淚似穿珠，滴個不住，只得把袖子掩了面。道翁又一絲半氣的接了一句，說：「我害了你了，你好端端……」琴仙忍住了哭，叫聲：「爹爹，且請保重。這年災月晦，也是人人常有的。」道翁又嘆了一聲。琴仙道：「藥已煎好了，請服罷。」道翁道：「病已至此，還服什麼藥？可不必了。但我死後，你仍舊……，」又歇了一會，說道：「仍舊到京去。我看你心氣已定，我可放心。但我生無以為家，死無以為墓，照伍大夫以鴟夷裹屍❷，沉我於排子磯下罷，切勿殯葬。」琴仙聽了，肝腸寸斷，雙膝跪在床前，淚流滿面，惟雙手捧著藥碗。道翁勉強吃了一口，咳嗽一聲，又吐出許多血來。

時日將暮，琴仙方寸已亂，不知怎樣，只聽柏樹上那幾個老鴉，呀呀呀的叫個不住。又有一個梟鳥❸在破樓上，鼓吻弄舌，叫得琴仙毛髮森豎。時已新秋，天氣晝熱夜涼，琴仙身上發冷，到自己房裡去穿衣。走到中堂，一燈如豆，那盞小琉璃，也是昏昏欲滅。窗外新月模糊，見樹邊有個人影一閃，即不見了。琴仙嚇得打顫，連忙叫人，劉喜偏有事去了，那三個不見個影兒，也不知在那裡。琴仙戰兢兢的走到房中，不防床前一個大烏黑的東西沖將出來，把琴仙一撞，「哎呀」一聲，栽倒在地。那東西一溜煙走

❷伍大夫以鴟夷裹屍：春秋楚國伍員，字子胥。助吳王夫差敗越。後因苦諫不從，賜死。屍盛以鴟夷革，浮之江。後九年，越滅吳。

❸梟鳥：鳥名。

了，嚇得琴仙渾身發抖。停了好一回，爬起來，燈又滅了。再到外頭來點了燈，重到房來，見地下有個小木蓋子，將燈一照，床前一個大碗翻在那裡。原來劉喜見琴仙天天不能吃飯，今日將蓮子薏苡❹，蒸了一隻一百天的大肥筍鴨子與琴仙，也只吃了幾塊。劉喜又怕那幾個同伴要偷吃，便將蓋子蓋了，放在床下。不防那裡來了一個大獅毛狗，聞見了香味，倒來打掃一空，還把琴仙撞了一跤。

琴仙穿了個半臂，坐了一會，聽得後頭有響聲，便又叫聲張貴，不聽得答應。琴仙又不敢去看，劉喜是請大夫沒有回來，又問了一聲「是誰？」也沒有答應。再聽得一聲很響，像似棺材爆起來，又像鬼叫了幾聲，琴仙好不害怕。想到佛前去求告，卻又心驚肉跳的不敢前去；要不去，心又不安。重到道翁房裡去看時，見昏昏沉沉的睡著了，便放大了膽，燒了一爐香，就在院子裡跪下，叩頭默禱，禱了三刻工夫方才起來。樹上落下一個蟲，在髮頂上蠕蠕的動。琴仙心慌，將袖子拂了下來，拿了香爐，走進了房，方才坐下，心上還突突的跳。忽見自己肩上有三寸來長的一條蝎虎❺，爬到胸前來，琴仙魂不附體，不敢用手去撣他，將半臂一抖，蝎虎又倒走了回去，那尾還在他頸上一捎，琴仙骨節酥麻，不知怎樣，只得將半臂脫了，扔在地下。那蝎虎又從頸上爬在頭上，琴仙嚇得哭叫起來。

卻好劉喜回來了，進來見了，拿扇子打下來，一腳踏死。琴仙已嚇得滿身寒毛直豎，眼淚汪汪，且遍體發燒，眼睛冒火。劉喜與他放了蚊帳，看他床下只有一個空碗，便問道：「那鴨子呢？」琴仙道：「我不在房，一個大黑狗進來吃了。」劉喜罵了一聲：「那裡來這個害瘟疫的狗？我還不敢放在廚房裡，

---

❹ 薏苡：植物名。花生於葉腋，果實橢圓，果仁叫薏米，白色，可雜米中作粥飯或磨麵。又入藥。

❺ 蝎虎：即守宮。食蝎，故稱蝎虎。

恐伙計們嘴饞，來撕了幾塊去，倒請了這隻狗了。」琴仙道：「你為何去了這半天才回？」劉喜道：「那王大夫今日到儀徵縣❻去了，要耽擱三四天才回。我只得去請了李大夫，也是個名醫，住的遠，來回有二十里路呢。」又問道：「老爺此刻怎樣？」琴仙道：「還是這樣。」劉喜道：「如果老爺有些長短便怎樣呢？」琴仙又哭道：「如果有什麼不好，我也是死。」劉喜嘆了一聲，到道翁房裡來看了一看，就到後頭去了。

琴仙又到道翁的房來，只聽得劉喜嚷道：「不好了，這些箱子到那裡去了？」琴仙聽了，慌忙出來，走到後面廂房裡看時，就剩了幾個書畫箱，其餘搬運一空；見張貴、汪升、錢德的行李都沒有了，便急得發怔，目定口呆。劉喜道：「奇怪，他們這三個人那裡去了，此刻還不回來？這門開著，豈沒有人進來的，如何是好呢？況且盤費銀子也都在箱內。老爺房內一個小扁箱，只有幾件單紗衣服。大爺，你的東西也全偷去了，你房裡那小箱子，也是幾件紗衣。現在我身邊存不到二十兩銀子，適或有起事來，這怎麼樣呢？」琴仙急得沒有主意，只得說道：「這事斷不可對老爺講，別急壞了他，且等張貴等回來再作商量。」琴仙與劉喜等到天明，絕無影響，方知三人偷了東西走了。琴仙卻不是心疼東西，見道翁如此模樣，設有不測，則殯殮之費皆無，如何是好？便哭了半日，只剩一個劉喜，又不能分身尋覓。

忽聽得道翁叫人，琴仙急忙過去，見他歪轉半身，當他要解手，問了他，搖搖頭，心上要坐起來。琴仙叫劉喜來幫著扶起，把兩個大靠枕靠了背。道翁道：「你們去找我那些詩文集來。」琴仙忙去開了箱，一部一部的搬過來。道翁問了書名，又過了目，叫留下一本近作詩文稿子、一本書畫冊，其餘都叫燒了。

❻ 儀徵縣：江蘇儀徵。

琴仙哭道：「這些詩文著作，一生的心血在內，正可留以傳世，為何要燒了呢？」道翁道：「你不知道，我沒有這些東西，我也不至今日這個模樣，總是他誤了我。若留了他，將來是要害人的。教人學了我，也與我一樣，偃蹇一生，為造物所忌。斷斷留不得，快拿去盡行燒了。」琴仙萬種傷心，十分無奈，只得到外面燒了幾種，又自藏了幾種。道翁將方才留的詩文字畫付與琴仙道：「這個給你作個記念。」琴仙見此光景，就要忍住哭，也忍不住了，只是掩面嗚咽。道翁又叫取筆硯來，琴仙磨了墨送上，道翁要紙，琴仙又送上紙，扶正了他。劉喜搬過一張小桌，放在床前，琴仙在旁照應。道翁喘了一會，劉喜擰了手巾與他擦了臉，漱了口。道翁執著筆，顫巍巍的一大一小，寫了一篇放下，又喘了一回，眼中掉下淚來，叫一聲：「琴兒，我有句話吩咐你。」琴仙含淚聽訓。道翁道：「你雖幼年失路，但看你立志不凡，我不須多囑。你回京後自然舊業是不理的了，徐度香處盡可寄身。」琴仙聽到此，便哭起來，不能答應。道翁又道：「這個遺言你收好了，將來到京之後與度香，他必有個道理。」琴仙接了過來，看是：

六月八日偕侯石翁游清涼山，登絕巘，為罡風❼吹落墮地，致傷腰足，歸臥不起，嘔血數斗。現寓白下❽蕭寺中。彌留之際，旦夕間事也。傷哉！傷哉！素車無聞，青蠅誰吊❾，骸輕蟬蛻，魂咽江潮。一抔之土何方，六尺之孤誰托？琴兒素蒙青眼，令其來依。嗚呼！度香知我，自能慰我

❼ 罡風：高空的風。

❽ 白下：地名。東晉咸和三年，陶侃討蘇峻，築白石壘，後因以為城。故城在今南京市北。

❾ 素車無聞二句：喪車沒有鼓吹，何人前來弔唁？

於九原也。殘魂不餒，當為報德之蛇⑩；稚子有知，亦作感恩之雀⑪。肝膽素照，神魂可通，不盡之言，伏惟矜察。七月七日屈本立絕筆。

琴仙看了，不覺慟倒在地，劉喜也哭了。道翁命劉喜扶起琴仙，琴仙獨自倚床而哭。道翁道：「不必哭了，我累了你。殯殮之後，即埋我於江岸，也不必等過百日，你速速進京罷。你將我的文憑送到石翁處，托他在制臺前繳了，要他與我做篇傳。人雖不足傳，但我一生之困苦艱難也就少有的。」琴仙只自掩面哭泣，不能答應，劉喜也淚落不止。滿屋中忽覺香風拂拂，道翁叫劉喜與他擦了身子，換了衣裳，桌上焚了一爐香，道翁跏趺而坐⑫。琴仙偷眼看他，像個不吉的光景，只見又提起筆來，在紙上寫了四句道：

一世牢騷到白頭，文章誤我不封侯。江山故國空文藻，重過南朝感舊遊。

題罷，擲筆而逝。琴仙一見，又昏暈倒了，慌得劉喜神魂失措，一面哭，一面拍醒琴仙。琴仙跪在床前，抱了道翁雙足，哭得昏而醒，醒而昏，足足哭了半天。劉喜連連解勸道：「大爺，事已如此，人死不能

---

⑩ 報德之蛇：淮南子覽冥注：「隋侯，漢東之國，姬姓諸侯也。隋侯見大蛇傷斷，以藥傅之，後蛇於江中銜大珠以報之，因曰隋侯之珠。」

⑪ 感恩之雀：神話傳說黃雀報恩故事。漢楊寶年九歲，至華陰山，見一黃雀為鴟梟所搏墜地。寶取歸，飼以黃花。百餘日，羽成飛去。其夜有黃衣童子向寶曰：吾西王母使者，蒙君拯救，實感仁恩。今贈白環四枚，令君子孫潔白，位登三公，一如此環。

⑫ 跏趺而坐：佛教徒的坐法，即所謂結跏趺坐。分降魔坐與吉祥坐二種。

復生，料理後事要緊。這麼個熱天也不宜耽擱。」琴仙那裡肯聽，又哭了好一會，直到淚枯聲盡，人也起不來了。劉喜扶了他起來，又拿水來與他淨了臉，琴仙才敢仰視，只見道翁容顏帶笑，玉柱雙垂，室中餘香未散。琴仙對劉喜道：「你看老爺是成了仙了。」劉喜道：「老爺一生正直，豈有不成仙之理！」劉喜與琴仙商議道：「前日扣下船價二十兩，已用了四兩，還有十六兩。我的箱子，他們算有良心，沒有拿去，內中破破爛爛也可當得二三十千，共湊起來五十吊錢是有的。老爺的後事也只得將就辦了。或者報喪之後有些分子下來也未可定。但這件事怎樣的辦呢？」琴仙道：「這些事我都不知道，盡要仗你費點心的了。」劉喜道：「這個不消吩咐。」

於是先將道翁扶下，易簀之後⑬，點了香燭，焚了紙錢，昨日請的李大夫方來，聞得死了，即忙回轉。劉喜出去料理，一個人又沒有幫手。棺材買不到，只得向和尚買了那一口停放在後樓的，就去了二十二千大錢。其餘做孝衣，叫吹鼓手，請僧念經，雇了一個廚子，忙得不了。琴仙諸事不能，惟在床前守屍痛哭，水漿不入口者兩日。劉喜又疼他，也無空勸他。入殮之後，停放中堂，琴仙穿了麻衣，在靈幃伴宿，劉喜也開鋪在一邊。此時正是中元時候⑭，是盂蘭盆鬼節⑮。南京風俗，處處給鬼施食，燒紙

⑬ 易簀之後：調換寢席。簀，竹席。春秋魯曾參臨終，以寢席過於華美，不合當時禮制，命子曾元扶起易簀。既易，反席未安而死。後因以易簀喻將死。

⑭ 中元時候：時節名。道家以農曆七月十五日為中元節。舊時道觀在這一天作齋醮，僧寺作盂蘭盆齋。

⑮ 盂蘭盆鬼節：盂蘭，梵語，意譯為救倒懸。盆為食器。謂置百味五果於盂蘭盆中，供養眾佛僧，仰佛僧的恩光，以解脫餓鬼倒懸之苦。舊俗中元節延僧尼結盂蘭盆會，誦經施食，義始於此。

念經，並用油紙扎了燈彩，點了放在河中，要照見九泉之意。一日之內，斷風零雨，白日烏雲，一刻一變。古寺中已見落葉滿階，蕭蕭瑟瑟；夜間月映紙窗，秋蟲亂叫，就是歡樂人到此，也要感慨；況多愁善哭如琴仙，再當此煢煢顧影，前路茫茫，豈不寸心如割。正是死無死法，活無活法。若死了，道翁這個靈柩怎樣？豈不做了負恩人？若活了，請教又怎樣熬這傷心日子。數日之間，將個如花如玉的容顏，也就變得十分憔悴了，飲食也減了。一個來月，日間惟喝粥兩碗，不是哭，就是睡，也似成了病的光景。

那日晚上，酸風動魄，微雨打窗，琴仙反覆不寐，百感交併起來。在房裡走了幾步，腳下又虛飄飄的。聽得劉喜鼻息如雷，琴仙走去看時，見枕頭推在一邊，仰著面，開著口，鼻孔朝天，鼾聲大振，一手摸著心坎。又見一個耗子在他鋪上走去，聞他的鼻子。琴仙恐怕咬他，喝了一聲，耗子跳了過去，琴仙也轉身回鋪。聽得劉喜鼻子「哼哼哼」的叫了幾聲，便罵起來，忽然一搶出來，往外就跑，嚇得琴仙毛骨聳然，不知何故，忙出來拉他。劉喜撞開長窗，望著大樹直奔上去，兩手抱住不放。琴仙不解其故，倒嚇得呆了。停了一會，不見響動，才大著膽走上前，見劉喜抱著樹，又在那裡打鼾。琴仙見他尚是睡著，便叫了幾聲，推了幾推，劉喜方醒過來，問道：「做什麼？」琴仙道：「你是什麼緣故？睡夢中跑出來，抱住了樹？」劉喜方揉揉眼，停了一停，道：「原來是夢，我方才見張貴來扯我的被窩，我正要捉他，問他的箱子，一趕出來抱住了他，不想抱著了樹，又睡著了。」自己也笑了一笑，琴仙又害怕，又好笑，同了進來，關了窗子，劉喜倒身復睡。

琴仙也只得睡下，恍恍惚惚的一會，覺自己走出寺來，見對面有個書鋪，招牌寫著「華正昌」三字，有個老年掌櫃的照應了他。琴仙即進鋪內，忽聽鑼聲鍠鍠，又接著作樂之聲。回頭看時，見一對對的旌旗幡蓋，儀從紛紜；還有那金盔金甲，執刀列道；香煙成字，寶蓋蟠雲；玉女金童，華妝妙像。過了有半個時辰，末後見一座七香寶輦，坐著一位女神，正大華容，珠瓔蔽面。看這些儀仗並那尊神都進寺裡去了，琴仙也跟了進去，卻不是那個寺，寶殿巍峨，是個極大所在。只見那些儀從人唱名參見後，兩班排立，弓衣刀鞘，儼似軍中，威嚴可畏。琴仙躲在一棵樹後偷望，見那尊神後站著許多侍女，宮妝艷服，手中有捧如意的，有捧巾櫛的，有捧書冊的，有執扇的。只見那尊神說了幾句話，卻聽不明白。見人叢裡走出一個童子來，約十二三歲。雖然見他清眉秀目，卻已頭角崢嶸，英姿爽颯，走上階去，長揖不拜。又見那尊神似有怒容，連連的拍案，罵那童子，見那童子口裡也像分辨。兩人覺說了好一會話，然後見那尊神顏色稍和，那童子也就俯首而立。又見那尊神向右手站的一個侍女說了一句什麼，那侍女便入後殿，少頃，捧著一個古錦囊出來，走近童子身邊。那童子欲接不接似的，雙手將衣襟拽起，侍女把錦囊一抖，見大大小小、新新舊舊、五顏六色，共有百十來枝筆，一齊倒入那童子衣兜裡。見那童子謝了一聲，站了一會。尊神又與他講了好些話，那童子方徐行退下。琴仙看他一直出了廟門，心上想道：這不知是什麼地方，那個童子好不兀傲，到了此處，還是那樣凜凜的神色，怎麼跪也不跪的，想是個有根氣的人，來歷不小。

琴仙將要出去，只見一個戴金幞頭穿紅袍的神人進來，仔細一看，就是他義父屈道翁。琴仙吃了一驚，心上卻不當他是死的。因為這個地方，不敢上前相見，仍躲在樹後。見他義父上階，打了一恭。那尊神也不回禮，略把手舉了一舉，見他義父恭恭敬敬站在一旁。那尊神問了幾句話，便聽得一聲雲板，兩邊鼓樂起來。尊神退入後殿去了，儀從亦紛紛各散。見他義父獨在階下徘徊，仰瞻殿宇。琴仙此時忽想他已身死，一陣傷心，上前牽住了衣哭起來。見他義父也覺淒然，便安慰他道：「琴兒，你受苦了，也是你命裡注定的，不過百日困苦，耐煩等候，自有個好人來帶你回去。」琴仙想要問他幾件事情，卻一件也想不起，就記得方才那個童子，問道：「方才有個童子進來，那尊神給他許多筆，始而又罵他，這童子是什麼人？」道翁道：「這童子前身卻不小，從六朝時轉劫到此刻，想還罵他從前的罪孽。後來是個大作家，名傳不朽的。三十年後見他一部小小的著作，四十年後還有大著作出來。」琴仙又問道：「這位尊神是何名號？」道翁道：「低聲。」便左右顧盼了一會，用指頭在琴仙掌中寫了兩字，琴仙看是「殿娥」二字，也不甚明白，再要問時，道翁已望外走，琴仙隨在後頭。見他出了廟門，上了馬，也有兩個皂隸跟著。道翁把鞭梢一指道：「那邊梅翰林來了。」琴仙回頭一看，只見江山如畫，是燕子磯邊，自己仍在船上，道翁也不知去向。

忽見一個船靠攏來，見子玉坐在艙裡，長吁短嘆。琴仙又觸起心事，欲要叫他，那船已與他的船相並。琴仙又見他艙裡走出一個美人來，艷妝華服，與子玉並坐。琴仙細看，卻又大駭，分明就是他扮戲的裝束，面貌一毫不錯；自己又看看自己，想不出緣故來。見他二人香肩相並，噥噥唧唧，好不情深意密，心上看出氣來。忽見那美人拿了一面鏡子，他們兩人同照，聽得那美人笑吟吟的說道：「一鏡分照兩人，心事不分明。」聽得子玉笑道：「有甚不分明。」琴仙心上忍耐不住，便叫了一聲：「庾香好麼？」那子玉毫不聽見。琴仙又叫了一聲，只聽子玉說道：「今日好耳熱，不知有誰罵我。」那美人忽然望見琴仙，便說道：「什麼人在這裡偷看人？」便將鏡子望琴仙臉上擲來，琴仙一躲，落在艙裡，那邊的船也不見了。

琴仙拾起鏡子來一照，見自己變了那莫愁湖裡採蓮船上的紅衣女子，心中大奇。忽又見許多人影，從鏡子裡過去，就是那一般名士與一班名旦。自己忽將鏡子反過來，隱隱的有好些人映在裡面，好像是魏聘才、奚十一等類。正看時，那鏡子忽轉旋起來，光明如月，成了一顆大珠，頗覺有趣。忽然船艙外伸進一隻藍手，滿臂的鱗甲，伸開五個大爪，把這面鏡子搶去了。琴仙「哎喲」一聲，原來是夢，睜眼看時，已是日高三丈，劉喜早已起身了。

琴仙起來，劉喜伺候洗臉。琴仙呆呆的想那夢，件件都記得逼清，將兩頭藏過，單將中間的夢與劉喜說了，老爺像成了神，但是位分也不甚大。劉喜道：「只要成了神就是了，想必天上也會升轉的。」劉喜一會兒就送上飯來，說要到侯老爺那裡去，告訴老爺近日事情，要他將文憑找出來。琴仙道：「文憑也在那個衣箱子裡，也偷了去了，怎樣好呢？」劉喜道：「偷去了麼，那只好求侯老爺與制臺講明，想人已死了，也沒有什麼要緊的。」

劉喜伺候了飯，脫了孝衫，便到鳳凰山侯石翁處來。那侯石翁自從見道翁跌了這一跤，甚不放心，隔了一日，來找道翁的船，已不見了，當是開了船，只道他已經到任，再不料他已經身故。心上又想起琴仙見了那首詩，不知是喜是惱，想來經我品題，自然歡喜。但看他生得這般妙麗，卻冷冰冰的，少些風趣。可惜如此美男，若能收他作個門生，足以娛此暮年。正在胡思亂想，只見劉喜進來，在地下叩頭，石翁問道：「怎麼你又回來了，不曾跟去麼？」劉喜將道翁歸天之事，細細說了；又將遺言囑托，並張貴等偷去衣箱銀錢等物，並文憑也偷去了；如今少爺在寺裡守靈，連衣食將要不給說了。石翁聽了一驚，道：「有這等事！我道是已經到任去了，那知道這個光景。」便也洒了幾點淚。劉喜道：「此時總要求老爺想個法子才好。」石翁道：「屈老爺相好呢盡多，但皆不在這裡。我只好寫幾封信，你去刻了訃聞，拿來我這裡發，也有些分子來，就可以辦喪事了。我與屈老爺多年相好，況且他還有個孤兒在此，我自然要盡力照應的。官事我明日去見制臺說，就著江、上兩縣緝拿張貴等，並要行文到江西，恐他們將這文憑到江西去撞騙，也不可不防的，這些事都在我。明日還到寺裡吊奠，面見你們少爺，再商量別的事。」劉喜叩謝了回來，對琴仙講了，琴仙也沒有什麼感激。明日石翁去見了制臺，說知此事，又到上元縣與劉喜補了呈子。知縣通詳了，一面緝拿逃奴，一面行文到江西去了。

石翁過了一日，備了一桌祭筵、一副聯額，親到寺裡來上香奠酒，痛哭了一場，倒哭得老淚盈盈，甚是傷感。琴仙在孝幃裡也痛哭，心上想道：此老倒也有些義氣，聽他這哭倒也不是假的。石翁收了淚，叫自己帶來的人，掛了匾額，看了一看，嘆口氣，走進孝幃。琴仙忙叩頭道謝，石翁蹲下身子，一把挽住，也就盤腿坐下，挨近了琴仙，握了琴仙的手，迷離了老眼。此時石翁如坐香草叢中，覺得一陣陣幽香，隨風攢入鼻孔，此心不醉而自醉。見他梨花似的，雖然容光減了好些，那一種叫人憐惜疼愛的光景，也增了許多。琴仙心上不悅，身子移遠些，石翁倒要湊近些，說道：「不料賢侄遭此大故，昨日劉喜來說了方知。不然，我還當往江西去了。前月初十日，我到江邊，見你們已開了船，誰知道有這些事，如今你心上打算怎樣？」琴仙心裡很煩，但不得不回答幾句，便說道：「承老伯的厚意，與先父張羅一切，甚是感激不盡。小侄的意思，且將過了百天，覓塊地，將先人安葬了，那時再作主意。」石翁道：「這是什麼主意？你令先尊是湖北人，汨羅江是他的祖居。他數代單傳，並無本家親戚。你若到那裡去，是沒有一個人認得的。況如今又是孑然一身，東西都偷光了，回湖北這個念頭可不必起了。京裡人情勢利，況你令尊也沒有什麼至交在京裡。從來說：人在人情在。不是我說，賢侄，你太生得嬌柔，又在妙齡，如何受得苦。那奔走求食，好不難呢。就我與你令尊，是三十年文章道義之交，我不提拔你，教誰提拔你？輪也輪到我，我是義不容辭的。歇天我來接你回去，這靈柩且寄停在這裡，一兩月後，找著了地，再安葬不遲。你且放寬了心，有我在此，決不教你無依無靠。你天資想是極好，將來成了名，也與你令尊爭口氣，我也臉上有光的。就此定了主意，不必三心二意。」

琴仙見他這個樣子，兩隻生花老眼，看定了他，口中雖說得正大光明，那神色之間，總不像個好人。心上又氣又怕，臉已漲紅，低了頭，只不肯答應。石翁把琴仙的手握在掌中，兩手輕輕的搓了幾搓，笑迷迷的又問道：「前日扇上那首詩，看了可懂得麼？」琴仙心上好氣，把手縮進，將要哭了，便要站起來走開。石翁拉住道：「且慢，還有話說。你在京裡時，認得些什麼人？」琴仙想不理他，又不好，只得忍住了氣，道：「人也認得幾個。」石翁道：「是些什麼人？」琴仙道：「都是一班正正經經的，倒也沒有那種假好人。徐度香、梅庾香之外，還有幾人也是名士。」石翁笑道：「徐度香麼，是曉山相國的公子，他與你相好麼？」琴仙道：「是，現在先君還有一封遺書與他，托他照應的。」石翁笑道：「了不得了，快不要去。這些紈袴公子，你如何同得來的。他外面雖與你相好，心上卻不把你當作朋友。你倒不要多心，不是我說，你的年紀太小，又生得這好模樣，京城的風氣極壞，嘴貧舌薄，斷斷去不得。你去了，也要懊悔的。自然在我這裡，你令尊九泉之下也放心。你拜我作義父也好，拜我作老師也好，我又是七十多歲的人，人家還有什麼議論？且我家裡姬妾也有好幾個，疼你的人也多，娘兒們一樣，自然有個照應。你若要到京，這路途遙遙的，路上我就不放心；而且人要議論我不是，怎麼把個至交的遺孤，撇在腦後，也不照應，讓他獨自去了。你想這句話，我如何當得起？」琴仙只當沒有聽見，撒脫了手，站得遠遠的。石翁沒趣，睜大了三角眼，瞅了他一會，又道：「我是一片好心，你倒不要錯了主意。」便起身要走，琴仙只得又叩了兩個頭道：「小侄不認得外邊，就算謝過孝了。」石翁要扶他，琴仙已站了起來，離遠了。石翁走出窗外，當著琴仙送他，尚可說兩句。誰知琴仙竟已入幃，石翁無奈，只得走了回去。想了半日，明日著人送了一擔米、一擔炭、四兩銀來，試試琴仙的心受不受，若受了，自然慢慢的還肯到他家裡去。誰知琴仙執不肯受，劉喜也不敢作主，只得原物璧還。石翁甚怒，罵他不受抬舉，已後也就無顏再來。但心裡一分恨，一分愛，一分憐，終日之間，方寸交戰，作了許多詩。幸蘇州巡撫請了他去，勾留兩月始歸。不知後事如何，且聽下回分解。

第五十七回　袁綺香酒令戲群芳　王瓊華詩牌作盟主

話說前回書講琴仙在江寧落難，受盡悲苦，這回又要說些京中事了。此時已到了十月初旬，小春天氣，晴光和藹，百卉發榮，怡園又要熱鬧起來。

且說徐子雲的夫人袁綺香，生得婉嫻柔靜，賢淑無雙；又且繡口錦心，才能詠絮。於十月初十日，請了華公子的夫人蘇浣香、田春航的夫人浣蘭、劉文澤的夫人吳紫煙、顏仲清的夫人王蓉華、梅子玉的夫人瓊華、王恂的夫人孫佩秋。此時園中菊花開滿，五色斑斕。是日晴光和藹，風不揚塵，小毛衣服都用不著，綿的盡夠了。袁綺香一早帶了十二紅婢，還有幾個家人媳婦，先到園裡候客。那日次賢、高品、南湘皆回避了。那十二紅都是十五六歲，有的已是雲鬢堆鴉，有的還是垂髫刷翠，卻一樣的盈盈秋水，窄窄弓鞋。綺香夫人帶了群婢在寶香堂伺候。今日寶香堂另是一番鋪設，一色的錦裀繡褥，翠幕銀屏，中間堆了七層菊花。

到巳初一刻，劉文澤的夫人吳紫煙先到，車進了園門，即換肩輿，抬到寶香堂前下轎，珠圍翠繞的帶了四個丫鬟。綺香迎接上堂，彼此見了禮，綺香笑道：「今日算你早，我是辰刻過來的。」紫煙道：「我今天卯正就起來，昨日姐姐說要辰正畢集的。已經到了巳初了，誰知這些姐姐們還沒有一個來。」綺香道：「也差不多了，大約浣香來得遲些，自然先到浣蘭處同來的。」家人媳婦報道：「王大姑奶奶與少奶奶、梅家少奶奶齊來了。」說罷，轎子已齊到堂前。姑嫂三位下了轎，一群僕婦、丫鬟隨在後頭。綺香一一迎接，見瓊華打扮，今日分外嬌艷，比陪新那一日，更添了幾分嬌嬈婉孃❶。眾姊妹序齒坐下，蓉華道：「我等二妹來，就等了多時，只道客已到齊了，誰知蘇家二位還沒有來。」綺香道：「蓉妹、佩妹為什麼不把侄兒帶了來？」蓉華道：「孩子們怕見生人，一見就哭，所以沒有帶來。」因問道：「怎麼也不把侄兒、侄女帶過來玩玩？」綺香道：「你侄兒感冒才好，恐過來又冒了風，侄女我倒要帶他過來，他不肯過來。」

正說話間，報道：「華夫人、田夫人到。」只見一群蝴蝶，擁著兩朵花王出轎來，蓮步未移，香風已到。袁綺香接下臺階，蘇氏姊妹笑盈盈的上前見禮，然後與佩秋、紫煙、蓉華、瓊華都見了，各人挽著手，喜笑顏開，敘了一番。蘇氏姊妹見了瓊華，分外親愛；瓊華見了浣香、浣蘭，也十分親熱。這一班姊妹，大約同是瑤池會上人，都有夙契。綺香道：「今日我們眾姊妹都是通家世好。蘇家二浣，王氏雙華，本是同胞，不同說了。我們一共七人，今日仿他竹林七賢，做個桃園結義，大家團拜一拜，以後遇著，就不許謙讓。愚姐痴長，不識眾位妹妹意下如何？」眾佳人都應道：「甚妙。」浣香道：「妹子前日就有這心，今日正打算商議這事，不料姐姐先得我心。我們今日序齒之後，以後稱呼，就照這裡的排行可好麼？」紫煙道：「更好了。我與綺香姐姐，都沒有親姊妹，我從前就厭人稱我為大姑娘。如今好了，要改排行了。」綺香笑道：「你要改什麼行？大姑娘已改了大奶奶，你如今就想改大太太麼？」說得眾人笑了。序齒袁綺香二十五歲，吳紫煙二十三歲，孫佩秋、王蓉華皆二十二歲，蘇浣香二十一，

---

❶ 婉孃：靜好貌。音ㄍㄨㄟˇ ㄏㄨㄚˋ。

浣蘭十九，王瓊華十八居末。綺香命丫鬟們焚了一爐百和香，鋪了一條大錦毯，七美順著年次團團的拜了一拜，珠珞垂肩，雲裳貼地，甚是好看。嗣後七美中稱呼綺香為大姐，瓊華為七妹，紫煙行二，佩秋行三，蓉華行四，浣香行五，浣蘭行六，依次而坐。

瓊華對綺香道：「大姐姐，我們今日之來，非為哺啜，原為遊園。若這一坐，天又短，只怕就逛不成了。列位姐姐心裡怎樣？」綺香笑道：「我不過借逛園之名，約妹妹們敘敘。若真要逛園，這五六里一片大地方，山石犖角，又難行走，況你那金蓮三寸還不滿，如何走得來？」浣蘭道：「據我想，要逛盡這個園，一天也逛不到。不如到一個極高的所在，望一望罷。」浣香道：「極高的所在，除非上山不可，但恐難走。」紫煙道：「我聽說這園裡有個縹渺亭是最高的，我們就到那縹渺亭上去罷。」蓉華道：「據我想，登山不如臨水，且聞得路路走得通的。不如坐個船游他一轉，望著那些景致，似乎比岸上還好些。」佩秋道：「說得是，又省力。若上山去，只怕也走乏了，還能遊麼？」綺香道：「既是這樣，我們到吟秋榭頂上去，也望得個全景，就在那裡坐罷。」於是一群粉黛，都出了寶香堂後院，到了風露清吟館那邊下了船。賓主只有七個，那七家的丫鬟僕婦，共有四十餘人，用了十幾個小船，一齊蕩到吟秋榭來。眾佳人望著芙蓉如錦，空水澄鮮，岩岫如屏，寒林錯落，就是綺香也記不清那些地方。那十二紅婢是常過來折花摘果的，便指點此處是什麼所在，那處是什麼所在，眾佳人目不暇給。

到了吟秋榭將三層遊覽過了，在第二層設了筵宴。眾佳人酒量雖不算好，卻也能飲幾杯，最大者為吳紫煙、王蓉華。綺香命紅雪、紅雲、紅玉調絲品竹，小拍清歌。綺香道：「可惜我們酒量都是有限。我新年無事，與我們老爺編了一個酒令，行起來頗為熱鬧，不論多少人，都放得進去。」浣香笑道：「這麼說來，竟不是個酒令，是個陣圖了。」綺香道：「卻也有陣圖在內。」蓉華道：「你且說這個令是怎樣的？若要人多也不難，我們帶著這些女兵，都叫過來，也就不少了。」綺香道：「要行這個令，只好如此。我這個令叫做秦滅六國❷，又叫做六國伐秦。今天好在七人，正合秦、楚、齊、趙、韓、魏、燕七國，有七根籌，掣誰是誰，六國併力伐這秦國。還有小籌數十根，是七國的人物，掣著那一國的，就歸那一國。」

話未說完，喜得眾佳人眉歡眼笑，都要試這個酒令。綺香道：「我們且先點起將來，設有不合使喚的，便不中用。出去戰敗了，倒累主人罰酒。」就先點自己的丫鬟，點了紅香、紅玉、紅雪、紅雯、紅薇、紅蓮、紅霙、紅娟，其餘那四個不能飲酒。浣香的十珠都可使喚，全點了。浣蘭的四個丫鬟，只點了一個小翠，才十三歲，生得很好，且又靈變；又點了許三姐。瓊華的四個丫頭，點了一個青琴。蓉華兩個丫頭，點了一個秋蓮。紫煙兩個丫頭，點了一個侍香。佩秋兩個丫頭，點了一個金鳳。共二十四人。其餘都命他們代酒。

綺香即命拿過籌來，先是七人掣了，順著年齒掣去，綺香掣著秦，紫煙掣著楚，佩秋掣著燕，蓉華掣著趙，浣香掣著魏，浣蘭掣著齊，瓊華掣著韓。浣香道：「姐姐，你今日受了大敵了，我們六國今番並力，定要殺你個片甲不留。」綺香道：「慢說大話。少頃叫你這國投降，那國納貢，好看罷。」蓉華道：「我若再掣著廉頗、藺相如❸，就教你不敢出崤、函❹之外了。」瓊華道：「我若掣了張子房，這

❷ 秦滅六國：又叫合縱伐秦令。

❸ 廉頗藺相如：廉頗，戰國趙將。趙惠文王時，頗率師破齊，取晉陽，拜為上卿。與藺相如為刎頸之交。藺相如，趙國上卿。

博浪一椎❺，斷不教他中個副車❻。」佩秋道：「我掣荊軻❼，也不至中銅柱的。」浣蘭道：「我把田單的火牛❽驅過來，看你有什麼御敵的妙計。」紫煙道：「就是我國沒有勇將，若能掣著了項重瞳❾就好了。」綺香道：「且慢高興，我秦國是兵強將勇，沒有一個弱兵。待我且先派定了人數再說。他們共二十四人，我用六個，你們一家用三個。」即叫浣香的愛珠、花珠過來道：「你兩人到我大國來立些功業，不要在你那個小國埋沒。」愛珠、花珠笑了，站了過來。綺香自己點了愛珠、花珠、紅香、紅玉、紅雪、紅霙；浣香自己留了寶珠、明珠、掌珠；浣蘭留了許三姐、小翠，要了荷珠；紫煙留了侍香，要了紅薇、贈珠；佩秋留了金鳳，要了紅蓮、紅娟；蓉華留了秋蓮，要了紅雯、畫珠；瓊華留了青琴，要了珍珠、蕊珠。

分派定了，綺香叫拿七個小籌來，先掣秦國的。愛珠掣了是白起❿，花珠掣的是商君⓫，紅香掣的

---

❹崤函：即崤山、函谷。在今河南洛寧北。

❺博浪一椎：史記留侯世家：張良為韓報仇，得力士為鐵錐，狙擊秦始皇博浪沙中，誤中副車。

❻副車：此處指皇帝的侍從車輛。

❼荊軻：戰國齊人，之燕。太子丹令劫秦王，反諸侯侵地。軻請以樊於期首及督亢地圖以行。既至，圖窮匕見，擲匕首中銅柱，被殺。

❽田單的火牛：田單，戰國齊人。燕伐齊，惟莒、即墨不下。即墨人推田單為將拒燕。單夜用火牛攻之。大敗燕師，盡復齊地。火牛，原作火車，誤。

❾項重瞳：即項籍，目重瞳子。

❿白起：戰國秦人。善用兵，封武安君。

是韓非子⑫，紅玉掣的是呂不韋⑬，紅雪掣的是李斯⑭，紅霙掣的是趙高⑮。綺香笑道：「如何，你看我們文武皆全。」收過了筒，取紫煙楚國的籌來，侍香掣的是令尹子蘭⑯，紅薇掣的是高唐神女，贈珠掣的是宋玉。紫煙笑道：「完了，一個佞人，一個夢神，一個風流鬼，這如何打得仗來？」眾佳人皆笑，也收過了。再掣佩秋的燕國小籌，金鳳掣了荊軻，紅蓮掣了田光⑰，紅娟掣了駿馬。佩秋道：「也不好，究竟是個不祥之兆。」蓉華笑道：「尚未出兵，倒已先砍了兩個腦袋。」眾人皆笑，又收過了。取蓉華的趙國來，秋蓮掣了廉頗，畫珠掣了藺相如，紅雯掣了平原君⑱。蓉華道：「我這三根掣得好，大可折秦國的銳氣。」再掣浣香的魏國，寶珠掣了信陵君，明珠掣了侯生⑲，掌珠掣了醇酒婦人。大家又笑起來。綺香道：「這倒難，又算酒，又算婦人，橫豎一出馬，就叫人開心的。」掌珠道：「換一根罷。」

---

⑪ 商君：即商鞅。

⑫ 韓非子：戰國韓公子。喜刑名法律之學。

⑬ 呂不韋：陽翟人。莊襄王時為相，封文信侯。始皇尊為仲父。著呂氏春秋。

⑭ 李斯：上蔡人。始皇既定天下，斯為相。後被趙高誣陷，腰斬咸陽。

⑮ 趙高：宦者。始皇崩於沙丘，高矯詔賜長子扶蘇死，立二世。旋殺李斯，為丞相。弒二世，立子嬰。被族誅。

⑯ 令尹子蘭：戰國楚相。

⑰ 田光：戰國燕處士。荐荊軻於太子，太子曰，願先生勿泄也。光曰：「諾。」出而嘆曰：「夫為行而使人疑之，非節俠也。」遂自刎而死。

⑱ 平原君：戰國趙趙勝。

⑲ 侯生：姓侯的人。設計助信陵君，救趙勝秦。

紅香道：「好便宜事。」忙將籌拿開了，掌珠無奈，也只得捏了那根籌，臉上甚是羞愧。再掣浣蘭的齊國，浣蘭道：「我這國就掣得平常，只怕沒有什麼好籌在裡頭，再不能如蓉華姐姐的廉頗、藺相如的。」看小翠掣一根，已經失笑，再看三姐掣出來，大家笑得如花枝亂顫，扎掙不住。原來小翠一根是雞鳴，三姐一根是狗盜[20]，幸虧荷珠掣了孟嘗君，稍可解嘲。再掣瓊華的韓國，蕊珠掣了張子房，青琴掣了博浪椎，珍珠掣了圯上老人[21]。瓊華笑道：「我早說的，綺香姐姐你仔細博浪椎、荊軻匕首，好不利害。」就是高唐神女，醇酒婦人，教你受用罷。」紅薇道：「奶奶且慢喜歡，只怕奶奶手下也有個笑話出來呢！」綺香道：「不用講，拿出譜來。」大家看時，見寫道：

六國伐秦，無論秦勝秦敗，六國皆要出馬。起手以擊鼓傳花，花到誰國，即誰國先出。國君不出戰，遣將出戰。如三勝秦，秦王領群臣納降，跪獻酒三樽，與某國君臣賀。如某國為秦所敗，亦君臣跪獻秦國三樽，餘皆仿此。

一國如有三人，三人出馬後無論勝敗，即退讓他國出戰。七國群臣，各有故事可按，但係隨手掣來，前後不同。如兩人對敵，勝負後，各運化本人故事飲酒，俱有詳注，查對便明。如六國先後以傳花為次，一國諸將出馬以擲骰為次，數到誰，則誰先出馬。

---

[20] 原來小翠一根是雞鳴二句：雞鳴狗盜，戰國時，齊國的孟嘗君在秦國被扣留，其門客裝狗夜入秦宮，偷出早已獻給秦王的狐裘，轉獻給秦王的一個愛妾，使孟嘗君得以釋放；又靠另一門客裝雞鳴，騙開了函谷關的城門，使他們得以逃回齊國。後用來比喻不足稱道的卑下的技能。

[21] 圯上老人：即黃石公。傳兵書給張良。

眾佳人看了，笑道：「今日這個笑話，必定鬧得不少，不知誰國誰人先出。且把他們這些譜看看是怎樣的，可有些醜態在裡頭。」綺香道：「都有些，且不要看。若看了，必惹得他們這個喜歡，那個發氣，莫如定了人再看。」

於是折了枝菊花來，命小丫鬟點鼓，到了蓉華，鼓已住了。蓉華笑道：「我這三員勇將正好出這個頭陣，試試手段。」秋蓮、畫珠、紅雯三個就上來，旁邊又擺了一桌酒肴。秋蓮把兩個骰子一擲，擲了四點，是自己出馬。秦國的愛珠、花珠、紅香、紅玉、紅雪、紅霙也過來。愛珠把骰子一擲，擲了二點，是花珠出馬。花珠是商君，秋蓮是廉頗。綺香翻出譜來，查到廉頗名下，內有一條：廉頗如遇商君，俱係勇將，皆以揸拳為令。如廉頗敗了，必係老年無用，一敗帶上假白鬚，再敗罰酒一大觴，三敗罰飯一碗。眾佳人看了，不禁又笑。秋蓮道：「姑奶奶，這廉頗也不見得好。」蓉華笑道：「你只要贏了，就不帶鬚子了。」再看商鞅的譜：商君足智多謀，能開阡陌。如敗後，手中藏一物，叫勝家猜。猜不著，平過；猜著了，商君即以本物飛詩一句。不能或不合本題者，罰一杯。花珠道：「這還好，不甚累贅。」兩人對壘起來，秋蓮看了譜，心已怯了，輸了三次。蓉華道：「好個廉頗，頭一陣就打了敗仗。」秋蓮想跑開，被愛珠、花珠趕上，捉了過來，戴上假鬚，飄飄瀁瀁的。眾婢女把他形容個淋漓盡致，罰了一杯酒，又盛了一碗飯要他吃。秋蓮笑道：「你們也有良心，戴上這個東西，怎樣吃得飯來？除非要用金鉤掛鬍子法子。」紅雪道：「有鉤子，早就預備的。」便在匣子裡，找出兩個金鉤來，掛在秋蓮耳上，兩邊分開。佩秋想著他丈夫說的笑話，不留心說了出來道：「倒像個蠅拂子。」蓉華瞅了他一眼道：「請問，這蠅拂子是誰家的？」一句話說得佩秋兩頰微紅，幸眾人不解，也過去了。秋蓮只得央求旁人代了這碗飯，便除下鬍子，指著花珠道：「我看你的笑話。」

骰子擲了，是畫珠，畫珠是藺相如。蓉華道：「廉頗無用，要看這相如了。」綺香看藺相如的譜：如敗了，三杯俱係趙王代飲。蓉華笑道：「畫姑娘你須仔細些，不要喪師辱國，反累我喝酒。」畫珠道：「奶奶放心，看我贏他。」無奈行的是猜枚令，畫珠藏了三個瓜子，三次都被花珠猜著，畫珠好不慚愧，只得說道：「這酒我自喝罷。」綺香道：「那不能，你若徇私，是要罰三十杯的。」蓉華笑道：「我喝，我喝。」一口氣就喝了三杯。

輪到了紅雯，是平原君。譜上：平原君用絲繡。平原作交線之戲，平原輸了叫人打了手，還要喝十大杯，說有酒惟澆趙州土，要他吐了才歇。這紅雯是酒量最小的，又兼膽小，見了這個令，先害怕起來。兩手框了一條線，那十個指頭就不住的發顫，惹得眾佳人又笑，他自己也笑起來，越笑越顫。綺香道：「看來這個雞爪風更不濟事，蓉妹不如帶了他們來跪獻三杯罷。」蓉華笑道：「尚可背城一戰。」兩人將線交了一回，紅雯也贏了一次，只打了兩下手，喝了兩小杯，餘請旁人代了。花珠手中藏了一顆蓮子，叫紅雯猜。畫珠看見了，把腳踢一踢紅雯的腳，紅雯不解；看著畫珠，畫珠又指著桌上一盤的蓮子，紅雯又看到隔壁去了，道是鴨掌，便說道：「鴨掌。」畫珠聽了大笑起來。紅雯害臊，說道：「你故意頑我。」畫珠道：「我頑你？」花珠道：「他倒不是頑你，你倒是罵我。」便攤開手說道：「露冷蓮房墜粉紅。」紅雯對畫珠道：「既是蓮子，怎麼踢我的腳，叫我如何想得出來？」畫珠道：「難道你裙下的不是金蓮，定要算鴨掌麼？」眾佳人都笑。

綺香笑向蓉華道：「你三將出馬，敗了八陣，雖不算全軍覆沒，也不過一息尚存。你看譜上：如九陣中只勝一陣者，雖免跪獻之辱，也須領隊前來納降。」蓉華笑道：「這也不難。」便斟了一杯酒，走到綺香面前福了一福，綺香也還了一禮，笑而受之。那畫珠、秋蓮、紅雯，只得也向花珠萬福。花珠笑道：「我是甲冑在身，不能還禮。」畫珠罵道：「你威風不要使盡了，只怕這回就要對人磕頭呢。」

於是又擊起鼓來，花到了紫煙住了，侍香、紅薇、贈珠上來。贈珠把骰子一擲，數到紅薇，是高唐神女，眾人皆笑。紫煙笑道：「好個紅姑娘！高髻大袖的，真像個神女。」紅薇臉已紅了。那邊愛珠、紅玉、紅香、紅霙、紅雪也過來，擲到愛珠，是白起。綺香道：「這叫做無情遇。」看譜：如神女遇見白起，神女如何能敵，須起傾國之兵盡出助戰。如係文臣者，行藏鬮令，手中各藏一物。國君點戲一齣，如白起為淨，神女為旦，其餘助戰者各肖其人定色。再查：令尹子蘭為丑，宋玉為生。綺香命他們四人手中，各藏一粒榛子，又道：「你們手裡有也使得，沒有也使得，你們伸過一手來，我說的戲內中查點腳色，應到的不到罰，不應到的到也要罰。」綺香點了一齣劉唐㉒，是單，是淨腳戲，看各人手中個個皆有。綺香笑道：「生旦不應到，各罰一杯。」綺香又點了一齣鬧庄㉓，也是淨腳戲，生旦俱不應到，紅薇又到了，又罰一杯。紅薇不服，說道：「這齣戲也要讓我們國王點了。」紫煙道：「不錯，我們上了他的當了。」紫煙點了一齣生旦戲，想罰愛珠一杯。誰知愛珠是個空手，倒將侍香罰了一杯。

又擊鼓傳花，到了浣香，數寶珠出馬。浣香笑道：「這是我們的福將，四公子中的魁首，看你們什麼人來抵敵罷。」那邊數到了紅雪，是李斯。綺香道：「好個對手。」看譜：信陵君是運籌點將令。就

㉒ 劉唐：水滸記中一折。

㉓ 鬧庄：水滸記中一折。

拿上一個酒籌來，寶珠掣了一枝，看時是：蠟照半籠金翡翠。注：席中戴金條脫玉釧者飲一杯。綺香道：「這一句只怕都要喝一杯。」七位佳人都喝了，獨浣蘭不喝，綺香問他，浣蘭道：「這杯沒有我的酒。」綺香不信，拉他手看時，是一對碧霞璽做成的鐲子。眾佳人道：「這真便宜了他。」那二十四個婢女，不是金的，就是玉的，滿堂都喝了一杯。佩秋道：「五妹好個福將，一出來叫滿堂喝酒。」紅雪掣了一枝是：玉搔頭裊鳳雙飛。注：插金絲軟鳳釵者飲一杯。紅雪四下留心，戴此釵的卻亦不少，只見愛珠與紅雯在那裡交線頑耍，愛珠交錯了，被紅雯打了一下，愛珠格格的笑，把個金絲雙鳳釵顫得亂飛。紅雪斟了一杯酒上前道：「在這裡了。」愛珠道：「怎麼你要消酒，消到外國來了。」紅雪道：「你不見你頭上麼，方才這句詩是戴『雙鳳釵』的酒。」愛珠摸一摸釵，又看看眾人道：「呸！你瞧誰不戴，你偏來纏我。」說罷又笑。浣香笑道：「愛珠，你喝了罷，難逃公道。」愛珠看看主人，只得喝了一口，紅雪還要他喝酒，愛珠把紅雪一推，半杯酒也翻去了。綺香笑道：「這愛珠真是可兒，不枉這個『愛』字。」寶珠又掣了一根籌是：輕斂翠蛾呈皓齒。寶珠四下一望，道：「有了，我來敬我們侍香妹妹。你看雙娥顰蹙，皓齒微呈，不是西子捧心的模樣麼？」侍香不肯，被寶珠捏著鼻子一灌，侍香一笑，噴了寶珠一身。眾佳人皆笑。綺香道：「寶丫頭了不得，真是個勇將。」紅雪又掣了一枝是：暗中惟覺睡鞋香。說道：「這句倒難。」綺香道：「你一個個聞去，是誰的香，就叫他喝酒。」紅雪笑道：「若要聞，那就……」，便笑了不說。又說道：「我知道了，我來敬個人。」便斟了一杯來敬紅薇。紅薇道：「難道你真聞過我的腳麼？這奇不奇，無緣無故的來纏人。」紅雪道：「我雖沒有聞過你的腳，但常見你用松子粉漿纏足帶，不是香的？」紅薇被他說著了，兩頰通紅，只得喝了一杯。寶珠又掣了一枝是：十指纖纖玉筍紅。看來看去，就是個小翠指甲尚是紅的，要他喝了一杯。紅雪掣了一枝是：天賜胭脂一抹腮。看紅雯喝了兩杯酒，兩頰尚是紅的，也逼他喝了一杯。

重擲骰子，數到明珠是侯生，是個頂針續麻令。李斯輸了喝酒，侯生輸了要喝醬油。明珠道：「這個醬油倒有些難喝呢。」花珠低低說道：「吃杯醋罷，比醬油還好些。」眾佳人聽了，忍不住笑。明珠也不理他，說道：「十月之交。」紅雪道：「交交黃鳥。」明珠道：「鳥鳴嚶嚶。」紅雪道：「嚶其鳴矣。」明珠道：「請教這個『矣』字怎樣接，這不是難人？」罰了紅雪一杯，喝了說道：「我換一個『已』字罷。」即道：「已焉哉。」明珠道：「又要罰。」紅雪道：「你單念過一部詩經，沒有念過別的經書，就說沒有『哉』字的起頭。」明珠不服，紅雪道：「你喝一杯醬油，我說給你。」明珠如何肯服，只是嘴強。紅雪道：「你接不上來，怎麼不要喝這醬油呢？」惹得眾人皆笑。明珠道：「你若造一句，我就聽不出，還有奶奶們聽得出來。你如哄我喝了醬油，若說不出來，你要吃我的唾沫的。」紅雪道：「是了，你喝罷。」明珠賭著氣，真吃了一口醬油。紅雪笑道：「書經上『惟三月哉生魄，哉生明。』『哉』字可作起句，怎麼說沒有『哉』字起句呢？」眾佳人笑道：「這卻說得是。」綺香笑道：「這唾沫可以免了。」後又換字頂了幾句，紅雪輸了一杯。

輪到掌珠是醇酒婦人，令是擲色，若輸了跪請本國王與敵國王出令。掌珠擲了么二三，紅雪擲了四五六。掌珠跪在浣香面前求救出令，把個華夫人笑得不止，便道：「出什麼令呢？」便對綺香道：「我有一個集詞牌成韻的，兩句三字，一句七字，要湊拍。」便念道：「宴清都，清平樂，八聲甘州金縷曲。」姐姐也照樣說一個。」綺香道：「這個倒難，詞牌我也不甚熟，比不得你是長填詞的，這倒被你難倒了。

我喝一杯罷。」浣香道：「姐姐不要謙，請說來。」綺香想了一想，也念道：「高陽臺，尉遲杯，貂裘換酒醉蓬萊。」浣香道：「拜服，拜服，姐姐說得這樣湊拍，還說不熟呢！」那五位佳人都贊道：「兩人都說得好，我們公賀一杯，為兩盟主壽。再請多說幾個，大家聽聽。」浣香道：「就是七個字的難湊些，只怕也沒有多少呢。」又念道：「長相思，十二時，燭影搖紅玉漏遲。」綺香道：「這個更好。」便也念道：「㜷人嬌，繫裙腰，鳳凰臺上憶吹簫。」眾佳人贊道：「妙極！這兩副比前更好了。詞牌中七字的就這一句，被綺香姐姐說著了。」浣香道：「實在繡口錦心，令人拜倒。」又念道：「少年游，過秦樓，西江月明月棹孤舟。」下句換了八個字。綺香又想了一想，也念道：「紅娘子，錦帳春，如夢令巫山一段雲。」眾佳人稱贊不已，叫滿堂都賀一杯。

於是又擊鼓傳花，傳到佩秋的燕國，數骰子是金鳳出馬，為荊軻。那邊數到了紅玉，是呂不韋。荊軻行的是投壺令。浣蘭道：「這令大約沒有笑話了。」金鳳投了一枝「蘇秦背劍」，紅玉投了一枝「姜公釣魚」㉔，那兩枝都沒有中，各人飲了兩杯。轉到紅蓮的田光出來，是個啞口令：各出一指，如大指為金，食指為木，中指為土，無名指為水，小指為火。譬如一個出大指，一個出食指，便是金克木。大指贏，食指輸了；一個出大指，一個出小指，是火克金，小指贏，大指輸了。這三婢出得甚快，有輸有贏。

再換紅娟的駿馬上來。看譜是馬弔譜：大指為賞，中指為肩，小指為極，食指為百子，無名指不用。可用兩手齊出，如此出二指，彼出一指，成了色樣，是歸出二指家。出一指者，照例賀酒。如彼出兩手三指，此出一手二指，成了色樣，是歸出兩手家。總以少數湊成多數，餘皆仿此。所賀之酒，數多則通

㉔ 姜公釣魚：呂尚，周東海人。本姓姜，字子牙。釣於渭水之陽，遇文王，立為師，號太公望。

場分喝。蓉華道：「這個酒了不得，若照賀例喝酒，譬如要一百賀的，難道也賀一百杯不成。」綺香道：「一百杯也不多，我們現在有三十餘人，一家不過分得三杯酒，怕什麼？」紅娟道：「這個馬弔色樣我記不清楚，奶奶須與我記著。」浣香應了。紅娟出了一個食指，一個小指，紅玉偏偏出了一個小指，剛剛湊成一百兩極，是個雙尾蠍。浣香道：「這個就六十賀。」綺香道：「這倒好，叫通場伺候的都喝一杯。」紅玉兩手齊出，是一個食指，兩個小指，紅娟出了一個小指，是一百三極，湊成了玉鯽魚背，又是一百賀。佩秋道：「這酒實在消得多，不論多少總通場一杯罷。」於是又通賀了一杯。紅娟出了兩個大指，一個食指，紅玉出了一個大指，又湊成了三賞一百，是個花兜肚，是十二賀。綺香等各飲一杯，紅玉飲了兩杯，紅娟飲了三杯。這一回通計喝了一百七十二杯酒。

於是傳花又傳到浣蘭，點將出馬是荷珠孟嘗君，那邊點了紅霙的趙高。浣香笑道：「趙高如何是孟嘗君的對手？」且看譜來：孟嘗君是食客三千，令兩人用骰子六顆對擲，如遇紅，遇么者，出錢投於盆內，六紅即投六錢，兩紅兩么即投四錢，無紅無么即贏此錢。如孟嘗君贏了，問那人：「你有的是什麼？沒有的是什麼？要的是什麼？不要的是什麼？」那人每件說一句唐詩，說得好免飲，說得不好與不能說者罰酒。如孟嘗君輸了，人也照樣問他。紅霙與荷珠擲了一會，紅霙輸了，荷珠問道：「你有的是什麼？」紅霙道：「我有的是：繡檀回枕玉雕鎪。」荷珠又問道：「你沒有的是什麼？」紅霙道：「我沒有的是：珍簟新鋪翡翠樓。」荷珠又問道：「你要的是什麼？」紅霙道：「我要的是：紅珠斗帳櫻桃熟。」荷珠道：「你不要的呢？」紅霙道：「我不要的是：春入眉心兩點愁。」眾佳人都贊道：「說得好。」浣香對綺香道：「姐姐，足見你強將手下無弱兵。你的婢女都是這樣繡口錦心，真令人羡慕之至。」綺香道：

「他們雖然記得幾句詩，然那裡及得尊婢們般般皆會。」荷珠聽他主人稱贊紅霙，心中有些不服，便說道：「這四句卻說得好，但忘了你是趙高，一個老公，也配用這些東西。」即笑說道：「你有的是『細草春香小洞幽』，你沒有的是『嬌嬈意緒不勝羞』。你要的是『鴛鴦帳下香猶暖』，你不要的是『嫁個蕭郎愛遠遊』。」浣香聽了，笑罵荷珠道：「荷兒怎麼這般輕薄？」綺香正笑著，尚未開口，紅霙氣極要打起荷珠來，荷珠再四的陪禮，群珠又與他央求，紅霙方才饒他。眾佳人笑道：「荷姑娘這幾句太刻薄，幸遇著人多，不然是挨定霙姑娘的打。」

到了小翠的雞鳴來了，小翠上來就有些發怯。看譜是接牌令：兩人將骨牌對接，么頭對么，二頭接二，接死了罰酒。小翠暗喜。兩人就在地下接起來，小翠接死了三次，便發急起來，不知道要怎樣奈何他。綺香道：「今番有好令來了。」把譜一翻是：雞鳴出關三杯酒，都要裝著雞啼，從板凳下鑽過去、鑽過來三次。眾佳人掩口胡盧。小翠聽了這個，倒投其所好，毫不為難，便咮咮喌喌㉕的學起雞叫來，學了幾聲，即從凳下鑽了三次。惹得眾人大笑。浣蘭道：「姐姐你好心，故意點他來作笑話。」綺香笑道：「這是他自己掣著的，你倒別笑他，若不是他，別人也不能鑽得這麼靈便。」小翠鑽完了，頭上歪著個偏髻，嘻嘻的對著浣蘭笑。浣蘭視了他一個白眼，道：「你還樂得很呢。」酒是三姐代喝了。

到了三姐上前，紅霙口裡作呼狗聲。三姐道：「你運氣好，別要贏我，你若贏了我，我真咬你一口。」翻出譜來，是五毒令。大指為蝦蟆，食指為蛇，中指為蜈蚣，無名指為蝎虎，小指為蜘蛛。分勝負是蜘蛛吃蝎虎，蝎虎吃蜈蚣，蜈蚣吃蛇，蛇吃蝦蟆，蝦蟆吃蜘蛛。兩人就猜起來，三姐想道：他若料我出蜘

㉕ 咮咮喌喌：呼雞聲。雞聲喌喌，人效其聲呼之。咮，音ㄓㄡˋ。喌，音ㄓㄡ。

蛛，他就出蝦蟆，我不如出蛇。誰知紅霙出了蜈蚣，三姐輸了，便道：「我倒想喝酒。」紅霙笑道：「你看看譜來喝。」綺香笑對浣蘭道：「妹妹你手下那些雞鳴狗盜怎麼好，又要作出好模樣來了。」浣蘭氣忿忿的道：「罷了！罷了！今日教姐姐的威風施盡，我只好慢慢的報仇。將來掣著了西楚霸王㉖，鉅鹿一戰㉗，才消得這口氣呢。」眾佳人笑道：「還有一個韓國在那裡，兵書尚未出來，只好盼他打勝仗了。」看三姐的令譜：頭一杯要裝狗叫三聲，第二三杯要伏在地下爬兩步，作狗叫三聲。三姐笑道：「呸！這個令如何來得？我當狗盜是什麼東西，原來要裝狗的。我不來。」說著就跑，眾佳人聽了，都笑得了不得。只見花珠、愛珠、紅香、紅玉、紅雪、紅霙一齊趕上，圍住了三姐，說道：「憑你怎樣利害，今天在我們園裡，你想走到那裡去？好好的叫了饒你，不然我們就按倒了你，剝你的皮。」便七手八腳，你一捏，我一捏，三姐身上最怕捏的，被他們纏住了，便笑作一團，身似紫薇花的亂顫起來，連連求告道：「不要鬧，不要鬧，我叫，我叫。」那六個人還不肯信，五人圍住了他，一個拿了一杯酒，要他叫了再喝。三姐寡不敵眾，只得汪汪的叫了三聲，鬧得哄然大笑，倒像百鳥齊鳴。三姐臉也紅了，紅霙還要他猜，三姐也想翻本，又猜，仍舊是輸。三姐道：「這回姐妹們可饒了我罷。」二珠、四紅如何肯依。浣蘭笑對綺香道：「你這個無道強秦，到底要怎樣？五國已給你吞食盡了，還要縱容這些豺狼虎豹去吃人。」綺香笑得伏桌難應。

三姐被他們圍住，毫不容情，心生一計，想道：這些騷貨，實在可惡，我今也顧不得作笑話。也叫

㉖ 西楚霸王：即項籍。

㉗ 鉅鹿一戰：項羽引軍渡河，大破秦兵於鉅鹿。地即今河北平鄉。

他們作些笑話出來。又想：頂壞是愛珠、紅雪兩個，待我頑他們一頑。便裝著笑盈盈的說道：「姐妹們不要這樣，你們讓開些，我就伏在地下就是了。」諸人還不信，紅雪道：「我們就站開些，諒你也不能跑。」三姐故意慢慢的曲著腰，伏將下去，見紅雪與愛珠都是三寸金蓮，裙邊下微露一線的鑲邊花褲，叫了一聲，眾人又笑。三姐乘其不備，一轉身把愛珠兩腳一抱，把他的褲腿望上一捋，露出雪霜似的一節小腿。三姐就學作狗叫一聲，一口咬定，兩手在腿上亂抓，把個愛珠唬得神號鬼叫，渾身一麻，已栽倒在地，那五個人上來救愛珠，三姐又將紅雪腿上一咬，兩手也是亂抓，四個人見了沒命的跑開，笑得彎著了腰。這紅雪也笑得麻倒在地，跌在愛珠身上。愛珠還當是三姐伏在他身上要咬他，極嚷極笑的，已帶著哭聲，將要哭了，三姐掩著嘴走開。那眾佳人與眾婢女，都笑得粉黛霪霪，秋波搵淚，有墮釵的，有翻酒的，不一而足。愛珠與紅雪在地上坐了好一會，才爬得起來。三姐還格格的笑，愛珠指著罵道：「你這個短命鬼，你將來總教瘋狗咬一口，肚裡生出小狗子來。」紅雪道：「不要將來，只怕出門就教狗咬的。」三姐笑道：「誰教你們太作惡了。我還容情，他們四個跑得快，不然叫你一窩子六個滾在一堆。」那六個人我一句，你一句，把三姐罵了好一會。眾佳人方才笑完，紫煙一人尚有餘笑。綺香對浣蘭道：「妹妹，你這個三姐真好，我拿個丫鬟與你換了罷。」浣蘭道：「姐姐要他作什麼，他是只會裝狗的。」紫煙笑道：「姐姐你招集這些亡命作甚，你真作秦始皇麼？」大家又笑起來。瓊華道：「我來滅秦了，他們也只有一個韓非子，只懂刑名，不懂兵法的。」

數到蕊珠出馬，是張良，是金門射策令：自己先出一句成語為題，將三個骰子擺出句中之意，將杯子蓋了；叫那人也擺，擺出來相同的不論，如擺出來不同，請中人評論優劣，劣者罰酒。蕊珠將三個骰子擺了，將茶杯蓋好，又將三個骰子遞與紅香道：「你擺『九重春色醉仙桃』這一句。」紅香想了一想，擺了一個三、一個六、一個四，說道：「三六是九重，四即算仙桃，不知對不對？」蕊珠揭開杯子，是對的。蕊珠又擺了一句是：「十三箏柱雁行斜。」紅香想了一想，擺了兩個五、一個三。蕊珠也說對了。又擺了一句，說道：「詞源倒流三峽水。」紅香想了一會，想不出個理來，便擺了三個三，問道：「是不是？」蕊珠道：「不是。」揭開杯子是三個四。紅香拍手道：「妙極！這才是倒流，我竟想不到，我罰酒就是了。」看韓非子罰酒的譜是：作法自弊，輕則黥面，重則刖足。蕊珠道：「取筆研來塗臉。」紅香道：「姐姐，饒了我罷，塗了臉又要擦臉，費事得很，我情願跪了喝一杯罷。」蕊珠將要容情，倒是珍珠不肯，說道：「我還要與他來呢，一個容了情，個個要容情了。」便把筆在紅香臉上畫了一個眼鏡，惹得滿堂又笑起來。

紅香好不有氣，喝了一杯，忙忙的要水洗了臉。幸他倒是不擦粉的，不然便將脂粉洗去了。氣忿忿的抬著手，向珍珠道：「你先來，你先來，你若輸了，求人討饒便不算人，只算是狗。」珍珠笑道：「我怕你？討饒也算好漢麼？」看譜上：圯上老人的令，是盤象棋譜，名為八陣圖。圯上老人下紅子。珍珠象棋下得雖好，譜卻不熟，偏偏遇著紅香是愛打棋譜的。珍珠十分用心，無奈未得其妙，幾著變化就迷住了，看看要輸，寶珠要指點他，紅香道：「誰教了，就算誰輸，要照樣罰酒。」瓊華心甚著急，又不好教，看紅香把他一個掛角將，就將死了。紅香笑道：「今番得了。」查圯上老人的譜，是脫鞋置酒，遍敬席上。珍珠見了，說道：「這個斷斷使不得，怪髒的東西，那是什麼樣兒。」紅香道：「不妨的。」便要來脫他的鞋，珍珠一跑，不防紅雪在旁暗中把腳一勾，珍珠跌了一跤，被紅香上前按住，脫了他一隻鞋下來。珍珠急得滿臉飛紅，一手拉住紅香要奪回，不料紅雪把鞋接了過去，正要裝酒，不防又被花珠一手搶了，扔與珍珠，惹得大家笑個不住。珍珠著了鞋，捆上帶子，起來將紅香擰了兩把。這一關也就算了。

只剩了一個青琴是博浪椎，譜上是：打擂有悶雷、劈雷，是打秦國通國中人馬。瓊華道：「就要看這一將成功了。」蓉華道：「琴兒，你須與主人爭個臉。」青琴笑道：「我這椎是要椎椎打中的。」浣蘭道：「你若贏了他們，非但與你主人爭氣，且與我等報仇。」浣香道：「這悶雷、劈雷是可以亂打的，你也不必容情，連他們的國王也可打得的。」佩秋道：「你若像了秋蓮的廉頗，就不好了。」紫煙道：「也不要像我們荊軻的匕首。」你一句，我一句的說笑。綺香笑道：「諒此孤軍深入重地，焉有生還之理。」便命六人一齊上前，與青琴對敵。說也奇怪，被青琴一頓悶雷、劈雷，將二珠、四紅打得個個心驚膽怯，瓊華好不得意，只管點頭微笑，說道：「一將功成萬骨枯。」眾佳人齊聲稱賀。綺香笑道：「這還了得？你是個頂小的小妹妹，公然欺侮大姐姐來，這般可惡。你敢與我對敵麼？」那五個佳人同聲說道：「這有什麼不敢？如果七妹膽怯，我們一齊相幫。」瓊華笑道：「妹子願避三舍，如必不獲命，也只可秣馬厲兵，與姐姐周旋。」綺香笑道：「眾志成城，堅不可破，我讓了你罷。」看青琴這打擂，已贏得不少，愛珠、花珠、紅香、紅玉、紅雪、紅霙都喝了許多酒。

浣香見天色已晚，便要進城，浣蘭要留他，浣香不肯，定要回去。綺香見太陽已落，也不好挽留，只得先送了浣香，便說道：「你們是不要緊，又不趕城，到三更再散不遲。」十珠婢收拾零星，大家都下船渡過了河，直送到山下，上了轎出園。眾姐妹方攜著手，就近到了春風沉醉軒坐下。群婢也都來了，煮茗清談了一會，已點上燈。紫煙要打馬弔，便拉了蓉華、佩秋二人打起馬弔來。瓊華看見有一匣詩牌，便與綺香、浣蘭三人在一桌打了一副，足足打到二更後，瓊華方成了一首七律，綺香差了一韻鬥不成。浣蘭牌起得不好，尚差了十數字，瓊華將牌攤出，那邊蓉華等也過來看時，只見鬥的是：

餞別春光已半年，小春天氣最堪憐。酒分捭闔縱橫策，人比瑤池閬苑仙。任說朝朝依玉樹，終應步步讓金蓮。彩雲明月如相妒，照徹樓臺分外鮮。

那五位佳人同聲贊道：「這首詩倒像做成的，那裡像鬥出來的？真是字字穩當，且切今日之事。」綺香又笑道：「我最愛是：『任說朝朝依玉樹，終應步步讓金蓮』這一聯，為我輩閨閣吐氣，不然這個園幾成了那幾個名旦的梨園了。」蓉華道：「姐姐，那幾個名旦你見過沒有？聞得二哥天天帶他們在園裡。」綺香道：「若說這幾個名旦，倒也生得很好，我也見過五六個，到年節下，他們也進來賀節。不是我說，我們今日這一班人，倒有幾個像他們。」這句話就有紫煙想不出是誰，其餘皆聽得人說過。浣蘭、瓊華恐綺香說出來，便不約而同的將閑話攔住他。又看將近三更，也要各散。綺香挽留不住，只得同散，便說道：「殘月未盡，妹妹們可高興，能走到園門口不能？」眾佳人情願都走，一對對的手燈相照，眾姊妹你攜我，我攜你，一路說說笑笑，穿過了好些石門竹徑。正是「衣香鬢影留餘艷，拾翠尋芳趁此時」。到了園門，各自上車，在車裡又各相辭謝了幾句，方才坐了繡幰，碾動雙輪，群婢各登車隨後，綺香也與十二紅各上車而回。不知後事如何，且聽下回分解。

第五十八回 奚十一主僕遭惡報 潘其觀夫婦鬧淫魔

話說眾佳人怡園一敘，正如群花齊放，百鳥爭鳴，香留數日。後來彼此唱和了許多詩，傳為佳話。這回又有幾個下作人，做幾件下作事出來。

卻說奚十一選了廣西一個知州，是個極苦的地方，十分不樂，心上想告病不去。又因近著他家鄉；且菊花是廣西人，借此可以回家看看，因此竭力唆成。奚十一近來得了家信，洋行倒了，鹽場又為海水沖了，家事不好；又聽得老太翁得了腿疾，也要告病；又想家內兄弟都已回去，也輪不到他作主，不如且到廣西走走，看看局面怎樣。但此時已經盤費全無，而且又欠了潘三四千銀子，急於要還，日來催逼，把個揮金如土的奚十一鬧得走頭無路起來。潘三是個大賬局，一天之內往來的保家不少，聽說奚家的洋行倒了，鹽場漂了，人口如風，已傳遍了。別的賬局更不用說。奚十一竟至告貸無門，思前想後，不得主意。此時十月天氣，日短夜長，日裡在外頭張羅，夜間開了燈，惟以吃煙為事。吃迷了，睡著不醒。一連幾夜，把個菊花熬得清水直流。且自三月內修腎之後，雖然壯觀了些，其實不甚中用。一來跎跎踏踏，皮肉粗了，而且周圍不甚平整，兼之頭重腳輕。雖見頭腦猙獰，其實根株疲軟，只好停頓多而縱送少。菊花纔二十幾歲，火盆似的，如何能常喫那粗糲東西。

一日，奚十一帶了胡八出門去了，與唐和尚商量。一輪晴日，滿照明窗，菊花梳了頭，好不納悶。

無意之間到外邊來散步，走到跟班房門口，見關著門，裡面有笑聲。菊花輕輕的在門縫裡一張，見春蘭彎著腰在炕邊，看有四隻腳站在一處。菊花一見，即把袖子掩了口，聽巴英官說道：「你倒會長，怎麼他不會長，總是這樣的？」春蘭道：「也覺長了些，沒有你的長得快就是了。你人雖短，他到長呢，與老爺的差不多了。」英官道：「老爺如今的還不及我了。」說話之間，兩人的腳步又翻了轉來，在前的此時在後，在後的忽又在前。菊花看得軟洋洋的，牙齒咬得扎喇喇的響起來，心中受不得了，欲要罵他們幾句，又不好意思，只得回房。心裡想道：倒不料這兩個小狗肏的，也會鬧鬼。人還賺我說兔子不起陽的，誰曉得一爐的好燒餅。既然會這樣，那樣想必也會的了，想得臉紅紅的。

老婆子送了飯進來，菊花吃了飯，開了燈。忽然將那枝槍看了一會，把雙指圍了一圍，足足有一虎口粗細，放下夾在腿間，把煙挑了一盒子出來，剪了燈煤，慢慢的一口一口吹了幾口。星眼朦朧的像要睡著，覺得有人伏在他身上來，親了一個嘴，慢慢的睜開眼來，見是奚十一回來了。菊花笑了一笑，只見奚十一臉有笑容，就到那邊躺下吹煙。菊花問道：「你今日為何回來得快？」奚十一嘆口氣道：「人情勢利，早知如此，我若省儉些，非但不欠賬，而且還有餘，何必要受人這些氣。今日若不是唐和尚、張仲雨做保，這潘三准不肯借錢，還要逼還欠賬。就是潘三，他也借過我的錢，我何嘗要過利錢？不料此時，將對扣的賬來借給我，你想，這個交情可嘆不可嘆？我本來零零碎碎使了他三千銀子，他如今加上利錢，就算四千。再借給我一千兩做盤纏，就要我寫了一萬銀子的欠票，到江南大爺任上先還五千，到廣東再還五千。他叫兩個伙計同了去，我此時無法，只好依他。到了江南就好了，能一齊還了便更好，省得一路供養他們。帶著兩個賬主回家，也不好看。」菊花道：「那個潘三原不是個東西，怪不得人家要摳他的屁股，我就恨他那個討人嫌的嘴臉。」奚十一嘻嘻的笑。菊花道：「銀子呢，拿回來了？」奚十一道：「拿回來了。」菊花道：「我聽得有個九香樓是相公們新開的，賣些花繡東西，你與我買一樣東西，我要兩雙花袖：一雙要刻絲的，一雙要拉鎖的。」奚十一道：「我們此去，正在蘇州路過，到蘇州去買罷，這裡也是蘇州來的。」菊花道：「我要他們這個，九香樓有的是內造貨，什麼王府裡賞他的，蘇州也不及他好。我要買也要不了多少錢。」奚十一也知道這個鋪子是袁寶珠、蘇蕙芳等開的，卻因近日心緒不佳，沒有去逛。如今有了盤纏，明日借此可以逛逛，便答應了。

奚十一忽從懷中摸出個紙包看看，重又揣好了。菊花問是什麼東西，奚十一道：「寶貝。」菊花道：「給我瞧瞧。」奚十一道：「停一停，用的時候給你瞧。」菊花笑嘻嘻的一骨碌爬了過來，伏在奚十一身上，在懷裡掏了出來，解開一看，是幾條白綾帶子，便道：「呸！這個寶貝用也用了幾十條了，不見得什麼稀奇。現在還有幾條存著呢。」奚十一道：「這個另是一種，你不信，少頃試試，就知道好了。那個是兩吊錢一條，這個是二兩四錢銀子一條呢。他說用得省可用一月，用得費也可二十天。」菊花笑道：「一月用一回就可一年了。」奚十一笑道：「大約與你用不過十天也就算了。」菊花道：「稀罕這些東西，這是你用，你怎麼說我用呢。」奚十一道：「那人說遇著乾的，就可多用幾回，遇著濕的，幾回泡透了，藥性也就過了。」菊花把奚十一嘴上擰了一把道：「你這個倒是乾的。」便靠在奚十一身上，把帶子理了一會，將一條扎在指上，擦到奚十一嘴上，格格的笑。奚十一見他騷極了，便從荷包裡取出一樣東西，望嘴裡一放，叫菊花倒半杯燒酒來過了，又吃了十幾口煙。菊花道：「你這煙也應夠了。」「撲」的一聲，吹滅了燈，轉身關上房門，兩人索性脫光了，蓋了被。奚十一將綾帶扎上，不多一刻，發起性來，果然與往常不同。入了轂，菊花覺得美滿異常，心中大樂，放出本事來，篩糠簸米似的搠了一會。搠得奚十一藥性大發，如狗跳一般，呱呱嚌嚌，淫聲如吼。少頃，便將菊花揎得難受。將有半個時辰，菊花已過了癮，奚十一更加勇猛，菊花已覺乾澀，便要將他帶子解了，偏又扎得緊，被水浸透，再也解不開。奚十一爆漲如裂，只得頂緊了，尚覺好些。菊花兩眼發紅，雲鬢擲散，又支持一會，說道：「燒乾了，起來罷。」奚十一道：「起不來。」菊花道：「好人，饒了我罷。」奚十一道：「你以後還笑我不笑呢？」菊花道：「我再不敢笑你了。」奚十一知他難受，便把腰一弓，頭到門口，忽然如針刺的一疼，急拔了出來。

菊花坐起，披上衣服，道：「這帶子怎麼這般利害？」奚十一道：「你裡頭怎樣的？」菊花道：「起頭甚好。後來便如炭火一樣，直燒到心裡來。方纔你喫的什麼藥？以後不要喫他了。」奚十一道：「太喫多了。那賣藥的說只用一丸，我倒喫了三丸。但不知什麼意思，漲得我那龜頭上也很疼。」菊花揭起被來一看，覺比從前大了一倍，與那根煙鎗一樣粗細，頭上亮汀汀的，周圍起了一條紅線。便把絹子與他抹了，將帶解下，尚覺挺然可愛。又把雙指在頭上圍了一圍，贊了幾聲。奚十一道：「你拿半杯涼茶來，解了藥性罷。」奚十一喝了一口茶，漸漸的收了，穿衣起來，一夕無話。

到了明日早飯後，奚十一即拉了姬亮軒，坐了車，巴英官騎了馬，到了九香樓。奚十一下了車，見是大門裡面豎著一塊屏風，兩旁放著金字招牌：一塊是「收買秦漢唐宋古玩書畫」；一塊是「發賣蘇杭花繡衣料，一切洋貨俱全」；還有一塊是「內看金珠寶玉四時花卉」。此時那九個名旦均已出班，內有未滿師者，也是寶珠、蕙芳公同幫他們出了師，一齊搬在裡頭居住。裡面有個花園，園裡也有幾十間房子，九日就住在園裡。將一所正樓名為九香樓，園即為九香園。

奚十一、姬亮軒走進了大門，見門房兩人站起招呼，一人便引他們進了二門。見上面是五間正屋，兩邊廂房。到了那東廂，便有個伙計出來招接，衣冠楚楚，相貌文雅，五十餘歲年紀，請他們坐了，問了姓名，即有人送上茶來。奚十一四下張望，並不見班裡一個人，便問那人道：「這班掌櫃的都不住在這裡麼？」那人道：「都住在這裡，後面有個花園，總在園裡住。老爺要用些什麼東西？若要花繡綢緞，請吩咐要什麼顏色花樣，就取出來。這東廂房是看花繡綢緞，西廂房是看洋貨，正屋看書畫，後樓是看珍玩珠寶。若要看花卉並上等的古玩，請到園裡去。」奚十一道：「我都要請教請教。」先將菊花的東西點了出來，果然精致，價也不昂；又要了些零碎東西，共花了十金。便要看看古董、花木，即同亮軒走到中間正屋來。從人揭開帘子，見是兩面大玻璃窗，屋中擺設精致，名人書畫掛了好些；兩邊是畫櫥、書架，還有些陳設古玩。那個伙計叫了一聲：「烏大爺！有客來了。」聽得屋後靴聲雌雌的，走出一個人，醒不醒、睡不睡的模樣，穿一雙舊皂靴，歪著膀子，蹋將出來。姬亮軒一看是烏大傻子，烏大傻作了揖，請二人坐了。

奚十一道：「你在這裡掌櫃麼？」大傻笑道：「閑著沒有事，他們要我過來幫同照料。」姬亮軒從前打茶圍上了大傻的當，後來已經說明。大傻倒說得好，我回去取錢來，你又走了；又說他那日晚上，還給了他們十幾吊錢。亮軒似信不信的。後來伍麻子即跟了長慶的媳婦回揚州去了。此話絕無對證。三人講了些閑話，奚十一便問大傻子，那些相公在什麼地方。大傻道：「今日就只王蘭保、蘇蕙芳在家，其餘都出門去了。」奚十一道：「我要看看花，你同我們去。」大傻便領了奚、姬二人從東邊進了一重門，見是一帶游廊，假山層迭，花木扶疏，大大小小盆景有幾千盆，有樓，有閣，有臺，有池，甚是有趣。來到一所正樓之下，見有冷金箋寫的一匾為「九香樓」，是殿元公❶手筆。奚十一與姬亮軒在滿園逛了一逛，見池子邊盡是些楊柳、芙蓉，還有些菊花，中間也有一座小橋，對岸一個坐落，聞得裡頭有歡笑之聲。奚十一問道：「那邊是誰？」大傻道：「那邊就是王蘭保的住房。今日田狀元與史翰林在這裡。」奚十一就不便過去，在池畔站了一會。見那邊園門口走進一人來，穿著新衣、新帽、新靴，手提著馬鞭子昂昂的走上了小石橋。見他才二十幾歲，好生面善，想了一想，像是從前潘三那個趕車的，如今體面多了。那人一見了奚十一，低著頭過去。大傻子道：「你應認得這人。」奚十一道：「好像潘三從前那個趕車的一樣。」大傻道：「可不是他，如今他靠著他女人的福，不趕車，做了狀元公的家人了。」奚十一逛了一會，重到九香樓下來。園中有許多灌園的澆灌花木，還有幾個扎花匠修剪花樹，與那小使們川流不息。奚十一道：「好地方。可惜他們都不在家的，又遇著有客。不然喝個酒兒，很好。」大傻道：「歇天等他們都在家時，我做個小東，請你二人來坐坐。你們也就要出京了，到廣西去要見這樣腦袋是沒有的。那裡的班子盡是些湖南、貴州人。」亮軒道：「其實有兩個在家，也可叫一個過來陪陪。」大傻不言語，奚十一煙癮來了，見這樓下頭鋪設得甚好，想開燈吃煙，就可等他們回來。煙槍是帶著的，就少盞燈，問大傻道：「你去點一個燈來，我要吃兩口。」大傻想了一想，道：「這件東西只怕沒有。」便蹓到扎花匠處，借了一個舊木盤，油膩灰塵積有半寸，盤裡合著個茶杯，放著一個瓦燈盞。大傻點著了，捧了過來道：「將就用用罷。」奚十一道：「怎麼這樣傢伙？我用不慣，換了好的來。」大傻道：

❶ 殿元公：科舉時代，進士殿試第一名為殿元。即狀元。

「要好的卻沒有。」亮軒道：「你們賣洋貨，玻璃燈與那洋磁、洋鐵盤子是有的，拿一副新的來，用一用就是了。」大傻怔了一會，只得又去問伙計們借了一副乾淨的來。奚十一躺下便吹，亮軒、大傻也來擠在一堆。

忽聽園裡有人鬧起來，大傻子留神細聽，聽得罵道：「那裡來得這個小雜種兔崽子，將這金橘摘得乾乾淨淨。」又有一個罵道：「不是那個小狗肏的？連那佛手也摘了兩個。」就聽得大鬧起來，有個小孩子聲音亂罵亂嚷的。大傻子走了出去。奚十一懶得起身，但聽得像巴英官的聲音，與人嚷鬧，便叫亮軒出去看看。見一叢人圍著，走上前，見英官揪住了一個人，那人把馬鞭子打了他幾下，英官號啕哭罵道：「你罵我兔崽子，你是驢崽子。將老婆的屄去訛錢，訛到了手，如今要充二爺了。」罵得那人氣極了，又打了他幾下。烏大傻連聲勸解，亮軒也上前說道：「他是個孩子，你怎麼動手就打？」那人道：「他先來揪住了我，要打我。我們才買了兩盆金橘、兩盆佛手，要抬回去，被他摘得乾乾淨淨，氣人不氣人？問問他，他開口就罵人。」那邊蕙芳、蘭保都出來看，卻不認得英官，也不認得姬亮軒。

奚十一聽了許久，忍不住出來，見眾人勸開了，但心中甚怒。望見芙蓉花外站著兩個玉人，認得是蕙芳、蘭保，覺得光輝相映，不覺涎垂起來，便說道：「你們這些相公好不講理，怎麼無緣無故的就打起人來？」蕙芳一看，認的是奚十一，便拉了蘭保進去了。奚十一大怒，他也不管有客，便闖過橋去，亮軒跟著。大傻子一想這事情有些不好，便把燈收了，自己躲起來，免得帶累他受氣。奚十一走到屋子裡，見殘肴滿桌，不見一人，明知他們躲了，心中更怒，拍著桌子嚷道：「走個人出來！」不見答應，奚十一又拍桌子罵道：「好大的相公，見了人都不理麼？雖然出了班子，總是小旦。兔子變得成狗麼？」

聽得裡面有人說道：「你們就出去見他，怕他怎麼？這個無恥下作的東西，打了他也不要緊。」奚十一大怒，即把桌子一掀，碗盞砸了好些，大罵起來，裡頭也大罵。奚十一如何能忍，要趕進去打架，亮軒卻勸住，只見蕙芳、蘭保出來，對奚十一點點頭道：「尊駕為什麼發氣，到小店來照顧什麼？敢是敝伙計們得罪了。」奚十一聽了，火上添油，圓睜兩眼，大喝道：「你別支起那屁架子，我照顧你？我要帶你到安吉堂吃飯，還要留你過夜呢。」蕙芳氣得滿面通紅，尚未回答，蘭保已大怒，說道：「這個人真混賬，認也認不得，就鬧起來，敢是個瘋子？」奚十一聽了，搶過來就抓蘭保，蘭保已按住他的手，說道：「你要怎樣？」奚十一也不回言，那隻手又飛過一掌來，蘭保一閃，就將他脇下一扠，奚十一踉踉蹌蹌，直跌出去。奚十一自知要跌，幸記得後頭有張桌子，把左手一扶，腰裡使勁，扭轉身來，因他身子高大，腳下虛浮，往前一撞，兩手支住桌子，不防胯間那個鑲嵌狗腎，恰恰的壓在那花梨桌子角上。這中間止一壓，頭上就像裂了縫的疼起來，兩臂軟了，撲在桌上不動，話也說不出來。蘭保忍不住笑，叫園丁扶他出去。奚十一想要不依他們，無奈陽物已傷，適或再受了磕碰就不好了，嘴裡罵了幾句，也就出來。姬亮軒見奚十一不鬧，自然更不敢鬧，重到了九香樓下，英官收拾了煙槍，奚十一坐了一會，也就不大疼了。心中忿恨，來到外邊，烏大傻躲得不見影兒，奚十一只得上車而回。

到了家進了房，見菊花捆了縐紗包頭，兩太陽貼了兩個小紅膏藥，兩眼水汪汪的靠在枕上。奚十一將花袖給他看了，菊花才有笑容，軟洋洋的坐不起來。奚十一道：「怎麼樣？」菊花道：「今日覺得不舒服。」奚十一摸他的手有些發熱，便笑道：「昨日弄傷了？」菊花笑道：「或者脫衣時，冒了風，你出去後忽然就疼起來。」奚十一又開燈吃煙，菊花也吃了幾口。奚十一越想越氣，心上想個法子，要收拾他們；又因有些闊人護著，他自己相與的都是些沒有勢力的；又因出京已近，鬧出事來於功名有礙，只能罷了。菊花一連病了幾日，奚十一的春藥不能發試，心中便悶。

一日，唐和尚送行，約了潘三來，潘三打發人來說：「跌壞了鼻子，要避風，不能來。」奚十一、唐和尚都疑潘三怪了，是托辭的。那日奚十一見了得月，想與他敘敘，無奈唐和尚在前，只得忍住，酒也多喝了幾杯，煙又多吹了幾口，到二更後才回。醉醺醺的，底下那東西甚是作怪，時刻直豎起來，頭上癢颼颼的，好不難受。看看菊花口裡哼哼唧唧的，身上火炭一般，嘴唇皮結得很厚，鼻子裡熱氣直沖，心裡不忍。但可恨那東西，不知為什麼不肯安靜，便想著英官多時沒有做這件事了，又想道：這個兔子與別人不同，真是屁中之精，近來嫌我不好，勉勉強強的，今日我要收拾這個兔崽子。酒醉模模糊糊，吃了四粒丸藥，帶了綾帶，到書房叫英官來開上燈，叫他打煙。英官強頭強腦的打了幾口，便出去。奚十一叫住了，英官靠著門望著奚十一道：「有什麼事？」奚十一道：「走來！」英官不應，奚十一笑道：「你來，我有樣東西給你看看。」英官方慢慢的走來，道：「看什麼？不是又有了翡翠鐲子了？」奚十一一坐起，拉了過來，抱了他，英官冷笑道：「鬧什麼鬼？我又不是得月、卓天香，肏了要爛雞巴的，我們好好的傢伙為什麼要裝這個狗雞巴。」奚十一道：「好屁話。」便拽起長衣，扯開褲子，那物脫穎而出，見了英官，怒吽吽的跳突起來。英官一呆，一手攥住了，笑道：「怎麼今日改了樣兒了，想是得了缺了，所以挺胸凸肚，不似候選時那毬頭毬腦的。看將起來，這外官是不可不做的。」奚十一笑道：「放你的屁，你既說我得了缺，我就給你留些別敬，教你喫個腦滿腸肥，省得你又要挑長挑短的說話。」便將綾帶扎上。英官到此便服服貼貼，再不做作，承順了他。二人這一會大鬧，也就少有的。人說巴英官屁股裡頭像個皮袋，口邊像鐵箍，算他十三歲尼，到如今大約著一千人沒有，八百人總有多無少；裡頭長了一層厚膜，就如爐子搪上泥一樣，憑你怎樣，他也不疼。奚十一馳驟了一回，頭上忽又疼起來，四面的筋爆漲，如春筍經雷，參參怒長，一股氣往頂上直冒。奚十一不顧死活，一頓亂舂。英官見他如此發狂，便把上腦箍的勁使出來，趁奚十一頂得緊緊的，便在他根子邊一箍，箍得那綾帶反鬆了一線。奚十一提不起來，覺內中一陣陣的如熱油炸他那龜頭，好不有趣，炸得他又癢又麻，便死力往裡頂。再不料上頭竹篾篷日久散朽，豁喇一聲，塌將下來。這半篷灰土，已有兩擔。奚十一大吃其驚，恐被壓了，便使勁一抽，兩人都「啊喲」一聲，一同滾倒在地，發昏去了。

眾家人聽見這一響，連忙過來看時，見篷塌了半邊，並未壓人，不知主人與英官何故躺倒。忙將燈照時，見奚十一的陽物血淋淋的只有半截，再看英官的屁股，也是血淋淋的，髒頭拖出三四寸。眾人個個失色，便大驚小怪亂鬧起來，忙報與菊花知道。菊花聽了，急得一身透汗，也顧不得病，穿上衣裳，著了褲子，襪子也穿不及，趿上鞋，把衣襟掩好，只扣了外面鈕子，直跌直晃的出來。姬亮軒也睡了，聽得鬧便也趕出來，穿上襪子，披上長衣，竟忘記穿褲子，慌慌張張趕到書房裡，正與菊花撞個滿懷，也不及回避，亂嘈嘈的鬧在一塊。菊花見奚十一如此光景，便哭起來。亮軒心慌，便仔細看了奚十一尚有點氣，便說：「不妨，姨奶奶且慢哭，我想老爺這個頭原是接上的，如今脫了下來，不過是一時疼痛發暈，不如還請那個醫生來商量。」菊花不得主意，一面去請醫生，一面扶起奚十一，放在炕上，見奚十一面如紙灰，鼻間只有一絲氣了，菊花好不傷心，口對口的與他接氣。

奚十一漸漸蘇醒，把眼一睜，見了菊花落淚滿面，心裡甚是慚愧，忽又一疼，重又咬緊牙關，重復暈去，好一會才轉來，嘆了一口氣，菊花心如刀割一般。那個醫生還不見來，這邊亮軒看見英官這個模樣，也十分心疼，便細細的照料他一會，叫人燒了一盆熱水，拿塊布泡熱了，與他揉，揉了一會，英官已醒轉來。亮軒把蠟燈放在旁邊，揉了一會，恐怕水濺了袍子，便將前襟提起些。此時心裡痛苦，再想不起自己沒有穿褲子。菊花坐在炕上，亮軒蹲在地下，卻是對面，中間放了一個蠟燈，菊花一手摸著奚十一心坎，回頭看他服事英官，心中突突的亂跳，只得說道：「姬師爺，你把巴英官的褲子替他穿上罷。」亮軒聽了，便與英官扯上褲子，繫好了；見自己衣裡露出個膝蓋來，才記得沒有穿褲子，連忙站起，走了出去。這邊春蘭與老婆子，將英官扶出，放在他自己炕上去了。

少頃醫生來，亮軒又同了進來。那醫生先將燈照了一照，然後診了脈，菊花遠遠的坐著。那醫生道：「今番難治了，這個除非神仙才能。」菊花求道：「先生，你行個方便，醫好了我們老爺，你要多少謝儀，我一毫也不少你的。」那醫生道：「奶奶，醫生有割股之心，最肯行方便的，倒是奶奶你不肯行方便。他本是個殘疾，修治好了，也只可隨意用用，那裡可以當得銅燒鐵鑄的用法？你不見春米的鐵杵，幾年還要換一回呢。」菊花漲紅了臉，罵道：「呸！嚼你的舌頭，這關我什麼事來。他方才肏屁股肏斷的，還有一個髒頭子拖長三四寸的在那裡呢，你也不問問緣故，一嘴的屁話混糟蹋人。」那醫生自知話說錯了，便陪笑道：「奶奶不要生氣，是我不是，我也急了，說話所以沒有留心。如今盡我的心，謝儀不謝儀，我倒也不計論。但要說明：我只能救他這條命，不能再接那條卵子。」亮軒道：「先生說話文氣些，奶奶在這裡。」那醫生道：「我這行業就不文氣，說話焉能文氣？天天的把那卵放在手裡盤弄，覺得這個字順口得很，沒有忌諱了。」便又說道：「殺隻雞來，要一塊活雞皮。」菊花即叫人割了一塊活雞皮來。那陽善修拿些藥和雞皮搗爛了，與他洗淨了血，敷上了藥。也與從前一樣的治法，留了一服藥煎了與他吃，明日再來看罷。亮軒又同他去看英官，陽善修也與他幾味藥吃了，說道：「這個不要緊，明日就縮進去的。」

陽善修去了，菊花就在書房中睡，陪了奚十一。這一唬，倒把個菊花的病唬好了。叫家人把頂篷支好，掃去了灰土。奚十一上了藥，便止了痛。明日陽善修復來，過了十餘日傷痕平復。陽善修說道：「從此你要戒淫才好，若再把根子弄散了，那就有性命之憂，不如吃兩劑寒涼藥，斷了性罷。」奚十一無奈，與菊花商量，菊花也只得由他，遂聽了陽善修，吃了十劑涼藥，從此春蠶如死，再不起性了。又謝了陽善修五十兩。菊花便守了活寡，不知果然是真守，還是假守，這也不能查他。外面確做出那從良極正派的樣子來，以博虛名。菊花恨極英官，等他髒頭好了，痛打了一頓，攆他出去。姬亮軒館地要緊，也只可忍心割愛。

英官攆出之後，便到卓天香鋪裡去做了伙計。人愛他腦袋好，這個「卵」字號，倒也生意興隆。雖然英官髒頭上去些，但屁股裡已經受了傷，竟成了內外痔。後又廣與人交，不到一年之功，竟是眾毒齊發，把個巴英官活活爛死，豈不是件大奇事。這也是他的惡報了。

奚十一病好之後，帶了菊花赴任，潘三打發伙計同去討賬。唐和尚倒十分惆悵，又請了幾天，臨行，與得月送出城外，倒算個全始全終的交情了。潘三因臉上有病，不好見風，這月內總不出門。

卻說潘三臉上害什麼病呢？也有個緣故。潘三今年五十歲，若他的元配在這裡，倒也五十三歲，已別過了十餘年。潘三四十歲上又娶了一房，是山西人，姓石，其父在京裡開個油鹽醬醋的小鋪子，發了些財，開了個小賬局。這個石氏頗有幾分姿色，潘三看中了，娶他已有十年。石氏才二十八歲，情性風騷。起初與潘三尚稱恩愛，後來見潘三心不足，鬼頭鬼腦，瞞著他外面偷雞盜狗，因此從醋裡生出恨，恨裡生出厭來。潘三愛他生得好看，便從愛裡生出順，順裡生出怕來。一邊越軟，一邊越硬，日久相沿，潘三成了篋，石氏成了鐵。石氏非但不許潘三在外胡鬧，連晚上與他雲雨的事，也要潘三求他半天，甚至叩頭哀告，才許他上身。若遇石氏興濃，潘三已經興盡，便把潘三身上掐得稀爛，這老屁股上兩邊劈拍拍，要打個手酸。這潘三不以為苦，反以為樂。

敘起他們一件閑事來。今年六月初六，唐和尚生日，請潘三、奚十一在廟裡吃麵，又備了兩桌送與白菊花、石氏。石氏處是打發得月送去。這石氏見了得月那個模樣，中心甚是愛他，給了他許多東西，便要他做乾兒子。得月豈有不肯，便拜了乾娘，以後常常叫他來走動。得月若來，必陪著石氏吃飯。或時抹牌玩耍。又知道潘三愛男風，必想得月，不許他進來窺探，潘三竟不敢進來，只好暗地垂涎。一日，活該鬧出事來。得月來看乾娘，那日天氣很熱，見石氏在房中將席子鋪在地上，穿件沒有領子的白羅布短袖汗衫，卻也大鑲大滾，只齊到腰間，穿條桃紅紗褲，四寸金蓮，甚是伶俏；兩鬢茉莉花如雪，胸前映出個紅紗兜肚；眉目澄清，肌膚白膩，實足動人。叫得月也在席子上坐了，又叫小丫鬟拿了水果兒、冰梅湯、西瓜等類放在一邊，叫小丫鬟走開了，兩人將牙牌在席子上抹起來。石氏盤腿不慣，兩腳踏地，像個半蹲半坐的樣兒。得月一面抹牌，兩眼望著石氏褲襠，又見石氏眉歡眼笑，不覺心中大動，就在席子上玩起來。一個是新硎初試，一個是積悶才消，你貪我愛，各到嬌汗霪霪，筋酥骨軟，方才雲收雨散。自此更加親愛，不消說三天一小敘，五天一大敘，大約已下了佛種了。潘其觀馱了個小小石碑尚不知覺，一心倒想頑那得月。後來也有些疑心，看出石氏待得月的情景。

過了兩月，心生一計。一日，候著得月進來，半路截留，邀他到一間書房內，開了一個燈，與他吃煙。潘三睡在得月後頭，摸摸索索，得月不肯。潘三道：「你若不依我，我便不許你進來。你們娘兒兩個做的事，當我不知道麼？我不過不肯丟你們的臉。你若不依我，我以後見你進來，我就打你。」那得月雖十七歲了，尚是膽小面嫩，被潘三說破，便臉紅起來，不得主意；且他那個後門原與大路一樣，什麼要緊，只得說道：「倒不是我不肯，只怕乾娘知道了，倒要不依你。」潘三道：「不妨，如今諒他也心虛，不敢與我鬧了。」得月想著石氏，只得依了潘三。潘三樂極，便關了門，下了卷窗。得月坐在身上，鬥了筍，一拍就合，大頑起來。

石氏那日約定得月早飯後來的，等了好一會還不見來，心裡也恐潘三半路打劫。他悄悄的到書房來，見關上門，更加疑心。聽了一聽，覺兩人切切促促的私語，聽不明白，便輕輕的走到窗下來，見又下了卷窗，便將舌尖舔破了紙一望，見潘三抱著得月坐在身上，兩臉相偎，索索的動。一看心中大怒，想要罵起來，又想道：不如在門口候這老兔子出來，打他幾下，方洩此恨。主意定了，便拿張凳子，門邊一坐。只聽得得月說道：「放我去罷，恐乾娘等我心煩，是要罵我。」又聽得潘三咂他的嘴，響了兩三響。石氏更氣得不可開交。忽見門一開，得月走了出來，一見石氏，滿臉即漲得通紅，站住了腳。石氏怒容滿面，狠狠的瞅了他一眼。潘三一腳跨出來，石氏站起，一把將鬍子揪牢。潘三魂不附體，低了頭，一動也不敢動。石氏罵道：「你這不要臉的老忘八，老兔子，自己的屁股被人肏出蟲來，才花了錢請人挖乾淨了。你如今又想肏人，你何不彎轉你的屌子來，肏你自己的。他是我的乾兒子，你膽包了身，你敢頑他？」便使勁一個嘴巴，潘三「啊喲」一聲，血流滿面，也顧不得鬍子，死命的掙脫了，鬍子已扡去了半邊。石氏怒氣未息，把得月光頭上，鑿了幾個栗暴，臉上擰了兩把。得月戰戰兢兢，雙膝跪下求饒，石氏又可憐他，擰了他的耳朵，同了進去。

且說潘三被石氏這一掌，如何就打得這般利害，滿面流血呢？原來石氏帶了兩個銀指甲，一抓戳在潘三鼻子上，因用力太猛，將那銀指甲打斷，既薄且尖，竟將潘三的鼻子尖刮斷，故此流得滿面的血。潘三痛不可忍，忙忙跑出，就請了與奚十一修腎的那個陽善修醫治，也與他配了個假鼻子。潘三因在家不能醫治，又怕他女人再打，竟不敢回家，就在城裡他的那個靴鋪內住著，日日請那陽善修進城與他診視，服藥兩月有餘，方見大好。從此各處傳說，又有人贈他個美名，叫做「抓三爺」，又叫「大眼三兒」。奚十一斷腎那幾天，正是潘三抓鼻那幾天，因此不能與奚十一送行，倒也不見怪他。不知為何，他們兩人總是同病相憐的，那個爛雞巴，這個便害臀風；那個接狗腎，這個便掏糞門；那個斷龜頭，這個又抓鼻子，你說奇不奇？誰也想不出這個理來。只便宜了得月這個小禿廝，害了兩人做了殘疾，他倒好端端的又拜了一個好乾娘。不知後事如何，且聽下回分解。

第五十九回　梅侍郎獨建屈公祠　屈少君重返都門地

且說琴仙在南京護國寺裡守靈，倏忽已經百日。主僕兩人雖日用有限，但天天供飯燒紙，連房租銀子，一月也須十金。三月以來，將琴仙所剩衣物盡行當賣。當時初冬時節，琴仙尚無棉衣，劉喜更不用說了。

一日，劉喜勸道：「大爺，我看你年紀輕輕，也不可過於古板。我想那侯老爺一片真心待你，自己來請你過去，還送錢米來，這也就難得了。你倒不要錯看這位老爺，是王侯將相都敬重他的；他的門生好不多呢，現任官、進士、舉人不知多少；還有些夫人小姐們拜他做老師。那一年做起壽來，那些壽屏、壽詩，園內的房子處處都掛滿了，還掛不下。我看他的交游比怡園的徐老爺還要闊些，你若去了，倒也可以認得些人，怕不有些好處出來。若長在此，舉目無親，將何度日？不要說別的，就老爺這口靈柩，也須入土為安。天又冷了，身上棉衣也沒有，這個光景須趁早定個主意。不是這樣的。」琴仙道：「侯老爺那裡，我就餓死也不去的。」劉喜道：「這卻為何？真令人不懂。」琴仙道：「你外面留心訪問，有進京的便人，我要寄信到京，借些錢來，好安葬老爺。」劉喜道：「要便人，是天天有的。摺差、塘報❶那一日沒有？你寫起來，我去寄就是了。」琴仙於是哀哀切切，寫了幾封信與子玉、子雲、蕙芳諸

❶ 塘報：緊急軍情報告。

人，要他們專人來接他回去。子雲信內並封著屈道翁遺言。寫了一天，劉喜托便寄了。

後來寺中又做起法事來，男女混雜，遊人擠滿。琴仙屋裡常有人來張張望望的，琴仙好不氣悶。劉喜見度日艱難，就算京裡有人來接他們，也須兩月之久，就到年底去了。便想出個法子，賣了兩件衣裳，就借寺門口，擺了一個小攤，賣些水果、乾果之類，一天也可趁得百十錢，藉以糊口。琴仙在寓裡也安心守著這一粥一飯，閑時寫字畫畫。惟覺身上衣單，不能添制。

一日，侯石翁自蘇州回來，聞知琴仙還在寺裡，已到衣食不周，心上又念著他。因前此送他米炭等物，倒去碰個釘子，雖然懷恨，但愛根未斷，只得老了面皮，帶了二十金，叫小僮拿了，乘轎而來。到了門口，只見劉喜擺著個小攤子，無非烏菱、荸薺、瓜子、花生之類；又見壁上掛了幾張畫，倒是生紙畫的花卉，顏色鮮明，頗為可觀。便問劉喜道：「這是誰畫的？」劉喜道：「大爺畫的。二十錢一張紙，棄了可惜，我拿來掛在這裡。昨日倒有人說好，買了兩張去，一張牡丹賣了二百錢，一張梅花賣了一百五十錢。還有人要定畫八幅屏，他拿紙來，肯出兩千錢呢。這個畫畫開了，比這攤子就好多了。」石翁只微笑進來，見琴仙在那裡調脂弄粉。石翁眯齊了老眼，看他覺比從前勝了幾分。從前像個葵心帶病，此刻依然梅萼含香，就覺得翠袖寒生，縞衣雪素的光景。

琴仙見了石翁，心裡老大的一跳，只得上前見禮。石翁忘了前情，又握了他的手，說了幾句話，坐了。琴仙勉強陪著，面上卻是冰冷的。石翁先將他的畫贊了一番，想了一個賺他的法子來，便道：「老世兄，你心上也不急，這兩天各處也應有回信來了。我在蘇州時，又將你令尊的事告訴人，人人都也肯幫。但你在這寺裡終究不便。你若搬到我家裡，我的相好，也就是你令尊的相好，那時遇著人，必有見面之情，就好說了。你若在這裡住，老遠的，人也不肯來。況且你這個光景如何可以禦寒？雖然梅花可耐冰雪，究這玉骨難受風霜。而且這個十方所在❷，閑雜人多，見你是個異鄉之人，無依無靠的，將來就有人欺侮你。不是我說，你廟門口又掛了幾張畫賣錢，那些光棍惡少就借看畫之名，誰人不好進來？這南京地方十八省人都有的，有一種人以拐騙為業，叫做拐子，他見那年輕美貌的，他便用迷藥彈在人身上，人就迷了性，會跟著他走。誘到別處去，他將這人裝做女人去哄人，任人取樂，他待這人也就無所不至。這還是好的。還有把這個人弄殘疾了，變得稀奇古怪的模樣，到十字街口敲著鑼叫人看，以此騙錢。這是常有的事，所以我天天不放心，惦記著你。難道你這樣聰明人，一個吉凶禍福都想不出來？我待你這片情，也應體貼體貼，又焉知我們沒有些緣法，不然為什麼單把你放在我心裡呢？不是老夫誇口，裙屐風流，釵鈿娟秀，老夫門牆之下，頗不寂寞。因見你有何郎之美，叔寶之姿，天意鍾靈，自應倍惜。螢火不能自照，必藉燭龍❸之光；蠅飛豈能及遠，必附驥尾而顯。為才人之子弟，即是龍門；居侯氏之園亭，勝於月府。一生佳話，千載風流。玉郎與石叟同游，旁觀豈為不雅；海棠與梨花並植，相對亦可無猜。況歌童不乏櫻桃，小婢尚多芍藥，此中你也不少樂趣。凡事宜三思而行，不可執一。」

琴仙聽了這些話，已氣得滿臉發燒。再看他的神情，那老面皮裡，紫光光的透出一團邪氣。琴仙心裡想要痛罵他一場，方可泄恨，但又因他是個老輩，只得暫時忍住不理他。石翁見他臉上紅紅的，當他面嫩不好答應，自然心上有些回心了。便叫小童將銀子送過來，石翁親手送與琴仙道：「這些須幾兩銀

❷ 十方所在：和尚廟。

❸ 燭龍：即燈籠。

子，先贖幾件衣服穿了，明日我叫轎子來接你。」琴仙道聲「多謝」，又說道：「前次所賞之物尚不敢受，如今更不敢受這賞賜。至於『凍餒』兩字，是命中注定的。譬如先父不死，也受不著人欺侮，何況凍餒？就使沿門乞食，古之英雄尚且不免，我何等之人，敢以為辱？就凍死餓死，也死得光明正大，決不教人笑話，做那些貪生怕死、亡廉喪恥的事來。」一頭說，已不顧而走。石翁手裡還揑著銀包，聽了這幾句話，猶如鋼刀削了他的老牛皮，氣得鬚眉欲豎，真是平生未有之事。羞惱變怒，欲要發作，但看琴仙不知走到何處去了，劉喜看著他的攤子不能進來。石翁只得收了銀包，恨恨而出，便在劉喜面前，把琴仙痛斥了一頓，說他不識好歹，不受抬舉，將來的事情，他一些不照管了，上轎而去。劉喜也摸不著頭腦，到收攤時進來煮飯，見琴仙尚在房裡哭泣，劉喜又勸了他，講了些懵懂話。琴仙又不能將石翁的歹意告訴他，只好悶在心裡，惟有嗚咽而已。暫且按下不題。

且說梅士夔在江西學院任上，取士有方，文風大振；而且揚芳表烈，闡微顯幽，奏了十數件要事，九重❹大悅，即將梅士夔一月三遷。先升了詹事府正詹事，又升了都察院左副都御史，復升吏部左侍郎，現著來京供職。江西學政改放了陸宗沅。梅侍郎近又得了家信，已知子玉取了宏詞，授職編修；又知娶了媳婦，心中大樂，即日起身還京。官場應酬無暇細述，自然紛紛的阻道送行。

梅侍郎於十一月初一日起程，正是一帆風送滕王閣。行了十日，到了南京，要在家耽擱幾天，祭掃墳墓，查理田園，周恤親戚。到了兩日，第三日去拜制臺，談了一會。制臺講起江西有個通判屈本立，可認得麼？梅侍郎答以相好。制臺就將屈本立死在南京，其行李盤費為三個長隨竊逃，侯石翁代他嗣子

❹ 九重：此處指皇帝。

報了，行文到江西。昨接江西巡撫移文，內開：吉安府差役拿獲竊犯張貴、錢德二名，搜出南昌府通判憑文一角，皮箱兩口，內存白銀三百十七兩零，金鐲一個，衣服若干件，一併著役賫解❺前來，但此衣物等須交還他嗣子收領。那二犯現收禁江寧縣監，還有從犯一名汪升，已經身故了。但不知他嗣子下落，須問石翁便知。

梅侍郎聽了心裡頗為愷惻，又想：道翁並無嗣子，想是近來過繼的了。便辭了制臺，到鳳凰山來拜石翁。石翁連忙接進，先道了喜，敘了契闊，即問宦囊如何。士燮笑道：「晚生靠祖宗的餘蔭，稍有幾畝薄田，盡夠饔飧，無須另積囊橐。論江西雖不算富厚之邦，也算膏腴之地。若不論公明，任行曖昧，此行原也可腰纏十萬，顧盼自豪。不敢瞞老前輩，晚生於各棚內棚規❻減去三分之二，其實比京官還強幾倍呢。」石翁道：「吾兄清正，一鄉所知。此行已邀簡任，不久移節封疆。且令郎英年逸雋，海內人才，共皆欽仰，正是德門世慶。」士燮謙讓了一番，即說起方才制臺所問道生之子安在。石翁聞他題起琴仙，心上很想說他不好，叫士燮不必理他，忽又天良不昧，失口說了一句：「此子甚佳，現在早西門內護國寺，離此不遠。」士燮又問了些閑話，便告辭回家。

明日，先著人到護國寺問了，說要親自過來；又遣人送了道翁一封奠儀，自己備了祭桌，到護國寺來。劉喜手忙腳亂，請個小和尚看了攤子，進來伺候。琴仙穿了孝衣，幃間俯伏，知是子玉的父親，心裡雖喜，然倒有些虛心，恐他風聞前事，問起他那根本來，甚是惶恐。只見梅侍郎進來上了香，奠了酒，

---

❺ 賫解：押解東西。

❻ 棚規：考場費用。

行了禮，請出琴仙來。琴仙上前叩謝了，梅侍郎挽起，先把琴仙一看，點了一點頭，嘆了一聲道：「道翁可為有子。」便問：「世兄尊庚多少？」琴仙答道：「十七歲。」梅侍郎又問道翁怎樣病故，及現在他的光景。琴仙細細說了一遍。梅侍郎嘆道：「尊公在日，海內知名，到處自有逢迎。就論此地，相好也不少。怎麼一故之後，沒有一個人來問一問？炎涼之態，令人可恨！如今且喜你失去的東西追了些回來，現在制臺處，因不知你的下落，托我訪問明白，就可去領回的。」又道：「尊公葬事一切在我，我回去就著人去找地，先安葬了再說別事。」琴仙想道：與其葬在別處，不如葬在莫愁湖杜仙女墳上，原是父女。又恐梅侍郎不信，委委曲曲的講了那底裡。梅侍郎半信不信的道：「明日我且去看看，問問地方，可以買得，就是那塊。」琴仙一面看那梅侍郎的相貌，卻與子玉半點不像：生得身瘦而長，一臉秋霜，凜然可畏，將近五十歲光景。此時琴仙稱呼士燮為大人，自己為晚生。梅侍郎道：「你尊公與我二十年交好，祖上還有年誼，你叫我為世叔，自己稱侄就是了。方才這個稱呼，倒覺疏遠。」說了些話也就去了。琴仙心內安穩，且萬分感激，意欲求他攜帶進京，尚有幾天耽擱，且慢慢商量罷。

明日帶了劉喜即去拜謝，梅侍郎即命家人代琴仙寫了領狀，將失物領了出來，送還琴仙。琴仙從此得了生路，見兩箱盡是他的衣服，尚餘三百十七兩銀子，還有個金鐲，與零星幾樣玩器，便有恃不恐，與劉喜說，葬事盤費都已有了。劉喜也甚喜歡。琴仙因是綢緞細毛衣服不好穿，就拿出幾十兩銀子，只得自己同了劉喜，到衣鋪裡去買了兩套素面羔皮的稱身衣服，劉喜也買了一身。

這兩日，梅侍郎托人找買墳地，尚無回信。晚間睡了，夢見屈道翁紗帽紅袍欣然而來。士燮見了大奇，便問他為何這樣打扮？道翁也不講明，執著士燮的手，道：「明公不忘故舊，仗義恤孤，泉下人啣環難報。小女現寓莫愁湖畔，乞以骸骨付之，死且不朽。小兒流落無所依棲，想萬間廣廈，可借一枝，諸祈憐憫。」說罷便拜，慌得士燮也答拜了。道翁起辭而去，忽又進來，手執蓮花一枝，對士燮道：「此花出於淤泥而臨清波，豈得以淤泥為辱？既往不咎，明公幸勿鄙此花之所自出也。」說畢，足起煙雲，冉冉淩空而去。士燮醒來，把這夢中的言語細細詳了一會，心裡已有幾分明白，「出於淤泥而臨清波」與「既往不咎」，想他這個義子必是個小旦出身。這也不必論他，只要人好，總是一樣。又想：看這道翁像成了神，莫非莫愁湖畔果有他女兒的墳麼？昨琴仙請仙之說，又見什麼杜仙女，竟是真的了。半夜竟不能寐。

天一明就起來，著人去請了屈大爺過來，有話商量。不多一會，琴仙過來，就同他吃了早飯，梅侍郎且不說夢，要他同去逛莫愁湖，琴仙欣然。梅侍郎與琴仙各坐了轎，家人騎馬，出了城，沿著城牆走去，約有二里路已到了。此時正是嚴冬天氣，已下過了幾場大雪，梅侍郎恐曠野寒冷，轎中披了玄狐斗篷。及進了斑竹林中，反覺春風和煦，如二月間天氣，絕不寒冷。那些竹樹花草依然流青撲翠，芳馥如前。最奇的那盤淩霄花，開了數百朵，地下的蘭蕙齊芳，那馬纓花是盛夏時開的，也復含苞吐蕚，一時就開了許多花出來。倒將個梅侍郎看得心驚，唯有肅然起敬。琴仙見墓門間多了四棵小樹，已有三四尺高，仔細看時，就是杜仙女種的蘋、梨、桃、李，每棵樹上開了一朵花，芳豔無比，心中甚駭，怎麼已經開花了。梅侍郎看了，連連稱異，嘆為真神仙福地，便問家人道：「此處大約是官地，沒有地主的。」家人道：「凡靠城一帶，俱係官地。」梅侍郎才定了主意，在左右徘徊了一會，見茁花叢中，飛出許多翠雀來，啁啁啾啾，望著梅侍郎、琴仙鳴個不已，飛來飛去，在他們身邊旋繞了無數，然後飛往湖邊去了。梅侍郎連連贊嘆，對琴仙道：「這裡真是個仙地。我素來不信神仙之說，如今眼見，不得不信。我並要與你尊公建一個祠，並供這女仙牌位。你說可好麼？」琴仙聽了，淌下淚來，就跪下叩謝。梅侍郎一發感慨起來，連忙挽起，說道：「我為這事倒多耽擱幾天，雖等不及完工，也須籌畫好了，方可起身。」便叫琴仙回去，他就到江寧縣中與縣尹商量建祠之說。知縣一口應承，即傳了工房丈量了地，喚了工頭，鳩工庀材，就在那裡搭了棚，動起工來。士燮擇了二十四日下葬，即與他做了墓志，趕緊刻了，又寫了神道碑，勒於石。

到了二十四日，江寧諸紳士，聞了士燮這個義舉，來送葬者數百人，或作詩，或作歌行，或作文，或題祠中聯額，士燮一一看了，等祠成之後，一齊刻在祠內。是日，祠已豎了梁柱，頭門、二門、正廳三楹，兩廂房後樓三楹，餘平廈六間。規模粗定，士燮不能等待，發了二千金與家中老總管梅成督造，又畫了杜仙女像，命塑泥身彩畫。一一分撥定了，那日就請琴仙過來商量，要帶他進京。琴仙喜出望外，又復謝了，即算清房租，一直搬到梅侍郎的船上，並將領回之銀，送與梅侍郎，梅侍郎仍叫他收了。此番琴仙感激，真到二十分。梅侍郎因道翁夢中之語，絕不查問琴仙根底，因劉喜稱呼大爺，便命家下人也稱呼為屈大爺。梅侍郎要他叔侄稱呼，琴仙不敢，仍稱大人，自稱名字，梅侍郎也只好由他了。

送葬之日，侯石翁被眾紳士拉了同去，也來走了一走。見琴仙尚是有氣，話也不與他講，石翁不樂，心裡既恨琴仙，又妒士燮，一到就走，拜也沒有拜一拜。後來諸紳士，又有高興的出來倡捐，這個十兩，那個二十，集腋成裘，又湊了數千金。把這屈公祠擴充起來，起了好些亭臺樓閣；莫愁湖中造了湖心亭、九曲紅橋；又造了幾個船，以為春夏游湖之樂；屈公墓、杜仙女墓前，都建石牌坊、華表柱、翁仲❼；

餘外又圍了一個園，種些花木，堆些假山，竟成了一個名勝。這屈公祠竟與孫楚❽樓、江令❾宅齊名不朽了。

梅侍郎於二十八日開船，在船上也是寂寞，倒將琴仙當著子玉一樣，朝夕相依。又見他穩重靈警，十分契愛。又試他書本上雖未用過功，而詩詞雜藝頗覺聰明，因想到京後，慢慢的再教他讀書，學作文字。惟琴仙絕不敢題起認得子玉，心裡還怕問他的出身，如果問他，只好撒兩句謊，支吾遮飾，再不知道乃尊夢中已囑咐了他。船到王家營子起旱，已是臘月初八了，計日要到二十六日才能到京，日短夜長，只得晝夜兼程而進，且暫按下。

再說子玉見父親超升了侍郎，喜出望外。已得了江西所發之信，計日早可到京，為何至今未到？顏夫人盼望，更不必說，王文輝也時常來問信。那日已是臘月十五，早上送了一封信來，子玉看信面上是「江西學政梅宅梅庾香少爺手啟，屈勤先寄」。心中大喜，知琴仙到了江西任所了，便忙拆開，看見還有與子雲、蕙芳、素蘭、琪官的信，且擱過一邊。拆開自己的信，見一張白紙寫著哀啟者，大為駭然。想道：難道道翁有什麼緣故了？遂細細的看下去，不覺淚珠點點的落將下來。及再看到所有衣物盡為逃奴輩竊去，守棺蕭寺，衣食全無；又屢遭侯石翁戲侮，本擬一死；又因旅櫬無歸，故爾暫延殘喘，務祈設

❼ 翁仲：傳說為秦時巨人名。後指銅像或墓道石像。

❽ 孫楚：晉中都人。字子荊。少欲隱居。惠帝初，為馮翊太守。

❾ 江令：陳江總，字總持。入陳為太子詹事。後主即位，擢僕射尚書令。不持政務，號為狎客。入隋，復拜上開府。卒於江都，世稱江令。

法著人前來等語。子玉不覺淚如泉湧，萬箭攢心，毫無主意，也不忍再看。便吩咐套車到怡園找子雲，誰知次賢、子雲、南湘、高品沒有一個在園子裡，子玉更加著急。跟班們不知何事，又不敢問子玉，便又到九香樓，進去見諸名旦都在園中，南湘、高品、金粟都在這裡。子玉不及敘話，一臉悲愁，就將琴仙給眾人之信與他們看了，個個洒淚。再不料琴仙一出京，就遭此大難，真令人意想不到。蕙芳道：「如今沒有別的，快找度香來商量。」

於是打發人找尋子雲，找著了子雲，到了九香園，見了子玉的光景，急急的拆開信看了，已覺涕淚潸潸。又將道翁的遺言拆讀，更加淚落如雨。子玉等與眾人看了，個個大哭了一場，哭得九香樓下好不熱鬧。眾人哭畢，子雲道：「此事在我，明日即著人到江南去接玉儂回來，並辦道翁葬事。但今年不能到了。」子雲即回，要告訴次賢商量此事。子玉也無心在九香樓，便即回家。高品、史南湘、金粟與那些名旦，各惆悵無歡。子雲回園與次賢說了，次賢更痛得傷心，一夜之間，便摹了道翁神像。明日邀同眾名士在九香樓為位而哭，設奠三日。華公子得了信，也來哭奠。一個九香園倒成了屈道翁的喪居了，就沒有穿孝的人。

子雲發了一千銀子、打發家人星夜下了江南。子玉連天的悲苦，日間不敢進內，一來怕顏夫人問他，二來怕瓊華小姐看出，正是他的苦楚，比人更勝幾倍。但心上有這樣心事，臉上如何裝得過來？顏夫人倒疑心他怕見父親，想是他父親就回來，因此著急。惟有那瓊華小姐，異樣心靈，便料定他另有心事，再三盤詰，子玉只得直說了。瓊華小姐也只好寬慰幾句，見他這個光景，也不好取笑他。

過了幾日，又得了梅侍郎家信。頭站人已回，說二十三日就到了，便把子玉急上加急。若父親回來拘管住他，那就要悶死了。正是悲盡歡來，到了二十二日，子玉同了仲清接出三十里之外，住了宿店。等到定更時候，頭站才到，卻是新收的家人，子玉不相認識，店家與他說了，才進來叩見，說老爺的轎子也就到了，今日是破站走的。子玉等到二更，聽得門外車馬聲喧，知是到了，與仲清出外迎接。士燮出轎，仲清、子玉上前叩見了，士燮慰勞了幾句，問了仲清好，即同到上房來。士燮昨日半夜起身，也乏極了，即忙坐下，靠在枕上，問了子玉家內一番事；又問仲清妻子都好，兼詢文輝近況。爺兒三個談了一會，士燮惦記琴仙，問家人：「怎麼屈大爺的車子還不到來？」家人道：「總也快了。」

不多一時，門外又車聲轔轔，仲清、子玉想道：不知那個屈大爺，想是任上同回來的。只見一人照了燈籠，一個美少年走進來，仲清、子玉大奇，燈光之下，不甚分明，覺得此少年骨格甚是不凡。琴仙早已看得清清楚楚，便一陣心酸，只得竭力忍住，先上前問了安。士燮道：「這個是我的小兒，那個是我的內侄顏劍潭。」又對子玉、仲清道：「這是屈道生先生的令郎，同我進京的，其中緣故，此時也不及細說。你們見見，將來要在一處的。」子玉始而大駭，繼而大樂，竟樂得笑將出來。琴仙見了子玉，笑容滿面，也覺喜歡，上前與二人見了禮，彼此面面相覷，心裡明白，口裡卻都無話可講。士燮當著他們初次見面，自然是生的，沒甚話說，那裡知道有緣故在內，便道：「今日乏極了，要躺躺，你們都到那邊去罷。」

子玉喜甚，便拉了琴仙到那邊屋裡來，三人怔怔的，你看我，我看你，一個不敢問，一個不敢說，仲清心上也不知姑父知道琴仙細底不知，也不便問，只好心內細細的默想，竟是三個啞子聚在一處。子玉與琴仙只好以眉目相與語，一會兒大家想著了苦，都低頭顰眉淚眼的光景；一會兒想到此番聚會，也是夢想不到，竟能如此，便又眉開眼笑起來，倒成了黃梅時節，陰晴不定的景象。少頃，送飯進來，琴仙吃了。那邊士燮已安歇，琴仙困乏已甚，支持不住，便躺在炕上，子玉、仲清也都在炕上坐了。家人們出去，今日幸喜雲兒沒跟來，仲清也是新用的人，都不認識琴仙，故此一宵無話。後來三人都也困乏，便都躺下，人靜之後，細細的談起來。此刻子玉、琴仙在一個枕上和衣而臥，竟把嫌疑也忘了，琴仙便噥噥唧唧說出京時如何想念，在南京如何遊玩，到莫愁湖親見他前生墳墓，杜仙女怎樣靈異，道翁臨終時怎樣傷心，眾長隨逃竄後怎樣受苦，劉喜怎樣盡心服侍，侯石翁怎樣戲謔；又將梅侍郎來訪，他怎樣仗義安葬建祠的話，細細述了，說得子玉悲樂相乘。仲清在旁看他們並頭而臥，噥噥私語，心上頗替他們快樂。想道：這兩人兩年之內傷了無數的心，哭了無數的眼淚，才有今日這一敘，倒成了悲歡離合，真也奇極了。後來，琴仙又講到他夢見神娥授筆，道翁成神，並舟中彼此照鏡正面反面，怎樣又化了珠為龍搶去，子玉、仲清也連連稱異。子玉也將送行後，怎樣得病；得信後，怎樣悲傷；眾人怎樣祭奠道翁；度香已著人下了江南來接你，並安葬道翁；直說到今日再想不著你來。二人又復悲喜交集。琴仙又復感激子雲與眾人，不住在枕上與子玉、仲清連連叩頭。

仲清問道：「你一起來，姑父知道你的事不知道呢？」琴仙道：「大約不知道，大人也總沒有問我根底，我倒天天的防著問我，教我怎樣回答呢？」子玉一想，不得主意，設或將來問起來，他怎樣回呢？仲清道：「此事倒也瞞不得，明日一到家，家中人豈沒有認得你的麼？依我想：此事隱著倒也不便，若叫外人對姑父講了，倒教你臉上更下不來。不如明日求姑母與姑父婉婉的講明，姑父既看重他，今日也只好將他從前的倒說明了，彼此相安。況姑母甚說他好，如今轉了一劫，也決不再題起以往的了。」子玉道：「甚好，但我不便說，還是你去說。」仲清應了，以後大家也就睡著了。

到天明時，仲清先醒，只見琴仙枕著子玉的手，尚呼呼睡著，子玉也未睡醒。仲清暗笑，喚醒了他們。琴仙見與子玉一枕，且枕著他的膀子，被仲清見了，甚是羞愧。子玉一個膀子被他枕得很酸也不知覺，及要抬起手來，抬不動了，遂「撲嗤」的一笑。各人漱洗。

士燮起來，急急的叫上車進城，三十里路甚快，一個多時辰已到了。梅侍郎且不到家，先宿了廟，明日五鼓時分上朝覆命。子玉先將琴仙在書房裡安頓了。梅進、雲兒一見琴仙，個個駭異，又猜是他，又猜不是他。若說是他，為何老爺與他抗禮？且又穿著素服，像個有孝的人；若說不是他，面貌再沒有這般相像的了。眾人疑疑惑惑猜不出來，又聽得叫屈大爺，便知不是。

子玉趁這空兒，就請仲清對顏夫人講明，瓊華也在旁聽了，望著子玉笑，看著子玉含羞含愧，局促不安。顏夫人聽了，也以為異，便道：「這個孩子本來原好，如今既做了屈家之兒子，從前的出身，倒也不必提起了，算他轉了個劫罷。」仲清道：「此事要姑母與姑夫說明才好，不然外人見了，終要說的，倒教琴仙難為情。」顏夫人也應了，說道：「你姑夫重世交，又見他人好，決不看輕他的。」仲清見顏夫人應允了，也即告退。

瓊華小姐進房，子玉同了進來。瓊華道：「如今好了，是不要做夢，天天的呼喚了。」子玉笑道：「我去同他進來見太太，你出去看看像不像？」瓊華「啐」了一聲，忽又說道：「你去同他進來見太太，我真要望望他。」子玉果然拉了琴仙進來，到內堂拜見了顏夫人。夫人見了也甚疼他，便叫了一聲：「屈大爺受苦了！」琴仙先進來，尚覺不安，及見顏夫人以禮相待，稱他屈大爺，便安了心。瓊華小姐在房門口偷望，果然像他，心中頗以為異，望了一望就進去了。顏夫人問了琴仙近況，琴仙略說了幾句，也就告退。

明日士燮面聖回家，合家迎接。瓊華拜見了公公，士燮十分歡喜。顏夫人同著談了一回，後將琴仙的事委委婉婉說了出來，就說他唱過戲，屈道翁見他人品好，所以收為義子。將子玉害病的話，卻隱藏不題。士燮道：「我已猜著了幾分。」也將屈道翁夢中之言說了。又道：「前事也不必論他。這個孩子甚好，沒有一點優伶習氣，不說破真令人看不出來。」顏夫人道：「看這個孩子，將來有些造化也未可定的。」士燮點頭，索性叫了梅進進來，將琴仙之事與他說明：「都稱呼為屈大爺，不許怠慢，如果怠慢了，我定不依。」士燮吩咐了，底下不敢不遵。以後眾家人待琴仙，竟是規規矩矩，不敢有一分放肆處，琴仙故能相安。士燮即命收拾琴仙臥榻，日間叫他同著子玉在書房念書；又叫子玉盡心教他，不許輕看他。這句話梅侍郎多說了，他豈知子玉心事。顏夫人不覺笑了一笑，子玉好不得意，正是十分美滿，比中宏詞科還高興了幾倍。明日就有人與士燮接風，好不熱鬧。

琴仙初來不好出門，一日子玉帶了他到眾名士處一走，都相見了，齊與子玉稱賀。又到了九香樓，見了九名旦，都各悲喜交集。琴仙也喜諸人都跳出了孽海，保全了清白身子，各訴離情，牽衣執手的足足談了一天。正是：「金烏玉兔如飛去，臘盡春回又一年。」眾家年事不用細談。未識新年有何好事出來，且聽下回分解。

第六十回　金吉甫歸結品花鑑　袁寶珠領袖祝文星

話說新年已過，又到元宵，六街三市，火樹銀花，好不熱鬧。子雲於十三日請了華公子、田春航、梅子玉、史南湘、高品、顏仲清、劉文澤、王恂、蕭次賢、金粟、屈勤先，並九香園諸人，作一大會。琴仙見了華公子，尚有些不安，華公子也不問起前事，以禮相待。此時琴仙已出了旦黨，入了士黨，但從前作旦時傲睨一切，此刻倒謙謙自守起來，因此上下諸人更加尊重他，絕沒有一個人笑他。琴仙對於那些名旦，還是從前一樣，並不生疏。是日觥籌交錯，晚間燈火交輝。華公子進城後，子雲又將那些燈試了一會，如見萬花齊放，炮竹之聲，聲聞數里，二更後方煮茗清談。

琴仙一身歷盡艱辛，此時才覺魔難盡釋。然回想蕭寺淒涼，孤燈殘月，真如夢境。次賢又將琴仙從前的夢境，向吉甫細細的說了一遍。吉甫因笑向子雲、次賢道：「九香樓絕好一個花園，百花全有，如今單有一個花神牌位，且在隱僻處，與土地祠一樣，豈不褻瀆花神。我擬借他們九個作個九香花史，眾位以為何如？」眾人均以為可，同問道：「請道其詳。」次賢道：「我久有此意，我欲畫他們九個的小像。今你既有此意，妙不可言。我明日一一畫出，就請你潤色潤色，就刻石供養在這九香樓下，做個花神。但只有九個，湊不出十二個來。」眾人亦同說大妙。吉甫道：「我倒有一個主意，但不知可行不可行？」子雲問道：「怎樣呢？」吉甫道：「花神若定要十二位，也可湊得上，只要把屈道翁做了芙蓉城主，再借重玉儂的前生所說那杜仙女，湊上玉儂，不是十二位了？」春航道：「妙，妙！此像要畫得像，不必說真姓真名，綴個別號，每人做一篇贊語，說得似真似幻的，要與人花兩合。」子玉道：「這個圖怎樣的好呢？還是單畫人，還是補景呢？」仲清道：「自然單畫人，一並的畫去，後就綴小傳一篇。刻石之後，可以搨出來，或裱冊頁，或裱手卷，皆可傳世。」文澤道：「做兩塊好，就鑲嵌在東西兩楹。」王恂道：「若畫杜仙女，就畫他在採蓮船上的樣子。」吉甫道：「玉儂夢見那面鏡子，必非無因。我畫條龍執著這面鏡子，就做頭幅，好不好？」大家都說：「好。」子玉道：「這雲龍人必猜有個寓意在裡頭呢。」子雲道：「這十二篇傳贊，各人分了罷。」次賢道：「好。這一番大著作倒要借吉甫以傳。」吉甫道：「豈敢，豈敢。」次賢道：「不必過謙，道生先生故後，筆墨之道，自然要讓你，大家公論，何必推辭。我就做雲龍那一幅，作好了，你再給我改改。」子雲道：「自然是借重你們二位。那十篇如今是這樣：各人拈鬮，拈到誰是誰。華星北也叫他做一篇在內。」南湘道：「甚好。」

於是寫起鬮來，將屈道翁與杜仙女、屈琴仙分做二鬮，其餘九人分作九鬮。說也奇怪，想必文字有靈，前生緣法，子雲拈了道翁，子玉拈了杜仙女、琴仙，金粟拈了寶珠，春航拈了蕙芳，仲清拈了琪官，文澤拈了春喜，南湘拈了蘭保，王恂拈了桂保，高品拈了玉林，次賢拈了漱芳，單拈不著素蘭，只好送與華公子去作了。眾人分派已定，子玉說道：「做傳容易，畫畫難，還要刻石，更須時日，不知幾天可以告成？」吉甫道：「不消多日，碑是磨現成的，一面畫，一面就叫季十矮子找人刻，大約十幾天是必要的，嵌好這些碑，也要幾天。我們這一敘，總在九香園了，索性多歇幾天，我好加意畫畫，到二月初一日，在九香園聚會罷。」大家都說有理，於是各散。

子玉同了琴仙回家，正是內有韻妻，外有俊友，名成身立，清貴高華，好不有興。子雲寫了一札與華公子為素蘭作傳。這邊次賢妙腕靈思，畫了十天才成。畫成又請吉甫一一的改好，畫一個，刻一個，倒也甚快。子雲因受了感冒甚重，不敢用心，囑將道翁、琴仙、杜仙女畫在一幅，並求子玉作贊。到二十七日連傳贊都也刻起，係是各人書丹。二十八日就搬往九香樓鑲嵌，一日完工。

三十日琴仙先到九香園看碑，九旦同到樓下。琴仙道：「今日也應祭一祭花神，明日我們方可聚會。這個花神就是我們的像，若叫他們來祭，我們也當不起，就是我們十個人祭一祭罷。」蕙芳等皆以為是。便設了酒果，焚了好香，十人齊齊拜了。琴仙看東楹嵌的第一方畫，上雲下水，雲水中間，隱著一龍，露出一爪，托著一面鏡子，上題曰：「品花寶鑑。」刻著次賢的贊語是：

上不在天，下不在田。雲生九霄，水出重淵。神奇變化，氣象萬千。靈珠之圓，明鏡之懸。燭微照幽，隱奸顯賢。如月之臨，如水之鮮。亦曰媸其媸，而妍其妍。

第二方畫的人綸巾道服，左右侍仙子女各一，題曰：「總持九香花主、三閭道君及左右花史杜仙之像。」下有贊語，是子玉手筆：

公氣為雲，公神為水；在天在地，靡盡靡止。司文曰郎，司花曰主。列宿之精，群芳之祖。左英瓊瑤，右青珊瑚。一氣二氣，同歸殊途。五色炫釆，九華流香。心花意蕊，文運之祥。

寶珠道：「這幾篇贊語實在做得好。若將我們實事敘在裡頭，雖然不致辱身，究竟也為賤行。」蕙芳道：

「可不是！你看那些花譜花評，雖將那些人贊得色藝俱佳，究不免梨園習氣。我們這一關倒可以算跳出了。」素蘭等皆點首浩嘆。

琴仙再看第三方，畫一個仙女，雲鬟霧縠，清艷絕倫，手拈一枝蕙花，琴仙已知是蕙芳。看題的是：「錦文花史蘇仙。」是春航一篇跋語：

錦文花史蘇仙，性靈慧警悟，色如瑤瑜。摶雪作膚，鏤月為骨。常散花而翦彩，亦擲米以成珠。狡獪神通，均出三昧❶。曾遊戲人間，使留恨於碧桃花者有焉。江皋仙影，時去時來；洛浦神光，乍離乍合。蕭史❷常垂於彩鳳，裴航終隔於藍橋❸。是宜結十重珠網，護金屋於群玉山頭；何幸啟九疊銀屏，窺素面於瑤臺月下。

琴仙道：「這個跋語跋得甚切，『狡獪神通，均出三昧』二語尤妙。」蕙芳笑道：「憑他怎樣講，那裡還算得我們？」

看第四方，一個仙女月佩霓裳，十分嬌艷，手捧明珠一顆，題曰：「弄珠花史袁仙。」有金粟贊曰：

❶ 三昧：此處指佛教語，梵文音譯。意為「定」、「正定」等，即排除一切雜念，使心神平靜。

❷ 蕭史：春秋時人，善吹簫，如鳳鳴叫。秦穆公將女兒弄玉嫁給他，使教弄玉吹簫。傳說後來弄玉乘鳳，蕭史乘龍，雙雙升天成仙。

❸ 裴航終隔於藍橋：唐裴鉶傳奇敘唐長慶間秀才裴航下第，途經藍橋驛，渴甚，有女雲英以水漿飲之，甘如玉液。雲英絕美，航欲娶以為婦。雲英祖必欲得玉杵臼，方許婚。航遍訪得玉杵臼為聘。既婚，夫婦相偕入山仙去。

仙露在霄，明珠出海；和神當春，秀氣成采。不脛而走，不夜而光。瓊花瑤蕊，國色天香。珍珠飾車，雲錦縫裳。金支翠羽，玉珮明璫。華月光滿，蓬山路長。既美且都，亦風而雅。學士滿宮，首推大舍。

琴仙道：「瑤卿之穠艷韶華，卻一齊被靜宜畫出來，吉甫贊出來了。」寶珠道：「算花神罷了，我也配這樣？」

看第五方畫一個仙女，意致飄洒，素艷欲流，手拈蘭花一朵，題曰：「素心花史陸仙。」下有小傳，為華公子撰：

陸仙性敏悟，姿容絕世，才藝過人。常衣紫綃衣，行吟風露間。其竟體之清芬，與蘭香蕙馥相表裡也。工詞善書，流露人間，購之者千緡不獲焉。昔鍾嶸❹評詩，謂顏延之❺鏤金錯彩，不如謝康樂❻初日芙蓉。素面風流，是為絕艷，仙殆蓮花化身者歟？

琴仙笑道：「這幾句倒比香畹的小照還畫得像些。這『紫綃衣行吟風露間，』與『蓮花化身』之說，卻移不到他人的，真是你。」素蘭笑道：「我如何敢當？大抵既贊花神，自然就要竭力贊揚的了。」

❹ 鍾嶸：梁長社人。字仲偉。天監中官西中郎，晉安王記室。著詩品三卷，列古今五言詩，自漢魏以來一百有三人，論其優劣，分為上中下三品。與文心雕龍並稱。

❺ 顏延之：南朝宋臨沂人。字延年。文章之美，冠絕當時。與謝靈運齊名。江左稱顏、謝。

❻ 謝康樂：即謝靈運。

琴仙再看第六方仙女，纖纖弱質，翾舞淩風，有掌上輕盈之態，頭上戴著金步搖。題曰：「纖纖花史金仙。」下是蕭次賢的七律一首：

娥眉新月露纖纖，光彩天然不用添。鴛錦裁成九華帳，鮫珠穿作十重帘。隱身閬苑依瓊樹，返劫嫏嬛典玉籤。只恐留仙留不住，曉風吹上綵雲尖。

琴仙道：「將瘦香的神情骨相全寫出來。」漱芳笑道：「我這個瘦字倒有些像，別樣真令我慚愧死了。」

再看第七方畫的仙女，在兩棵玉樹之下，有玉樹臨風之致，題的是：「娟娟花史李仙。」是高品的詩。琴仙道：「高卓然肯說好話嗎？」玉林道：「這一回倒沒有刻薄人。」蕙芳道：「這首詩，算卓然極要好的了。」琴仙看是：

花情月色想娟娟，玉樹臨風更臬然。帳裡不知蘭麝貴，夢中羞作雨雲仙。珊瑚枕上生紅暈，翡翠樓頭鎖綠煙。謫往天台❼守孤另，碧桃流水自年年。

琴仙道：「真說得好，將佩仙濃香秀韻一齊寫出來了。」玉林道：「這首詩究竟也不甚好，還有些刻薄，你看『帳裡』、『夢中』等句，有什麼好呢？」蕙芳道：「這倒沒有什麼，不過寫的嬌艷尊貴處。」寶珠道：「卓然這等詩，就算他的好心了。若要他做莊重些，他也未嘗不願，但他那油嘴油舌說慣這一派。你們看他生平說過幾句正經話來。」吉甫說：「他去年到京來有個笑話：卓然有個表叔，請他吃飯，還

❼ 天台：指天台山。

有好幾位客，坐在那裡。表叔問他道：『你去年回家，見我家裡可好麼？』卓然道：『很好，前月表嬸又生了個表弟。』那表叔一聽嚇呆了，想道：我三四年不回家，怎樣會生了兒子？當著人又不好問他。那些客，雖也聽得不順耳，但或者他說別個表嬸，也就過去了。到客散後，表叔問他：『方才這句話是怎麼講？』你們想想卓然怎樣回答。他說：『我與表叔初次見面，自然要找句吉利話說，我隨口找著這句，其實沒有的事。』氣得他表叔要死，然也奈何他不得。他的長親，尚且要頑笑頑笑，何況他人？」眾人大笑道：「那吉甫的嘴也不能讓他。」

又看第八方畫一個仙女，玉貌錦衣，腰懸秋水，似公孫大娘模樣。題曰：「俠隱花史王仙。」琴仙知是蘭保，下看史南湘的七古：

我觀王仙舞神劍，手掣寒泉一匹綫。鼕鼕羯鼓始三撾，溜亮風生已迎面。彩虹映水合成團，流電穿雲曲如綫。破開點點綠沉槍，撥落紛紛大羽箭。錦衣玉貌何娉婷，白咽紅頰長眉青。雲裾輕曳錦靴起，去如飛鳥來如霆。四方觀者圍成堵，不羨英雄羨媚嫵。綠雲堆鬢翠鬟新，九梁插花步搖古。妾藉防身不愛名，嬌嬈我自惜輕生。請看世上黃衫客，多少恩仇報不成。

琴仙贊道：「這首七古，實在做得好，念去比公孫大娘舞劍器行還刻畫得入細。」王蘭保笑而不言。蕙芳道：「去年奚十一鬧來，幸虧著他，我就沒有法了。」素蘭道：「原來你也怕奚十一，難道他比潘三還利害麼？」蕙芳道：「潘三是個無用的人，那奚十一鬧起來，就與前日魏聘才使來的車夫一樣，你怕不怕？」蘭保道：「那天適或我不在家，你便怎樣？」蕙芳道：「我就躲開不出來了。」琴仙問奚十一怎樣？蘭保將他的樣子學了一回，琴仙也覺好笑。蕙芳道：「聽得奚十一出京去了，但我前日在剃頭鋪裡看見一個人，很像他那一天帶來的那個小子，就不是他，也必是他的兄弟，再沒有這麼像的了。」蘭保道：「或者奚十一沒有帶去，也論不定的，那個狗小子，也只配做剃頭的。」

琴仙又看第九方畫一株梅花，有一隻喜鵲，梅花下有一個仙女，題曰：「報春花史林仙。」看有劉文澤一首小賦：

梅花枝上鳥報春，梅花樹下倚玉人。杜蘭香嫁不可見，綠蕚華❽來幸接真。翠袖翩躚，縞衣自妍。韻生骨裡，秀出天然。卻珠鈿而愈美，洗脂粉而尤娟。纖纖兮雲間新月，淡淡兮花外晴煙。秋水盈浦，朝霞麗天。斯何修而若此，得非人而果仙。蘭自秀兮菊自芳，思美人兮何日忘。蓬萊清淺不可到，我欲從之騎鳳凰。天風急吹袂，玉露冷沾裳。吮纖毫而抒寫，對玉貌而徬徨。

琴仙道：「好賦。正是松風竹雨，仙露明珠，將你那清腴娟秀，都一齊刻畫出來。」春喜道：「這是前舟在那裡認真做賦，忘了題目了。」琴仙道：「卻也是你的光景。」

再看第十方是一個桂樹下，有個仙女，姿致風流，青眸善盼，題曰：「蟾宮花史王仙。」知是桂保，有王恂五古一首：

青青月中桂，花開已及秋。皎皎蟾宮女，臨鏡常自愁。自從竊藥奔，與世無因由。廣寒二萬戶，

❽綠蕚華：仙女名。

珍珠十二樓。圓圓復缺缺，輪轉日一周。世人徒仰望，不見娥眉修。蓬萊水清淺，或可操神舟。銀河望隔浦，七夕訴離憂。唯此一輪月，梯虹亦難求。安得張麗華，縞素來嬉游。

琴仙道：「好詩！好詩！讀之令人口齒俱香。蕊香真像嫦娥。」桂保道：「不是我，這是蟾宮花史。」眾人說道：「這些詩詞贊語，他們倒是爭奇角勝，那裡記著本人？就是竹君的詩，與靜宜、庾香這兩個贊語，倒是切定題目說的。」琴仙道：「都切得很。你將這些詩更換了人，便不像了。」寶珠道：「只有靜芳那一首，再不能更換的。」

琴仙再看第十一方，畫一個杏花，下有一個仙女，珠腰玉袍，十分嫵媚。題曰：「及第花史秦仙。」知是琪官。看顏仲清的序文：

及第花史秦仙，嬉戲人間，見之者有「紅杏枝頭春意鬧」之比。明眸善睞，笑靨常開；艷粉縈情，斷紅映肉；梟釵雀化，明鏡鸞飛。貯金屋以何嫌，映玉屏而同色。然而芳心未許，烈性常存。當機織女，屢見投梭❾；出水神妃，未逢解佩❿。雲裾風動，生步步之金蓮；霧縠香飄，訝朝朝之瓊樹。誰不曰人間絕世，亦何愧仙處無雙。若論六宮粉黛，定讓龍頭；以云一歲花司，是真鳳尾。

---

❾ 當機織女二句：晉謝鯤挑逗鄰家女，女方織，以梭投之，折鯤兩齒。後因稱婦女抗拒男子挑誘為投梭。

❿ 出水神妃二句：洛水宓妃，未遇情人。解佩，劉向列仙傳上江妃二女：「江妃二女者……出遊於江漢之湄，逢鄭交甫。見而悅之，不知其神人也，謂其僕曰：『我欲下請其佩。』……遂手解佩與交甫。」仙女旋即消失形影。後因以作詠仙凡豔遇的典故。

琴仙痛贊了一會。蕙芳道：「你看這些詩文，各有體裁，正是格律不混，體制判然，都是作手，難定優劣。」琴仙道：「雖是些小文章，但吉光片羽⓫，彩散人間，終勝雀屏五色。有此一贊，也不孤負我們數年辛苦了。」眾人都皆歡喜。

琴仙就在九香樓吃了飯，坐了閑談。寶珠忽然說道：「今日眾兄弟都在一處，我想我們這十個人，同在京師沉淪菊部，如今個個跳了出來，雖然其中受苦的受苦，安逸的安逸，但自此以後，只要各人安分守己，想必沒有風波出來。但我們這一班人，也算不得世間少有的。那一班名士將我們抬舉到這個地位，那倒是世間少有，你們心上感激不感激呢？」眾人道：「豈有不感之理。」寶珠道：「感激便思怎樣報答呢？」眾人皆不能對。寶珠道：「我想個報答的法子。他們既將我們刻了像，做了花神，我們何不也將他們刻了像，就在樓上供養起來。他們稱我們為花史，我們就稱他們為文星，仿司空詩品⓬，各作四言贊語一首，刻在上面。你們想這個報答可好麼？」蕙芳道：「這個是極妙，但我們的詩配不上他們。且請誰畫這些像呢？」蕙芳道：「就是瑤卿，你與小梅兩人分畫罷，也不必畫服飾，不衫不履的最妙。我們今晚先把贊語做起，明日與他們看看，然後再畫。我們就各人還各人的禮，一個贊也不甚費力。」琴仙心上甚喜，就辭了回家，到晚上構思起來，子玉面前也未講起。這一晚各人的贊已做成。

明日，琴仙先到九香樓將贊與眾人看了，大家拿來評定一會，又各自斟酌一會，再公同推敲一會，

⓫ 吉光片羽：神獸之一毛，比喻殘存的珍貴文物。吉光，神獸。

⓬ 司空詩品：司空，即唐司空圖，字表聖。咸通進士，官至中書舍人。唐亡，絕食而死。有詩品二十四則，詠述詩的二十四種境界。

盡善盡美了，寶珠便謄在一處。諸名士紛紛已到，華公子、金吉甫也都到了。大家果然要祭花神，寶珠等攔住了，然猶擺了香案，各名士奠酒焚香，就沒有下拜。然後在九香樓下擺了四席，序齒而坐。這一聚正是人人意滿，個個心歡，毫無不足之處。而且羅列珍饈，橫陳肴錯，花香人氣，繚繞一堂。

酒至半酣，寶珠避席致辭說：「寶珠等十人同入迷津⑬，今登覺岸⑭。將來勉蓋前愆，勤修後果，得齒於人，皆諸貴人提拔之力。但感恩有心，報德無力，唯有日爇清香一炷，以祝諸貴人福壽綿長，榮華白首。昨日我等十人，公同商議，亦欲在九香樓上，供設諸貴人文星祿位，也照樣刻石，朝夕頂禮皈依，且各綴數語於後，當虔心誦佛。不識諸貴人不以賤地為鄙，俗筆為褻，使我等得遂所願否？」眾名士大喜，個個情願，倒翻謙讓了幾句。寶珠又道：「度香先生提唱風雅，只得另立一品，在各位文星之上，曰：群仙領袖。未知諸貴人以為然否？」眾人皆說：「是極。」子雲說：「這個何敢？」寶珠就將詩稿恭恭敬敬的取出來，卻已謄在一處，端正的楷書。除群仙領袖徐文星之次，皆以年齒定的先後，第二是仙中逸品蕭文星，第三是仙中趣品高文星，第四是仙中狂品史文星，第五是仙中高品顏文星，第六是仙中和品劉文星，第七是仙中樂品王文星，第八是仙中華品田文星，第九是仙中豪品華文星，第十是仙中上品金文星，第十一是仙中正品梅文星。眾名士謙讓道：「這些個品格過於謬贊了。」遂看第一首，是他們十人公撰的，題曰群仙領袖：

---

⑬ 迷津：佛教指迷妄的境界。

⑭ 覺岸：佛教以迷喻海，以覺喻岸。由迷惘而入覺悟的境界謂覺岸。

群仙領袖，能兼眾為。不脫不粘，不即不離。得大自在，具廣設施。亦無我欲，亦無我私。素月流天，照靡有遺。青空無雲，霄露自降。大鐘中虛，寸挺可撞。

第二首是金漱芳題的仙中逸品：

惟逸故淡，惟逸故閑。鶴鳴在林，雲臥於山。秋花娟妍，清風往還。望彼竹林，客有笑顏。濯足清澗，抱琴禪關。江皋有梅，籬落有菊。小窗分茶，松花自熟。

第三首是李玉林題的仙中趣品：

亂頭粗服，不亞妍妝。嬉笑怒罵，皆成文章。東方⑮詼諧，淳于⑯隱藏。顛倒四座，縱橫滿堂。言不為虐，行不失方。悠哉悠哉，聊復爾爾。彌勒一笑，皆大歡喜。

第四首是王蘭保題的仙中狂品：

呼龍耕煙，磨刀割雲。狂飆四起，落花紛紛。手捉明月，腹晒斜曛。悠悠青天，落落人群。醉死

---

⑮ 東方：即東方朔。漢平原人。字曼倩。武帝時官至太中大夫。以奇計俳辭得親近。因其以詼諧滑稽著名，後人傳其異聞甚多，方士又附會之為神仙。

⑯ 淳于：即淳于髡。戰國齊稷下人。以博學、滑稽、善辯著稱。嘗以隱語諷諫威王罷長夜之飲，改革內政。數使諸侯，未嘗屈辱。

醉生，我不與聞。碧海騎鯨，瑤京散髮。冠裳自嘉，柰此仙骨。

第五首是秦琪官題的仙中高品：

孤鶴沖煙，歸鴻遠飛。渺渺天際，雲間翠微。獨立千仞，好風吹衣。秋庭仰望，月明星稀。古松自挺，碧夢難依。太華入雲，蓬萊隔水。誰登其峰，徒興仰止。

第六首是林春喜題的仙中和品：

五味調劑，五聲和平。暖氣入律，春風自行。旭日靄靄，晴光爭明。雲輝錦集，月滿川盈。霓裳一曲，簫韶⑰九成。不矜不莊，或休或暇。惠而好我，是曰柳下。

第七首是王桂保題的仙中樂品：

粹然中和，其樂陶陶。眇眭悉泯，坦白是交。醉月秋夕，擁花春朝。洞房香暖，金殿聲高。心香吐蕚，意蕊含苞。曰富曰康，如賓如友。妻子好合，父母眉壽。

第八首是蘇蕙芳題的仙中華品：

錦衣晝行，玉貌簪花。璧月宵滿，明珠吐華。旭旭朝陽，爍爍流霞。金盤承露，粉壁籠紗。莊嚴

---

⑰簫韶：相傳舜之樂名。

妙相，天女笄珈。玉佩自鳴，貂褕為飾。雲近蓬萊，望之五色。

第九首是陸素蘭題的仙中豪品：

佩刀列戟，鑄劵剖符。以我如意，碎彼珊瑚。紫絲步障，紅錦貂褕。浩歌落落，噀玉噴珠。太白自賞，擊缺唾壺。朔風橫空，雪花如掌。吹角輪臺⑱，久無嗣響。

第十首是袁寶珠題的仙中上品：

無上上品，首推此君。靜者多妙，飄然不群。具大智慧，博學多聞。溫良沖淡，九丘三墳⑲。磊磊落落，抱璞含芬。高談雄辯，說劍論文。不合時宜，瀟洒凌雲。

第十一首是屈琴仙題的仙中正品：

朱為正色，雅為正聲。射以觀德，惟身是程。哀樂至性，而無過情。珠光月彩，內蘊晶瑩。虞絃夏舞，景運休明。醴泉非水，瑞芝非草。景星慶雲，僉曰恒少。

眾名士看完，喜動顏色，痛贊不已，說道：「可謂木桃之投，而得瓊瑤之報矣。」是日暢飲歡呼而散。

⑱ 輪臺：地名。漢武帝曾遣戍屯田於此。治所在今新疆米泉。

⑲ 九丘三墳：均為古書名。

素蘭與春喜各畫了幾日，摹上了石，將贊語書丹，共有二十餘日完竣。擇於三月三日，供設九香樓上，為長生祿位。琴仙過來與寶珠商量，必須作一篇祝文，方表誠意，寶珠等深以為然。於是十人公同斟酌，湊成一篇文，改削了幾遍，倒也不見聯綴痕跡。寶珠道：「明日公祝，須請齊了諸名士來。再，我們跳出梨園，從前一切所有之物，都用不著了，孽根須淨，色界盡除，將那所存的釵鈿首飾，當著眾名士，一齊熔化，舞袖歌裙，則一火而焚之，豈不爽快？」眾人道：「正合我等之意。只有琴仙沒有這些東西了，大家撿出來聚在一處，明日焚化。」

到了初三，九香樓上香花簇擁，蔬果紛陳，花排姐妹之班，雁次弟兄之序。寶珠虔誠恭敬，鋪設了一會，諸名士齊到。上得樓來，已見紅燭雙輝，香煙雲繞。十花史請他們坐了，便齊齊的拜起來，諸名士如何肯受？連忙扶起。寶珠道：「昨日玉儂說的，要做篇祝文，我等胡亂湊了一篇，還求改正改正。」便將祝文拿出來。高品道：「必好的，我就讀起來。」高品高聲朗讀，諸名士傾耳而聽。聽得高品讀道：

維年月日，九香樓弟子花史袁寶珠等，謹爇百和之香，釀百花之酒，獻於諸文星之座而祝曰：

維彼文星，川岳之靈，左奎右璧，緯史經綸。故在天為列宿，在世為傳人。其光明也如火，其和煦也如春。其根於性也，為綱常倫紀；其見於詞也，為變化奇神。言必由中，情多自妙。天籟一聲，空號萬竅。緒觸而紛，絲縈而繞。對鏡自看，顧影獨笑。索實於虛，辨惡於好。春風秋月，不知其他。明眸皓齒，當如之何？粉白黛綠，鐵馬金戈。清歌宛轉，妙舞婆娑。倏若馳駟，委若逝波。傷古今之一轍，恒日月之消磨。鑒彼造化，作為文章。群分以物，類聚以方。酬醻太白，顛倒雌黃。和於琴瑟，亮比笙簧。纏綿騷雅，姿肆韓莊。不怪不亂，取艷取香。寓意嚴正，措詞明光。朱霞麗天而絢彩，金刀映日而生芒。泉瀉澗而注急，花淩風而舞狂。秋零一庭，殘香數星。鬼則夜哭，神則晝驚。鑄鼎象物，盡相窮形。魔女旁立，龍姑前迎。金支翠羽，雹掣雷鳴。拂箋霍小玉，捧研董雙成。神娥授筆，使之為文。祝曰：筆之色兮有五，筆之花兮半含吐，砰磅聲聲擊天鼓，青鸞鳴兮紫鳳舞，小言詹詹兮足千古。

祝文讀完，眾花史齊齊下拜了，便將那些舞衫歌扇，翠羽金鈿，在園中太湖石畔燒化起來。諸名士看那火光五色，吐金閃綠。將到燒完時，忽然一陣香風，將那灰燼吹上半空，飄飄點點，映著一輪紅日，像無數的花朵與蝴蝶飛舞，金迷紙醉，香氣撲鼻，越旋越高，到了半天，成了萬點金光，一閃不見。園中萬花如笑，顫巍巍的像要說話一般。正是：

親逢天女散花時，手授生花筆一枝。碧海愁多填未滿，蓬山路遠到無期。風塵面目輪蹄跡，徐庾文章溫李詩。我自有情君莫問，此中得失寸心知。

中國古典名著

專家校注考訂　古典小說戲曲大觀

世俗人情類

紅樓夢
脂評本紅樓夢
金瓶梅
老殘遊記
平山冷燕
品花寶鑑
野叟曝言
綠野仙蹤
禪真逸史
海上花列傳
九尾龜
醒世姻緣傳
三門街
花月痕
孽海花
魯男子
遊仙窟　玉梨魂（合刊）
筆生花
浮生六記
玉嬌梨
好逑傳
啼笑因緣
歧路燈

公案俠義類

水滸傳
兒女英雄傳
三俠五義
七俠五義
小五義
續小五義
蕩寇志
綠牡丹
羅通掃北
楊家將演義
萬花樓演義
粉妝樓全傳
七劍十三俠
包公案
海公大紅袍全傳
施公案
乾隆下江南

歷史演義類

三國演義
東周列國志
東西漢演義
隋唐演義
說岳全傳
大明英烈傳

神魔志怪類

西遊記
封神演義
濟公傳
三遂平妖傳
南海觀音全傳　達磨出身傳燈傳（合刊）

諷刺譴責類

儒林外史
官場現形記
文明小史
鏡花緣
二十年目睹之怪現狀
何典　斬鬼傳　唐鍾馗平鬼傳（合刊）

擬話本類

拍案驚奇
二刻拍案驚奇
喻世明言
警世通言
醒世恒言
今古奇觀
豆棚閒話　照世盃（合刊）
石點頭
十二樓
西湖佳話
西湖二集
型世言

著名戲曲選

竇娥冤
漢宮秋
梧桐雨
琵琶記
第六才子書西廂記
牡丹亭
荊釵記
荔鏡記
長生殿
桃花扇
雷峰塔
倩女離魂